Opfernacht

ERICA SPINDLER

OPFER NACHT

THRILLER

Aus dem Amerikanischen
von Andrea Brandl

Weltbild

Die amerikanische Originalausgabe erschien 2010
unter dem Titel *Blood Vines*
bei St. Martins Press, New York.

Besuchen Sie uns im Internet:
www.weltbild.de

Genehmigte Lizenzausgabe für Verlagsgruppe Weltbild GmbH,
Steinerne Furt, 86167 Augsburg

Übersetzung: Andrea Brandl
Umschlaggestaltung: Johannes Frick, Augsburg
Umschlagmotiv: Masterfile, Düsseldorf (© Ron Fehling),
Hand: © Pavel Shevchenko
Gesamtherstellung: GGP Media GmbH, Pößneck
Printed in the EU
ISBN 978-3-86800-673-5

2014 2013 2012 2011
Die letzte Jahreszahl gibt die aktuelle Lizenzausgabe an.

Für all jene,
die sich so liebevoll um die Rebstöcke kümmern
und aus ihren Früchten den Trunk der Götter erschaffen

Prolog

San Francisco, Kalifornien
Dienstag, 9. Februar 2010
01:05 Uhr

Ex-Männer waren wie die Grippe, dachte Alexandra Clarkson und wölbte sich lustvoll ihrem Gegenüber entgegen, während sie eine Woge des Wohlbehagens durchströmte. Sie suchten einen in regelmäßigen Abständen heim. Zumindest ihrer tat das. Und sie mit ihrem idealistischen Geist und ihrem ausgehungerten Körper war dumm genug, ihm jedes Mal Tür und Tor zu öffnen – und mit ihm ins Bett zu steigen.

Aber, verdammt noch mal, der Kerl wusste einfach genau, was er sagen musste. Und tun. Stöhnend rieb sie sich an seiner Hand. Ja, er wusste es nur zu gut.

Sie schlang die Beine um seine Taille und presste sich gegen ihn, als er in sie eindrang. Während sie die Erregung durchflutete, ließ sie ihren Gedanken freien Lauf. Unvermittelt flammte eine Reihe Bilder vor ihrem geistigen Auge auf – eines nach dem anderen, in rascher Folge: eine Gestalt mit einem Umhang, das Gesicht unter einer Kapuze verborgen; flackernde Kerzen, von denen kräuselnd der Rauch aufstieg; nackte Leiber, ineinander verschlungen und zuckend.

Ein gesichtsloses Baby. Schreiend.

Alex erstarrte, als schlagartig blanke Angst ihre Lust erstickte. Währenddessen hämmerte ihr Ex weiter stöhnend in sie hinein, ohne mitzubekommen, dass sie aufgehört hatte, sich unter ihm zu bewegen.

Die Angst schlug in Panik um. Sie bekam keine Luft mehr. Er drohte sie zu ersticken. In ihrem Kopf begann es dröhnend zu pochen. Und mit dem Pochen kam die Gewissheit, dass sie sterben würde.

Sie zwängte die Hände unter seinen Brustkorb und schob ihn

von sich. »Nicht. Hör auf.« Sie hatte die Worte hinausschreien wollen, doch sie kamen lediglich als ersticktes Flüstern über ihre Lippen.

Er hörte nicht auf. Sie begann sich zu wehren, schlug mit Fäusten auf ihn ein. »Geh ... von ... mir ... runter!« Das letzte Wort war ein Schrei.

»Was zum Teu...« Schwer atmend rollte er sich von ihr herab. »Scheiße, Alex, was ist das Problem, verdammt?«

Heftig zitternd setzte sie sich auf und zog die Knie an die Brust. »Du bist das Problem. Verschwinde.«

»Mit Vergnügen, Schizo.« Er stand auf, sammelte seine Sachen ein und starrte sie an. »Du bist ziemlich durchgeknallt, weißt du das eigentlich?«

Er hatte recht. Alex ließ den Kopf auf die Knie sinken und schloss die Augen. *Großer Gott, was war hier gerade passiert?*

Krachend fiel die Badezimmertür ins Schloss, während Alex zittrig Luft holte. Was war ihr Problem? Ja, okay, er hatte vor ihrer Tür gestanden. Aber sie war diejenige gewesen, die ihn in ihr Apartment und in ihr Bett gelassen hatte.

Wieso musste sie ständig ... alles vergeigen?

Sie hob den Kopf, als Tim aus dem Badezimmer trat. Er stand im Türrahmen, eine dunkle Silhouette in dem rechteckigen Lichtstreifen, der aufs Bett fiel. Er war sauer, und sie konnte es ihm nicht übelnehmen.

»Ich weiß auch nicht ... tut mir leid«, sagte sie leise. »Ich komme mir wie eine Idiotin vor.«

»Alles klar mit dir?«

War alles klar?, fragte sie sich, nickte aber trotzdem.

»Kann ich dir irgendwie helfen?«

Ja. Tu etwas, damit sich mein Leben verändert. Damit sich die Leere füllt. Damit ich eine ganz normale Frau mit einem ganz normalen Leben werde. Sie wünschte, er könnte all das für sie tun – dieser sehnliche Wunsch war zweifellos ein maßgeblicher Grund gewesen, ihn zu heiraten.

Leider konnte niemand ihr Leben ändern. Nur sie selbst.

»Ich fürchte, nein. Aber danke für das Angebot.«

»Es war ein Fehler von mir«, sagte er und trat vors Bett. »Ich nehm das auf meine Kappe.«

»Sex-mit-der-Ex-Date leider in die Hose gegangen«, murmelte sie und sah ihn an. »Ich warne dich, das gibt einen dicken Minuspunkt auf deinem Konto.«

»Das mit der Scheidung kriegen wir schon hin, versprochen.« Er lächelte kurz, fuhr mit den Fingern durch ihr dunkles Haar und strich ihr eine Strähne hinters Ohr. »Wir sehen uns auf dem Campus.«

Wenig später hörte sie, wie die Apartmenttür ins Schloss fiel. Verdammt. Wer ließ sich auch mit seinem Professor ein? Noch dazu seinem Psychologie-Professor? Was für ein jämmerliches Klischee. Das vaterlose Mädchen erliegt dem Charme des älteren, klügeren Mannes – das schrie doch förmlich nach »Vaterersatz-Suche«. Schlimmer noch, sie hatte ihn sogar geheiratet. Und war danach aus allen Wolken gefallen, als er sie betrogen hatte.

Es hatte sie zwar überrascht, ihr aber nicht das Herz gebrochen. Es hatte ihr lediglich gesagt, was sie über den Zustand ihrer Beziehung hatte wissen müssen. Und über sich selbst, auch wenn sie auf diese Erkenntnis gut und gern verzichtet hätte.

Sie war in der Tat durchgeknallt.

Schlotternd stand sie auf und zog sich den Morgenmantel über, dann ging sie ins Wohnzimmer und trat vor das Panoramafenster. Das Mondlicht tauchte die Straße unter ihr in kaltes, bläuliches Licht.

San Francisco schlief niemals. Trotz der späten Stunde sah man immer noch Menschen auf dem Gehsteig, einige gemächlich dahinschlendernd, andere, die mit eiligen Schritten den steilen Hügel erklommen.

Alex berührte die Fensterscheibe, die sich kühl unter ihren Fingern anfühlte. Das Bild der vermummten Gestalt schob sich erneut vor ihr geistiges Auge. Woher war es gekommen? Aus einem Buch? Hatte es etwas mit ihrer Recherche über religiöse Zeremonien und Sekten zu tun? Sie konnte die Quelle nicht recht zuordnen, aber es erschien durchaus logisch, nicht zuletzt, weil sie erst kürzlich die Arbeit an ihrer Dissertation wieder aufgenommen hatte.

Aber wieso war es ihr ausgerechnet in dieser Situation in den Sinn gekommen? Wieso waren die Bilder so glasklar gewesen? Und wieso hatte sie so heftig darauf reagiert?

Alex wandte sich ab. Verdammt. Dabei war es in letzter Zeit doch schon viel besser geworden. Die quälenden Alpträume hatten aufgehört, und seit Monaten hatte sie weder an Schlaflosigkeit noch an Depressionen gelitten.

Sie hatte sich im Griff gehabt. Zumindest so weit, wie sie sich im Griff haben konnte. Der Job als Barkeeperin erlaubte es ihr, an der Doktorarbeit weiterzuschreiben. Sie und ihre Mutter hatten Frieden geschlossen – ein fragiler Frieden, aber immerhin.

Und jetzt das. Etwas Derartiges hatte sie noch nie erlebt. Alex rieb sich fröstelnd die Arme. Es war nichts, nur der Streich eines vielbeschäftigten Hirns. Der Beweis, dass es die richtige Entscheidung gewesen war, ihre Arbeit fortzusetzen. Und dass es in diesem Augenblick passiert war, ließ sich ebenfalls logisch erklären. Sie hatte sich von der materiellen Welt gelöst, hatte ihren Gedanken und Gefühlen freien Lauf gelassen, ähnlich wie in diesem tranceartigen Zustand, der im Buddhismus und in schamanischen und anderen religiösen Zeremonien benutzt wurde, um den Verstand auszuschalten und der Wahrheit ans Licht zu helfen.

Sie würde der Sache auf den Grund gehen. Ihre Notizen durchsehen und die Quelle der Bilder lokalisieren. Erst dann könnte sie die lähmende Angst besiegen.

Kapitel eins

Sonoma Valley, Kalifornien
Freitag, 12. Februar
10:05 Uhr

Detective Reed vom VCI, dem Dezernat für Gewaltverbrechen von Sonoma, fuhr an den Straßenrand und hielt hinter dem Streifenwagen an. Er kletterte aus seinem Geländewagen, wobei eine rostigrote Wolke aufstieg, als sich sein Stiefelabsatz in den Staub grub. Auf den sanft geschwungenen Hügeln erstreckten sich endlose Weinberge, dazwischen ein Meer aus leuchtenden Senfblüten, deren fröhliches Gelb einen scharfen Kontrast zu den dunklen Stämmen bildete, die sich wie knorrige Grabsteine auf dem Friedhof aus Reben erhoben.

Die amerikanischen Ureinwohner hatten die Gegend Tal des Mondes getauft, weil ihrer Legende nach der Mond hier aufgegangen war. Wahrscheinlich war dies der Grund, weshalb so viele beschissene Dinge in dieser Gegend passierten, mutmaßte Reed – dubiose religiöse Kulte, durchgeknallte Kriminelle und eine beinahe unheimliche Grundstimmung, die wie eine finstere Wolke über dem Tal zu hängen schien.

Schuld daran war der Mond. Klang irgendwie einleuchtend, fand er.

Heute jedoch bestand seine Aufgabe darin, herauszufinden, wer in diesem Weinberg etwas vergraben hatte und worum es sich dabei handelte.

Hinter ihm kam der Wagen des CSI zum Stehen. Das Sheriff's Department beschäftigte eigene Beamte für die Spurensicherung, die Hand in Hand mit dem VCI arbeiteten und somit gleichermaßen die Verantwortung für die jeweiligen Fälle trugen.

Diesmal hatte es Tanner erwischt, stellte Reed fest, als sein Blick an der attraktiven, fünfzigjährigen Blondine hängenblieb.

Barbara Tanner sah mindestens zehn Jahre jünger aus und galt als geradezu besessen von ihrer Arbeit – ein Ruf, den er im Gegensatz zu einigen seiner Kollegen durchaus bewunderte. Natürlich kam sein eigener Cowboy-Ruf auch nicht überall gleich gut an. Was sie zu einem guten Gespann machte.
Er schlug die Wagentür zu und schlenderte auf sie zu. »Heute solo unterwegs, Tanner?«, erkundigte er sich grinsend.
»Gott, nein, ich hab ja Sie, Reed.«
»Von Geburt an ein Glückskind und schön noch dazu.«
»Erzählen Sie das meinem Therapeuten, meinem Schönheitschirurgen und meinem Dreckskerl von Ex-Mann.«
Er lachte. »Wissen Sie etwas über den Fall hier?«
»Nicht viel. Nur dass Knochen gefunden wurden.«
»Ich tippe auf einen Hund.«
»Vielleicht auch ein Kojote.«
Sie erreichten die Absperrung, wo er den mit einem Klemmbrett bewaffneten Streifenbeamten begrüßte. Er trug sich ins Protokoll ein und reichte es an Tanner weiter. »Was ist denn hier passiert?«
»Reblausbefall. Der gesamte Weinberg musste ausgehoben werden.«
Tanner stöhnte. »Es bricht mir das Herz, zu sehen, wie diese uralten Rebstöcke zerstört werden.«
»Allerdings«, bestätigte der Streifenbeamte. »Das tut einem in der Seele weh, was?«
Reed betrachtete die Haufen dicker, knorriger Äste und Zweige. Jahrhundertealte Reben. Je älter die Rebstöcke, umso weniger Früchte, doch umso intensiver ihr Aroma. Nichts kam geschmacklich an den Wein heran, der aus ihnen gekeltert wurde.
»Ich bin ja eher der Biertyp«, erklärte er.

Die beiden sahen ihn an, und Tanner schüttelte den Kopf. »Sie sind schon ein komischer Kauz, Reed. Wissen Sie das eigentlich?«

Sie lächelte dabei, doch es war die Wahrheit. Hier, in diesem schmalen Landstrich, drehte sich alles um Trauben und den Wein, der daraus hergestellt wurde. Die Farbe des Weins, sein Aroma, die Bewertung, die er im *Wine Enthusiast* bekam. Hier kreisten die Gespräche nicht um Politik oder Religion, sondern um Begriffe wie *Vitikultur* und *Terroir*.

Alldem hatte er vor Jahren den Rücken gekehrt.

Reed grinste sie an. »Ja, ich weiß, aber ich trage diese Bezeichnung mit Stolz.«

»Allerdings.« Sie wandte sich wieder dem Deputy zu. »Die Knochen wurden beim Umgraben gefunden?«

Der Deputy nickte und deutete auf ein Grüppchen Feldarbeiter, die auf der Ladefläche eines ramponierten Pick-ups saßen. »Die Baggerschaufel stieß auf eine Holzkiste oder zumindest das, was davon übrig war. Die Jungs dachten schon, sie hätten einen Schatz gefunden, und waren völlig aufgedreht. Allerdings änderte sich das schlagartig, als sie die Kiste aufgemacht haben.«

»Und Sie haben auch schon reingesehen?«

»Ich wollte keine Spuren zerstören. Deshalb habe ich nur kurz einen Blick hineingeworfen und gesehen, dass es sich um Knochen handelt.«

»Menschliche?«, hakte Tanner nach.

»Keine Ahnung. Damit kenne ich mich nicht aus. Jedenfalls sieht es ziemlich gruselig aus.«

Amüsiert hob Tanner eine ihrer perfekt gezupften Brauen. »Spricht da der Profi, Officer?«

Er lachte. »Allerdings.«

Reed und Tanner duckten sich unter dem Absperrband durch und gingen zur Fundstelle. Die alten Rebstöcke waren sehr tief verwurzelt gewesen, deshalb sah es wie auf einem Schlachtfeld aus. Reed zog Latexhandschuhe über und ging neben dem Fund in die Hocke. Die Kiste war stark zersetzt und beim Versuch der Feldarbeiter, einen Blick auf den Inhalt zu werfen, teilweise zerbröckelt.

»Eine Weinkiste«, stellte er fest. »Oder das, was davon übrig ist. Damit scheidet der Kojote aus.«

»Jedenfalls war sie ziemlich lange vergraben.«

»Der Deckel war vernagelt.« Er deutete auf einen rostigen Nagel, der sich aus dem bröckelnden Holz gelöst hatte. »Hier hat einer seinen Fido aber mächtig liebgehabt. Haben Sie zufällig einen Stift?«

Sie reichte ihm einen, mit dessen Hilfe er eine Ecke der dicken Plastikfolie beiseiteschlug. Reed wappnete sich innerlich für eine Wolke des Gestanks, die jedoch erstaunlicherweise ausblieb.

Tanner sah als Erste hinein. »Heilige Scheiße«, stieß sie hervor. »Gruselig trifft es nicht mal annähernd.«

Kein Hund und auch kein Kojote, stellte Reed fest. Und auch nicht nur Knochen. Sondern ein Säugling. Ein mumifizierter Säugling.

»Mit so etwas habe ich keine Erfahrung«, sagte Tanner. »Ich muss die Sonoma State Police anrufen und einen Anthropologen kommen lassen.«

Reed nickte und spürte, wie sein Mut sank. Was als vielversprechender Morgen in den Weinbergen begonnen hatte, war soeben zu einem äußerst scheußlichen Tag geworden.

Kapitel zwei

Freitag, 12. Februar
11:45 Uhr

Während Tanner Verstärkung anforderte, nahm Reed die sterblichen Überreste des Säuglings in Augenschein. Der winzige Leichnam war teils skelettiert, teils mumifiziert und bis auf Kopf, Hände und Füße unversehrt. Die skelettierten Hände und Füße waren zerfallen, der Schädel musste beim Ausgraben in drei Teile zerbrochen sein.

Reed hockte sich auf die Fersen. Die Mumifizierung setzte immer dann ein, wenn eine Leiche großer Trockenheit ausgesetzt war. In diesem Fall schrumpfte das Gewebe und legte sich um die Knochen, wo es ledrig und braun wie Rinderhaut wurde. Aber hier war es anders. Das Gewebe des Leichnams hatte eine seifenartige Konsistenz angenommen und war zu etwas geworden, das liebevoll als »Seifenmumie« bezeichnet wurde.

Reed schlug die Plastikfolie vollends beiseite und betrachtete den Inhalt des selbst gezimmerten Sargs. Wer auch immer den Säugling hineingelegt hatte, war mit großer Umsicht ans Werk gegangen. Das Kind war in eine Decke gehüllt – Teile des zersetzten Stoffs klebten an ihm – und anschließend in die Plastikhülle eingeschlagen worden.

Er runzelte die Stirn. Die Plastikhülle und die Tiefe des Grabes – knapp anderthalb Meter, soweit er beurteilen konnte – hatten höchstwahrscheinlich verhindern sollen, dass der Leichnam von Aasfressern ausgebuddelt oder im Rahmen von Umgrabungsarbeiten im Weinberg gefunden wurde. Ohne die Reblausplage wäre der Säugling nach wie vor unentdeckt.

Tanner kehrte zurück. »Ein Anthropologe ist unterwegs. Ein neuer, blutjung. Und Cal.«

»California« Cal.

Er gehörte ebenfalls zum Spurensicherungsteam und hatte die

Coolness gepachtet, womit er dem in Hollywood propagierten Bild des CSI-Experten voll und ganz entsprach – zumindest was seinen Kleidungsstil betraf.

Reed grinste. »Tja, da werde ich mich ranhalten, damit seine Nobel-Treter mal ein bisschen schmutzig werden.«

»Ich wette fünf Mäuse, dass Sie das nicht schaffen.«

»Wir sind im Geschäft.« Er deutete auf das Opfer. »Und? Was denken Sie?«

»Das war jedenfalls kein Fall von plötzlichem Kindstod. Sehen Sie mal hier.« Sie zeigte auf die Schädelteile. Auf zweien davon waren Spuren stumpfer Gewalteinwirkung zu erkennen. »Es gibt wohl kaum Zweifel daran, wodurch dieses Kleine zu Tode gekommen ist. Das arme Ding.«

Reed sah seine Partnerin an. »Wie lange leben Sie schon im Valley, Tanner?«

»Seit fünfzehn Jahren.«

»Schon mal den Namen Dylan Sommer gehört?«

Sie überlegte einen Moment, dann schüttelte sie den Kopf. »Irgendeine Beziehung zur Sommer Winery?«

»Ganz genau. Dylan Sommer war der Sohn des Besitzers. Er wurde 1985 entführt. Aus dem Haus der Familie.«

Reed blickte erneut zu dem grausamen Fund hinüber. »Das Ganze hat damals mächtig für Wirbel gesorgt und heftige Diskussionen über die Sicherheit hier im Tal ausgelöst. Der Kleine wurde aus seinem Bettchen geraubt, während seine beiden Schwestern, eine davon im Teenageralter, auf der anderen Seite des Korridors schliefen. Alle dachten, es sei eine Entführung, aber es ging nie eine Lösegeldforderung ein. Und man hat ihn nie gefunden.«

Sie strich sich das Haar hinters Ohr. »Sie denken, er könnte es sein.«

»Ja.«
»Aber das hier muss nicht mal ein …«
»Junge sein? Ich denke schon. Da.« Er zeigte auf etwas. In einer der Plastikfalten lag ein Schnuller. Ein blauer.
»Mein Gott.« Sie setzte sich auf den Fersen zurück. »Das heißt aber nicht unbedingt, dass das hier Dylan Sommer ist.«
»Das stimmt. Aber wir haben hier einen männlichen Säugling, der in einem Weinberg ganz in der Nähe des Weinguts der Familie verscharrt wurde.«
Sie zog die Brauen zusammen. »Die Eltern wurden damals nicht verdächtigt?«
»Nein. Sie hatten unter anderem ein wasserdichtes Alibi.«
»Und zwar welches?«
»Sie haben mit ihren besten Freunden zu Abend gegessen. Meinen Eltern.«

Kapitel drei

Freitag, 12. Februar
13:20 Uhr

Reeds Magen knurrte vernehmlich, was ihm einen mitfühlenden Blick von Tanner einbrachte. Die Aussichten auf etwas Essbares waren denkbar schlecht, da die Ermittlungen inzwischen in vollem Gange waren – überall um sie herum wimmelte es von Detectives des VCI, des CSI und des amtlichen Leichenbeschauers.
Er und Tanner hatten sich mit ihren Sergeants abgesprochen, die nur zu gern bereit gewesen waren, ihnen den Fall zu überlassen, und die sich mittlerweile bestimmt längst auf dem Weg zum Mittagessen befanden. Glückspilze, dachte Reed.
Tanners CSI-Kollege, Detective »California« Cal Calhoon,

wählte diesen Augenblick für seinen Auftritt. Er sah wieder einmal aus, als wäre er der jüngsten GQ-Ausgabe entstiegen – bis auf die Schutzhüllen, die er sich über die Schuhe gestreift hatte.

Scheiße, dachte Reed. Fünf Mäuse in den Sand gesetzt.

Calhoon trat neben Reed, der den schnieken Detective mit seinen eins zweiundneunzig um ein gutes Stück überragte. »Wer ist dieser Milchbubi da?«, fragte Cal und deutete auf den jungen Anthropologen, der neben der Fundstelle kauerte.

»Pete Robb, Doktor der Medizin.«

Cal lächelte und entblößte dabei seine regelmäßigen, strahlend weißen Zähne. »Außer mir findet also keiner, dass er zu jung ist, um seinen eigenen Arsch von diesem Loch in der Erde zu unterscheiden?«

»Mir geht er zumindest mächtig auf den Keks«, erklärte Reed. »So viel kann ich schon mal sagen. Zuerst dauert es eine halbe Ewigkeit, bis er auftaucht, und dann verlangt er von uns, dass wir herumstehen, während er sich ein ›Bild vom Fund verschafft‹.«

»Lasst ihn in Ruhe«, schaltete sich Tanner ein. »Wir waren doch am Anfang genauso – grün hinter den Ohren, übereifrig und wild entschlossen, Gutes zu tun.«

»Sie vielleicht«, murmelte Reed. »Los, auf geht's.«

Cal und Tanner schlossen sich Reed an. Der Anthropologe sah nicht einmal auf, als sie zu ihm traten.

»Bevor ich mich in eine Mumie verwandle«, begann Reed, »wollen Sie uns vielleicht verraten, was Sie davon halten?«

»Genau genommen haben wir es hier mit einem klassischen Fall von *Verseifung* zu tun«, korrigierte der Mediziner. »Schon mal davon gehört?«

O ja, dachte Reed. Blutjung. »Das ist ein sehr komplexer Begriff, Doc. Möchten Sie ihn uns vielleicht erläutern?«

Cal und Tanner warfen Reed einen amüsierten Blick zu, den der Anthropologe jedoch nicht zu bemerken schien. »Es ist ein von Feuchtigkeit unterstützter Prozess, in dessen Verlauf sich das Körperfett in eine seifenartige Substanz namens Adipocire verwandelt.«

»Leichenwachs«, bemerkte Tanner mit Unschuldsmiene. »Richtig?«

»Genau!« Robb strahlte sie an wie ein Professor seinen Musterstudenten. »Es ist eine unglaubliche Substanz. Hochinteressant. Sie kann in sämtlichen Stadien vorkommen, von weich und seifig bis hin zu hart, spröde und wachsig, wie in unserem Fall hier.«

Reed gab dem Burschen einen Pluspunkt für seinen Enthusiasmus – und zollte Tanner Respekt für ihren Entschluss, Verstärkung anzufordern.

»Unter den richtigen Bedingungen – Feuchtigkeit, wenig Sauerstoff, basische Bodenqualität – verwandelt sich das Fett in Adipocire. Und Säuglinge besitzen einen hohen Anteil an Körperfett. Außerdem fehlen ihnen bestimmte Verdauungsenzyme, was die Adipocire-Produktion ebenfalls begünstigt.«

»Trotzdem sind Hände und Füße skelettiert«, wandte Cal ein. »Wie das?«

»Kein Fett, kein Adipocire.«

»Wie alt war er?«, fragte Reed. »Eine grobe Schätzung.«

»Keine zwei Jahre alt.« Der Jüngling schob sich die Brille auf der Nase hoch. »Der Schädelknochen war noch nicht zusammengewachsen, was beweist, dass er deutlich jünger war.«

»Vielleicht sechs, sieben Monate alt?«, hakte Reed nach.

»Könnte sein. Ich werde im Labor die Knochenlänge vermessen, dann kann ich das Alter weiter eingrenzen.«

»Wie lange war er hier begraben?«, fragte Tanner.

»Nach dem Verfall der Kiste zu schließen, über mehrere Jahre. Mindestens aber zwei.«
»Woraus schließen Sie das?«
»Unter Bedingungen wie diesen setzt die Produktion von Adipocire ein bis zwei Monate nach dem Tod ein und endet nach rund zwei Jahren.«
»Könnte er auch seit fünfundzwanzig Jahren dort liegen?«, wollte Reed wissen.
»Hm, durchaus. Ja.«
Reed wandte sich an Tanner und Cal.
»Ich werde herausfinden, ob dieser spezielle Schnuller heute noch hergestellt wird und, falls nein, wann die Produktion eingestellt wurde.«
»Ich mache dasselbe mit der Windel«, erklärte Cal. »Das Ding mag zwar in einem üblen Zustand sein, aber vielleicht kann das Labor mittels Gewebe- und Modellvergleichs trotzdem etwas herausfinden. Außerdem könnte die Kiste irgendwie markiert sein.«
Tanner sah Reed an. »Kann sein, dass das Labor aus den Knochen DNA-Spuren extrahieren kann. Das Adipocire könnte auch helfen.«
»Dasselbe gilt für den Schnuller.«
»Wie sehen die nächsten Schritte aus?«, fragte Tanner.
»Ich kann mir ziemlich genau vorstellen, wem dieses Grundstück gehört«, antwortete Reed. »Ich werde das überprüfen und hänge mich gleich dran.«
»Sommer?«
Reed nickte und sah auf seine Uhr.
»Selbst wenn ihm der Weinberg nicht gehört, muss ich mit ihm reden.«
»Tut mir leid«, sagte sie schlicht – es bestand kein Zweifel, dass

ihr bewusst war, wie heikel dieses Gespräch angesichts seiner persönlichen Beziehung zu den Sommers werden würde.
»Mir auch. Rufen Sie mich an, wenn Cal und Sie wieder auf dem Revier sind. Wir treffen uns dort.«

Kapitel vier

Freitag, 12. Februar
16:10 Uhr

Reed kannte jeden Stein und Strauch an der steilen, gewundenen Straße, die zur Sommer Winery hinaufführte. Hunderte Male war er sie entlanggefahren, meistens wesentlich schneller und risikofreudiger als heute. Wie oft war er dabei nicht nüchtern gewesen? Und nicht nur unter Alkohol- und Drogeneinfluss, nein, sondern auch angetrieben von jugendlichem Leichtsinn, von Machismo und einer völlig übersteigerten Einschätzung seiner selbst und seines Platzes auf dieser Welt.
Reed lächelte freudlos. Der Mann von damals war heute ein Fremder für ihn.
Er drosselte sein Tempo und richtete seine Gedanken auf die vor ihm liegende Aufgabe. Er hatte die Akten von damals durchgeackert, hatte die Schilderungen der Familienmitglieder und ihrer Freunde zu den Ereignissen jenes Tages vor fünfundzwanzig Jahren überprüft.
Im Leben jedes Menschen gab es Momente von solcher Eindringlichkeit, dass sie sich unauslöschlich ins Gedächtnis einbrannten, so klar und deutlich wie der Tag, an dem sie vorgefallen waren. Der Morgen, an dem Reed aufgewacht war und erfahren hatte, dass Dylan Sommer entführt worden war, war ein solcher Moment.
Es war der 17. August gewesen. Ein Samstag. Damals war

Reed zehn Jahre alt gewesen. Die Sonnenstrahlen, die durchs Fenster hereinfielen, hatten ihn geweckt. Der Himmel war klar und von perfektem Blau gewesen, eine Brise hatte die Vorhänge sanft gebauscht.
Und hatte das Weinen seiner Mutter herangetragen.
Er hatte gelauscht. Die Stimmen der Erwachsenen waren gedämpft gewesen, flüsternd, und auf ihren Mienen hatte ein Ausdruck gelegen, den er nie zuvor gesehen hatte. Heute kannte er ihn. Es war Kummer. Fassungslosigkeit. Angst.
Kurz danach war die Polizei eingetroffen. Dann das FBI. Er hatte weiter gelauscht – und erfahren, dass Dylan verschwunden war. Man hatte Blut vor den Weinkellern der Sommers gefunden. Und man ging davon aus, dass bald eine Lösegeldforderung eingehen würde.
Doch das war nie geschehen.
Von diesem Tag an hatte sich das Leben verändert. Seine Eltern waren schlagartig alt geworden, hatten sich häufiger gestritten, hatten seltener gelächelt. Und auch das Verhältnis zu ihren Freunden – besonders zu den Sommers – hatte fortan etwas Bemühtes an sich gehabt. Das Leben war nicht länger sorglos und unbekümmert gewesen. Und nicht mehr so einfach. Türen waren fortan verschlossen gewesen, Alarmanlagen installiert worden. Keine nächtlichen Versteckspiele mehr, während die Eltern sich beim Wein unterhielten.
Damals hatte er nicht begriffen, weshalb es so war. Als Erwachsener verstand er es. Wie wurde man mit so etwas fertig? Wie schaffte man es, sein Leben weiterzuleben?
Das Weingut mit dem dazugehörigen Wohnhaus, beide im Laufe der Zeit immer wieder modernisiert und erweitert, tauchten vor ihm auf. Wie bei vielen Anwesen in der Gegend beeindruckte es vor allem durch seine spektakuläre Lage –

knapp siebenhundert Meter über dem Tal, eingebettet in die Bucht und von Eichen und Eukalyptusbäumen umsäumt. Die Aussicht war atemberaubend: Weinberge schmiegten sich an die Hänge, jeder einzelne davon mit seinem eigenen Mikroklima, das die perfekten Voraussetzungen für ein einzigartiges Aroma der Trauben schuf.

Der Himmel auf Erden.

Reed stellte den Wagen ab, stieg aus und machte sich auf den Weg. Harlan Sommer war ein anständiger Kerl, den Reed schon immer gemocht hatte. Er verabscheute die Vorstellung, die alte Wunde wieder aufreißen zu müssen, doch er hatte keine Wahl.

Ein Mann und eine Frau kamen aus dem Verkostungsraum.

»Tut mir leid«, rief die Frau, »aber wir haben schon geschlossen.«

Es war Rachel Sommer, Harlans Tochter. »Rachel, ich bin's. Dan Reed.«

»Danny?« Ein Lächeln trat auf ihre Züge, während sie auf ihn zu eilte. »Dich habe ich ja seit einer Ewigkeit nicht mehr gesehen.«

Er küsste sie auf die Wange. »Du siehst toll aus.«

Und das tat sie auch. Sie hatte hellbraunes, schulterlanges Haar und sanfte braune Augen und trug eine cremefarbene Wildlederjacke und Stiefel. Mit dreizehn war er bis über beide Ohren in die damals Achtzehnjährige verknallt gewesen – sie hatte ihre Zurückweisung allerdings sehr nett formuliert, das musste er ihr zugutehalten.

»Dan, so groß und gutaussehend wie früher. Immer noch solo?«

»Soll das ein Angebot sein?«

»Schon möglich.« Sie drückte ihn erneut an sich, ehe sie sich ihrem Begleiter zuwandte. »Das ist Ron Bell, unser zweiter Winzermeister. Ron, Dan und ich sind praktisch zusammen aufgewachsen.«

»Praktisch?« Dan schüttelte dem Fremden die Hand. »Schätzungsweise habe ich mehr Zeit hier oben verbracht als zu Hause.«

»Unsere Eltern waren beste Freunde«, erklärte sie. »Dans Familie besitzt die Red Crest Winery.«

»Gute Weine«, stellte Ron fest. »Ihr 05er Cabernet franc war hervorragend. Hat er nicht den Preis des *San Francisco Chronicle* gewonnen?«

»Ja, vielen Dank. Die Goldmedaille. Aber das ist nicht mein Verdienst, sondern der meines Vaters und meiner Brüder.«

Rachel hakte sich bei Dan unter. »Dan hat dem Weingeschäft zugunsten von Justitia den Rücken gekehrt.«

»Sie sind Anwalt?«

»Cop«, korrigierte er und grinste beim Anblick der schockierten Miene des Mannes.

»Ein Rebell«, erklärte Rachel. »Das ist er.«

Sie schlugen den Weg zum Haus ein. »Dad probiert heute einen der 08er Cabs. Komm doch und trink ein Glas mit uns. Er wird sich bestimmt freuen, dich zu sehen.«

»Da bin ich nicht so sicher. Das hier ist kein Freundschaftsbesuch. Es geht um Dylan.«

Sie blieb abrupt stehen und starrte ihn an, als hätte er ihr eine Ohrfeige verpasst. »Mein Gott, Dan. Das kann doch nicht …«

»Rachel, wer ist da gekommen?«, rief Harlan Sommer in diesem Augenblick.

»Der kleine Danny …«

»Reed«, rief Harlan und kam strahlend auf sie zu. »Wie schön,

dich zu sehen, mein Junge.« Er klopfte ihm auf den Rücken. »Verdammt lange her.«
Seit ihrer letzten Begegnung war Harlan Sommers Haar vollständig ergraut. Und er wirkte schmaler, zerbrechlicher. »Allerdings. Wie geht es dir?«
»Gut. Hervorragend. Treven und Clark sind auch hier. Komm rein und sag hallo.«
»Dad, warte.« Rachel legte ihm die Hand auf den Arm. »Dan sagt, das sei kein Freundschaftsbesuch.« Sie senkte die Stimme. »Es geht um Dylan.«
Harlan blieb stehen. »Verstehe«, sagte er steif und wandte sich Ron zu. »Sag meinem Bruder und meinem Neffen, ich bin gleich da. Sie brauchen nicht zu warten.«
Ron sah zwischen den beiden Männern hin und her, dann nickte er und ging zum Haus.
»Wir haben die sterblichen Überreste eines Säuglings gefunden«, begann Reed. »Eines Jungen.«
»Wo?«, presste Harlan mit belegter Stimme hervor.
»In einem der Weinberge. Der mit dem Reblausbefall.«
Rachel schlug sich die Hand vor den Mund. »Die alten Rebstöcke. Mein Gott, das ist gleich da unten.«
Harlan begann zu zittern. Rachel legte ihm den Arm um die Schultern.
»Wir wissen noch nicht, ob es tatsächlich Dylan ist«, fuhr Reed fort. »Das Alter scheint zu stimmen, außerdem wurde der Säugling in einer Weinkiste begraben und so nahe …«
»Ich muss mich hinsetzen.«
Ohne auf eine Erwiderung zu warten, ging Harlan zu einer der Bänke neben einem gemauerten Freiluftofen und ließ sich daraufsinken. Rachel setzte sich neben ihn und nahm seine Hand.

Reed nahm auf der Bank schräg gegenüber Platz. »Ich muss dir ein paar Fragen stellen, Harlan.« Der Mann nickte. »Hatte Dylan einen Schnuller?«, fragte Reed.

»Ja«, stieß Harlan hervor.

»Könntest du ihn mir beschreiben?«

Er schüttelte den Kopf. »Er war blau. Mehr weiß ich nicht mehr.« Er sah seine Tochter an. »Nach all den Jahren. Wie ist das möglich?«

»Erinnerst du dich, ob er ihn an diesem Abend mit ins Bett genommen hat?«

»Das hat er immer getan«, erwiderte Rachel anstelle ihres Vaters mit fester Stimme, in der ein beinahe wütender Unterton lag.

»Erinnerst du dich noch, ob er am Morgen von Dylans Verschwinden gefehlt hat?«

»Ich weiß nicht. Ich weiß …« Er fuhr sich mit der Hand über den Kopf. Seine Stimme bebte. »Darüber habe ich mir nie Gedanken gemacht.«

»Der Säugling wurde mit einem Schnuller begraben. Einem blauen.«

Ein Laut drang über Harlans Lippen, leise und gequält, wie ein Tier, das schreckliche Schmerzen litt. Rachel nahm ihn in die Arme und bettete ihren Kopf auf seine Schulter. »Es tut mir so leid, Dad.«

»Ich habe immer gehofft, dass er noch lebt«, flüsterte er. »Auch wenn es idiotisch ist. Es … hat mir geholfen … zu …« Seine Stimme verklang.

»Wir können nicht mit Gewissheit sagen, ob es Dylan ist«, sagte Reed leise. »Die sterblichen Überreste sind erstaunlich gut erhalten. Geradezu grotesk gut.«

»Das verstehe ich nicht«, sagte Rachel. »Es ist fünfundzwanzig

Jahre her … Ich war damals fünfzehn, Herrgott noch mal! Was kann übrig geblieben sein?«

So einfühlsam, wie er nur konnte, erklärte Reed den beiden den Verseifungsprozess. »Die Überreste sind mumifiziert. Es tut mir leid.«

Harlan schwieg, doch sein Kiefer mahlte. »Hat Dylan noch Windeln getragen?«, fragte Reed.

»Ja.«

»Erzähl mir mehr über diesen Abend.«

Harlan krallte die Hände ineinander. »Wir sind zum Essen zu deinen Eltern gefahren. Wir haben zu viel Wein getrunken … damals hat man das eben getan.« Er senkte den Blick. »Sie hat mir nie verziehen. Die Kinder allein zu lassen war meine Idee gewesen. Ich habe ihr versichert, dass sie schon klarkommen.«

»Ich war fünfzehn«, wandte Rachel mit bebender Stimme ein. »Alt genug, um auf meine Geschwister aufzupassen. Wenn jemanden eine Schuld trifft, dann mich.«

»Nein«, widersprach Harlan. »Ich danke nur Gott, dass du … wäre dir etwas zugestoßen, hätte ich nicht die Kraft gefunden weiterzumachen.«

Reed wandte sich an Rachel. »Wenn ich mich recht entsinne, Rachel, habt ihr, du und deine Stiefschwester, geschlafen und von alldem nichts mitbekommen.«

»Ja«, flüsterte sie.

»Die Polizei meinte damals, dass der Entführer wusste, dass die Kinder allein zu Hause waren. Und auch, in welchem Zimmer Dylan schlief. Das FBI hat diese Theorie unterstützt. Sie waren überzeugt, dass es sich um eine klassische Entführung handelt.«

»Aber es ging nie eine Lösegeldforderung ein.«

»Nein.«

Etwas war schiefgelaufen. Möglicherweise. Oder sie hatten die Nerven verloren, hatten Dylan getötet und verscharrt und waren abgehauen, dachte Reed, behielt jedoch seine Gedanken für sich.

Harlan schüttelte den Kopf. »Wir hätten doch nie gedacht, dass so etwas hier passieren könnte … nicht in Sonoma. Wir haben ja nicht mal die Haustüren abgeschlossen.«

Wieder verstummte er, und Rachel ergriff das Wort. »Wann werden wir erfahren, ob es Dylan ist?«

»Wir versuchen, das genaue Alter des Säuglings zu ermitteln und auch, wie lange er schon dort gelegen hat. Außerdem gelingt es möglicherweise, DNA aus den sterblichen Überresten zu gewinnen und ihn auf diese Weise zu identifizieren. Wenn das nicht funktioniert, könnten wir uns an einen Rekonstruktionsforensiker wenden.«

»Was auch immer nötig ist«, erklärte Harlan, »ich bezahle dafür. Ich muss wissen, ob es Dylan ist.«

»Ich werde mit deiner Ex-Frau reden müssen.«

»Ich weiß nicht, wo sie ist.« Beim Anblick von Reeds ungläubiger Miene zuckte Harlan die Achseln.

»Seit sie weg ist, habe ich nicht mehr mit ihr geredet. Der Verlust von Dylan … sie hat ihn nicht verwunden.«

Treven, Harlans älterer Bruder, trat mit einer Weinflasche und zwei Gläsern in der Hand aus dem Haus. Er begrüßte Reed, schenkte eines der Gläser voll und reichte es seinem Bruder. »Was ist denn passiert, Harlan?«

»Es geht um Dylan.« Harlan räusperte sich. »Kann sein, dass sie seine Leiche gefunden haben.«

»Gütiger Himmel. Wo?«

Reed schilderte den Fund ein zweites Mal. »Und was weißt du bislang?«, fragte Treven, als Reed geendet hatte.

Der ältere der beiden Brüder hatte eine völlig andere Art an sich. Geschäftsmäßiger. Sachlicher. Er wollte Fakten hören. Andererseits war es nicht sein Kind gewesen, das entführt und anschließend getötet worden war.

»Die sterblichen Überreste lassen darauf schließen, dass der Tod durch stumpfe Gewalteinwirkung auf den Kopf eingetreten ist. Er war in einer Weinkiste begraben, trug eine Einwegwindel und war in eine Decke gewickelt. Sein Schnuller lag auch dabei.«

Harlans Schultern bebten, als er in Tränen ausbrach. Treven ging vor ihm in die Hocke. »Das sind doch gute Nachrichten, Harlan. All die Jahre in dieser Ungewissheit … ohne Gerechtigkeit. Dieser Fund genügt doch wohl für eine Wiederaufnahme der Ermittlungen.« Er sah Reed an, der nickte. »Überleg doch nur, Gerechtigkeit für Dylan, nach all der Zeit. Ein anständiges Begräbnis.«

»Wann werden wir Genaues wissen?«, fragte Harlan.

»Wir beeilen uns«, versprach Reed. »Im Moment bergen wir die sterblichen Überreste und bringen sie ins Labor. Ich halte dich auf dem Laufenden.«

Kapitel fünf

San Francisco, Kalifornien
Montag, 15. Februar
14:20 Uhr

Alex stellte den Wagen vor dem Haus ihrer Mutter ab – eines jener unter dem Namen »Painted Ladies« berühmt gewordenen Holzhäuser im viktorianischen Stil. Sie war hier groß geworden, wusste seine Einzigartigkeit jedoch erst zu schätzen, seit sie erwachsen war. Typisch Kind, dachte sie – man wünscht sich immer das, was man nicht kriegen kann, statt sich an dem zu freuen, was man hat.

Alex zog die Handbremse an und stieg aus ihrem Toyota Prius. Die vergangenen sechs Tage hatte sie damit zugebracht, nach der Quelle ihrer »Vision« zu forschen, wie sie sie mittlerweile nannte. Bislang ohne Erfolg.

Sie zog ihren karamellfarbenen Trenchcoat über und machte sich auf den Weg zum Haus. Der Vorfall geisterte ihr zwar noch im Kopf herum, doch ihre anfängliche Besorgnis fiel allmählich von ihr ab.

Eine einmalige Angelegenheit, sagte sie sich, eine Art Aussetzer. Nichts, worüber man sich Gedanken zu machen brauchte.

Alex hob die Zeitung vor der Haustür auf und ging hinein. Der Geruch nach Ölfarbe und Terpentin schlug ihr entgegen. Ihre Mutter arbeitete also.

»Mom«, rief sie. »Ich bin's, Alex.«

»Auf der Veranda, Schatz.«

Alex ging den Korridor entlang. Im Wohn- und Esszimmer herrschte das blanke Chaos – Möbel waren an die Wand geschoben, auf dem Boden lagen schmutzige Lappen, überall standen Staffeleien mit halbfertigen Bildern, und wo immer möglich lehnten Leinwände.

Ihre Mutter hatte sich schon vor langer Zeit davon verabschiedet, den Anschein von Normalität zu erwecken. Bereits bevor Alex ausgezogen war, um aufs College zu gehen, hatte ihre Kunst alles vereinnahmt und bis auf Alex' Zimmer und das Bad jeden Quadratmeter des Hauses mit Beschlag belegt – eine Art Metapher für die psychische Erkrankung ihrer Mutter. Es gab so gut wie keinen Bereich ihres Lebens, der davon unberührt blieb.

Alex legte die Zeitung auf den Küchentisch und ging weiter zur geöffneten Verandatür, durch die kühle Luft ins Haus drang. Ihre Mutter, mit ihren vierundfünfzig noch immer eine echte Schönheit, saß mit Skizzenblock, einer Schale Milchkaffee und einem unberührten Croissant vor sich auf dem Cafétisch im Freien.

Die Ähnlichkeit zwischen ihnen war nicht von der Hand zu weisen – dasselbe dunkle Haar, die feinen Gesichtszüge und die mandelförmigen Augen. Trotzdem hatte Alex sich stets als verwässerte Kopie der dramatischen Schönheit ihrer Mutter betrachtet – ihr Haar war nicht so tintenschwarz wie das der Mutter, ihre Haut weniger alabasterhaft, und statt dem klaren Grün waren ihre Augen haselnussbraun.

Die Sonne fiel auf das seidige Haar ihrer Mutter, während ihr Bleistift übers Papier flog und förmlich von einer Skizze zur nächsten flitzte. Sie trug keine Jacke, schien jedoch die Kälte nicht zu spüren.

Alle Anzeichen eines manischen Schubs, wie er im Buche stand, bemerkte Alex, trat auf die Veranda und drückte ihrer Mutter einen Kuss auf den Scheitel. »Ich sehe, du hast gearbeitet. Irgendetwas Schönes?«

Ihre Mutter sah auf. »Mehrere Sachen. Es war eine herrliche Session. Einfach herrlich.«

»Wieso kommst du nicht rein? Du holst dir hier draußen noch den Tod.«

Ihre Mutter winkte ab. »Das sind sie, Alex. Genau dafür wird man mich in Erinnerung behalten. Komm, hol dir einen Kaffee oder einen Saft und sieh sie dir an.«

Wenige Minuten später studierte Alex mit einem Glas Orangensaft in der Hand die unvollendeten Arbeiten. Es waren mindestens zwanzig Bilder in verschiedenen Stadien der Vollendung. Wirbelnde Farben, leuchtend und kräftig. Organische Formen, die vor Lebensfreude zu sprühen schienen. Unglaublich.

Sie betrachtete sie zutiefst berührt. Ihre Mutter hätte eine bedeutende Künstlerin sein können. *Hätte sein können*. Es war schwer, ohne ein greifbares Schaffenswerk ernsthaft Karriere zu machen. Oder wenn man eine Ausstellung zuerst zusagte, nur um in letzter Sekunde einen Rückzieher zu machen.

Alex nippte an ihrem Saft. Wie lange hatte sie gearbeitet, ohne zu schlafen oder etwas zu essen? Zwölf Stunden? Vierundzwanzig? Noch länger? Früher, als Alex noch zu Hause gelebt hatte, war es ihr zumindest gelungen, sie zur einen oder anderen Mahlzeit zu überreden. Sie hatte sie dazu gebracht, sich regelmäßig Ruhe zu gönnen und ihre Medikamente zu nehmen.

»Was denkst du?«, rief ihre Mutter aus der Küche.

»Unglaublich«, antwortete sie und kehrte in die Küche zurück, wo ihre Mutter vor der aufgeschlagenen Zeitung an der Arbeitsplatte stand und summend las. »Sie sind wirklich großartig, Mom.«

Ihre Mutter lächelte. »Einige davon gehören zu meinen besten Arbeiten. Die besten seit Jahren.«

»Kann ich eines davon haben?«, fragte Alex.

»Aber keines davon ist fertig, Dummchen.« Wieder machte ihre Mutter eine flüchtige Geste.

Und wahrscheinlich werden sie es auch nie sein, dachte Alex. »Ich hätte trotzdem gern eine. Darf ich?«

Ihre Mutter lachte. »Du bist schon ein seltsames Ding. Aber wenn dir so viel daran liegt, dann such dir eben eines aus.« Sie schaltete das Radio ein, worauf die Klänge von Fleetwood Macs Klassiker »Don't Stop« die Küche erfüllten. Ihre Mutter wiegte sich im Rhythmus der Musik. »Bei diesem Song werden Erinnerungen wach.«

Sie schnippte mit den Fingern. »Ich war ja eine recht Wilde. The Eagles, Peter Frampton, Grateful Dead. Ich habe sie alle gesehen.«

»Du nimmst deine Medikamente nicht, stimmt's?«

Ihre Mutter runzelte die Stirn. »Fang nicht wieder damit an.«

»Du brauchst deine Medikamente, Mom.«

»Ich mag es nicht, wie ich mich dann fühle.«

»Sie sorgen aber dafür, dass du ausgeglichener bist.«

»Wenn sich *ausgeglichen* anfühlt, als wäre man ein Zombie, dann kannst du sie gern selber nehmen.«

»Das haben wir doch alles längst besprochen. Im Moment fühlst du dich unbesiegbar, aber …«

Wieder winkte sie ab. »Nichts, was du sagst, kann mir heute die Laune verderben.«

»Mutter, bi…«

»Nein, nein, nein.« Sie ließ sich auf einen Stuhl sinken und nahm Alex' Hände. »Ich will mich nicht streiten. Bitte nicht.«

»Ich mache mir nur Sorgen um dich.«

»Das brauchst du nicht, mir geht's prächtig. Es könnte nicht besser sein.«

Noch, dachte Alex, während sie das Gemälde, das sie sich ausgesucht hatte, nach oben in ihr altes Zimmer trug. Je gewaltiger der Höhenflug, umso brutaler der Absturz später.

Sie ließ den Blick über die typische Mädchenzimmer-Einrichtung und die Sammlung von Bildern schweifen, die sie hier hortete. Sie betrachtete dies als Methode der Archivierung, um zu gewährleisten, dass ihre Mutter eines Tages auf ein Schaffenswerk zurückblicken konnte, selbst wenn es nur aus nicht vollendeten Werken bestand.

Sie schloss die Tür ab und ging die breite Treppe hinunter. Ihre Mutter stand am Fuß der Treppe und sah zu ihr herauf. »Du bist wirklich ein komisches Mädchen«, sagte sie liebevoll.
»Und dafür brauchte ich noch nicht mal zu schummeln«, erwiderte Alex und trat von der letzten Stufe.
»Allerdings.« Alex' Mutter legte ihr die Hände ums Gesicht. »Mein hübsches, hübsches Mädchen. So ganz anders als …« Sie unterbrach sich, wirbelte herum und kehrte summend in die Küche zurück.
»Als wer, Mom?«
Ihre Mutter blieb im Türrahmen stehen. »Als alle anderen, Dummchen.«
Alex musterte ihre Mutter mit einer Mischung aus Frust und Resignation. Hunderte Male hatten sie diese Diskussion geführt. Mindestens. Ihre Mutter machte eine Andeutung über etwas oder jemanden aus ihrer Vergangenheit, weigerte sich dann aber rigoros, näher darauf einzugehen.
Trotzdem versuchte sie es noch einmal. »Was ist denn so schrecklich an meinem Vater, dass du mir nichts von ihm erzählen willst?«
»Ich weiß nicht, wer dein Vater ist. Das weißt du doch.«
Alex folgte ihr in die Küche. Es brachte nichts, sich mit ihr zu streiten. Zu betteln und zu flehen. Das hatte sie so oft ausprobiert. Ebenso wenig aufschlussreich waren Fragen über die Familie und Vergangenheit ihrer Mutter. Sie wusste nur, dass sie von ihren Eltern enterbt worden war, als sie erfahren hatten, dass sie schwanger war.
Alex nahm ihre Tasche und schwang sie sich über die Schulter. »Ich muss jetzt zur Arbeit.«
Ihre Mutter erwiderte nichts.
Alex ging zur Tür, blieb noch einmal stehen und drehte sich

zu ihr um. Etwas in der Zeitung hatte ihre Aufmerksamkeit erregt. Konzentriert las sie, als hätte sie Alex' Gegenwart längst vergessen.

Was bringt es, sie zu bedrängen, wütend zu werden oder sich etwas zu wünschen, das sie sowieso nie kriegen würde? In Wahrheit besaß ihre Mutter nicht das emotionale Rüstzeug für eine ernsthafte Beziehung.

»Wiedersehen, Mutter.«

Ihre Mutter hob den Kopf und musterte sie mit eigentümlicher Miene. »Du gehst?«

»Ich muss zur Arbeit.«

Sie runzelte die Stirn. Die Blase der Euphorie war geplatzt, stellte Alex fest. Der Abstieg hatte begonnen.

»Ich wollte dich immer nur beschützen.«

»Wovor, Mom?«

Doch ihre Mutter hatte sich wieder der Zeitung zugewandt. Alex verließ das Haus und ging zu ihrem Wagen. Sie setzte sich hinters Steuer und startete den Motor, ehe sie einen letzten Blick zum Haus hinüberwarf. Fast rechnete sie damit, ihre Mutter am Fenster stehen zu sehen, doch da war nichts.

Nichts. Leere. Dieses Gefühl beschlich sie bei jedem ihrer Besuche. Sie fuhr los, während ihr die Worte ihrer Mutter noch einmal in den Sinn kamen. *»Ich wollte dich immer nur beschützen.«*

Aber wovor?, fragte sie sich wieder. Vor wem?

Kapitel sechs

Mittwoch, 17. Februar
21:45 Uhr

Genau diese Frage beschäftigte Alex noch, als sie sich am übernächsten Abend von ihren Kollegen verabschiedete und die Bar verließ. Es war wenig los gewesen, deshalb hatte sie ein paar Minuten früher Schluss gemacht. Während der Woche ging es im Third Place, das mitten im Mission-Viertel lag, meist ziemlich hoch her, ehe es sich ab zehn Uhr langsam leerte. Doch dieser Abend war die reinste Qual gewesen, und die Füße und der Rücken schmerzten vom Herumstehen und Nichtstun.

Dafür war ihr jede Menge Zeit zum Nachdenken geblieben. Über ihre Mutter. Ihre Krankheit, ihre Geheimnisse. Und jede Menge Zeit, sich Sorgen um sie zu machen.

Als Alex sich ihrem Wagen näherte, erblickte sie Tim, der gegen die Tür gelehnt dastand – der Inbegriff des hippen Professors mit seinem zerzausten blonden Haar mit den grauen Strähnen, dem Armani-Pullover und den Ecco-Mokassins.

Typisch Tim. Nach dem Besuch bei ihrer Mutter hatte sie ihm eine Nachricht hinterlassen. Doch statt sie zurückzurufen, stand er zwei Tage später zur Schlafenszeit vor ihr, mit Welpenblick und eifrig wedelndem Schwanz.

Sie konnte sich ein Lächeln nicht verkneifen. Das Wissen, welchen Stellenwert sie in seinem Leben hatte, nahm ihrer Beziehung das Angst-Element. Zumindest empfand sie es so. Und es gab ihr das Ruder in die Hand.

»Hey«, sagte sie. »Ich dachte, du bist zu dem Schluss gelangt, dass ich größeren Ärger bedeute, als ich wert bin.«

»Niemals.« Er küsste sie auf die Wange. Ein fremdes Parfum, süßlich und blumig, stieg ihr in die Nase. »Wie lief's bei der Arbeit?«

»Öde.« Sie schob sich eine Haarsträhne hinters Ohr. »Einer dieser Abende, an denen man eine Menge Zeit zum Nachdenken hat.«

»Was ist los? Du hast ziemlich aufgebracht geklungen, als du angerufen hast.«

»Ich brauchte jemanden zum Reden.«

»Deine Mutter?«

»Woher weißt du das?«

»Ich habe es an deiner Stimme gehört.« Er beugte sich vor und legte diesen tiefen, seidigen Schmelz in seine Stimme, den sie immer so geliebt hatte. »Was ist nur mit uns passiert, Alex?«

»Was war das denn gerade?«

»Du fehlst mir.«

Sie legte ihm die Hand auf die Brust, um zu verhindern, dass er noch näher kam. »Selbst wenn wir vergessen könnten, dass du es nicht geschafft hast, den Inhalt deiner Hose unter Kontrolle zu halten, bleibt trotzdem noch die Tatsache, dass wir keinerlei Gemeinsamkeiten haben.«

»Das stimmt doch nicht. Wir sind beide Suchende und beide fasziniert von der ultimativen Frage nach dem Sinn des Lebens. Und davon, was Menschen tun, um ihn zu finden.« Er grinste. »Außerdem haben wir im Bett toll zusammengepasst.«

»Neulich abends klang das aber anders.«

»Du hattest Probleme mit dem Kopf.«

Die Lässigkeit, mit der er ihr diese Worte vor die Füße warf, ließ sie zusammenzucken. Als wären ihre »Probleme mit dem Kopf« alltäglich, sowohl im Bett als auch sonst. Er traf einen Nerv damit – schließlich lebte sie in der ständigen Angst, sie könnte die Psychose ihrer Mutter geerbt haben, obwohl sich bis heute, bis zu ihrem dreißigsten Lebensjahr, noch keine Symptome gezeigt hatten.

War ihre »Vision« von neulich ein erstes Anzeichen?
»Ich weiß genau, was du jetzt denkst«, sagte er leise und legte seine Hand auf ihre. »Das wollte ich damit nicht andeuten. Du bist nicht wie sie.«
Sie musterte ihn forschend. Sollte sie ihm von ihrer Vision erzählen?
Sie öffnete den Mund, besann sich jedoch im letzten Moment eines Besseren. »An dem Tag, als ich dich angerufen habe, war ich gerade bei ihr gewesen. Sie nimmt ihre Medikamente nicht und war wieder einmal mitten in einem manischen Schub.«
»Das tut mir leid, Alex.«
»Mir auch. Es ist so frustrierend.« Sie hörte die Hilflosigkeit in ihrer Stimme und versuchte, dagegen anzukämpfen. »Danke, dass du mir zuhörst.«
»Lust auf einen Drink? Meine Schulter steht dir gern zur Verfügung.«
Im ersten Moment war Alex versucht, ja zu sagen, doch sie ahnte bereits, wohin dieser Drink führen würde. Und obwohl sie wusste, dass sie durch Sex nicht finden würde, wonach sie suchte, fühlte sie sich im Augenblick nicht stark genug. »Lieber nicht, Tim. Ich habe wieder mit meiner Dissertation angefangen und arbeite abends oft lange. Ich bin ziemlich müde.«
»Ich könnte dich ja aufwecken«, neckte er. »Außerdem hätte ich die Chance, an meinem Minuskonto zu arbeiten.«
Sie schloss ihren Wagen auf. »Tut mir leid, aber – nein.«
»Du weißt, dass ich dich immer noch liebe.«
»Trotzdem nein.« Sie küsste ihn flüchtig auf den Mund, dann stieg sie ein und fuhr davon. An der Ecke sah sie in den Rückspiegel und stellte fest, dass er verschwunden war.
Wahrscheinlich war er in die Bar gegangen, in der Hoffnung, eine andere Frau zu überreden, dass sie ihm eine Chance gab,

sich selbst zu beweisen. So viel zum Thema »Ich liebe dich immer noch.«
Die Ampel sprang auf Rot, und Alex hielt an. Sie kramte ihr Handy aus der Tasche und klappte es auf. Sie hatte mehrere Anrufe versäumt, außerdem war eine Nachricht eingegangen. Alle von ihrer Mutter. Der erste Anruf war um 13 Uhr eingegangen, kurz nachdem Alex zur Arbeit gekommen war. Vor zwei Stunden hatte sie eine Nachricht hinterlassen.
Alex gab den Code ein und lauschte der Stimme ihrer Mutter. »Ich muss mit dir reden, Alex. Ich muss ...« Sie klang fürchterlich. Ihre Stimme war belegt, und sie nuschelte leicht. War sie tränenerstickt? Oder hatte sie Medikamente eingenommen? Alex konnte es nicht sagen.
»Ich werde dir alles erzählen. Das verspreche ich ... Ich ...« Alex hörte ihre Mutter zitternd Luft holen. »Ich wollte nicht, dass all das passiert – ich wollte doch nur, ich ...«
Die Nachricht brach ab. Hatte sie aufgelegt?, fragte Alex sich beklommen. Oder hatte ihr der Anrufbeantworter das Wort abgeschnitten?
Wie auch immer – es lag auf der Hand, was passiert war. Das Pendel war zurückgeschwungen. Die manische Euphorie war in eine Depression umgeschlagen.
Hinter ihr ertönte eine Hupe, worauf sie eilig die Kreuzung überquerte. Sie musste nach ihr sehen, sichergehen, dass alles in Ordnung war.
Seufzend bog Alex in die Guerrero Street ein. Zehn Minuten später hielt sie vor dem Haus ihrer Mutter an. Es war stockdunkel, nirgends ein Lichtschein. Sie stieg aus dem Wagen und hastete die Auffahrt hinauf.
»Mom«, rief sie beim Eintreten. »Ich bin's, Alex.«
Stille. Sie knipste das Licht an. Ein Anblick der Verwüstung

bot sich ihr. Die herrlichen Gemälde ihrer Mutter, allesamt zerstört – einige waren wüst beschmiert, von manchen war gewaltsam die Farbe abgekratzt, andere wiederum waren aufgeschlitzt worden in einem Akt ultimativer Verzweiflung oder Wut.

Der Anblick schmerzte sie, und sie wandte den Blick ab. Die Jalousien waren heruntergelassen, und Alex fragte sich, ob sie sie an diesem Tag überhaupt schon einmal hochgezogen hatte. Es hatte geregnet, und auf dem Fußboden hatte sich eine Pfütze gebildet.

»Mom«, rief sie erneut und ging die Treppe hinauf. »Ich bin's, Alex.«

Sie erreichte den Treppenabsatz im ersten Stock und schlug den Weg zum Schlafzimmer ein. Bestimmt lag sie im Bett. Vielleicht schlafend, vielleicht auch unter den Decken zusammengerollt und blicklos an die Decke starrend.

Die Straßenlaterne warf einen Lichtschein auf das Bett ihrer Mutter. Sie hatte richtig vermutet. Ihre Mutter lag auf dem Rücken, die Decke in einem Knäuel um sie gewickelt, als hätte sie sich wild hin und her geworfen.

Alex trat zu ihr. »Mom«, sagte sie leise. »Bist du wach?«

Sie antwortete nicht. Alex beugte sich über sie und strich die Decke glatt. Dabei stieß sie etwas zu Boden. Ein Tablettenröhrchen. Sie bückte sich, um es aufzuheben.

Seroquel. Das Röhrchen war leer.

Ihr Puls begann zu rasen. »Mom«, sagte sie, laut diesmal. »Mom!«

Alex schüttelte sie. Ihr Körper war steif. Ihre Haut fühlte sich kühl an.

Sie schüttelte sie noch einmal. Panik stieg in ihr auf. »Nein, nein, nein … das hast du nicht getan … Mom, rede mit mir.

Wach auf!« Sie packte die Hand ihrer Mutter und drückte hektisch ihre Finger auf das Handgelenk, während sie darum betete, auch nur den Hauch eines Pulses zu spüren.

Nichts. Nichts.

Mit einem Aufschrei taumelte sie rückwärts und kramte ihr Telefon aus der Tasche. Sie fand es und ließ dabei ihre Tasche fallen, so dass sich der Inhalt auf den Boden ergoss.

Sie drückte die 911. »Hallo? Oh mein Gott ... ich glaube, meine Mutter ... ich spüre keinen Puls! Ich glaube, sie ... hat ... bitte, Sie müssen mir helfen!

Kapitel sieben

Mittwoch, 17. Februar
22:55 Uhr

Wenig später trafen ein Streifenwagen und ein Vertreter der Gerichtsmedizin ein, der sich als Dr. Hwang vorstellte. Offenbar konnte man ihrer Aussage, ihre Mutter habe sich das Leben genommen, nicht ohne weiteres Glauben schenken.

Der Streifenpolizist blieb bei ihr, während der Gerichtsmediziner ihre Mutter untersuchte. Er erklärte, sie müsse im Haus bleiben und sich bereit halten, da der zuständige Beamte ihr einige Fragen stellen müsse.

Wo sollte ich schon hingehen?, dachte Alex und kämpfte gegen ihre aufkommende Hysterie an. Glaubten sie vielleicht, sie würde durch die Bars ziehen wollen? Oder die Gelegenheit für einen Besuch bei Freunden nutzen?

»Gibt es vielleicht jemanden, den Sie anrufen könnten?«, erkundigte sich der Cop freundlich. »Verwandte?«

»Ich habe keine Verwandten. Meine Mutter war meine Fam...«

Alex brach mit einem erstickten Laut ab. Sie sah das Mitgefühl in den Augen des Polizisten. Er war jung, und seine Hautfarbe und sein Nachname ließen auf eine italienische Herkunft schließen. Der Ring an seinem Finger legte die Vermutung nahe, dass er verheiratet war; vielleicht hatte er sogar ein oder zwei Kinder, und aller Wahrscheinlichkeit nach besaß er eine weitverzweigte Verwandtschaft mit massenweise Tanten, Onkeln, Cousins, Neffen und Nichten. Der junge Officer Pagani konnte nicht nachvollziehen, wie es war, allein zu sein. Niemanden zu haben. Er konnte es nicht verstehen, doch zumindest konnte er Mitgefühl zeigen.

»Dann vielleicht eine Freundin?«, beharrte er. »Oder eine Arbeitskollegin?«

Sie nickte, nahm ihr Telefon heraus und wählte Tims Handynummer. Die Voicemail sprang sofort an. Sein Handy war abgeschaltet. Er hatte also Gesellschaft für die Nacht gefunden.

»Tim, ich bin's. Ich bin bei meiner Mutter. Sie … o Gott, Tim, sie hat sich umgebracht. Ruf mich an, wenn du das hörst, ja?«

Sie klappte das Telefon zu und wandte sich wieder an den Streifenpolizisten. »Ist es okay, wenn ich mich hier hinsetze?«

»Natürlich. Es könnte eine Weile dauern, vielleicht sogar eine halbe Stunde.«

Er lag richtig mit seiner Einschätzung. Exakt dreißig Minuten später erschien der Gerichtsmediziner, ein nüchtern dreinblickender Asiate.

»Ms. Owens?«

»Owens war mein Mädchenname. Mittlerweile heiße ich Clarkson, überlege aber, ihn wieder zu ändern.« Ihr war bewusst, dass sie unsinniges Zeug daherredete, doch sie konnte sich nicht beherrschen. »Ich meine, seit der Scheidung und so.«

Er nickte und zog einen kleinen Notizblock aus der Tasche seines Trenchcoats. »Mein Beileid.«

»Danke.«

»Würden Sie mir bitte erklären, weshalb Sie heute Abend hierhergekommen sind?«

»Meine Mutter hat mir eine Nachricht auf dem Handy hinterlassen. Ich war bei der Arbeit. Sie klang …«

»Wo arbeiten Sie?«

»Ich bin Barkeeperin im Third Place. In der Sixteenth Street.«

»Netter Laden. Wie klang sie?«

»Aufgebracht. Sie weinte. Ich bin hergekommen, um nach ihr zu sehen.«

Er machte sich eine Notiz. »Wie lautete die Nachricht?«

Alex hatte Mühe, einen klaren Gedanken zu fassen. »Sie sagte, es tue ihr leid … dass sie bereit sei, mir alles zu erzählen.«

»Alles«, wiederholte er. »Was bedeutet das?«

Was sollte sie darauf antworten? Sie verstand es doch selbst nicht. »Mom hat sich geweigert, über die Vergangenheit zu sprechen. Über meinen Vater. Wir haben uns deswegen gestritten …«

»Wann?«

»Als ich das letzte Mal hier war.«

»Wann war das?«

»Vorgestern.«

»Am Montag?«

Alex dachte einen Moment nach. »Ja. Am Nachmittag.«

»Und während dieses Besuchs haben Sie sich gestritten.«

Alex nickte. »Sie hat ihre Medikamente nicht genommen. Noch ein Streitpunkt zwischen uns.«

»Welche Art von Medikamenten?«

»Valporate und Seroquel. Sie litt unter einer bipolaren Störung.«

»Und weshalb hat sie ihre Medikamente nicht genommen?«
»Es gefiel ihr nicht, wie sie sich dann fühlte.«
»Ich brauche den Namen des Arztes, der die Medikamente verschrieben hat.«
»Dr. Connor. Ich kann Ihnen die Nummer geben.«
»Das wäre sehr freundlich.« Er räusperte sich. »Sie hat keinen Abschiedsbrief hinterlassen. Finden Sie das nicht merkwürdig?«
Alex runzelte die Stirn. Das war ihr noch nicht aufgefallen. »Keine Ahnung … Glauben Sie, das hat etwas zu bedeuten?«
»Vielleicht. Vielleicht auch nicht. Statistisch gesehen hinterlässt die überwältigende Mehrheit der Selbstmörder einen Abschiedsbrief.«
»Oh.« Sie runzelte die Stirn. »Ich dachte nur … Ich glaube nicht …«
In diesem Moment kam Tim hereingestürzt. »Alex! Ich bin gleich hergekommen, als ich die Nachricht abgehört habe!«
Sie lief zu ihm und warf sich in seine Arme.
»Geht es dir gut?«
Sie nickte und löste sich von ihm. »Das ist Dr. Hwang von der Gerichtsmedizin. Tim Clarkson, mein Ex-Mann.«
Die beiden Männer schüttelten einander die Hände. »Wie gut kannten Sie die Verstorbene, Mr. Clarkson?«
Ihre Mutter. Die Verstorbene. Alex schlang sich die Arme um den Oberkörper.
»Dr. Clarkson«, korrigierte Tim. »Ich bin Professor für Psychologie an der State University. Und ich kannte sie gut genug, um nicht allzu überrascht zu sein, dass sie sich das Leben genommen hat.«
Die Brauen des Gerichtsmediziners hoben sich kaum merklich. »Ach ja?«

»Die Frau war psychisch höchst instabil. Und sie hat es auch schon vorher versucht. Zwei Mal sogar.«

Dr. Hwang warf Alex einen fragenden Blick zu, worauf Alex nickte.

»Für Patienten mit bipolarer Störung ist eine Depression nicht dasselbe wie für einen gesunden Menschen. Die Tiefs sind extrem tief, und die Dunkelheit ist eine unbeschreibliche Finsternis für sie. Es ist nicht viel nötig, um sie an den Rand der Endgültigkeit zu bringen.«

»Interessante Wortwahl, Professor.« Er wandte sich wieder Alex zu und zeigte auf die Bilder. »Was ist hier passiert?«

»Sie hat das getan.«

Seine Brauen schossen ungläubig hoch. »Sie hat ihre eigenen Kunstwerke zerstört?«

Alex nickte. »Sie hatte regelmäßig kreative Schübe, nur um gleich danach in ihrer Verzweiflung alles wieder kaputt zu machen, was sie geschaffen hatte.«

Der Gerichtsmediziner notierte das und klappte seinen Notizblock zu. »Die Behörden verlangen in sämtlichen Fällen unnatürlichen Todes eine Autopsie. Für mich sieht das Ganze ziemlich eindeutig aus, aber letztlich entscheidet der Pathologe.«

»Eine Autopsie«, wiederholte Alex und spürte, wie ihre Knie nachgaben.

»Das Gerichtsmedizinische Institut gibt Ihnen Bescheid, wenn die sterblichen Überreste freigegeben werden. Falls sich in der Zwischenzeit irgendwelche Unklarheiten ergeben sollten, melde ich mich bei Ihnen. Nochmals, Ms. Clarkson – mein Beileid.«

Kapitel acht

Donnerstag, 18. Februar
07:50 Uhr

Alex lag auf dem Bett in ihrem alten Zimmer. Sie hatte wenig geschlafen, sondern die Ereignisse der vergangenen Tage vor ihrem geistigen Auge vor- und zurückgespult und sich wieder und wieder gefragt, ob sie etwas hätte anders machen und ihre Mutter an der Tat hätte hindern können.

Ihre Mutter. Die einzige Familie, die sie hatte. Sie hätte es wissen müssen. Hätte spüren müssen, dass es diesmal anders war. Wieso hatte sie es nicht bemerkt?

Alex kämpfte mit den Tränen. Ihre Augen brannten, und ihre Brust schmerzte. Wie konnte sie überhaupt noch Tränen haben? Sie hatte doch so viele vergossen, dass es für ein ganzes Leben reichen sollte.

Von unten drang das Läuten des Telefons herauf. Schon wieder. Ihre Mutter hatte keinen Anrufbeantworter und auch kein Telefon mit Anruferkennung oder Warteschleife, ja, sie besaß noch nicht einmal ein schnurloses Telefon. Nur einen altmodischen, an der Wand montierten Apparat.

Mein Beileid. Der Gerichtsmediziner hatte das gesagt, Tim ebenso. Zweifellos würde sie diese Worte in den nächsten Tagen und Wochen noch sehr oft hören.

Wut wallte unvermittelt in ihr auf, und sie ballte die Fäuste, während sie zu den halbfertigen Bildern hinübersah. Unvollständig. Abrupt beendet. So viel Potenzial, und so wenig war dabei herausgekommen.

Oh, Mom … Warum nur?

Mühsam hievte sie sich hoch und stand auf. Sie musste etwas essen. Und einen Kaffee trinken. Viel Kaffee. Ehe sie sich um all die Dinge kümmern würde, die in einer Situation wie dieser erledigt werden mussten. Leute benachrichtigen. Aber wen?

Alex presste sich die Finger auf die Schläfen. Ihre Mutter hatte nur wenige Freunde gehabt, falls überhaupt. Ein paar Bekannte vielleicht. Von denen wohl kaum einer zu ihrem Begräbnis kommen würde. Alex' eigene Freunde würden gewiss kommen, um ihr zu zeigen, dass sie hinter ihr standen. Aber weshalb sollte sie sie darum bitten?

Vorsichtig tappte Alex nach unten, darauf bedacht, nicht zu den zerstörten Bildern hinüberzusehen. Was war mit den Vorbereitungen des Begräbnisses? Sie wusste nicht einmal, ob ihre Mutter genug Geld gehabt oder ein Testament gemacht hatte.

Alex betrat die Küche, wo sie auf ein nicht weniger übles Chaos stieß. Sie schob ein paar Sachen beiseite, machte sich eine Kanne Milchkaffee und nahm sich eine Banane und eine Handvoll Weintrauben aus der Obstschale, wohl wissend, dass sie ohnehin bald schimmeln würden.

Die Montagszeitung lag immer noch aufgeschlagen auf dem Küchentresen. Sie stellte ihre übervolle Kaffeetasse ab, wobei ein paar Tropfen überschwappten. Als sie nach einem Küchentuch griff und sie aufwischte, fiel ihr eine Überschrift ins Auge:

Babyleiche inmitten alter Rebstöcke gefunden

Sie starrte auf die Worte und spürte, wie ein eigentümliches Gefühl Besitz von ihr ergriff. Sie überflog den kurzen Artikel – beim Umgraben eines alten Weinbergs in Sonoma waren die sterblichen Überreste eines männlichen Säuglings aufgefunden worden. Ein trauriger Vorfall. Interessant jedoch war die Tatsache, dass ihre Mutter den Namen und die Telefonnummer des ermittelnden Polizeibeamten eingekringelt hatte.

Alex runzelte die Stirn und las den Artikel ein zweites Mal. Weshalb hatte ihre Mutter das getan? Kannte sie zufällig den Detective oder dessen Familie? Hatte sie der Fund des Kindes in ihrem depressiven Zustand besonders berührt? Hatte sie vorgehabt, weitere Nachforschungen anzustellen? Oder hatte sie irgendetwas über den Fall gewusst?

War das möglich? Sie starrte den Namen an: Detective Daniel Reed.

Eilig klappte sie ihr Handy auf und drückte die Tasten – so schnell, dass ihr keine Zeit blieb, es sich anders zu überlegen.

Der Detective meldete sich beim ersten Läuten. Erst in dieser Sekunde wurde ihr bewusst, dass sie keine Ahnung hatte, was sie sagen sollte.

»Detective Reed«, wiederholte er. »Kann ich Ihnen helfen?«

Sie räusperte sich. »Ja, hallo. Es mag seltsam klingen, aber ich habe gerade einen Artikel gefunden, in dem Ihr Name eingekreist war.« Er schwieg. »Ich bin im Haus meiner Mutter.«

»Verstehe«, sagte er, auch wenn sein Tonfall etwas anderes verriet. »Und wie kann ich Ihnen helfen, Ms. …«

»Clarkson«, sagte sie und kam sich reichlich blöd vor. »Alex. Schätzungsweise wollte ich einfach nur wissen …« Alex unterbrach sich. »Egal. Tut mir leid, wenn ich Ihre Zeit verschw…«

»Überhaupt nicht. Welchen Artikel meinen Sie?«, unterbrach er.

»Den über die Babyleiche in diesem Weinberg.«

»Spreche ich mit Alexandra Owens?«

Ungläubig lauschte sie. Ihr Mund fühlte sich mit einem Mal staubtrocken an. »Ja«, presste sie mühsam hervor.

»Alex, hier ist Dan. Danny Reed. Wir haben als Kinder miteinander gespielt.«

»Könnten Sie einen Moment dranbleiben?« Sie taumelte zu einem Stuhl, ließ sich darauf sinken und holte tief Luft, um sich zu sammeln. »Wir haben als Kinder miteinander gespielt, sagen Sie?«

»Sie erinnern sich nicht mehr an mich?« Er klang enttäuscht. »Andererseits ist das wohl nicht weiter überraschend. Sie waren schließlich erst fünf, als Sie weggegangen sind.«
»Weggegangen? Von wo?«, fragte sie mit hämmerndem Herzen.
Er schwieg einen Moment. »Alles in Ordnung, Alex?«
»Nein, ich … bitte, wo habe ich gewohnt?«
»In Sonoma.«
Sie schluckte. Sonoma. Sie hatte keinerlei Erinnerung, jemals in Sonoma gelebt zu haben, auch wenn sie ein paar Mal dort gewesen war und das Weingebiet besichtigt hatte. Eine reizvolle Gegend. Sehr schön. Darüber hinaus hatte der Ort jedoch keinen Eindruck bei ihr hinterlassen.
War das möglich? Wieder räusperte sie sich, während die Aufregung in ihr wuchs. »Wie lange habe ich dort gewohnt? Und was ist mit meinem Vater? Lebt er noch dort?«
»Tut mir leid, Alex, aber Ihre Mutter hat mich gestern angerufen. Sie meinte, sie hätte Informationen über den Fall. Ist sie bei Ihnen?«
Alex traute ihren Ohren nicht. »Wie? Tut mir leid, ich …«
»Ihre Mutter, Alex. Kann ich mit ihr reden? Ich habe versucht, sie zurückzurufen, aber es ging niemand ran.«
»Meine Mutter ist tot. Sie hat gestern Selbstmord begangen.«

Kapitel neun

Donnerstag, 18. Februar
10:10 Uhr

Reed hatte ein persönliches Treffen vorgeschlagen und Erleichterung in Alex' Stimme wahrgenommen, als er angeboten hatte, selbst zu kommen. Eine gute Stunde später sah er auf

das eingebaute GPS an seinem Armaturenbrett und stellte fest, dass er in sechs Minuten vor Patsy Owens' Haus in San Francisco stehen würde. Guter Schnitt.
Reed dachte an das bevorstehende Gespräch. Patsy Owens hatte ihn tags zuvor angerufen und gesagt, sie wüsste etwas über die Babyleiche. Nun war Patsy tot, hatte sich selbst getötet. Alex hatte weder von dem Anruf noch von ihrem Leben in Sonoma gewusst.
Was hatte das zu bedeuten?
Bislang waren ihre Fortschritte bei der Identifikation der Babyleiche kaum nennenswert. Sie warteten nach wie vor auf Informationen über DNA-Spuren auf dem Schnuller, und auch die Windel hatte sich als nutzlos erwiesen – es war schlicht und einfach zu wenig davon übrig.
Sein Handy läutete. »Reed.«
»Hier spricht Dr. Hwang aus dem Büro des amtlichen Leichenbeschauers.«
»Danke, dass Sie zurückrufen. Soweit ich informiert bin, bearbeiten Sie den Selbstmord von gestern. Patricia Owens.«
»Das ist richtig. Sieht nach einem klaren Fall von Medikamentenüberdosis aus. Selbst verabreicht. Sie litt unter starken Stimmungsschwankungen und hatte bereits zwei Selbstmordversuche unternommen. Die Autopsie ist für morgen angesetzt. Was kann ich für Sie tun?«
»Die Frau hat mich gestern Nachmittag angerufen und meinte, sie hätte Informationen über den Fall, den ich im Moment bearbeite.«
»Wie unerfreulich. Tut mir leid, aber mehr kann ich Ihnen auch nicht sagen.«
»Rufen Sie mich bitte an, wenn es etwas Neues gibt.«
Der Mediziner versprach es und legte auf. Minuten später

blieb Reed vor Patsys Haus stehen. Eine schlanke dunkelhaarige Frau in Jeans und einem weiten weißen Pulli erwartete ihn auf der Veranda und stand auf, als er aus dem Wagen stieg.
Sie war zu einer attraktiven Frau herangewachsen – mit geradezu frappierender Ähnlichkeit mit ihrer Mutter, die ihn für den Bruchteil einer Sekunde bis ins Mark traf. Es war, als wäre er in der Zeit zurückkatapultiert worden – ein Gefühl, das er darauf zurückführte, dass er seinem Gedächtnis vor der Fahrt mit ein paar alten Familienfotos auf die Sprünge geholfen hatte.
Er lächelte sie an. »Alexandra? Detective Daniel Reed. Wie schön, Sie nach all den Jahren wiederzusehen, auch wenn ich wünschte, die Umstände wären angenehmer.«
Schweigend musterte sie ihn einen Moment lang, als versuche sie, ihre Erinnerung an ihn wiederzubeleben. »Freut mich auch, Detective. Kommen Sie rein.«
Er folgte ihr. Schönes Haus, dachte er und sah sich um. Überall Leinwände. Fotos auf dem Kaminsims. Doch das Haus verströmte eine chaotische Atmosphäre. Kein Heim, in dem man gern aufwachsen wollte. Er fragte sich, ob es immer so gewesen war.
»Gehen wir in die Küche.«
Die Küche war sonnendurchflutet und weniger vollgestellt. Auf der Spüle standen ein paar Tassen, daneben Pflanzen, die dringend gegossen werden sollten. Auf der Arbeitsplatte lag eine aufgeschlagene Zeitung.
Sie folgte seinem Blick. »Ich habe sie da liegen lassen, wo ich sie gefunden habe.«
Er nickte und trat hinüber. Die *San Francisco Chronicle*. Bay Area/Nachrichten aus dem Bundesstaat. Ein kurzer Artikel. Sein eingekreister Name.

»Ich habe mehrmals versucht, Ihre Mutter zurückzurufen, aber es hat sich niemand gemeldet.«

»Mom hatte nichts für Anrufbeantworter übrig. Darf ich Ihnen etwas anbieten? Wasser, Kaffee?«

»Nichts, danke.«

Sie schenkte sich noch einen Kaffee ein und trug die Tasse zu dem kleinen Tisch. Sie setzten sich einander gegenüber. »Danke, dass Sie hergekommen sind«, sagte sie. »Ich habe so viele Fragen.«

»Na ja, das ist mein Job«.« Sie lächelte, worauf er fortfuhr. »Das mit Ihrer Mutter tut mir leid.«

Der Schmerz war noch frisch. Tränen stiegen ihr in die Augen, doch es gelang ihr, sie unter Kontrolle zu bringen. »Danke.«

»Ich habe mit Dr. Hwang von der Gerichtsmedizin gesprochen. Er meinte, Ihre Mutter hätte unter Stimmungsschwankungen gelitten und bereits in der Vergangenheit Selbstmordversuche unternommen.«

»Ja. Sie war … labil. Wie war sie früher, als Sie sie kannten?«

»Ich war damals erst zehn.«

»Aber irgendeine Erinnerung an sie müssen Sie doch haben.«

Er dachte einen Moment lang nach. »Sie war nett. Sanft. Und sie schien glücklich zu sein.«

Wieder kamen ihr die Tränen. Diesmal konnte sie sie nicht zurückhalten. Unwirsch fuhr sie sich mit der Hand über die Wangen. »Sie sagten, ich sei fünf gewesen, als ich aus Sonoma weggezogen bin. War ich glücklich dort?«

»Es hatte den Anschein. Sie waren sehr lebhaft, abenteuerlustig. Eine kleine Plaudertasche. Und ständig Rachel auf den Fersen, womit Sie sie regelmäßig in den Wahnsinn getrieben haben.«

»Rachel?«

»Ihre Stiefschwester, Alex.« Er sprach sanft und ließ ihr einen Moment Zeit, die Information zu verarbeiten, ehe er sich vorbeugte. »Alex, Ihre Mutter hat mich an dem Tag angerufen, als sie sich das Leben genommen hat. Sie sagte, sie hätte Informationen über das Baby aus der Zeitung. Haben Sie eine Ahnung, was sie damit gemeint haben könnte?«

Ein Laut der Verbitterung drang über Alex' Lippen. »Ich hatte gehofft, Sie könnten mir das sagen.«

Er musterte sie forschend. »Ich glaube, sie hat sich gefragt, ob es sich bei dem Baby, das wir gefunden haben, um Dylan handelt.«

Er sah, wie sie sich kaum merklich versteifte; sah die Mischung aus Angst und Neugier in ihren Augen aufflackern. »Dylan?«, fragte sie mit zittriger Stimme.

Für den Bruchteil einer Sekunde fragte er sich, ob sie versuchte, ihn hinters Licht zu führen, verwarf den Gedanken jedoch wieder. Sie hatte tatsächlich keine Ahnung.

»Ihr Bruder«, sagte er leise. »Dylan Sommer war Ihr kleiner Bruder, Alex.«

Kapitel zehn

Donnerstag, 18. Februar
11:00 Uhr

Seine Worte waren ein Schock und trafen sie bis ins Mark. Sie starrte ihn an, unfähig, einen Ton herauszubringen.

»Genauer gesagt war Dylan Ihr Halbbruder. Es tut mir leid.«

Ein Halbbruder. Sie hatte einen Halbbruder und eine Familie in Sonoma gehabt. Wie hatte sie das vergessen können? Menschen vergaßen solche Dinge doch nicht einfach, oder?

Sie spürte den eigentümlichen Blick des Detectives, als wäre sie ein reichlich schräger Vogel, weil sie so etwas Wichtiges nicht wusste. Sie konnte ihm noch nicht einmal einen Vorwurf daraus machen, denn sie kam sich selbst wie einer vor.

»Erzählen Sie mir von ihm«, bat sie schließlich mit brüchiger Stimme.

»Er wurde aus seinem Kinderbettchen entführt. Ihre Mutter und Harlan hatten Sie und ihn in der Obhut von Harlans fünfzehnjähriger Tochter gelassen.«

»Rachel?«

Er nickte. »Niemand weiß genau, was vorgefallen ist. Jemand ist ins Haus eingedrungen und hat Dylan mitgenommen. Es gab keine Lösegeldforderung, und man hat ihn nie gefunden. Die Ehe Ihrer Mutter zerbrach. Irgendwann hat sie Sie genommen und ist weggegangen.«

Beim Gedanken an die Qualen, die ihre Mutter durchlitten hatte, krallte Alex die Hände ineinander. Wie mochte es sich anfühlen, ein Kind zu verlieren? Nie zu erfahren, was vorgefallen war, ob er noch am Leben oder tot war. Ob er hatte leiden müssen und nach ihr gerufen hatte.

»Sie hat Ihnen nie davon erzählt?«, fragte der Detective.

Sie schüttelte den Kopf. »Meine Mutter … man bekam nicht viel aus ihr heraus. Ich habe mich häufig gefragt, weshalb. Ich dachte schon immer …« Sie ließ ihre Stimme verklingen.

»Was dachten Sie?«, hakte er nach.

Sie sah ihn an. »Dass sie mir etwas verschweigt. Aber ich wäre nie im Leben darauf gekommen, dass es … so etwas sein könnte.«

»Und Sie haben keinerlei Erinnerung an Ihre Zeit in Sonoma und an Ihren kleinen Bruder?«

Wieder schüttelte Alex den Kopf. Wie war es möglich, dass sie all das vollständig aus ihrem Gedächtnis verbannt hatte? »Haben Sie Fotos von ihm? Oder von meiner Familie?«

»Meine Eltern haben welche. Und Harlan auch.« Er räusperte sich. »Ich frage nur sehr ungern, aber dürfte ich mich hier umsehen? Ich habe die leise Hoffnung, dass Ihre Mutter das, was sie mir sagen wollte, nicht mit ins Grab genommen hat.«

Alex folgte ihm auf seinem Rundgang durchs Haus. Sie sprachen nicht, aber ihre Gedanken kreisten ohnehin unablässig um die Dinge, die er ihr erzählt hatte, während sie versuchte, sich einen Reim auf all das zu machen.

»Tut mir leid, dass ich Ihnen nicht helfen konnte«, sagte sie schließlich, als er seine Suche ergebnislos aufgab.

»Hier ist meine Karte. Falls Ihnen etwas einfällt, irgendeine Bemerkung Ihrer Mutter oder sonst etwas, rufen Sie mich bitte an, ja?«

»Das werde ich.« Sie begleitete ihn zur Tür. »Und Sie lassen mich wissen, ob es sich bei dem Jungen tatsächlich um meinen kleinen Bruder handelt?«

»Natürlich.« Er streckte ihr die Hand hin. »Es hat mich gefreut, Sie wiederzusehen, Alex.«

Sie ergriff seine Hand. »Mich auch, Dan.«

»Nennen Sie mich Reed. Das tun alle.«

Sekunden später hatte er die Veranda überquert und war die Treppe hinuntergegangen. Sie sah zu, wie er in seinen Wagen stieg und davonfuhr. Noch lange Zeit, nachdem er fort war, wanderte sie gedankenverloren im Haus umher.

Wut und das Gefühl, betrogen worden zu sein, wallten in ihr auf. Sie hatte einen Bruder gehabt. Einen Stiefvater und eine Stiefschwester. Und ihre Mutter hatte sie ihr vorenthalten. Warum? Hätte sie doch nur jenen letzten Anruf angenommen. Ihre Mutter war bereit gewesen, ihr alles zu erzählen. Sie hätte alles erfahren, aus ihrem Mund. Nun würde sie den Grund niemals erfahren.

Die Wut schnürte ihr die Luft ab. Sie verspürte den Drang, zu schreien, jemanden zu schlagen, zu heulen und zu toben. Wie hatte ihr die Mutter das antun können? Es war doch auch Alex' eigene Geschichte, ihre eigene Familie. Was vorgefallen war, gehörte ebenso zu ihrem Leben.

Natürlich. Sie begann, im Raum auf und ab zu gehen. Sie hatte stets das Gefühl gehabt, dass etwas fehlte. Als wäre da eine Leere in ihrem Herzen, die sie zu füllen versucht hatte. Der Platz, den ihr geliebter kleiner Bruder einst innegehabt hatte – ihr Bruder, der ihr weggenommen worden war.

Im wortwörtlichen Sinne. Und im übertragenen.

Wie war es ihrer Mutter gelungen, seine Existenz all die Jahre vor ihr zu verbergen?

Fotos. Dokumente. Dylan war ihr Kind gewesen. Sie konnte unmöglich alles zerstört haben, was von ihm geblieben war. Das hätte sie niemals getan, nicht einmal in ihrer größten Verzweiflung.

Alex ließ ihren Blick durch den Raum schweifen. Hätte sie eine Schachtel mit Erinnerungsstücken, wo würde sie sie aufbewahren? Irgendwo im Haus, so viel stand fest. An einer Stelle, die einfach zugänglich war, wo Alex aber nicht hinkam. Weil sie es nicht durfte.

Das Schlafzimmer ihrer Mutter. Natürlich.

Alex stürmte die Treppe hinauf. Ebenso wie der Rest des Hauses diente das Schlafzimmer als Atelier. Sie trat über halbfertige Gemälde zur Kommode und begann sie zu durchwühlen, angefangen mit der obersten Schublade. Achtlos warf sie die Sachen auf den Boden.

Nada. Nichts.

Als Nächstes trat sie zum Kleiderschrank und durchsuchte auch ihn von oben bis unten, ehe sie sich das Badezimmer, das Toilet-

tenschränkchen und schließlich Zimmer für Zimmer vornahm, bis sie jede Schublade und jedes Fach durchforstet hatte.
Immer noch nichts.
Ihre Mutter hatte ihre Kunstwerke zerstört, weshalb nicht auch alles, was an ihren Sohn erinnerte? Der Gedanke ließ Alex abrupt innehalten. Nein. Sie weigerte sich, daran zu glauben. Irgendwo in diesem Haus hatte ihre Mutter etwas versteckt, das an das kurze Leben ihres Sohnes erinnerte.
Der Dachboden. Der einzige Ort, der noch übrig war.
Sie zog die Leiter herunter, stieg hinauf – kalte Luft schlug ihr entgegen – und zog an der Schnur, die von der einzelnen Glühbirne baumelte.
Düsteres Licht fiel auf all das, was sich im Laufe eines Lebens angesammelt hatte. Braune Kartons, Dutzende davon, waren aufeinandergestapelt. Wo sollte sie nur anfangen? Es würde Tage dauern, alle Kartons durchzusehen.
Aber genau das würde sie tun müssen. Ein Karton nach dem anderen.
Sie begann mit dem vordersten auf der rechten Seite. Sie kam nur langsam voran. Ihre Nase begann von der Kälte und dem Staub zu laufen. Es wäre klüger, eine Jacke und Handschuhe anzuziehen, doch sie wollte nicht einmal die wenigen Minuten opfern, die sie dafür benötigt hätte.
Ihr Blick fiel auf einen großen Schrankkoffer, wie ihn die Leute im 19. Jahrhundert für die Atlantik-Überfahrten verwendet hatten. Er war mit einem Zahlenschloss versehen, wie sie es früher für ihren Spind auf der Highschool benutzt hatte. Mit klopfendem Herzen trat sie hin.
Sie versuchte ein paar auf der Hand liegende Kombinationen – der Geburtstag ihrer Mutter, ihren eigenen, dann ein paar aufeinanderfolgende Zahlen. Nichts funktionierte. Sie sah

sich nach etwas um, womit sich das Schloss aufbrechen ließe. Ihr Blick blieb an einem Baseballschläger aus Aluminium in der Ecke hängen. Alex holte aus und ließ ihn mit aller Kraft auf das Schloss herabsausen. Beim dritten Schlag sprang das Schloss auf. Sie nahm es ab, löste die Klappverschlüsse und öffnete den Schrankkoffer.

Beim Anblick der Fotos, Briefe, Stofftiere und Babyspielsachen, die ihre Mutter sorgsam darin verwahrt hatte, stockte ihr der Atem. Ein Taufkleidchen. Mehrere unglaublich winzige blaue Kleidungsstücke. Ein Schnuller. Schühchen.

Alex strich über die Sachen, rieb den Stoff zwischen ihren Fingern, schmiegte ihn an ihre Wange. Sie vergrub das Gesicht im weichen Fell eines Teddybären und sog tief den Duft ein. Bildete sie es sich nur ein, oder hing tatsächlich noch der Geruch nach Babypuder und Milchpulver darin?

Ihre Brust wurde eng, und Tränen stiegen in ihrer Kehle auf. Ein Bruder – ihr Bruder. Eines Tages war sie aufgewacht, und er war verschwunden gewesen. Wie hatte sie das Ganze verarbeitet? Sie musste doch verängstigt und durcheinander gewesen sein.

Alex wischte sich die Tränen ab und legte den Bären behutsam zurück in sein provisorisches Bett. Als Nächstes nahm sie ein Fotoalbum, schlug es auf und starrte wie gebannt die erste Aufnahme an.

Ihre Mutter. Jung und hübsch. Lächelnd – nein, strahlend – blickte sie in die Kamera, auf dem Arm ein Baby. Und neben ihr stand sie selbst, drei oder vier Jahre alt, und blickte bewundernd zu ihr auf.

Sie hatte ihre Mutter niemals glücklich gesehen, wurde Alex plötzlich bewusst. Manisch fröhlich, ja. Aber niemals so – strahlend vor Freude.

Welche Rolle hatte der Verlust ihres Kindes dabei gespielt,

dass ihre Mutter sich in diese Frau verwandelt hatte? Welche Rolle hatte es im Hinblick auf ihre Krankheit gespielt? Auf ihre massiven Stimmungsschwankungen?

Mit einem Anflug von Verzweiflung blätterte Alex durch das Album, betrachtete die Bilder von Menschen, die sie nicht kannte, studierte ihre Gesichter, ihre Mienen, ihre Körpersprache. Alles. Sie sehnte sich danach, sich erinnern zu können.

Von unten herauf drang das Geräusch der Haustür, die ins Schloss fiel. Sie wandte sich zur Dachbodenluke. »Hallo?«

»Alex? Wo bist du?«

»Tim! Ich bin hier oben. Auf dem Dachboden.«

Augenblicke später erschien er auf der Leiter. »Alex? Was zum Teufel …«

»Ich hatte einen Bruder«, sagte sie mit bebender Stimme. »Und eine Stiefschwester. Komm und sieh dir das an.«

Kapitel elf

Donnerstag, 18. Februar
13:50 Uhr

Mit vereinten Kräften trugen sie den Schrankkoffer nach unten ins Wohnzimmer. Sie setzten sich auf den Boden, und Alex erzählte ihm, was vorgefallen war – wie sie den Artikel mit der eingekreisten Nummer und den Namen des Detectives in der Zeitung entdeckt hatte, von ihrem Anruf und seinem Besuch.

Als sie fertig war, reichte sie ihm das Fotoalbum, aufgeschlagen auf der Seite mit dem Foto ihrer Mutter mit Dylan auf dem Arm und ihr selbst.

Lange Zeit betrachtete er es, dann sah er Alex an. »Unglaublich. Man kann sich nur fragen, was sie dir sonst noch verschwiegen hat.«

»Was könnte sie denn noch verschwiegen haben? Mein Gott, Tim.« Alex schob sich eine Strähne hinters Ohr und lehnte sich vor. »Genau das ist es. Ich hatte immer das Gefühl, dass ich tief drinnen irgendetwas vermisse. Ich dachte, es sei wegen meines Vaters, den ich nie kennengelernt hatte. Oder liege an der emotionalen Distanziertheit meiner Mutter. Dabei war es mein Bruder, der mir weggenommen wurde.«

»Er hat dir im wahrsten Sinne des Wortes gefehlt.« Tim nickte. »Vom psychologischen Standpunkt aus klingt es durchaus logisch.« Er blätterte weiter nachdenklich durch das Album. »Das Erschaffen von Kunst ist wie eine Geburt. Und die Zerstörung dieser urpersönlichen Schöpfung eine Art Selbsthass.«

»Du glaubst also, dieser ständige Kreislauf, zu malen und anschließend alles zu zerstören, hatte mit dem Verlust ihres Sohnes zu tun?«

»Das klingt ziemlich einleuchtend.« Sein Blick blieb an einem Foto hängen. Er musterte es eingehend. »Sie hat ihre Gefühle unterdrückt – ihre Wut, ihre Schuldgefühle und ihre Verzweiflung. Aber unterdrückte Gefühle haben die Angewohnheit, irgendwann hochzukommen. Auf Umwegen, indem sie sich auf etwas oder jemanden anderes richten. Eine klassische Vermeidungsstrategie.«

»Schuldgefühle?«, wiederholte Alex. »Wut und Verzweiflung kann ich ja noch nachvollziehen, aber weshalb sollte sie …«

»Schuldgefühle haben? Ich bitte dich, Alex. Versetz dich nur einmal in ihre Lage. Eine Mutter muss ihr Kind beschützen, muss dafür sorgen, dass ihm nichts passiert. Von einer Mutter wird erwartet, dass sie da ist, dass sie die Gefahr instinktiv spürt. Und was hat sie getan? Sie hat ihre Kinder allein gelassen. Und das Undenkbare ist passiert.«

Fröstelnd rieb Alex sich die Arme. »Wie konnte ich all das vergessen, Tim? Ich war fünf Jahre alt. Ich hatte einen kleinen Bruder. Und dann auf einmal nicht mehr. Ich müsste mich doch an ihn erinnern können.«

Er nahm ihre Hände und wärmte sie in seinen. »Deine Mutter hat dich von all den Menschen fortgeschafft, die Dylan kannten. Sie hat alle Gegenstände weggepackt. Kinder sind wie ein Schwamm. Sie saugen alles auf. Du hast schnell gelernt, dass Fragen nach deinem Bruder mit Missbilligung quittiert werden. Vielleicht mit Tränen. Oder sogar mit Schlägen. Vielleicht hat sie seine Existenz auch schlichtweg geleugnet, wenn du nach ihm gefragt hast.«

Er drückte ihre Hände, dann ließ er sie los. »Und es hat funktioniert. Du hast ›vergessen‹. Die Wahrheit ist, dass es wahrscheinlich nicht einmal sonderlich lange gedauert hat.«

Alex blinzelte gegen ihre Tränen an. »Okay, das mag ja alles nachvollziehbar sein. Aber weshalb kann ich mich jetzt nicht erinnern, dass ich …«

Sie unterbrach sich. *Ein gesichtsloses Baby. Schreiend.*

Sie erinnerte sich *doch.*

»O Gott, Tim. Jetzt ergibt das alles einen Sinn.«

»Was denn, Schatz?«

»An diesem Abend, als wir zusammen im Bett waren, hatte ich eine seltsame Vision. Deshalb bin ich so ausgeflippt. Ich habe ein gesichtsloses Baby gesehen. Das Baby schrie.«

»Eine Symbolik wie aus dem Lehrbuch, Alex. Das Baby hat kein Gesicht, deshalb hat es keine Identität. Dein Unterbewusstsein hat dir entgegengeschrien, dich zu erinnern.«

Mittlerweile strömten ihr die Tränen über die Wangen. Er rutschte neben sie und legte ihr den Arm um die Schultern, worauf sie das Gesicht in seiner Halsbeuge vergrub.

Er ließ sie weinen, wortlos.
Nach einer Weile ließ der Tränenstrom nach und versiegte schließlich. »Es ist so grauenhaft«, flüsterte sie. »Das alles. Was mit meinem Bruder passiert ist. Dass meine Mutter seine Existenz verleugnet hat. Und welche Auswirkungen das auf uns beide hatte. Wie konnte sie übersehen, wie destruktiv das war?«
»Vielleicht hilft es dir, wenn ich dir sage, dass ihr vermutlich nicht bewusst war, wie destruktiv ihr Verhalten war. Sie hat versucht, dir weiteren Schmerz zu ersparen und ihren eigenen zu lindern.«
Sie schwiegen. Alex saß noch immer gegen ihn gelehnt da, ließ sich vom steten Rhythmus seines Atems und seines Herzschlags trösten. Als er sich von ihr löste, begann sie zu frösteln, zog die Knie an die Brust und schlang die Arme darum.
»Wie alt war dein Bruder, als er entführt wurde?« Er griff nach dem Fotoalbum und blätterte darin.
»Das weiß ich nicht. Ich habe nicht daran gedacht zu fragen.«
»Und wie alt warst du, als deine Mutter diesen Mann geheiratet hat?«
Wieder wusste Alex keine Antwort. Sie runzelte die Stirn. »Warum?«
Er tippte auf eines der Fotos. »Dieser Mann, der da neben deiner Mutter steht, ist das ihr Mann?«
»Keine Ahnung. Ich habe die Fotos erst gefunden, als der Detective schon weg war. Aber ich schätze, dass er es ist.«
»Du siehst ihm ähnlich, Alex.«
Er reichte ihr das Album. Mit klopfendem Herzen betrachtete Alex das Foto. Tim hatte recht. Sie ähnelte ihm tatsächlich. Inwiefern? Sie legte den Kopf schief. Das Kinn. Die breite Stirn und die weit auseinanderstehenden Augen.

Könnte dieser Mann ihr Vater sein? War dieser Gedanke so abwegig? Wenn sie noch ein Säugling gewesen war, als sie geheiratet hatten …

Aber weshalb erhob er Anspruch, Dylans Vater zu sein und nicht auch ihrer? Vielleicht wegen seines Rufs? Eine frühere, noch nicht offiziell beendete Ehe?

»Sieht ganz so aus, als gäbe es eine Menge unbeantworteter Fragen.«

»Das ist noch untertrieben.«

»Hast du Hunger? Wir könnten einen Happen essen gehen.«

Sie hatte nichts gegessen. Den ganzen Tag nicht, wie ihr erst jetzt auffiel. Aber sie wollte hierbleiben und die restlichen Sachen im Schrankkoffer durchsehen. Sie lehnte ab.

»Ich könnte uns ja etwas vom Chinesen holen. Oder eine Pizza? Es sei denn, du willst lieber allein sein.«

»Nein, bleib. Das heißt, falls du Zeit hast.«

Er bestellte Pizza in einem Restaurant, das sich auf hauchdünne Pizzen im New Yorker Stil spezialisiert hatte. Während er fort war, um ihr Essen und eine Flasche Wein zu holen, betrachtete Alex die anderen Gegenstände im Schrankkoffer.

Ganz unten, in den Falten einer Babydecke, fand sie einen Ring, den sie ins Licht hielt. Es war ein ungewöhnliches Schmuckstück, zart und raffiniert gearbeitet, mit verschlungenen Goldsträngen, die sich wie Schlangen umeinander wanden.

Oder wie Weinranken, dachte sie, während sie mit dem Finger über die eingearbeiteten Rubine strich.

»Bin wieder da!«, rief Tim eine halbe Stunde später und betrat das Haus. »Ich habe uns eine hübsche Flasche Zinfandel besorgt. Dry Creek Valley.«

»Perfekt.« Sie streifte den Ring über ihren kleinen Finger und stand auf. »Ich habe Bärenhunger.«

Sie setzten sich in die Küche und aßen ihre Pizza aus dem Karton. Den Wein allerdings tranken sie aus edlen Riedel-Gläsern, die dank ihrer Form das Bouquet ausgezeichnet zur Geltung brachten.
Das vollmundige Aroma und der Alkohol erfüllten Alex augenblicklich mit trügerischer Energie und Wohlbehagen. Sie spürte, wie die Anspannung von ihr abfiel, und streckte Tim ihr Glas ein zweites Mal hin.
»Wo kommt denn der auf einmal her?«, fragte er und zeigte auf den Ring.
Sie sah auf ihre Hand hinab. »Den habe ich im Schrankkoffer gefunden.«
»Darf ich mal sehen?« Sie streifte ihn vom Finger und reichte ihn Tim, der ihn ins Licht hielt. »Er hat eine Gravur, hast du das gesehen?«
»Nein.« Sie nahm ihm den Ring aus der Hand und versuchte, die Inschrift mit zusammengekniffenen Augen zu entziffern. »JdW – 1984. Wofür steht JdW wohl?«
»Vielleicht sind es Initialen.«
»Aber nicht die meiner Mutter. Die ihres Ehemanns? Vielleicht war der Ring ja ein Geschenk von ihm.«
»Oder es sind die Initialen eines anderen Menschen, der ihr den Ring geschenkt hat?«
»Oder es ist eine Abkürzung.«
»Möglich.« Er trank aus und verteilte den Rest der Flasche auf die beiden Gläser, ehe er die leere Flasche hochhielt. »Genau! *Wein.* Jahr des Weines, 1984. Muss ein guter Jahrgang gewesen sein.«
»Ich hoffe nur, du planst nicht, heute noch nach Hause zu fahren.«
»Ist das eine Einladung?«

»Eher eine Feststellung.«
Er beugte sich vor. In seinen Augen lag das vertraute Glitzern. »Was denkst du, Alex?«
»Dass es immer noch eine Million Fragen gibt, auf die ich Antwort haben muss«, sagte sie und zeigte sich bewusst begriffsstutzig. »Und dass ich vielleicht nach Sonoma fahren und zusehen sollte, sie dort zu bekommen.«
»Das meine ich nicht. Was denkst du über heute Abend?« Er griff über den Tisch hinweg nach ihrer Hand. »Vielleicht sollte ich ja bleiben.«
»Bitte sag nicht, du versuchst, hieraus ein Date zu machen.«
»So viel Vertrauen solltest du eigentlich zu mir haben, Alex. Ich mache mir nur Sorgen um dich und denke, du solltest heute nicht allein sein.«
»Wie reizend von dir.« Sie beugte sich vor und gab ihm einen Kuss auf die Wange. »Völlig schwachsinnig, aber echt süß.«
»Ist es nicht. Du bedeutest mir sehr viel. Ich mache mir ehrlich Sorgen um dich. Aber wenn wir am Ende zufällig im Bett landen würden und wilden Sex hätten, würde ich mich nicht darüber beschweren.«
»Du bist ein echtes Schwein, weißt du das eigentlich?«
»Ich bin ein Mann, was erwartest du? Außerdem läuft mein Motor noch vom letzten Mal, als du mich mittendrin abgeschossen hast.«
»Ärmstes Herzchen.« Sie kramte ihre Geldbörse aus ihrer Tasche und legte einen Zwanziger auf den Tisch. »Das sollte reichen, um meine Hälfte vom Essen und dem Wein zu begleichen.«
Einen Moment starrte er auf die Banknote, dann hob er den Kopf und sah sie an. »Das ist also ein Nein.«
»Genau.«

Er steckte den Zwanziger ein. »Wie wär's, wenn ich morgen nach dir sehe?«
»Mach dir keine Mühe. Ich habe vor, einen Ausflug ins Weingebiet zu machen.«

Kapitel zwölf

Freitag, 19. Februar
08:10 Uhr

Reed betrat den Befragungsraum. Er hatte Tanner und Cal um diesen frühen Termin gebeten, um zu besprechen, was er bei seinem Besuch bei Alexandra Clarkson in Erfahrung gebracht hatte.
Tanner war bereits da. Sie sah hundemüde aus. »Hey, Babs. Schlimme Nacht gehabt?«
»Vor allem eine lange. Bei Cakebread Cellars gab's eine Weinprobe. Mein Ex war auch da. Ich, mein Ex und kostenloser Wein, das ist eine explosive Mischung.«
»Feuerwerk?«
»Hmmm.« Gähnend legte sie die Hände um ihren Riesenbecher Kaffee. »Aber nicht unbedingt das, woran Sie denken.«
Ehe er nachhaken konnte, betrat Cal mit einer Schachtel Tan's Donuts den Raum.
»Kohlenhydrate«, sagte sie. »Danke, Jesus.«
Cal grinste. »Ich habe ja schon so manchen Namen bekommen, aber der Erlöser war bisher noch nicht dabei.«
»Sie hat einen schlimmen Abend hinter sich«, erklärte Reed, öffnete die Schachtel und spähte hinein. »Was haben wir denn da?«
»Glasierte, gefüllte, welche mit Schoko und ganz normale.«
Tanner runzelte die Stirn. »Keine Schmalzkringel?«

»Nein.«
»Oder Mandelhörnchen mit Apfelfüllung?«
»Nein. Glasierte, gefüllte, Schoko und ganz normale. Wenn Sie Sonderwünsche haben, hätten Sie eben selber welche besorgen müssen.«
»Lecken Sie mich, Cal.«
»Nur wenn Sie vorher mich lecken.«
Reed verputzte einen Donut und grinste. »Okay, Kinder, wie wär's, wenn wir uns jetzt meinem Gespräch mit der Tochter von Patsy Owens zuwenden?«
»Mir wäre es lieber, wenn unsere Tanner mich mal leckt.«
»Aber«, warf sie ein, »da Sie ja wissen, dass es dazu niemals kommen wird … also, hat diese Alexandra Owens irgendetwas Interessantes zu sagen?«
»Sie heißt jetzt Clarkson. Das Interessanteste an meinem Gespräch mit ihr war, dass sie eben *nichts* zu sagen hatte. Sie hat weder Erinnerungen an ihren kleinen Bruder noch an ihre Zeit in Sonoma.«
»Unsinn.« Tanner wischte sich einen Klecks Himbeermarmelade von den Lippen. »Ihre Mutter …«
»… hat sämtliche Hinweise auf Dylans Existenz und ihre Zeit bei den Sommers beseitigt.«
»Das ist ziemlich schräg.« Cal tunkte ein Stück Donut in seinen Milchkaffee. »Und Sie glauben ihr?«
»Ja.«
»Wie alt war sie, als Dylan verschwunden ist?«
»Fünf.«
Tanner schüttelte den Kopf. »Ich erinnere mich noch an die Party zu meinem fünften Geburtstag, und sie vergisst ihren Bruder? Wie gibt's denn so etwas?«
»Das habe ich mich auch gefragt.« Reed beäugte die Do-

nuts und entschied sich für ein zweites. »Ich habe mich mit unserem diensthabenden Psychologen kurzgeschlossen, der meinte, es könnte sich um eine Art traumatischen Gedächtnisverlust handeln. Wie er zum Beispiel bei posttraumatischen Belastungsstörungen oder verdrängten Erinnerungen vorkommt.«

»Ich habe vor ein paar Jahren einen PTBS-Fall bearbeitet. Es ging um einen Jungen, der mit ansehen musste, wie sein eigener Bruder vor dem Haus der Familie erschossen wurde. Er war da, am Tatort. Trotzdem konnte er sich nicht erinnern, was passiert war«, erklärte Cal.

»Genau. Der Psychologe meinte, die gezielte Einwirkung der Mutter und ihr junges Alter hätten den Erinnerungsverlust begünstigt. Allem Anschein nach wollte Patsy Owens, dass ihre Tochter die Vergangenheit vergisst.«

Tanner kippte den Rest ihres Kaffees hinunter. »Entschuldigung, aber das ist doch total krank.«

»Kein Witz.« Reed knüllte seine Serviette zusammen und zielte auf den Mülleimer. »Okay, das sind die Fakten: Patsy liest den Artikel über die unbekannte Kinderleiche. Sie fragt sich, ob es sich um Dylan handeln könnte, und ruft mich an. Der Anruf ging um drei Uhr nachmittags ein. Sie hinterlässt eine Nachricht. Einige Zeit später schluckt sie ein ganzes Röhrchen Tabletten.«

Tanner beugte sich vor. »Wieso hat sie nicht auf Ihren Rückruf gewartet?«

»Es könnte auch folgendermaßen abgelaufen sein«, warf Cal ein. »Patsy weiß, dass es sich bei der Babyleiche um Dylan handelt. Sie ruft Sie an, um ein Geständnis abzulegen. Aber dann erreicht sie Sie nicht und wird von ihren Schuldgefühlen so übermannt, dass sie sich das Leben nimmt.«

»Sind wir überhaupt sicher, dass es Selbstmord war?«, fragte Tanner. »Was ist mit einem Abschiedsbrief?«

»Kein Abschiedsbrief. Aber ich habe mit der Gerichtsmedizin gesprochen.« Reed schlug seinen Notizblock auf. »Mit einem gewissen Dr. Hwang. Er hat es als eindeutigen Selbstmord eingeordnet. Außerdem war bekannt, dass sie unter Depressionen litt und bereits zweimal einen Selbstmordversuch unternommen hatte.«

Tanner aß ihren Donut auf und leckte sich den Zucker von den Fingern. »Muss einen das wundern? Ich weiß nicht, ob ich nicht auch den Verstand verlieren würde, wenn so etwas mit meinem Kind passieren würde.«

»Die Autopsie ist für heute angesetzt, und anschließend gibt der Pathologe die offizielle Todesursache bekannt.«

»Wir haben Neuigkeiten zu dem Schnuller«, meinte Cal. »Dieses spezielle Modell war von 1982 bis 1986 auf dem Markt.«

Reed nickte. »Dann hätte er also Dylan Sommer gehören können. Was ist mit der Weinkiste?«

»Wir versuchen gerade, die Teile zusammenzusetzen, die noch vorhanden sind.« Tanner schob ihm einen gefütterten Umschlag hin. »Das ist Robbs Bericht. Die Länge der Knochen lässt darauf schließen, dass das Kind höchstens sechs Monate alt war.«

Reed überflog den Bericht des Anthropologen. Noch ein Hinweis darauf, dass es sich bei dem unbekannten Säugling um Dylan Sommer handeln könnte. »Sind die sterblichen Überreste unterwegs ins staatliche Labor?«

Tanner bejahte. »Haben Sie daran gedacht, dass der Erinnerungsverlust der großen Schwester durch etwas ausgelöst worden sein könnte, was sie an diesem Abend gesehen oder gehört hat?«

Hatte er. Das Problem war nur, wie diese Erinnerungen wieder wachgerufen werden konnten. Sofern überhaupt welche existierten.

»Ich habe die Akten gelesen«, sagte er. »Sie wurde damals befragt. Von den Beamten des Sheriff's Departments, dem FBI und einer Sozialarbeiterin. Sie war verwirrt und verängstigt, aber ansonsten schien es ihr gutzugehen. Keiner hatte den Eindruck, dass sie etwas verschwieg.«

Bevor jemand etwas sagen konnte, läutete Reeds Handy. »Reed.«

»Detective, hier ist eine Frau, die Sie sprechen möchte. Eine gewisse Alex Clarkson. Sie sagt, es geht um das unbekannte Baby.«

»Ich bin sofort da.« Er beendete das Gespräch und sah seine Kollegen an. »Halten Sie sich bereit. Das könnte interessant werden.«

»Was liegt an?«

»Die große Schwester steht unten.«

Kapitel dreizehn

Freitag, 19. Februar
09:10 Uhr

Alex ging in der Lobby auf und ab, während sie auf den Detective wartete. Sie hatte kaum geschlafen, doch statt müde zu sein, kreisten ihre Gedanken unablässig um all die Fakten, die sie von Reed erfahren hatte und die durch die Gegenstände in dem Schrankkoffer bestätigt worden waren.

Ein Bruder. Sie hatte einen Bruder gehabt. Und eine Familie, einen Stiefvater und eine Stiefschwester. Und keine Erinnerung an mehrere Jahre ihres Lebens.

Sie wollte wissen, weshalb.
Sie hatte das Album mitgebracht. Als Beweis. Und in der Hoffnung, Reed oder sonst jemand aus Sonoma könnte den Gesichtern auf den Fotos Namen zuordnen.
Sie wandte sich um und sah ihn durch die Lobby kommen.
»Alex«, sagte er, als er vor ihr stand, »ist alles in Ordnung?«
»Ja, bestens.« Sie räusperte sich. »Ich hätte ein paar Fragen … ich hoffe, es ist kein Problem, dass ich ohne Vorwarnung hier auftauche.«
»Überhaupt nicht. Darf ich Ihnen einen Kaffee anbieten? Oder einen Saft?«
»Nein danke. Ich war die halbe Nacht wach. Kaffee ist so ziemlich das Letzte, was ich jetzt gebrauchen kann.«
Er hob eine Braue und musterte sie belustigt.
»Das klingt ziemlich unlogisch, was? Ich wollte damit sagen, dass ich die ganze Nacht über Kaffee getrunken habe. Noch eine Tasse, und ich hänge wahrscheinlich unter der Decke.«
»Das wäre ein ziemlich spektakulärer Anblick.« Sein Mundwinkel hob sich. »Dann lassen wir das lieber.«
Er war ein Cop. Ein Detective, der sich mit der Aufklärung von Gewaltverbrechen beschäftigte. Trotzdem wirkte er lässig, unaufdringlich. Doch hinter der coolen Fassade verbarg sich ein messerscharfer Verstand. War er wirklich so entspannt oder tat er nur so? War es eine Art Cop-Trick, der sie einlullen und ihr ein Gefühl von Sicherheit suggerieren sollte?
»Ich habe Fotos gefunden«, sagte sie. »Ich hatte gehofft, Sie könnten einen Blick daraufwerfen und mir helfen, den Gesichtern Namen zuzuordnen.«
»Gern. Gehen wir nach oben in mein Büro.«
Sein Büro war ein winziges Abteil in einem Großraumbüro. Er nahm einen Stapel Akten vom Stuhl, damit sie sich setzen

konnte, und ließ sich hinter seinem Schreibtisch nieder. Die anderen Detectives waren in ihre Arbeit vertieft und würdigten sie kaum eines Blickes.

»Sie haben also Fotos gefunden?«

»Ja. Ich habe das ganze Haus auf den Kopf gestellt. Auf dem Dachboden habe ich sie schließlich gefunden. In einem verschlossenen Schrankkoffer.« Alex bemerkte, dass ihre Hände schweißfeucht waren, und wischte sie an ihren Hosenbeinen ab, ehe sie das Album aus der Handtasche zog. Sie schlug es auf und legte es vor sie beide auf den Schreibtisch. »Das ist meine Mutter«, sagte sie. »Und ich stehe neben ihr. Ich nehme an, das Baby auf ihrem Arm ist Dylan.«

»Das würde ich auch sagen. Und das« – er tippte auf den Mann neben ihrer Mutter – »ist Harlan Sommer.«

»Mein Stiefvater.«

Sie musterte das Foto. Der Mann war nicht sonderlich groß – nur wenige Zentimeter größer als ihre Mutter –, aber kräftig. Sie würde ihn nicht unbedingt als attraktiv bezeichnen, aber selbst auf dem Foto verströmte er Souveränität. Es war durchaus nachvollziehbar, weshalb sich ihre Mutter zu ihm hingezogen gefühlt hatte.

Sie hob den Kopf und sah Reed an. »Wie alt war ich, als meine Mutter ihn geheiratet hat?«

»Keine Ahnung. Ich weiß, dass Sie sehr klein waren, aber kein Baby mehr.«

Kein Baby mehr. »Konnte ich schon laufen? Und sprechen?«

Er hob die Schultern. »Tut mir leid, aber daran erinnere ich mich nicht.«

»Und als meine Mutter mit mir weggegangen ist? Wie alt war ich da?«

»Fünf oder so.«

»Und Dylan? Wie alt war er, als er gekidnappt wurde?«
»Knapp sechs Monate alt. Worauf wollen Sie hinaus, Alex?«
»Ich versuche nur, eine Art Zeitrahmen herzustellen, um die Lücken zu schließen.«
»Konnten Sie sich inzwischen an etwas erinnern?«
Alex dachte an die seltsame Vision und schüttelte den Kopf. »Nein, nichts.«
»Sie haben gezögert, Alex.«
»Tatsächlich?«
»Ja.« Er sah ihr in die Augen. »Sind Sie sich ganz sicher?«
»Absolut. Und falls mir etwas einfallen sollte, sind Sie der Erste, der es erfährt, das können Sie mir glauben.« Sie blätterte weiter bis zu einem Gruppenfoto. »Wie sieht es mit diesen Leuten aus?«
Reed betrachtete die Aufnahme. »Alle kenne ich nicht, aber das hier sind meine Mom und mein Dad.« Er tippte mit dem Finger auf das Foto. »Und das ist Harlans Bruder, Treven. Und seine Frau. Darf ich?« Er zeigte auf das Album.
Sie bejahte, worauf er es zu sich herüberzog und darin blätterte. Wann immer er jemanden erkannte, hielt er inne und nannte ihr den Namen des Betreffenden, darunter auch seinen eigenen. »Das bin ich. Und das hier ist Ihre Stiefschwester, Rachel.« Er wandte sich der Aufnahme von ein paar Kindern zu, allesamt im österlichen Sonntagsstaat – die Mädchen in hübschen Kleidern, die Jungen in Anzug und Krawatte. Die kleineren Kinder hielten Körbchen umklammert.
»Die Eiersuche bei den Sommers«, murmelte er, während sich seine Lippen zu einem Lächeln verzogen. »Gott, wie wir das geliebt haben. Da sind Sie«, sagte er. »Mit Dylan.«
Da stand sie, das Osterkörbchen neben sich auf dem Boden. Sie sah so stolz aus, so glücklich.

Sein Lächeln verflog. »Das war das letzte Mal, dass wir Eier gesucht haben. Nach Dylans Verschwinden gab es das nicht mehr.«
Ein Kloß bildete sich in ihrer Kehle, den sie hinunterzuschlucken versuchte. »Viele von den Fotos wurden am selben Ort aufgenommen. Haben Sie eine Ahnung, wo?«
»Natürlich. Das ist das Weingut.«
»Das Weingut?«
»Die Sommer Family Winery. Damals hat Harlan das Gut noch betrieben. Die Sommerschen Weine besitzen in Fachkreisen einen ausgezeichneten Ruf.«
»Aber heute betreibt er das Gut nicht mehr?«
»Sein Bruder hat es übernommen. Nachdem …«
»… Dylan verschwunden war«, ergänzte sie.
»Genau.« Er sah auf seine Uhr. »Dieser Koffer, in dem Sie all die Erinnerungsstücke gefunden haben …«
»Ja.« Sie wandte den Blick ab, als unvermittelt Tränen in ihren Augen brannten. »Ein Teddybär und ein Taufkleidchen. Ein paar Babysachen. Schühchen. Und ein Schnuller.«
Er hob den Kopf. »Ein Schnuller, sagten Sie?« Sie nickte. »Haben Sie ihn zufällig mitgebracht?«
»Nein, er liegt zu Hause bei meiner Mutter.«
»Moment.« Er zog sein Handy heraus und tippte eine Nummer ein. »Tanner? Reed hier. Haben wir ein Foto von dem Schnuller? Wunderbar. Ich habe Alex Clarkson hier sitzen und komme gleich mit ihr herunter, damit sie einen Blick daraufwirft.«
Er beendete das Gespräch und sah sie an. »Trauen Sie sich zu, den Schnuller wiederzuerkennen? Wir haben einen bei der Babyleiche gefunden.«
»Könnte sein, ja.«
»Würden Sie ihn sich mal ansehen?«

»Ich würde gern Kontakt mit meiner Familie aufnehmen«, bat sie statt einer Antwort.
Er musterte sie mit zusammengekniffenen Augen. »Da klafft eine alte, tiefe Wunde. Könnte sein, dass man Ihnen nicht den Empfang bereitet, den Sie sich vorstellen.«
»Dieses Risiko würde ich eingehen.«
Wieder sah er sie einen Moment lang an. »Ich bin nicht sicher, ob die das ebenfalls tun werden. Sie müssen verstehen …« Er breitete die Hände aus. »Es ist eine einflussreiche Familie, die eine unglaubliche Tragödie erlebt hat und Fremden gegenüber ziemlich misstrauisch ist.«
»Aber ich bin keine Fremde, sondern gehöre zur Familie.«
»Das war vor fünfundzwanzig Jahren, Alex. Sie waren lediglich ein paar Jahre lang Teil der Familie. Jahre, die ein schlimmes Ende genommen haben.«
Sein Tonfall war sanft, dennoch verfehlten die Worte ihre Wirkung nicht. Sie blickte ihm in die Augen. »Ich will wissen, weshalb meine Mutter sie mir vorenthalten hat. Ich will alles über meine Zeit dort erfahren. Und da sie nicht mehr lebt, muss ich mich an andere wenden, wenn ich Antworten haben will.«
»Diese Leute sind meine Freunde. Enge Freunde meiner Familie. Nette Menschen, denen etwas Grauenhaftes widerfahren ist.«
»Und für mich gilt das nicht?«
»Ich bitte Sie nur, mich vorher mit Harlan reden zu lassen. Damit ich ihn auf Sie vorbereiten kann. Wenn Sie ohne Vorwarnung dort auftauchen, besteht die Gefahr, dass Sie das Gegenteil von dem erreichen, was Sie wollen.«
»Und das wäre?«
»Könnte sein, dass sie dichtmachen. Ich kann niemanden zwingen, mit Ihnen zu reden, Alex.«

Auf die Idee, ihre einstige Familie könnte sich weigern, sie zu sehen, war sie gar nicht gekommen. Stattdessen hatte sie sich eine tränenreiche Wiedervereinigung ausgemalt, inklusive herzlicher Einladung, in den Schoß der Familie zurückzukehren.

Aber das wahre Leben stand nur sehr selten im Einklang mit sentimentalen Tagträumen.

»Vielleicht gibt es ja einen plausiblen Grund, weshalb sie Ihnen diese Geschichte all die Jahre vorenthalten hat. Schon mal darüber nachgedacht?«

»Was genau wollen Sie mir damit sagen?«

»Sagt Ihnen der Begriff traumatischer Gedächtnisverlust etwas?«

»Ansatzweise. Weshalb?«

»Ich habe mich gefragt, ob Sie vielleicht in der Nacht von Dylans Verschwinden irgendetwas gesehen haben. Mehr, als Sie der Polizei damals erzählt haben.«

Alex runzelte die Stirn, während sie ein Schauer überlief. »Das bezweifle ich.«

»Wieso?«

»Einfach so. Man hat mich doch bestimmt befragt, und jemand hätte etwas gemerkt.«

»Auch ich habe schon Kinder befragt. Ihre Reaktion auf traumatische Ereignisse läuft völlig anders ab als bei Erwachsenen. Sie verwechseln sehr leicht Phantasie und Realität, die Grenzen zwischen Fiktion und Wahrheit sind manchmal fließend. Einmal hatte ich es mit einer Sechsjährigen zu tun, die ein Verbrechen bezeugt hat, das im Fernsehen gezeigt worden war.«

»Ich habe alles vergessen, weil ich noch so klein war«, erklärte sie mit einem leicht gereizten Unterton. »Weil meine Mutter den Prozess verstärkt hat, indem sie mich von allem ferngehalten hat, was mich an meinen Bruder hätte erinnern können, von Menschen und Gegenständen.«

Beim Anblick seiner mitfühlenden Miene versteifte sie sich. »Woran erinnern Sie sich noch aus Ihrem fünften Lebensjahr?«

»An eine ganze Menge, vor allem aber an die Mitglieder meiner Familie.«

»Weil Sie jeden Tag an sie erinnert werden. Aber wäre es genauso, wenn all das wegfiele?«

»Das ist ein Argument«, räumte er ein. »Sehen wir uns das Foto an, dann rufe ich Harlan Sommer an und versuche, so schnell wie möglich ein Treffen zu arrangieren.«

Kapitel vierzehn

Freitag, 19. Februar
10:42 Uhr

Wie versprochen hatte Reed Harlan Sommer angerufen, ihn jedoch nicht an die Strippe bekommen. Also hatte er eine Nachricht hinterlassen und versprach Alex, sich bei ihr zu melden, sobald er etwas hörte. Alex beschloss, die Zeit zu überbrücken, indem sie der Bezirksbibliothek in Santa Rosa, die lediglich fünf Minuten vom Revier entfernt lag, einen Besuch abstattete und Zeitungsartikel aus der Zeit suchte, als ihr Bruder verschwunden war.

Sie stellte ihren Wagen ab, stieg aus und überquerte den Parkplatz. Die Detectives hatten ihr das Foto eines Schnullers gezeigt, das Alex nicht mehr aus dem Kopf gehen wollte – er war schmutzverkrustet gewesen, voll Erde und Gott weiß was noch alles. Sie hatte keine Details erfahren wollen, nichts über das Wie und Warum der chemischen Reaktionen und des Verfalls.

Ihre Aufgabe hatte lediglich darin bestanden, einen Blick auf das Foto zu werfen und den Schnuller darauf mit dem Exemplar zu vergleichen, das sie im Haus ihrer Mutter gefunden hatte. Es war derselbe Schnuller – dieselbe Form, Farbe, Ausführung. Reed und seine Kollegen waren sehr aufgeregt über diese Erkenntnis gewesen, hatten sich jedoch bemüht, sich nichts anmerken zu lassen.

Die Bibliothek war in einem einstöckigen Ziegelgebäude untergebracht. Sie ging hinein und trat an den Informationsschalter, hinter dem eine Frau mit schulterlangem grauem Haar und zerfurchtem, sommersprossigem Gesicht saß – offenbar hatte sie sich bewusst gegen ein Leben mit Botox, Anti-Aging-Seren und Faltenauffüller entschieden.

»Guten Morgen«, begrüßte Alex sie. »Könnten Sie mir sagen, wo ich die Mikrofilme finde?«

Die Frau sah auf und lächelte sie an. »Aber natürlich. Ich zeige Ihnen alles.« Sie kam um den Tresen herum. »Wonach suchen Sie denn?«

Alex ging neben ihr her. »Zeitungsartikel aus dem Jahr 1985. Lokalzeitungen.«

»Die haben wir. Interessiert Sie etwas Bestimmtes?«, hakte sie nach. »Ich wohne schon mein ganzes Leben hier.«

»Ja. Das Verschwinden von Dylan Sommer.«

Ihre Schritte wurden langsamer, und sie gab einen leisen, bekümmerten Laut von sich. »Ein schrecklicher Vorfall. Grauenhaft. Ohne Zweifel das schlimmste Verbrechen, das es hier im Tal je gab.«

»Kannten Sie die Familie?«

Die Bibliothekarin blieb stehen. Ein argwöhnischer Ausdruck trat auf ihre offenen, freundlichen Züge. »Darf ich fragen, weshalb Sie sich für diesen Fall interessieren?«

Mit dieser Frage hatte Alex nicht gerechnet. In der Großstadt kümmerte es Bibliotheksangestellte nicht, wonach man suchte und weshalb.

Sie zögerte einen Moment. »Ich bin Patsy Sommers Tochter. Dylans Schwester.«

Die Augen der Frau weiteten sich. »Die kleine Alexandra! Sieh sich das einer an … eine erwachsene Frau. Patsy und ich waren früher enge Freundinnen.«

»Sie kannten meine Mutter?«

»Wir haben uns sehr nahegestanden. Damals, als junge Frauen. Falls sie jemals Rita Welsh erwähnt hat … das bin ich.« Sie schüttelte den Kopf. »Sie haben ja keine Ahnung, was wir so alles angestellt haben.«

Rita blickte über Alex' Schulter. »Ist sie auch hier? Ich würde sie so gern wieder einmal sehen.«

»Nein, sie ist vor kurzem gestorben.«

»O nein.« Rita schloss Alex in die Arme. »Das tut mir schrecklich leid.«

Alex sah Tränen in ihren Augen und ergriff spontan ihre Hände. »Haben Sie Zeit, mit mir zu reden, Rita?«

»Jetzt?«

»Ja. Ich wäre Ihnen wirklich sehr dankbar.«

Rita sah auf ihre Uhr, dann zu ihrem Tresen hinüber. »Es ist noch ein bisschen früh für eine Pause, aber ich sage meiner Assistentin Bescheid.«

Kurz darauf saßen sie einander im Mitarbeiterpausenraum gegenüber. Unfähig, ihren Eifer zu zähmen, beugte Alex sich vor. »Wann haben Sie und meine Mutter sich kennengelernt?«

»Wir waren gerade mal einundzwanzig. Beide Single.« Ihre Augen glitzerten. »Damals war ich ein ziemlich heißer Feger. Und ein Wildfang – Bibliothekarin hin oder her. Wir haben gemeinsam den Verkostungsraum bei Robert Mondavi geführt. Das war '78 oder '79. Oh, die Partys, die Margrit damals geschmissen hat. Unglaublich. Rauschender als alles, was das Tal je gesehen hatte.«

»Mom hat in einem Verkostungsraum gearbeitet?«

»Hat Sie Ihnen das nie erzählt? Das wundert mich.« Rita seufzte. »Dort hat sie auch Ihren Vater kennengelernt.«

Alex' Herzschlag setzte kurz aus. »Sie kannten meinen Vater?«

Sie schüttelte den Kopf. »Ich weiß nur, dass sie ihm bei einer dieser Partys begegnet ist. Sie wollte aber seinen Namen nicht verraten.«

Alex' Enttäuschung war so bitter, dass sie sie förmlich auf der Zunge schmecken konnte.

»Irgendwann zog sie sich immer mehr aus unserer Clique zurück und besuchte nur noch selten Partys. Sie verbrachte ihre gesamte Zeit mit ihm – besser gesagt, damit, zu Hause zu sitzen und auf ihn zu warten. Und dann war sie auf einmal schwanger.«

»Sie müssen doch irgendeine Ahnung gehabt haben, wer es war.« Die unüberhörbare Verzweiflung in ihrer Stimme ließ Alex zusammenzucken. »Bestimmt haben Sie Spekulationen angestellt, oder?«

Alex' Eindringlichkeit entging der Bibliothekarin nicht. »Allerdings haben wir das getan, glauben Sie mir. Er hatte eine Menge Geld, so viel stand fest. Als ihre Schwangerschaft sichtbar wurde, hat sie bei Robert Mondavi aufgehört, und er hat sie finanziell unterstützt. Er hat ihr ein Apartment besorgt.«

»Bestimmt war er verheiratet«, murmelte Alex, mehr zu sich selbst als zu der Bibliothekarin.

»Das dachten wir auch. Und wir haben uns gefragt, ob er vielleicht in der Öffentlichkeit steht und deshalb einen Skandal fürchtet. Oder die Kosten für eine Scheidung.«

Alex' Bestürzung musste sich auf ihrer Miene abgezeichnet haben, denn die ältere Frau griff über den Tisch und drückte ihre Hand. »Die Affäre endete allerdings nach Ihrer Geburt. Sie war am Boden zerstört, aber ich hielt es offen gestanden für das Beste. So sollte niemand leben müssen. Sie verdiente einen Mann, der sie ehrte, indem er sie heiratete.«

»Und den hat sie gefunden«, murmelte Alex und dachte an die unübersehbare Lebensfreude ihrer Mutter auf den Fotos.

»Genau.« Rita warf einen Blick auf ihre Uhr, ehe sie fortfuhr. »Sie nahm einen Job im Verkostungsraum der Sommer Family Winery an. Dort hat sie dann Harlan kennengelernt. Er war ein einflussreicher Mann hier in Sonoma, und alle haben mitbekommen, dass sie zusammen waren. Manchmal habe ich auf Sie aufgepasst, damit die beiden ausgehen konnten. Es war, als wäre sie mit einem Mal wieder zum Leben erwacht, und ich habe mich so für sie gefreut.«

»Und dann hat er ihr einen Antrag gemacht? War es eine große Hochzeit oder …«

»Die beiden sind nach Vegas durchgebrannt.« Sie kicherte. »Das ganze Tal hat sich das Maul darüber zerrissen.«

»Wie alt war ich damals?«

»Ein Jahr, glaube ich. Oder ein klein bisschen älter.«

»Und war er nett zu mir?«

Rita musterte sie erstaunt. »Er hat Sie vergöttert. Hätte ich nicht die ganze Geschichte gekannt, hätte ich glatt glauben können, dass Sie sein leibliches Kind seien.«

Alex musste an das Foto aus dem Album und Tims Bemerkung denken, wie ähnlich sie dem Mann auf dem Foto sah. Dieser Mann war Harlan Sommer gewesen.

Sie schob den Gedanken beiseite. »Was ist mit ihnen geschehen, nachdem Dylan verschwunden war? Wieso haben sie sich getrennt?«

»Gebrochene Herzen. Zu großer Schmerz zwischen ihnen. Zu große Wut.«

Alex erinnerte sich an Tims Worte über die Gefühle ihrer Mutter, über die Schuldgefühle, die sie wahrscheinlich gequält hatten, weil sie ihre Kinder an diesem Abend allein gelassen hatte. »Er konnte ihr nicht verzeihen?«

Rita sah sie erstaunt an. »*Sie* konnte *ihm* nicht verzeihen. Er hatte darauf bestanden, dass sie an diesem Abend ausgingen. Er hatte ihr versprochen, dass Rachel gut auf Sie und Dylan aufpassen würde.«

Diesmal war es Alex, die erstaunt dreinblickte. Was hatte ihre Mutter empfunden? Wut oder Schuldgefühle?

Ihr Handy vibrierte. Das Display verriet, dass es Reed war. Sie entschuldigte sich und hob ab.

»Ich habe mit Harlan geredet«, sagte Reed. »Er ist bereit, sich heute Nachmittag mit uns zu treffen, um vier. Wenn das Gut geschlossen hat. Ich hole Sie ab.«

»Wo?«

»Auf dem Hauptplatz von Sonoma. Da ist ein Restaurant. The Girl & The Fig.«

Sie beendete das Gespräch und bemerkte Ritas eigentümlichen Blick. »Was ist denn?«

»Der Ring. Der gehörte Ihrer Mutter, stimmt's?«

»Ja.« Alex sah ihn an, dann Rita. »Wissen Sie zufällig, woher sie ihn hatte?«

»Nein, keine Ahnung. Tut mir leid.«

Verlegenes Schweigen breitete sich zwischen den beiden Frauen aus, und Alex spürte, dass Rita ihr nicht die Wahrheit sagte.

Sie beugte sich vor. »War meine Mutter glücklich, Rita? Bevor Dylan verschwunden ist?«
»Ja. Sehr glücklich sogar.«
»Litt sie an Depressionen oder anderen psychischen Störungen? Irgendetwas in dieser Art?«
»Patsy? Gütiger Himmel, nein. Zumindest nicht, dass ich wüsste.« Rita schüttelte den Kopf, um ihren Worten Gewicht zu verleihen. »Manchmal war sie vielleicht niedergeschlagen, so wie jeder andere auch. Aber in keiner Weise, die irgendwie … krankhaft gewesen wäre.«
»Wie alt war ich, als sie mit meinem Bruder schwanger wurde?«
»Drei, dreieinhalb.« Wieder sah Rita auf ihre Uhr. »Tut mir leid, aber ich sollte längst wieder an meinem Platz sein.«
Sie stand auf, dicht gefolgt von Alex. »Danke, dass Sie sich Zeit für mich genommen haben, Rita. Meine Mutter hat nie über ihre Vergangenheit gesprochen.«
»Zu schmerzlich, vermute ich.« Sie seufzte. »Die Leute verändern sich mit dem Alter. Besonders, wenn sie so schreckliche Verluste erdulden mussten. Kommen Sie, ich zeige Ihnen die Mikrofilme.«
Sie verließen den Pausenraum und gingen zu den Mikrofilmen, die im hinteren Teil der Bibliothek untergebracht waren. Rita holte den *Press Democrat* auf den Schirm und schloss Alex in die Arme. »Ich freue mich so, dass Sie hergekommen sind. Ich habe so oft an Sie und Ihre Mutter gedacht. Wenn Sie noch mal reden wollen, rufen Sie mich einfach an. Hier oder zu Hause. Jederzeit.«
Sie notierte ihren Namen und ihre Nummer auf einem Zettel und reichte ihn Alex. »Jederzeit«, wiederholte sie.
Alex dankte ihr nochmals. Bevor Rita zu ihrem Tisch zurück-

kehren konnte, hielt sie sie an der Tür auf, um ihr eine letzte Frage zu stellen. »Wann hat sich Harlan Sommer von seiner ersten Frau scheiden lassen?«

»Das hat er nicht«, antwortete Rita leise. »Sie kam bei einem tragischen Unfall auf dem Weingut ums Leben.«

Kapitel fünfzehn

Freitag, 19. Februar
14:50 Uhr

Stunden später saß Alex mit brennenden Augen und bohrenden Kopfschmerzen noch immer vor dem Mikrofilm-Lesegerät. Sie hatte die Zeitungen systematisch nach Dylan abgesucht – von seiner Geburt über die Taufe bis hin zu seiner Entführung. Artikel um Artikel, die allesamt dasselbe berichteten: Er war aus seinem Bettchen entführt worden; die erwartete Lösegeldforderung war nie eingegangen; die Verzweiflung der Familie und ihr öffentliches Flehen, ihnen ihren Jungen zurückzugeben.

Es war grauenhaft, die Artikel zu lesen, und die Fotos brachen ihr das Herz.

Irgendwann ertrug sie es einfach nicht länger und wandte stattdessen ihre Aufmerksamkeit Harlans erster Frau, Susan, zu, die bei einem tragischen und äußerst grausamen Unfall ums Leben gekommen war. Im Zuge des Unterstoßens, einem Prozess bei der Weinherstellung, war sie von dem bei der Gärung entstehenden Kohlendioxid ohnmächtig geworden, in den Tank gefallen und ertrunken.

Unglücklicherweise hatte sie nicht die von der Berufsgenossenschaft geforderte Schutzkleidung getragen. Ihr Schwager und ein weiterer Mitarbeiter hatten den Vorfall zufällig beobachtet und waren ihr zu Hilfe geeilt, doch es war zu spät gewesen.

Exakt neun Monate später hatten die Zeitungen zum ersten Mal über ihre Mutter und Harlan berichtet.
Alex setzte sich auf ihrem Stuhl zurück und rieb sich die Schläfen. Merkwürdig. Neun Monate waren keine sonderlich lange Trauerzeit um eine Ehefrau und die Mutter seines Kindes. Wie hatte der Mann so schnell strahlend und mit Patsy am Arm zurück auf der Bildfläche erscheinen können?
Alex nahm sich die Klatschspalten vor und suchte sie nach Hinweisen auf eine Affäre oder auf eine Ehekrise zwischen Harlan und Susan ab. Nichts. Stattdessen sahen sie auf sämtlichen Fotos überaus glücklich aus.
Eine perfekte Familie. So wie später die Fotos mit ihrer Mutter.
Die Familiengeschichte der Sommers las sich wie das Drehbuch eines rührseligen TV-Dramas. Seit der Generation von Harlans Vater war dieser Familie so viel Leid widerfahren – als hänge eine dunkle Wolke über ihnen. Unerwartete Todesfälle. Zerbrochene Ehen.
Ein entführtes Kind.
Alex bemerkte, dass sie zitterte. Sie sah auf ihre Uhr und stellte entsetzt fest, wie spät es war. Eilig sammelte sie den mindestens drei Zentimeter hohen Stapel Kopien ein und stand auf. Was hatte all das zu bedeuten? Sie verstaute die Kopien der Artikel in ihrer Tasche. Nichts? Alles? War dies der Grund, weshalb ihre Mutter die Zeit in dieser Familie systematisch aus ihrem Leben gestrichen hatte? Um dem Fluch zu entgehen?
Doch es war ihr nicht gelungen. Stattdessen hatte sie ihn mit sich genommen.
Alex eilte auf den Ausgang zu und sah zu Rita hinüber, die telefonierte, sich jedoch rasch abwandte, als sie Alex' Blick begegnete.

Stirnrunzelnd trat Alex hinaus in den strahlend schönen Tag und kniff die Augen gegen die grelle Sonne zusammen. Sie kramte ihre Sonnenbrille aus der Tasche und setzte sie auf.
Mit Hilfe des GPS erreichte sie den Hauptplatz von Sonoma und das The Girl & The Fig mit nur wenigen Minuten Verspätung.
Reed erwartete sie an die Kühlerhaube seines Autos gelehnt. Er hatte die Augen geschlossen und stand mit vor der Brust gekreuzten Armen da, das Gesicht gen Sonne gereckt, völlig reglos, als schlafe er. Wie eine Katze, dachte sie – still, scheinbar entspannt und dennoch bereit, jederzeit zum Sprung anzusetzen. Die Sonne fing sich auf seinem glänzenden kastanienbraunen Haar, und mit einem Mal fiel ihr auf, wie gut er aussah, wenn auch auf eine herbe Art. Sie fragte sich, wie ihr diese Tatsache bisher entgangen war.
Alex hielt neben ihm an und stieg aus. »Tut mir leid. Ich habe die Zeit vergessen.«
»Kein Problem.« Er löste sich von seinem Wagen. »Sightseeing?«
»Nein, Recherche. Ob Sie's glauben oder nicht, aber ich habe eine Frau kennengelernt, die früher einmal sehr eng mit meiner Mutter befreundet war.«
»Oh, das glaube ich durchaus. Die Gegend ist das reinste Dorf.« Sie stiegen in seinen Wagen. »Wen denn?«, fragte er, nachdem sie sich angeschnallt hatten.
»Rita Welsh, die Bibliothekarin der Bezirksbibliothek von Santa Rosa.«
Er fuhr rückwärts aus der Parklücke. »Und? Irgendetwas Interessantes erfahren?«
»Mehrere Dinge. Sie meinte, meine Mutter sei glücklich gewesen. Und dass Harlan mich regelrecht vergöttert hätte.«

»Das hat er auch.« Reed lächelte. »Aber Sie waren auch ein verdammt süßes Ding.«
Sie spürte, wie sie rot wurde, konnte jedoch nicht sagen, ob es von seinem Lächeln oder seinem Kompliment herrührte. »Sie wusste auch nicht, wer mein Vater war. Mom hat ein großes Geheimnis darum gemacht. Man wusste nur, dass sie ihn bei einer Party von Robert Mondavi kennengelernt hatte. Sie hat dort gearbeitet. Im Verkostungsraum.«
»Weshalb hat sie so ein Geheimnis darum gemacht? Was glauben Sie?«
»Ich schätze, er war verheiratet. Und vielleicht stand er auch in der Öffentlichkeit.«
»Der Klassiker«, murmelte er.
Sie drehte sich auf ihrem Sitz um, so dass sie sein Gesicht sehen konnte. »Rita hat mir erzählt, Harlans erste Frau sei bei einem tragischen Unfall umgekommen.«
»Das stimmt.«
Sie runzelte die Stirn, als er keine Anstalten machte fortzufahren. »Sie ist einem Weinfass ertrunken.«
»Ja, sie ist erstickt. Worauf wollen Sie hinaus, Alex?«
Sollte sie mit der Sprache herausrücken? Dass sie sich fragte, ob Harlan Sommer ihr Vater war? Oder dass sein Weg vom »glücklich verheirateten« Ehemann zum verliebten Mann an der Seite ihrer Mutter ihrer Meinung nach verdammt kurz gewesen war?
Stattdessen zuckte sie lediglich die Achseln. »Scheint, als hätten die Sommers so manche Tragödie erlebt.«
Er warf ihr einen eigentümlichen Blick zu. »Das haben sie auch. Allerdings würde ich das an Ihrer Stelle lieber nicht erwähnen, wenn Sie mit ihnen reden.«
»Natürlich nicht. Ich bin schließlich keine Vollidiotin.«

»Das wollte ich damit auch nicht andeuten, Alex. Keineswegs.«
Sie verfielen in Schweigen. Alex blickte aus dem Fenster. Unter anderen Umständen hätte sie sich von der atemberaubenden Schönheit der Landschaft bezaubern lassen – die Eukalyptus- und Erdbeerbäume und die Eichen. Die sanft geschwungenen Hügel mit den endlosen Rebstockreihen. Die schmale Serpentinenstraße, die sich nach oben durch die Hänge wand.
Doch die Umstände würden wohl kaum angenehmer werden, dachte sie und spürte, wie ihre Brust eng wurde. In wenigen Minuten würde sie ihrem Stiefvater gegenüberstehen, von dessen Existenz sie vor zwei Tagen noch nichts geahnt hatte. Offen gestanden waren die Umstände so außerhalb jeden gewohnten Rahmens, dass sie keine Ahnung hatte, was sie erwarten sollte.
Würde er sie mögen? Würde er sie ansehen und das kleine Mädchen sehen, das sie einmal gewesen war? Oder hatte er dieses Mädchen längst vergessen? Aber wie auch immer seine Reaktion ausfallen würde – spielte all das überhaupt eine Rolle für sie?
Könnte Harlan Sommer ihr Vater sein?
Sie räusperte sich und faltete die Hände im Schoß. »Was hat er gesagt, als Sie ihm erzählt haben, dass ich mich mit ihm treffen möchte?«
»Harlan? Er hat ja gesagt. Reicht das nicht?«
»Klingt ja, als wäre er mächtig gespannt darauf, mich zu sehen«, ätzte sie.
»Können Sie ihm einen Vorwurf daraus machen, Alex?« Er warf ihr einen kurzen Seitenblick zu, dann sah er wieder nach vorn auf die Straße. »Es ist lange her. Wir reden hier von einer ziemlich schmerzhaften Phase seines Lebens.«

Sie war die physisch greifbare Verbindung zum Verlust seines Sohnes und dem Ende seiner Ehe. Zweifellos wäre es ihm lieber gewesen, sie niemals wiederzusehen. Es schmerzte sie, aber wie hätte sie sich an seiner Stelle gefühlt? »Ich bin sehr froh, dass er bereit ist, das Richtige zu tun.«

»Und was, wenn es nicht das Richtige ist?«

Er stellte die Frage so sachlich, dass sie im ersten Moment glaubte, sich verhört zu haben. »Entschuldigung?«

»Der Segen des einen ist des anderen Fluch.«

»Vielleicht hätten Sie lieber Philosoph statt Polizist werden sollen.«

»Vielleicht.« Ein verlegenes Grinsen spielte um seine Lippen, während er den Wagen die schmale Straße hinauflenkte. »Sehen Sie es doch mal so: Sich zu weigern, die Vergangenheit hochkommen zu lassen, indem er ein Treffen mit Ihnen ablehnt, wäre verdammt viel einfacher gewesen, so viel steht fest. Aber Harlan ist kein Mann, der den einfachen Weg geht.«

»Er hat meine Mutter gehen lassen. Und mich.«

»Vielleicht hatte er ja keine andere Wahl.«

Vielleicht, dachte sie und sah erneut zum Fenster hinaus. Sie würde einfach abwarten müssen, was passierte.

Kapitel sechzehn

Freitag, 19. Februar
16:15 Uhr

Wenig später blickte Alex in die kühlen grauen Augen von Harlan Sommer und wusste, dass sie möglicherweise nie herausfinden würde, welche Entscheidungen er getroffen oder was sie ihn gekostet haben mochten. Wahrscheinlich würde er sie niemals nahe genug an sich heranlassen.

»Alexandra«, begrüßte er sie. »Es ist lange her. Ich kann kaum glauben, dass du es bist. So erwachsen.«
Mit ihm war die Zeit nicht allzu gnädig umgesprungen, dachte Alex und verglich ihn im Geiste mit dem kernigen Mann auf den Fotos. Nein, gutaussehend war er nie gewesen, dafür hatte er vor Selbstvertrauen und siegesgewisser Überlegenheit gestrotzt.
»Danke, dass du zu einem Gespräch mit mir bereit warst.«
»Aber natürlich.« Er lächelte, auch wenn das Lächeln nicht ganz bis zu seinen Augen reichte. »Setz dich. Ich habe gerade einen unserer 2004er Cabs aufgemacht. Magst du Rotwein?«
»Ich liebe Rotwein.«
»Hervorragend.«
Er schenkte allen Anwesenden ein Glas ein. Alex bemerkte, dass Reed ablehnte. Harlan reichte ihr ein Glas und setzte sich. Das verlegene Schweigen, für das sie sich gewappnet – und das sie gefürchtet – hatte, breitete sich aus.
Es wurde jedoch nach einigen Augenblicken von einer attraktiven Brünetten durchbrochen, die den Verkostungsraum betrat.
»Oh mein Gott, du bist es wirklich! Mein kleiner nervtötender Schatten!«
Sie schloss Alex in die Arme und drückte sie fest an sich. »Ich habe mich so oft gefragt, ob ich dich jemals wiedersehen würde.«
Tränen brannten in Alex' Augen. Sie blinzelte dagegen an. »Du musst Rachel sein.«
»Als Dad anrief und erzählte, du seist in Sonoma, konnte ich es nicht glauben. Du musst genau erzählen, wie es dir in den letzten fünfundzwanzig Jahren ergangen ist. Ich will alles wissen, jedes Detail.«
Ihr Vater reichte ihr ein Glas Wein, das sie an die Lippen hob,

dann nickte sie. »Der 2004er. Ich bin immer wieder beeindruckt.« Sie wandte sich wieder Alex zu. »Bist du verheiratet?«

»Geschieden.«

»Kinder?«

»Lass das arme Mädchen erst einmal Luft holen«, warf Harlan ein. »Wir sind hier doch nicht bei der Inquisition.«

»Entschuldige.« Rachel lächelte. »Ich bin ein bisschen neugierig. Und forsch.«

Reed lachte leise. »Ein bisschen?«

»Klappe.« Sie wandte sich wieder an Alex. »Also, hast du … Kinder?«

»Nein. Und du? Mann? Kinder?«

»Weder noch. Herrlich frei und unbelastet.« Sie lachte. »Bis auf diesen gewaltigen Klotz namens Weingut, der mir am Bein hängt. Entschuldige, Dad.« Sie beugte sich vor und drückte ihm einen Kuss auf die Wange, dann setzte sie sich auf den Stuhl gegenüber von Alex. »Ich liebe meine Arbeit, aber die Verantwortung ist schon enorm. Wie sieht es mit dir aus, Alex? Bestimmt bist du auch berufstätig, oder?«

»Ich arbeite im Moment an meiner Doktorarbeit und jobbe nebenbei in einer Bar, um meinen Lebensunterhalt zu finanzieren.«

»Doktorarbeit?«, wiederholte sie und wandte sich ihrem Vater zu. »Gütiger Himmel, sie ist Akademikerin geworden. Damit hätte ich nie im Leben gerechnet.«

Wieder richtete sie ihre Aufmerksamkeit auf Alex. »Und was genau studierst du?«

»Meine Doktorarbeit behandelt die Rolle von Glaubenssystemen in der menschlichen Erfahrungswelt.«

»Glaubenssysteme?« Sie hob eine Braue. »Welche denn zum Beispiel?«

»Laut Studien haben wir Menschen tatsächlich die Veranlagung, an einen Schöpfer zu glauben, an eine kontrollierende kreative Kraft, der wir in Ritualen unseren Respekt zollen. Aus diesem Grund begegnen wir überall, in sämtlichen Kulturen, der Sinnsuche durch die Religion.«

»Klingt nach katholischer Kirche für mich«, meinte Rachel.

»Judeo-christliche Glaubensansätze repräsentieren nur einen Bruchteil der Glaubenssysteme auf der Welt«, wandte Alex mit sanfter Stimme ein. »Der Paganismus ist die älteste Religion der Welt, die eine schier endlose Zahl an Varianten hervorgebracht hat. Bei einigen der frühesten Artefakte handelt es sich zweifelsfrei um heidnische …«

Alex ließ ihre Stimme verklingen. Es war still geworden im Raum, und alle drei Anwesenden starrten sie an. »Tut mir leid, manchmal lasse ich mich ein bisschen von meiner Arbeit mitreißen.«

Rachel hob die Brauen und beugte sich vor.

»Heilige Maria Mutter Gottes, du bist aus der Kirche ausgetreten, stimmt's?«

»Aus welcher Kirche?«

»Aus der katholischen natürlich. Vater hätte mich umgebracht, wenn ich das auch nur versucht hätte. Aber glaub mir, an manchen Sonntagen hätte ich definitiv den Tod vorgezogen.«

»War ich katholisch?«

Rachel starrte sie verblüfft an. »Deine Mutter war eine geradezu glühende Katholikin.«

Alex konnte nur staunen. Sie und ihre Mutter waren niemals in die Kirche gegangen, nicht einmal zu Weihnachten oder Ostern. Ebenso wenig hatte ihre Mutter je erwähnt, dass sie Katholikin war – auch nicht, nachdem Alex ihr Studium der Weltreligionen aufgenommen hatte.

»Eine glühende Katholikin? Interessante Wortwahl, Rachel«, bemerkte Reed.
Rachel schenkte ihm keine Beachtung. »Wie lange wolltest du hierbleiben, Alex? Wir könnten essen gehen und uns näher kennenlernen.«
Rachel, dachte Alex, war wie ein kleiner Tornado. Sie war in den Raum gewirbelt und hatte alles in ihrem Dunstkreis mitgerissen. »Nur heute. Ich muss heute Abend nach Hause zurück und alles für das Begräbnis meiner Mutter organisieren.«
Rachel stand auf, setzte sich auf die Armlehne ihres Vaters und legte ihm eine Hand auf die Schulter, als wolle sie ihn trösten. »Reed hat uns das von deiner Mutter erzählt. Es tut uns ja so leid.«
»Danke.« Zu ihrem Entsetzen entfuhr ihr ein Schluchzen. »Entschuldigung … es ist noch sehr frisch.« Sie rang um ihre Fassung.
Rachel reichte ihr ein Päckchen Papiertaschentücher. Alex zog eines heraus und tupfte sich die Augen trocken. »Mom hat jahrelang unter Depressionen gelitten«, fuhr sie fort, als sie sich wieder ein wenig gefangen hatte. »Sie hat zweimal versucht, Selbstmord zu begehen, bevor … beim dritten Mal hat es dann geklappt.«
Sie hörte die Verbitterung in ihrer Stimme und bereute ihre Worte augenblicklich. Diese Leute waren Fremde, trotz ihrer gemeinsamen Vergangenheit. Sie wussten nichts über sie und die Beziehung zu ihrer Mutter. Und es fühlte sich nicht richtig an, ihnen diesen Einblick zu gewähren.
Sie wandte sich Harlan zu. »Hat meine Mutter … litt sie auch schon unter Depressionen, als ihr verheiratet wart?«
Er schüttelte den Kopf. »Erst nach Dylans Verschwinden … aber ich dachte mir schon, dass es irgendwann dazu kommen

würde. Wir alle …« Seine Stimme klang mit einem Mal belegt. »Wir alle waren danach nicht mehr dieselben.«
Es war unübersehbar, wie schwer ihn der Verlust seines Sohnes getroffen hatte. Und wie tief der Schmerz heute noch saß.
»Wieso bist du hergekommen, Alexandra?«
Alex bemerkte, dass sie das Papiertaschentuch in Fetzen gerissen hatte, und zerknüllte es. »Bis vor zwei Tagen wusste ich nicht, dass es euch überhaupt gibt. Ich wusste nichts von meinem Leben hier oder von meinem Bruder.«
Er runzelte die Stirn, sagte jedoch nichts.
»Mom hat nie von ihrem früheren Leben oder von meinem Vater gesprochen, sondern steif und fest behauptet, dass wir allein sind und keine Familie haben. Keine Großeltern, keine Onkel und Tanten. Ich habe es akzeptiert, aber es hat sich immer so angefühlt … als würde etwas in meinem Leben fehlen. Offen gestanden dachte ich, ihre Psychose hätte dieses Gefühl in mir ausgelöst. Aber jetzt glaube ich, dass es das hier war. Meine Zeit hier. Aber in erster Linie rührte es wohl daher, dass mein Unterbewusstsein wusste, dass ich einen Bruder hatte.«
Rachel schnappte leise nach Luft. »Das ist ja entsetzlich«, sagte sie. »Wie konnte sie dir das antun? Wie konnte sie so tun, als hätte Dylan nie existiert? Tut mir leid, aber ich finde das grausam.«
Alex hatte Mühe, ihre Fassung zu bewahren. Genau dieselben Gedanken hatte auch sie gehabt – deshalb schmerzten die Worte ja so sehr.
Diesmal war Harlan derjenige, der versuchte, seine Tochter zu trösten, indem er eine Hand auf Rachels Arm legte. Alex bemerkte, dass sie zitterte.
»Dylan war ein reizender kleiner Junge. Immer fröhlich. Hat

so gut wie nie geschrien. Von der dritten Woche an hat er praktisch durchgeschlafen. Er war die reinste Freude.«

Er wandte die Augen ab, als blicke er tief in die Vergangenheit, ehe er Alex wieder ansah. »Du hast ihn abgöttisch geliebt. Rachel auch. Und seine Mutter und ich natürlich genauso. Es war für uns alle ein schwerer Schlag, für Patsy aber war es am schlimmsten. Aus irgendeinem Grund hat sie sich selbst die Schuld gegeben. Dafür, dass wir an diesem Abend nicht zu Hause geblieben sind. Dafür, dass wir nicht da waren. Und sie konnte nicht mehr damit aufhören.«

»Du hast versucht, eure Ehe zu retten?«

»Aber natürlich. Ich habe versucht, was ich konnte. Ich habe ihr Zeit gegeben, einen Therapeuten für sie gesucht, habe ihr Geschenke gemacht. Die Wahrheit ist, dass ich sie geliebt habe, aber sie konnte ihren Kummer einfach nicht verwinden« – er räusperte sich – »und meine Liebe erwidern so wie früher.« Er seufzte. »Ich weiß nicht, was ich dir sonst sagen könnte.«

»Hast du Fotos?«

Rachel stand auf und nahm ein gerahmtes Foto von einem mit üppigen Schnitzereien verzierten Schreibtisch.

Auf dem Foto war ein junges Mädchen – Rachel, vermutete Alex – mit einem niedlichen, pausbäckigen Baby auf dem Arm zu sehen. Behutsam berührte Alex das Glas. »Ich habe in einem Schrankkoffer auf dem Dachboden auch ein Foto gefunden«, sagte sie leise. »Es sah so ähnlich aus wie dieses hier, nur dass ich ihn auf dem Arm hatte.«

»Es hat Jahre gedauert, bis ich mich überwinden konnte, es aufzustellen«, murmelte Harlan. »Bis ich es ansehen konnte, ohne befürchten zu müssen, dass es mir das Herz bricht. Ich danke Gott, dass ich es heute kann. Es erscheint mir ungerecht, so zu tun, als hätte er niemals gelebt.«

Wieder brannten Tränen in Alex' Augen. Tränen des Kummers – und der Wut. Auf ihre Mutter, weil sie das getan hatte. Es war ein Affront gegen Dylans Andenken.
Sie kämpfte gegen ihre Tränen an und streckte die Hand vor, an deren kleinem Finger der Ring steckte. »Du erwähntest gerade Geschenke. Hast du den hier meiner Mutter geschenkt? Ich habe ihn im Schrankkoffer bei Dylans Sachen gefunden. Sieht so aus, als wären es Weinranken und …«
»Nein«, unterbrach er. »Den habe ich noch nie gesehen.«
»Bist du sicher, dass du …«
»Ja. Ich bin sicher.« Er hielt einen Moment inne, als wolle er ihr Zeit geben, seine Antwort zu verarbeiten. Der Unterton in seiner Stimme verriet deutlich, dass er nicht bereit war, noch weiter darüber zu reden. »Gibt es sonst etwas, das ich für dich tun kann, Alexandra?«
»Ja. Weißt du, wer mein Vater ist?«
Sie hielt den Atem an. Seine Miene veränderte sich kaum merklich. »Nein. Tut mir leid.«
»Aber du warst doch mit ihr verheiratet, deshalb …«
»Es war nicht wichtig für mich. Ich habe sie geliebt.«
Die Worte waren schlicht, und die Art, wie er sie aussprach, ließ keinen Zweifel an ihrem Wahrheitsgehalt. Trotzdem beantworteten sie ihre Frage nicht. »Das ist sehr schön zu hören, trotzdem fällt es mir schwer zu glauben, dass sie nie mit dir über ihn gesprochen hat.«
»Alexandra«, sagte er sanft. »Ich glaube nicht, dass sie wusste, wer dein Vater ist.«
Alex dachte daran, was Rita über die Romanze ihrer Mutter gesagt hatte. Er wusste eindeutig mehr, als er preisgab. Er wusste, dass das eine Lüge war. Aber weshalb wollte er ihr die Wahrheit vorenthalten?

Vielleicht, weil er ihr Vater war?
»Sie war noch jung«, murmelte Rachel. »So etwas passiert nun mal. Das weißt du selbst.«
»Aber weshalb wollte sie mir denn nicht die Wahr…«
Sie unterbrach sich. Es war sinnlos. Schließlich hatte sie ihnen längst erklärt, wie viel ihre Mutter ihr verschwiegen hatte.
»Für mich spielte es keine Rolle«, wiederholte Harlan. »Ich habe mich in sie verliebt. Und in dich.«
Die Worte spülten wie eine bittersüße Woge über sie hinweg, und sie hatte Mühe fortzufahren. »Aber wieso … all die Jahre …«
»Als klarwurde, dass Dylan nicht wiederauftaucht, hat Patsy dich genommen und ist weggegangen. Rein rechtlich warst du nicht meine Tochter, sondern ihre. Was hätte ich also tun sollen?«
»Sie wollte nichts mehr mit uns zu tun haben«, fügte Rachel hinzu. »Sie hat *uns* verlassen, Alex. Uns alle.«
Der gekränkte Unterton in Rachels Stimme war unüberhörbar. Zum ersten Mal wurde Alex bewusst, dass Rachel zwei Mütter verloren hatte – und wie schmerzlich diese Verluste für sie gewesen sein mussten.
»Wir haben dich nie vergessen. Aber wie Dad schon gesagt hat – was hätten wir tun sollen?«
Das ist wahr, dachte Alex und hob ihr Weinglas an die Lippen, bemerkte jedoch, dass es beinahe leer war.
»Es ist schon seltsam«, fuhr Rachel fort. »Du hast alles vergessen. Selbst deinen eigenen Bruder. Ich hätte gedacht, sein traumatischer Verlust hätte sich in dein Gedächtnis eingebrannt. Bei mir war es jedenfalls so.«
»Vielleicht ist das ja genau der Grund, weshalb sie es vergessen hat«, warf Reed ein.

Sie verfielen in Schweigen. Das Feuer knisterte und zischte. Die Uhr auf dem Kaminsims schlug.
Nachdem der sechste Schlag verklungen war, beugte sich Harlan vor. »Können wir etwas für dich tun, Alexandra?«, fragte er. »Brauchst du etwas?«
Sie versteifte sich beim Klang seiner Worte und dem Mitgefühl in seinen Augen. »Ich wollte dich kennenlernen und so viel wie möglich über meinen Bruder erfahren. Mehr nicht.« Sie stand auf. »Danke.«
Ihr Abschied fiel ebenso hölzern aus wie die Begrüßung, vielleicht sogar noch steifer – ihrem *Hallo* hatte zumindest ein Funke Hoffnung innegewohnt.
Hoffnung worauf?, fragte sie sich, während sie wenig später aus dem Wagenfenster sah. Auf eine herzzerreißende, liebevolle Wiedervereinigung? Eine schockierende Enthüllung?
Sie konnte es nicht sagen, aber bestimmt nicht auf das, was sie bekommen hatte – Erstaunen, Mitleid und eine winzige Dosis Argwohn.
»Haben Sie Hunger?«, fragte Reed.
Sie sah, dass sie mittlerweile den Hauptplatz von Sonoma erreicht hatten und vor dem The Girl & The Fig standen. »Eigentlich nicht. Aber danke.«
»Trauen Sie sich die Rückfahrt zu? Es war ein ziemlich heftiger Tag.«
Sie lächelte, dankbar über sein Mitgefühl. »Es geht mir gut. Ich brauche nur ein bisschen Zeit, um alles zu verarbeiten.«
Er nickte und zeigte auf das Restaurant. »Wenn Sie wieder einmal vorbeikommen, müssen Sie unbedingt hingehen. Es ist ausgezeichnet.«
Sie blickte zum Fenster hinein, vorbei an dem »Aushilfe gesucht«-Schild auf die Bar und das Restaurant. Warmes Holz,

winzige bernsteinfarbene Lampen, kleine Tische mit weißen Leinentischdecken im Bistro-Stil. Hinreißend.

»Das werde ich.«

»Ich schicke einen Kriminaltechniker vorbei, der den Schnuller abholt. Vielleicht auch noch ein paar andere Sachen.«

»Bekomme ich sie wieder zurück?«

»Natürlich.«

»Danke für alles, Detective Reed.« Sie streckte die Hand aus. »Lassen Sie mich bitte wissen, was bei der Identifizierung herauskommt.«

»Selbstverständlich.« Er ließ ihre Hand los. »Auf Wiedersehen, Alex.«

Sie sah zu, wie er davonfuhr, ehe sie in ihren Wagen stieg und sich auf die lange Heimfahrt nach San Francisco machte.

Kapitel siebzehn

Montag, 22. Februar
09:20 Uhr

»Morgen, Tanner«, sagte Reed und blieb im Türrahmen ihres Kabuffs stehen. »Wie läuft's so?«

»Nicht übel. Für einen Montag.« Sie griff nach ihrem Kaffeebecher. »Das Labor hat den Schnuller bekommen.«

»Und?«

»Sie sagen, es besteht nur eine winzige Chance, dass sie DNA davon abnehmen können. Bestenfalls unvollständig.«

»Aber immerhin eine Chance.«

»Genau.«

Reed gähnte. »Ich habe das Wochenende damit zugebracht, die Befragungsprotokolle im Dylan-Sommer-Fall durchzuackern. Insbesondere die mit Alexandra Clarkson.« Er legte eine Akte

auf ihren Schreibtisch. »Im Grunde nichts Neues. Eine Sozialarbeiterin hat sie als ungewöhnlich ›dissoziativ‹ eingestuft.«
Tanner schlug die Akte auf und begann, seine Notizen zu überfliegen. »Aber alle anderen haben sie als fröhliches, aufgeschlossenes und wohlerzogenes Kind beschrieben.«
»Das stimmt. Aber auf die Frage, wo denn ihr kleiner Bruder sei, meinte sie, er ›schlafe‹.«
»Interessant.« Sie tippte auf die Notizen. »Kinder sind schwer zu befragen. Man kann sie ja nicht sonderlich stark unter Druck setzen.«
Die Abteilungssekretärin streckte den Kopf zur Tür herein. »Ihr zwei werdet gebraucht. Hilldale Winery. Die Frühstückspension.«
»Was liegt an?«
»Jemand hat eine Babypuppe verstümmelt und sie in den Rebstöcken aufgehängt.«

Eine halbe Stunde später standen Reed und Tanner am Tatort. Beide sagten kein Wort, sondern starrten lediglich die Puppe an, die geradezu unheimlich lebensecht wirkte. So sehr, dass Reed im ersten Augenblick tatsächlich gedacht hatte, es sei ein richtiges Baby.
Mrs. Dale hatte offenbar mit ein paar Pensionsgästen eine Traktortour durch die Weinberge gemacht, als eine Frau die Puppe bemerkt und laut geschrien hatte. Kein Wunder. Gewissermaßen hatten sie damit Babyleiche Nummer zwei vor sich.
»Ich hab ja schon so manche kranke Scheiße gesehen«, murmelte Tanner, »aber das hier schlägt alles.«
Das kannst du laut sagen, dachte Reed beim Anblick der schauerlichen Darbietung. Die hübsche Puppe war auf höchst

widerwärtige Art verstümmelt worden. Man hatte sie wie ein Opferlamm aufgehängt, die Arme und Beine weit gespreizt und mit einer Schnur an den Drähten der Rebstöcke festgebunden. Der Leib war aufgeschlitzt und mit einer roten Flüssigkeit beschmiert worden, bei der es sich allem Anschein nach um Blut handelte. Die Augen standen weit offen, und der Mund war zu einem grässlich klaffenden Loch aufgeschnitten worden.

Tanner hustete. Offenbar hatte sie Mühe, die Fassung zu wahren. »Eine Reaktion auf die Babyleiche?«

Reed nickte. »Offenbar hatten hier ein paar gelangweilte Teenager eine sehr spezielle Vorstellung von Humor. Könnte zumindest sein.«

Reed ließ den Blick langsam über das Gelände schweifen. Die Puppe war so aufgehängt worden, dass sie von dem am Weinberg entlang verlaufenden Traktorweg aus gut zu erkennen war, in Sichtweite der Frühstückspension und der Hauptstraße. Die Straße war nicht besonders stark befahren, aber auch nicht völlig abgelegen. Es dürfte nicht ganz unriskant gewesen sein, die Puppe aufzuhängen. Wahrscheinlich waren die Täter bei Nacht hier gewesen und hatten sich bemüht, besonders leise zu sein.

»Sie haben sie jedenfalls nicht versteckt, so viel kann man sagen.« Reed ging vor dem Fund in die Hocke.

Tanner kauerte sich neben ihn. »Wer immer das getan hat, wollte, dass man sie findet.«

»Würde ich auch sagen. Aber wieso?«

»Um eine Reaktion zu provozieren. Ist doch klar.«

Unbekannte Babyleiche Nummer zwei. Die Presse würde sich mit Begeisterung daraufstürzen. Ein ungutes Gefühl machte sich in seiner Magengegend breit. Er sah Tanner an. »Glauben Sie, das war nur ein geschmackloser Scherz?«

»Unter normalen Umständen würde ich davon ausgehen, ja.«
»Aber?«
»Aber das hier ist keine Puppe aus dem Supermarkt, sondern ein Exemplar aus der Ashton-Drake-Kollektion. Die Dinger kosten mindestens hundertfünfzig Mäuse.«
»Hundertfünfzig Dollar? Für eine Puppe?«
»Hm.«
Er runzelte die Stirn. »Wie kommt es, dass Sie so viel über teure Sammlerpuppen wissen?«
»Die Tochter meiner Schwester ist völlig verrückt nach diesen Dingern, und meine Schwester scheut keine Kosten und Mühen für sie. Das Mädchen ist eine verwöhnte Göre. Verwöhnt bis zum Anschlag!«
»Wie alt ist Ihre Nichte? Vielleicht ist sie ja unsere Übeltäterin.«
»Acht. Noch ein paar Jahre, dann ist sie so weit.«
»Wow«, murmelte er mit todernster Miene, »was für eine liebevolle Tante.«
»Das sagt meine Schwester auch immer.« Tanner deutete auf die misshandelte Puppe. »Eigentlich wollte ich auf etwas ganz anderes hinaus: Verdammt viel Geld für eine Puppe, um sie in einem Wutanfall plattzumachen.«
»Aber genau das macht es ja so wirkungsvoll.«
»Das bedeutet, unsere Täter haben sich etwas dabei gedacht.«
»Möglich. Oder es waren einfach nur egoistische Gören, die einen Scheißdreck darauf geben, wie viel Geld ihre Eltern für sie ausgeben. Sie haben sie einfach aus dem Regal genommen und Schluss.«
»Was bedeutet, dass ein Mädchen dabei war.« Er zog einen Handschuh aus seiner Jackentasche, streifte ihn über und un-

tersuchte die blutgetränkte Polyesterfüllung, die aus dem Puppenleib quoll. »Ist das Blut? Was meinen Sie, Tanner?«

»Ketchup oder Farbe ist es jedenfalls nicht, so viel steht fest, verdammt. Aber es könnte Kunstblut sein. Es gibt Zeug zum Selbermachen, das ziemlich lebensecht wirkt.«

»Machen wir ein Foto und packen sie ein, damit die Spurensicherung überprüfen kann, ob es sich tatsächlich um Blut handelt.«

»Und, falls ja, ob es menschliches Blut ist.«

»Genau«, bestätigte er angewidert. »Die Kids vergessen immer, wie viel Arbeit es macht, die Schweinerei aufzuräumen, die sie angerichtet haben. Ich wünsche mir wirklich, dass es die Tat eines dämlichen Teenagers war, damit ich die Gelegenheit bekomme, ihm anständig Feuer unterm Hintern zu machen.«

»He.« Tanner drohte ihm mit dem Finger. »Kein Sexismus, bitte schön. Schließlich könnte eine Frau dahinterstecken. Gleichberechtigung gilt auch für Idiotinnen.«

Kapitel achtzehn

San Francisco, Kalifornien
Montag, 1. März
14:20 Uhr

Alex saß im Wohnzimmer ihrer Mutter, um sie herum das, was von Patsys Arbeit als Künstlerin übrig geblieben war. Zehn Tage waren seit ihrem Ausflug nach Sonoma vergangen. In der Zwischenzeit hatte sie sich um das Begräbnis gekümmert. Obwohl sich das Ganze im kleinen Kreis abgespielt hatte, war es ziemlich anstrengend gewesen. Ihre Mutter hatte sich eine Feuerbestattung gewünscht, und da sie nur wenige Freunde gehabt hatte, war Alex zu dem Entschluss gelangt, dass sie keinen Trauergottesdienst abhalten lassen würde. Sie hatte beim *Chronicle* angerufen und eine Todesanzeige geschaltet, hatte eine Urne ausgesucht und sich ansonsten weiterhin mit dem Gedanken vertraut gemacht, dass ihre Mutter nicht mehr auf dieser Welt war.

Aber dies war nicht das Einzige, womit sie sich beschäftigt hatte. Und traurigerweise auch nicht das, was ihr am meisten zusetzte. Was sie nachts wach hielt, war diese Fülle an Geheimnissen und Lügen.

»Rede mit mir, Alex.« Tim saß ihr gegenüber und sah sie besorgt an. »Ich mache mir Sorgen um dich.«

»Ich komme schon klar.«

Aber ihm war anzusehen, dass er ihr nicht glaubte. »Was ist mit den Finanzen?«

»Ich komme schon klar«, wiederholte sie. »Mom hatte keine Lebensversicherung, aber sie war zumindest schuldenfrei. Das Haus und der Wagen waren abbezahlt. Falls es nicht anders geht, werde ich das Haus verkaufen.«

Vielleicht sollte sie das tatsächlich tun, dachte sie und ließ den Blick durch den Raum schweifen. So viele unerfreuliche Erinnerungen.

Sie zeigte auf die Bilder. »Sie sind schön, findest du nicht auch? Obwohl sie unvollendet sind.«

»Ja«, bestätigte er. »Wie gut, dass du sie gerettet hast.«

»Ja. Sehr gut.« Sie runzelte die Stirn und massierte eine schmerzende Stelle an ihrer Schläfe. »Ich kann nicht aufhören, an dieses andere Leben zu denken. In Sonoma. Vor Dylans Tod. Sie war glücklich, Tim. Alle, mit denen ich geredet habe, sagen das. Du hast die Fotos selbst gesehen. Sie sah wie ein vollkommen anderer Mensch aus.«

»Eine Tragödie verändert die Menschen«, sagte er leise. Ge-

nau dasselbe hatte er gesagt, nachdem sie ihm ihren Besuch in Sonoma in allen Einzelheiten geschildert hatte.
Das reicht mir nicht, dachte sie. Nicht einmal annähernd.
»Ich will wissen, wer sie war, Tim. Ich muss es wissen.«
»Du musst dein Leben weiterleben, Schatz.«
Sie sah ihm in die Augen. »Weiterleben? Ich weiß ja nicht einmal, wer ich bin.«
Er beugte sich vor. »Du bist derselbe Mensch wie vor dem Tag, als deine Mutter gestorben ist.«
Sie schüttelte den Kopf. »Nein. Überleg doch nur mal. Es ist, als wäre ein Puzzleteilchen an die verkehrte Stelle gelegt worden, so dass das Bild, das entstanden ist, nicht mehr stimmt. Es ist falsch.«
Er hockte sich vor sie hin und nahm ihre Hände. »Du trauerst. Du hast deine Mutter verloren, deine einzige Angehörige.«
Sie starrte ihn stirnrunzelnd an. Was sie empfand, fühlte sich nicht wie Trauer an. Sondern eher so, als wäre sie hinters Licht geführt worden. Sie empfand Wut und Unsicherheit.
Und sie hatte das Bedürfnis, etwas zu tun. Nur herumzusitzen war definitiv nicht das Richtige.
»Ich habe meinen Job gekündigt«, sagte sie.
Ein Anflug von Bestürzung flackerte in seinem Blick auf. »Es ist nicht der richtige Zeitpunkt für Entscheidungen, die dein ganzes Leben verändern.«
»Von einer Lebensentscheidung kann nicht wirklich die Rede sein, Tim. Ich habe als Barkeeperin gejobbt.«
»Du hast eine Doktorarbeit, die du zu Ende schreiben willst. Du willst endlich deinen Doktor machen. Das ist dir wichtig. Ich weiß es.«
Behutsam löste sie ihre Hände aus seinem Griff. »Ist es auch. Aber das hier ist eben auch wichtig.«

»Was?«
»Herauszufinden, wer ich bin.«
»Ich möchte wieder mit dir zusammen sein.«
Verblüfft starrte sie ihn an. Sie musste sich verhört haben. Und diesen panischen Unterton in seiner Stimme bildete sie sich bestimmt ebenfalls nur ein.
»Es ist nur die Trauer, glaub mir. Ich liebe dich und stehe das Ganze gemeinsam mit dir durch«, fuhr er fort.
»Nein, das ist es nicht. Und das wirst du nicht schaffen.«
»Doch, ich werde es schaffen.« Er zog sie hoch. »Wir waren einmal ein tolles Paar. Und genau das werden wir wieder sein.«
Sie schüttelte den Kopf. »Tim, ich kann nicht ...«
Er schloss die Finger um ihre Hände. »Ich brauche dich, Alex. Was soll ich denn ohne dich tun?«
Aha. Es ging nur um ihn. Um seine Bedürfnisse. Genauso wie damals, als sie noch verheiratet gewesen waren. Und genau das war auch der Grund gewesen, warum er sie bei der erstbesten Gelegenheit betrogen hatte.
»Und was ist mit dem, was mir guttut?«, fragte sie leise und löste sich aus seinem Griff. Sie trat vor eines der Bilder ihrer Mutter und betrachtete die Wirbel und leuchtenden Farben.
Nach einem Moment wandte sie sich ihm erneut zu. »Ich überlege, ob ich nach Sonoma ziehen soll.«
»Sonoma? Das kann nicht dein Ernst sein.«
»Mehr noch. Ich habe sogar schon ein Haus gefunden, das ich mieten könnte.« Als er nichts erwiderte, fuhr sie fort. »Es wäre nur vorübergehend. Nur bis ich die Antworten bekommen habe, die ich brauche.«
»Vielleicht bekommst du sie nie, Alex. Was dann?«
Sie weigerte sich, diese Möglichkeit in Betracht zu ziehen. »Ich

werde mein Apartment an eine Freundin aus der Bar untervermieten, inklusive Möbel und Hausrat. Das Haus, das ich im Auge habe, ist vollständig möbliert. Und Sonoma der perfekte Ort, um an meiner Doktorarbeit weiterzuschreiben.«

»Ich kann es dir nicht ausreden, stimmt's?«

»Nein. Tut mir leid.«

»Ich will nicht, dass du verletzt wirst, Alex.«

»Das bin ich schon. So tief, dass ich manchmal kaum noch Luft bekomme. Schlimmer kann es kaum werden.«

Er trat hinter sie und drehte sie behutsam zu sich um. »Ich denke schon die ganze Zeit darüber nach. Darüber, was deinem Bruder passiert ist und was deine Mutter getan hat. Sie hat dich aus einem bestimmten Grund von dort weggebracht. Sie hatte einen Grund, weshalb sie diese Zeit aus deinem Gedächtnis gelöscht hat.«

»Trauer«, erwiderte Alex. »Und Schuldgefühle.«

»Kann sein«, sagte er und sah ihr in die Augen. »Aber was, wenn da noch mehr war?«

»Was wenn? Das Ganze liegt fünfundzwanzig Jahre zurück.«

»Was ist mit deiner Vision? Mit diesem schreienden Baby? Was, wenn du damals tatsächlich etwas gesehen hast und dich nicht daran erinnern willst?«

Ein unbehagliches Gefühl überkam sie, doch sie schüttelte es ab. »Dann helfe ich vielleicht dabei, den Mörder meines Bruders zu finden«, erklärte sie mit neuer Entschlossenheit.

Kapitel neunzehn

Sonoma Valley, Kalifornien
Freitag, 5. März
16:40 Uhr

Alex saß an einem Fenstertisch im The Girl & The Fig am Hauptplatz von Sonoma. Touristen schlenderten von einem Geschäft zum nächsten, Mütter mit Kinderwagen spazierten durch den Park, eine Gruppe junger Leute lümmelte auf den Bänken herum – sie sahen eher aus wie Hippies und nicht wie Abkömmlinge des digitalen Zeitalters, auch wenn ihre Starbucks-Becher sie verrieten.

Ihr war aufgefallen, dass die Leute hier nicht ständig in Eile zu sein schienen wie in San Francisco. Das Leben war entspannter, die Atmosphäre lockerer.

Lag es an der Landschaft? Sie griff nach ihrem Glas. Oder am Wein?

Sie hielt sich das Weinglas unter die Nase und sog tief das vollmundig-würzige Aroma des Zinfandels ein. Es war ein Wein der Sommers. Sie hatte ihn auf der Karte entdeckt und trotz des geradezu obszön hohen Preises ein Glas davon bestellt.

Sie nippte daran und ließ die Flüssigkeit einen Moment lang auf der Zunge umhergleiten, ehe sie sie hinunterschluckte. Er war jeden Penny wert, so viel stand fest – zum einen wegen seiner erstklassigen Qualität, zugleich aber auch für seine symbolische Bedeutung. Dass sie ihn auf der Karte entdeckt und bestellt hatte, war wie ein Zeichen dafür, die richtige Entscheidung getroffen zu haben.

Ihre Gedanken schweiften zu Tim. Er hatte sie angefleht, ihren Schritt noch einmal zu überdenken, und war überzeugt gewesen, dass sie einen Fehler beging. Einen Fehler, geboren aus ihrer Trauer. Er hatte Angst um sie.

Aber es ist zu spät für Zweifel, Alex.

Viel zu spät, dachte sie und nippte erneut an ihrem Glas. Vor einer halben Stunde hatte sie einen Halbjahresmietvertrag für ein hinreißendes Haus anderthalb Blocks von hier entfernt unterschrieben.

Sie konnte nicht mehr umkehren oder kneifen. Sie war eine Verpflichtung eingegangen.

Ein Klopfen an der Fensterscheibe riss sie aus ihren Gedanken. Reed. Er lächelte sie an, und sie bedeutete ihm, hereinzukommen.

Sie lud ihn ein, sich zu ihr zu setzen. »Es überrascht mich, Sie um diese Tageszeit hier zu sehen«, sagte sie. »Sollten Sie nicht Verbrecher fangen?«

»Vielleicht tue ich das ja.«

»Wie kryptisch. Passt zu Ihnen.«

Er bestellte eine Coke und wandte sich ihr wieder zu. »Ich habe schon gehört, dass Sie wieder in Sonoma sind.«

»Ach ja? Haben Sie Ihre Spione überall, Detective Reed?«

»Sonoma ist eine Kleinstadt.«

»Und mehr wollen Sie dazu nicht sagen?«

»Sie meinen, ich soll meine Quellen preisgeben? Nie im Leben.« Die Kellnerin brachte Alex' Vorspeise, einen Obstteller mit Bauernkäse, und die Coke. Sie warf Reed einen Verschwörerblick zu, dann verschwand sie wieder.

»Eine Ihrer Quellen?«, fragte Alex.

»Durchaus möglich. Neely weiß alles, was sich hier auf dem Platz abspielt.«

»Ach ja?« Sie lächelte. »Hat sie Ihnen auch erzählt, dass ich um die Ecke ein Haus gemietet habe? Das kleine gelbe?«

Seine Brauen hoben sich ungläubig, worauf sie lachte und den Kopf schüttelte. »Das ist kein Scherz. Am Samstag ziehe ich ein.«

»Finden Sie das nicht etwas überstürzt?«
»Eigentlich nicht.«
»Was ist mit Ihrem Job?«
»Für ein paar Monate komme ich auch ohne aus. Ich habe vor, meine Dissertation zu Ende zu schreiben. Das ist die perfekte Gelegenheit. Und der perfekte Ort.«
»Haben Sie noch nie gehört, dass man während der Trauerphase keine spontanen Entschlüsse fassen sollte?«
Sie dachte an Tim. »Sogar erst kürzlich. Das Problem ist, dass ich für diese Art Ratschläge nicht sonderlich empfänglich bin.«
»Ein Freigeist? Oder ODD?« Sie hob fragend eine Braue, worauf er grinste. »Oppositional defiant disorder – unkontrollierbarer Trotz. Der Sohn meines Bruders leidet darunter. Macht das Leben zu einer spannenden Angelegenheit.«
Sie gab Brie auf ein Stück Baguette, nahm einen Bissen und murmelte zustimmend. »Freigeist oder Trotz? Kommt darauf an, wen Sie fragen.«
Er lachte. »Verstehe. Also, nächsten Samstag ist es so weit?«
»Nein, diesen Samstag.«
»Morgen?«
»Das Haus ist möbliert, deshalb brauche ich nur meine Kleider, ein paar persönliche Dinge und meine Unterlagen.«
Er ließ die Worte einen Moment auf sich wirken, dann beugte er sich vor. »Aber wieso, Alex? Was erhoffen Sie sich davon?«
»Antworten.«
»Worauf?«
»Können Sie sich das nicht denken? Warum meine Mutter von hier geflohen ist, weshalb sie mir die Vergangenheit vorenthalten hat, was meinem Bruder widerfahren ist.«
»Was, wenn es keine Antworten gibt?«
»Es gibt sie. Ich muss sie nur finden.«

»Da kann ich Ihnen nur viel Glück wünschen, Alex.« Er stand auf und sah ihr in die Augen. »Trauen Sie sich zu, am Samstagabend schon auf eine Party zu gehen? Meine Familie feiert den 2008er Bear Creek Zinfandel.«
»Ist das eine Einladung, Detective?«
»Ich schätze schon.« Er lächelte. »Ich werde Sie meiner Mutter vorstellen. Vielleicht kann sie Ihnen ja einige der Antworten geben, nach denen Sie suchen.« Er legte drei Dollarnoten auf den Tresen. »Ich hole Sie um acht ab.«
»Dresscode?«, fragte sie.
Er grinste. »Vergessen Sie's. Hier ist alles möglich. Bis dann.«
Alex beobachtete, wie er das Restaurant verließ. Bestimmt war er toll im Bett, dachte sie und senkte den Blick. Galt auch in dieser Hinsicht die Parole »Alles ist möglich«?
Sie würde sich vorsehen müssen. Schließlich war sie bekannt dafür, dass sie den Verstand, den der liebe Gott ihr gegeben hatte, nicht immer benutzte.

Kapitel zwanzig

Samstag, 6. März
20:03 Uhr

Reed holte sie pünktlich um acht Uhr ab. Er trug Jeans und ein Hemd aus butterweicher Baumwolle. Die abgewetzte Lederjacke sah aus, als wäre sie seit Jahren sein treuer Begleiter.
Alex kam sich peinlich overdressed in ihrem kleinen Schwarzen vor.
»Wow«, sagte er.
»Mir hätte klar sein müssen, dass Sie mit ›alles ist möglich‹ Freizeitkleidung gemeint haben. Ich ziehe mich kurz um. Es dauert nur eine Minute.«

»Nicht«, wehrte er ab. »Mutter wird hin und weg sein. Verdammt, *ich* bin hin und weg.«
»Ihre Mutter? Ich habe gar nicht mitbekommen, dass das zwischen uns etwas Ernstes ist.«
»Todernst.« Er lachte. »Nur fürs Protokoll – mit fünf haben Sie sehr für mich geschwärmt. Sie können jeden hier fragen.«
Belustigt schüttelte sie den Kopf. »Ich hole nur meine Jacke.«
Er sah sich um. »Hübsches Haus«, lobte er. »Gemütlich.«
»Mir gefällt es gut. Es ist ein bisschen merkwürdig, auf einer fremden Couch zu sitzen, aber ich werde mich schon daran gewöhnen.«
Er half ihr in die Jacke. »Hat alles mit dem Umzug geklappt?«
»Bestens. Ein Kinderspiel. Ein paar Koffer, meine Zahnbürste und Margo.«
Wie auf ein Stichwort trat Margo miauend aus der Küche und umschmeichelte seine Beine. Er bückte sich und kraulte sie.
»Vorsicht, sie beißt.«
Er riss die Hand zurück, worauf sie lachte. »Nur Liebesbisse. Aber erschrecken tut man trotzdem.«
»Eine Wachkatze«, murmelte er. »Gibt es eigentlich irgendetwas Normales an Ihnen?«
»Eigentlich nicht. Aber heute Abend werte ich das als Kompliment.«
Sie traten in die klare, kühle Nachtluft, und er half ihr beim Einsteigen in seinen Geländewagen. Sie schnallte sich an und wandte sich ihm zu. »Wer hat Ihnen erzählt, dass ich wieder in Sonoma bin?«
»Wollen Sie die Wahrheit hören? Ich habe Ihren Wagen und Ihr Nummernschild erkannt. Ist so eine Polizistengewohnheit.«
So viel zu ihren Verschwörungstheorien. Sie lächelte. »Wie laufen die Ermittlungen?«

»Vorerst nichts Neues.«
»Der Schnuller …«
»Brachte kein Ergebnis. Falls verwertbares Material darauf gewesen sein sollte, war es schon zu verwest.«
»Das tut mir leid«, sagte sie.
Er fädelte sich in den Verkehr ein. »In manchen Fällen läuft es einfach. Von Anfang an, wie am Schnürchen. Bei anderen ist eine Menge Zeit und Mühe nötig. Und bei manchen hat man so wenig in der Hand, dass es nichts gibt, worauf man bauen kann.«
»Und sie führen nirgendwohin«, murmelte sie. »Ins Nichts.«
»Nein«, widersprach er unvermittelt heftig. »Unser Baby wird nicht anonym bleiben. Das werde ich nicht zulassen.«
»Weil er möglicherweise Dylan ist?«
Er sah sie kurz an, dann richtete er den Blick wieder auf die Straße. »Weil kein Kind so etwas verdient.«
Sie betrachtete sein Profil, während sich ihre Brust vor Rührung zusammenzog. Sie konnte sich beim besten Willen nicht vorstellen, wie es für ihn sein musste – all die Greueltaten anderer Menschen zu sehen, tagein, tagaus, und sich jedes Mal aufs Neue verpflichtet zu fühlen, die Wahrheit ans Licht zu bringen und alles wiedergutzumachen.
Er wechselte das Thema. »Soll ich Ihnen erzählen, wer heute Abend alles kommen wird?«
»Das wäre nett. Danke.«
»Als Erstes werden Sie meine Mutter und meinen Vater kennenlernen. Dad ist ein bärbeißiger alter Knochen; eine Tatsache, die meine Mutter seit Jahren geflissentlich ignoriert. Sie dagegen hat Klasse, deshalb wird sie auch begeistert von Ihrem Kleid sein.«
»Geschwister?«

»Zwei Brüder. Joe und Ferris.«
»Reihenfolge?«
»Joe ist der Älteste, Ferris der Jüngste.«
»Und Sie sind folglich der Mittlere.«
»Genau. Sie arbeiten beide im Familienbetrieb.«
»Sie aber nicht. Wieso?«
»Lange Geschichte.« Er bog auf den Sonoma Highway. »Ich gehe davon aus, dass der gesamte Sommer-Clan anwesend sein wird. Unsere Familien stehen sich sehr nahe, sind aber auch Konkurrenten. Ein bisschen Werksspionage ist völlig in Ordnung.«
Sie lachte. »Das ist ein Scherz, oder?«
»Eigentlich nicht. Bestimmt werden Sie heute Abend auch Treven, Harlans älteren Bruder, kennenlernen. Er leitet das Sommer-Weingut und hat zwei Söhne. Clark, den Älteren der beiden, und Will. Sie arbeiten auch auf dem Gut mit.«
»Wird Rachel da sein?«
»Ich gehe davon aus.« Er grinste kurz. »Sie ist ein echter Knaller, was?« Alex stimmte zu. »Aber lassen Sie sich nicht täuschen. Sie hat einen messerscharfen Verstand, ist sehr klug und ehrgeizig. Und sie lebt für das Weingut«, fügte er hinzu.
»Welche Funktion hat sie dort?«
»Sie ist leitende Winzerin.« Er bog scharf nach rechts auf eine Privatstraße ab. Die eisernen Tore standen offen, dem Kartenlesegerät und der Tastatur nach zu schließen war dies jedoch nicht immer der Fall. »Was ziemlich spektakulär ist, denn in der Vergangenheit war die Funktion des leitenden Winzers eine strikte Männerdomäne. Erst seit einiger Zeit machen sich auch Frauen einen Namen. Helen Turley, Mia Klein, Heidi Barrett – und Rachel Sommer.«
»Ich bin beeindruckt. Und, offen gestanden, ein bisschen eingeschüchtert.«

»Völlig überflüssig in Ihrem Fall. Rachel ist sehr bodenständig.«
»Die anderen nicht?«
Er schürzte nachdenklich die Lippen. »Manche«, sagte er nach einem Augenblick. »Aber in dieser Branche gibt es eine Menge Wichtigtuer. Und es läuft eine Menge Scheiße ab.«
»Hätte ich lieber Stiefel anziehen sollen?«
»Am besten Watstiefel, die bis zur Hüfte reichen.«
Sie lachte. In diesem Augenblick erschien das Haus vor ihnen – ein längliches Steingebäude auf einem Hügel. Die Fenster waren hell erleuchtet, die umstehenden Bäume mit winzigen weißen Lämpchen geschmückt, und Jazzklänge wehten in die kühle Nachtluft, erdig und elegant zugleich.
»Eindrucksvoller als das Gut der Sommers, nicht?«
Allerdings. Das Haus war feudaler und erinnerte eher an ein Herrenhaus. Angesichts der Tatsache, dass er mit dem Familienbetrieb nichts zu tun hatte, überraschte sie der unüberhörbare Stolz in seinem Ton.
Interessant, dachte sie. Offenbar steckte wesentlich mehr hinter seiner Entscheidung, eine andere berufliche Laufbahn einzuschlagen, als er preisgegeben hatte.
Er parkte den Wagen, und sie stiegen aus. Erfreut stellte Alex fest, dass sie nicht die Einzige war, die ein Kleid trug. Aber Reed hatte nicht übertrieben – die Outfits reichten von nachlässiger Freizeitkleidung bis zum eleganten Abendkleid.
Allem Anschein nach hatte Reed seine Familie vorgewarnt, dass sie an diesem Abend offiziell als seine Begleitung kommen würde, denn einer nach dem anderen begrüßte sie mit einer »Die kleine Alexandra! Das ist ja nicht zu glauben!«-Variante.
Reeds Brüder waren die Ersten. Sie waren beide sehr dynamisch, wenn auch auf völlig unterschiedliche Art. Joe hatte

etwas sehr Forsches an sich, Ferris bestach eher durch seinen Charme, was sich auch in ihrem Kleidungsstil widerspiegelte. Joes Haar, das an den Schläfen bereits erste silbrige Strähnen aufwies, war raspelkurz geschnitten. Er trug ein Hemd mit Button-down-Kragen, dessen oberste Knöpfe geöffnet waren, und eine Anzughose. Seine Schuhe waren auf Hochglanz poliert, und an seinem Handgelenk prangte eine dicke Rolex. Ferris' Haar hingegen war zerzaust, was perfekt zu seinem lässig-hippen Kleidungsstil passte, und sein Lächeln offen und entwaffnend.

Reed mit seinem dichten, kastanienbraunen Haar, den hellen Augen und dem stämmigen Körperbau ähnelte keinem der beiden.

Nachdem Reed sie einander vorgestellt hatte, ergriff Ferris ihre Hand und führte sie an seine Lippen. »Danny hat uns verschwiegen, wie hinreißend Sie sind«, neckte er. »Er hat wohl gehofft, er könnte Sie ganz für sich behalten, dieser egoistische Mistkerl.«

»Typisch Dan.« Joe lächelte und streckte ihr die Hand hin. »Es freut mich sehr, Sie nach all den Jahren wiederzusehen. Mein Bruder hat Ihnen bestimmt von seinem Ruf bei der Damenwelt erzählt, oder?«

»Ehrlich gesagt, nein.« Alex erwiderte das Lächeln. »Allerdings hat er erwähnt, dass ich mit fünf sehr für ihn geschwärmt habe.«

Die beiden Männer brachen in schallendes Gelächter aus. »Gut gemacht, Bruderherz. Sehr clever.«

Sie musste Reed zugutehalten, dass er sich von ihren Frotzeleien nicht aus dem Konzept bringen ließ. »Lacht ihr nur, Jungs. Immerhin bin ich derjenige hier, der euch die Dame in meiner Begleitung vorstellt.«

Joe hob die Hände. »Hey, ich bin raus aus dieser Nummer. Ich bin schließlich verheiratet. Aber Ferris braucht ernsthaft Hilfe, was das angeht.«
Was Alex angesichts der Art, wie er ihre Hand festhielt, ernsthaft bezweifelte. »Ein Herzensbrecher? Ich dachte, Sie jagen fleißig Verbrecher anstelle von Damenherzen«, sagte sie leise zu Reed, als sie Reeds Brüder wenig später zurückließen.
Er grinste sie an. »Sehr witzig.«
Aber leugnen tust du es nicht, dachte Alex, schob den Gedanken jedoch vorerst beiseite.
Der Wein – insbesondere der neue Zinfandel des Hauses – stand im Mittelpunkt des Abends. Und sämtliche Gespräche der Anwesenden drehten sich darum, stellte Alex fest, als sie sich weiter unters Volk mischten: das Wetter, die Trauben und das diesjährige Wachstum, welche Weine eine Verkostung lohnten und welche nicht. Alle Gäste schienen Experten auf diesem Gebiet zu sein.
Alex war nicht sicher, ob sie das Szenario faszinierend oder völlig überkandidelt finden sollte. Reed hingegen schien in diesem Punkt keine Zweifel zu haben – er führte sie weiter durch die Party und erläuterte ihr in einem von leiser Respektlosigkeit bis hin zu boshaftem Sarkasmus reichenden Monolog, wer wer war und wer sich wofür hielt.
»Da kommt mein Vater. Machen Sie sich auf etwas gefasst«, warnte er irgendwann und tauschte ihr leeres Glas gegen ein volles.
Sie folgte seinem Blick und wusste mit einem Mal, woher Reed sein Aussehen hatte – Mr. Reed senior war ein groß gewachsener Mann mit einem dichten Schopf silbriger Haare und einem Gang und einer Körperhaltung, die nicht den Hauch eines Zweifels an seinem Selbstbewusstsein aufkommen ließen.

Damit lag auch auf der Hand, woher Reed diese Eigenheit hatte. Und möglicherweise war es der Grund, weshalb er sich für eine Karriere außerhalb des Familienbetriebs entschieden hatte.

»Dad«, begrüßte Reed ihn steif. »Wie schön, dich zu sehen.«

»Mein Sohn. Freut mich, dass du kommen konntest.«

Die Spannung zwischen den beiden war mit Händen greifbar.

»Wo sollte ich heute Abend sonst sein?«

»Sag du es mir. Schließlich geht es nur um Wein, nicht um Leben und Tod.«

Alex spürte, wie Reed sich neben ihr versteifte, und streckte die Hand aus. »Hi. Ich bin Alexandra Clarkson.«

Reed senior richtete seine stechenden blauen Augen auf sie und starrte sie einige Momente lang an, ehe er ihre Hand ergriff. »Patsys Kleine.«

»Genau.«

»Wayne Reed.« Er ließ ihre Hand los. »Ich habe gehört, Sie haben ein Haus hier gemietet.«

»Richtig.«

»Sie werden Harlan aber nicht belästigen.«

»Das hatte ich eigentlich nicht vor«, erwiderte sie leicht gereizt.

»Gut. Genießen Sie die Party.« Ohne ein weiteres Wort machte er kehrt und ging davon.

Sie sah ihm nach und hatte Mühe, ihre Fassung zu bewahren. »Das lief ja tadellos«, murmelte sie.

Reed lachte. »Ich habe Ihnen gleich gesagt, er ist ein bärbeißiger Mistkerl.«

»Manchmal kann Bärbeißigkeit auch charmant sein.«

»Nicht bei Dad. Aber diese Erfahrung haben Sie hiermit gemacht.«

Allerdings. »Sie haben mir nicht erzählt, dass zwischen Ihnen beiden so böses Blut herrscht.«

»Das ist nur die Enttäuschung.« Ehe sie etwas dazu sagen konnte, erklärte er: »Da kommt Mom. Große Überraschung.«

Reeds Mutter Lyla entpuppte sich als Inbegriff der Eleganz und Gastfreundschaft. Alex war auf der Stelle klar, dass sie als Friedenstifterin zwischen Vater und Sohn fungierte. Oder es zumindest versuchte.

Wie Reed prophezeit hatte, blieb Alex' Kleid nicht unkommentiert. »Sie sehen reizend aus!«, rief sie, ergriff Alex' Hände und betrachtete sie von oben bis unten. »Die kleine Alex, zu einer wunderschönen Frau herangereift.«

»Es ist so schön, Sie kennenzulernen, Lyla.«

»Kennenlernen? Oh, aber wir sind doch alte Freunde.« Sie hakte sich bei ihr unter. »Kommen Sie, ich will Ihnen etwas zeigen.«

Alex sah zu Reed hinüber, der mit belustigter Miene die Achseln zuckte und seiner Mutter folgte, die Alex in einen großzügigen, holzvertäfelten Raum führte. Er war feudal, aber behaglich möbliert, und überall an den Wänden hingen Fotos, darunter welche von Prominenten und Politikern, zwischen Medaillen und sonstigen Auszeichnungen. Ein holziger, süßlicher und irgendwie vertrauter Geruch hing in der Luft. In dem massiven Kamin knisterte ein Feuer, und auf einem Monitor lief ein Werbevideo über die Herstellung des Bear Creek Zinfandel.

»Der Trophäenraum«, bemerkte Reed.

»Unsere Familiengeschichte«, korrigierte Lyla und führte Alex zu einer Reihe von Fotos. »Unser Marvale Pinot wurde im Weißen Haus ausgeschenkt.« Sie zeigte auf ein Foto von einem Mann, der auffällige Ähnlichkeit mit Reed besaß und neben dem Präsidenten und Nancy Reagan stand. »Das ist Waynes Vater«, erklärte Lyla. Sie zeigte auf ein anderes Foto. »Hier sind Joe und Ferris mit Gouverneur Schwarzenegger. Und hier Wayne und sein Vater mit Robert Mondavi. Aber das ist nicht der Grund, weshalb ich Sie hierhergeführt habe. Sehen Sie mal.«

Alex betrachtete das Foto von Lyla und Patsy, beide in die Kamera lächelnd, ihre Mutter hochschwanger. Sie schwenkten Weingläser. Offenbar stammte das Foto aus einer Zeit, bevor die Ärztekammer die Warnung herausgegeben hatte, während der Schwangerschaft auf Alkohol zu verzichten. Vielleicht hatten sie sich aber auch einfach nur nicht daran gehalten. Wahrscheinlich schrieben die Leute in einer Weingegend ihre eigenen Gesetze.

»Ich habe Ihre Mutter schrecklich vermisst, als sie weggegangen ist. Wir alle.«

»Standen Sie sich nahe?«

»Ja, sehr.« Sie seufzte und berührte behutsam das Foto. »Wir haben Harlan geliebt. Er und Wayne waren schon beste Freunde, als sie beide noch in kurzen Hosen herumliefen, wie Wayne es gern ausdrückt. Ich stand auch Susan, seiner ersten Frau, sehr nahe ... so eine Tragödie. Entsetzlich.« Ihre Stimme klang mit einem Mal belegt, und sie räusperte sich. »Der arme Harlan. Er hat so viel durchgemacht.«

Sie hielt inne, als sei ihr soeben etwas eingefallen. »Patsy hat ihn sehr glücklich gemacht. Und Sie auch. Und als Dylan zur Welt kam ... Es waren Jahre voller Freude.«

Lyla blieb vor einem Foto von Harlan und Patsy stehen, auf dem sie Dylan in ihre Mitte genommen hatten und ihn hochschwangen. »Das war unmittelbar bevor ...« Ihre Gefühle drohten sie zu übermannen.

Alex sah das Foto einen Moment lang an. Ein großes Scheit zerbarst knackend im Kamin und ließ einen Funkenregen aufstieben. Sie wandte sich wieder Lyla zu. »Ich verstehe nicht ganz … weshalb ist sie weggegangen?«
Lyla musterte sie erstaunt. Sie sah ihren Sohn an, dann wieder Alex. »Ich dachte, Sie wüssten von Dylan«, sagte sie mit unübersehbarer Bestürzung.
»Ja, das tue ich. Jetzt zumindest. Aber ich kann immer noch nicht nachvollziehen, wie sie einfach ihre Sachen packen und gehen konnte. Und noch weniger gelingt es mir, die Frau auf diesen Fotos mit der Mutter in Einklang zu bringen, die ich kannte. Hier schien sie so glücklich zu sein, und mein ganzes Leben lang …«
»Sie haben keine Kinder«, unterbrach Lyla sie scharf. »So etwas kann man erst richtig verstehen, wenn man selbst Mutter ist. Der Verlust hat sie kaputt gemacht.«
Ein Mädchen streckte den Kopf zur Tür herein. »Oma, Opa sucht dich.«
»Danke, Schätzchen. Sag ihm, ich komme gleich.« Sie wandte sich wieder Alex zu. »Wäre es einer meiner Jungs gewesen, weiß ich nicht, was ich getan hätte. Oder wie ich weitergemacht hätte.«
Beruhigend drückte sie Alex' Arm. »Nehmen Sie sich ruhig Zeit. Wir haben auch Fotoalben aus diesen Jahren. Dan wird sie Ihnen zeigen.«

Kapitel einundzwanzig

Samstag, 6. März
21:45 Uhr

Alex hatte keine weiteren Fotos sehen wollen. Statt ihre Fragen zu beantworten, hatten sich bei ihrem Anblick nur noch weitere aufgetan. Und nicht nur das – es war zu schmerzlich, sie sich anzusehen. Sie konnte nicht aufhören, an ihre Mutter zu denken, an das Lächeln auf all diesen Aufnahmen, und sie mit der Frau zu vergleichen, die so verzweifelt gewesen war, dass sie ihrem Leben mit Tabletten ein Ende gesetzt hatte.

Vielleicht hatte Lyla ja recht; vielleicht konnte sie all das nicht verstehen, weil sie selbst keine Kinder hatte.

»Alles in Ordnung?«, erkundigte sich Reed.

Sie zwang sich zu einem Lächeln und hob ihr Glas. »Leer. Außerdem habe ich Hunger.«

Sie suchten das Buffet und füllten ihre Teller. Die Auswahl war eindrucksvoll – allesamt Produkte und Gerichte aus der Region, köstlich frisch, herrlich arrangiert und perfekt zu dem präsentierten Zinfandel passend.

Irgendwann liefen sie Rachel in die Arme, die zwar in ein Gespräch mit einem Journalisten vertieft war, die Unterhaltung jedoch unterbrach, um Alex zu umarmen und auf die Wange zu küssen. »Wir beide gehen am Montag Mittagessen«, verkündete sie. »Ein Nein lasse ich nicht gelten. Um zwölf in der El Dorado Kitchen.«

Als Nächstes lernte sie Treven Sommer kennen, der zwar, wie Alex wusste, mehrere Jahre älter als Harlan war, aber mindestens zehn Jahre jünger wirkte.

»Alexandra«, begrüßte er sie voller Wärme und ergriff ihre Hände. »Harlan hat erzählt, dass du ihn besucht hast. Er hat mir auch von Patsy erzählt. Sie war eine außergewöhnliche Frau. Mein Beileid.«

»Danke«, brachte sie mühsam heraus. »Ich bin sicher, sie hätte sich sehr über deine Worte gefreut.«
»Hat sie je was aus ihrer Malerei gemacht?«, fragte er. »Sie war doch recht begabt.«
»Sie hat damals schon gemalt?«, fragte Alex erstaunt. Das hatte bisher niemand erwähnt.
»O ja. Das Gemälde in unserem Verkostungsraum hinter der Bar stammt von ihr. Ich glaube, Harlan besitzt mehrere Bilder. Und auch einige Freunde im Tal haben welche. Komm doch irgendwann mal bei uns vorbei, bevor du fährst.«
»Sie wird eine Weile hierbleiben, Dad. Hast du das noch nicht gehört?«
Sie wandten sich zu dem Mann um, der hinter sie getreten war. Er musste um die vierzig sein und war schlank und durchtrainiert – beinahe ein bisschen zu schlank. Ein passionierter Läufer, jede Wette. Er hatte etwas Angespanntes an sich, das ahnen ließ, dass er die Bewegung nutzte, um Dampf abzulassen.
»Mein Sohn, Clark.«
Er streckte die Hand aus. »Alex. Wie schön, dich wiederzusehen.«
»Gleichfalls.« Sie ergriff seine Hand. »Ich wünschte nur, ich könnte behaupten, dass ich mich an dich erinnere.«
»Ich habe es schon gehört. Glaubst du, hier zu sein, hilft dir, deine Erinnerungen wachzurufen?«
»Ich hoffe es, aber bisher tut sich noch nicht viel.«
Sie plauderten eine Weile, während andere Gäste kurz stehen blieben und wieder gingen. Immer wieder wurde ihr Glas gefüllt. Plötzlich überkam sie das Bedürfnis, frische Luft zu schnappen. Während Reed ein Telefongespräch führte, trat sie hinaus in den Hof.
Sie machte ein paar tiefe Atemzüge und spürte, wie ihr die

kühle Luft half, einen klaren Kopf zu bekommen. Über ihr spannte sich der dunkelblaue, von Sternen übersäte Himmel. Gelächter wehte durch die kühle Nachtluft heran. Der beleuchtete Eingang zum Weinkeller hinter dem Haupthaus war wie ein einladendes Fenster in der Dunkelheit.

Wieso nicht?, dachte sie. Der Keller war an diesem Abend für Besucher geöffnet, und die Vorstellung, ihn zu besichtigen, hatte durchaus ihren Reiz.

Sie betrat den Kiesweg, der zum Keller führte. Mit all dem Wein, den sie getrunken hatte, und ihren hochhackigen Sandalen war es vielleicht nicht die allerklügste Idee, ohne Begleitung weiterzugehen, aber praktische Erwägungen hatten sie noch nie von etwas abgehalten. Der Pfad schlängelte sich über das Grundstück. Sie drehte sich um und sah das Licht aus den Fenstern, das den Garten erhellte. Musik aus dem Haus vermischte sich mit dem Gelächter der Gäste, doch je weiter sie auf den Keller zukam, umso leiser wurde es.

Der Vorraum des Weinkellers diente als eine Art Empfangsareal, wo ein Tisch mit Broschüren und Informationsmaterial über den Bear Creek Zinfandel und über all die anderen Weine der Reeds sowie die Geschichte des Weinguts aufgestellt worden war. Daneben standen eine geöffnete Flasche und mehrere Gläser. Über dem Tisch hing ein herrlicher, aus einem Weinfass gefertigter Kronleuchter.

Falls jemand hier gestanden und den Wein zur Verkostung ausgeschenkt hatte, war er mittlerweile verschwunden. Vielleicht auf einem Rundgang, dachte Alex. Sie schenkte sich ein Glas ein und wartete darauf, dass die Gruppe zurückkehrte, während sie sich ein wenig umsah. Trotz der Höhe von über vier Metern hatte der Keller mit seiner gewölbten Decke etwas Beengendes.

Vom Eingangsbereich gingen drei Gänge ab. Alex ging auf den mittleren zu, der lediglich von einer Reihe nackter, von der Decke baumelnder Glühbirnen erhellt und von zahlreichen aufeinandergestapelten Holzfässern zu beiden Seiten gesäumt wurde. Ein Ort mit natürlicher Kühlung – perfekt für die Lagerung und Reifung von Wein geeignet. Und absolut funktional. Nichts hier erinnerte an die einladende Opulenz des Eingangsbereichs und der Verkostungsräume.

Wie von einer unsichtbaren Kraft angezogen, ging sie tiefer in den Gang hinein und spürte, wie sie ein überwältigendes Déjà-vu-Gefühl überkam. Sie war schon einmal hier gewesen, so viel stand fest.

Ein Geräusch hinter ihr ließ sie abrupt stehen bleiben. Sie drehte sich um, doch da war niemand. »Hallo?«, rief sie.

Ihre Stimme wurde von den Wänden des schmucklosen Gangs zurückgeworfen. Sie runzelte die Stirn. Wie weit war sie vom Eingangsbereich entfernt? Nicht sehr weit. Zumindest nicht so weit, als dass sie nicht hören würde, wenn dort jemand wäre.

Sie ging weiter. Ihr Herz hämmerte. So sehr, dass das Pochen in ihrem Kopf widerzuhallen schien. Sie zögerte, warf einen Blick über ihre Schulter, hin- und hergerissen zwischen dem Drang weiterzugehen und kehrtzumachen.

Am Ende gewann die Neugier die Oberhand.

Ein durchdringender Geruch nach Räucherharz stieg ihr in die Nase, scharf und süßlich. Sie verlangsamte ihre Schritte und sah sich um. Woher kam dieser Geruch? Vor ihr teilte sich der Gang. Sie erreichte die Gabelung, blieb stehen und lauschte. Gedämpfte Stimmen drangen an ihre Ohren. Gelächter.

Eine Besichtigungstour. Rechts von ihr.

Sie folgte den Stimmen. Sie wurden lauter. Männer und Frauen. Gelächter. Und andere Geräusche. Sie konnte sie nicht

recht zuordnen, doch sie lösten ein unbehagliches Gefühl in ihr aus.
Das war keine Besichtigungstour. Eine Gruppe Gäste hatte die Party in den Keller verlagert. Und sie schienen sich köstlich zu amüsieren. Bestimmt wären sie nicht allzu begeistert, wenn jemand sie dabei störte.
Kehr um, Alex.
Sie hatte nicht darauf geachtet, welchen Weg sie eingeschlagen hatte. Aber so schwierig konnte es nicht sein. Wenn sie nach links ging, käme sie wieder in Richtung Eingang. Vielleicht.
Sie versuchte es. Doch statt leiser zu werden, schwoll der Partylärm weiter an. Die Stimmen wurden lauter, der Geruch intensiver.
Sie machte kehrt und ging den Weg zurück, ehe sie nach rechts abbog. Trotzdem wurden die Stimmen lauter.
Sie blieb stehen. Ihr war leicht schwindlig. Sie holte tief Luft und versuchte, sich zu konzentrieren, während sie sich selbst verfluchte, die beiden letzten Gläser Wein getrunken zu haben.
»Hallo?«, rief sie. »Ist da jemand?«
Doch statt einer Antwort drang das Anschwellen und Verebben von Gelächter an ihre Ohren, scheinbar immer lauter. Wie war das möglich? Bewegte sie sich im Kreis? Oder spielte ihr die Akustik einen Streich?
Mit einem Mal flackerte Panik in ihr auf. Und das Gefühl, als kämen die Mauern auf sie zu. Verzweifelt versuchte sie, ihren Puls unter Kontrolle zu halten, tief und gleichmäßig weiterzuatmen.
Reiß dich zusammen, Alex. Da sind Leute. Reed wird nach dir suchen. Jemand findet dich bald.
Sie beruhigte sich ein wenig, sah sich um und zwang sich weiterzugehen. Ein Fuß vor den anderen. Sie zählte ihre Schritte,

gelangte zu der Erkenntnis, dass sämtliche Gänge gleich aussahen – von Fässern gesäumt und allesamt mit nackten Glühbirnen an der Decke, die sich scheinbar in die Endlosigkeit zogen.

Und dann erloschen sie mit einem Mal. Völlige Finsternis umgab sie. Ihre Knie gaben unter ihr nach. Das Glas entglitt ihrer Hand und zerbarst klirrend auf dem Fußboden. Sie spürte, wie die Flüssigkeit gegen ihre Knöchel spritzte.

Der Partylärm wurde noch lauter, wurde jedoch beinahe vom Hämmern ihres Herzens und ihren abgehackten Atemzügen übertönt.

»Ich bin noch hier!«, schrie sie. »Wartet!«

Mehr Gelächter. Seltsame grunzende Laute. Ein Heulen, das menschlich, zugleich jedoch animalisch klang. Sie wich zurück und prallte gegen ein paar Weinfässer.

»Hallo?«, schrie sie erneut und hörte die Panik in ihrer Stimme. »Bitte, hört mich denn keiner?«

»Alex! Alex, wo sind Sie?«

»Reed!«, rief sie. »Ich bin hier!«

Ein Lichtstrahl kroch über die Wände und den Boden und erreichte sie schließlich.

Es kam ihr wie eine Ewigkeit vor, bis er vor ihr stand, sie in seine Arme zog und an sich drückte. »Mein Gott, Sie zittern ja!«

Alex klammerte sich an ihn. »Ich habe die Orientierung verloren. Ich habe zwar gerufen, aber niemand …« Sie barg das Gesicht an seiner Brust. Sein Hemd fühlte sich weich an ihrer Wange an, der Schlag seines Herzens beruhigend. Er roch nach Seife, vermischt mit dem leicht holzigen Duft seines Aftershaves.

Bis auf ihre Atemzüge war nichts zu hören. Keine Tiere mehr, die heimlich feierten.

»Ich schätze, wir haben die Party gesprengt«, murmelte sie und löste sich aus der Umarmung. Sie kam sich ziemlich blöd vor.

»Das war weniger unsere Schuld. Wenn die Cateringfirma einpackt, ist der Spaß meistens schnell vorbei.«

Ihr dämmerte, dass er von der Feier im Haus sprach. »Nein, davon rede ich nicht. Hier war eine Gruppe. Sie haben gefeiert. Und Räucherharz angezündet.«

»Räucherharz?«

Ihr wurde bewusst, wie abwegig das klang. »Zumindest dachte ich das, aber vielleicht haben sie auch nur Gras geraucht.« Er runzelte die Stirn. »Was auch immer die vorhatten, sie wollten jedenfalls nicht, dass es jemand mitbekommt«, fuhr sie fort.

In diesem Augenblick gingen die Lichter wieder an, und Sekunden später erschien Reeds jüngerer Bruder Ferris am Ende des Tunnels.

»Hey«, rief er. »Was ist passiert? Ich dachte, ich hätte jemanden schreien gehört.«

Reed drehte sich zu seinem Bruder um. »Alex hat die Orientierung verloren, und dann gingen die Lichter auf einmal aus. Sie hat Angst bekommen, das ist alles.«

Alex löste sich von Reed und runzelte die Stirn. Sie hatte nicht geschrien. Sie öffnete den Mund, um es zu sagen, klappte ihn jedoch verwirrt wieder zu. Hatte sie vielleicht doch geschrien? Offenbar hatten beide einen Schrei gehört.

Nicht gut, Alex. Eindeutig nicht gut.

Ferris grinste. »Tja, dann. Tut mir leid, wenn ich dich bei deiner Ritter-in-schimmernder-Rüstung-Nummer gestört habe.«

»Besorg dir ein eigenes Leben, kleiner Bruder«, schoss Reed zurück. »Das ist Tagesgeschäft für mich.«

»Gib nicht so an, Alter. Mach das Licht aus und schließ ab, wenn du gehst, okay?«

»Warten Sie!«, rief Alex. »Hier ist irgendwo eine Gruppe. Ich habe sie gehört.«
»Sind Sie sicher? Ich habe vorhin einen Rundgang durch sämtliche Gänge gemacht.«
»Ich weiß doch, was ich gehört habe. Und gerochen.«
»Sie meint, sie hätten Gras geraucht«, erklärte Reed.
Ferris stieß einen Fluch aus. »Punks. Die hatten wir schon mal hier drin.«
Reed sah sie an. »Konnten Sie sie noch hören, als das Licht aus war?«
»Ja, unmittelbar davor.«
Er runzelte die Stirn. »Es gibt nur einen Ausgang, Alex. Und genau dort stand ich, als die Lichter ausgingen. Ich habe Sie schreien gehört, die Taschenlampe geschnappt und nach Ihnen gesucht.«
»Und ich war direkt hinter dir, Reed«, meinte Ferris. »Einer von uns hätte die Typen beim Rausgehen bemerken müssen.«
»Dann sind sie noch hier. Ganz sicher.«
Reed musterte sie einen Moment lang, dann sah er wieder seinen Bruder an. »Alex und ich gehen nachsehen. Ferris, du bleibst vorn, ja? Das Letzte, was wir hier gebrauchen können, sind Kids, die den Keller zu ihrer privaten Partyzone machen.«
Ferris war einverstanden, worauf Alex und Reed den Keller absuchten, was dank der fächerartig vom Empfangsbereich abgehenden Gänge und Dutzenden Nischen eine gute halbe Stunde in Anspruch nahm. Am Ende kehrten sie zurück, ohne irgendwelche Spuren oder sonstige Hinweise auf eine heimliche Party gefunden zu haben.
»Tut mir leid, Alex«, sagte Reed.
»Ich verstehe das nicht, schließlich weiß ich doch, was ich gehört habe.«

Inzwischen hatte sich ein Grüppchen am Eingang eingefunden, darunter Reeds Eltern, Rachel und Treven.
»Und?«, fragte Ferris. Reed schüttelte den Kopf.
Rachel trat eilig vor. »Geht es dir gut, Alex?« Sie nahm ihre Hände und rieb sie. »Die sind ja eiskalt. Armes Ding!«
»Das ist mir wahnsinnig peinlich.«
»Unsinn!«, rief Rachel. »Diese Keller sind schrecklich unheimlich, selbst wenn sämtliche Lichter brennen. Mit zehn habe ich mich mal in einem verlaufen. Erst nach Stunden hat mich jemand gefunden. Ich kriege heute noch das Zittern, wenn ich reingehe.«
Lyla trat zu ihnen. »Sie dachten, Sie hätten Stimmen gehört, meinte Ferris.«
Ehe sie etwas erwidern konnte, ergriff Reed das Wort. »Wir haben alles abgesucht, aber nichts gefunden.«
Reed senior gab ein mitfühlendes Grunzen von sich. »Ist schon merkwürdig, wie die Geräusche bei Nacht durch die Gänge getragen werden.«
»Allerdings«, stimmte Treven zu.
Alex verkniff sich die Bemerkung, die ihr auf der Zunge lag. Sie hatte Stimmen wahrgenommen, die sonst niemand gehört hatte, und die anderen einen Schrei, den sie selbst nicht gehört hatte. Wenn sie ihnen widersprach, würde sie sich noch lächerlicher machen, als sie es ohnehin bereits getan hatte.
Vielleicht würde man sie sogar für verrückt halten.
Genau wie ihre Mutter.

Kapitel zweiundzwanzig

Samstag, 6. März
23:22 Uhr

Die Heimfahrt verlief schweigend. Als Reed vor ihrem Haus anhielt, stiegen sie beide aus, und er begleitete sie zur Haustür. Alex' Hände zitterten so heftig, dass er ihr den Schlüssel abnahm und aufschloss.

»Kommen Sie zurecht?«, fragte er und öffnete die Tür.

»Es geht mir gut.«

Aber das stimmte nicht. Sie schämte sich in Grund und Boden und war erschüttert. Sie war wütend, dass ihr keiner glauben wollte. Wütend auf sich selbst wegen ihrer eigenen Zweifel. Und fest entschlossen zu beweisen, dass sie recht gehabt hatte. Sie sah ihm ins Gesicht. »Ich habe mir all das nicht eingebildet. Definitiv nicht.«

»Sie haben einiges an Wein getrunken und …«

»Viel sogar«, korrigierte sie. »Aber ich war nicht betrunken.«

»Die Nachtluft trägt die Stimmen manchmal ziemlich weit.«

»Ich stand mitten in diesem Keller. Wie hätte ich Partylärm aus dem Haus hören können?«

»Alex, in letzter Zeit ist eine Menge vorgefallen. Keiner macht Ihnen einen Vorwurf, wenn Sie sich ein bisschen komisch benehmen.«

»Wie bitte?«

»Eigentlich wollte ich es ja nicht sagen, aber es stimmt. Schätzchen, Sie haben ein paar schlimme …«

»Nennen Sie mich nicht Schätzchen!« Sie drückte die Tür ganz auf und ging hinein. Reed folgte ihr. Sie warf ihre Jacke aufs Sofa und drehte sich zu ihm um. »Und ich bin nicht verrückt.«

»Das habe ich auch nicht behauptet.«

»Vielleicht habe ich ja nur das Zeitgefühl verloren. Aber da waren Leute, die gefeiert haben. Und sie haben irgendetwas angezündet. Ich habe es gerochen.«

»Warum haben Sie geschrien, Alex?«

Sie würde ihm bestimmt nicht erzählen, dass sie es nicht getan hatte. Oder dass sie sich nicht mehr daran erinnern konnte. Sie stand ohnehin schon da, als hätte sie nicht alle Tassen im Schrank. »Aus Versehen. Auf einmal gingen die Lichter aus … Ich muss … geschrien haben.«

»Sie *müssen* geschrien haben?«

»Egal.« Sie kreuzte die Arme vor der Brust. »Ich weiß überhaupt nicht, weshalb ich mich vor Ihnen rechtfertige.«

»Ich habe Sie nicht darum gebeten, Alex.« Er trat vor sie und legte ihr die Hände auf die Schultern. »Sie haben eine Menge durchgemacht. Der Tod Ihrer Mutter, der Schock, von Dylan zu erfahren, und jetzt Ihr Umzug hierher. Seien Sie nicht so streng mit sich.«

Sie hob das Gesicht, wollte ihm widersprechen. Ihre Blicke begegneten sich, doch die Worte blieben ihr im Halse stecken.

»Sag es, Alex. Du siehst aus, als wolltest du etwas sagen. Los.«

Los. Sag es. Warm lagen seine Hände auf ihren Schultern, sein Atem strich über ihre Wange, und mit einem Mal bekamen die Worte eine völlig neue Bedeutung.

Sein Blick heftete sich auf ihren Mund. Die Luft zwischen ihnen schien zu vibrieren. Ihre Wangen begannen zu glühen, als die Hitze zwischen ihnen aufstieg.

Verdammt. Genau das hatte sie vermeiden wollen. Ihr Verhältnis zueinander hatte platonisch bleiben sollen.

Seine Hand wanderte zu ihrem Nacken, vergrub sich in ihrem Haar. Sie spürte die sanfte Bewegung, die hauchzarte Liebkosung seiner Finger, tief in ihrem Bauch, zwischen ihren Schenkeln.

Er beugte sich vor und strich vorsichtig mit den Lippen über ihren Mund. Alex legte die Hände auf seine Brust. Unter ihrer Rechten hämmerte sein Herz.
»Ein Fehler«, murmelte er dicht an ihrem Mund. Seine Stimme klang belegt.
»Ja.« Sie vergrub die Finger in seinem Hemd.
»Soll ich gehen?«
»Gott, nein.«
Stöhnend umfing er ihre Lippen, legte die Hände auf ihr Hinterteil und hob sie ein Stück an. Sie schlang die Beine um seine Taille und presste sich gegen ihn, während er sie ins Schlafzimmer trug. Sie fielen aufs Bett, lösten sich gerade lange genug voneinander, um sich die Sachen vom Leib zu zerren, leise fluchend, wenn etwas klemmte, bis sie sich all ihrer Kleider entledigt hatten. Sie explodierte in einem Höhepunkt in dem Augenblick, als er in sie eindrang, mit einer Wucht, die sie aufschreien und sich ihm entgegenwölben ließ.
Danach lagen sie da, Seite an Seite, verschwitzt und ineinander verschlungen. Alex starrte an die Zimmerdecke. Ihre Gedanken überschlugen sich. Diesen Teil ihres Lebens hatte sie vor Jahren hinter sich gelassen. Die hirnlose Suche nach der Erfüllung durch Sex. Es war eine Phase ihres Lebens gewesen, selbstzerstörerisch und letztendlich demütigend.
Er strich ihr über die Wange und riss sie aus ihren Gedanken. Sie wandte ihm das Gesicht zu.
»Wow«, sagte er.
»Allerdings.« Ihre Lippen verzogen sich zu einem Lächeln. »Aber … egal.«
»Was?« Er stützte sich auf den Ellbogen auf und sah sie an.
»Ich denke, es war keine besonders gute Idee.«
»Dann hör auf zu denken.«

Sie konnte sich ein Lächeln nicht verkneifen. »Es war nur Sex, oder?«
»Erstklassiger Sex«, korrigierte er. »Komm her.«
Er zog sie an sich. Alex legte den Kopf auf seine Schulter und die Hand auf seine Brust über seinem Herzen.
Sekunden wurden zu Minuten. Er gähnte. »Ich sollte langsam gehen.«
»Wie du meinst.«
Er gähnte noch einmal.
»Bald.«
»Was ist die lange Geschichte?«
»Was meinst du?«
»Die Geschichte über dich und deinen Dad. Weshalb du nicht in den Familienbetrieb eingestiegen bist.«
»Naseweis, was?«
»Ungeduldig. Ich warte nicht gern auf Dinge, die ich haben will.«
»Das habe ich gemerkt.« Er schwieg eine Weile. Als er fortfuhr, war jeder Anflug von Belustigung und postkoitaler Milde aus seiner Stimme verschwunden. »Würdest du meinen alten Herrn fragen, würde er dir sagen, dass ich nicht den Mumm dazu hatte.«
»Interessant. Aber ich frage dich.«
Er strich mit dem Kinn über ihren Kopf. »Ich wollte mich nicht mit meinen Brüdern anlegen. Dad hat uns drei gegeneinander ausgespielt. Meiner Meinung nach war das Schwachsinn.«
»Deshalb bist du ausgestiegen?«
»Ich bin ausgestiegen.«
Sie bezweifelte, dass es so einfach gewesen war, wie er es klingen ließ. »Und deine Brüder?«
»Haben getan, was man von ihnen erwartete. Sie haben sich

darum gestritten, Dads Goldjunge zu sein. Er hat bestimmt, wer sie werden sollten, ob es ihnen gefiel oder nicht.«

Der Eindruck, den sie von der Dynamik innerhalb der Reed-Familie gewonnen hatte, war aufschlussreich genug gewesen, um seine Schilderung nachvollziehen zu können. Reed senior führte das Geschäft mit eiserner Hand – wenn nicht sogar mit eiserner Faust. Joe war der Kronprinz, Vaters Vertrauter und der künftige Geschäftsführer in Ausbildung, unübersehbar dafür auserkoren, einmal die Geschicke der Firma zu lenken. Ferris war die Rolle zugewiesen worden, als Sprecher des Unternehmens zu fungieren und den Verkauf und das Marketing zu übernehmen.

»Wo wäre dein Platz in eurem Unternehmen gewesen?«

»Dad hatte mich als Winzer vorgesehen.«

»Und?«

»Niemand sucht eine Karriere für mich aus.«

»Es gefiel dir also nicht?«

»Nicht genug, um meine Seele dafür zu verkaufen – schon gar nicht meinem Dad.«

Sein Handy läutete. »Reed.«

Alex setzte sich auf und schlang das Laken um sich, während sie beobachtete, wie sich seine Züge verfinsterten.

»Wo?«, fragte er und hielt inne. »Dreckskerl. Bin schon unterwegs.«

Er stand auf und griff nach seinen Jeans. »Ich muss weg.« Er schlüpfte in die Jeans und schnappte sein Hemd. »Tut mir leid.«

Er sah sie nicht an. Ein unbehagliches Gefühl beschlich sie. »Was ist los, Reed?«

»Ein Mord. Jemand, der heute Abend auf der Party war.«

»Wer?«, fragte sie. »Jemand, den ich kennengelernt habe?«

»Ich glaube nicht.« Er zog sein Hemd über und knöpfte es zu. »Ein Mann namens Tom Schwann. Er stammte von hier, seit Generationen in der Gegend verwurzelt.«
Er trat ans Bett, beugte sich vor und küsste sie. »Tut mir leid. Ich rufe dich an.«
Sie sah ihm nach, überlegte, was es bedeutete, irgendwo verwurzelt zu sein, und fragte sich, ob er sich tatsächlich melden würde.

Kapitel dreiundzwanzig

Sonntag, 7. März
02:35 Uhr

Schwann war auf einer gekiesten Abzweigung von der Thornsberry Road, jener schmalen Straße, die zum Weingut seiner Familie führte, aufgefunden worden. Die Abzweigung war so versteckt, dass die ganze Nacht Autos daran vorbeifahren hätten können, ohne ihn zu bemerken.
Reed ließ den Blick über die Fahrzeuge am Tatort schweifen. Tanner und ihr Team waren bereits eingetroffen. Die Scheinwerfer der Spurensicherung erhellten den Tatort wie einen Großstadtparkplatz. Außerdem standen ein Streifenwagen und ein uralter, ramponierter Honda Civic am Straßenrand. Schwann und seine Frau fuhren beide dicke Angeberschlitten. Wie um alles in der Welt hatte Tom ausgerechnet hier sein Leben verlieren können?
Reed schob die Hände in die Taschen seiner Bomberjacke. Atemwölkchen schwebten vor seinem Mund. Ein verdammt ungemütliches Ende einer spektakulären Nacht. »Wow« war nicht einmal ansatzweise eine treffende Bezeichnung dafür gewesen.

Er trug sich im Tatortprotokoll ein und tauchte unter dem Absperrband durch. Tanner drehte sich zu ihm um, als sie das Knirschen seiner Stiefel auf dem Kiesweg hörte. Sie brauchte nichts zu sagen. Er wusste auch so, was sie dachte.

Dieser Vorfall würde die dichtvernetzte Winzergemeinschaft im Tal vollkommen aushebeln.

Reeds Bemerkung über Schwanns Verwurzelung war mehr als zutreffend gewesen. Toms Ururgroßvater, Albrecht Schwann, hatte sich hier niedergelassen und Wein angebaut, noch bevor die Reeds, die Sommers oder die Mondavis den kalifornischen Weinen zu internationalem Ansehen verholfen hatten. Tom war Kunstförderer gewesen und hatte als wohltätiger Gönner in der Stadt gegolten. Er hatte jede Menge gute Freunde in der Gegend, darunter auch Reeds Bruder Joe, der zu seinen engsten Vertrauten gehört hatte.

»Wer hat ihn gefunden?«, fragte Reed, ging neben der Leiche in die Hocke und zuckte bei dem schauerlichen Anblick zusammen. Jemand hatte Schwann eine Rebschere in den Hals gerammt, kräftig daran gezerrt und ihn damit beinahe enthauptet.

Das unter dem Markennamen Red Rooster bekannte Werkzeug mit der stark gebogenen Klinge wurde zum Abtrennen der Trauben von den Ästen der Rebstöcke benutzt und war im Tal so weitverbreitet wie eine Vierteldollarmünze. So ziemlich jeder Hilfsarbeiter trug ein Exemplar bei sich, ob er gerade auf dem Weinberg arbeitete oder nicht. Praktischerweise hatte der Mörder seine Red Rooster am Tatort zurückgelassen.

»Meri Calvin. Sie hat für ihn gearbeitet. Sie meinte, er hätte angerufen und gebeten, ihn abzuholen.«

Reed nickte. »Wo ist sie jetzt?«

»Sie sitzt im Streifenwagen und wärmt sich auf.« Wie auf ein

Stichwort begann Tanner, auf der Stelle zu trampeln, damit ihre Füße wieder warm wurden. »Leider ist sie nicht blutüberströmt.«
»Das wäre wohl zu einfach«, murmelte Reed und musterte die blutbeschmierten Griffe der Rebschere. Der Täter war höchst dilettantisch vorgegangen. Und hatte eine riesige Schweinerei angerichtet. Er warf Tanner einen Blick zu. »Dem Einstichwinkel nach zu schließen müsste das Blut enorm gespritzt haben.«
»Als hätte man mit dem Messer in einen Feuerwehrschlauch gestochen.«
Er nickte und suchte den Boden um das Opfer herum gründlich ab. Selbst im grellen Licht der Tatortscheinwerfer war es schwierig, die Blutspur zu verfolgen. Kies, Blätter und anderer Unrat machten die Suche zum reinsten Versteckspiel. »Wer auch immer das getan hat, ist nicht blitzsauber davongekommen, so viel steht fest.«
Er richtete sich auf. »Sieht nicht nach einer von langer Hand geplanten Tat aus. Ich wette, auf der Tatwaffe gibt es massenweise Fingerabdrücke.«
»Seine Brieftasche wurde leergeräumt«, erklärte Tanner und zeigte auf das Etui, das einen halben Meter neben dem Opfer auf dem Boden lag. »Seine Uhr ist verschwunden. Und der Ehering. Eine Gelegenheitstat.«
»Oder ein Verbrechen aus Leidenschaft mit der Absicht, es wie einen Raubüberfall aussehen zu lassen.« Reed sah seine Partnerin an. »Er war heute Abend auf der Party. Bei uns zu Hause, auf dem Gut.«
»Wann haben Sie ihn das letzte Mal gesehen?«
»Gegen elf oder so. Direkt bevor ich Alex nach Hause gefahren habe.«

Ihre Brauen schossen hoch.
»Was denn?«, fragte er.
»Läuft da etwas?«
»Das geht Sie verdammt noch mal nichts an. Sie ist keine Verdächtige.«
»Aber sie könnte eine Zeugin sein.«
Für ein Verbrechen, das vor fünfundzwanzig Jahren begangen wurde und an das sie sich nicht erinnerte.
»Ich habe sie nur vorgestellt«, sagte er, »und versucht, ihrem Gedächtnis ein bisschen auf die Sprünge zu helfen.«
»Schwachsinn, Partner. Aber es ist Ihr Arsch, den Sie riskieren.« Tanner deutete auf das Opfer. »Hat er getrunken?«
»Fragen Sie ruhig konkreter, Tanner. Hat er sich volllaufen lassen?«
»Hat er?«
»Klar. Schließlich gab es den Wein umsonst.«
»Wer war bei ihm?«
»Seine Frau. Ich habe sie irgendwann zusammen gesehen.«
»Und wo ist sie jetzt?«
»Gute Frage. Vielleicht kennt Ms. Calvin die Antwort darauf.«
Er fand die junge Frau in eine Decke gehüllt auf dem Rücksitz des Streifenwagens. Die Tür stand offen. Er bückte sich und stellte sich vor, worauf sie in Tränen ausbrach.
»Ich kann nicht glauben, dass das« – sie holte schluchzend Luft – »dass das hier … Oh mein Gott! Tom ist tot!«
Er reichte ihr ein Papiertaschentuch. Sie putzte sich die Nase und sah dann mit tränennassem Gesicht zu ihm auf. »Was soll ich jetzt nur tun?«
»Was meinen Sie damit?«
»Ich muss mir einen anderen Job suchen. Einen anderen Ort, wo ich wohnen kann. Wie soll ich das nur hinkriegen?«

Er ging nicht weiter darauf ein. »Ich muss Ihnen ein paar Fragen stellen, Meri. Meinen Sie, Sie schaffen es, sich so weit zu beruhigen, dass Sie mir ein paar Antworten geben können?«
Sie schien noch immer am Rand der Hysterie zu sein, nickte jedoch. »Ich … ich versuche es.«
»Gut.« Er sprach ganz langsam und um einen möglichst beruhigenden Tonfall bemüht. »Erzählen Sie mir, wie es dazu kam, dass Sie hier sind.«
»Ich habe dem anderen Polizisten doch schon …«
»Ich muss es aber von Ihnen hören. Das macht Ihnen doch nichts aus, oder?«
»Okay.« Sie zerpflückte das Taschentuch zwischen den Fingern. »Er hat mich angerufen und gemeint, er bräuchte jemanden, der ihn abholt und nach Hause fährt.«
»Wann war das?«
»Gegen Mitternacht.«
»Weshalb hat er ausgerechnet Sie angerufen?«
»Wie meinen Sie das?«
»Weshalb Sie? Und nicht jemand anderes?«
»Ich arbeite für ihn.«
»Sie sind ja eine sehr engagierte Mitarbeiterin, dass Sie sich um Mitternacht auf den Weg machen. Ich bin beeindruckt.«
Sie wandte den Blick ab. »Ich mag meine Arbeit … und ich wollte sichergehen, dass … ich …« Sie verstummte, als sei ihr bewusst, wie lahm ihre Erklärung klang.
»Sie waren nicht nur Toms Angestellte, stimmt's?«, fragte er so sanft, wie er nur konnte.
Sie schüttelte den Kopf. »Wir waren Freunde.«
»Freunde?«
Wieder begann sie zu weinen, diesmal leiser. »Mehr als Freunde«, flüsterte sie.

»Sie haben sich geliebt, ja?«
Sie nickte.
»Er und seine Frau wollten sich trennen.«
Das bezweifle ich, dachte Reed. Er hatte von Toms Schwäche für Frauen gehört, die halb so alt waren wie er. Wenn man den Gerüchten Glauben schenken durfte, war Meri lediglich eine von vielen in der langen Reihe von Toms Eroberungen.
Doch Reed behielt seine Gedanken für sich. »Er war heute Abend mit seiner Frau auf einer Party. Gleich da oben. In der Red Crest Winery.«
»Das war nicht fair! Sie durfte ihn zu all den coolen Orten und Anlässen begleiten, und ich musste daheimbleiben und auf seinen Anruf warten.«
Reed beschloss, sie nicht darauf hinzuweisen, dass dies als Schwanns Frau ihr gutes Recht war; ebenso wenig wie die Tatsache, dass es überaus demütigend für sie gewesen sein musste, sich mit Toms außerehelichen Aktivitäten zu arrangieren. Für sein Empfinden hatten beide Frauen gleichermaßen den Kürzeren gezogen. »Erzählen Sie mir, was heute Abend vorgefallen ist.«
»Ich lag schon im Bett, als er angerufen hat. Er und seine Frau hätten einen Riesenstreit gehabt, meinte er, und sie hätte ihn aus dem Wagen geworfen.«
»Worum ging es bei dem Streit?«
»Das hat er mir nicht gesagt.«
»Und Sie haben nicht gefragt?«
»Ich dachte, ich frage ihn, wenn … aber ich hatte keine Gelegenheit mehr dazu.«
»Wie viel Zeit verging zwischen seinem Anruf und Ihrem Eintreffen?«
»Etwa eine Stunde.« Sie ließ bekümmert den Kopf hängen.

»Ich war stinksauer auf ihn. Der soll warten, dachte ich. Und dass es ihm recht geschieht.«
»Haben Sie jemanden gesehen, als Sie kamen? Einen Wagen, der wegfuhr? Oder sonst etwas?«
Sie hatte nichts gesehen. Und nachdem er ihr das Versprechen abgenommen hatte, ihn anzurufen, falls ihr noch etwas einfiele, gelangte Reed zu dem Schluss, dass ein persönliches Gespräch mit Schwanns Frau der nächste Schritt war.

Kapitel vierundzwanzig

Sonntag, 7. März
04:10 Uhr

Tom und Jill Schwann lebten in einem großen Haus auf dem Arrowhead Mountain. Jill war in derselben Highschool-Abschlussklasse wie Reed gewesen. Er vermochte sich zwar nicht vorzustellen, dass sie wütend genug werden könnte, um ihren Ehemann umzubringen, aber wer konnte so etwas schon sagen? Die Brutalität, mit der das Tier im Menschen manchmal zutage trat, erstaunte ihn immer wieder aufs Neue.
Er nahm ein paar Streifenbeamte mit, nur für den Fall, dass er Hilfe brauchen würde.
Reed trat vor die Haustür und läutete. Ein Hund begann zu bellen, dieses hohe, hysterische Gekläffe von Kötern, wie man sie von Paris Hiltons und Britney Spears' Arm kannte.
Jill öffnete die Tür. Sie sah fürchterlich aus. So etwas konnte die Ehe mit einem Arschloch aus einer Frau machen – eine Beobachtung, die er in der Vergangenheit immer wieder gemacht hatte. Sie trug einen Morgenmantel und war barfuß. Strähnen hatten sich aus ihrem Knoten im Nacken gelöst und hingen ihr wirr ins Gesicht. Außerdem hatte sie geweint: Ihre Nase war ge-

rötet, und ihre Wangen zierten schwarze Schlieren zerlaufener Wimperntusche. Zu ihren Füßen hatte sich ein kleiner weißer Kläffer aufgebaut und knurrte mit gefletschten Zähnen.

»Dan?« Sie blickte zu den Streifenbeamten hinter ihm und runzelte die Stirn. »Was ist los?«

»Ich habe schlechte Nachrichten, Jill. Darf ich reinkommen?«

Sie nahm den Hund auf den Arm. »Pinot«, ermahnte sie ihn und trat beiseite. »Sei still, Süßer.«

Reed trat in die Diele, dicht gefolgt von den Streifenpolizisten, und ließ den Blick umherschweifen – weißer Teppich, Marmorboden, Seidentapeten an den Wänden – auf der Suche nach verschmiertem Blut oder vereinzelten Tropfen, wohl wissend, dass die Cops hinter ihm dasselbe taten.

»Vielleicht sollten wir uns setzen.«

»Du machst mir Angst, Dan. Was ist …«

»Tom ist tot, Jill. Es tut mir leid.«

Für den Bruchteil einer Sekunde war ihre Miene ausdruckslos, dann verzerrte sich ihr Gesicht vor Wut. »Schon klar. Dieser elende Dreckskerl. Er hat dich dazu angestiftet, stimmt's? Er will mir eine Lektion erteilen. Was für ein Mistkerl!«

»Jill, das ist nicht …«

»Hör auf, Danny. Er ist der Meinung, dass man so etwas machen kann. Für ihn ist es völlig in Ordnung, dass er alles vögelt, was einen Rock anhat, und ich darf zusehen, weil er schließlich derjenige ist, der die Rechnungen bezahlt.« Sie ging in das weitläufige, offene Wohnzimmer, setzte Pinot aufs Sofa und wandte sich zu Reed um. »Aber das ist *nicht* in Ordnung. Ich habe dieses hinterhältige, versoffene Schwein mit einem Tritt aus dem Auto geworfen. Und habe ihm gesagt, er soll doch sein neuestes Miststück anrufen, damit die ihn abholt und nach Hause fährt. Ich habe das nicht verdient.«

»Jill!«, sagte Reed leise. »Tom ist tot. Er wurde ermordet.«
Ihre Miene spiegelte widerstreitende Gefühlsregungen wider – Schock und Ungläubigkeit. Entsetzen. Sie öffnete den Mund, schloss ihn wieder. Ihr Kehlkopf bewegte sich. Der Hund knurrte.
»Das ist kein Trick?« Er schüttelte den Kopf. Wieder sah sie zu den beiden Deputys hinüber, als bekäme sie dadurch eine weitere Bestätigung. »Ich habe ihn vor ein, zwei Stunden an die frische Luft gesetzt.«
»Bist du dir ganz sicher, was den Zeitpunkt angeht?«
»Nein, ich …« Sie legte sich eine Hand auf die Kehle. Reed bemerkte, dass sie zitterte.
»Ich hatte einiges getrunken. Wir haben uns gestritten … ich kann mich nur dunkel erinnern.«
»Weshalb setzt du dich nicht?« Sie nickte, rührte sich jedoch nicht vom Fleck. Stattdessen stand sie da, schwankend und mit aschfahlem Gesicht. Er nahm sie beim Ellbogen und führte sie zur Couch. Sobald sie sich daraufsinken ließ, sprang Pinot auf ihren Schoß.
»Soll ich dir ein Glas Wasser holen?«, bot Reed an. »Oder sonst etwas?«
Sie schüttelte den Kopf und vergrub die Finger im seidigen Fell des Hundes. »Tom ist tot?«
»Ja. Es tut mir leid.«
»Wie?«, fragte sie. »Und wer?«
»Wir wissen noch nicht, wer es war. Seine Kehle wurde aufgeschlitzt.«
»O Gott!«
»Sollen wir jemanden für dich anrufen?«
»Meine Mutter.«
Er erinnerte sich an Jills Mutter. Sie spielte eine wichtige Rolle

im Leben ihrer Tochter. Und war sehr ehrgeizig auf die Ziele ihrer Tochter bedacht. Er fragte sich, ob sie von den Eheproblemen ihrer Tochter wusste.

»Ich schicke jemanden hin, um sie abzuholen. Okay?«

Sie nickte. Ihr Kehlkopf bewegte sich unablässig. Reed schickte einen der Deputys los und wandte sich dann wieder Jill zu. »Dürften sich die Beamten umsehen, während wir reden?«

Sie sah ihn verblüfft an. »Sich umsehen? Hier? Natürlich, aber ich … verstehe nicht …« Doch dann fiel der Groschen, wie ihre Miene verriet. »Du glaubst doch nicht, dass ich etwas mit seinem … Tod zu tun habe, oder?«

»Natürlich nicht«, beschwichtigte er sie und zog seinen Notizblock und einen Stift aus der Jackentasche. »Aber es ist Teil der offiziellen Ermittlungsarbeit. Routine. Du warst seine Ehefrau und vielleicht der letzte Mensch, der ihn lebend gesehen hat. Also, ist es okay, wenn sie sich umsehen?«

Sie nickte und brach in Tränen aus. Reed wies die Deputys an, mit ihrer Arbeit anzufangen, griff nach einer Schachtel Papiertaschentücher, setzte sich neben Jill und wartete geduldig.

Nach ein paar Minuten putzte sie sich die Nase und sah ihn an. »Wahrscheinlich hältst du mich für eine völlige Idiotin. Weil ich um einen Mann weine, der den Hund mit mehr Respekt behandelt hat als mich.«

»Ich halte dich keineswegs für eine Idiotin, Jill. Weit gefehlt.«

»Ich habe ihn geliebt.« Sie riss ein weiteres Taschentuch aus der Schachtel. »Zumindest habe ich das früher getan. In letzter Zeit habe ich ihn allerdings hauptsächlich gehasst.«

Reed legte ihr die Hand auf den Arm. »Jill, alles, was du sagst, kann gegen dich verwendet werden, das weißt du, ja?«

»Und ich habe das Recht auf einen Anwalt. Ich weiß. Ich sehe schließlich fern.«

»Das hier ist aber nicht Fernsehen, sondern real.«
Sie lachte – ein halberstickter, schluchzender Laut. »Ich habe nichts zu verbergen, Reed.« Sie schlang sich die Arme um den Oberkörper. »Gott sei Dank, dass wir keine Kinder haben. Gott sei Dank.«
»Jill, du musst versuchen, dich möglichst genau zu erinnern. Es ist sehr wichtig.« Er hielt inne, um seine Worte wirken zu lassen, ehe er fortfuhr. »Wann hast du die Party verlassen?«
»Ich … ich weiß nur, dass es nach Mitternacht war. Ich erinnere mich noch, dass ich auf meine Uhr gesehen und gedacht habe, dass schon Sonntag ist und damit nicht mehr viel Zeit bis zur Messe bleibt. Vielleicht eine halbe Stunde danach sind wir aufgebrochen.«
»Und er war betrunken?«
»Sternhagelvoll. Und widerlich anhänglich.«
»Was ist dann passiert?«
Sie wandte kurz den Blick ab, ehe sie ihn mit zusammengepressten Lippen wieder ansah. »Er hat sich unmöglich aufgeführt und mich pausenlos betatscht. So auf die Art *Komm schon, Baby, fahr rechts ran und mach's mir. Papa Tom hat was Hübsches in der Hose für dich* und so.«
»Was Hübsches in der Hose.«
»Ja, er wollte, dass ich ihm einen blase. Aber ich habe zu ihm gesagt, er soll es sich doch selber machen.«
»Und dann kam es zum Streit?«
»Und wie. Ich bin rechts rangefahren und habe ihn angeschrien, er soll seinen beschissenen Arsch aus dem Wagen schaffen. Er war so betrunken, dass er, glaube ich, nicht mal mitbekommen hat, dass ich diejenige war, die am Steuer saß.«
»Hat ihn sonst noch jemand aus dem Wagen steigen sehen?«
»Nein.«

»Es war also niemand sonst da? Kein Wagen in der Nähe?«
Sie schüttelte den Kopf. »Aber als ich losgefahren bin, habe ich gesehen, dass er telefoniert. Schätzungsweise hat er seine kleine Schlampe angerufen.« Sie wurde rot, als würde ihr schlagartig bewusst, wen sie vor sich hatte.
Er machte sich eine Notiz. »Wer ist sie? Kennst du ihren Namen?«
»Sie arbeitet für ihn. Auf dem Gut.« Sie zog noch ein Papiertaschentuch aus der Schachtel und zerknüllte es. »Aber um sie geht es in Wahrheit nicht. Sie ist nur eine von vielen … Indiskretionen.«
»Kennst du ihren Namen?«, beharrte er.
»Meri«, flüsterte sie. »Wie gesagt, sie arbeitet auf dem Gut.«
»Hast du jemanden angerufen, nachdem du ihn rausgeworfen hattest?«
Sie schüttelte den Kopf. »Nein.«
»Man hat ihn ausgeraubt. Seine Brieftasche war leer, Uhr und Ehering gestohlen. Hatte er sonst irgendwelche Wertgegenstände bei sich, von denen du weißt?«
Wieder schüttelte sie den Kopf. In diesem Augenblick kam ihre Mutter hereingerauscht, dicht gefolgt von einem der Streifenpolizisten. Mit einem Schrei sprang Jill auf und stürzte sich in ihre Arme. »Mom! Ich kann nicht glauben, dass das passiert ist!«
»Mein Gott, Jill. Die Polizisten haben es mir erzählt. Tom …«
»Er wurde ermordet, Mom. Ermordet.«
Wieder begannen die Tränen zu fließen. Reed ließ die beiden Frauen allein und nutzte die Gelegenheit, mit den Deputys zu reden: Die Durchsuchung des Hauses und des Wagens hatte nichts ergeben. Kein Blut, keine blutigen Kleidungsstücke oder Hinweise darauf, dass jemand versucht hatte, Blutspuren zu beseitigen.

Er erfuhr auch, dass Jills Mutter im Bett gewesen war, als der Deputy sie abgeholt hatte, während ihr Lebensgefährte vor dem Fernseher eingeschlafen war. Die beiden hatten den Abend zu Hause verbracht. Und hatten angemessen entsetzt und schockiert auf die Nachricht von Toms Tod reagiert.

»Wer konnte so etwas tun?«, wollte Jills Mutter wissen, als Reed zu ihnen zurückkehrte. »Wie konnte so etwas in Sonoma County passieren?«

Reed ging davon aus, dass sie die Wahrheit wohl kaum gelten lassen würde – dass auch hier derartige Verbrechen tagtäglich begangen wurden, mitten in Sonoma County und überall sonst, und dass ihr dies nur so einzigartig und unfassbar vorkam, weil sie selbst davon betroffen war.

Als er kurze Zeit später das Haus der Schwanns verließ, war er sich sicher, dass dieser Fall noch viele Menschen in ihrem kleinen Tal persönlich berühren würde, bevor er aufgeklärt wäre. Und er ahnte, dass er sich als sehr, sehr hässlich entpuppen würde.

Kapitel fünfundzwanzig

Sonntag, 7. März
05:10 Uhr

Reed saß in seinem Geländewagen und stieß langsam den Atem aus. Was für ein unerfreuliches Gespräch. Es gab Dinge, die man über seine Nachbarn und einstigen Klassenkameraden definitiv nicht wissen wollte.

Einen Moment lang betrachtete er den Horizont, wo erste Lichtstrahlen den neuen Tag ankündigten, dann klappte er sein Telefon auf und tippte Tanners Nummer.

Sie meldete sich beim ersten Läuten. »Sagen Sie mir bitte, dass es die Ehefrau war. Dass die Beweislast nicht nur erdrückend ist, sondern sie auch ein umfassendes Geständnis abgelegt hat.«

»Tut mir leid, Babs. Keine Indizien, kein Geständnis. Nur eine heulende Witwe, die ohne ihren Dreckskerl von Ehemann wesentlich besser dran ist.«

»Sie sind eine solche Enttäuschung.«

»Erzählen Sie mir was Neues. Laut ihrer Aussage haben sie die Party gegen halb eins verlassen. Sie haben sich wegen seiner jüngsten Eroberung gestritten, und sie hat ihn aus dem Wagen geworfen. Er sei sturzbetrunken gewesen, sagt sie, und offenbar heilfroh, sich ihr Gezeter nicht länger anhören zu müssen.«

»Und an dieser Stelle kommt Meri Calvin ins Spiel.«

Er hörte die Erschöpfung in ihrer Stimme. »Genau. Wie läuft es bei euch da draußen?«

»Zäh. Jede Menge Blut. Wir haben massenhaft Fuß- und Reifenspuren und Unrat, den wir unter die Lupe nehmen müssen.« Sie stieß einen tiefen Seufzer aus. »Wird eine ganze Weile dauern.«

»Mein Mitleid ist Ihnen sicher. Ich fahre jetzt nach Hause, dusche, ziehe mich um und esse etwas, dann fahre ich aufs Revier. Haben Sie Schwanns Handy gefunden?«

»Ja. Eingetütet und versiegelt.«

»Die Ehefrau sagt, als sie losgefahren sei, hätte er telefoniert. Ich gehe davon aus, dass er Meri angerufen hat. Aber man weiß ja nie.«

»Ich sehe zu, dass Sie das Anrufprotokoll so schnell wie möglich kriegen.«

»Und ich hatte schon Angst, Sie beschimpfen mich als Dreckskerl, der den Hals nicht vollkriegt.«

»Geben Sie mir eine Minute.«

Er lachte und bat sie, ihn auf dem Laufenden zu halten, dann legte er auf.
Eine gute Stunde später traf er auf dem Revier ein. Auf seinem Schreibtisch lag bereits das Anrufprotokoll von Schwanns Telefon mit einem gelben Haftzettel darauf. *Wie üblich – Sie stehen in meiner Schuld.*
Er grinste. *Wie üblich.* Er pflückte den Haftzettel ab, setzte sich hin und ging die Liste durch.
Zwischen 00:42 und 00:59 Uhr hatte Schwann vier Telefonate geführt – das erste, dritte und vierte waren an dieselbe Nummer gegangen. Meri Calvins, vermutete er. Das ließ sich ohne Schwierigkeiten herausfinden.
Reed fuhr seinen Computer hoch und begann zu tippen. Der erste Beamte am Tatort, der ihre Nummer notiert haben musste, sollte seinen Bericht inzwischen eingegeben haben.
Und da war er. Reed scrollte bis zu der Stelle hinunter, wo Meri Calvins Nummer angegeben war.
Ihre Handynummer entsprach der, die Schwann am Vorabend dreimal gewählt hatte. Einleuchtend, dachte Reed. Er hatte sie angerufen und sie gebeten, ihn abzuholen, und dann noch zwei weitere Male aus reiner Ungeduld. Dazwischen hatte er mit jemand anderem ein Gespräch über zweieinhalb Minuten geführt. Aber mit wem?
Vielleicht mit seinem Mörder.
Er klappte sein eigenes Telefon auf und tippte die Nummer. Die Verbindung wurde hergestellt. Es klingelte, fünfzehn Mal, doch niemand meldete sich. Er legte auf. So viel zur schnellen, einfachen Lösung. Er machte sich eine Notiz, den Namen des Teilnehmers über die Telefongesellschaft ermitteln zu lassen.
»Keine Ruhe den Gottlosen, Mann.«
Reed sah auf und blickte in Cals müdes Gesicht. »Was ist los,

Kumpel? Wieso sind Sie nicht draußen am Schwann-Tatort?«

»Bin zurückbeordert worden.« Er gähnte. »Ich wollte nur sagen, dass wir gestern die Laboranalyse dieser Puppe bekommen haben. Der Test auf Blut war negativ.«

»Okay.« Reed legte den Kopf schief. »Damit sieht das Ganze eher nach einem dummen Jungenscherz aus. Ich konnte mir auch nur schwer vorstellen, wie ein paar verwöhnte Teenager ein Tier vom Bauernhof klauen und abschlachten, nur weil sie sich einen Spaß erlauben wollen.«

Cal gähnte abermals und wandte sich zum Gehen. »Wünschen Sie mir Glück, dass ich wach bleibe.«

»Was liegt an?«

»Noch mehr Schwachsinn, wie es ihn nur hier gibt. Ein paar Typen haben ihre eigene kleine Kirche gebaut, oben an der Castle Road, mit einem Altar und allen möglichen schrägen Symbolen drauf. Ein Radfahrer hat es gemeldet.«

»Unser Fleckchen Erde, wie es leibt und lebt.«

»Das können Sie laut sagen. Bohemian Grove in Monte Rio, die Mansons in San Francisco und Shambahala oben im Norden reichen ja noch nicht. Wieso nicht zur Abwechslung ein paar Tieropfer in Sonoma?«

Er wollte los, doch Reed rief ihn zurück. »Sagten Sie Tieropfer?«

»Ja, wäre möglich. Zumindest war es die Vermutung des Radfahrers, aber wer weiß?«

»Wenn sich das bestätigt, lassen Sie es mich wissen, ja? Vielleicht gehe ich dem nach.«

Eine knappe Stunde später meldete Cal sich und bestätigte, dass es sich tatsächlich um einen Fall von Tieropfern handelte, worauf Reed sich auf den Weg machte. Der Ort war ein

Aussichtspunkt und wurde für Picknicks genutzt, weil sich von dort nicht nur ein Blick auf das gesamte Tal bot, sondern an klaren Tagen sogar bis zur Golden Gate Bridge.

»Welches Weingut ist das nächste?«, fragte Reed.

»Bart Park. Da rauf und um die Kurve. Aber seit zwei Jahren bieten sie keine öffentlichen Besichtigungen mehr an. Sieht ganz so aus, als hätten wir es hier mit einer Opferstätte zu tun.«

Durch die Wipfel der Eichen konnte Reed das Dach des Weinguts ausmachen. »Allerdings«, murmelte er. »Nicht unbedingt ein Touristenmagnet.«

»Ach, nun komm schon, Bruder«, frotzelte Cal. »Was ist ein Tag im Weinland ohne eine kleine Prise alternative Religion?«

Der Altar bestand aus dem einstigen Picknicktisch mit einer Betonplatte und befand sich innerhalb eines Kreises aus Steinen von etwa zwei Metern Durchmesser. Abgesehen von den Überresten schwarzer Kerzen inmitten erstarrter Wachspfützen hatte jemand umgekehrte Buchstaben, Sterne und ein Pentagramm auf die Platte und die Seitenflächen gepinselt und den Altar mit Grünzeug, in der Mehrzahl Zweige und Blätter von Rebstöcken, geschmückt.

Reed runzelte die Stirn. Okay, die Vorstellung, dass irgendein Schwachkopf hier oben schwarze Kerzen abfackelte und Pentagramme auf eine Tischplatte kritzelte, war an sich schon irritierend, doch der Fleck auf dem Tisch und dem Boden vor dem Altar konnte nur als ernsthaft besorgniserregend bezeichnet werden.

Blut. Und zwar viel Blut.

Reed betrachtete die Flecken. Blut besaß eine ganz eigene Art, zu zerlaufen und sich zu Lachen zu formen. Ebenso typisch waren die bräunlichrote Farbe und der ranzige Geruch, der davon aufstieg, wenn es sich in der Sonne zersetzte.

»Das war eine ganze Menge Blut«, bemerkte Cal. »Wir reden hier nicht von einem Huhn.«

Reed stimmte ihm zu. »Wie viel hat ein Mensch? Fünf, sechs Liter?«

»Stimmt. Ein Säugling hat rund einen Liter.«

»Vielleicht ein kleiner Hund? Oder eine Katze? Wie lange ist es her, was glauben Sie?«

Cal zog nachdenklich die Brauen zusammen. »Vor drei Tagen hat es geregnet. Also muss es danach gewesen sein.«

»Kein Hinweis auf einen Kadaver?«

»Nein. Ich habe die Gegend abgesucht, knapp zwanzig Meter in jede Richtung. Aber es wäre auch möglich, dass ein anderes Tier ihn fortgeschleppt hat.«

»Oder der Verrückte hat ihn mitgenommen. Oder sie«, murmelte Reed und wandte sich zum Gehen. »Halten Sie mich auf dem Laufenden, ja?«

»Klar. Äh, Reed?«

Er wandte sich zu Cal um.

»Wieso interessiert Sie dieser Fall so?«

»Keine Ahnung. Nur so ein Gefühl.«

»Sie denken, unser Zeremonienliebhaber hat auch die Puppe aufgehängt.«

Reed reckte den Daumen und stieg in seinen Wagen. »Ich kenne jemanden, der religiöse Kulte und Rituale studiert. Vielleicht bitte ich sie ja, mal einen Blick auf das Ganze zu werfen, damit sie uns sagt, womit wir es zu tun haben.«

Auf dem Rückweg zum Revier schweiften seine Gedanken erneut zu Alex. Interessant, wie die Dinge sich manchmal fügten. Jemand bastelte sich genau zu dem Zeitpunkt einen Altar und

opferte Tiere, zu dem eine Expertin für derartige Rituale auf der Bildfläche erschien.
Reed sah auf seine Uhr und runzelte die Stirn. Der Anruf bei Alex, um ihren Rat einzuholen, würde noch eine Weile warten müssen, denn die Frage, wer Tom Schwann ermordet hatte, stand an oberster Stelle seiner Prioritätenliste.

Kapitel sechsundzwanzig

Sonntag, 7. März
09:40 Uhr

Alex fuhr aus dem Schlaf hoch. Sie ließ den Blick durch den Raum schweifen und versuchte, sich zu orientieren. Sie hatte geträumt – einer jener wirren Träume, die vages Unbehagen hinterließen.
Sie schälte sich aus dem Laken und setzte sich auf, während sie sich an den Traum zu erinnern versuchte. Da waren Stimmen gewesen, denen sie sich genähert hatte, außerdem ein merkwürdiges Licht, der Geruch nach Räucherharz, so wie im Weinkeller.
Räucherharz. Sie kannte diesen Geruch. Aber woher?
Ihr Handy auf dem Nachttisch läutete. Sie griff danach und blickte aufs Display. Es war Tim. »Morgen«, sagte sie.
»Na endlich. Ich habe gestern Abend dreimal angerufen und mir allmählich schon Sorgen gemacht.«
»Ach ja? Ich habe es nicht läuten hören.«
Wahrscheinlich weil ich gerade einen Orgasmus hatte, der mir das Hirn rausgeblasen hat.
Zutiefst beschämt dachte sie daran, wie laut sie gewesen war. *Hättest du dich nicht ein bisschen stilvoller benehmen können, Alex?*

»Alles klar bei dir?«
»Klar.« Sie räusperte sich. »Wieso?«
»Ich habe nur gerade an dich gedacht. Was hast du gestern Abend gemacht?«
Ich bin mit einem unglaublich attraktiven Typen im Bett gelandet, den ich kaum kenne, hatte den besten Sex meines Lebens und würde mich jetzt am liebsten unter einem Stein verkriechen und nie wieder rauskommen schien kaum eine angemessene Antwort zu sein, deshalb wich sie auf die Alternative aus.
»Ich war auf einer sehr eindrucksvollen Weinpräsentation.«
»Welcher Wein wurde denn vorgestellt?«
Sie stieg aus dem Bett, klemmte sich das Telefon unters Ohr und ging ins Badezimmer. »Der neue Red Crest Bear Creek Zinfandel. Köstlich. Moment, bleib mal kurz dran.«
Sie ging auf die Toilette, dann hob sie das Telefon wieder ans Ohr. »Bist du noch dran?«
»Ja. Und ich bin grün vor Neid. Ist in deinem Häuschen zufällig Platz für zwei?«
Sie malte sich aus, wie Reed und Tim einander gegenüberstanden und einen Wettbewerb im Kampfstarren austrugen. »Nein, tut mir leid.«
»Aber im Ernst. Geht es dir gut? Brauchst du etwas?«
»Ein bisschen Hilfe bei der Analyse eines Traums von heute Nacht wäre ganz nett.«
Tim hatte seine Doktorarbeit über Trauminterpretation geschrieben und während ihrer Ehe viele ihrer Träume analysiert.
»Schieß los.«
»Ich habe eine Art religiöse Zeremonie oder Ritual beobachtet.«
»Warst du Teil davon?«

»Nein. Ich stand daneben. Und habe zugesehen.«
»Heimlich?«
»Kann sein.«
»Erinnerst du dich, wie du dich dabei gefühlt hast?«
Sie dachte einen Moment nach, dann schüttelte sie den Kopf. »Nein. Aber als ich aufgewacht bin, habe ich mich unwohl gefühlt und war desorientiert.«
»Weiter.«
»Ich war in einem geschlossenen Raum, aber es war keine konventionelle Kirche. Ich erinnere mich, dass ich mich beengt gefühlt habe.«
»Gefangen?«
Wieder dachte sie einen Moment lang nach. »Nein.«
»Woran erinnerst du dich noch?«
»An nichts.« Sie drückte einen Klecks Zahnpasta aus der Tube, hielt ihre Zahnbürste unter den Wasserhahn und schob sie sich in den Mund.
»Viel ist es nicht, aber bitte. Thema des Traums sind Zeremonien und Bindung. Dein Unterbewusstsein appelliert eindringlich an dich, an dem festzuhalten, was dir tief in deinem Innern wichtig ist. Sowohl auf physischer als auch auf spiritueller Ebene.« Er hielt inne. »An mir.«
Es dauerte einen Moment, bis sie begriff, was er gesagt hatte. Als der Groschen fiel, brach sie in schallendes Gelächter aus und verschluckte sich beinahe am Zahnpastaschaum.
»Nein, hör mir doch zu«, sagte er. »Du sehnst dich eindeutig nach mir und der Tröstlichkeit unserer Ehe.«
Wieder lachte sie und spuckte den Schaum aus. »Bis dann, Tim.«
»Es stimmt«, beharrte er. »Du bist verrückt nach mir.«
»Bis dann, Tim.« Sie legte auf und spülte sich den Mund aus,

dann hielt sie die Zahnpasta unter den Wasserhahn. Zugegeben – sie vermisste ihn. Nicht jedoch, mit ihm verheiratet zu sein. Tim eignete sich mehr als Freund »mit Zusatznutzen« denn als Ehemann.

Manche Menschen waren einfach nicht dafür geschaffen, miteinander verheiratet zu sein.

Alex nahm ein kleines Handtuch und begann, das Waschbecken und die Abstellfläche abzuwischen, als ihr Blick an etwas auf dem Waschbeckenrand hängenblieb, bei dem es sich allem Anschein nach um Blut handelte. Es war getrocknet, aber trotzdem eindeutig Blut.

Sie betrachtete ihre Hände von allen Seiten. Keine Schnittwunden, keine Kratzer. Gestern war der Tropfen noch nicht da gewesen, so viel stand fest.

Vielleicht Reed, dachte sie. Sie erinnerte sich zwar nicht, dass er im Badezimmer gewesen war … aber schließlich war sie nicht die ganze Zeit über Herr ihrer Sinne gewesen.

Reed. Verdammt. Sie befeuchtete das Handtuch und wischte den Fleck ab. *Wieder mal ein besonders schlauer Schritt von dir. Eine Menge Stoff zum Nachdenken, Alex.*

Nachdenken, genau das musste sie dringend tun. Aber nur mit Hilfe einer Tasse Kaffee.

Kurz darauf saß sie mit einer Tasse in der Hand auf der Verandaschaukel und versuchte, tief und gleichmäßig zu atmen, um ihre Gedanken zu sammeln und sich zu konzentrieren. Darauf, wie ihre ersten Schritte aussehen sollten, was sie erreichen wollte.

Eigentlich nicht besonders schwierig, doch ihre Gedanken kreisten ständig um dieselben Dinge: um den bizarren Traum, der sie aus dem Schlaf gerissen hatte, um ihre Panik im Weinkeller und um ihre gemeinsamen Stunden mit Reed.

Ein reichlich fragwürdiger Start in Sonoma und nicht gerade die »große Nummer«, auf die sie gehofft hatte.

Alex verdrehte die Augen. *Tolle Wortwahl.* Was war gestern Abend noch passiert, abgesehen davon, dass sie sich vor ihrer einstigen Familie vollständig zum Affen gemacht hatte? Sie wusste doch genau, was sie gehört und gerochen hatte. Jemand war in diesem Keller gewesen und hinausgeschlüpft, bevor Reed und sein Bruder aufgetaucht waren.

Aber das war nicht der eigentliche Punkt, der sie irritierte. Sondern ihre Panik, dieses Gefühl der Orientierungslosigkeit. Ihr blankes Entsetzen, als die Lichter erloschen waren.

Es war so untypisch für sie. Den größten Teil ihres Lebens hatte sie sehr gut auf sich selbst aufgepasst. Sie erinnerte sich an ihre Grundschulzeit, als sie selbständig aufgestanden war, gefrühstückt und sich fertig gemacht hatte und dann allein zur Bushaltestelle gegangen war. Wenn sie aus der Schule zurückgekommen war, hatte ihre Mutter häufig noch im Bett gelegen und war zu sehr in ihrer Depression gefangen gewesen, um am Leben ihrer Tochter teilzuhaben. Unzählige Male hatte sie das Abendessen für sie beide zubereitet und war anschließend ohne Aufforderung zu Bett gegangen. Keine Hand zur Beruhigung beim Einschlafen, kein brennendes Nachtlicht für sie.

Die Menge an Wein, beschloss Alex. Die Erschöpfung, die Trauer. Die ungewohnte Situation – eine üble Mischung, die die Oberhand über ihre Selbstsicherheit und Furchtlosigkeit gewonnen hatte.

Alex nippte an ihrem Kaffee und dachte an die lächelnde, unübersehbar glückliche Frau auf Lyla Reeds Fotos. Sie durfte ihre Ziele nicht aus den Augen verlieren. Schließlich war ihre Mutter der Grund, weshalb sie hier war. Sie musste herausfinden, was mit ihr passiert war.

Vielleicht hatte der Verlust von Dylan sie innerlich zerrissen, wie es Lyla erklärt hatte. Und vielleicht konnte sie, Alex, es tatsächlich nicht nachvollziehen, weil sie selbst keine Kinder hatte.
Aber selbst falls es so war, wollte sie dieser Patsy näherkommen. Jener Frau, die so gern gelacht hatte, so lebenslustig gewesen war. Sie gierte danach, sie kennenzulernen.
Als sie ihren Kaffee ausgetrunken hatte, stand sie auf und ging zurück ins Haus. Erst jetzt, nachdem sie im Freien gewesen war, bemerkte sie den leicht säuerlichen Geruch. Prüfend schnupperte sie, doch es gelang ihr nicht, den Geruch zuzuordnen. Es musste irgendetwas gewesen sein, das gestern Abend hereingeweht war.

Kapitel siebenundzwanzig

Sonntag, 7. März
11:50 Uhr

Reed holte seinen Bruder am Aufzug im zweiten Stock ab. Joe und Tom Schwann waren seit der Grundschule befreundet gewesen und hatten als Teenager derselben Clique angehört. Joe wurde von Carter Townsend, einem weiteren Freund aus Kindertagen, begleitet.
»Ich kann es nicht glauben, Dan«, sagte Joe mit belegter Stimme. »Tom mag ja seine Fehler gehabt haben, aber im Grunde seines Herzens war er ein anständiger Kerl.«
»Es tut mir aufrichtig leid, Joe.« Er drückte seinen Bruder an sich. »Ich weiß, wie nahe ihr euch gestanden habt.«
Reed wandte sich Carter zu. »Tut mir leid, Mann. Wie geht es dir?«
Der Mann war am Boden zerstört. »Ich versuche mein Bestes.

Aber ich kann genauso wenig glauben, dass Tom tot ist, wie Joe.«

»Suchen wir uns einen ruhigen Ort, wo wir reden können.«

Reed führte sie in einen der Befragungsräume, wo sie sich hinsetzten. »Ich bin froh, dass ihr hergekommen seid. Ihr wart eng mit Tom befreundet. Habt ihr irgendeine Ahnung, wer das getan haben könnte?«

»Vielleicht Jill«, meinte Carter. »Die beiden haben sich doch pausenlos gestritten.«

»Jill gilt zum jetzigen Zeitpunkt nicht als Verdächtige. Gibt es sonst jemanden? Eine ehemalige Geliebte? Oder irgendein Mitarbeiter?«

Die beiden Männer tauschten einen Blick, dann wandte Joe sich wieder Dan zu. »Ich kann mir nicht vorstellen, wer Tom so etwas antun könnte. Er war ein anständiger Kerl; vielleicht nicht perfekt, aber wer ist das schon?«

»Nicht perfekt – kannst du das genauer erklären?«

Wieder sahen die beiden Männer einander an. »Ich kann dir nur sagen, was du ohnehin schon weißt«, erwiderte Joe schließlich. »Er war ein notorischer Weiberheld und hat zu viel getrunken, aber soweit ich weiß, war er ein tadelloser und seriöser Geschäftsmann, der sich nicht mit Lieferanten oder Kunden angelegt hat. Er hat seine Rechnungen bezahlt und war ansonsten ein Hansdampf in allen Gassen.«

Carter ergriff das Wort. »Es heißt, er sei mit einer Rebschere getötet worden. Wie ... ich meine, wo ...«

»Diesen Teil halten wir vorerst unter Verschluss. Aber ich kann dir versichern, dass es eine fürchterliche Schweinerei war.« Reed schleuderte ihnen die Bemerkung mit Absicht ungeschönt entgegen, um zu sehen, wie sie darauf reagierten.

Sie bestanden mit Bravour. Joe sah aus, als würde er sich gleich

übergeben, wohingegen Carter blass wurde und die Finger ineinander verkrallte.
Carter war der Erste, der die unbehagliche Stille durchbrach. »Ich habe von diesem Altar an der Castle Road gehört.«
»Ja?«
»Ich fand das ziemlich gruselig«, fuhr Carter fort.
Reed runzelte die Stirn. »Inwiefern? Die beiden Verbrechen stehen doch in keinerlei Zusammenhang.«
»Wahrscheinlich erinnerst du dich nicht daran«, warf Joe ein. »Damals warst du noch zu klein.« Er hielt inne. »Ach, egal.«
»Unsinn, nein. Ich war zu klein, um mich *woran* zu erinnern?«
»Damals traf man auf derlei Schwachsinn, wo man ging und stand. Es war wie eine Seuche«, erklärte Joe. »Um die Zeit, als Dylan verschwunden ist.«
»Welchen Schwachsinn, wo man ging und stand?«, hakte Reed nach.
»Damals tauchten überall in der Gegend plötzlich Altäre auf. Und Tiere verschwanden.«
»Tiere?«
»Ein paar Hunde. Ein Lamm und eine Ziege. Hühner. Nicht alle auf einmal, sondern im Laufe mehrerer Monate.«
»Ich erinnere mich noch an das Gerede der Leute. Na ja, es gab Spekulationen, ob …«
Er verstummte. Reed sah zwischen den Männern hin und her. »Ob was?«
»Ob Dylan entführt und … als Menschenopfer dargebracht worden sein könnte.«
Die Worte hingen mit geradezu grotesker Ungeheuerlichkeit zwischen ihnen. Schließlich räusperte Reed sich. »Davon habe ich noch nie gehört.«
»Das ist eine halbe Ewigkeit her. Vergiss nicht, ich war damals

selber noch ein Teenager.« Die Stimme seines Bruders zitterte. »Aber ich habe alles mitbekommen.«
»Und da ist noch mehr passiert«, fuhr Carter fort. »Ein Mord. Mit der Rebschere.«
»Wann?«
»Ziemlich kurz nach Dylans Verschwinden.«
»Wer?«
»Irgendein Mann. Ein Feldarbeiter. An seinen Namen kann ich mich nicht erinnern.«
»Wieso erzählst du mir all das, Joe?«
»Was, wenn sich die Geschichte wiederholt? Ich habe selbst Kinder. Nicht auszudenken, wenn einem von ihnen so etwas zustoßen würde. Ich würde meines Lebens nicht mehr froh werden, Dan. Es würde mich umbringen, das weiß ich.«
»Joe, bitte«, Reed beugte sich vor, »Dylan wurde nicht Opfer irgendeines bizarren Opferrituals. Das Sheriff's Department hat gründliche Ermittlungen durchgeführt. Genauso wie das FBI. Man hat sich darauf geeinigt, dass er entführt wurde.«
»Aber es gab keine Lösegeld …«
»Die jüngsten Erkenntnisse erklären möglicherweise, weshalb. Vertrau mir, Joe. Dylan wurde entführt, aber irgendetwas ging dabei schrecklich schief.«
»Und dieser andere Mord?«
»Jeder hier in der Gegend läuft mit einer Rebschere herum. Ich kann dir nicht sagen, wie oft ich schon zu einem Tatort gerufen wurde, bei dem irgendein Suffkopf seine Red Rooster aus der Tasche gezogen und einen anderen damit bedroht hat. Du erinnerst dich nur deshalb so genau daran, weil sich der Mord so kurz nach Dylans Verschwinden ereignet hat. Aber ich gehe der Sache trotzdem nach und sage dir Bescheid, wenn sich irgendetwas ergibt.«

Wenig später hatte Reed den Namen des Opfers von damals herausgefunden: der Hausmeister der Sommers, Alberto Alvarez. Er hatte als einer der Hauptverdächtigen im Fall von Dylans Verschwinden gegolten – am Tatabend war er auf dem Grundstück gesehen worden und anschließend nicht zur Arbeit erschienen –, bis man ihn tot aufgefunden hatte.

Mit einer Rebschere die Kehle aufgeschlitzt.

Der Mordfall war nie aufgeklärt worden, sondern war im Aufruhr um Dylans Verschwinden untergegangen.

Reed runzelte die Stirn und lehnte sich auf seinem Stuhl zurück. Es lag auf der Hand, dass Alvarez entweder etwas gesehen hatte und deswegen ermordet worden war. Oder aber er war an der Entführung beteiligt gewesen und ermordet worden, als das Ganze in die Hose ging.

Trotzdem fand sich in den Akten keinerlei Hinweis darauf, dass die beiden Verbrechen damals miteinander in Verbindung gebracht worden waren. Man hatte zwar Ermittlungen im Mordfall Alvarez angestellt, das stimmte, aber niemand war auf die Idee gekommen, dass sein Tod mit Dylan Sommers Verschwinden in Zusammenhang stehen könnte.

Wie hatte ihnen so etwas entgehen können? Es sah ganz nach schlecht durchgeführter, gedankenloser Polizeiarbeit aus. Und wieso hatte das FBI die Spur nicht weiterverfolgt?

Reed trommelte mit den Fingerspitzen auf die Schreibtischplatte. Wer, falls überhaupt, war von der damaligen Truppe heute noch dabei? Der Captain hatte gerade einmal achtzehn Jahre auf dem Buckel. Reed zog das Telefonverzeichnis seiner Abteilung heraus und ging die Namen durch. Es gab noch ein paar alte Hasen, Cops, die bereits dreißig Jahre oder länger im Dienst waren.

»Weshalb so ernst?«

Er hob den Kopf und sah Tanner mit einem Joghurtbecher im Türrahmen stehen. »Haben Sie den Namen Alberto Alvarez schon mal gehört?«

»Nein.« Sie schob sich einen Löffel voll Joghurt in den Mund. »Wieso?«

»Er hat als Hausmeister bei den Sommers gearbeitet. Und wurde kurz nach Dylans Verschwinden mit einer Rebschere ermordet. Davor galt er als Hauptverdächtiger im Entführungsfall.«

»Und dann war er auf einmal tot.« Sie trat vor seinen Schreibtisch. »Wer hat ihn ermordet?«

»Der Fall wurde nie gelöst.« Reed drehte seinen Computerbildschirm herum, so dass sie einen Blick daraufwerfen konnte.

Mit gerunzelter Stirn überflog sie den Bericht. »Wie sind Sie darauf gekommen?«

»Durch meinen Bruder. Aber das hätte uns nicht entgehen dürfen.«

»Das Verbrechen wurde vor fünfundzwanzig Jahren verübt. Was mich ärgert, ist, wie man diesen glasklaren Zusammenhang übersehen konnte.«

»Die Verbindung zwischen dem Mord an Alvarez und Dylan Sommers Verschwinden.«

»Genau.«

»Und laut meinem Bruder und seinem Freund Carter Townsend gab es um diese Zeit jede Menge Meldungen über Altäre, die für irgendwelche ominösen Riten verwendet wurden, und über Tieropfer. Und es ging sogar das Gerücht, Dylan sei von einer dieser Gruppen entführt worden.«

»Sind Sie dem schon nachgegangen?«

»Noch nicht.«

»Dann mal los.«

Kapitel achtundzwanzig

Montag, 8. März
08:35 Uhr

Reed und Tanner hatten die alten Berichte durchgeackert, die die Aussage von Reeds Bruder und seinem Freund bestätigten, doch sie hatten beschlossen, bis zum nächsten Morgen zu warten, ehe sie ihre Vorgesetzten über ihre Erkenntnisse informierten.

Sie trafen sich um halb neun. Tanner hatte ihm einen großen Becher Kaffee mitgebracht. »Danke«, sagte er und nahm ihn entgegen.

Zusammen machten sie sich auf den Weg zu Jon MacIntyres Büro. Reed klopfte gegen den Rahmen der geöffneten Tür. »Morgen, Mac. Hätten Sie ein paar Minuten für uns?«

Der Sergeant winkte sie herein. Jon MacIntyre, seit achtzehn Jahren bei der Polizei, die letzten vier als Sergeant des VCI, wirkte auf den ersten Blick wie ein Teddybär, doch die gutmütige Fassade täuschte. Er hatte einen messerscharfen Verstand und einen eisernen Willen.

Er musterte die beiden Detectives eindringlich. »Was gibt's?«

Tanner schilderte ihm ihre jüngsten Erkenntnisse. »Wir haben den Tatort auseinandergenommen und eine ganze Wagenladung an Material gefunden, das als Beweis in Frage kommt. Keine verwertbaren Spuren auf der Tatwaffe. Sie wurde entweder abgewischt, oder aber der Täter hat Handschuhe getragen.«

Reed übernahm das Wort. »Jill Schwanns Schilderung scheint der Wahrheit zu entsprechen. Dasselbe gilt für die Version der Geliebten. Die Nummern auf dem Handy bestätigen die Aussagen der beiden Zeuginnen. Im Augenblick überprüfen wir sämtliche Telefongespräche der letzten vierundzwanzig Stunden vor dem Mord.«

»Gut. Aus dem Bericht geht hervor, dass Schwann ausgeraubt wurde.«
Reed nickte. »Seine Uhr, sein Ehering und der Inhalt seiner Brieftasche fehlen.«
»Und die Autopsie?«
»Für morgen angesetzt.«
Mac sah von einem zum anderen. »War's das?«
»Nicht ganz. Wir sind auf etwas Interessantes gestoßen. Ein weiterer Mord mit der Rebschere. Ungeklärt.«
Der Sergeant runzelte die Stirn. »Wo?«
»Hier in Sonoma County. Vor fünfundzwanzig Jahren.«
»Und Sie halten ihn für relevant?«
»Sagen wir mal so – ich kann eine Relevanz nicht ausschließen.«
Reed reichte Mac die vorbereiteten Kopien und setzte ihn über die Details in Kenntnis. »Was uns beiden ins Auge gesprungen ist, sind die Fehler bei den damaligen Ermittlungen.«
Der Sergeant runzelte die Stirn. »Erstaunliche Fehler.«
»Meiner Ansicht nach sollte angesichts des Funds des unbekannten Babys und alldem hier der Entführungsfall Dylan Sommer offiziell wiederaufgerollt werden.«
Der Sergeant musterte Reed einen Moment lang, dann griff er zum Hörer und wählte die Nummer des Lieutenants.
»Er hat Zeit. Gehen wir.«
Kurz darauf saßen sie im großzügigen, sonnendurchfluteten Büro von Lieutenant George Torres – ein Mann, der sich von ganz unten in diese Position hochgearbeitet hatte. Er war der Sohn eines Feldarbeiters und einer Haushälterin und hatte es bis zum ranghöchsten Latino des Sheriff's Departments gebracht. Jeder, der behauptete, in diesem Land gäbe es keinen Rassismus, lüge oder sei mit Blindheit geschlagen, sagte er häufig. Und jeder, der dies als Ausrede benutzte, sei ein Idiot.

An dem Tag, als Barack Obama die Wahl zum Präsidenten der Vereinigten Staaten gewann, weinte er. Nun stünden die Türen endlich allen offen, meinte er.

Mac schilderte ihm, was Reed und Tanner herausgefunden hatten, worauf Torres sie mit zusammengekniffenen Augen musterte. »Da stellen sich mir sofort die Haare auf. Ich erinnere mich noch an den Fall. Das Opfer war Latino.«

»Ja, Sir.«

»Zuerst war er der Hauptverdächtige, dann auf einmal das Opfer. Und dann hat sich kein Mensch mehr um ihn gekümmert. Ich war damals noch Deputy, hatte gerade erst angefangen.«

»Und wer war Sheriff?«

»Oscar Beulle. Ging wenig später in Pension. Vielleicht ein Jahr danach oder so.«

»Er lebt noch«, meinte Mac.

Lieutenant Torres nickte. »Stimmt. Er ist nach Calistoga gezogen, um näher bei seiner Tochter zu sein. Er hat ein paar Rebstöcke angepflanzt und kommt immer mal wieder vorbei, um ›nach dem Rechten‹ zu sehen.«

»Ich finde, wir sollten ihn befragen. Herausfinden, woran er sich noch erinnert.«

»Das sehe ich genauso.«

»Sind die Ermittlungen im Sommer-Fall damit offiziell wiederaufgenommen?«

»Reden Sie zuerst mit Beulle.«

»Was ist mit Ihrem Vorgänger von damals?«, fragte Tanner den Lieutenant. »Vielleicht erinnert der sich ja.«

»Er wurde im Dienst getötet. Ich war damals noch ein Grünschnabel und erinnere mich deshalb noch so genau daran, weil mich sein Tod ziemlich mitgenommen hat. Ich hatte eine Ehefrau und ein Neugeborenes zu Hause. Offen gestanden habe ich mir damals überlegt, ob ich mir einen anderen Job suchen soll.«

»Graben Sie ein bisschen«, schlug Mac vor. »Vielleicht leben ja die ermittelnden Detectives von damals noch. Möglicherweise ist mehr an dem Fall dran, als uns im Augenblick bewusst ist.«

Falls ja, musste Reed mehrere Stunden später feststellen, würden sie es bestimmt nicht von den Detectives erfahren, die damals für die Ermittlungen zuständig gewesen waren. Jeder, der mit der Sommer-Entführung oder dem Alvarez-Mord zu tun gehabt hatte, war entweder tot oder weggezogen.

Womit lediglich der ehemalige Sheriff Beulle übrig blieb.

Calistoga, eine alte Stadt im Westernstil mit einem Hang zur Exzentrik und berühmt für seine heißen Quellen, lag im Napa Valley.

Reed fand den alten Mann bei seinen Rebstöcken hinter dem Haus. Hier in der Gegend war es durchaus üblich, jedes freie Fleckchen auf dem Grundstück zu nutzen, um ein paar Rebstöcke anzupflanzen und ein paar Flaschen eigenen Weins herzustellen. Reed hatte selbst schon mit der Idee geliebäugelt, sie jedoch beim Gedanken an seine Herkunft als zu bizarr verworfen. Und wann sollte er sich um seine Rebstöcke kümmern? Er war so gut wie nie zu Hause.

»Sheriff Beulle?«, sagte er und trat vor das Gartentor. »Detective Reed vom Sheriff's Department in Sonoma County.« Er hielt seine Dienstmarke hoch.

Der Mann lächelte und bedeutete ihm hereinzukommen, ehe er sich wieder seinen Rebstöcken zuwandte. »Was kann ich für Sie tun?«

»Ich wollte Ihnen ein paar Fragen zu einem alten Fall stellen.«

»Ach ja?«, meinte Beulle, ohne seine Tätigkeit zu unterbrechen. »Zu welchem?«
»Dylan Sommer und Alberto Alvarez.«
Beulle hielt inne und sah ihn an. »Denken Sie über eine Wiederaufnahme nach?«
»Ja, Sir.«
Beulle nickte und bedeutete Reed, ihm zu folgen. »Wird sowieso langsam Zeit für eine Pause.«
»Wie läuft es mit Ihren Rebstöcken?«, erkundigte sich Reed, als sie zum Haus gingen.
»Ganz anständig. Letztes Jahr hatte ich gute dreißig Kilo Trauben. Am Ende kamen zwei Kisten Merlot dabei heraus.« Sie gingen die Stufen zur Veranda hinauf. »Ist ein gutes Tröpfchen geworden. Ich schenke uns ein Glas ein.«
»Für mich nicht, danke.«
Beulle grinste. »Brav. Aber ich hätte Sie erst gemeldet, wenn Sie ein zweites Glas getrunken hätten.«
Er schob eine Glastür auf, und Reed folgte ihm hinein. Es war ein einfaches Haus ohne jeden Nippes oder sonstigen Schnickschnack. Allem Anschein nach gab es keine Mrs. Beulle.
Beulle schenkte sich ein Glas seines Merlot ein, dann goss er einen Schluck in ein zweites, das er Reed über den Küchentresen hinweg zuschob.
Reed schwenkte es und probierte. Beulle hatte nicht gelogen – ein guter Tropfen. Was er dem alten Mann auch sagte.
Beulle bedankte sich und schwenkte sein eigenes Glas. »Weshalb ausgerechnet jetzt?«, murmelte er, mehr zu sich selbst als zu Reed. »Nach fünfundzwanzig Jahren?«, fuhr er fort, ehe er seine Frage selbst beantwortete. »Es hat etwas mit der unbekannten Babyleiche zu tun. Sie glauben, es handelt sich um den kleinen Dylan Sommer, hab ich recht?«

Reed erwiderte nichts darauf, sondern ließ Beulle fortfahren.
»Und den Alvarez-Fall nehmen Sie wegen Schwann wieder auf. Dieselbe Todesursache – die Kehle mit der Rebschere aufgeschlitzt. Mit dem Unterschied, dass Alvarez nichts von Wert besessen hat, das man ihm hätte wegnehmen können.«
»Bis auf sein Leben«, bemerkte Reed und hob eine Braue. »Sie wissen ja über Fakten Bescheid, die wir noch gar nicht herausgegeben haben, Sheriff.«
Beulle lachte. »Spielen Sie hier nicht die Unschuld vom Lande, Detective. Ich habe immer noch jede Menge Freunde in Ihrem Laden. Und was ich nicht aus der Zeitung oder aus den Nachrichten erfahre, erzählen die mir.« Er nippte nachdenklich an seinem Wein. »Konnte der Junge inzwischen identifiziert werden?«
»Nein. Aber es deutet einiges darauf hin, dass er es ist.« Reed spürte, dass hinter den Fragen des alten Mannes nicht nur oberflächliches Interesse, sondern eine regelrechte Gier nach Informationen steckte. »Eine Frage, Sheriff. Weshalb haben Sie damals nicht untersucht, ob eine Verbindung zwischen dem Alvarez-Mord und der Sommer-Entführung bestand?«
Beulle versteifte sich. »Ich hatte meine besten Männer auf den Fall angesetzt. Die haben keine Veranlassung gesehen.«
»Vielleicht stehe ich ja allein mit meiner Meinung da, aber mir drängt sich die Frage auf. Der Mann galt zuerst als Verdächtiger, und dann war er auf einmal tot.«
»Und?«
»So etwas ist doch ein Warnsignal. Vielleicht hat er mitgemacht und wurde getötet, damit er den Mund hält. Oder er hat etwas gesehen.«
»Wenn er etwas gesehen hat, wieso hat er dann nie den Mund aufgemacht, insbesondere, als wir ihn in die Mangel genom-

men haben? Und was eine Beteiligung an der Tat angeht – Alvarez war Hilfsarbeiter, der kaum ein Wort Englisch konnte. Er war hergekommen, um bei der Lese zu helfen, hatte sich aber dabei verletzt, also hatten die Sommers Mitleid mit ihm und haben ihn behalten.« Beulle schüttelte den Kopf. »Dylan Sommer wurde aus seinem Bettchen geraubt. Der Eindringling war clever und hatte die Tat gut vorbereitet. Er ist reingeschlüpft, während Harlan und Patsy weg waren und die anderen Kinder schliefen, und hat den Jungen mitgenommen.«

»So clever nun auch wieder nicht«, murmelte Reed. »Und auch nicht so gut vorbereitet.«

»Nein? Aber er ist doch davongekommen, oder nicht?«

Reed beugte sich vor. »Hängt davon ab, wie man ›davongekommen‹ definiert. Sollte sich herausstellen, dass es sich bei der Leiche um Dylan Sommer handelt, ist der Täter ja nicht allzu weit gekommen. Weshalb hat er die Tat Ihrer Meinung nach überhaupt begangen, Sheriff?«

»Lösegeld. Und dann ist irgendetwas schiefgegangen. Oder sie haben es mit der Angst bekommen, haben das Kind getötet und vergraben und sind abgehauen.«

»Vielleicht hat Alvarez sie erwischt. Vielleicht war es das, was schiefgelaufen ist – und der Grund, weshalb er ermordet wurde.«

»Mit seiner eigenen Rebschere?« Beulle schüttelte den Kopf. »Nein. Alvarez ist von seinesgleichen kaltgemacht worden.«

»Seinesgleichen? Von einem Menschen?«

Beulle ging nicht auf die Spitze ein. »Laut Autopsiebericht hatte er Alkohol im Blut. Und zwar eine ganze Menge. Meine Detectives gingen davon aus, dass er sich in irgendeiner Kneipe volllaufen ließ und anschließend in einen Streit verwickelt wurde, der tödlich verlief.«

»Und das war's?«
»Das war's.«
»Was ist mit den Gerüchten, Dylans Entführung sei Teil eines Opferrituals gewesen?«
Eine fleckige Röte breitete sich auf Beulles Wangen aus. »Gerüchte, Detective. Hässlich und gemein. Wir haben nie einen Hinweis auf derartige Vorgänge gefunden.«
»Keinen Hinweis auf irgendwelche rituellen Aktivitäten?«
»Sie haben offensichtlich die Einsatzberichte gelesen. Die Gegend ist bekannt für diesen rituellen Blödsinn. So etwas kommt und geht auch wieder. Es verstößt nicht gegen das Gesetz und ist in den meisten Fällen harmlos.«
»In den meisten Fällen?«
»Genau. Wenn sie anfangen, dabei Tiere zu quälen, ist die Grenze erreicht. Aber in den meisten Fällen kommt es nicht dazu.«
Reed kniff die Augen zusammen. »Wenn Sie so gute Kontakte zum Revier haben, wissen Sie bestimmt auch von dem Altar oben bei Bart Park?«
»Ja.«
»Dabei wurde diese Grenze überschritten.«
»Wie gesagt, so etwas kommt vor. Ich weiß nicht, was Sie von mir wollen, Detective.«
»Haben Sie jemals Alvarez' Familie befragt?«
»Er hatte keine.«
»Seine Freunde oder Kollegen?«
»Diejenigen, die wir finden konnten. Wir haben uns unter den Einwanderern umgehört, aber keiner hatte eine Ahnung, wer Alvarez so etwas hätte antun sollen.«
»Und er hat sich niemandem anvertraut?«
»Keiner Menschenseele.«

»Sie haben ein tadelloses Gedächtnis, Sheriff Beulle.«
Er kniff die Augen zusammen. »Dylan Sommers Verschwinden war der schlimmste Fall meiner gesamten Laufbahn. Ich habe mich in den Ruhestand zurückgezogen, weil ich ihn nicht lösen konnte. Fälle wie diesen vergisst man nicht, Detective. Nur weil man sie hinter sich lässt, heißt das nicht, dass man Ruhe vor ihnen hat.«
Einen Moment lang empfand Reed so etwas wie Mitleid für den alten Mann. »Ich dachte, ich stoße vielleicht auf etwas, wenn ich mit den zuständigen Detectives rede. Wie ich erfahren habe, wurde Detective Hurst im Dienst getötet. Was ist mit dem zweiten Ermittler?«
»Er ist weggezogen«, antwortete Beulle und stand auf. »Ich glaube, irgendwo in die Gegend um Chicago. Er hat den Dienst quittiert. Hatte die Nase voll.«
»Haben Sie irgendeine Ahnung, wie ich ihn …«
»Tut mir leid. Ich habe seit Jahren nichts von ihm gehört.« Er streckte ihm die Hand hin – das unmissverständliche Zeichen, dass das Gespräch beendet war. »Richten Sie Lieutenant Torres schöne Grüße von mir aus.«
Reed schüttelte ihm die Hand. »Das werde ich. Und sollte Ihnen noch irgendetwas …«
»Rufe ich an.« Beulle brachte ihn zur Hintertür. »Ich hoffe, Sie können nachweisen, dass es sich bei den sterblichen Überresten um Dylan Sommer handelt, damit die Familie endlich Ruhe findet.«

Kapitel neunundzwanzig

Montag, 8. März
12:00 Uhr

Alex hatte vom El Dorado Kitchen gehört. Das Restaurant befand sich im El Dorado Hotel am Hauptplatz von Sonoma und galt dank seines aufstrebenden Küchenchefs, Justin Everett, laut Kritikern und Gourmets als einer der besten Gastro-Tempel im gesamten Weingebiet.

Rachel war bereits da und erwartete sie an einem Tisch im Innenhof. Sie trug einen Brokatblazer in Erdfarben und sah absolut sensationell aus, und Alex wünschte sich, sie hätte sich etwas mehr Mühe gegeben und wäre nicht im Jeans-Outfit aufgetaucht.

Der Kellner stand an ihrem Tisch und öffnete eine Flasche Wein. Alex hob erstaunt die Brauen. Allem Anschein nach wurde in dieser Gegend zu jeder Mahlzeit Wein getrunken, egal welcher Wochentag es war.

Alex trat an den Tisch und blickte in Rachels strahlendes Gesicht. »Du wusstest es also noch! Ich hatte schon Angst, du hättest es vergessen.«

Der Kellner rückte ihren Stuhl zurecht. Alex erwiderte Rachels Lächeln und setzte sich. »Ging mir ähnlich. Ich hatte Sorge, der Wein hätte deine Zunge gelöst, und du hättest die Einladung vergessen, kaum dass du sie ausgesprochen hattest.«

Rachel lachte. »Ich lasse es nie so weit kommen, dass der Wein aus mir spricht. Und ich vergesse niemals etwas.« Sie entließ den Kellner mit einer Handbewegung und schenkte die Gläser voll. »Das ist ein Russian River Pinot.«

Alex probierte. »Hmm. Lecker. Danke.«

»Ich danke dir. Ich freue mich so, dass du zugesagt hast.« Der Kellner stellte einen Brotkorb auf den Tisch, und Rachel griff ohne Umschweife zu.

»Wie war dein Vormittag?«, fragte sie und gab Aioli mit Kräutern auf ein Stück Sauerteigbrot. »Hast du dich ein bisschen in der Stadt umgesehen und nach alten Freunden deiner Mutter gesucht?«

»Ich fürchte, es war nicht ganz so aufregend. Den Vormittag habe ich damit zugebracht, an meiner Doktorarbeit weiterzuschreiben.«

Rachel sah so enttäuscht drein, dass Alex lachte. »Keine Sorge, heute Nachmittag ziehe ich los. Aber keine Weinkeller mehr. Vielleicht sogar nie wieder.«

»Es tut mir so leid, was passiert ist. Wie geht es dir inzwischen?«

»Ehrlich gesagt, ist mir der Vorfall fürchterlich peinlich.«

»Das muss es nicht. Wir sind hier an Dramen gewöhnt. Das bringt der Wein so mit sich.«

»Ich habe keine Ahnung, wie ich mich so verlaufen konnte. Normalerweise ist mein Orientierungssinn recht gut. Und ich weiß auch, was ich gehört habe. In diesem Keller waren Leute.«

»Das ist es ja, was Joe und Ferris Sorgen gemacht hat. Sie hatten schon früher Probleme damit. Hasch rauchende Teenager und solche Dinge. Das kann übel enden. Wie gesagt, mir jagen diese Keller auch fürchterliche Angst ein. Du solltest mal unsere …« Sie biss sich auf die Lippen und schüttelte den Kopf. »Tut mir leid. Ich vergesse ständig, dass du unsere Keller ja kennst.«

»Aber ich erinnere mich nicht daran, deshalb ist es so, als würde ich sie nicht kennen.«

»Ich finde diese Sache mit dem Gedächtnisverlust absolut faszinierend. Und ziemlich schräg.« Rachel brach ein Stück von ihrem Brot ab und schob es sich in den Mund.

Alex hätte sich gekränkt fühlen können, doch Rachels Unverblümtheit hatte etwas Erfrischendes. Sie lachte. »Soll ich dir etwas verraten? Ich finde es selbst ziemlich abgedreht, faszinierend allerdings eher nicht.«

»Erinnerst du dich an überhaupt nichts?«

»Nein. An rein gar nichts.«

Der Kellner servierte ihr Essen. »Ich hoffe, es stört dich nicht, aber ich habe ein paar meiner Lieblingsvorspeisen zusammenstellen lassen. Pizza mit Spiegelei, Fenchelwürstchen und Fourme d'Ambert.«

»Nein, überhaupt nicht. Es sieht absolut köstlich aus.« Alex probierte von allem ein wenig. »Weshalb sollte ich eure Keller sehen?«, hakte sie nach. »Unterscheiden sie sich von anderen?«

Rachel beugte sich vor. »Die der Reeds sind sehr modern, unsere dagegen noch original. Dad sagt immer, Francis Reed hätte unter akutem Keller-Neid gelitten, deshalb hätte er seine ausbauen lassen.«

»Aber ist ein Weinkeller nicht einfach ein Weinkeller?« Alex gab auf und nahm ein Stück Sauerteigbrot aus dem Korb. »Oder inwiefern unterscheiden sie sich?«

»Der Unterschied ist etwa so groß wie zwischen dem Dschungel in einem Disneyfilm und einem echten.« Rachel schnitt sich ein Stück Pizza ab, ehe sie fortfuhr. »Die ersten Weinkeller, so wie unserer und der bei den Schrambergs, wurden Ende des 19. Jahrhunderts von Hand gegraben. Sie sind lebendig, einschließlich Pilzflechten an der Decke. Sie können … sehr stimmungsvoll sein. Falls du dich eines Tages überwinden kannst, zeige ich dir gern alles.«

Alex schauderte. »Nein, herzlichen Dank.«

Rachel lächelte. »Nur um dir eine Vorstellung von den Ausmaßen zu geben – unsere Keller haben gut dreieinhalbtausend Quadratmeter, die der Schrambergs gut viereinhalbtausend. Red Crest, wo du dich vorgestern verlaufen hast, hat knapp fünfzehnhundert. Oje, sieh nicht rüber. Da sind Joe und Ferris. Herrje, jetzt haben sie uns bemerkt.«

Alex drehte sich um. Und siehe da – Reeds Brüder kamen geradewegs auf sie zu. Ebenso wie am Samstagabend konnte sie auch jetzt nur staunen, wie sehr sich die drei Reed-Jungs äußerlich voneinander unterschieden.

Rachel stand auf. »Joe«, sagte sie freundlich und hielt beiden die Wange zum Begrüßungskuss hin. »Ferris. Ihr erinnert euch bestimmt an Alex.«

Wie könnten sie mich auch vergessen haben?, dachte Alex und stand ebenfalls auf, um sie zu begrüßen. »Dieser Vorfall vom Samstag ist mir immer noch unendlich peinlich. Normalerweise wirft mich nichts so schnell aus der Bahn.«

»Kein Problem«, wiegelte Ferris lächelnd ab.

»Ist doch verständlich«, murmelte Joe. »Ferris hat erzählt, Sie hätten Stimmen gehört.«

»Ja, aber ich …«

»Wir haben uns gerade darüber unterhalten und uns gefragt, ob der Vorfall eine Erinnerung aus der Kindheit heraufbeschworen haben könnte«, warf Rachel ein.

Alex musterte sie verblüfft. Ihre Halbschwester zwinkerte ihr zu, ehe sie sich wieder den beiden Männern zuwandte. »Irgendwie glaube ich mich zu erinnern, dass dir mal etwas Ähnliches passiert ist, Ferris. Wie alt warst du damals? Sechs? Sieben?«

»Sechs.« Er sah seinen älteren Bruder an. »Joe und Clark haben sich einen fiesen Scherz mit mir erlaubt.«

»Die beiden und ihre Truppe böser Schergen«, fuhr Rachel fort.

»Und Dan ist zur Rettung herbeigeeilt«, erklärte Joe, dessen neckischer Tonfall jedoch nicht recht zu seiner säuerlichen Miene passen wollte. »Stets bereit, den Helden zu spielen. Aber jetzt wollen wir euch nicht länger beim Mittagessen stören.«
Als die beiden zu ihrem Tisch gegangen waren, beugte Rachel sich vor. »Daddys brave Jungs, alle beide. Ich kann beide nicht ausstehen, aber Mr. Geschäftsführer Joe kotzt mich ganz besonders an. Ein widerlicher Kerl. Ferris kann wenigstens ab und zu mal über sich selbst lachen.«
Alex war schockiert. Was Rachel allem Anschein nach nicht entging, denn ihr Mund verzog sich zu einem sarkastischen Lächeln. »Und wo wir gerade beim Thema Aufrichtigkeit sind – Clark ist ganz genauso. Papas Marionetten, alle miteinander.«
Rachel schob ihren Teller zur Seite und griff nach ihrem Weinglas. »Vor Reed habe ich allerdings gewaltigen Respekt. Einfach alles hinter sich zu lassen und seinen eigenen Weg zu gehen.«
»Was ist mit dir? Du bist nicht weggegangen.«
»Ich konnte nicht.« Sie lächelte. »Schneid mich auf, und ich blute Cabernet Sauvignon.«
Alex lachte. »Das heißt, du liebst deine Arbeit, aber tun sie das nicht auch?«
»Sie heften sie sich ans Revers, das ist ein Unterschied.« Rachel trank ihr Glas aus und schenkte nach. »Clark und Will stolzieren wie die Pfauen umher. Und Sommer Wines sind ihr Federschmuck, den sie zu Markte tragen. Sie können damit angeben, so lange sie wollen, aber ich bin gleichberechtigte Aktionärin. Und weißt du was? Ohne mich ist dieser Federschmuck nicht mal annähernd so prächtig.«
Ihre Ablehnung gegenüber ihren beiden Cousins war unübersehbar. Vermutlich war es das, wovon Reed gesprochen hatte.

Rachel gestikulierte mit ihrem Glas, worauf etwas von der granatroten Flüssigkeit überschwappte. »Bis zu Dylans Verschwinden hat Dad Sommer Wines geführt, nicht Treven.« Sie beugte sich vor und bedeutete Alex, dasselbe zu tun. »Aber Dad war Großvaters Liebling. Deshalb hat er ihm die Leitung des Guts übertragen.«

Sie hielt inne und schüttelte den Kopf. »Sein Liebling, das klingt so gemein, nicht? Ich sollte eher sagen, Großvater hat Dads Talent erkannt. Und er und Großvater hatten dieselbe Vorstellung, wie die Firma weiter vorangetrieben werden sollte.«

»Und Trevens Vorstellung unterschied sich davon?«

»O ja. Massenproduktion. Eine Billigflasche nach der anderen.«

»Das verstehe ich nicht ganz.«

»Expansion und Profit, koste es, was es wolle.« Rachel schien noch etwas sagen zu wollen, unterbrach sich jedoch plötzlich. »O Gott. Das war der Ring deiner Mutter, stimmt's?«

»Der Ring. Du erinnerst dich daran. Hast du irgendeine Ahnung, wofür JdW steht?« Alex streifte den Ring ab und reichte ihn Rachel. »Die Gravur. Das würde mich brennend interessieren.«

Rachel studierte sie. »Keine Ahnung. Aber soll ich dir sagen, wen wir fragen können? Am Hauptplatz gibt es einen Juwelier. Golden Bow. Sie sind spezialisiert auf Designs aus der Gegend hier. Vielleicht fällt ihnen ja etwas dazu ein.«

Rachel reichte Alex den Ring zurück. »Gerade kam mir ein schrecklich morbider Gedanke. Hätte man die Leiche nicht zufällig gefunden, säßen wir beide jetzt nicht hier.«

Dasselbe hatte Alex ebenfalls bereits gedacht. Sie hatte in den vergangenen Tagen oft darüber gegrübelt, inwiefern diese sterblichen Überreste ihr Leben verändert hatten. Und manchmal lag sie abends im Bett und fragte sich, welche Veränderungen wohl noch auf sie zukommen mochten.

»Glaubst du, er ist es?«, fragte sie leise. »Glaubst du, er ist unser … Bruder?«

»Er war in einem unserer Weinberge verscharrt«, sagte Rachel statt einer Antwort. »Dieser Weinberg war einer der ersten der Sommers. Alte Zinfandel-Trauben, aus denen wir eine kleine Produktion namens Two Brothers gekeltert haben.«

»Two Brothers? Für Harlan und Treven?«

»Nein, für die beiden Sommer-Brüder, die das Gut gegründet haben. Friedrich und Oliver.« Rachel nahm ihr Glas und schwenkte es. Das Licht fing sich in der dunkelroten Flüssigkeit, und Alex spürte mit einem Mal ihren Zauber.

»Guter Wein kann nur aus guten Trauben entstehen. Die richtige Menge Sonne und Wasser und weder zu hohe noch zu niedrige Temperaturen. Und Erde mit genau der richtigen Mineralienmischung.« Sie lachte. »Jetzt verstehst du auch, wieso ich keine Kinder habe. Ich gebäre jedes Jahr aufs Neue.«

Alex lächelte. »Was ist aus dem Two-Brothers-Weinberg geworden? Wurde die Leiche nicht gefunden, als man die Rebstöcke herausgerissen hat?«

»Wir hatten keine andere Wahl. Die Rebstöcke waren von der Reblaus befallen.« Sie bemerkte Alex' fragenden Blick. »Das ist eine Laus, die die Wurzel der Rebstöcke befällt. Man merkt es erst, wenn es schon zu spät ist.«

Alex runzelte die Stirn, während ihr etwas einfiel, das sie vor Jahren bei einer Tour durch das Weingebiet gehört hatte. »Ich dachte, das Reblaus-Problem hätte man im Griff.«

»Stimmt. Nachdem beinahe die gesamte kalifornische Weinproduktion plattgemacht wurde.« Sie trank ihr Glas aus. »Inzwischen ist man dazu übergegangen, die Setzlinge mit einem reblausresistenten Pfropf zu versehen, bevor man sie einpflanzt. Aber die Rebstöcke an diesem Hang gehörten nun mal zu einer alten Sorte.«

In Rachels Stimme schwang ein Unterton mit, der ahnen ließ, dass mit dieser Maßnahme ein Stück von Rachels Herz herausgerissen worden war – als wäre sie körperlich mit ihnen verbunden. Wie sie selbst gesagt hatte: Die Weine waren ihre Babys.

Rachel griff über den Tisch und legte die Hand auf Alex' Finger. »Aber hätten die Rebstöcke nicht herausgerissen werden müssen …«

»Hätte man die Leiche nie gefunden.«

»Genau. Und wir hätten einander nie wiedergesehen.« Sie hielt inne. »Möchtest du ihn sehen? Den Weinberg, wo die Leiche gefunden wurde? Sein Grab?«

Genau in der Sekunde, als das Nein über ihre Lippen dringen wollte, sagte sie ja.

Rachel bestand darauf, die Rechnung zu übernehmen. Erst als sie in Rachels Pick-up saß und sich anschnallte, wurde Alex bewusst, dass sie eine ganze Flasche vernichtet hatten und Rachel eigentlich nicht mehr fahren sollte.

Sie fuhren den Sonoma Highway in nördliche Richtung bis zur Moon Mountain Road, die sich sanft den Hang hinaufschlängelte. Alex kurbelte das Fenster herunter und genoss die herrliche Frühlingsluft auf ihrem Gesicht. Trotz ihrer Bedenken wegen Rachels Fahrtüchtigkeit musste sie zugeben, dass ihre Stiefschwester den Wagen scheinbar ohne jede Mühe im Griff hatte.

Zwanzig Minuten später hielt Rachel am Straßenrand an. Sie stiegen aus dem Wagen, gingen schweigend zum Weinberg hinüber und blieben an der Absperrung stehen. Vor ihnen befand sich kein sauberes, ordentliches Loch, wie Alex es erwartet hatte, sondern ein Krater, der aussah, als hätte es eine Explosion gegeben. Als hätte sich eine Gewalttat abgespielt, in deren Verlauf die Erde den winzigen Leichnam ausgespien hatte. Eine Art umgekehrte Geburt.

»Hässlich, nicht?«

Alex nickte, unfähig, etwas zu sagen.

»Ich glaube, die Leiche … ich glaube, es ist Dylan«, flüsterte Rachel und beantwortete damit Alex' Frage von zuvor. »Ich glaube es. Ich spüre es hier« – sie presste sich eine Hand auf den Magen – »ganz tief in meinem Bauch.«

Schweigend standen sie da. Alex starrte auf die Grabstelle, während ihr die Tränen kamen und alles verschwimmen ließen. Die Brise zerzauste ihr das Haar, über ihnen flog eine Krähe und krächzte.

Ihr Bruder. Wieso nur konnte sie sich nicht an ihn erinnern? Sie hatte ihn heiß und innig geliebt. Sie wusste, dass es so gewesen war, auch ohne eine bewusste Erinnerung an ihn zu haben.

»Ich wünschte so sehr, ich könnte mich an ihn erinnern«, flüsterte sie.

»Ich wünschte, ich könnte es nicht«, gab Rachel mit erstickter Stimme zurück und sah Alex an. »Lass uns gehen.«

Wortlos kehrten sie zum Wagen zurück und stiegen ein. Alex sah, dass auch Rachel weinte, und griff nach ihrer Hand.

Rachel schlang die Finger fest darum. »Niemand sollte so etwas durchmachen müssen. Niemand.«

Alex war nicht sicher, was Rachel genau meinte. Ob sie von Dylans Schicksal sprach oder von ihrem eigenen. Aber letzten Endes spielte es keine Rolle. Der Schmerz blieb immer derselbe.

»Willst du darüber reden?«, fragte sie.

Der Klang von Alex' Stimme schien Rachel aus ihren Gedanken zu reißen. Sie sah sie an und schüttelte den Kopf. »Danach war es nie wieder so wie früher.«
Für keinen von uns, dachte Alex. Ihrer aller Leben war auf grausamste Weise und unwiederbringlich verändert worden.
Rachel löste ihre Hand aus Alex' Griff und wischte sich die Tränen ab. »Vielleicht hat es deine Mutter ja richtig gemacht. Einfach versuchen, alles zu begraben. Und zu vergessen.«
Aber manche Dinge kann man nicht vergessen oder begraben. Sie kommen von ganz alleine hoch, verkorkst und verheerend.
»Nein«, widersprach Alex. »Es hat sie zerstört.«
»Wenn du mich fragst, hat es uns alle zerstört.« Rachel verzog das Gesicht. »Ich hatte nicht vor, dass das hier eine Wanderung durchs Tal der Tränen wird.« Sie klappte die Sonnenblende herunter und blickte in den Spiegel. »Sieh dir das an! Ich sehe fürchterlich aus!«
»Mrs. Waschbär!«, bemerkte Alex, klappte ihre eigene Sonnenblende herunter, sah in den Spiegel und lachte. »Und ihre kleine Schwester.«
Rachel reichte ihr ein Papiertaschentuch, worauf sie ihr Make-up in Ordnung brachten, ehe sie schweigend in die Stadt zurückfuhren. Alex war zu Fuß zum Restaurant gekommen, deshalb setzte Rachel sie vor ihrem Haus ab.
»Ich bin sehr froh, dass du wieder hier bist, Alex«, sagte Rachel. »Ich glaube, deine Rückkehr hilft uns allen beim Heilungsprozess.«
Wieder brannten Tränen in Alex' Augen. Sie blinzelte dagegen an und wusste nicht recht, was sie darauf erwidern sollte. Rachel nahm ihre Hand und drückte sie. »Ziemlich heftig, ich weiß, aber du bist ein Puzzleteilchen aus dieser Zeit. Und man hat dich uns weggenommen.«

Kurz darauf sah Alex zu, wie ihre Stiefschwester davonfuhr. Es war tatsächlich wie ein Puzzle. Nur dass jedes Teilchen eine ganz eigene Geschichte barg. Sie fragte sich, wie sich ihr Teilchen in das Gesamtbild einfügen würde.

Kapitel dreißig

Montag, 8. März
18:40 Uhr

Alex verbrachte den restlichen Tag in der Stadt, redete mit alteingesessenen Einwohnern, stellte Fragen und ging Hinweisen nach. Sie suchte das Juweliergeschäft auf, von dem Rachel ihr erzählt hatte. Die Besitzerin bewunderte ihren Ring und gab ihr den Namen eines Künstlers, der seit vierzig Jahren auf Schmuck spezialisiert war, in dem sich der Zauber der Weingegend widerspiegelte. Er sehe ganz nach einer Arbeit von ihm aus, meinte sie.

Alex beschloss, ihn erst am nächsten Tag anzurufen. Sie war müde, hatte Hunger und das Bedürfnis, die Geschehnisse des Tages zu verdauen.

Als sie auf die Haustür zukam, hörte sie Margo bereits miauen. Das arme Ding brauchte bestimmt etwas zu fressen, dachte sie und schloss die Tür auf. Sowie sie sie öffnete, kam Margo wie von der Tarantel gestochen herausgeschossen.

»Margo!« Alex schnappte sie und hob sie hoch. Doch statt sich wie gewohnt in ihre Arme zu schmiegen, begann die Katze erbittert zu strampeln. Alex runzelte die Stirn. »Was ist denn los, Dummchen?«

Alex verstärkte ihren Griff und trug Margo ins Haus. Kaum hatte sie die Tür hinter sich geschlossen, sprang das Tier herunter und stürzte wieder davon.

Sie zog die Nase kraus. Vielleicht stieß sie der Geruch ab – der in ihrer Abwesenheit eindeutig intensiver geworden war.
Alex knipste das Licht an und sah sich um. Sie war müde und gereizt. Was war hier los? Seit ihrem Einzug hatte sie nur ein paar Kleinigkeiten hier gegessen und den Müll regelmäßig hinausgetragen.
Mitten im Wohnzimmer blieb sie stehen. Ein verstopftes Rohr war vielleicht schuld daran. Oder ein Tier, das auf dem Dachboden oder in der Wandverkleidung stecken geblieben und verendet war. Alex ging dem Geruch nach, der immer intensiver wurde, je weiter sie in den rückwärtigen Teil des Hauses kam.
Vor dem Badezimmer blieb sie stehen. Margo saß auf der Badematte und starrte wie gebannt auf das Schränkchen unter dem Waschbecken.
Alex betrachtete die Katze. Sie saß vollkommen reglos da, den Blick auf das geschlossene Schränkchen geheftet – dieselbe Haltung, wie wenn sie Jagd auf etwas machte.
Unvermittelt gab sie ein hohes Jaulen von sich, das Alex vor Schreck zusammenfahren ließ, während sich die Härchen auf ihren Armen aufrichteten.
Etwas war in diesem Schrank. Etwas, das Margo ganz und gar nicht gefiel.
Alex schluckte und betrat das Badezimmer. Sie trat vor das Schränkchen und kniete sich hin. Vorsichtig streckte sie die Hand aus und öffnete die Tür.
Ein beißender Gestank schlug ihr entgegen. Ihr Magen zog sich zusammen. Eilig schlug sie sich die Hand vor Mund und Nase. Wenigstens wusste sie jetzt, woher der Gestank kam.
Aber was verursachte ihn?
Sie spähte in das Schränkchen. Eine Plastiktüte lag darin. Schwarz.

Sie wollte ihre Hand nicht danach ausstrecken. Allein bei der Vorstellung packte sie das blanke Grauen. Aber ihr blieb keine andere Wahl.

Sie nahm ein Handtuch und presste es sich vor Mund und Nase, dann packte sie die Tüte und zog sie heraus. Erst in diesem Moment bemerkte sie die Fliegen. Dutzende. Der Inhalt ihres Magens stieg in ihrer Kehle empor.

Sie kämpfte gegen die Woge der Übelkeit an und schlug die Tüte auseinander. Ein Tier. Besser gesagt, das, was davon übrig war.

Mit einem spitzen Schrei ließ sie die Tüte los und wich zurück. Sie rappelte sich auf, stürzte zur Tür und auf die Veranda hinaus. In letzter Sekunde erreichte sie das Geländer und beugte sich darüber, ehe sie sich heftig übergab.

Zitternd schloss sie die Augen. Doch statt zu verschwinden, brannte sich der Anblick förmlich in ihr Gedächtnis. Fell. Ein Auge, das sie blind anstarrte.

Sie machte einen tiefen Atemzug durch die Nase und versuchte, sich zu beruhigen, einen klaren Gedanken zu fassen.

Wer hatte das getan? Sie durchforstete ihr Gedächtnis. Am Tag ihres Einzugs hatte sich dieses Tier ganz sicher noch nicht dort befunden. Wann war es also in den Schrank gelegt worden?

Am Samstagabend. Eine andere Möglichkeit gab es nicht. Während sie weg gewesen war? Während sie geschlafen hatte? Am Sonntagmorgen hatte sie den Geruch das erste Mal wahrgenommen …

Den Blutstropfen. Auf dem Waschtisch.

Nicht ihr Blut. Nicht Reeds. Sondern das Blut dieses Tieres.

In diesem Augenblick fiel der Groschen. Jemand wollte sie quälen. Ihr Angst machen. Dafür sorgen, dass sie verschwand.

Dieser kranke Mistkerl. So einfach ließ sie sich keine Angst einjagen.
Sie spürte, wie Wut in ihr hochkochte, sog scharf den Atem ein und kehrte ins Haus zurück. Als Erstes spülte sie sich den Mund aus, dann zog sie ihr Handy aus der Tasche und wählte Reeds Nummer. Er ging sofort an den Apparat. Es klang, als hätte er den Mund voll.
»Ich bin's, Alex. Störe ich dich beim Abendessen?«
»Nur wenn du einen Burger am Schreibtisch als Abendessen bezeichnest. Was liegt an?«
»Ich habe hier etwas, das du dir ansehen solltest. Jemand hat … jemand war in meinem Haus und hat ein totes Tier ins Schränkchen unter dem Waschbecken gelegt.«
Eine Weile herrschte Schweigen. Als Reed schließlich reagierte, sagte er nur: »Ich bin in dreißig Minuten bei dir.«
Wie versprochen, kam er eine halbe Stunde später. Sie erwartete ihn mit Margo auf dem Arm auf der Veranda.
»Im Bad?«, fragte er und kam die Treppe herauf.
»Ja. Ich warte hier, wenn es dir nichts ausmacht.«
Er ging ins Haus und kehrte wenige Minuten später mit dem Handy am Ohr zurück. Als er auflegte, sah sie ihn fragend an.
»Eine Kollegin von der Spurensicherung kommt her und holt den Kadaver ab.«
Sie nickte.
»Könntest du mir ein paar Fragen beantworten?« Sie nickte erneut. »Erzähl mir bitte, wie du das Tier gefunden hast.«
Sie schilderte, wie sie am Vortag den Tropfen Blut auf dem Waschtisch und den Gestank bemerkt hatte und Margos merkwürdiges Verhalten an diesem Abend beim Nachhausekommen.
»Der Gestank war schlimmer geworden, deshalb fing ich an zu suchen, woher er kommen könnte. Als ich Margo vor dem

Schränkchen sitzen und es anstarren sah … wusste ich auf einmal …«
»Dass der Gestank von dort kommen musste.«
»Genau.« Sie rieb sich die Arme, auf denen sich eine Gänsehaut gebildet hatte. »Ich habe die Tüte entdeckt, habe sie herausgezogen und dann …« Sie holte tief Luft. »Was für ein Tier war das?«
»Ein Lamm. Noch sehr klein.«
Ihr drehte sich der Magen um. »Wie … was ist mit ihm passiert?«
»Es wurde aufgeschlitzt.«
Alex schlug sich die Hand vor den Mund. »Ein Opferlamm«, flüsterte sie.
»Was hast du gerade gesagt?«
Sie wiederholte es und sah ihn an. »Wieso?«, fragte sie. »Wieso dieses arme Tier töten und … hierherbringen? Ich verstehe das nicht.«
»Der Geruch fiel dir am Sonntag das erste Mal auf, sagtest du?«
»Genau.«
»Und der Blutstropfen auch?«
Sie nickte. »Ich erinnere mich, dass ich meine Hände angesehen habe, weil ich dachte, ich hätte mich vielleicht geschnitten oder so, oder du …«
»Ich war nicht im Badezimmer.«
»Das dachte ich auch, aber ich wusste es nicht mehr genau.«
»Und dann?«
»Habe ich den Tropfen weggewischt und das Ganze vergessen.«
Er warf ihr einen eigentümlichen Blick zu. »Was ist?«, fragte sie.

»Du bist auffallend ruhig.«
»Gibt es etwas dagegen einzuwenden?«
»Nein, es ist nur etwas ungewöhnlich. Das ist alles.«
»Schätzungsweise sollte ich Angst haben und mich bedroht fühlen. Vielleicht kommt das ja noch, aber im Augenblick bin ich sauer. Und zwar stocksauer.«
Sie wandte den Blick ab, dann sah sie ihn wieder an. »Dieser Dreckskerl will, dass ich Angst habe. Aber ich bin nicht bereit, ihm zu geben, was er will.«
Noch immer sah er sie eindringlich an. »Er?«
Sie sah ihm in die Augen. »Oder sie.«
»Irgendeine Ahnung, warum es jemand auf dich abgesehen haben könnte?«
»Nicht die leiseste.« Er hob eine Braue, worauf sie ein verärgertes Schnauben ausstieß. »Du bist der Detective. Setz du doch die Einzelteile zusammen.«
Die Einheit der Spurensicherung traf ein. Alex erkannte die Frau: Detective Tanner.
Sie begrüßte Alex, ehe sie und Reed ins Haus gingen. Diesmal folgte sie ihnen und riss sämtliche Fenster auf. Lieber frieren, als diesen Gestank noch länger zu ertragen.
Sie ging in den rückwärtigen Teil des Hauses, wobei sie einige Fetzen ihrer Unterhaltung aufschnappte.
»… ein bisschen merkwürdig«, sagte Tanner leise. »Es fällt mir schwer zu …«
Reed murmelte etwas, das sie nicht recht verstand. »Tatort … Reaktion … meinen Sie nicht auch?«
Abrupt brach das Gespräch ab, als hätten sie ihre Anwesenheit gespürt. Alex ging an ihnen vorbei in die Küche und öffnete das schmale Fenster über der Spüle.
»Geht es dir gut?«

Sie wandte sich um und sah Reed im Türrahmen stehen. »Ich versuche nur, den Gestank aus dem Haus zu bekommen.«
»Tanner kümmert sich um das Tier. Und sie stäubt das Badezimmer ein. Vielleicht finden wir ja Fingerabdrücke.«
»Toll.«
»Da ist noch etwas, das ich dir gern zeigen würde. Allerdings müssten wir kurz wegfahren.«
»Jetzt?«
»Sobald Tanner fertig ist. Ist das okay für dich?«
Eine halbe Stunde später saßen sie in seinem Wagen und fuhren eine schmale, von Weinbergen gesäumte Straße entlang. Nach mehreren Minuten des Schweigens ergriff er das Wort.
»Ein Radfahrer hat gestern eine Art Altar entdeckt. Ich dachte, du könntest uns vielleicht etwas dazu sagen.« Er warf ihr einen Blick zu. »Das ist doch dein Spezialgebiet, richtig?«
»Stimmt. Aber weshalb ausgerechnet heute Abend?«
»Weshalb nicht? Ich war da, du warst da …«
»Vereint durch ein totes Tier, das jemand aufgeschlitzt und im Schrank unter meinem Waschbecken deponiert hat.«
»Genau.«
»Ein Tier, das ich als Opferlamm bezeichnet habe.«
»So ist es.«
»Und du denkst, genau dieses Tier könnte als Opfergabe auf dem Altar dargebracht worden sein, den wir uns jetzt gleich ansehen werden.«
»Das habe ich nicht behauptet.«
»Aber es wäre durchaus möglich.«
Er erwiderte nichts darauf, aber das war gar nicht nötig – sie wussten beide, dass sie ins Schwarze getroffen hatte. Wieder verfielen sie in Schweigen. Alex sah aus dem Fenster, während ihre Gedanken zu ihrer gemeinsamen Nacht schweiften.

Wie seltsam, dass sie erst jetzt daran dachte. Sie fragte sich, ob er es auch tat.

Nach einer Weile fuhr Reed an den Straßenrand, öffnete das Handschuhfach, aus dem er eine Taschenlampe holte, ehe er sich umdrehte und eine zweite vom Rücksitz nahm. Dabei fielen seine Jackenschöße auseinander und gaben den Blick auf seine Dienstwaffe frei.

Mit einem Mal fühlte sich ihr Mund staubtrocken an. Sie standen mitten in der Pampa, wie sie gottverlassener nicht sein könnte; um sie herum nichts als Dunkelheit, die allein von den Sternen und der schmalen Mondsichel erhellt wurde. Und der einzige Hinweis auf Zivilisation war ein Haus in etwa einer Meile Entfernung, an dem sie vor einigen Minuten vorbeigefahren waren.

Er war Cop. Sie vertraute ihm. Zumindest genug, um mit ihm Sex zu haben. Gütiger Himmel!

Warum fühlte sie sich dann so unbehaglich?

Er reichte ihr die Taschenlampe. Entschlossen schob sie ihre Frage und die unsinnigen Gedanken beiseite, öffnete die Wagentür und stieg aus. Sie knipste die Taschenlampe an, deren heller Lichtkegel sich durch die Dunkelheit schnitt und an dem Altar hängenblieb. Sie schwenkte sie hin und her, um sich einen Überblick zu verschaffen.

Der Ort unterschied sich nicht wesentlich von all den anderen zeremoniellen Schauplätzen, die sie im Laufe der Jahre gesehen hatte. Und das waren viele gewesen. Sie war häufig Zeugin religiöser Rituale gewesen – von konventionellen katholischen Messen bis hin zu bizarren und manchmal beängstigenden Zeremonien. Der Mehrzahl hatte sie als Akademikerin beigewohnt, als Chronistin.

Und als jemand, der verstehen wollte. Herausfinden, was den

Menschen zu seiner Suche nach einem tieferen Sinn bewog; weshalb er sich tief in seinem Innern so sehr nach einem alles umspannenden Glaubenssystem sehnte.

Sie trat näher und betrachtete die auf den Beton gekritzelten Symbole, die schwarzen Kerzen, die Hinweise darauf, dass hier ein Tieropfer dargebracht worden war.

Reed trat neben sie. Sie sah ihn an. »Ich hatte also recht mit meiner Vermutung. Du glaubst, das Lamm in meinem Badezimmer ist das Tier, das hier abgeschlachtet worden ist.«

»Was denkst du?«

»Ich glaube, dass es verrückt ist.«

»Inwiefern?«

Wieder sah sie ihn an. »Welche Verbindung sollte zwischen dem hier« – sie ließ den Lichtkegel über den Altar schweifen – »und mir bestehen?«

Er antwortete nicht. »Sag mir, was du siehst. Wer hat das getan?«

»Du meinst, wer im philosophischen Sinne?«

»Genau. Welche Gruppe?«

Sie schüttelte den Kopf. »Keine Ahnung, ob es eine bestimmte Gruppe war. Das hier sieht ziemlich nach Kraut und Rüben aus, ein bunter Mischmasch.« Sie leuchtete auf die Steine, die rings um den Altar gruppiert worden waren. »Fangen wir damit an. Der Altar steht inmitten eines rituellen Kreises, der auch als heiliger Kreis bezeichnet wird und für den Schutz vor dem Bösen steht. Bis hierher nichts Besonderes.«

Wieder schwenkte sie die Taschenlampe. »Sieh dir die Symbole an. Das Pentagramm kommt in so ziemlich allen Formen des Paganismus vor, in umgedrehter Form aber auch im Satanismus. Der Mond und die Sterne hier gehören in die Wicca-Religion.«

Als Nächstes beleuchtete sie zwei gezackte Linien. »Im Satanismus steht das doppelte Z für den Zerstörer. Es könnte aber auch den Blitz kennzeichnen, der wiederum das Werkzeug des Zeus ist. Das Kreuz ist unübersehbar ein christliches Symbol, kommt aber auch in heidnischen Riten und der Santeria-Religion vor, die viele der christlichen Rituale, Symbole und Heiligen übernommen hat. Ein umgekehrtes Kreuz ist wiederum ein Symbol des Satanismus.«

Sie zeigte auf das Gewirr aus Weinranken und Blättern, das um den Altar arrangiert worden waren. »Das hier ist eine Referenz an die Natur, wie sie in sämtlichen Formen des Paganismus existiert.«

»Dem Offensichtlichen gehst du aus dem Weg.«

Er spielte auf das Opfer an. »Ich gehe ihm nicht aus dem Weg«, korrigierte sie, »sondern ich nähere mich ihm indirekt. Die Opfergabe ist das, was nicht ins Bild passt.«

»Nicht ins Bild?«

»Sie kommt schlicht und einfach nirgendwo im Paganismus vor. Damit scheidet eine ganze Reihe von Glaubenssystemen aus – Wicca, Schamanismus, Odinismus, Neohellenismus. Und einige andere.«

»Womit übrig bleibt?«

»Santeria. Satanismus. Frühes Christentum oder Judaismus. Wie gesagt, wir haben es hier mit einem bunten Mischmasch zu tun. Mit einem Resteeintopf, wenn du so willst.«

Er runzelte die Stirn. »Wieso das Tieropfer?«

»Es ist ein Geschenk. Als Dank. Ein Zeichen der Ehrerbietung. Oder eine Bitte um Vergebung der Sünden. Oder es dient der Machtdarstellung.«

»Du glaubst also, das hier ist echt?«

»Echt? Was meinst du damit?«

»Wer auch immer den Altar aufgebaut hat, meint es ernst? Die Zeremonie? Die Opfergabe? Oder ist es nur ein Gag? Bloßes Theater?«
Theater, dachte sie. *Interessant*. Sie räusperte sich. »Manche Leute vertreten die Ansicht, jede Form von Religion sei nur ein Gag. Um die Dummen und Gutgläubigen zu täuschen. Manche bezeichnen religiöse Zeremonien auch als Form von Theater und argumentieren, Kirchen, Synagogen und Altäre seien die Bühnen, auf denen die Akteure auftreten.«
Er musterte sie mit zusammengezogenen Brauen. »Was ist mit dir, Alex? Was glaubst du?«
Sie richtete den Blick wieder auf den Altar und die Symbole. »Meiner Ansicht nach ist Religion ein wesentlicher Bestandteil des menschlichen Daseins. So elementar wie das Bedürfnis nach Nahrung und Wasser.« Sie sah ihn an. »Wir sind dafür geschaffen, Reed. Daran besteht kein Zweifel.«
»Du sagst also, wir haben nicht einmal die Wahl?«
Sie nickte. »Die Wahl besteht nur darin, woran man glaubt. Was man anbetet.«
»Und das hier? Ist dies das Werk eines einzelnen Irren oder einer ganzen Gruppe? Rechtmäßig oder ohne jede Daseinsberechtigung?«
Fröstelnd schob sie die Hände in die Jackentaschen. »Es gibt Kulte und Sekten mit gerade mal einer Handvoll Anhängern. Man kann es auch so betrachten: Wenn ich plötzlich auf die Idee komme, ich sei Gott oder sein auserwählter Prophet auf Erden, muss ich nur einen einzigen anderen Menschen davon überzeugen, und schon habe ich eine Gefolgschaft. Und damit automatisch meine Daseinsberechtigung.«
»Und es gibt Leute, die bereit sind, alles zu glauben.«
»Sie sehnen sich geradezu danach«, korrigierte sie. »Als Fol-

ge des tiefen Bedürfnisses, von dem ich gerade gesprochen habe.«

Er sah sie nachdenklich an. »Und die Symbole, das Tieropfer und die schwarzen Kerzen?«

»Wir reden hier nicht von etwas, was am Fließband entstanden ist, Reed, sondern von der urpersönlichen Doktrin eines Menschen.« Sie schwenkte die Taschenlampe. »Das hier soll alles beinhalten.«

»Das bunte Mischmasch.«

»So sehe ich es zumindest.«

»Macht dir das überhaupt keine Angst?«

»Nein. Sollte es?«

»Du bist die Expertin.«

»Und du der Polizist. Macht es dir Angst?«

Er lächelte kurz. »Mir? Angst?«

»Es gibt doch einen bestimmten Grund, weshalb du mich hierhergebracht hast.«

»Antworten, Alex. Und Querverbindungen. Das ist es, wonach Polizisten suchen.«

»Du hast meine Frage nicht beantwortet. Macht es dir Angst?«

Sein Lächeln wurde eine Spur breiter. Der entspannte, gutmütige Kerl von nebenan kam wieder zum Vorschein.

»Du verstehst da etwas falsch, Alex. Polizisten beantworten keine Fragen, sondern sie stellen sie.«

Sie sahen einander in die Augen. In diesem Moment war es da – die Erinnerung an ihre gemeinsame Liebesnacht, die Überreste ihrer Leidenschaft, die noch immer zwischen ihnen schwelte.

Er hob eine Hand, um sie zu berühren, ließ sie jedoch wieder sinken. »Lass uns verschwinden.«

Sie stiegen in seinen Geländewagen. Er fuhr die gewundene Bergstraße hinunter. Die Minuten vergingen. Die Stille hatte etwas Unbehagliches – eine Schwere, die mit Händen greifbar war. Sie fragte sich, ob er ähnlich empfand. Und ob er sich ihrer Gegenwart ebenso überdeutlich bewusst war wie umgekehrt.

»Vielleicht sollten wir ja darüber reden«, schlug sie vor.

»Darüber?«

»Über vorgestern. Es muss dir nicht unangenehm sein.«

»Das ist es nicht.«

»Gut.« Alex verkrallte die Finger im Schoß. »Und ich erwarte auch nicht, dass du dich dazu äußerst.«

»Nein?«

»Das ist der einzige Grund, weshalb ich überhaupt davon angefangen habe. Na ja, mir kam eben der Gedanke, dass du …« Sie machte eine flüchtige Handbewegung. »Es ist passiert. Jeder von uns lebt sein Leben weiter.«

»Wie weltläufig von dir. Kein großes Tamtam.«

»Genau.«

Seine Mundwinkel hoben sich leicht. »Die Sache hat nur einen einzigen Haken. Ich möchte es nämlich noch mal.«

Darauf war sie nicht gefasst gewesen. Obwohl sie es sich insgeheim gewünscht hatte. Vielleicht. Aber bestimmt nicht, es so serviert zu bekommen. Alex durchforstete ihr Gehirn nach einer Erwiderung, die ihre Empfindungen nicht allzu unverblümt preisgab.

Er vermasselte ihr die Tour. Wieder mal.

»Übrigens, nochmals danke. Ich habe es sehr genossen.«

Sie lächelte unwillkürlich. »Okay, also wenn wir hier schon peinlich offen sind – ich auch.«

Wenig später stand sie auf ihrer Veranda und sah ihm nach, als er davonfuhr. Er hatte darauf bestanden, sie zur Tür zu begleiten und einen Rundgang durchs Haus zu machen. Sie hatten die Fenster verriegelt, dann hatte er ihr geholfen, den Kamin anzuzünden. Und dann hatte er sich verabschiedet.

Das war's also, dachte sie. Keine Anzüglichkeiten. Keine Andeutungen, wann es vielleicht wieder »passieren« könnte. Noch nicht einmal ein flüchtiger Kuss.

Frustriert ging Alex hinein, zog ihren Schlafanzug an, schenkte sich ein Glas Wein ein und machte es sich vor dem Kamin gemütlich. Sie war völlig ausgelaugt, sowohl körperlich als auch emotional. Trotzdem überschlugen sich ihre Gedanken. So viel war in so kurzer Zeit passiert. Geradezu überwältigend viel.

Sie starrte in die Flammen, nippte an ihrem Wein, hielt ihn einen Moment lang auf der Zunge und genoss die Komplexität seiner Aromen. Er schmeckte ähnlich wie der Bear Creek Zin der Reeds, aber nicht ganz so gut. Ein Scheit zerbrach im Kamin und sandte einen Funkenregen nach oben.

Plötzlich wusste sie es. Sie setzte sich so abrupt auf, dass sie um ein Haar ihren Wein verschüttete. Der Trophäenraum der Reeds. Der Geruch. Er war ihr bekannt vorgekommen.

Holzig und süß. Derselbe Geruch wie im Weinkeller. Und wie in ihrem Traum.

Sie stellte ihr Glas beiseite und zog ihr Telefon heraus. Reed meldete sich beim ersten Läuten. Er klang hellwach.

»Alex hier«, sagte sie und bemerkte, wie atemlos sie klang.

»Ist alles in Ordnung?«

»Ja. Das klingt vielleicht ein bisschen verrückt, aber im Trophäenraum deiner Eltern … was war das für ein Geruch? Er war nur schwach, aber gleichzeitig auch …«

»Sandelholz«, antwortete er. »Der Lieblingsgeruch meiner Mutter. Wieso?«

»Es war derselbe Geruch, den ich im Weinkeller wahrgenommen habe.«
»Sandelholz? Im Weinkeller?« Er klang zweifelnd. »Ich habe nichts gerochen, Alex.«
Er hatte nichts gerochen. Und sie ebenso wenig, nachdem er sie gefunden hatte. Aber dieses Zeug verflog nicht innerhalb von Sekundenbruchteilen. Vielleicht hatte sie es sich ja tatsächlich nur eingebildet.
Verrückt. Völlig verrückt.
Sie ignorierte den Anflug von Panik, der sie überkam. »Mochte sie den Geruch schon immer?«
»Seit ich denken kann. Sie benutzt auch Sandelholzseife.« Er hielt inne. »Was geht dir durch den Kopf, Alex?«
»Keine Ahnung«, antwortete sie wahrheitsgetreu. »Gute Nacht, Reed.«
Sie legte auf und ließ sich auf dem Sofa zurücksinken. Was hatte das zu bedeuten? Könnte die Erinnerung an den Geruch den Vorfall im Weinkeller ausgelöst haben? Und was war mit ihrem Traum? Versuchte eine lange begrabene Erinnerung ans Licht zu kommen? Oder spielte ihr Unterbewusstsein ihr einfach einen gemeinen Streich?

Kapitel einunddreißig

Dienstag, 9. März
09:10 Uhr

Die Gerichtsmedizin von Sonoma County befand sich in Santa Rosa, ganz in der Nähe des Sheriff's Departments. Reed betrat das Gebäude, rief der Empfangsdame ein kurzes »Hallo« zu und schlug den Weg zu den Autopsieräumen ein. Neben dem Beamten des amtlichen Leichenbeschauers waren sowohl die

Detectives des VCI als auch der Spurensicherung verpflichtet, der Autopsie jedes Opfers beizuwohnen, dessen Fall sie gerade bearbeiteten.
Aufgrund von Schwanns Bekanntheitsgrad in der Gegend hatte der Pathologe die Untersuchung seiner Leiche vorgezogen. Reed sah auf seine Uhr. Er war spät dran.
Er betrat den Zuschauerraum, der eng und vom eigentlichen Autopsieraum durch eine Glastür und ein über die gesamte Raumbreite verlaufendes Fenster getrennt war. Vor dem Fenster standen ein Tresen und mehrere Hocker. Wie in einer Bar.
Herein, herein, Leute, macht's euch nur bequem.
Die Autopsie war bereits in vollem Gange. Bob Ware, der Ermittler des amtlichen Leichenbeschauers, saß auf einem der Hocker und verspeiste sein McDonald's-Frühstück. Tanner saß auf dem Hocker neben ihm und beäugte argwöhnisch seinen McMuffin.
Sie sah zu Reed hinüber. »Ist es zu fassen, dass er dieses Zeug in sich reinstopft? Wenn ich das täte, würde ich innerhalb von dreißig Minuten ins Fettkoma fallen.«
»Sie sind doch bloß neidisch«, ätzte Bob. »Ich strotze vor Gesundheit.«
»Das ist ein Argument«, meinte Reed und trat zur Kaffeemaschine.
»Äußerlich vielleicht, aber ich gehe jede Wette ein, dass seine Arterien total im Eimer sind.«
Bob erwiderte nichts darauf.
Reed schenkte sich einen Becher Kaffee ein und schwenkte die Kanne einladend in die Runde. »Noch jemand?«
Wie zu erwarten, hielten ihm die beiden ihre Becher hin. Es war kühl im Raum, im Vergleich zum eigentlichen Untersu-

chungszimmer nebenan jedoch geradezu gemütlich. Dasselbe galt für den Geruch – eine Mischung aus Desinfektionsmittel und dem Geruch nach Tod.

Er schenkte die Tassen voll, trat an den Tresen und setzte sich. »Was habe ich bislang verpasst?«

Wie alle erfahrenen Cops waren sie im Hinblick auf die Vorgänge auf der anderen Seite der Glasscheibe desensibilisiert. Die Leiche auf dem Tisch aus rostfreiem Stahl war nicht länger ein menschliches Wesen, sondern Beweismaterial. Das wichtigste Beweisstück, das sie hatten. Keine Leiche, kein Mord.

Bob sah herüber. »Äußerliche Untersuchung der Leiche«, sagte er, den Mund voller Bratkartoffeln. »Abgesehen vom Hals keine weiteren Anzeichen von Gewalteinwirkung. Die Nägel waren sauber. Nichts Besonderes.«

»Bis auf das Tattoo«, korrigierte Tanner.

»Tom hatte ein Tattoo? Das erstaunt mich aber sehr.«

»Am Fußgelenk.«

Reed trat zur Glastür, die den Zuschauerraum vom Untersuchungszimmer trennte, öffnete sie und streckte den Kopf hinein. »Haben Sie ein Foto von dem Tattoo gemacht, Kath?«

Die Pathologin strafte ihn mit einem verärgerten Blick. »Das ist nicht mein erstes Mal, Detective. In Zukunft sollten Sie vielleicht lieber versuchen, pünktlicher zu sein.«

Tanner und Bob kicherten. Reed grinste unbeirrt. »Sonst noch etwas, das Sie mir sagen wollen?«

»Ja. Setzen Sie sich hin und halten Sie den Mund, damit ich meine Arbeit hier erledigen kann.«

»Ich liebe Sie auch, Kath.«

Die Autopsie lief stets nach demselben Muster ab: von oben nach unten, von außen nach innen, als letztes der Kopf. Da Kath die äußerliche Untersuchung bereits abgeschlossen hatte, begann sie nun, den Leichnam zu öffnen. Sie machte mehrere Schnitte, die ein Y ergaben, so dass sich die Haut vom Brustkorb bis hinab zur Lende auseinanderklappen ließ. Als Nächstes durchsägte sie die Rippen und das Brustbein, unter denen Herz und Lungen zum Vorschein kamen, die sie entfernte. Sämtliche Organe würden gewogen, vermessen und anschließend in Scheiben geschnitten werden, um eventuelle Schädigungen zu erkennen.

Ungeduldig sah Reed auf seine Uhr. Normalerweise dauerte eine Autopsie rund zwei Stunden und war eine mühsame, wenngleich aufschlussreiche Angelegenheit. Alles in allem jedoch stahl sie ihm eine Menge Zeit, fand Reed.

Er unterdrückte ein Gähnen, während er daran dachte, was Alex am Vorabend über den Altar gesagt hatte. Ein buntes Mischmasch, so hatte sie das Ganze bezeichnet. Er erinnerte sich an ihre Worte: *Wenn ich plötzlich auf die Idee komme, ich sei Gott oder sein auserwählter Prophet auf Erden, muss ich nur einen einzigen anderen Menschen davon überzeugen, und schon habe ich eine Gefolgschaft. Und damit automatisch meine Daseinsberechtigung.*

Und aus der Tatsache, sich selbst eine Daseinsberechtigung verschafft zu haben, erwuchs Macht. Dieser frisch gekrönte Irre konnte durchaus auf die Idee kommen, Gott sage ihm, er solle einen Mord begehen. Oder er müsse seine Schäfchen »retten«, indem er sie tötete. Das Jonestown-Massaker kam ihm in den Sinn. Und die Bluttaten von Charles Mansons Anhängern.

In Alex' Haus war ein totes Lamm deponiert worden. Wer hatte das getan? Und warum?

Wegen ihrer Verbindung zur Vergangenheit, dachte er. Welchen anderen Grund könnte es geben, außer es handelte sich um eine rein willkürliche Tat?

Sie erinnerte sich an mehr, als sie zugab.

Sein Handy vibrierte. Die Zentrale. Er klappte das Telefon genau in der Sekunde auf, als Schwanns Schädeldecke abgehoben wurde. »Reed.«

»Detective, hier ist Officer Trenton aus der Zentrale. Vor mir stehen zwei Herren, die Sie sprechen möchten. Ein Mr. Harlan und ein Mr. Treven Sommer. Sie sagen, es gehe um das unbekannte Baby.«

Interessant. »Ich brauche hier noch etwa eine Stunde.«

»Sie sagen, sie warten so lange, wie es nötig ist. Ich wollte Sie nur vorwarnen.«

Reed bedankte sich und legte auf. Als er aufsah, bemerkte er, dass Tanner ihn musterte. »Die Sommer-Brüder wollen wegen der unbekannten Babyleiche mit mir reden.«

»Wie nett. Irgendeine Ahnung, was los sein könnte?«

»Nein.«

»Wie lief die Altarbesichtigung gestern Abend?«

»Ganz gut.« Er richtete den Blick wieder auf die Vorgänge im Autopsieraum, wo die Pathologin gerade Schwanns Gehirn wog, ehe er Tanner ansah. »Sie konnte das Szenario keiner bestimmten Gruppe zuordnen, sondern hat es als bunten Mischmasch bezeichnet.« Er schilderte Tanner Alex' Erkenntnisse. »Letztendlich kann jeder seine eigene Religion gründen. Man braucht nur ein Glaubenssystem und jemanden, der dir abkauft, was du verzapfst.«

»Leidenschaftliche Anhänger, die genauso verrückt sind.«

»Sie fand das Ganze allerdings nicht weiter bedenklich und ziemlich normal.«

»Wieso überrascht mich das nicht?«, bemerkte Tanner. Er sah sie fragend an. »Als ich gestern kam, schien sie ziemlich ruhig zu sein. Wie hat sie sich benommen, als sie Sie angerufen hat?«

Er überlegte. »Panisch war sie nicht. Und geweint hat sie auch nicht. Ihre Stimme hat nicht gezittert. Sie hat nur gesagt, was passiert ist, und gefragt, ob ich vorbeikommen könnte.«

»Wieso ausgerechnet Sie?«

»Ich bin Polizist. Sie kennt mich. Das ist doch normal.«

»Kann sein.«

Er trank seinen Kaffee aus, der mittlerweile kalt geworden war. »Als ich kam, hatte sie sich recht gut im Griff. Ich habe gefragt, was vorgefallen ist, worauf sie meinte, wer auch immer das getan hätte, wolle ihr nur Angst machen, aber sie sei nicht bereit, sich ins Bockshorn jagen zu lassen.«

»Schön für sie«, bemerkte Tanner. »Aber dafür braucht man echt Eier.«

Allerdings. Reed wusste ganz genau, wie Tanners Gehirn funktionierte und in welche Richtung ihre Gedanken gingen. »Sie glauben, sie hat das Lamm geschlachtet, in diesen Schrank gelegt und mich dann angerufen.«

»Durchaus möglich.«

Alles war möglich. Sie waren beide lange genug im Job, um sich in dieser Hinsicht nichts vorzumachen.

»Aber weshalb?«

»Aufmerksamkeit. Ihre. Die der Sommers. Vielleicht sogar die der Polizei.« Sie sah ihm in die Augen. »Vielleicht weiß sie mehr, als sie rauslässt.«

Exakt sein Gedankengang. Aber weshalb dieses Versteckspiel? Wieso dieses rätselhafte Szenario?

»Vielleicht ist sie auch nur komplett durch den Wind«, bemerkte Bob als Antwort auf Reeds unausgesprochene Frage.

Tanner und Reed sahen ihn an, worauf er die Achseln zuckte. »Ich kann nun mal das Offensichtliche nicht ignorieren.«

Tanner beugte sich zu Reed. »Ist Ihnen aufgefallen, dass eine ganze Menge durchgeknallte Scheiße passiert, seit sie hier aufgetaucht ist? Durchgeknallte Scheiße, mit der sie sich hervorragend auskennt?«

»Ja, ist es.«

»Und mit diesem toten Vieh besteht eine faktische Verbindung zwischen ihr und diesen Vorkommnissen.«

»Was schlagen Sie vor?«, fragte er.

»Bleiben Sie am Ball. Und halten Sie die Augen offen. Wenn sie für all das verantwortlich ist, könnte sie auch verrückt genug sein, um gefährlich zu werden. Nicht nur für Kleintiere. Und wenn sie diejenige ist, auf die es einer abgesehen hat …«

»… Könnte sie selbst in Gefahr schweben«, beendete er den Satz für sie.

Sie richteten ihre Aufmerksamkeit wieder auf die Autopsie. Während der folgenden halben Stunde hatte Reed alle Mühe, sich auf die Vorgänge hinter der Glasscheibe zu konzentrieren. Die Rebschere hatte Schwanns Kehle nahezu vollständig aufgeschlitzt. Dabei war die Halsschlagader aufgerissen worden, so dass er verblutet war. Es war sehr schnell gegangen: zwei, höchstens drei Minuten.

»Keine großen Überraschungen an dieser Front«, bemerkte Tanner, als sie den Parkplatz überquerten. »Armer Teufel.«

Sie erreichten Tanners Wagen. Sie schloss auf und stieg ein.

»Halten Sie mich auf dem Laufenden, was die Sommer-Brüder zu erzählen haben.«

»Klar. Wir sehen uns später auf dem Revier.«

Reed ging zu seinem eigenen Wagen, stieg ein und ließ den Motor an. Doch statt loszufahren, blieb er sitzen und spulte seine Unterhaltung mit Tanner im Geiste noch einmal ab.

Könnte Alex tatsächlich das Lamm getötet und in diesen Schrank gelegt haben, wo er es finden sollte? Wenn ja, war

sie wirklich durchgeknallt. Konnte nicht mehr klar zwischen Realität und Phantasie unterscheiden.
Dabei hatte sie eigentlich nicht so auf ihn gewirkt. Stattdessen hatte sie einen durchaus vernünftigen Eindruck gemacht. Als sei sie in der Lage, mit der Situation halbwegs zurechtzukommen.
Nichtsdestotrotz hatte sie Schreckliches durchgemacht. Ihr Bruder war verschwunden. Man hatte sie von einem Tag auf den anderen aus ihrem Leben herausgerissen. Die Erinnerungen an ihren Bruder waren auf brutale Weise erstickt worden. Dann der Selbstmord ihrer Mutter.
Genug, um selbst den emotional stabilsten Menschen aus der Bahn zu werfen.
Sein Handy läutete. »Reed.«
»Hier spricht Dr. Hwang von der Gerichtsmedizin San Francisco. Ich sollte Sie doch wegen der Owens-Autopsie anrufen. Die Ergebnisse bestätigen die Vermutung, dass es sich um Selbstmord handelte. Wir haben Seroquel in ihrem Blut gefunden. Außerdem gab es keine Anzeichen für einen Kampf.«
»Danke.«
»Kein Problem. Trotzdem ist mir etwas aufgefallen, das ich seltsam finde.«
Reed legte den Gang ein und stieß aus der Parklücke. »Was denn?«
»Der kleine Finger an der rechten Hand war gebrochen.«
»Entschuldigung, sagten Sie gerade, der kleine Finger sei gebrochen gewesen?«
»Genau.«
»Könnte es beim Transport der Leiche passiert sein?«
»Nach der Blaufärbung der Bruchstelle geht der Pathologe nicht davon aus.« Er räusperte sich. »Angesichts des Chaos

in ihrem Haus und der zerstörten Bilder hat sie offenbar unmittelbar vor der Einnahme des Seroquel einen heftigen manischen Schub durchlebt. Wir gehen davon aus, dass sie sich dabei den Bruch zugezogen hat.«

Reed nickte. »Sonst gab es keine Spuren, die auf einen Kampf mit einem Angreifer schließen lassen?«

»Nein. Keine.«

Reed bedankte sich noch einmal, legte auf und richtete seine Gedanken auf Harlan und Treven Sommer, die in der Zentrale auf ihn warteten.

Kapitel zweiunddreißig

Dienstag, 9. März
11:30 Uhr

Eine Viertelstunde später durchquerte Reed die weitläufige Lobby und sah, dass sich Rachel zu den beiden Männern gesellt hatte.

»Danke, dass ihr gewartet habt«, begrüßte er die drei. »Was kann ich für euch tun?«

»Können wir irgendwo in Ruhe reden?«, fragte Treven angespannt.

»Natürlich. Bitte, kommt mit.«

Reed führte sie nach oben in einen der Befragungsräume und schloss die Tür, während sie sich setzten. Keiner sagte ein Wort.

Schließlich durchbrach Harlan die unheilvolle Stille. »Ich will ihn sehen«, sagte er mit bebender Stimme. »Das Baby.«

»Die sterblichen Überreste«, korrigierte Treven.

Reed sah zwischen den beiden Männern hin und her, dann wandte er sich Rachel zu, die ihren Vater schmerzerfüllt ansah.

In diesem Moment sah er den Teenager in ihr, dessen Leben brutal zerstört worden war – möglicherweise war sie sogar diejenige, der Dylans Entführung den größten Schmerz zugefügt hatte.

»Ich ertrage diese Ungewissheit nicht länger«, fuhr Harlan mit belegter Stimme fort. Treven und Rachel legten beide eine beruhigende Hand auf Harlans Arm. »Dass man das Baby gefunden hat … dass Alex wieder da ist … es kommt alles wieder hoch. Ich muss die ganze Zeit an ihn denken … und frage mich ununterbrochen …«

Er hob den Kopf und blickte Reed gequält an. »Ich kann nicht schlafen. Ich kann nichts essen. Ich muss es einfach wissen. Bitte … ich *muss.*«

Reed räusperte sich. »Das verstehe ich, Harlan. Und ich habe auch kein Problem damit, dass du die Leiche sehen willst. Aber leider wurde sie mittlerweile ins Bezirkslabor von Sonoma überführt, und ich weiß nicht, in welchem Stadium der Untersuchung der forensische Anthropologe im Moment ist. Außerdem fürchte ich, dass deine Erwartungen nicht erfüllt werden können.«

»Das ist mir egal. Ich muss ihn sehen.«

»Ich habe Fotos«, bot Reed an. »Wenn dir das genügt, arrangiere ich gern, dass du sie dir ansehen kannst.«

»Harlan«, sagte Treven, »überleg es dir noch einmal. Bitte. Setz dich dem nicht aus. Du wirst nicht sagen können, ob es Dylan ist. Was soll es dir also bringen?«

»Er hat recht, Dad«, schaltete sich Rachel ein. »Du bist schon aufgewühlt genug.«

Doch Harlan ließ sich nicht umstimmen. »Und ihr glaubt, es wird besser, wenn ich den Kopf in den Sand stecke?«

Treven sah Reed an. »Lass nicht zu, dass er das tut. Bitte.«

Reed war hin- und hergerissen zwischen Mitleid und Pflichtbewusstsein. Manchmal hasste er seinen Job. »Es ist seine Entscheidung. Tut mir leid.« Er wandte sich wieder Harlan zu. »Ich will nur, dass du innerlich darauf vorbereitet bist. Es ist kein schöner Anblick. Im Gegenteil, du wirst entsetzt sein.«

»Ich muss es tun.«

Treven stieß ein abfälliges Schnauben aus, worauf Harlan die Hand auf den Arm seines Bruders legte. Als er fortfuhr, war interessanterweise das Beben aus seiner Stimme verschwunden, bemerkte Reed. »Ich weiß, dass du mich beschützen willst, aber nichts, was ich mit eigenen Augen sehe, kann auch nur annähernd so schlimm sein wie meine Alpträume.«

Er sah Rachel an. »Du verstehst das doch, Schatz?« Sie nickte, worauf Harlan sich erneut an Reed wandte. Mit einem Mal schien er wieder der starke, selbstsichere Mann zu sein, der er vor all den Jahren gewesen war. »Dann lass es uns tun.«

»Gut. Ich brauche ein paar Minuten, um die Fotos herauszusuchen. Auf dem Korridor steht ein Getränkeautomat, außerdem gibt es eine Toilette.«

Er verließ den Raum. Rachel folgte ihm. »Dan, warte!«

Er blieb stehen. »Hast du eine Frage?«

»Ich wollte nur … ich …« Sie wandte für einen Moment den Blick ab, dann sah sie ihn wieder an. »Es ist, als würde die Welt um mich herum zusammenbrechen, so als wäre kein Stein mehr auf dem anderen. Genauso wie damals, als Dylan verschwand.«

»Dein Dad hat sehr viel durchgemacht, Rachel. Er wird es überstehen.«

»Es geht nicht nur um Dad. Ich habe von diesem Altar in der Nähe der Castle Road gehört. Und von der Puppe im Hilldale-

Weinberg.« Sie senkte die Stimme. »Und von dem Vorfall mit diesem Tier ... dass jemand es in Alex' Haus versteckt hat. Was zum Teufel ist hier los?«
»Woher weißt du davon?«
»Wir kriegen alles mit, was im Tal läuft, Dan, das weißt du doch.«
Dass sie von den beiden ersten Vorfällen wusste, war plausibel, denn die Winzergemeinde war trotz aller Konkurrenz erstklassig vernetzt. Informationen, insbesondere pikante Gerüchte, verbreiteten sich schneller als ein Buschfeuer.
Alex jedoch war definitiv noch nicht lange genug hier, um in der lokalen Gerüchteküche vernetzt zu sein.
»Von wem aber hast du es erfahren?«, drängte er.
»Von Clark.« Sie sah ihn forschend an. »Wieso?«
»Mich interessiert nur, über welche Kanäle sich die Neuigkeiten verbreiteten, das ist alles.«
Sie glaubte ihm kein Wort, wie der argwöhnische Ausdruck in ihren Augen deutlich verriet. Und er kannte sie gut genug, um zu wissen, dass sie keine Sekunde zögern würde, ihren Cousin ans Messer zu liefern, wenn sie die Gelegenheit dazu bekäme.
»Ich habe keine Ahnung, was hier läuft«, sagte er. »Aber ich werde es herausfinden, das garantiere ich dir.«
Er sah ihr nach, als sie in den Befragungsraum zurückkehrte, und hoffte, dass es ihm gelingen würde, sein Versprechen auch zu halten.

Reed suchte die Fotos zusammen und bat Harlan, sich zu setzen, bevor er sie auf dem Tisch ausbreitete.
Harlan starrte auf die Fotos. Sein Adamsapfel hüpfte auf und ab. Er umklammerte die Armlehnen seines Stuhls so fest, dass seine Fingerknöchel weiß hervortraten. Sekunden vergingen.

Keiner sagte etwas. Harlan schien nicht einmal zu atmen, während er die Aufnahmen mit schmerzerfüllter Miene ansah.

»Er ist es«, sagte er schließlich mit brüchiger Stimme. »Es ist mein Baby. Dylan.«

»Wie kannst du dir sicher sein, Harlan?«, fragte Reed so behutsam, wie er nur konnte.

»Ein Vater erkennt seinen eigenen Sohn.«

Reed sah auf, registrierte die Verblüffung auf Trevens Miene und Rachels Entsetzen, und wandte sich wieder Harlan zu. »Ich tue es wirklich nicht gern, aber sieh noch mal genau hin. Es ist viele Jahre her, und die sterblichen Überreste …«

»Ich kenne meinen Sohn. Meinen Dylan … meinen süßen, süßen Jungen.«

Er begann zu schluchzen. Rachel nahm ihn in die Arme und brach ebenfalls in Tränen aus.

Reed sammelte die Fotos ein. »Wir versuchen gerade herauszufinden, ob es verwertbare DNA gibt.«

»Wir bezahlen die Tests gerne, wenn es nötig ist«, erklärte Treven. »Wenn wir dadurch den Beweis bekommen …«

Harlan fuhr zu ihm herum. »Welche Beweise brauchst du denn noch? Ich war sein Vater. Ich erkenne meinen Sohn!«

»Das hier ist zu wichtig, als dass wir uns einen Fehler erlauben dürfen. Was, wenn du dich irrst und er doch nicht tot ist? Wenn er …«

»Onkel Treven«, unterbrach Rachel scharf, »es reicht! Ich bringe Dad jetzt nach Hause.«

Widerstandslos ließ er sich von ihr hinausführen. Sowie sich die Tür hinter ihnen schloss, wandte Treven sich an Reed. »Es ist mir egal, wie viel es kostet. Wir brauchen den Beweis, dass es Dylan ist.«

»Das verstehe ich vollkommen, Treven. Es könnte nur sein, dass das nicht möglich ist.«

»Nichts ist unmöglich. Das ist mein Lebensmotto. Irgendetwas kann man immer tun.«

Reed dachte einen Moment nach. »Wir könnten den Schädel einem Rekonstruktionsforensiker geben. Die Resultate sind manchmal ganz erstaunlich. Allerdings ...«

»Ja, das machen wir.«

»Allerdings«, fuhr Reed fort, »sind selbst die besten Rekonstruktionen immer nur eine Annäherung. Und Babyschädel sind ganz besonders heikel, weil die Gesichtszüge bei Kleinkindern noch nicht vollständig ausgebildet sind. Unsere größte Chance ist immer noch die DNA, falls wir Spuren davon bekommen können.«

»Ich will alles haben. Jeden Test. Wir zahlen das.«

»Das weiß ich zu schätzen, aber im Augenblick geht es nicht ums Geld.«

»Am Ende geht es doch immer ums Geld«, widersprach er. »Es ist wichtig für meinen Bruder, mit dieser Sache abzuschließen. Und wenn es auf diese Weise möglich ist, tue ich alles in meiner Macht Stehende, dass genau das passiert.«

»Harlan hat keinen Zweifel daran gelassen, dass er sich seiner Sache sicher ist«, erklärte Reed. »Ich habe eher den Eindruck, du bist derjenige, der mit dieser Sache abschließen muss, Treven.«

»Mein Bruder ist ein emotionales Wrack. Ich denke, in diesem Punkt sind wir uns einig. In einer Stunde kommen ihm die ersten Zweifel. Wart's ab.«

Reed dachte an Rachel, an ihren Schmerz. Und an Alex. An ihre Mutter. An die gesamte Winzergemeinde. Ein Abschluss, dachte er. Ein Begräbnis. Eine Möglichkeit für die Familie, die Vergangenheit hinter sich zu lassen.

»Ich sehe, was ich tun kann. Allerdings gibt es einige Vorschriften, die beachtet werden müssen.«
»Harlan hat ihn identifiziert. Damit gehören die sterblichen Überreste uns. So läuft das doch, oder?«
»So einfach ist es aber nicht. Zumindest nicht sofort.«
»Ich bin Treven Sommer. Ich kann dafür sorgen, dass es so einfach ist.«
Reed zügelte seinen Ärger, indem er sich vor Augen führte, was diese Familie durchgemacht hatte. »Die sterblichen Überreste können erst freigegeben werden, wenn die forensische Untersuchung abgeschlossen ist. Wenn es so weit ist, tue ich alles, was ich kann.«
Reed war bewusst, dass Treven mit dieser Antwort nicht zufrieden war. Offenbar war man als Treven Sommer nicht daran gewöhnt zu warten.
»Also gut, Dan. Aber lass dir eines gesagt sein – notfalls schrecke ich nicht davor zurück, das Department zu verklagen.«

Kapitel dreiunddreißig

Dienstag, 9. März
16:00 Uhr

Der Schmuckdesigner, der Alex empfohlen worden war, lebte in einem Häuschen im kalifornischen Stil in der Brockman Lane mitten in Sonoma. Er hatte sie eingeladen vorbeizukommen, damit er einen Blick auf den Ring ihrer Mutter werfen konnte.
Die Tür wurde von einem freundlich aussehenden Mann in rotkariertem Flanellhemd und Hosenträgern geöffnet, der an einen Gartenzwerg erinnerte. »Max?«, fragte sie.
Sein Gesicht verzog sich zu einem breiten Lächeln. »Sie müssen Alexandra sein. Bitte … kommen Sie doch herein.«

Sie folgte ihm ins Haus, das sich als ebenso bezaubernd und ungewöhnlich entpuppte wie sein Besitzer und mit allen möglichen alten und modernen Kunstwerken vollgestopft war. »Danke, dass Sie mich empfangen, Max. Ich weiß es sehr zu schätzen, dass Sie mir Ihre Zeit schenken.«

»Unsinn. Ich habe jede Menge Zeit. Eigentlich sogar viel zu viel.« Er bedeutete ihr, ihm zu folgen. »Ich bekomme nicht sehr oft Besuch. Und schon gar nicht von Menschen, die sich mit mir über meine Entwürfe unterhalten wollen. Schon seit einer halben Ewigkeit nicht mehr. Kommen Sie, ich habe Tee gemacht.«

Sie betraten die Küche. Als er den Tee einschenkte, fiel Alex auf, dass seine Hände stark zitterten.

»Würden Sie vielleicht …?« Er deutete auf die vollen Tassen.

»Aber natürlich.« Sie trug sie zu dem kleinen Küchentisch, dann holte sie Milch und Zucker. Sie setzten sich.

»Als meine Freundin Janice mich anrief und meinte, Sie würden gern mit mir reden, war ich begeistert«, erklärte er, während sie Zucker in ihren Tee gab. »Wie Sie sehen, kann ich nicht mehr arbeiten.« Er blickte auf seine zitternden Hände hinab. »Dabei habe ich früher die zartesten Arbeiten gemacht.«

»Das tut mir leid. Es muss sehr schlimm für Sie sein.«

»Das sollte man meinen.« Er lachte leise. »Aber Gott hat mich gesegnet. Mit Talent und Erfolg als junger Mann und sehr viel Liebe im Alter. Darf ich Ihnen etwas zeigen?«

Offensichtlich hatte er es nicht eilig, auf den Grund ihres Besuchs zu sprechen zu kommen, wogegen sie nichts einzuwenden hatte. Sie stand auf und folgte ihm in die Diele, deren Wände zahlreiche Fotos zierten. Sie lächelte, als er ihr eine Aufnahme von sich selbst in jungen Jahren zeigte, dann von seiner verstorbenen Frau, die er als die Liebe seines Lebens bezeichnete.

Vor einem Familienporträt blieb er schließlich stehen. »Das ist meine Tochter, Angie, und ihre drei Mädchen. Wie sollte ich mich da beschweren?«
»Eine reizende Familie.«
Er betrachtete das Foto. »Am Ende bleibt immer nur die Familie. Sie ist das Wichtigste, was ein Mensch hat.«
Seine Worte trafen sie mitten ins Herz. Sie versuchte, sich nichts anmerken zu lassen, doch es gelang ihr nicht.
»Ich habe Ihnen weh getan«, sagte er. »Bitte verzeihen Sie mir.«
»Schon gut«, sagte sie. »Ich habe erst kürzlich meine Mutter verloren. Und sie war … es war ziemlich kompliziert.«
Er tätschelte ihre Hand. »Erzählen Sie mir doch von dem Schmuckstück, das Sie zu mir führt.«
»Es gehörte meiner Mutter.« Alex streifte den Ring ab und reichte ihn Max. »Ich habe ihn nach ihrem Tod bei ihren Sachen gefunden. Er ist so außergewöhnlich, dass ich dachte …«
»Der ist nicht von mir«, sagte er knapp.
»Wie?«
»Das ist kein Entwurf von mir.« Er gab ihr den Ring zurück.
»Oh.« Der abrupte Wechsel seines Tonfalls verwirrte sie, und sie wusste nicht recht, wie sie reagieren sollte. »Können Sie mir etwas über das Design oder die Materialien sagen?«
»Tut mir leid, aber ich kann Ihnen nicht helfen.«
Alex runzelte die Stirn und hielt ihm den Ring noch einmal hin. »Die Gravur, JdW – ich habe mich gefragt, ob es irgendeine hiesige Organisation gewesen sein könnte oder …«
»Tut mir leid, aber ich kann Ihnen wirklich nichts darüber sagen.« Er schob die Hände in die Taschen. Ihr fiel auf, dass er den Ring nicht einmal mehr ansah. »Aber ich wünsche Ihnen viel Erfolg.«
Enttäuscht streifte Alex den Ring wieder über ihren Finger.

»Wissen Sie zufällig, wen ich sonst fragen oder wie ich mehr herausfinden könnte?«
»Nein. Ich habe das noch nie gesehen … daran würde ich mich erinnern. Das Design ist sehr außergewöhnlich.«
Dieser Mann wusste garantiert mehr, als er preisgab. Aber aus welchem Grund sollte er ihr Informationen vorenthalten?
Sie legte ihm die Hand auf den Arm. »Bitte, Max. Der Ring hat meiner Mutter gehört, und jetzt ist sie tot. Ich versuche nur, mehr über sie herauszufinden. Über ihr Leben hier. Außer ihr habe ich keine Familie.«
Seine Miene wurde eine Spur weicher. »Manche Geschichten sollten nicht ans Tageslicht kommen. Vielleicht gehört diese ja auch dazu.«
»Bitte. Sie hieß Patsy Sommer. Vielleicht haben Sie sie gekannt.« Er sah aus, als hätte sie einen Nerv getroffen. »Sie haben sie gekannt.«
»Alle hier haben von ihr gewusst nach diesem grauenhaften Vorfall mit dem Baby. Dieser süße kleine Junge. Wie konnte jemand …« Er stieß einen tiefen Seufzer aus. »Ich bin müde. Sie müssen jetzt gehen.«
Er schob sie Richtung Tür. Sie wandte sich ihm ein letztes Mal zu, um ihn zu fragen, ob er ganz sicher sei, nichts über den Ring und seine Gravur zu wissen. Doch ehe sie dazu kam, ergriff er ihre Hände und drückte sie fest.
»Passen Sie gut auf sich auf, Alexandra«, sagte er. »Und denken Sie daran, was ich gesagt habe. Manche Geschichten sollten lieber nicht erzählt werden.«
Augenblicke später stand sie vor der Tür, die sich vor ihrer Nase schloss. Er hatte ihr keine Gelegenheit gegeben, mehr als ein knappes »Danke« zu murmeln. Er hatte sie aus dem Haus haben wollen, und zwar so schnell wie möglich.

Aber wieso? Langsam ging sie zu ihrem Wagen. Ihre Gedanken überschlugen sich. Was wusste er? Und wieso wollte er es ihr nicht sagen? Und wie könnte sie ihn dazu bewegen, seine Meinung zu ändern?

Kapitel vierunddreißig

Dienstag, 9. März
21:03 Uhr

Es stellte sich heraus, dass Alex nichts zu tun brauchte, denn Max rief an, als sie gerade in ihren Schlafanzug schlüpfte. »Max«, sagte sie überrascht.

»Bitte entschuldigen Sie, dass ich so spät noch anrufe.«

»Kein Problem. Überhaupt nicht.«

Er räusperte sich, sagte jedoch nichts. Sie wartete. »Max«, sagte sie, als er weiter beharrlich schwieg. »Was ist los? Ist Ihnen etwas zu meinem Ring eingefallen?«

»Ich glaube, ja.« Er sprach so leise, dass sie ihn kaum verstehen konnte. »Aber nicht am Telefon. Ich kann Ihnen zeigen …«

Im Hintergrund hörte sie die Türglocke läuten. »Das ist bestimmt Angie. Sie kommt abends öfter vorbei und bringt mir etwas Leckeres.«

»Wie süß. Wann soll ich kommen?«

Wieder läutete es. »Wann Sie wollen. Jetzt muss ich Schluss machen.«

»Ich komme gleich morgen früh. Ist das okay?«

»Prima. Aber, Alexandra, erzählen Sie niemandem davon.«

»Niemandem davon erzählen?«, wiederholte sie. »Dass wir uns treffen?«

»Genau. Nicht mal, dass wir geredet haben.« Er stieß heftig den Atem aus. Sie spürte, dass er das Gespräch beenden wollte.

»Was ich zu sagen habe, ist nur für Ihre Ohren bestimmt. Versprechen Sie mir das.«
Die Härchen auf ihren Armen richteten sich auf. »Max, Sie machen mir wirklich Angst.«
»Ich muss jetzt Schluss machen. Vergessen Sie nicht – kein Wort. Zu niemandem. Bis morgen.«

Kapitel fünfunddreißig

Mittwoch, 10. März
08:20 Uhr

Max machte nicht auf. Fröstelnd stand Alex mit einer Tüte Muffins vor seiner Haustür. Sie versuchte es mit Klopfen. »Max«, rief sie. »Hier ist Alex Clarkson.«
Als sich immer noch nichts rührte, spähte sie durch das Fenster neben der Tür. Eine große graue Katze saß in der Diele und starrte sie an. Licht fiel durch die offene Küchentür.
Stirnrunzelnd sah sie auf die Uhr – 08:25 Uhr. Sie hatte doch gesagt, dass sie gleich am Morgen vorbeikäme. Oder war sie zu früh dran? Wohl kaum. Ihrer Erfahrung nach waren ältere Menschen meist keine Langschläfer. Außerdem erwartete er sie.
Obwohl sie sich sagte, dass er möglicherweise noch unter der Dusche stand oder zu einem Morgenspaziergang aufgebrochen war, machte sie sich allmählich Sorgen. Irgendwie fühlte sich das Ganze nicht richtig an. Hätte er es sich anders überlegt, würde er es ihr bestimmt sagen, von Angesicht zu Angesicht. Vielleicht hatte er sich ja verletzt und konnte sich nicht bemerkbar machen. Oder er war krank geworden und brauchte Hilfe.
Sagen Sie niemandem etwas. Weshalb hatte er ein solches Geheimnis aus ihrer Unterhaltung gemacht?

Alex schüttelte den Kopf und kämpfte gegen das Gefühl an, dass etwas nicht stimmte. Er war ein einsamer alter Mann – Grund genug für ein bisschen Drama.
Sie klopfte noch einmal, diesmal lauter, ehe sie die Türklinke herunterdrückte. Abgeschlossen. Sie ging ums Haus herum, überquerte die schmale Veranda und spähte durch eines der Fenster. Alles blitzblank und tadellos aufgeräumt, bis auf eine Teetasse mit Untertasse auf der Arbeitsfläche, die Zuckerdose und einen Milchkarton.
Er war also aufgestanden. Und hatte seinen Tee zubereitet.
Aber wo war er jetzt?
Sie klopfte gegen die Hintertür. Einmal. Zweimal. Als sich immer noch nichts regte, legte sie die Hand um den Türknauf. Er ließ sich drehen.
Sie trat in die Küche. »Max?«, rief sie. »Ich bin's, Alex. Alles in Ordnung?«
Die Stille im Haus hatte eine Endgültigkeit an sich, die Panik in ihr aufsteigen ließ. Sie sagte sich, dass sie überreagierte und offenbar selbst diejenige mit einem Hang zum Drama war. Trotzdem befahl ihr der Instinkt weiterzugehen.
»Max«, rief sie und ging zuerst ins Wohnzimmer, dann in das kleine Badezimmer, in ein Schlafzimmer und schließlich ins zweite.
Sein Schlafzimmer, vermutete sie. Neben dem Bett stand ein Paar Hausschuhe, auf dem Nachttisch befanden sich ein Wecker und eine Bibel sowie mehrere Fotos. Max' Zimmer.
Sie betrachtete das sorgfältig gemachte Bett. Die Hausschuhe.
Vergessen Sie nicht, Alex – kein Wort. Zu niemandem.
Er hatte nicht in diesem Bett geschlafen. Er hatte sie angerufen. Und dann war er verschwunden.
Reiß dich zusammen, Alexandra. Nur weil du dein Bett stunden-

oder gar tagelang nicht machst, muss das noch lange nicht bedeuten, dass andere Menschen genauso unordentlich sind.
Bestimmt kam er jeden Moment zurück und wollte von ihr wissen, was zum Teufel sie in seinem Haus zu suchen hatte. Außerdem hatte er Tee gemacht.
Natürlich. Bestimmt war er einkaufen gegangen. Oder er besuchte seine Enkelinnen. Er hatte vergessen, dass sie vorbeikommen wollte. Oder es hatte einen Notfall gegeben.
Sie lachte, doch selbst in ihren eigenen Ohren klang es falsch. Eilig ging sie in die Küche zurück und wollte hinausgehen, als sie noch einmal stehen blieb und sich umdrehte.
Mittlerweile hatte sie das Stadium der Überreaktion hinter sich gelassen und schlitterte geradewegs in die Besessenheit. Sie machte kehrt und trat an den Herd. Der Wasserkessel war kalt. Die Milchtüte warm. Der Tee war niemals zubereitet worden.
Abendtee, las sie.
Ein Bett, in dem heute Nacht niemand geschlafen hatte. Tee, der nicht zubereitet worden war. Und ein nicht eingehaltener Termin.
Kein Wort. Zu niemandem.
Sie wandte sich um und lief los, durch die Hintertür nach draußen und um das Haus herum. Die Garagentür stand halb offen. Sie tauchte darunter hindurch und blinzelte in der plötzlichen Finsternis. Hektisch sah sie sich nach dem Lichtschalter um. Stattdessen bemerkte sie eine Kordel an einer einzelnen Glühbirne.
Sie zog daran, worauf der Raum in trübes Licht getaucht war. Ein uraltes VW-Käfer-Cabrio stand in der Garage. Daneben ein Rasenmäher, der keinen Tag jünger zu sein schien, sowie verschiedene Gartenutensilien.

Im hinteren Teil befand sich eine Art Arbeits- oder Lagerraum. Alex bemerkte einen silbrigen Lichtstreifen unter der Tür.
Mit hämmerndem Herzen ging sie darauf zu. »Max?«, sagte sie. »Ich bin's, Alex.«
Was zum Teufel tat sie hier? Sie schloss die Finger um den Türknauf und drehte ihn. Die Tür ging auf und stieß gegen etwas Schweres.
Als sie den Raum betrat, sah sie, was es gewesen war. Max. Der an einem Strick baumelte, mit aus den Höhlen quellenden Augen und dunkelrotem, angeschwollenem Gesicht. Unter ihm lag eine umgekippte Trittleiter. Sie schrie, taumelte rückwärts, die Hand vor den Mund gepresst, und konnte die Augen nicht von diesem grauenhaften Bild abwenden. Sie stieß gegen die Tür, drehte sich um und stürzte davon. Wie von Sinnen rannte sie zu ihrem Wagen, sprang hinein, schlug die Tür hinter sich zu und drückte den Knopf, um den Wagen zu verriegeln. Zitternd und mit klappernden Zähnen saß sie da und wünschte, sie könnte den Anblick aus ihrem Gedächtnis verbannen.
Sie schlang sich die Arme um den Oberkörper. Er war so ein reizender alter Mann gewesen … Warum … Er hatte so zufrieden gewirkt … Das ergab doch …
Kein Wort, Alexandra. Zu niemandem …
Zitternd barg sie ihr Gesicht in den Händen. Nein, all das hatte nichts mit ihr zu tun. Weshalb sollte es auch?
Reed. Ich muss Reed anrufen.
Sie kramte ihr Handy aus der Tasche und wählte seine Nummer. Als er abhob, brach sie vor Erleichterung beinahe in Tränen aus. »Gott sei Dank! Ich bin's, Alex.«
»Alex? Was ist denn passiert?«
»Er hat sich umgebracht. Oh mein Gott, er …«
»Wer? Wo bist du?«

»Max Cragan. Er hat sich erhängt. Ich bin bei ihm zu Hause. Brockman Lane.«
»Bleib, wo du bist. Ich bin schon unterwegs.«

Kapitel sechsunddreißig

Mittwoch, 10. März
09:05 Uhr

Alex saß hinterm Steuer ihres Toyota Prius, den Blick stur nach vorn gerichtet. Sie wandte den Kopf erst, als Reed gegen das Fahrerfenster klopfte, und öffnete die Tür, machte jedoch keine Anstalten auszusteigen.
»Wo ist er?«, fragte Reed.
»In der Garage«, flüsterte sie. »Hinten.«
Er wandte sich zu den in ihren Streifenwagen wartenden Deputys und gab ihnen ein Zeichen, ehe er sich wieder zu Alex umdrehte.
»Alles klar mit dir?«
Sie schüttelte den Kopf. »Er war so ein reizender Mann. Ich kann nicht glauben …«
Ihre Stimme versagte. Er ging vor ihr in die Hocke, nahm ihre Hände und begann sie zu reiben. »Was hast du hier gemacht, Alex?«
»Mein Ring. Er wollte mir etwas über meinen Ring sagen.«
»Über deinen Ring?«
»Der, der früher meiner Mutter gehörte. Ich habe ihn in dem Kleiderkoffer gefunden. Bei Dylans Sachen.« Sie hob den Kopf und sah ihn an. »Jetzt sind es schon zwei. Zuerst Mom und nun … Ich verstehe das nicht.«
»Manche Dinge kann man nicht verstehen, Alex. Es tut mir so leid.«

Sie nickte, während sich ihre Augen mit Tränen füllten.
Er drückte ihre Finger ein letztes Mal, dann ließ er sie los. »Würdest du ein paar Minuten hier warten? Ich muss dir noch ein paar Fragen stellen. Aber vorher muss ich mir das Ganze ansehen.«
Wieder nickte sie. Er stand auf. »Ich schicke dir einen der Deputys her. Wenn du etwas brauchst, sag es ihm.«
Augenblicke später betrat Reed den Arbeitsraum im hinteren Teil der Garage.
Kein schöner Anblick, dachte er und betrachtete die Leiche eingehend. In den meisten Fällen erstickten die Menschen beim Erhängen, da der Sturz vom Stuhl oder von der Leiter nicht genügte, um das Genick zu brechen. Stattdessen drückte das Seil auf die Luftröhre, worauf die Sauerstoff- und Blutzufuhr unterbrochen wurden. Das Blut begann sich oberhalb des Druckpunkts zu sammeln, was die Verfärbung und Schwellung im Gesicht verursachte.
Reed senkte den Blick. Eine niedrige Trittleiter lag umgekippt neben den baumelnden Füßen des Mannes. Das Seil hatte ein Stück nachgegeben, so dass seine Zehen beinahe den Boden berührten.
Noch ein klassischer Fehler. Nylon und Baumwolle hatten die Eigenschaft, sich zu dehnen.
Der arme Teufel. Es hatte bestimmt zehn Minuten gedauert, bis der Tod eingetreten war. Schreckliche Minuten. Er hatte um sein Leben gekämpft. Wie groß der Wunsch zu sterben auch immer sein mochte, am Ende kämpften sie alle um ihr Leben.
Reed streifte Latexhandschuhe über und trat näher, um sich den Hals zu besehen, die Furchen, die das Seil in die Haut geschnitten hatte. Dann wanderte sein Blick zu den Händen des

Opfers. Wie erwartet waren sie aufgeschürft und blutig, außerdem schien sich etwas unter den Nägeln zu befinden. Auf dem staubigen Fußboden waren Spuren seiner scharrenden Zehen zu erkennen.

Reed seufzte. Er hatte Max Cragan gekannt. Der Mann war eine Institution gewesen und hatte einst zum harten Kern der Winzergemeinschaft im Tal gehört. Sein Ruf als Experte für besonders ausgefallene Kreationen hatte sich weit über die Bezirksgrenzen hinaus verbreitet.

Seine Mutter besaß ein solches Unikat – eine mit Halbedelsteinen besetzte und üppigen Schnörkeln versehene Brosche.

Bob Ware vom Büro des amtlichen Leichenbeschauers traf ein.

»Hey, Reed. Was haben wir?«

Er streifte die Handschuhe ab und drehte sich um. »Sieht nach klassischem Selbstmord aus.«

Ware nickte. »Wer ist die Kleine da draußen?«

»Kleine?«

»Die im Wagen.«

»Sie hat ihn gefunden.«

Ware nickte und machte sich an die Arbeit, während Reed seine Handschuhe in die Jackentasche steckte und zu Alex zurückkehrte. Auf dem Weg nach draußen kamen ihm die Kollegen von der Spurensicherung entgegen – diesmal hatte es nicht Tanner und Cal getroffen. Er nickte ihnen zu, sagte jedoch nichts.

Alex sah ihn kommen und stieg aus. Typisch, dachte er beim Anblick ihrer hoffnungsvollen Miene. Die irrationale Hoffnung, dass sie sich geirrt hatte. Dass der Anblick getäuscht hatte und der gute alte Max Cragan in Wahrheit gar nicht tot war.

»Es tut mir leid«, sagte er sanft.

Der Hoffnungsschimmer verflog schlagartig, und sie wandte blinzelnd den Blick ab.
»Lass uns noch mal durchgehen, was heute Morgen passiert ist. Ein Schritt nach dem anderen. Glaubst du, dass du das hinkriegst?«
Sie holte tief Luft und ließ sie langsam wieder entweichen. »Ich habe Max' Namen von einer Juwelierin in der Innenstadt bekommen.«
»Name?«
»The Golden Bow. Ich habe versucht herauszufinden, woher meine Mutter diesen Ring hatte.«
»Wieso?«
»Ich hatte gehofft, er könnte mich zu meinem Vater führen. Auf der Innenseite sind Initialen eingraviert, und ich vermute, es sind seine.«
»Weiter.«
»Sie hat Max für mich angerufen. Daraufhin habe ich mich hier mit ihm verabredet.«
»Für heute Morgen.«
Sie schüttelte den Kopf. »Nein, ich war schon gestern hier. Wir haben sehr nett geplaudert, bis ...« Sie verstummte und runzelte nachdenklich die Stirn.
»Bis was, Alex?«
»Bis er den Ring gesehen hat. Er schien ziemlich nervös, regelrecht aufgewühlt. Der Ring stamme nicht von ihm, meinte er, und er hätte auch keine Idee, wofür die Initialen stehen könnten.« Sie verkrallte die Hände ineinander. »Aber dann rief er mich gestern Abend auf einmal an und meinte, er wüsste vielleicht doch etwas über den Ring. Also habe ich mich für heute Morgen mit ihm verabredet.«
»Und das war's?«

»Nein.« Sie blickte auf ihre Hände, dann wieder zu ihm. »Er … ich musste ihm versprechen, dass ich niemandem von unserem Gespräch erzähle.«
Reed bemühte sich um eine neutrale Miene. »Das klingt ein bisschen melodramatisch, findest du nicht?«
»Ja. Aber er hat es ernst gemeint. Was er mir erzählen wollte, sei nur für meine Ohren bestimmt, meinte er. Ich schwöre.«
Die letzten Worte ließen ihn aufhorchen. Wenn jemand etwas »schwor«, war es nahezu immer falsch. Aber weshalb sollte sie in diesem Punkt lügen?
»Und das war's?«, fragte er.
»So ziemlich. Jemand war an der Tür. Er dachte, es sei seine Tochter, und wollte Schluss machen.«
»Wann war das?«
»Das weiß ich nicht genau. Aber, Moment, er hat mich auf dem Handy angerufen.« Sie holte ihr Handy aus dem Wagen, scrollte sich durch die eingegangenen Anrufe und hielt es ihm hin.
21:03 Uhr. Er notierte sich die Uhrzeit und gab ihr das Handy zurück, dann zeigte er auf ihre rechte Hand. »Ist das der Ring?«
Sie blickte auf ihre Hand. »Ja. Möchtest du ihn dir ansehen?«
Er bejahte, worauf sie den Ring abnahm und ihn ihm reichte. Er betrachtete den schmalen Goldring mit den verschlungenen Weinranken, der Schlange und den Edelsteinen. Es war ein sehr fein gearbeitetes und reich verziertes Schmuckstück. Doch es war nicht seine Schönheit, die ihm eine Gänsehaut verursachte. Er kannte dieses Motiv, die Kombination aus Weinranken und der Schlange. Aber nicht von einem Schmuckstück.
Sondern vom Fußgelenk eines toten Mannes. In Form einer Tätowierung.

Kapitel siebenunddreißig

Mittwoch, 10. März
10:20 Uhr

»Du hast ihn also bei den Sachen deiner Mutter gefunden?«, fragte er und drehte den Ring zwischen den Fingern hin und her.

»Im Schrankkoffer bei ihren Erinnerungsstücken an Dylan und ihr Leben hier.«

JdW – 1984. Das Jahr vor Dylans Verschwinden. »Ich sage es ja nicht gern, Alex, aber ich muss diesen Ring für eine Weile einbehalten.«

»Einbehalten? Wieso?«

Er beschloss, ihr nichts von der Tätowierung zu erzählen. Noch nicht. »Er ist ein Beweisstück. Du bekommst ihn zurück, versprochen.«

»Ein Beweisstück? Aber …« Sie verkniff sich ihren Protest und gab einen Laut von sich, der sich wie eine Mischung aus Schnauben und Lachen anhörte. »Scheint, als würde sich auf einmal jeder für diesen Ring interessieren.«

»Was meinst du damit?«

»Mindestens ein halbes Dutzend Leute hat mich danach gefragt. Einschließlich deiner Mutter und Rachel.«

Er machte sich eine Notiz, die beiden danach zu fragen. »Wer noch?«

»Rita Welsh, die Freundin meiner Mutter, die in der Bibliothek arbeitet.«

Er klappte sein Notizbuch zu. »Ich bin so weit fertig. Kommst du zurecht?«

»Kein Problem.«

»Soll ich jemanden anrufen, damit er bei dir bleibt?«

»Natürlich nicht.« Mit einer entschlossenen Geste schob sie die Hände in die Taschen ihrer Jacke. »Ich komme klar«, sagte sie und wandte sich zum Gehen. Er nahm ihren Arm, worauf sie ihn ansah. Die unverbrämte Verletzlichkeit in ihrem Blick strafte ihre coole, beherrschte Fassade Lügen. Doch in der nächsten Sekunde war der Ausdruck aus ihren Augen verschwunden.

»Was?«, fragte sie.

»Ruf mich an, wenn du etwas brauchst, okay?«

Sie versprach es und stieg in ihren Wagen. Er sah zu, wie sie davonfuhr, dann kehrte er zum Tatort zurück, wo Ware die Leiche untersuchte.

»Was denken Sie, Bobby?«

»Ich würde sagen, Sie liegen mit Ihrer Einschätzung goldrichtig. Selbstmord. Armer Teufel.«

»Was ist mit dem Zeitpunkt des Todes?«

Bob Ware warf ihm einen verärgerten Blick zu. »Ich kann Ihnen noch keine genaue Uhrzeit nennen. Das wissen Sie doch.«

»Ja, ich weiß, aber ich will sie trotzdem haben.«

Ware begann den alten Stones-Klassiker »You can't always get what you want« zu summen. Wie auf ein Stichwort schmetterte das gesamte Spurensicherungsteam die nächste Zeile: »But sometimes, you get what you need.«

Reed verbiss sich das Lachen und strafte das Trio mit einem finsteren Blick, ehe er sich wieder an Ware wandte. »Rufen Sie mich an, Ware. Ich brauche dringend den Todeszeitpunkt.«

Augenblicke später setzte er sich hinters Steuer seines Geländewagens und rief Tanner an. »Wo sind Sie gerade?«

»Im Büro. Was liegt an?«

»Haben Sie die Autopsiefotos von Schwann schon?«

»Nein. Aber das Büro des Leichenbeschauers mailt sie gleich rüber, zusammen mit Kaths Bericht.«

»Wunderbar. Ich bin schon unterwegs. Ich muss mir dringend dieses Tattoo an Schwanns Knöchel ansehen.«

»Ich frage lieber gar nicht erst, wieso. Wir sehen uns gleich.«
Kurz Zeit später saß Reed an seinem Schreibtisch und betrachtete das Foto von Schwanns Tätowierung auf dem Bildschirm. Das Motiv entsprach exakt dem des Rings – Weinranken und eine Schlange.
»Wollen Sie mir erzählen, was Sie haben?«, erkundigte sich Tanner.
»Ich zeige es Ihnen sogar.« Er reichte ihr den Ring.
Sie betrachtete ihn und stieß einen leisen Fluch aus. »Woher haben Sie den?«
»Von Alex. Er gehörte ihrer Mutter. Sie hat ihn in dem Schrankkoffer gefunden, in dem auch Dylans Schnuller lag.«
»JdW. Wofür steht das?«
»Sie weiß es nicht, dachte aber, es könnten die Initialen ihres Vaters sein.« Er erzählte ihr von Max Cragan und davon, wie und unter welchen Umständen Alex ihn gefunden hatte.
»Interessant daran finde ich, dass wiederum Alexandra Clarkson im Mittelpunkt des Ganzen steht.«
»Das Unglück verfolgt sie offenbar.«
»Und wie war ihre Reaktion diesmal?«
»Sie war erschüttert. Zutiefst.« Er trommelte mit den Fingern auf die Schreibtischplatte. »Die Frage ist, warum Tom Schwann dasselbe ungewöhnliche Motiv als Tätowierung hatte wie Patsy Sommer an ihrem Ring.«
»Zufall?«, meinte sie. »Es mag ja ungewöhnlich sein, aber wiederum nicht so ausgefallen, dass es nicht zweimal auf der Welt vorkommen könnte. Schließlich sind wir hier in einem Weingebiet, und das Motiv spiegelt es wider.«
»Stimmt. Dylan ist 1985 verschwunden. Schwann war damals siebzehn. Alex fünf.«
»Das schließt die Möglichkeit aus, dass er ihr Vater war.«

»Aber ihre Familien verkehrten in denselben Kreisen.« Reed nahm seine Jacke und stand auf. »Damit ist dieser Fall noch eine Spur interessanter geworden. Ich werde Schwanns Witwe einen Besuch abstatten. Mal sehen, was sie über das Tattoo weiß. Und danach rede ich vielleicht mit ein paar Freunden von ihm.«

Nach dem Gespräch mit Jill Schwann wusste er lediglich, dass das Tattoo aus Toms Jugendzeit stammte und dass sie es abscheulich gefunden hatte. Als Nächstes fuhr Reed zu seinen Brüdern.

Er betrat die Verwaltungsräume. »Hey, Eve«, rief er der Empfangsdame zu. »Ist einer meiner Brüder da?«

Eve, die schon zu der Zeit auf dem Weingut gearbeitet hatte, als Reed noch ein Knirps gewesen war, lächelte ihn an. Damals hatte sie stets ein Glas Bonbons auf dem Schreibtisch stehen gehabt und Joe, ihm und Ferris eines geschenkt, wann immer sie vorbeikamen. Was ziemlich oft der Fall gewesen war.

»Sie sind beide da. In Joes Büro.«

»Volltreffer«, bemerkte er. Sie erwiderte sein Grinsen. Er ging den Gang hinunter, vorbei an der geschlossenen Tür seines Vaters, und blieb vor Joes Büro stehen.

Die beiden stritten sich lautstark. Was keine große Überraschung war. Diesmal ging es darum, auf einem der Weinberge von Cabernet- auf Pinot-Noir-Trauben umzusteigen.

»Du bist so ein Arschloch!«, wetterte Ferris. »Tatsache ist, dass dieser Weinberg nur minderwertige Cab-Trauben hervorbringt, die Nordlage ist dagegen perfekt für die Pinot-Trauben. Du weißt das, und ich weiß es auch.«

»Die Kosten, alles herauszureißen und neu zu bepflanzen, sind viel höher als der Gewinn, den wir damit machen würden. Außerdem sind wir berühmt für unsere Cabernets.«

»Für *gute* Cabernets! Nicht diese Verschnitte, für die diese Trauben …«

Reed klopfte an die halboffene Tür und streckte den Kopf hinein. »Wow, was für ein rührender Moment. Da frage ich mich wieder mal, wieso ich nicht in den Familienbetrieb eingestiegen bin.«

»Leck mich, Dan.« Joe kam um seinen Schreibtisch herum, um Reed zu begrüßen, und schlug ihm auf den Rücken. »Was für eine Überraschung. Wo zum Teufel kommst du denn her?«

Ferris gab ihm keine Gelegenheit, darauf zu antworten. »Tu mir einen Gefallen und trichtere diesem elenden Pfennigfuchser endlich Vernunft ein, ja?«

»Vergiss es. Das habe ich schon früher versucht.« Er umarmte seinen jüngeren Bruder.

»Tut mir leid, wenn ich euch unterbreche, aber ich muss euch ein paar Fragen über Tom stellen.«

»Nur zu«, bemerkte Joe und kehrte zu seinem Schreibtischstuhl zurück.

»Was wisst ihr über die Tätowierung an seinem Knöchel?«

»Tom hatte ein Tattoo?«, fragte Ferris und schnitt eine Grimasse. »Mr. Superkonservativ?«

»Das Ding stammt aus alten Zeiten«, antwortete Joe. »Eines Sommers kamen er und Carter auf die Schwachsinnsidee, sich dieselben Tätowierungen machen zu lassen.«

»Und weißt du noch, wer es gemacht hat?«

»Ich glaube, sie waren in irgendeinem Studio hier in der Stadt. Frag Carter.«

»Mache ich. Wisst ihr sonst noch etwas darüber?«

»Tut mir leid, Bruderherz.« Joe faltete die Hände auf dem Schreibtisch. »Wieso das Interesse?«

»Ich gehe einfach jedem Hinweis nach, das ist alles.«

»Wie geht es Alex?«, erkundigte sich Ferris. »Ich habe gehört, sie hat den alten Max Cragan gefunden.«
»Die Neuigkeiten verbreiten sich schnell.«
»Kleinstadt.« Ferris zuckte die Achseln.
Joe ergriff das Wort. »Sie ist ein bisschen durchgeknallt. Wie ihre Mutter.«
Reed musste sich eingestehen, dass ihn die Bemerkung traf. »Wie kommst du darauf?«
»Ich habe sie doch neulich abends selbst erlebt. Sie hört Stimmen, fängt an zu schreien. Durchgeknallt eben.«
»Lass gut sein«, meinte Ferris. »Sie hat nur ein bisschen viel getrunken und sich verlaufen. So etwas passiert schon einmal.«
Joe verdrehte die Augen. »Mir jedenfalls nicht.«
»Natürlich nicht«, schoss Ferris zurück. »Du bist ja auch sooo perfekt.«
»Ganz genau, kleiner Bruder. Und vergiss das bloß nicht.«
Höchste Zeit, die Kurve zu kratzen, beschloss Reed. Den Vermittler zwischen seinen Brüdern zu spielen war eine höchst undankbare Aufgabe. Oft genug durchgespielt. Außerdem erwischte er mit ein bisschen Glück Carter, bevor er zum Mittagessen ging.
Er verabschiedete sich und machte sich auf den Weg. Carter Townsend hatte sich ebenfalls für eine Karriere außerhalb des Winzergeschäfts entschieden, war der Branche jedoch zumindest indirekt verbunden geblieben. Er hatte Jura studiert, sich auf Gesellschaftsrecht spezialisiert und eine eigene Kanzlei im Sonoma County eröffnet, wo er mehrere Weingüter, darunter auch das der Reeds und der Sommers, in Rechtsangelegenheiten vertrat.
Walton, Townsend, Johnson & Associates hatten ihren Sitz in Santa Rosa, ganz in der Nähe des Gerichtsgebäudes. Als Reed

aus dem Aufzug stieg und durch die doppelten Glastüren in die Kanzlei trat, gelangte er zu dem Schluss, dass Carter es ziemlich weit gebracht hatte. Hinter den Türen eröffnete sich eine Welt aus dunklem, matt schimmerndem Holz und auf Hochglanz polierten Messingtürgriffen.

Er trat an den Empfangsschalter, hinter dem eine adrette Blondine saß. Nach Reeds Erfahrung glichen sich alle Anwaltskanzleien wie ein Ei dem anderen. Nicht was ihre Größe oder Ausstattung anging, sondern im Hinblick auf die Atmosphäre. Überall herrschte dieselbe gedämpfte Zurückhaltung. So als bewege sich jeder auf Zehenspitzen. Kein Ort, an dem man sich automatisch wohl fühlte, auch wenn die Einrichtung noch so luxuriös sein mochte.

»Guten Tag«, begrüßte ihn die Blondine lächelnd. »Wie kann ich Ihnen helfen?«

»Ist Carter Townsend da?«

»Haben Sie einen Termin?«

»Ich bin Detective Reed.« Er zückte seine Dienstmarke. »Ist er da?«

Sie sah ihn erschrocken an. »Kann sein … dass er beim Mittagessen ist. Lassen Sie mich kurz nachsehen.«

Er war da.

Wenige Minuten später kam er an den Empfang, um Reed persönlich zu begrüßen. »Dan, heiliger Strohsack, du hast meinem Mädchen mit deiner offiziellen Tour einen Heidenschreck eingejagt. Sag nächstes Mal einfach, Danny Reed müsste mich kurz sprechen.«

»Das werde ich.« Reed lächelte. »Könnten wir uns allein unterhalten?«

»Klar. Komm mit.«

Er führte Reed in sein üppiges, mit Mahagonimöbeln und Ledersesseln ausgestattetes Büro. Auf dem Schreibtisch standen Fotos von Frau und Kindern.

»Eine nette Familie, Carter.« Reed griff nach einem der Fotos – ein Familienporträt mit allen vier Kindern.

»Shelley, meine Älteste. Sie kommt dieses Jahr auf die Highschool.«

Reed stellte das Foto beiseite. »Ist schon verrückt. Für mich fühlt es sich an, als wären wir gestern noch selbst in diesem Alter gewesen.«

»Mir kommt es wie ein ganzes Leben vor. Warte zehn Jahre und leg dir Frau und Kinder zu, dann wirst du selbst sehen, wie schnell man altert.«

»Ich bin hier, weil ich dich etwas fragen wollte. Es geht um die Zeit, als Tom und du euch diese Tattoos habt machen lassen.«

»Wo hast du denn das aufgeschnappt?«

»Joe hat es erwähnt.«

Carter lehnte sich auf seinem Stuhl zurück und verschränkte die Hände im Nacken. »Eine Spontanaktion. Weshalb?«

Statt zu antworten, stellte Reed eine weitere Frage. »Wieso die Weinranken und die Schlange?«

Er blinzelte. »Wie?«

»Was symbolisieren diese Motive? Die meisten Leute lassen sich etwas tätowieren, das eine bestimmte Bedeutung für sie hat.«

Carter schüttelte bedauernd den Kopf. »Ich bin sicher, damals hatte es das auch, allerdings kann ich mich auf Teufel komm raus nicht mehr daran erinnern.«

Er log. »Wie bist du ausgerechnet auf dieses Motiv gekommen?«

Carter runzelte die Stirn. »Das war nicht ich, sondern Tom. Ich bin nur so mitgegangen.«

»Mehr nicht?«

»So ziemlich. Wir waren jung und dumm. Und voll bis unter die Hutschnur an diesem Abend.«
»Wie alt wart ihr?«
Er rieb sich das Kinn. »Achtzehn. Gerade mal. Ich weiß noch, dass wir unsere Ausweise zeigen mussten.«
»War sonst noch jemand dabei?«
Er zögerte, dann schüttelte er den Kopf. »Ich erinnere mich nicht.«
»Du *erinnerst* dich nicht? Du verstehst sicher, dass ich das ziemlich unglaubwürdig finde, ja?«
Carter versteifte sich. »Ich war betrunken. Und es ist über zwanzig Jahre her. Seither ist eine Menge passiert.«
»Klar«, meinte Reed leichthin. »Du hast recht. Ich habe einen Moment nicht nachgedacht.«
Carter sah demonstrativ auf seine Uhr und stand auf. »Ich will ja nicht drängen, aber ich habe eine Verabredung.«
»Kein Problem.« Reed stand auf. »Wo ist sie?«
Carter blickte ihn fragend an. »Wer? Meine Verabredung zum Mittagessen?«
»Deine Tätowierung.«
»Ich habe sie entfernen lassen. Vor zehn oder fünfzehn Jahren schon.«
»Ehrlich? Wieso das?«
Mit einem Mal wirkte er verärgert. »Ich war nicht wie Tom«, erwiderte er mit einer Geste in Richtung des Familienfotos auf seinem Schreibtisch. »Ich hatte Kinder. Und mir war es wichtig, was meine Frau und sie über mich denken.«
Reed streckte ihm die Hand hin. »Danke, dass du dir die Zeit genommen hast, Carter.«
Carter schüttelte sie, ehe er ihn zur Tür begleitete. »Darf ich fragen, woher das plötzliche Interesse an Toms Tattoo kommt?«

Reed beschloss, ihm einen Brocken hinzuwerfen und zu sehen, wie er darauf reagierte. »Könnte sein, dass es das Bindeglied zu einem anderen Verbrechen ist.«

Für den Bruchteil einer Sekunde wurde Carters Miene vollkommen ausdruckslos, doch dann war der Moment vorüber, und er verwandelte sich wieder in den liebevollen Familienvater. »Heiliger Strohsack, Dan, das ist ja unglaublich.«

Reed wartete einen Moment, dann stimmte er ihm zu. »Und du fragst gar nicht?«

»Fragen? Was denn?«

»Um welches andere Verbrechen es sich handelt.«

Carter lachte. Es klang gezwungen. »Natürlich nicht. Ich weiß doch, dass du es mir sowieso nicht sagen würdest.«

»Stimmt.« Reed lächelte. »Noch mal danke, Carter. Ich melde mich.«

Er wandte sich um und ging den Korridor hinunter. »Hast du schon mit Clark geredet?«, rief Carter ihm nach. »Er und Tom waren damals Freunde. Dicke Freunde.«

Interessant, dachte Reed, als er kurz darauf in seinen Geländewagen stieg. Für einen Anwalt war Carter reichlich angespannt gewesen. Es war ihm kaum gelungen, vor Reed zu verbergen, dass ihm die Situation unangenehm gewesen war. Und sein Lügen war durchschaubar gewesen. Sich eine Tätowierung verpassen zu lassen – ein lebenslanges Erinnerungsstück auf dem eigenen Körper – war ein Erlebnis, das man nicht so schnell vergaß. Und Carter behauptete, er könnte sich nicht erinnern, warum er es damals getan hatte, was die Weinranken und die Schlange bedeuteten und ob andere Kumpels mit dabei gewesen waren? Ja, klar. So etwas vergaß man nicht, selbst wenn man voll wie eine Haubitze war.

Reed setzte rückwärts aus der Parklücke und fuhr los. Interessant war auch, dass er Clark eiskalt ans Messer geliefert hatte, nur um von seiner eigenen Beziehung zu Schwann abzulenken.
Was verschwieg er?
Keine Zeit, sich jetzt darum zu kümmern, dachte Reed und griff nach seinem Handy.
Wenig später fuhr er vor dem El Dorado Kitchen vor und erspähte Clark, der mit Treven beim Mittagessen saß.
Treven sah ihn als Erster und lächelte. »Dan. Gute Nachrichten, hoffe ich.«
»Offen gestanden bin ich in der Frage nach dem Rekonstruktionsforensiker noch nicht weitergekommen. Ich bin hier, weil ich mit Clark reden muss.«
»Setz dich doch. Wein?«
Reed setzte sich auf den Stuhl gegenüber von Clark. »Bin im Dienst. Danke.«
»Also, was liegt an, Kumpel?«, fragte Clark.
»Du und Tom, ihr wart gute Freunde, stimmt's?«
»Definitiv. Seit wir Jungs waren.«
»Dann wusstest du auch, dass er ein Tattoo hatte?«
»Klar. Eine Jugendsünde. Er und Carter. Was für Idioten.«
Treven lehnte sich auf seinem Stuhl zurück und brach in Gelächter aus. »Carter und Tom haben sich ein Tattoo verpassen lassen?«
»Ja.« Clark schüttelte den Kopf. »Ich war damals auch dabei. Wir wollten ums Verrecken so ein Ding haben. Aber ich war noch nicht achtzehn, deshalb wollte mir der Typ keines stechen. Ich war natürlich stocksauer.«
Treven schüttelte den Kopf. »Das ist das erste Mal, dass ich davon höre.«

Clark sah seinen Vater an und grinste amüsiert. »Ich dachte, du musst nicht über jeden Blödsinn Bescheid wissen, den ich im Suff angestellt habe, Dad.«
Treven lachte wieder. »Dafür sollte ich dir wohl dankbar sein. Denn dem Blödsinn, von dem ich weiß, verdanke ich meine heutige Haarpracht.«
»Haare? Pracht?«, bemerkte Reed.
Clark brach in schallendes Gelächter aus, was Treven mit einem verärgerten Blick quittierte. »Leg dir erst mal selber Kinder zu und komm wieder, wenn sie Teenager sind, Reed.«
»Nein danke. Weshalb habe ich wohl keine, was denkst du?«
Clark hob sein Glas. »Weil du keine Frau findest, die dir welche schenken will.«
»*Ich* habe jedenfalls keine Probleme damit, eine Frau zu finden, die das gern tun würde, Clark.«
Diesmal war Treven derjenige, der in Gelächter ausbrach, während Clark scheinbar ungerührt sein Glas an die Lippen hob. »Okay, Reed, weshalb auf einmal dieses Interesse an den Auswüchsen meiner verkorksten Jugend?«
»Ich gehe nur einem Hinweis nach«, murmelte Reed und musterte Clark eindringlich. Ihm fiel auf, dass seine Hand leicht zitterte, als er das Glas wieder abstellte.
»Ein Tattoo aus der Jugendzeit ist ein Hinweis?«
Er sah zu Treven hinüber und stellte fest, dass dieser seinen Sohn stirnrunzelnd betrachtete.
»Man weiß nie.« Reed spreizte die Finger. »Wo wir gerade dabei sind – was war das mit den Weinranken und der Schlange?«
»Wir fanden das damals superheiß.«
»Wir?«
»Die Jungs.«
»Wer denn noch, außer Carter und Tom?«

»Joe. Und Terry Bianche.«

Terry Bianche war vor einigen Jahren bei einem tragischen Motorradunfall ums Leben gekommen. Die meisten im Tal waren sich einig, dass er so gestorben war, wie er gelebt hatte: brutal, unter Alkoholeinfluss und mit viel zu hohem Tempo unterwegs.

»Mein Bruder Joe?«

»Genau der. Auch er blieb dank der Gesetzestreue des Tätowierers verschont.«

»Ihr fandet diese Weinranken und die Schlange also toll. Von wem stammte die Idee?«

Clark starrte ihn ausdruckslos an.

»Das Motiv ist recht ungewöhnlich. Opulent und schön. Ich kann mir vorstellen, dass es sich gut als Motiv für ein Schmuckstück eignen würde.«

Etwas flackerte in Clarks Blick auf. Angst?

»Dass es schön war, ist damals völlig an mir vorbeigegangen, Mann. Ich war siebzehn und fand es einfach nur cool.«

»Du weißt also nicht mehr, woher es stammte?«

»Soweit ich mich erinnere, war es eines der Motive aus dem Katalog des Tätowierers.«

»Aber du hast dir später keines machen lassen. Wieso nicht?«

»Der Moment war vorbei.« Clark verzog das Gesicht zu einem Lächeln, das jedoch nicht bis zu seinen Augen reichte. »Danach war es kein Thema mehr, ganz einfach.«

»Gott sei Dank. Was für eine fürchterliche Idee.« Treven beugte sich vor. »Bist du auf deiner Suche nach dem Schwein, das Tom ermordet hat, schon einen Schritt weitergekommen?«

»Wir haben einige Hinweise, Treven. Mehr kann ich im Moment nicht sagen.«

»Ich habe gehört, er wurde ausgeraubt«, meinte Clark. »Ich wette, es war einer der Hilfsarbeiter. Wahrscheinlich konnte er noch nicht mal Englisch.«
Reed versteifte sich unwillkürlich angesichts dieses offenkundigen Rassismus. »Danke, dass ihr euch Zeit genommen habt. Und bitte entschuldigt die Störung.«
Alle drei erhoben sich und schüttelten einander die Hände. »Jederzeit«, erklärte Treven. »Alle sind zutiefst erschüttert über das, was vorgefallen ist.«
»Ich frage mich, wer der Nächste ist«, sagte Clark.
Reed musterte ihn mit gerunzelter Stirn. »Wer behauptet denn, dass es einen Nächsten gibt?«
Clark sah ihn überrascht an. »Behaupten nicht, aber ich …«
»Reine Angst«, schaltete sich Treven ein. »Francine hat kaum ein Auge zugetan, seit das passiert ist.«
»Das verstehe ich. Und ich verspreche euch, wir tun alles, was in unserer Macht steht.«
»Das wissen wir doch. Danke, Danny.«
Nachdem sie sich ein letztes Mal voneinander verabschiedet hatten, machte Reed sich auf den Weg. An der Tür drehte er sich noch einmal um. Es sah aus, als seien die beiden Männer in einen Streit verwickelt.

Kapitel achtunddreißig

Mittwoch, 10. März
17:10 Uhr

Alex öffnete die Haustür und blickte in Rachels besorgtes Gesicht.
»Ich habe davon gehört«, sagte sie. »Dass du Max Cragan gefunden hast. Ich dachte, ich sehe lieber nach dir.«

»Mir geht es gut.« Alex öffnete die Tür ein Stück weiter. »Komm rein.«

Rachel trat ins Haus und hielt zwei Flaschen hoch. »Ich habe etwas flüssiges Schmerzmittel mitgebracht.«

»Hältst du mich für eine haltlose Säuferin?«

»Ich wusste nicht, wie groß der Schmerz ist.«

Alex verzog das Gesicht. »In diesem Fall reichen zwei Flaschen möglicherweise nicht.«

Während Rachel den Wein öffnete, richtete Alex einen Teller mit Käse und Obst an. Sie trugen alles ins Wohnzimmer und setzte sich.

Rachel kam ohne Umschweife zur Sache. »Erzähl mir, was passiert ist.«

Alex schilderte ihr, wie sie Rachels Rat befolgt hatte und im Golden Bow gewesen war, dessen Besitzerin sie mit Cragan zusammengebracht hatte. Dann erzählte sie von ihrem ersten Besuch bei ihm und von seinem Anruf am Vorabend. »Als er heute Morgen nicht aufgemacht hat«, fuhr sie fort, »wusste ich, dass etwas nicht stimmte. Und ich …«

Das Bild des aufgedunsenen Gesichts des alten Mannes schob sich vor ihr geistiges Auge. Sie unterbrach sich und wandte den Blick ab.

Rachel ergriff ihre Hand und drückte sie. »Es muss grauenhaft gewesen sein.«

Alex hatte Mühe, ihre Stimme wiederzufinden. »Das war es. Er … hing in der Garage. Er hatte sich erhängt. Er … sein Gesicht war …«

Mehr brauchte sie nicht zu sagen. Rachel bedrängte sie nicht. Schweigend saßen sie da und nippten an ihrem Wein. Minuten vergingen, doch merkwürdigerweise fühlte sich die Stille keineswegs unbehaglich an, sondern allenfalls beruhigend.

»Danke«, sagte Alex schließlich.
Rachel schenkte nach. »Wofür?«
»Dafür, dass du hier bist.« Sie hob das Glas an die Lippen, ließ es jedoch sinken, ohne getrunken zu haben. »Ich habe auch meine Mom gefunden. Natürlich war es bei ihr ganz anders, aber mittlerweile habe ich das Gefühl, dass immer genau dort etwas passiert, wo …«
» … wo du bist«, beendete Rachel den Satz für sie.
»So etwas in dieser Art«, bestätigte Alex, während sie spürte, wie die beruhigende Wirkung des Alkohols einsetzte.
»Ein Toast.« Rachel hob unvermittelt ihr Glas.
Alex runzelte die Stirn. »Ein Toast?«
»Auf die Weintraube, das Geschenk der Erde. Auf den Wein, das Geschenk der Götter, und seine magischen, heilenden Fähigkeiten. Und auf Schwestern.«
Alex stieß an. »Du bist ein ziemlich verrücktes Huhn, weißt du das eigentlich?«
»Allerdings. Du aber auch.«
In diesem Punkt konnte sie nicht widersprechen, obwohl sie wünschte, es gäbe wenigstens den Hauch eines Zweifels, dass Rachel recht hatte.
»Das kommt von dem, was wir durchgemacht haben«, erklärte Rachel. »Es ist doch klar, dass man so etwas nicht unbeschadet übersteht, oder?«
Wohl nicht, dachte Alex beim Gedanken an Rachels Kindheit, an das Trauma, das sie erlebt hatte. »Das mit deiner Mutter tut mir sehr leid«, sagte sie. »Mit deiner richtigen Mutter, meine ich. Es muss sehr schwer für dich gewesen sein, sie auf diese Weise zu verlieren.«
Rachel versteifte sich. »Was weißt du denn schon darüber?«
Alex sah sie an, erstaunt über die Heftigkeit ihrer Reaktion.

»Ich wollte dir nicht zu nahe treten. Man hat mir von dem Unfall erzählt. Wie sie in den Gärtank gefallen und ertrunken ist. Und ich dachte … es tut mir leid. Ich weiß schließlich, wie es ist, seine Mutter so früh zu verlieren.«
»Klar«, blaffte Rachel. »Wie alt warst du? Dreißig? Und ihr Tod liegt schon einen vollen Monat zurück?«
»In Wahrheit habe ich sie schon viel früher verloren. Rein körperlich war sie zwar da, aber in jeder anderen Hinsicht hat sie in einer völlig anderen Welt gelebt.«
Rachel war sichtlich darum bemüht, sich zusammenzureißen. »Sie ist nicht ertrunken, sondern erstickt.« Sie stand auf und trat vor den Kamin. Angestrengt starrte sie in die Flammen, doch Alex hatte nicht die leiseste Ahnung, welche Bilder vor ihrem geistigen Auge aufflammten.
»Bei der Herstellung von Wein gibt es einen Prozess, der Unterstoßen genannt wird. Im Grunde passiert dabei nichts anderes, als dass die Traubenschalen mit einem Gerät in den gärenden Wein untergemischt werden, das wie ein riesiger Kartoffelstampfer aussieht. An sich wäre das keine große Sache, nur dass dabei gewaltige Mengen Kohlendioxid entstehen. Einmal zu viel eingeatmet, und schon fällt man kopfüber in den Tank. Und das war's.«
Alex runzelte die Stirn. Sie hatte die um die Gärtanks angelegten Stege gesehen und bei einer Besichtigungstour sogar einmal darauf herumgehen dürfen. Sie erinnerte sich daran, was damals über die Gefahren des Kohlendioxids gesagt worden war. »Und genau das ist deiner Mutter passiert?«
»Ja.« Rachel rieb sich die Arme. »So etwas kommt selbst heute noch vor. Trotz der modernen Ausrüstung und den Sicherheitsbestimmungen.«
»Hat niemand versucht, sie zu retten?«

»Sie mussten Onkel Treven zurückhalten.«
»Ihn zurückhalten! Wie meinst du …«
»Er wäre auch ohnmächtig geworden. Und in der Zeit, die er gebraucht hätte, um das Schutzgeschirr anzulegen, wäre er schon tot gewesen. Keiner von ihnen war vorschriftsmäßig angeseilt«, fügte sie verbittert hinzu. »Dad hat alle möglichen Ausreden vorgebracht. Dafür, dass sie sich nicht gesichert hatten.«
Alex wusste nicht recht, was sie sagen sollte, also schwieg sie.
»In gewisser Weise verstehe ich das ja. Sie sind beide auf einem Weingut aufgewachsen und kannten jeden Verarbeitungsschritt von Kindesbeinen an …«
Ihre Stimme verklang, und sie sah Alex an. Sie bebte förmlich vor Wut. »Nein, falsch. Ich verstehe es nicht! Sie hätte nicht auf dem Steg dort oben herumlaufen dürfen! Was zum Teufel hat sie sich dabei gedacht? Kein Sicherheitsgeschirr? Sie war Mutter. Ich habe sie gebraucht. Sie war …«
Rachel unterbrach sich abrupt. Alex beobachtete, wie sie erneut um ihre Fassung rang. »Sie war schwanger. Wusstest du das?«
»O Gott, nein, das …«
Rachel stieß einen Seufzer aus, in dem sich Kummer und Wut mischten. »Im dritten Monat.« Zornig wischte sie sich eine Träne ab. »Es war ein Junge. Aber das haben wir erst durch die Autopsie erfahren.«
»Wie entsetzlich. Es tut mir so wahnsinnig leid.«
»Verstehst du jetzt, wieso mein Vater ist, wie er ist? Für Onkel Treven ist es leicht, den Starken zu spielen. Er hat schließlich nicht zwei Frauen und zwei Söhne verloren. Und für Clark und Will ist es leicht herumzustolzieren, als würde ihnen die ganze Welt gehören. Sie wissen nicht, wie es ist, ihre …«
Die Wut ließ ihre Stimme spröde klingen. So spröde, dass sie

jeden Moment zu brechen drohte, dachte Alex. »Ihre Mutter lebt. Ist bis zum heutigen Tag mit ihrem Vater verheiratet. Trotzdem … Verdammte Scheiße, ich hasse es, wenn ich mich so benehme!«

Alex trat zu ihr und berührte ihre Schulter. »Es tut mir unendlich leid, Rachel.«

»Sie sind nicht wie wir, Alex«, wisperte sie. »Keiner von ihnen.«

Alex spürte den Kloß in ihrem Hals. Rachel hatte recht. Sie beide waren durch ihren Schmerz verbunden. Durch den Verlust ihrer Brüder. Den Verlust ihrer Mütter.

Sie und Rachel waren wahrhaft Schwestern.

Alex legte die Arme um sie. Rachel versteifte sich, doch nur für einen kurzen Moment, dann wandte sie sich Alex zu und erwiderte die Umarmung.

Keine von ihnen weinte. Sie standen nur da, hielten einander in den Armen, stützten einander.

Die Minuten vergingen, während Alex bewusst wurde, wie sehr sie sich danach gesehnt hatte. Nach einer Schwester. Nach jemandem, mit dem sie ihre Vergangenheit teilte. Nach jemandem, der verstand.

Vielleicht hatte Rachel ja recht gehabt mit ihrer Bemerkung, Alex' Auftauchen sei der Beginn ihrer aller Heilung. Ihre eigene hatte jedenfalls begonnen.

»Ich komme mir wie die letzte Idiotin vor«, sagte Rachel schließlich und löste sich von ihr. »Ich komme her, um dich zu trösten, und am Ende bist du diejenige, die mich trösten muss.«

»Wofür hat man eine Schwester?«

Rachel stiegen die Tränen in die Augen. »Und wie habe ich deine Hartnäckigkeit gehasst, als du fünf warst.«

»Dann habe ich eine Menge wiedergutzumachen.«

Rachel wischte sich eine einzelne Träne ab, die ihr über die

Wange kullerte. »Nicht wirklich. Als Teenager war ich eine fürchterliche Nervensäge. Ich bin dir etwas schuldig.«

»Dann fangt jetzt an, die Schuld einzulösen«, neckte Alex und hob ihr Glas. »Zeit, nachzuschenken.«

Rachel lachte. »Ich übernehme das. Bleib sitzen.«

Alex hörte sie herumkramen, dann das Ploppen des Korkens. Hatten sie die erste Flasche etwa schon vernichtet?

Augenblicke später stand Rachel im Türrahmen. In der einen Hand hielt sie die zweite Flasche Wein, in der anderen die Essstäbchen aus rostfreiem Stahl eines berühmten San Franciscoer Designers, die Tim ihr mehrere Jahre zuvor zum Geburtstag geschenkt hatte.

»Die sehen ja wild aus.« Sie klapperte damit. »Sehr cool.«

»Ein Geschenk. Von meinem Ex-Mann. Sushi war sein Lieblingsessen.«

»Typisch Mann. Schenken einem etwas, das sie selbst haben mögen.«

»So habe ich das noch gar nicht gesehen.«

»Aber jetzt weißt du es.« Rachel trat neben sie. »Wo wir gerade beim Thema sind – ich möchte alles über ihn erfahren.«

»Über Tim?«

»Ganz genau.« Rachel schenkte ihre Gläser voll und ließ sich im Schneidersitz auf dem Boden nieder.

Alex hob ihr Glas. »Mein Ex – er wird so was von eifersüchtig sein, wenn ich ihm von diesem Wein hier erzähle. Er ist absolut sensationell.«

»Das sollte er auch sein. Schließlich stammt er aus einer limitierten Produktion. Ein sehr guter Jahrgang, aus meinem Privatkeller.« Wieder klackerte sie mit den Stäbchen. »Daraus schließe ich, dass du noch mit deinem Ex sprichst.«

»Manchmal schlafe ich sogar noch mit ihm.« Alex schlug sich

die Hand auf den Mund, während ihr bewusst wurde, dass sie schleunigst aufhören sollte zu trinken. »Ich fasse es nicht, dass ich das gerade gesagt habe.«

Rachel kicherte. »Erzähl mir von ihm.«

Alex schilderte, wie sie sich kennengelernt hatten, von ihrer Scheidung und wie sie im Moment zueinander standen. Rachel lauschte und plauderte dann selbst ein wenig aus dem Nähkästchen. Die Zeit verging, die Flasche leerte sich, und sie redeten, mal ernst, mal kichernd wie zwei Teenager.

Alex stellte fest, dass sich ihre Ansichten über Moral und Politik durchaus ähnelten und sie denselben Humor besaßen. Dieselben Vorlieben und Abneigungen. Irgendwann wurde ihr bewusst, wie ähnlich sie sich für zwei Menschen waren, in deren Adern noch nicht einmal dasselbe Blut floss.

Aber vielleicht tat es das ja doch. Vielleicht war Harlan Sommer tatsächlich ihr Vater. Sie überlegte, ob sie ihre Vermutung aussprechen sollte, besann sich jedoch eines Besseren. So nahe sie sich Rachel in diesem Moment fühlte, konnte sie nicht mit Gewissheit sagen, wie sie auf eine derartige Überlegung reagieren würde.

Plötzlich runzelte Rachel die Stirn. »Wo ist dein Ring?«

Alex blickte auf ihre schmucklose Hand. »Reed hat ihn mitgenommen.«

»Reed hat ihn mitgenommen?«, wiederholte Rachel leicht nuschelnd. »Wieso?«

»Er braucht ihn für die Ermittlung, meinte er.«

Rachel lehnte sich gegen die Couch, streckte die Beine aus und krümmte ihre Zehen. »Das verstehe ich nicht. Es ist völlig unlogisch.«

Alex blinzelte und bemerkte, dass sie betrunken war und ihre Zunge nicht mehr spürte. »Was meinst du damit?«

»Max hat doch Selbstmord begangen. Richtig?«
Sie nickte. »Richtig.«
»Was sollte der Ring damit zu tun haben?«
Alex starrte sie an und versuchte, einen klaren Gedanken zu fassen. »Deshalb war ich doch bei ihm. Ich wollte herausfinden, ob er ihn entworfen hat.«
»Ich meine ja nur. Reed muss einen Grund haben, wieso er ihn behält.«
Alex runzelte die Stirn. »Was?«
»Ach, was weiß ich.« Rachel betrachtete ihr leeres Glas und begann zu kichern. »Der Wein is weg. Ich sollte jesst wohl gehen.«
»O nein, ganz bestimmt nicht.« Mühsam kam Alex auf die Füße. Wenigstens hatte der Raum nicht angefangen, sich zu drehen – noch nicht. »Was für eine Schwester wäre ich, wenn ich dich fahren lasse? Du schläfst hier auf der Couch.«

Kapitel neununddreißig

Donnerstag, 11. März
04:55 Uhr

Sie trugen Umhänge mit Kapuzen. Alex versuchte, ihre Gesichter auszumachen, doch es gelang ihr nicht. Obwohl die Umhänge auch ihre Gestalt verbargen, erkannte sie, dass es sich um Männer handelte. Sie spürte die brutale Unverbrämtheit ihrer Erregung.
Der Kreis um sie herum schloss sich. Ein hämmerndes Geräusch hallte in ihrem Kopf wider. Hektisch sah sie sich um, kämpfte gegen die aufsteigende Panik an, während sie nach einer Fluchtmöglichkeit, einem Ausweg Ausschau hielt.
Plötzlich stand sie mitten in einem Wald. Kauerte im Unter-

holz. Jemand redete. Drohend. Die hohe Stimme einer Frau, nein, sie gehörte einem Mann. Wütend. Angestrengt lauschte sie, doch sosehr sie sich bemühte, die Worte auszumachen, ergaben sie doch keinen Sinn. Es war nichts als Geplapper, sinnloses Gebrabbel.

Ein scharfer Geruch stieg ihr in die Nase. Sandelholz. Sie konnte nicht atmen, geschweige denn schreien. Doch sie musste schreien; es war der einzige Ausweg.

Schrei, Alex … Schrei …

Alex fuhr hoch und riss die Augen auf, als ihre Stimme von den Wänden widerhallte.

In diesem Moment ging die Tür zu ihrem Schlafzimmer auf, und das Licht wurde angeknipst. »Alex? Ist alles in Ordnung?«

Verwirrt blinzelte sie, während sie sich langsam aus dem Traum löste.

»Alex, Schatz, du hast geschrien.«

Rachel. Ihr gemeinsamer Abend. Sie war über Nacht geblieben.

»Ein Alptraum«, presste Alex mühsam hervor und zog sich das Laken und die Bettdecke bis zum Kinn. Erst jetzt bemerkte sie, dass sie zitterte. »Ich … tut mir leid, wenn ich dich geweckt habe.«

»Das war nicht das Problem, sondern eher die Angst, die du mir eingejagt hast.«

Alex knipste die Nachttischlampe an. »Oh, verdammt, tut mir leid.«

Rachel kam herein und setzte sich auf die Bettkante. »Willst du mir davon erzählen?«

Sie schüttelte den Kopf. »Nein, ich will den Traum am liebsten gleich wieder vergessen.«

»Okay, kein Problem.« Beim Anblick von Rachels gekränkter Miene ergriff Alex ihre Hand.

»Ich habe oft Alpträume. Schon mein ganzes Leben lang. Sie kommen und gehen. Im Moment bin ich innerlich sehr aufgewühlt, das ist alles.«

Rachel drückte ihre Finger, wohl wissend, welche Überwindung dieses Geständnis Alex gekostet hatte. »Ich wollte nicht neugierig sein.«

»Das warst du nicht. Es ist nur, ich …« Alex lächelte wehmütig. »Tut mir leid, dass ich dich aus dem Bett geholt habe.«

Rachel erwiderte das Lächeln. »Wir sind schon ein schräges Gespann, was? Willst du weiterschlafen?«

Alex sah auf die Uhr. »Es ist gleich fünf. Das bringt sowieso nichts.«

»Soll ich uns Kaffee machen?«

»Das klingt himmlisch. Die Sachen sind im Hängeschrank. Ich bin gleich da.«

Alex streifte eine Jogginghose über, putzte sich die Zähne und ging in die Küche, wo sie Rachel vorfand, die sich bereits angezogen hatte und wie gebannt dem Kaffee zusah, der durch die Maschine tröpfelte.

»Das ist die langsamste Kaffeemaschine der Welt«, murmelte Alex.

»Das sehe ich.« Rachel wandte sich Alex zu. »Wie geht es deinem Kopf?«

»Er schmerzt, aber es könnte schlimmer sein. Was ist mit deinem?«

»Er bestraft mich für meine Exzesse, aber das war ja klar.«

Alex lächelte. »Kaffee hilft.«

»Zum Glück bin ich von Alpträumen immer verschont geblieben.«

»Du gehörst also zu denen, die wie ein Baby schlafen? Ich beneide dich.«

Rachel lachte. »Das habe ich nicht gesagt. Ich kämpfe mit meinen eigenen Dämonen, nur Alpträume gehören eben zufällig nicht dazu.«
Dämonen, dachte Alex. Sie waren Teil von Rachels Leben. Jede Wette.
»Willst du wirklich etwas über meinen Alptraum hören?«
»Nur, wenn du davon erzählen willst.«
»Zuerst brauche ich etwas zu essen.«
Gemeinsam bereiteten sie Rührei mit Toast zu. Als das Essen fertig war, gab auch die Kaffeemaschine ihr finales Geblubber von sich. Sie setzten sich an den Tisch und fingen an zu essen. Dankbar registrierte Alex, dass Rachel sie nicht drängte.
Erst als sie sich den letzten Bissen in den Mund geschoben und noch einmal Kaffee nachgeschenkt hatte, begann sie zu erzählen. »Wie gesagt, ich leide seit vielen Jahren unter Alpträumen. Solange ich denken kann. Meistens sind es die üblichen Szenarien – ich werde von jemandem verfolgt und laufe um mein Leben. Aber in letzter Zeit sind sie irgendwie … anders. Konkreter.«
»Auch der von heute Nacht?«
»Ja. Heute waren es Männer. Sie hatten einen Kreis um mich gebildet, aus dem ich nicht herauskam. Ich wusste, dass sie erregt sind, und das hat mir Angst gemacht. Riesige Angst.«
Rachel riss die Augen auf. »O Gott. Konntest du sie erkennen?«
Alex schüttelte den Kopf. »Sie trugen Umhänge mit Kapuzen. Das ist ja oft so in Träumen – das Unterbewusstsein spielt Versteck mit einem.«
»Sie wollten dich vergewaltigen.«
»Das ist die Interpretation, die sich aufdrängt. Aber meistens sind Träume nicht so offensichtlich. Die Männer, der Kreis, die

Tatsache, dass ich ihre Gesichter nicht erkennen konnte und mich gefangen und bedroht fühlte – all das sind Symbole für etwas anderes.«

»Wofür denn?«

»Keine Ahnung. Und ehrlich gesagt bin ich im Moment zu müde, um darüber nachzudenken.« Ein Anflug von Schuldbewusstsein überkam sie, denn es entsprach nur halb der Wahrheit. Hätte Tim vor ihr gesessen, wäre sie auf der Stelle bereit gewesen, den Traum in sämtliche Einzelheiten zu zerpflücken und zu analysieren, Müdigkeit und Kater hin oder her. Doch sie war noch nicht bereit, Rachel in die Tiefen ihrer Seele blicken zu lassen. Ihre Beziehung war noch zu frisch.

»Gerade ist mir das perfekte Gegengift eingefallen!«, rief Rachel unvermittelt und sprang auf. »Mani-Pedi.«

»Maniküre und Pediküre?«

»Bestimmt kann ich einen Termin für uns ergattern. Mag sein, dass es mich eine Flasche von meinem besten Wein kostet, aber das kriege ich hin. Bist du dabei?«

»Musst du denn nicht arbeiten?«

»Pfeif auf die Arbeit. Ich arbeite pausenlos.«

Alex betrachtete ihre Hände. Ihre Nägel sahen fürchterlich aus. Und ihre Füße waren in einem noch viel übleren Zustand.

»Und einen neuen Lippenstift kaufen wir uns auch, wenn wir schon dabei sind«, erklärte Rachel und begann den Tisch abzuräumen. »Und Lidschatten. In so grässlichen Farben, dass wir sie garantiert nie benutzen.«

Alex lachte. Klang nach echtem Spaß. Die Art von Spaß, wie sie ihn seit … einer halben Ewigkeit nicht mehr gehabt hatte.

»Ich bin dabei.«

Rachel rieb sich die Hände. »Prima. Ich räume hier auf, sehe kurz im Büro vorbei und melde mich.«

Kapitel vierzig

Donnerstag, 11. März
16:25 Uhr

Alex hielt vor dem bescheidenen Wohnhaus, ließ den Atem entweichen und spreizte die Finger auf dem Steuer. Ihr Blick blieb an ihren frisch lackierten Nägeln hängen, während sich ein Lächeln auf ihren Zügen ausbreitete. Rachel war ein verrücktes Huhn, das sie zum Lachen brachte. Und es war ihr gelungen, Alex aus der Reserve zu locken. Die beiden hatten sich heute Nachmittag eher wie Teenager als wie erwachsene Frauen benommen.

Ihre Finger- und Zehennägel waren der sichtbare Beweis dafür: *Shocking Pink*. Rachel hatte sich für *Darling Clementine* entschieden, einen knalligen Orangeton, der Florida alle Ehre gemacht hätte. Beim Lippenstift hatten sie sich beide für ein zwar alles andere als dezentes, aber verblüffend schmeichelhaftes Rot entschieden. Alex hatte nur staunen können, dass die Verkäuferin nicht den Sicherheitsdienst gerufen und diese beiden durchgeknallten Frauen hatte abführen lassen.

Alex öffnete die Wagentür, stieg aus und nahm einen Korb Blumen vom Rücksitz. Seltsam – die Zeit mit ihrer Stiefschwester hatte ihr den Mut verliehen, das zu tun, was sie vor sich herschob, seit sie Max Cragan gefunden hatte: seiner Tochter ihr Beileid auszusprechen.

Und ihr vielleicht ein paar Antworten zu entlocken.

Sie ging die Auffahrt hinauf und läutete. Kurz darauf wurde die Tür von einem kleinen dunkelhaarigen Mädchen mit Grübchen geöffnet. Alex erkannte sie sofort von dem Foto wieder, das Max ihr voller Stolz gezeigt hatte – die jüngste seiner drei Enkeltöchter.

»Hallo«, sagte Alex. »Ist deine Mami da?«

Das Mädchen nickte, schob sich den Daumen in den Mund

und stürzte davon, während Alex vor der offenen Haustür stehen blieb.
Vorsichtig streckte sie den Kopf zur Tür hinein. »Hallo?«, rief sie. »Mrs. Wilson? Sind Sie zu Hause?«
Sekunden später erschien eine Frau mit dem kleinen Mädchen im Schlepptau; genau genommen hatte das Mädchen die Mutter im Schlepptau.
Die Trauer grub sich so tief in Angie Wilsons Züge, dass Alex die fröhliche Frau von Max' Familienfoto kaum wiedererkannte.
»Kann ich Ihnen helfen?«
»Ich bin Alex Clarkson«, stellte sie sich vor und streckte ihr die Blumen hin. »Das mit Ihrem Vater tut mir schrecklich leid.«
Angie betrachtete den Korb, dann sah sie wieder Alex an, während sich ihre Augen mit Tränen füllten. »Danke. Aber kommen Sie doch herein.«
Sie nahm den Korb entgegen und führte Alex ins Haus, das aussah, als wäre eine Bombe explodiert. Was in gewisser Weise auch so war.
Angie schob ein paar Sachen auf der Couch beiseite. Alex nahm Platz und räusperte sich. »Ihr Dad hat Sie und die Kinder so sehr geliebt … Er hat mir erzählt, wie sehr Gott ihn gesegnet hat.«
»Sie kommen von seiner Kirche«, folgerte Angie.
Als Alex verneinte, musterte sie sie stirnrunzelnd. »Kenne ich Sie irgendwoher?«
»Nein, ich … ich habe Ihren Vater nur einmal gesehen, aber die Begegnung mit ihm hat mich tief berührt. Er war ein wunderbarer Mann.«
Angie brach in Tränen aus. Das Mädchen, das zu den Füßen ihrer Mutter gesessen und in einem Bilderbuch geblättert

hatte, stand auf und kletterte mit bekümmerter Miene auf ihren Schoß. »Weine nicht, Mami. Opi ist jetzt im Himmel.«
»Da hast du recht, Schätzchen.« Sie drückte das Kind an sich. »Würdest du Mami bitte ein Papiertaschentuch holen?«
Das Mädchen kletterte herunter und trottete davon.
Angie sah Alex an. »Sie sind diejenige, die ihn gefunden hat.«
»Ja«, antwortete Alex, obwohl es keine Frage war.
»Warum waren Sie bei ihm?«
»Ich habe einen Ring ... er gehörte meiner Mutter ... es könnte sein, dass der Entwurf von ihm stammt.«
Sie nickte. Das Mädchen kam mit den Taschentüchern zurück. Alex wartete, bis Angie das Mädchen gelobt, sich die Nase geputzt und sich die Wangen trockengetupft hatte.
»Danke für die Blumen ... Ich ... wenn Sie nichts dagegen haben ... Der Zeitpunkt ist nicht sehr günstig.«
»Ich weiß. Es tut mir sehr leid.« Sie streckte die Hand aus und drückte Angies Finger. »Aber es wird besser. Die Zeit hilft. Ich verstehe Ihren ...« Sie holte tief Luft. »Meine Mutter ist kürzlich gestorben. Sie ... sie hat sich das Leben genommen.«
Angie wurde stocksteif. »Wie bitte?«
»Ich versuche Ihnen nur zu sagen, dass ich weiß, wie Sie sich fühlen.«
»Mein Vater hat keinen Selbstmord begangen.«
Alex konnte ihren Schock nicht verbergen. »Ich ... die Polizei ... ich ...«
»Mein Dad hat sich nicht umgebracht. Er war glücklich. Zufrieden mit dem Leben. Trotz Moms Tod hat er nie ...«
Sie hielt inne und ballte die Fäuste. »Sie haben doch gesehen, wie schwach er war. Wie hätte er das denn anstellen sollen?«
Alex blinzelte. »Keine Ahnung. Ich ...«
»Seine Hände haben so stark gezittert, dass er kaum seine Kat-

ze hochheben konnte. Wie hätte er die Leiter aufstellen, das Seil an den Balken hängen und sich die Schlinge um den Hals legen sollen? Das ist doch lachhaft.«
Erst in diesem Moment wurde Alex bewusst, dass sie den Vorfall nicht hinterfragt, sondern einfach geglaubt hatte, was sie sah. Genauso wie bei ihrer Mutter.
Doch ihre Mutter war nicht glücklich und zufrieden mit ihrem Leben gewesen, sondern hatte auch vorher schon versucht, ihm ein Ende zu setzen.
Alex räusperte sich. »Hat Ihr Vater es schon einmal versucht? Hat er je davon geredet, Selbstmord begehen zu wollen?«
Sie kannte die Antwort bereits. Der Mann, der selbst einer Wildfremden von seinem Glück erzählte, hätte sich niemals erhängt. Selbst wenn er körperlich dazu in der Lage gewesen wäre.
Und mit dieser Erkenntnis kam eine weitere: Wenn Max sich nicht selbst getötet hatte, musste es jemand anderes gewesen sein.
Ihre Hände begannen zu zittern, als sie Angie ansah. »Haben Sie mit der Polizei darüber geredet und ihnen gesagt, was Sie mir gerade erzählt haben?«
»Natürlich«, antwortete sie bitter. »Sie haben mich behandelt, als wäre ich ein naives Kind.«
Das konnte Alex sich lebhaft vorstellen. Die Polizisten hielten sich streng an die Fakten, und das war's. Aber vielleicht irrten sie sich in diesem Fall?
»Soll ich mal mit ihnen reden? Ich kenne Detective Reed. Vielleicht, wenn ich es ihm erklären …«
»Weshalb sollten Sie das für mich tun?«
Eine durchaus nachvollziehbare Frage. Eine, die sie an Angie Wilsons Stelle gewiss ebenfalls gestellt hätte.

Bestimmt käme es nicht sonderlich gut an, wenn sie ihr erklärte, dass sie sich gewissermaßen verantwortlich fühlte. Der andere Grund würde mehr Wirkung zeigen.

»Ich mochte Ihren Dad. Sehr sogar.«

»Ich habe schon mit Detective Reed gesprochen, der allerdings kein besonderes Interesse an meiner Einschätzung gezeigt hat.«

»Lassen Sie es mich versuchen.« Alex erhob sich.

»Danke«, sagte Angie, stand ebenfalls auf und begleitete Alex zur Tür.

»Haben Sie herausgefunden, ob Dad den Ring entworfen hat?«

Alex schüttelte den Kopf. »Schätzungsweise muss ich es auf einem anderen Weg versuchen.«

»Wieso ist es denn so wichtig?«

Alex wandte den Blick ab, dann sah sie Angie erneut an. »Sie ist tot, und ich habe … niemanden mehr sonst. Ich hatte gehofft, der Ring könnte eine Art Schlüssel zu ihrer Vergangenheit sein. Und mich zu meinem Vater führen.«

»Mein Dad hat alle seine Entwürfe in einem Ordner aufgehoben. Ich sehe gern für Sie nach.«

Kapitel einundvierzig

Donnerstag, 11. März
19:40 Uhr

»Hallo, mein Sohn.«

»Dad.« Reed blickte an ihm vorbei, in der Erwartung, seine Brüder oder seine Mutter zu sehen. Sein Vater besuchte ihn höchst selten, ohne dass ihn jemand dazu aufgefordert hatte. Besser gesagt, überhaupt nie. Doch diesmal war kein anderer auf der Veranda zu sehen.

Er richtete den Blick wieder auf den alten Herrn. »Was für eine Überraschung.«
»Darf ich reinkommen?«
Reed öffnete die Tür ein Stück weiter. »Klar. Ich habe mir gerade etwas zu essen gemacht und muss nur den Topf vom Herd nehmen.«
Sein Vater trat ins Haus. Reed hatte es von seiner Großmutter mütterlicherseits geerbt, was ein echter Glücksfall war, da er sich von seinem Polizistengehalt nie im Leben etwas Derartiges hätte leisten können. Nicht, dass es sonderlich groß oder luxuriös gewesen wäre, aber die Immobilienpreise in Sonoma County bewegten sich in geradezu schwindelerregenden Höhen.
»Du hast es dir ja recht nett gemacht«, stellte sein Vater fest und sah sich mit gerunzelter Stirn in dem im Stil der Vierzigerjahre eingerichteten Haus um.
»Ein Kompliment aus deinem Mund? Ich hätte nicht gedacht, dass ich das noch erleben darf.«
Sein Vater erwiderte nichts darauf. Reed ging in die Küche, schaltete den Herd aus und gab einen Deckel auf den Suppentopf. Als er ins Wohnzimmer zurückkehrte, sah er seinen Vater ruhelos im Raum auf und ab gehen. »Setz dich doch.«
»Nein danke, was ich zu sagen habe, kann ich auch im Stehen tun.« Er sah Reed direkt in die Augen. »Wie ich höre, verfolgst du unsere Freunde, störst sie bei der Arbeit und gräbst unschöne Erinnerungen aus.«
Offenbar hatte er einen Nerv getroffen. Und zwar so zielgenau, dass sie die Infanterie mit Pauken und Trompeten losschickten. »Verfolgen, Dad? Ich würde es einfach als meine Arbeit bezeichnen.«
»Du weißt, wie ich über deine Berufswahl denke.«
»Daraus hast du nie ein Geheimnis gemacht. Aber wir wis-

sen beide, dass deine Meinung über meine Berufswahl rein gar nichts damit zu tun hat, was ich für meine Pflicht halte.«
»Dieses Theater um ein dämliches Tattoo.«
»Genau dieses ›dämliche Tattoo‹, wie du es nennst, ist aber das Bindeglied zwischen zwei Verbrechen.«
»Ich muss dich bitten, die Finger davon zu lassen.«
»Das geht nicht.« Reed blickte seinem Vater in die Augen. »Was hat es mit den Weinranken und der Schlange auf sich?«
»Nichts.«
»In diesem Fall wärst du nicht hier. Das wissen wir beide.«
»Ich bin hier, weil du unseren Freunden auf die Pelle rückst. Sie fühlen sich bedroht.«
»Wer hat dich angerufen?«, fragte Reed. »Treven? Clark? Carter? Oder alle drei?«
»Ich weiß, was du in der Hand hast. Dieses Bindeglied zwischen den beiden Verbrechen, wie du es nennst. Toms Tattoo und Patsys Ring.«
»Du weißt von dem Ring?«
»Natürlich. Und mir ist auch aufgefallen, dass ihre Tochter ihn trägt.«
Er betonte die Worte *ihre Tochter* kaum merklich, um seiner Verachtung für Patsy Ausdruck zu verleihen.
»Was haben die Motive zu bedeuten, Dad?«
»Jedenfalls nicht das, was du denkst, so viel kann ich dir sagen. Und ganz bestimmt besteht auch keine Verbindung zu einem Mord.«
»Was denke ich denn?«
»Spiel hier keine Spielchen mit mir, Danny.«
»Du bist derjenige, der Spielchen spielt, Pops. Nicht ich. Wir waren vielleicht nicht immer einer Meinung, aber du warst immer ehrlich. Also sei es auch jetzt.«

Lange Zeit stand sein Vater reglos da. Dann stieß er einen tiefen Seufzer aus und ging zur Couch. Minutenlang starrte er auf seine im Schoß gefalteten Hände, dann sah er Danny an. »Die Jungs waren Mitglieder in einem Geheimclub.«

Reed hob eine Braue. »Ein Geheimclub?«

Sein Vater wandte den Blick ab. Reed runzelte die Stirn. Sein Vater war stets derjenige, der das Ruder fest in der Hand hielt. Er hatte jede Situation im Griff, ließ sich durch nichts und niemanden aus dem Konzept bringen.

Doch heute war es anders. In dieser Verfassung hatte Reed ihn noch nie gesehen. Er schien sich höchst unwohl in seiner Haut zu fühlen. Reed setzte sich ihm gegenüber hin und wartete.

»Es ist sehr schwer, darüber zu reden. Sehr schwer.« Er fuhr sich mit der Hand über die Augen. »Damals hatte ich keine Ahnung, was läuft. Und als ich es herausgefunden habe … habe ich mich so verraten gefühlt. Es war, als hätte man mir das Herz herausgerissen.«

Er ballte die Fäuste. »Wenn man Kinder hat, versucht man, sie zu beschützen und alles zu tun, damit es ihnen gutgeht. Man will, dass das Kind alles bekommt, was gut für es ist. Und wenn das Böse …« Seine Stimme brach.

Reed begegnete dem Bösen tagein, tagaus. Damit kannte er sich nur allzu gut aus. Aber seinen Vater darüber reden zu hören, noch dazu auf diese dramatische Art und Weise – er konnte sich das Lachen nicht verbeißen. »Für einen Oscar reicht es noch nicht ganz, Dad, aber aus dem Mund eines Mannes wie dir … wirklich äußerst glaubhaft. Allerdings kann ich gut darauf verzichten, wenn ich ganz ehrlich sein darf.«

»Da gibt es nichts zu lachen.«

»Was war das denn für ein ›böser‹ Geheimclub?«

»Ein Initiationsclub.«

»Initiation? Worin?«
»Sex«, erwiderte sein Vater schroff.
»Und Patsy …«
»War diejenige, die die Mitglieder eingeführt hat. Sie hat mit ihnen gevögelt. Und danach bekamen sie das Tattoo. Manche waren noch nicht mal fünfzehn.«
Reed hatte Mühe, sich Patsy Sommer als den männermordenden Vamp vorzustellen, als den sie sein Vater beschrieb. Sexuelle Handlungen mit Minderjährigen waren ein Verbrechen. Dabei spielte es keine Rolle, ob der Minderjährige männlich war und bereitwillig mitmachte.
»Du bist nicht zur Polizei gegangen?«
»Nein. Ich wollte nicht … dass die Presse Wind davon bekommt. Die Jungs diesem öffentlichen Skandal auszusetzen hätte mehr geschadet als genützt, dachten wir.«
»Wer war davon betroffen?«
»Welche Jungs, meinst du?« Reed nickte.
»Einige von ihnen kennst du. Tom natürlich. Carter. Clark. Joe. Terry Bianche. Und dieser andere; Spanky haben sie ihn genannt.«
»Der vor zehn, fünfzehn Jahren Selbstmord begangen hat?« Sein Dad nickte. »Und mein Bruder Joe war auch dabei, sagst du? Er hat aber keine Tätowierung.«
»Zum Glück kam das Ganze ans Licht, bevor er sich tätowieren lassen konnte.«
»Weiß Mom davon?«
»Nein. Wir haben beschlossen, dass die Mütter nichts davon erfahren sollten.«
»Und Harlan?«
»Er weiß es bis zum heutigen Tag nicht, und das soll auch so bleiben.«

Reed stand auf und trat ans Fenster am anderen Ende des Raums, das auf einen alten, völlig überwucherten Weinberg hinausging. Er hatte sich immer gefragt, wie man dieses Stück Land derart verwildern lassen konnte. Es war so wertvoll.

Schließlich warf er seinem Vater einen Blick über die Schulter zu. »Sie hatte also Sex mit ihnen. Das war's? Daraus bestand der Club?«

»Nicht ganz. Diejenigen, die eingeführt waren, sahen den anderen bei ihrer Initiation zu. Und feuerten sie an. Und danach haben es alle mit ihr getrieben.«

Reed fuhr sich mit der Hand durchs Haar und fragte sich, wie er Alex diese Nachricht beibringen sollte. »Wie hast du es herausgefunden?«

»Joe. Nach Dylans Verschwinden war er völlig traumatisiert. Er hat alles gestanden.« Seine Lippen verzogen sich angewidert. »Selbst heute noch wird mir übel, wenn ich nur daran denke.«

Reed lauschte wortlos. Im Laufe seiner Karriere hatte er schon viel Schlimmeres gehört und gesehen. Und er hatte sich schon vor langer Zeit damit abgefunden, zu welchen Widerwärtigkeiten Menschen fähig waren. Doch diesmal war seine eigene Familie davon betroffen. Der wohlbehütete Kreis seiner engsten Angehörigen.

»Und der Ring?«, fragte er schließlich steif. »War er ein Geschenk? Oder hat Patsy ihn ...«

»Für sich selbst anfertigen lassen. Ja. Der Entwurf stammt von Cragan. Natürlich hatte er keine Ahnung, wofür die Symbole standen.«

Reed sah Schweißperlen auf der Stirn seines Vaters glänzen. »Wenn man sich überlegt ... die vielen Male, die wir mit ihr zusammengesessen haben. Dass wir sie wie eine von uns be-

handelt haben, ein Mitglied unseres engsten Freundeskreises, während sie … so etwas getan hat.«
Schuld und Kummer zeichneten sich auf der Miene seines Vaters ab. »Ich hätte es merken müssen. Ich hätte wissen …« Er unterbrach sich. »Sie war eine Hure. Sie hat sich an unsere Söhne herangemacht. Wie konnte ich das nicht bemerken? Wie konnte ich das übersehen? Aber keiner von uns hatte auch nur den leisesten Verdacht.«
»Weißt du, wer Alexandras Vater ist?«
Er schüttelte den Kopf. »Es hätte jeder sein können.«
»Und Dylan?«
Sein Vater sah ihn erstaunt an. »Was soll mit Dylan sein?«
»Wer war sein Vater?«
»Harlan, nat…« Er brach ab, als komme ihm zum ersten Mal der Gedanke, dass Dylan der Sohn eines anderen gewesen sein könnte – was ziemlich seltsam war, wenn man bedachte, was er und die anderen Männer herausgefunden hatten, fand Reed. Seinem Vater musste es ebenfalls bewusst geworden sein, denn er fuhr hastig fort: »Natürlich sind wir alle davon ausgegangen. Keiner hat das jemals in Frage …«
Er räusperte sich. »Du musst verstehen … wir waren Freunde, bevor all das aus Licht kam. Enge Freunde sogar. Man hatte den Eindruck, dass sie sich sehr lieben. Und ich kann nicht einmal mehr sagen, wann sie wahnsinnig geworden ist.«
Reed runzelte die Stirn. »Wahnsinnig, Dad?«
»Wie würdest du es denn bezeichnen? Sag du es mir.« Erregt sprang er auf. »Mit den Söhnen der eigenen Freunde Sex zu haben, ist doch … Wahnsinn. Es ist krank!«
»Es war kriminell«, korrigierte Reed. »Du hättest zur Polizei gehen müssen.«
»Sind wir aber nicht! Verdammt, wir dachten, es sei das Beste

so.« Er schlug die Hände vors Gesicht; eine Geste, die Reed nie zuvor bei ihm gesehen hatte.
Als er sie wieder sinken ließ, waren seine Augen tränennass. »Sie wollte nicht gehen. Also haben wir sie gezwungen. Dylan war verschwunden, Alex war nicht Harlans Tochter. Gott möge uns verzeihen, aber wir wollten um jeden Preis verhindern, dass Harlan davon erfährt. Als wir mit Patsy geredet haben, drohte sie, ihm alles zu sagen. Sie hat Geld von uns verlangt. Sie bräuchte ein finanzielles Polster, um sich ein neues Leben aufzubauen, hat sie gesagt. Also haben wir es ihr gegeben. Sie hat Alex genommen und ist verschwunden. Mit dem Versprechen, Harlan nie wieder unter die Augen zu treten.«
Sein Vater streckte ihm die Hand entgegen. »Ich bin hergekommen, Dan, weil ich dich um etwas bitten will. Ich brauche deine Hilfe. Lass diese Tattoo-Geschichte ruhen, andernfalls kommen unschuldige Menschen zu Schaden. Denk an Joes Kinder. Großer Gott, wenn sie erfahren …«
Er war zu tief in diesen Fall verstrickt, zu nahe dran, dachte Reed. Vor ihm stand sein Vater, der ihn um Hilfe anflehte, nicht irgendein Fremder. Jener unbeugsame Mann, der seine Entscheidung, nicht ins Familiengeschäft einzusteigen, mit einem knappen »Los, dann verschwinde doch. Wer braucht dich schon?« abgetan hatte.
Und genau dieser Mann brauchte ihn jetzt.
Manche Geheimnisse blieben lieber ungelüftet.
»Ich sehe zu, was ich tun kann, versprechen kann ich allerdings nichts.«
Sein Vater schien erleichtert zu sein. »Danke, Sohn. Es ist das Richtige. Ganz bestimmt.«
»Allerdings musst du dir über eines im Klaren sein. Wenn etwas herauskommt, das die Verbindung zwischen …«

»Wird es nicht. Der Ring und die Tätowierungen haben nichts mit dem Mord an Tom zu tun.«

Auch als sein Vater längst fort war, ging Reed nicht aus dem Kopf, was er gerade erfahren hatte. Er dachte an Alex. An seinen Bruder. An Clark und an die anderen. Und an Patsy Sommer.

Wer war diese Frau gewesen? Die stets freundliche, lächelnde Ehefrau und Bilderbuch-Mutter? Die Künstlerin mit der bipolaren Störung, die zwar enormes Talent besessen hatte, jedoch immer wieder von unkontrollierbaren Anfällen tiefster Verzweiflung heimgesucht worden war? Oder die Frau mit der kriminellen Ader, die sein Vater beschrieben hatte? Eine Frau, die nicht davor zurückgeschreckt war, minderjährige Jungen zu verführen?

Der Ring und die Tattoos haben nichts mit dem Mord an Tom zu tun. Das vielleicht nicht, dachte Reed. Aber hatten sie möglicherweise mit dem an Dylan zu tun?

Plötzlich war er aufgeregt: Wenn Patsy tatsächlich so promiskuitiv gewesen war, wie sein Vater beschrieben hatte, bestand die Möglichkeit, dass Dylan nicht Harlans Sohn gewesen, sondern von jemand anderem gezeugt worden war – eine Tatsache, die das Leben einer ganzen Reihe von Leuten gehörig durcheinanderbringen hätte können. Harlans Leben. Das Leben des leiblichen Vaters und, falls dieser noch minderjährig gewesen war, das seiner Familie.

Manche Geheimnisse blieben lieber ungelüftet.

Dreckskerl, dachte er. Das änderte alles auf einen Schlag.

Kapitel zweiundvierzig

Donnerstag, 11. März
21:00 Uhr

Reed wählte Tanners Nummer. Sie ging sofort an den Apparat. Im Hintergrund hörte er Musik und Gesprächsfetzen. »Wo sind Sie?«, fragte er.

»Im Tony's. Was ist los?«

Das Tony's war eine Bar in der Nähe des Reviers und damit beliebte Anlaufstelle nach der Schicht. »Wir müssen dringend reden. Bleiben Sie, wo Sie sind.«

Zwanzig Minuten später betrat er die Bar und steuerte geradewegs auf den Tresen zu. Die Namensgeberin der Bar war eine attraktive, unkomplizierte Mittdreißigerin, Antonia, die ihre Bar als »Weinland-Alternative« bezeichnete. Obwohl diverse Weine auf der Karte standen, lag der Schwerpunkt eindeutig auf Cocktails und den zweiundzwanzig verschiedenen Biersorten vom Fass. Außerdem gab es zwei Flachbildschirmfernseher, im hinteren Teil stand ein zwar etwas ramponiert aussehender, aber durchaus brauchbarer Billardtisch, Snacks wie Erdnüsse, Salzbrezeln und Popcorn wurden kostenlos gereicht, und der Laden hatte rund um die Uhr geöffnet.

»Reed«, begrüßte Antonia ihn. »Lange nicht gesehen.«

Sie zapfte ein Poppy Jasper und stellte es vor ihm auf den Tresen.

»Die üblen Burschen halten mich auf Trab.«

»Mich auch.« Sie grinste. »Ich soll Ihnen von Tanner ausrichten, sie ist hinten beim Billard.«

»Danke.« Er zahlte sein Bier und ging ins Hinterzimmer. Tanner, Cal und ein paar Neulinge aus dem Dezernat für Eigentumsdelikte waren in ein Spiel vertieft. Und es hatte den Anschein, als würden Tanner und Cal ihnen zeigen, wo der Hammer hängt.

Typisch. Tanner machte beim Billard keiner so schnell etwas vor.
Sie beugte sich weit vor, setzte den Queue an und wandte sich nach ihm um. »Und? Genießen Sie den Anblick, Reed?«
»Allerdings. Ich gebe es zu.«
Sie grinste. »Fein. Ich bin froh, dass ich noch was zu bieten habe.«
Mit einer geschmeidigen Bewegung ließ sie den Queue durch ihre Finger schnellen und vollführte den Stoß mit untrüglicher Genauigkeit. Prompt traf die Kugel ihr angepeiltes Ziel – die Fünfzehn – und versenkte sie in der Ecke. In Rekordzeit räumte sie den Rest des Tisches ab. Wenig später schlurften die grummelnden Grünschnäbel von dannen, um sich noch ein Bier zu bestellen.
Sie und Cal zogen zwei Hocker heran. »Also, was liegt an?«
In kurzen Worten schilderte Reed ihnen, was sein Vater ihm erzählt hatte – was Patsy Sommer getan hatte, wer dabei gewesen war und wie die Väter der Betroffenen mit der Situation umgegangen waren.
Cal stieß einen Pfiff aus. »Von einer älteren, erfahrenen Frau in die Kunst der Liebe eingeführt zu werden mag ja der feuchte Traum jedes Jungen sein. Allerdings muss es schon eine superscharfe Frau sein, à la Mrs. Robinson und so …«
»Kriegen Sie sich wieder ein, Cal«, blaffte Tanner. »Ihre Version feuchter Bubenträume interessiert mich nicht.«
»Manche der Jungs waren gerade mal fünfzehn«, fuhr Reed fort. »Das ist Unzucht mit Minderjährigen.«
Reed stimmte ihr zu und fuhr fort. »Allem Anschein nach gehörte zu dem Initiationsritual auch Gruppensex. Die Anwesenden haben den Kandidaten zuerst angefeuert und sich danach selbst mit der Dame vergnügt.«

Tanner verzog das Gesicht. »Was für eine kranke Scheiße. Und ganz bestimmt keine Entjungferungsmethode, die ich mir für meinen Sohn wünschen würde.«
»Genau dieser Meinung waren die Väter wohl auch.«
»Alle?«, hakte Tanner skeptisch nach.
Reed runzelte die Stirn. »Was wollen Sie damit sagen?«
»Unsere Gesellschaft neigt doch dazu, die Einführung eines Jungen in die Kunst der Liebe durch eine ältere, attraktive Frau gutzuheißen. Cals Kommentar ist der beste Beweis dafür.«
»Wohingegen Sex mit einer Gleichaltrigen als Verbrechen gilt, wenn die beiden noch minderjährig sind«, murmelte Reed.
»Genau.« Tanner runzelte die Stirn. »Ich sehe förmlich vor mir, wie der eine oder andere Vater danebensteht und die Achseln zuckt. Nach dem Motto: Nichts passiert, keiner zu Schaden gekommen.«
»Stimmt, sie sind nicht zur Polizei gegangen«, meinte Cal. »Was Tanners Theorie bestätigen würde.«
»Stattdessen haben sie sie aus der Stadt gejagt. Mit einem hübschen finanziellen Polster.« Reed nahm einen großen Schluck von seinem Bier. »Sie wollten nicht, dass jemand mitbekommt, was da läuft, insbesondere Harlan nicht. Sie haben es sogar den Müttern der Jungs verschwiegen.«
Die Grünschnäbel kehrten mit ihren Bieren zurück. Tanner lehnte ihre Aufforderung zur Revanche ab, wobei Reed bemerkte, dass sie beinahe erleichtert wirkten. Sie schlenderten zurück in den Gastraum, während Reed sich wieder Tanner und Cal zuwandte.
»Mein Dad will unbedingt, dass die Geschichte unter Verschluss bleibt. Er hat mich angebettelt, meine Nachforschungen im Hinblick auf die Tattoos einzustellen.«
»Das kann ich mir denken«, murmelte Tanner. »Man muss sich

nur mal ansehen, wer in die Sache verstrickt war – die Sommers, die Reeds, die Townsends, die Schwanns, die Bianches. Die prominentesten Winzerfamilien im ganzen Tal. Natürlich wollen sie nicht, dass ihre Namen in einem Atemzug mit einem Sexskandal genannt werden. Noch dazu mit einem, der den Wirbel um Dylans Verschwinden garantiert wiederaufleben lassen würde.«

»Außerdem«, warf Cal ein, »würden die Väter von den Medien in der Luft zerrissen werden, weil sie die Sache damals unter den Teppich gekehrt haben. Mittlerweile haben sich die Zeiten geändert. Die Leute sind sensibler, was Missbrauch und seine tragischen Auswirkungen angeht.«

»Mein Dad behauptet steif und fest, es bestünde kein Zusammenhang zwischen diesem Club und dem Mord an Tom Schwann.«

Tanner hob eine Braue. »Und Sie glauben ihm?«

»Ich glaube, dass er die Wahrheit sagt. Und ich glaube auch, er könnte recht haben, was den Mord an Tom angeht. Allerdings interessiert mich, inwiefern all das die Ermittlungen im Fall von Dylans Verschwinden beeinflusst haben könnte.«

»Wie war der genaue zeitliche Ablauf?«

»Zuerst verschwand Dylan. Die Ermittlungen liefen auf Hochtouren. Dann ging einer der Jungs zu seinem Vater und beichtete alles.«

»Und die Väter behielten es für sich und besprachen es nicht einmal mit den Müttern.« Cal kratzte sich den Kopf. »Diese Information hätte wie eine Bombe in die Ermittlungen eingeschlagen.«

Tanner nickte zustimmend. »Es hätte zumindest den Kreis der Verdächtigen erheblich vergrößert.«

»Das tut es nach wie vor«, erklärte Reed. »Nur, dass wir heute die Leiche haben.«

Einen Moment lang saßen sie schweigend da. Reed ging im Geiste die einzelnen Möglichkeiten durch – ein wütendes Elternteil. Ein betrogener Ehemann. Ein eifersüchtiger Teenager. Jeder Einzelne mit einem Motiv für den Mord.

»Ich setze auf den Ehemann«, sagte Tanner. »Er findet heraus, was seine Frau getrieben hat, glaubt, dass das Kind nicht von ihm ist, und rastet aus.«

»Patsy und Harlan waren am Abend von Dylans Verschwinden bei meinen Eltern zum Abendessen.«

»Behaupten sie.«

Tanner hatte recht. Wenn ein Geheimnis ans Licht kam, eine Wahrheit entdeckt worden war, hieß es, dass es noch mehr herauszufinden galt. Eine Lüge war nie genug. Geheimnisse bargen immer noch weitere Geheimnisse.

Im neuen Licht der Tatsachen mussten all ihre bisherigen Erkenntnisse hinterfragt werden. Vielleicht war dies nur die Spitze des Eisbergs.

»Elender Dreckskerl«, murmelte Reed.

»Das können Sie laut sagen.« Tanner schürzte die Lippen. »Wie machen wir jetzt weiter?«

»Wir reißen alles wieder auf. Fangen ganz von vorn an. Am besten bei dem Jungen, der damals alles erzählt hat.«

In diesem Moment läutete sein Handy. »Reed.«

»Hier ist Alex. Können wir reden?«

»Worüber?«

»Über Max Cragans Tod.«

Er sah auf seine Uhr. »Wann?«

»Jetzt gleich?«

»Ich bin in Santa Rosa und brauche etwa fünfundzwanzig Minuten, bis ich bei dir sein kann.«

»Ich warte auf dich.«

Er legte auf und rückte seine Pistole im Halfter zurecht, ehe er Tanner und Cal ansah. »Alexandra Clarkson. Sie will mit mir über Max Cragan reden.«

Kapitel dreiundvierzig

Donnerstag, 11. März
22.45 Uhr

Alex erwartete Reed auf der Veranda vor dem Haus, wo sie seit ihrer Rückkehr von Angie Wilson gesessen und nachgedacht hatte. Was sollte sie glauben? Was Angie erzählte, leuchtete ein: Max hatte nicht genug Kraft für das besessen, was er mutmaßlich getan hatte. Außerdem hatte er sich durchaus seines Lebens erfreut und war noch dazu streng gläubiger Katholik gewesen, für den es eine Todsünde darstellte, seinem Leben ein Ende zu setzen.

Aber Mord?

Fröstelnd rieb sie sich die Arme. Jemand hatte bei Max geläutet, während sie mit ihm telefoniert hatte. Er hatte es erwähnt, und sie hatte die Türglocke im Hintergrund gehört. Und es war nicht Angie gewesen, wie er vermutet hatte. Sein Mörder? Wahrscheinlich.

Wieder schauderte sie trotz der milden Abendluft. Wie kam sie nur auf diese Idee? Wer würde einen so reizenden alten Mann ermorden? Und wieso?

Ihr Ring. Um ihn zum Schweigen zu bringen.

War das möglich? Es klang völlig absurd, doch ihr Instinkt sagte ihr, dass sie recht hatte.

Sie musste Reed davon überzeugen. Sie durfte nicht zulassen, dass der Täter ungestraft davonkam, wer es auch immer sein mochte.

Scheinwerfer erhellten die Dunkelheit. Sie drehte sich um und sah Reeds Geländewagen in die Auffahrt biegen. Er stieg aus und schlug die Wagentür zu. Wortlos hob sie die Hand und wartete.

»Ich weiß, dass es schon spät ist«, sagte sie, als er vor ihr stand, »aber ich musste noch heute Abend mit dir reden.«

»Kein Problem.«

Sie bedeutete ihm, ihr ins Haus zu folgen, schloss die Tür und drehte sich zu ihm um. »Max hat sich nicht umgebracht.«

»Okay. Und kannst du das auch beweisen?«

»Ja.« Sie verkrallte die Hände ineinander. »Nicht zweifelsfrei. Ich meine, du würdest es vielleicht nicht als Beweis bezeichnen, aber …«

»Du bist überzeugt davon«, beendete er den Satz für sie. »Und du glaubst, du könntest mich auch überzeugen.«

»Genau.« Sie hob eine Hand. »Hör dir einfach an, was ich zu sagen habe. Bitte. Zwei Dinge.«

Seufzend zog er seine Jacke aus. »Könnten wir uns setzen? Es war ein langer Tag.«

Ohne auf eine Erwiderung zu warten, ging er ins Wohnzimmer und setzte sich auf die Couch. Er sah völlig erledigt aus.

»Tut mir leid«, sagte sie.

»Was?«

Sie breitete die Hände aus. »Na ja, dass ich dich so spät noch hergebeten habe. Und mir nicht vorher überlegt habe, dass du müde sein könntest.«

»Deine Steuergelder bei der Arbeit. Schieß los.«

Sie setzte sich auf den Stuhl ihm gegenüber. »Als ich Max kennengelernt habe«, fing sie an, »fiel mir sofort auf, wie zufrieden er mit seinem Leben war. Er war im Reinen mit sich, trotz seiner körperlichen Einschränkungen.« Sie räusperte sich. »Er hat mir Fotos von seiner Tochter und seinen Enkelinnen gezeigt und geschwärmt, wie gut Gott es mit ihm gemeint habe. Er sei gesegnet, so hat er es genannt.«

»Alex …«

»Ich frage mich ununterbrochen, wieso ein Mann, der sich selbst als gesegnet bezeichnet, Selbstmord begehen sollte.«

»Das ist also der erste Punkt?«

»Ja.« Sie verschränkte die Finger ineinander. »Und der zweite ist: Wie hätte er es anstellen sollen, Reed?«

Sie beugte sich vor.

»Er war sehr schwach. Seine Hände haben so stark gezittert, dass er nicht einmal seine Teetasse zum Tisch tragen konnte, ohne etwas zu verschütten.«

»Du hast mit seiner Tochter geredet, stimmt's?«

»Ja, aber …«

»Ich verstehe ja, wie schwer das alles für sie ist«, sagte er sanft, »und für dich. Wegen deiner Mutter.«

»Das ist es nicht.«

»Ich habe Situationen wie diese unzählige Male miterlebt, Alex. Familienmitglieder wollen nicht wahrhaben, dass ihre Angehörigen freiwillig ihrem Leben ein Ende gesetzt haben. Es ist zu schmerzlich für sie. Sie fassen es als Zurückweisung ihrer eigenen Person auf. Oder manchmal auch als Spiegel ihrer Qualitäten als Ehemann, als Elternteil oder als Kind.«

»Nein.« Alex schüttelte den Kopf. »Jemand hat an dem Abend an der Tür geklingelt, während er mit mir telefoniert hat. Ich habe es selbst gehört. Und es war nicht Angie. Ihr müsst die Nachbarn befragen. Vielleicht hat jemand etwas gesehen. Es könnte sein Mörder gewesen sein.«

»Alex …«

»Was ist mit seinem Arzt? Hast du mit ihm geredet? Hast du

ihn gefragt, ob er seiner Meinung nach überhaupt die Kraft gehabt hätte, sich zu erhängen?«

Reeds Miene verriet ihr, dass er es nicht getan hatte. »Das solltest du aber tun, ich glaube nämlich nicht, dass er es gekonnt hätte. Weshalb sollte ein alter Mann wie er sich ausgerechnet diese Todesart aussuchen? Er würde doch dieselbe Methode wählen wie meine Mutter – eine Handvoll Tabletten schlucken und … Ich kriege einfach nicht aus dem Kopf …«, sie musste gegen die Tränen anblinzeln, die ihr plötzlich in die Augen schossen.

»Ich muss ständig daran denken, dass er wegen mir sterben musste. Wegen des Rings. Damit ich nicht herausfinde, wer ihn hat machen lassen.«

Er stand auf und trat zu ihr. »Nein.« Er nahm sie bei den Händen und zog sie hoch. »Das stimmt nicht.«

»Es kann aber kein Zufall sein, dass er, nur wenige Stunden nachdem er mich angerufen hat, auf einmal tot war.« Ihre Stimme schwoll an. »Er hat sich so seltsam benommen. Ich musste ihm versprechen, dass ich niemandem erzähle, dass wir darüber geredet haben.«

Er schloss die Finger um ihre Hände. »Ich schwöre dir, dass Max Cragan nicht wegen dir oder wegen des Rings deiner Mutter ermordet wurde.«

»Wie kannst du dir so sicher sein? Wie?«

»Es gibt da etwas, was ich dir sagen muss. Etwas, das ich vorhin erst erfahren habe.«

Sie betrachtete ihn forschend. Etwas in seinem Blick, eine Art Bedauern, ließ sie zurückweichen. »Etwas, das ich lieber nicht hören will, stimmt's?«

»Es geht um deine Mutter. Es tut mir leid.«

Alex wandte sich ab und ging zum Kamin. Sie legte eine Hand

auf den Sims aus altem Pinienholz und sog tief den Atem ein, um sich zu beruhigen.

Sie wollte es wissen, sagte sie sich. Was auch immer es war, sie würde damit klarkommen.

»Okay«, sagte sie leise. »Was ist es?«

»Max hat den Ring entworfen.«

Langsam drehte sie sich um und sah ihm in die Augen.

»Er war kein Geschenk. Sondern deine Mutter hat ihn für sich selbst anfertigen lassen.«

Sie spürte, wie ein Teil der Anspannung von ihr abfiel. »Woher weißt du das?«

»Es gibt Leute, die sie gut kannten.« Er wandte den Blick ab, dann sah er sie wieder an. »Das Design des Rings hat mich interessiert, weil ich das Motiv schon einmal gesehen habe.«

»Wo denn?«

»Als Tätowierung. Am Fußgelenk eines Mannes.«

Ihr Herz schlug höher. Ihr Vater. Natürlich.

»Welcher Mann?«, fragte sie mit zitternder Stimme. »Weiß er von … Natürlich weiß er von mir. War er verheiratet? Ist das der Grund? Der Grund, weshalb sie nicht offen zueinander stehen konnten?«

»Nein, Alex. Es ist ziemlich schwierig, deshalb werde ich …«

»Es ist Harlan, stimmt's? Es liegt doch auf der Hand, dass er …«

Er legte ihr die Hände auf die Schultern. »Deine Mutter hat junge Männer in die Kunst der Liebe eingeführt. Die Söhne von ihren und Harlans Freunden. Einige von ihnen waren gerade einmal fünfzehn.«

Sie starrte ihn ungläubig an. »Was … du hast nicht gerade gesagt …«

Er hatte. Sie begann zu zittern.

»Es tut mir leid, Alex. Vielleicht solltest du dich lieber setzen.«
Sie schüttelte den Kopf. »Das ist nicht wahr.«
»Danach haben sich die Jungs eine Tätowierung machen lassen. Ein Motiv mit Weinreben und Schlangen.«
»Nein. Du lügst.«
»Nach Dylans Verschwinden ist einer der Jungs zu seinem Vater gegangen und hat alles gebeichtet. Die Väter haben sich zusammengetan und deine Mutter – und dich – aus der Stadt gejagt.«
Alex wurde übel. Zitternd legte sie sich eine Hand auf den Mund. »Das stimmt nicht! Das ist nicht wahr!«
»Ich weiß es von Leuten, die selbst in den Vorfall verwickelt waren. Leute, denen ich vertraue.«
Ihr Vater war also irgendein x-beliebiger Kerl gewesen, mit dem ihre Mutter es getrieben hatte. Sie hatte Alex immer erzählt, sie wisse nicht, wer ihr Vater sei, und Alex hatte vorgezogen, es für eine Lüge zu halten.
Es schmerzte so sehr, dass sie keine Luft mehr bekam. All ihre heimlichen Phantasien über ihren Vater und die Vergangenheit ihrer Mutter waren jäh zerstört worden.
»Und was macht das aus mir?«, schleuderte sie Reed entgegen. »Das Kind einer Hure? Nicht einmal in Liebe gezeugt?«
»Was sie getan hat, hat nichts mit dir zu tun.«
»Dass ich auf einmal wieder da bin, muss der reinste Witz für sie sein. Ich höre förmlich, wie sie sich hinter meinem Rücken das Maul zerreißen und über mich lachen.«
»Weshalb sollten sie das tun?« Er versuchte, sie in die Arme zu nehmen.
Sie schlug ihn fort. »Nein! Nein! Fass mich nicht an!«
Ihr drehte sich der Magen um. Abrupt wandte sie sich ab und

stürzte ins Badezimmer. Gerade noch rechtzeitig kauerte sie vor der Toilette, klappte den Deckel hoch und übergab sich, wieder und wieder, bis sie sich vollständig entleert hatte. Leer. Und bis ins Mark erschüttert.

»Es tut mir so leid, Alex«, sagte Reed leise hinter ihr.

Sie drückte die Spülung und hievte sich hoch. »Ich möchte allein sein. Bitte geh.«

»Das werde ich nicht tun.«

»Dann gib mir wenigstens das Mundwasser. Es steht im Medizinschränkchen.« Er reichte ihr die Flasche. Sie spülte den Mund und spuckte die Flüssigkeit aus, dann ein weiteres Mal. »Keine Sorge, ich raste schon nicht aus oder so. Bestimmt nicht.«

»Ich bin nicht besorgt. Setz dich hin.«

Sie klappte den Deckel der Toilette zu und setzte sich darauf. Er hielt einen Waschlappen unter den Wasserhahn und reichte ihn ihr. »Hier, leg dir den in den Nacken. Damit fühlst du dich gleich besser.«

Sie gehorchte. »Toll«, sagte sie. »Absolut toll, verdammte scheiße noch mal!«

»Fühlst du dich besser?«

»Besser als wann?« Sie reichte ihm den Waschlappen zurück. »Du bezeichnest meine Mutter als Hure. Und … großer Gott, als Frau, die Kinder missbraucht hat!«

»Da die Jungen älter als vierzehn waren, handelt es sich rein rechtlich um Unzucht mit Minderjährigen.«

»Da fühle ich mich doch gleich wesentlich besser.«

»Es tut mir leid.«

Sie stand auf. »Wenn du das noch einmal sagst, verliere ich die Beherrschung, das schwöre ich!«

Er ging nicht darauf ein. Sie schob sich an ihm vorbei und

ging steifbeinig in die Küche. Auf der Arbeitsplatte stand eine offene Flasche Cabernet, aus der sie sich ein Glas einschenkte.
»Für dich auch?«, fragte sie.
»Ich hätte lieber ein Bier.«
»Klar. Bedien dich.« Sie nippte an ihrem Wein und verzog angewidert das Gesicht.
»Ich wollte dich noch warnen. Mundwasser und Rotwein sind keine angenehme Mischung, aber wahrscheinlich hätte es dich sowieso nicht davon abgehalten.«
Er hatte recht. Sie hätte sich nicht abhalten lassen. Eisern nippte sie ein zweites Mal an ihrem Glas. Diesmal war der Geschmack eine Spur akzeptabler. Sie sah ihn an. »Wer sind sie? Diese jungen Männer, die meine Mutter … eingeführt hat?«
»Ist das wichtig?«
»Für mich schon.« Als er nichts sagte, schürzte sie nachdenklich die Lippen. »Freunde der Familie, sagtest du. Gerade mal fünfzehn. Lass mich überlegen. Dein Bruder Joe. Clark Sommer. Es sollte nicht schwierig sein, die Namen der anderen auch noch herauszufinden.« Sie kniff die Augen zusammen. »Der Typ, der ermordet wurde. Wie hieß er noch?«
»Tom Schwann.«
»Genau. Er.« Sie dachte daran, was Rachel gesagt hatte – Max' Tod sei nicht der einzige Grund, weshalb Reed ihren Ring an sich genommen hätte.
»Seine Tätowierung hatte dasselbe Motiv wie der Ring. Natürlich. Deshalb hast du angefangen, Fragen zu stellen.«
Sie nickte. »Genau! Entweder hast du mit deinen Fragen jemandes Gedächtnis auf die Sprünge geholfen oder die Pferde scheu gemacht und … voilà, schon wird Patsy Sommer, die Verführerin unschuldiger junger Männer, aus dem Hut gezogen.«

»Alex …«
»Wer hat es dir erzählt?« Nachdenklich tippte sie mit dem Finger gegen den Stiel ihres Weinglases. »Dein Dad. Jede Wette. Hab ich recht?«
Seine Miene verriet, dass sie ins Schwarze getroffen hatte. »Zu schade, dass du damals erst zehn warst. Damit ist dir der ganze Spaß entgangen«, stichelte sie weiter.
»Hör auf, Alex.«
»Aber, nein, das stimmt ja nicht ganz. Schließlich hattest du etwas mit der Tochter dieser Hure, insofern …«
»Hör auf«, widerholte er, trat zu ihr, nahm ihr das Weinglas aus der Hand und packte sie bei den Schultern. »Lass das.«
»Dann liegt es wohl in den Genen, was? Ist das der Grund, weshalb ich …« Plötzlich schossen ihr die Tränen in die Augen. Verdammt, sie wollte nicht weinen! Wut oder Verbitterung waren viel besser.
Doch die Tränen flossen. Und er fing sie zuerst mit den Fingerspitzen, dann mit den Lippen auf. Er küsste sie, zog sie an sich, barg sie in seinen Armen.
Er trug sie ins Schlafzimmer. Sie liebten sich mit einer Leidenschaft, die ihren Kummer erstickte und ihre Wut in verzweifelte Lust umschlagen ließ.
Danach hielt er sie fest umschlungen. Sie presste ihr Gesicht an seine schweißfeuchte Brust, spürte seinen Herzschlag an ihrer Wange und schmiegte sich noch ein wenig enger an ihn.
Sie dachte an all die Männer, mit denen sie zusammen gewesen war, an all die Therapiestunden, mit Hilfe derer sie herauszufinden versucht hatte, weshalb sie sich mit ihnen eingelassen hatte. Die Antworten waren ganz unterschiedlich ausgefallen: sie hatte nach Liebe gesucht, nach ihrem Daddy, hatte ihre

Geschichte neu schreiben wollen, sich vollständig fühlen, ihren eigenen Wert erkennen wollen.

Lief am Ende alles auf die Gene hinaus? War sie genauso wie ihre Mutter?

Ein Anflug von Angst ließ sie erschaudern. Erwartete sie dieselbe Zukunft wie ihre Mutter?

Reed verlagerte das Gewicht und löste sich von ihr, um ihr ins Gesicht zu sehen. »Mir gefällt nicht, was du gerade denkst«, murmelte er.

»Bist du neuerdings nicht nur Cop, sondern kannst auch Gedanken lesen?«

Ihr Tonfall war unbeschwert, doch er ließ sich davon nicht täuschen. Stattdessen zog er sie ein Stück höher, um ihr in die Augen zu sehen. »Du bist nicht wie deine Mutter.«

Sie runzelte die Stirn. »Ich liege hier. Mit dir, oder etwa nicht?«

»Ich bin weder minderjährig noch unschuldig. Und du hast mich nicht verführt.«

Es schmerzte, ihn anzusehen. Sie wandte den Blick ab und starrte ausdruckslos gegen die Wand. »Es tut weh«, sagte sie schließlich leise.

»Ich weiß.« Er küsste ihre Schulter. »Es tut mir leid.«

Sie drehte sich zu ihm um. »Lass das, okay? Ich habe es satt, das ständig gesagt zu bekommen. Ich habe es so viele Male gehört. Nicht nur seit Moms Tod, sondern auch schon vorher.«

»Was würdest du stattdessen gern hören?«

Sie sah ihn forschend an. »Keine Ahnung. Ich weiß nur, dass Mitleid nicht hilft.«

Kapitel vierundvierzig

Freitag, 12. März
07:04 Uhr

Sonnenstrahlen fielen auf das Bett. Alex öffnete die Augen. Auf einen Schlag war alles wieder da – der Abend zuvor. Die Dinge, die Reed über ihre Mutter erzählt hatte. Der Schmerz. Die Verzweiflung, mit der sie sich geliebt hatten.

Sie stöhnte.

»Morgen, Schlafmütze.«

Alex wandte den Kopf und sah Reed in Jeans und einem Handtuch um die nackten Schultern im Türrahmen stehen. Sein Haar war noch nass. »Ich habe geduscht. Ich hoffe, du hast nichts dagegen.«

Sie verneinte und sah zu, wie er sich das Haar trocken rubbelte, im Badezimmer verschwand und kurz darauf ohne Handtuch zurückkehrte.

Sie setzte sich auf und zog sich die Bettdecke bis unters Kinn. »Wie spät ist es?«

»Kurz nach sieben. Ich muss los.«

»Ich mache Kaffee.« Sie machte Anstalten aufzustehen.

»Bleib liegen. Ich besorge mir unterwegs einen.« Er trat ans Bett, pflückte sein Hemd vom Boden, streifte es über und grinste sie an. »Die Fahrt wird wesentlich angenehmer, wenn ich mir dabei vorstellen kann, wie du nackt hier im Bett liegst.«

»Noch angenehmer wäre es, wenn du dich krankmelden und wieder ins Bett kommen würdest.«

»Ich wünschte, das ginge.«

»Beweis es.«

»Willst du mich herausfordern?«

Sie ließ die Decke los, die nach unten rutschte und den Blick auf ihren nackten Oberkörper freigab. »Sag du es mir.«

Er bückte sich und küsste sie, zuerst zärtlich, dann leidenschaftlicher. Alex wölbte sich ihm entgegen, gierig, fordernd. Verzweifelt.

Sie wollte nicht allein sein.

Er packte ihre Hand und legte sie auf seinen Schritt. »Siehst du?«, murmelte er an ihrem Mund. »Ich wünschte wirklich, ich könnte bleiben.«

»Dann tu's.«

Stöhnend löste er sich von ihr. »Ich kann nicht. Tut mir leid.«

»Kein Problem. Selbst schuld.« Sie schlug die Decke beiseite und kletterte nackt aus dem Bett. Genüsslich räkelte sie sich und schob sich an ihm vorbei ins Badezimmer. Im Türrahmen blieb sie noch einmal stehen und warf ihm einen Blick zu. Die Wirkung, die ihr Anblick auf ihn hatte, war nicht zu übersehen.

»Pass gut auf dich auf, Detective«, sagte sie und senkte den Blick ein wenig, »du läufst mit geladener Waffe durch die Gegend.«

Er grinste. »Ich weiß genau, was du da tust, Alex.«

»Ach ja? Ich höre?«

»Du zögerst das Unvermeidliche hinaus.«

»Das Unvermeidliche?«

»Dich damit auseinanderzusetzen, was ich dir gestern erzählt habe. Über deine Mutter.«

Er hatte recht. Verdammt. Auch wenn sie lieber sterben würde, als es vor ihm zuzugeben. »Erstens solltest du dein Licht nicht unter den Scheffel stellen. Eine Frau braucht keine Ausrede, wenn sie mit dir Sex haben will. Zweitens gibt es nichts, womit ich mich auseinandersetzen müsste.« Sie reckte trotzig das Kinn. »Weil es nicht stimmt.«

Er musterte sie lange Zeit. Sie musste ihm zugutehalten, dass kein Mitleid in seinen Zügen lag. »Das Ganze ist doch absolut plausibel, Alex. Ihre Schuldgefühle. Ihr Selbsthass. Die Art, wie sie die Vergangenheit vor dir verheimlicht hat.«

Es war tatsächlich plausibel, auch wenn sie es noch so ungern zugab. »Du kapierst es nicht. Sie war meine Mutter. Sie mag nicht perfekt gewesen sein. Nicht mal annähernd. Trotzdem war sie meine Mutter; die einzige, die ich jemals haben werde.«

»Ja, ich habe verstanden, Alex. Und es tut mir leid, trotzdem ändert es nichts an der Wahrheit.«

Tränen brannten in ihren Augen. »Ich glaube es einfach nicht.«

Doch in Wahrheit tat sie es. Sie wusste es – ebenso wie er. Seine Miene ließ keinen Zweifel daran.

»Kommst du klar?«

»Es geht mir gut. Mach dir um mich keine Sorgen.«

Er nickte und wandte sich um, hielt jedoch inne. »Darf ich dich später anrufen?«

»Wenn du willst.«

Er erwiderte nichts darauf. Wenig später hörte sie, wie die Haustür ins Schloss fiel.

Sie ging auf die Toilette, dann kroch sie ins Bett zurück. Sie schob sich die Kissen in den Rücken, lehnte sich zurück und starrte an die Zimmerdecke. Ein langer, feiner Riss zog sich von der rechten Ecke bis zur Lampenfassung in der Mitte des Raums.

Wie war das möglich? War sie so leicht zu durchschauen? Sie hatte sich gewünscht, dass er dabliebe, damit sie nicht mit ihren Gedanken allein sein musste. *Das Unvermeidliche hinauszögern*, hatte er es genannt.

Aber genau das konnte sie jetzt vergessen. Es gab nichts, was sie ablenken könnte – da war nur sie, die Dinge, die Reed über ihre Mutter gesagt hatte, und die Gefühle, die sie in ihr auslösten.

Alex zupfte an der Bettdecke herum. Ihre Mutter hatte die Söhne ihrer Freunde verführt. Verführt? Dieses Wort war viel zu milde für das, was Reed ihr geschildert hatte. Zu beschönigend. Ihre Mutter hatte mit diesen Jungen gevögelt, zuerst mit jedem Einzelnen und danach mit allen zusammen. Sie hatte ihnen die Unschuld geraubt, sie auf eine perverse Art und Weise in die Welt der körperlichen Liebe eingeführt. Verkorkst und krank. Und sie hatte alle Menschen um sich herum belogen – ihren Ehemann, ihre Freunde, ihre eigene Tochter. Alex schlang sich die Arme um den Oberkörper. Sie war eine Ehebrecherin gewesen. Ein Mensch, der andere benutzt und belogen hatte. Moralisch verdorben, bis ins Mark.

Tränen schossen ihr in die Augen, doch sie kämpfte zornig dagegen an. Was machte das aus ihr? Genau diese Frage hatte sie Reed gestellt, ihm in ihrem Schmerz entgegengeschleudert. Doch die Frage war berechtigt. Wer war ihr Vater? Irgendein x-beliebiger Kerl, mit dem ihre Mutter im Vorbeigehen gevögelt hatte? Ein pickliger Teenager, der nichts Besseres zu tun gehabt hatte, verdammt noch mal?

Was machte das aus ihr?, fragte sie sich ein weiteres Mal. Sie dachte an ihr eigenes Leben, an die vielen Männer, mit denen sie zusammen gewesen war; an die Phase, in der sie Sex benutzt hatte, um Antworten zu bekommen. Sex als Heilmittel. Gegen die Langeweile, gegen ihre Wut. Als Mittel, um sich aufzulehnen, die Ohnmacht zu bekämpfen.

War es das, was auch ihre Mutter versucht hatte? Hatte auch sie nach Antworten gesucht? Die Leere in ihrem Innern zu füllen versucht? Und hatte sie irgendwann einmal gemerkt, wie selbstzerstörerisch dieses Verhalten war, so wie Alex?

Sie blickte auf ihre Hände hinunter, während sie ein Gefühl der Hilflosigkeit, der Unaufrichtigkeit überkam. Wenn sie schon so schlau war, wieso schlief sie trotzdem mit Reed? Sie führten keine Beziehung, ja, sie kannten einander in Wahrheit kaum. Verdammt, sie war mit ihm in einer Situation ins Bett gegangen, in der ein freundlicher Handschlag angemessener gewesen wäre. Kein Wunder, dass er keinerlei Mühe hatte, sich die Geschichten über ihre Mutter vorzustellen.

Wieder begannen die Tränen zu fließen. Sie ballte die Fäuste. Wieso hatte ihre Mutter sie überhaupt zur Welt gebracht? Wieso zuerst ein Babys, und dann noch ein zweites? Das ergab doch keinen Sinn.

Wütend wischte sie sich die Tränen ab. Sie wünschte, sie wäre niemals hergekommen, hätte nie den Schrankkoffer mit den bittersüßen Erinnerungsstücken gefunden, nie das Foto ihrer strahlenden Mutter mit Dylan auf dem Arm gesehen. Das Foto, auf dem sie so liebevoll zu ihrem Ehemann aufgesehen hatte. Das Foto jener Frau, die augenscheinlich der Inbegriff der überglücklichen und zufriedenen Ehefrau und Mutter gewesen war.

Überglücklich und zufrieden. Verliebt. In hingebungsvoller Liebe mit ihrem Ehemann und Sohn vereint.

So etwas hätte sie niemals spielen können, dachte Alex. Selbst die talentierteste Schauspielerin könnte diesen Schein nicht in jeder Sekunde aufrechterhalten. Nicht auf Schnappschüssen. Die Kamera log nicht.

Schnappschüsse.

Lyla Reed. Die Präsentationsparty. Die Wände des »Trophäenraums«, wie Reed ihn genannt hatte. Seine Mutter, die ihr angeboten hatte, in den Familienalben zu blättern.

Alex fragte sich, ob das Angebot noch galt. Es gab nur eine Möglichkeit, es herauszufinden. Eilig stieg sie aus dem Bett und zog sich an.

Kapitel fünfundvierzig

Freitag, 12. März
08:20 Uhr

Reed bahnte sich einen Weg durch die noch schwelenden Überreste von Max Cragans Häuschen. Erst in diesem Moment wurde ihm die Ironie der Situation bewusst – er hatte das zwischen ihm und Alex schwelende Feuer hinter sich gelassen, um dieses hier vorzufinden.

Der Brand war irgendwann nach Mitternacht ausgebrochen. Zwar war es der Feuerwehr nicht gelungen, das Haus zu retten, aber immerhin hatten sie vermeiden können, dass sich das Feuer auf die Nachbarhäuser ausgebreitet hatte, was angesichts der Trockenheit und der strammen Brise an ein Wunder grenzte.

Offenbar war ein Brandbeschleuniger benutzt worden. Der Sachverständige hatte offiziell Brandstiftung als Ursache in seinem Bericht angegeben, wodurch der Fall in den Zuständigkeitsbereich des Sheriffs fiel.

Reed runzelte die Stirn. Wenn ein Wohnhaus mit Absicht angezündet wurde, steckten in aller Regel zwei Motive dahinter: Versicherungsbetrug oder der Versuch, ein Verbrechen zu vertuschen. Gelegentlich geschah es aus Rache, Rassenhass oder Pyromanie. Weshalb aber sollte jemand das Haus eines alten, soeben verstorbenen Mannes anzünden?

Sein Blick fiel auf etwas Glänzendes inmitten der rußgeschwärzten Überreste. Er hob es auf und drehte es hin und her, was durch die dicken Schutzhandschuhe erschwert wurde. Ein Brillenglas.

Mittlerweile war auch Tanner eingetroffen und machte sich bereit. Sie ertrank beinahe in dem riesigen Overall, doch ohne Schutzkleidung wäre es unmöglich, stundenlang in den verkohlten Überresten nach Spuren zu suchen.

Sie trat neben ihn. »Und, wie sieht's aus?« Der Atemschutz ließ ihre Stimme gedämpft klingen.
»Der Brandexperte hat einen Benzinkanister im hinteren Teil des Hauses gefunden. Er meint, das Feuer sei von dort ausgegangen.«
»Opfer?«
Er verneinte und hielt das Brillenglas hoch. »Das hier habe ich gerade gefunden.«
Sie nahm es. »Der alte Knabe hat eine Brille getragen?«
»Keine Ahnung, aber überraschen würde es mich nicht.«
»Was denken Sie?«
»Vielleicht haben Alex und die Tochter des Alten ja recht, und er hat sich doch nicht das Leben genommen.«
Ein hoher, klagender Laut durchschnitt die morgendliche Luft. Reed wandte sich um und sah Angie Wilson an der Seite eines unbekannten Mannes stehen, der tröstend den Arm um sie gelegt hatte. Ihr Ehemann, vermutete er.
Er sah wieder Tanner an. »Machen Sie sich ruhig an die Arbeit, ich komme gleich nach.«
Er trat durch die verkohlten Reste zu der schluchzenden Frau und nahm Helm und Atemgerät ab, als er sich in sicherer Entfernung zum Tatort befand.
Angie Wilson löste sich von ihrem Ehemann.
»Sie!«, rief sie und taumelte auf ihn zu. »Glauben Sie mir jetzt?«
Reed blickte sie ruhig an. »Ihr Verlust tut mir sehr leid, Mrs. Wilson.«
»Zum Teufel damit! Sie wollten nicht auf mich hören! Tun Sie's wenigstens jetzt? All die Sachen meines Vaters … unsere Familienfotos, seine Entwürfe … alles, was mir von ihm noch geblieben ist … weg, alles weg!«

Erneut legte der Mann den Arm um sie.
»Schatz«, sagte er, »beruhige dich doch. Es sind doch nur Sachen. Nur Sachen!«
»Für dich vielleicht!« Unwillig schob sie seinen Arm beiseite. »Er war mein Vater. Ich bin in diesem Haus aufgewachsen. All meine Kinderfotos, meine Erinn…« Das Wort ging in einem Schluchzen unter. »Glauben Sie mir jetzt, Detective Reed? Mein Vater hat keinen Selbstmord begangen, sondern er wurde ermordet!«
Sie brach vollends zusammen. Weinend klammerte sie sich an ihren Ehemann, der Reed über ihren Kopf hinweg ansah. Er las die Entschuldigung in seinen Augen – und Verachtung.
»Ich bin Sean, Angies Mann. Weiß man schon, ob der Brand zufällig ausgebrochen ist oder …«
»Er wurde mit Absicht gelegt. Wir wissen nur noch nicht, von wem und weshalb.« Er wandte sich an die Frau. »Mrs. Wilson, haben Sie irgendeine Ahnung, wer dafür verantwortlich sein könnte?«
»Derjenige, der ihn ermordet hat. Die haben das getan.«
Er versuchte es mit einer anderen Taktik. »Hatte Ihr Vater vielleicht Feinde?«
»Nicht, dass ich wüsste. Alle haben ihn gemocht.« Sie sah ihren Ehemann an. »Oder, Sean?«
»Stimmt«, bestätigte er und wandte sich Reed zu. »Haben Sie ihn je kennengelernt, Detective?«
»Bedauerlicherweise nicht, nein.«
»Hätten Sie ihn gekannt, wüssten Sie, was ich meine. Alle mochten ihn.«
»Was ist mit dem Haus? Weshalb könnte jemand ein Interesse daran haben, es anzuzünden?«
»Das weiß ich nicht.«

»Könnte er in irgendetwas Gesetzwidriges verwickelt gewesen sein?«
Die beiden widersprachen vehement. Reed versuchte es ein weiteres Mal. »Gab es irgendetwas besonders Wertvolles in diesem Haus? Vielleicht wurde der Brand gelegt, um einen Einbruch zu vertuschen?«
Die beiden tauschten fragende Blicke, ehe sie einhellig verneinten.
»Keine Kunstwerke oder Schmuck? Seltene Münzen oder Bücher?«
»Mein Dad hatte nur seine gesetzliche Rente und brauchte deshalb manchmal ein bisschen Unterstützung von uns.«
»Was wir immer gern getan haben«, warf der Ehemann ein. »Im Gegenzug hat er uns mit den Mädchen oder sonst irgendwie geholfen.«
»Sie sind sich also sicher, dass er ermordet wurde, obwohl ihn Ihrer Aussage nach alle gern hatten. Jemand hat sein Haus niedergebrannt, aber Sie können sich nicht erklären, warum.«
»Vielleicht war es ja irgendein Irrer«, meinte sie. »Ein Fremder, der nicht ganz bei sich war. So etwas gibt es doch, oder?«
»Das stimmt, Mrs. Wilson, aber offen gestanden ist es eher die Ausnahme. Die Mehrzahl der Morde wird von einem Freund, einem Familienmitglied oder einem sonstigen Bekannten begangen.«
Wieder brach Angie Wilson in Tränen aus und barg das Gesicht an der Brust ihres Mannes, der beschützend die Arme um sie legte. »Bitte sagen Sie uns, was wir tun sollen, Detective Reed. Egal was, Hauptsache, es hilft uns irgendwie weiter.«
Er wünschte, er könnte ihnen einen Rat geben, ihnen etwas auf den Weg mitgeben, das ihnen half, ihren Schmerz zu lindern. Doch er konnte es nicht. »Sollte Ihnen irgendetwas einfallen,

selbst wenn es Ihnen noch so unwichtig erscheint, rufen Sie mich bitte an.«
Mr. Wilson versprach es. Reed wandte sich zum Gehen, hielt jedoch noch einmal inne. »Hat Ihr Vater eine Brille getragen, Mrs. Wilson?«
»Ja«, flüsterte sie. »Er war blind wie ein Maulwurf.«

Zwanzig Minuten später trat Reed an den Empfangstresen der Gemeinschaftspraxis und hielt seine Dienstmarke hoch. »Detective Reed, Sonoma County Sheriff's Department. Ich muss Dr. Whitney sprechen, bitte.«
Die Sprechstundenhilfe betrachtete die Dienstmarke, dann sah sie ihn an. »Er hat gerade einen Patienten. Kann ich Ihnen weiterhelfen?«
»Ich fürchte, nein. Ich muss persönlich mit ihm reden. Könnten Sie ihm sagen, dass ich auf ihn warte, wenn er fertig ist?«
Sie bejahte. Und wie so oft brauchte er nicht allzu lange zu warten – die Dienstmarke half, ihn an die erste Stelle der Schlange zu katapultieren. Er kassierte eine Reihe frustrierter Blicke, als ihn die Sprechstundenhilfe wenige Minuten später aufrief.
Der Arzt erhob sich, als Reed eintrat. »Dr. Whitney«, stellte er sich vor und reichte ihm die Hand.
Reed ergriff sie. Der Arzt hatte rotes Haar, das an den Schläfen bereits schütter wurde. Trotzdem schien er kaum älter als dreißig zu sein. »Detective Daniel Reed. Danke, dass Sie sich so schnell Zeit für mich nehmen.«
»Ich habe heute einen vollen Terminkalender, könnten wir also gleich zur Sache kommen?«
»Natürlich. Sie hatten einen Patienten namens Max Cragan?«
»Ich habe ihn immer noch, soweit ich weiß.«

»Er ist am Dienstagabend verstorben, und ich ermittle in seinem Tod.«

Der Arzt blinzelte und räusperte sich. »Ich hatte ja keine Ahnung. Wie ist er … es tut mir leid, aber damit hatte ich nicht gerechnet.«

»Wann haben Sie Mr. Cragan das letzte Mal gesehen? In Ihrer Funktion als Arzt, meine ich.«

Er dachte einen Moment nach. »Das genaue Datum müsste ich nachsehen, aber es ist nicht sehr lange her. Höchstens ein Monat.«

»Wie war sein Gesundheitszustand?«

»Tut mir leid, Detective, aber das fällt unter die ärztliche Schweigepflicht.«

»Dann lassen Sie es mich anders formulieren. Hatte Mr. Cragan Ihrer Einschätzung nach genug Kraft, um sich zu erhängen?«

Der Arzt starrte ihn verblüfft an. »Er hat sich erhängt?«

»Das scheint Sie zu überraschen.«

»Ja. Er war ein reizender alter Herr. Immer guter Dinge, jedem gegenüber freundlich.«

»Und rein körperlich? Könnte er eine Trittleiter aufgestellt haben, hinaufgestiegen sein, ein Seil um einen Dachbalken gehängt, sich die Schlinge um den Hals gelegt und dann die Leiter umgestoßen haben?«

Der Arzt dachte einen Moment nach, dann schüttelte er langsam den Kopf. »Meiner professionellen Einschätzung nach, nein. Aber natürlich kann ich diese Möglichkeit nicht ganz ausschließen.« Er beugte sich vor. »In Wahrheit staune ich jeden Tag aufs Neue, wie der menschliche Wille körperliche Einschränkungen überwindet. Jeden Tag geschehen Wunder, Detective.«

Kapitel sechsundvierzig

Freitag, 12. März
10:30 Uhr

Lyla Reed öffnete die Haustür und begrüßte Alex voller Herzlichkeit. »Sie haben genau zum richtigen Zeitpunkt angerufen«, sagte sie und nahm Alex bei der Hand. »Den Rest der Woche jagt eine Vorstandssitzung und ein Mittagstermin den anderen.«

Sie führte Alex in ihr prächtiges Haus, das an diesem Tag von einem Duft nach Blumen und Zitronenpolitur erfüllt war.

»Vielen Dank, Lyla«, sagte Alex. »Ich bin sehr dankbar, dass Sie mir das erlauben.«

»Aber gern. Wirklich. Ich habe Ihnen doch erzählt, wie nahe Ihre Mutter und ich uns gestanden haben.«

Alex öffnete den Mund, klappte ihn jedoch wieder zu, aus Angst, Lyla könnte ihre Verzweiflung bemerken. Und weil sie fürchtete, irgendetwas zu sagen, womit sie Lylas Argwohn weckte.

»Haben Sie sich schon ein wenig eingelebt?«

»Ja. Es geht mir sehr gut.«

»Ich habe gehört, dass Sie den armen Max gefunden haben. Es muss entsetzlich gewesen sein.«

»Allerdings. Ich war bei ihm, weil ich ihn nach dem Ring meiner Mutter fragen wollte. Der mit den Weinranken und der Schlange.«

»Ich erinnere mich nicht, dass sie so einen Ring besessen hat.«

»Aber Sie haben ihn bei der Party doch selbst erwähnt.«

Lyla sah sie erstaunt an. »Ich? Wirklich?«

»Ja, ich bin ganz sicher.«

Lyla runzelte die Stirn. »Nicht, dass ich wüsste. Das muss ein Missverständnis gewesen sein.«

»Ja, muss es wohl«, meinte Alex. »Mehrere Leute haben sich über ihn geäußert … offenbar dachte ich … ich dachte …«

Sie hielt inne und kam sich ein wenig dumm vor. Trotzdem könnte sie schwören, dass Lyla zu denen gehört hatte, die sich zu dem Ring geäußert hatten.

Lyla tätschelte ihren Arm. »Machen Sie sich keine Gedanken, Liebes. Ich besitze übrigens auch eine von Max' Arbeiten. Eine Brosche. Er hatte ein solches Talent, und unsere Familien waren befreundet. So, hier wären wir.«

Lyla trat vor das Bücherregal auf der rechten Seite und nahm drei dicke, ledergebundene Alben heraus. »Das hier sind die Patsy-Jahre, wie ich sie immer nenne. Sie gehören zu den glücklichsten meines Lebens.«

Sie legte die Alben auf den Tisch vor einem samtbezogenen Sofa. »Wenn Sie mich im Augenblick nicht brauchen …«

»Ich komme schon klar. Bitte lassen Sie sich von mir nicht aufhalten.«

Lyla drückte lächelnd ihre Hand. »Ich sehe später nach Ihnen.«

»Warten Sie.« Alex hielt ihre Hand fest. »Lyla, Sie und meine Mutter waren doch sehr enge Freundinnen. Hat sie jemals meinen Vater erwähnt?«

Lylas Züge wurden weich. »Nie«, erwiderte sie mitfühlend. »Ich habe mich immer gefragt, wer er war. Gelegentlich habe ich das Thema angeschnitten, aber sie ist nie darauf eingegangen.«

»Warum?«, fragte Alex. »Warum die Geheimniskrämerei? Was hätte es ausgemacht, wo es doch längst vorbei war?«

»Ich dachte immer, dass er sie zutiefst gekränkt haben muss. Sie war glücklich und wollte diesen Teil ihres Lebens hinter sich lassen.«

Aber Alex war das Resultat aus diesem Teil ihres Lebens. Welche Rolle also spielte sie darin?

Wieder drückte Lyla ihre Hand, als hätte sie ihre Gedanken gelesen. »Tut mir leid. Aber sie hat Sie sehr geliebt, das weiß ich genau. Wir alle haben gesehen, wie sehr.«

Alex setzte sich und zog das erste Album heran. 1982. Sorgsam darauf bedacht, ihre Hoffnungen nicht allzu hochzuhängen, schlug sie es auf.

Es war unübersehbar, aus welcher Ära die Fotos stammten – Frisuren und Kleider, Mobiliar und Atmosphäre ließen keinen Zweifel daran.

Sie blätterte das Album durch. Interessant, wie schnell sie alle Beteiligten kennengelernt hatte. Reed und sein älterer Bruder. Clark und Rachel. Max Cragan. Sie erkannte ihn von dem Foto im Flur seines Hauses.

Die Seiten knackten leise, wenn sie sie umblätterte. Fasziniert betrachtete sie die attraktiven, lächelnden Menschen auf den Fotos, verbunden durch eine gemeinsame Geschichte. Sie hatten sich sehr nahegestanden und eine Menge Zeit mit Feiern zugebracht – anders konnte man es wohl kaum bezeichnen. Auf nahezu allen Fotos war jemand – meist mehrere – mit einem Glas in der Hand zu sehen. Auf vielen Fotos umarmten sie einander, lachten oder prosteten einander für die Kamera zu.

Keiner schien auch nur die geringsten Sorgen zu haben.

Alex betrachtete ihre Mutter. Sie war eine Schönheit gewesen – zweifellos die Schönste in ihrem Kreis. Und die Jüngste. Sie war gerade einmal vierundzwanzig gewesen, fiel Alex in diesem Moment auf. Jünger als sie heute und bereits Ehefrau und Mutter.

Nicht, dass sie auch nur ansatzweise matronenhaft gewirkt hätte, bemerkte Alex, als sie eine Seite mit einem Gruppenfoto am Pool aufschlug. Ihre Mutter trug einen knappen Bikini und

umarmte auf mehreren Aufnahmen einige der Männer aus ihrem Freundeskreis.
Alex' Magen zog sich schmerzhaft zusammen. Sie schlug die Seite um. Da war sie wieder, diesmal mit einem Hemd über dem Bikini, auf Trevens Schoß. Sie lachte, wohingegen er eher säuerlich dreinsah.
Die Dinge, die Reed ihr erzählt hatte, kamen ihr in den Sinn. Sie schob die Gedanken beiseite. Ihre Mutter war nicht die Einzige gewesen; die anderen Frauen hatten ebenfalls geflirtet. Keiner schien sich daran zu stoßen.
Sie zog das zweite Album heran, dann das dritte. Die Stimmung auf den Fotos änderte sich. Ihre Mutter wirkte weniger ausgelassen, sondern nachdenklicher. Mit einem Mal enthüllten die Schnappschüsse Besorgnis, einen gehetzten Ausdruck auf ihrer Miene.
Alex legte sich die Hand auf das Gesicht. Bildete sie sich all das nur ein? Betrachtete sie die Fotos mit anderen Augen, nur weil Reed ihr diese schrecklichen Dinge erzählt hatte? Hatte er damit ihre Sicht auf das Leben ihrer Mutter grundlegend verändert?
»Hey, Alex. Was für eine nette Überraschung.«
Ferris, Reeds jüngerer Bruder, stand vor ihr. Alex sah auf und klappte das letzte Album zu.
»Hey, Ferris. Ihre Mutter hat mir angeboten, einen Blick in die Familienalben zu werfen.«
»Immer noch dabei, die Vergangenheit aufzuarbeiten?«
»Ja. Ich versuche es.« Sie stand auf, um die drei Alben zum Bücherregal zurückzutragen, stellte sie hinein und drehte sich um. Ferris stand unmittelbar hinter ihr, dicht genug, um die Hand auszustrecken und sie zu berühren.
»Und? Erfolg gehabt?«, fragte er.

Unbehaglich wich sie etwas zurück. »Soll ich ehrlich sein? Nicht sehr. Aber es war nett, sie anzusehen.«
»Würden Sie heute Abend mit mir essen gehen?«
»Essen gehen?«
»Ja. Heute Abend?«
»Ich glaube, das ist keine gute Idee. Trotzdem danke.« Sie trat um ihn herum und ging zur Couch zurück, um ihre Handtasche zu holen.
Er folgte ihr, scheinbar unbeeindruckt von ihrer Zurückweisung. Sie fragte sich, ob er zu den Männern gehörte, die diese Frage jeder Frau stellten, die ihnen über den Weg lief, oder ob er die Geschichten über ihre Mutter gehört hatte.
»Wusste ich es doch«, sagte er. »Zwischen Ihnen und Dan läuft etwas.«
»Das habe ich nicht gesagt.«
»Das ist auch gar nicht nötig.« Er grinste. »Wenn Sie noch mehr Erinnerungsstücke aus dieser Zeit sehen wollen, sollten Sie zur Sommer Winery fahren. Die haben einen Ausstellungsraum, dessen Wände mit Fotos vollgepflastert sind. Und soweit ich mich erinnere, hängt im Verkostungsraum auch ein Gemälde von Ihrer Mutter.«
Treven hatte ihr das auch erzählt. Sie hatte es vergessen.
»Ich könnte Sie hin…«
»Ferris, dein Bruder erwartet dich im Konferenzraum.«
Wayne Reed stand im Türrahmen und musterte seinen Sohn mit gerunzelter Stirn. Ferris nahm Haltung an. »Die Pflicht ruft. War nett, Sie wiederzusehen, Alex.«
An der Tür blieb er stehen und murmelte seinem Vater etwas zu, das Alex nicht verstand.
Nachdem er verschwunden war, wandte Wayne Reed sich Alex zu. »Halten Sie sich von meinen Söhnen fern.«

»Wie bitte?«
»Sie haben mich genau verstanden. Sie haben schon genug durchgemacht.«
Zu behaupten, seine Worte wären ein Schock für sie, traf es nicht einmal ansatzweise. »Ich verstehe nicht ganz, weshalb Sie mir das sagen.«
»Ich denke, das liegt auf der Hand, wenn man bedenkt, was Ihre Mutter war.«
Zornesröte schoss ihr ins Gesicht. »Wie können Sie es wagen?«
»Wie können *Sie* es wagen«, gab er zurück. »Gehen Sie zurück nach San Francisco. Hier sind Sie nicht erwünscht.«
Es hätte sie kränken können. Oder einschüchtern. Stattdessen schnaubte sie vor Wut. »Ich habe nichts mit den Dingen zu tun, in die meine Mutter angeblich verwickelt war. Die, nebenbei bemerkt, sowieso nicht stimmen, wenn Sie mich fragen.«
»Oh, es stimmt alles.« Er trat einen Schritt auf sie zu und blieb so dicht vor ihr stehen, dass sie seinen Atem auf ihrer Wange spürte. »Was glauben Sie wohl, wie es für sie ist? Für uns alle? Ständig daran erinnert zu werden …«
Er beugte sich vor. Nur unter Aufbietung all ihrer Willenskraft gelang es ihr, nicht zurückzuweichen. »Ihre Mutter hat sich nicht nur die Seele mit unseren Söhnen aus dem Leib gevögelt, sondern hat die Seelen dieser Jungen brutal zerstört.«
Er machte auf dem Absatz kehrt und ging zur Tür. »Das stimmt nicht«, rief Alex ihm nach. Er blieb stehen.
Einen Moment lang stand er wie erstarrt da, dann drehte er sich langsam um. »Wie bitte?«
»Was Sie über meine Mutter erzählen. Ich weiß, dass es nicht wahr ist. Und ich werde es beweisen.«
Er kniff die Augen zusammen. »Sie sind hier nicht länger

willkommen, Miss Clarkson. Ich werde Sie von einem meiner Mitarbeiter hinausbegleiten lassen.«

»Machen Sie sich keine Umstände.« Alex ging an ihm vorbei zur Tür, so dicht, dass er sie hätte packen können. Für den Bruchteil einer Sekunde fürchtete sie beinahe, er würde es tun.

Doch er ließ sie gehen. Minuten später saß sie in ihrem Wagen und zitterte so heftig, dass sie das Lenkrad mit beiden Händen umklammern musste.

Sie würde sich nicht vertreiben lassen. Auf keinen Fall. Sie würde nicht nach San Francisco zurückkehren und so tun, als wäre nichts passiert. So wie ihre Mutter es getan hatte. Nein. Was sie über ihre Mutter sagten, stimmte nicht. Sie hatte zwar keine Ahnung, wie sie das beweisen sollte, aber sie würde es tun.

Kapitel siebenundvierzig

Freitag, 12. März
15:30 Uhr

Alex griff Ferris' Vorschlag auf und fuhr zum Weingut der Sommers, wo sie feststellte, dass sie gerade rechtzeitig für die Vier-Uhr-Führung, die letzte an diesem Tag, gekommen war. Der Rundgang umfasste eine Besichtigung des Guts und des Weinkellers, den Abschluss bildete eine Probe mehrerer Sommerscher Weine im Verkostungsraum.

Sie kaufte eine Eintrittskarte und wurde ins Museum geführt, wo die Geschichte des Guts erläutert und ein Video über die Weinherstellung gezeigt wurde. Ein halbes Dutzend Besucher hatte sich bereits eingefunden. Aus den Gesprächsfetzen erfuhr sie, dass die Sommer-Führung als eine der besten im gesamten Weinbaugebiet galt.

Überall an den Wänden des Museums hingen Fotos und andere Erinnerungsstücke, die als Streifzug durch die Geschichte der Sommerschen Weinerzeugung dienten – von den Anfangstagen, in denen die Familie einfachste Hausweine vom Fass hergestellt hatte, bis zu ihrer gegenwärtigen Stellung als einer der renommiertesten kalifornischen Erzeuger.
Die mit Erklärungen versehenen Fotos zogen Alex' Aufmerksamkeit auf sich – Harlan und Treven als Jungen, dann als junge Männer. Harlans erste Frau. Rachel, als Mädchen, als Teenager und in ihrer heutigen Funktion als leitende Winzerin. Trevens Frau und ihr gemeinsamer Sohn Clark – auch seine Laufbahn vom kleinen Jungen über den athletischen Jugendlichen und Stipendiaten bis zu seiner heutigen Position als offizieller Leiter des Familienunternehmens.
Doch es gab kein einziges Foto von ihrer Mutter oder von Dylan. Ebenso wenig von ihr. Sie musste sie übersehen haben. Eilig schritt sie die Wände noch einmal ab und ließ den Blick über die Fotos wandern.
Nein. Sie hatte nichts übersehen. Ihre Mutter und Dylan waren nicht einmal als winziges Detail in der Familiengeschichte erwähnt.
In diesem Augenblick erschien die Führerin und lud die Anwesenden ein mitzukommen. Die Gruppe bestand aus einundzwanzig Personen. Alex fiel auf, dass sie die einzige Teilnehmerin ohne Begleitung war.
Die Besichtigung begann mit der Vermaischung der Trauben. Die Führerin beschrieb, wie die Trauben sortiert und anschließend vom sogenannten Stielgerüst getrennt wurden. Danach wurden die Früchte zerkleinert, so dass Traubendicksaft entstand. Heutzutage trample niemand mehr auf den Trauben herum, informierte sie die Besucher – lediglich im Zuge ir-

gendwelcher Präsentationen oder zur Verdeutlichung der Geschichte der Weinherstellung.

Als Nächstes kamen sie zu den Gärtanks – über vier Meter hohe Ungetüme aus rostfreiem Stahl und mit einem Fassungsvermögen von über elftausend Litern pro Stück.

»Bitte beachten Sie die Laufstege«, erklärte die Führerin mit einer Handbewegung. »Die Maische wird einem Prozess unterzogen, der als Unterstoßen bezeichnet wird. Es ist ein ziemlich gefährlicher Vorgang, bei dem jedes Jahr mehrere Todesfälle …«

Mit hämmerndem Herzen und staubtrockenem Mund starrte Alex die Tanks und den Laufsteg an. Sie malte sich aus, wie Susan Sommer vom Kohlendioxid ohnmächtig geworden und in den Tank gefallen war. Was mochten ihre letzten Gedanken gewesen sein? Hatte sie an das Baby in ihrem Bauch gedacht? An die Tochter, die sie zurückließ?

»Irgendwelche Fragen?«, erkundigte sich die Führerin.

»Gab es hier nicht auch einmal einen solchen Vorfall?«, fragte Alex. »Vor vielen Jahren?«

Die Führerin warf ihr einen eigentümlichen Blick zu. »Nicht bei diesen Tanks. Inzwischen wurden die Räumlichkeiten modernisiert und auf den neuesten Stand der Technik gebracht.«

»Ist jemand dabei umgekommen?«, wollte eine Frau mit weit aufgerissenen Augen wissen.

»Ja«, antwortete die Führerin. »Ein Mitglied der Sommer-Familie. Es war eine schreckliche Tragödie, über die wir aber nicht gern sprechen.«

»Was ist mit der anderen Tragödie?« Die Frage war über Alex' Lippen gekommen, bevor sie es verhindern konnte. »Diese Entführung, von der ich gelesen habe? Ein kleiner Junge, nicht?«

Ein Raunen ging durch die Besuchergruppe. Die Führerin fühlte sich sichtlich unwohl. »Dylan Sommer«, antwortete sie. »Er wurde aus seinem Bettchen entführt. Das war 1985. Die Sommers haben die Hoffnung nie aufgegeben, dass er noch am Leben ist und eines Tages nach Hause zurückkehrt.«
Natürlich hatten sie die Hoffnung längst aufgegeben, dachte Alex. Alle hatten ihr Leben weitergelebt. Es hing noch nicht einmal ein Foto von ihm im Museum.
Die Führerin räusperte sich. »Wenn es also keine weiteren Fragen gibt, kommen wir zum Höhepunkt unserer Besichtigungstour, den Weinkellern. Die Keller der Sommers gehören zu den ältesten und berühmtesten im Weingebiet. Lediglich die der Schrambergs können es mit ihnen aufnehmen.«
Die Führerin schlug den Weg vom Gärbereich zu den Kellern ein. »Die hier wurden von Hand ausgehoben und verfügen über ein Labyrinth aus Gängen von knapp dreieinhalbtausend Quadratmetern. Es ist absolut unglaublich. Derartige Weinkeller«, fuhr sie fort, »garantieren eine umweltschonende Kühlung. Die Weine lagern hier bei angenehmen vierzehn Grad und einer Luftfeuchtigkeit von rund siebzig Prozent. Hier liegen etwa zweitausend Fässer.«
Sie gelangten zum Kellereingang, als Alex bemerkte, wie die Erinnerung an jenen anderen Abend zurückkehrte, an ihr Gefühl der Orientierungslosigkeit, ihre aufsteigende Panik.
Der Geruch nach Räucherharz. Das Gelächter. Ihre Brust, die sich mit jeder Sekunde enger anfühlte, ihr hämmerndes Herz. Die schier übermächtige Angst.
Nein, sagte sie sich. Die Situation heute war nicht einmal annähernd vergleichbar.
»Machen Sie sich darauf gefasst«, erklärte die Führerin, »dass die Keller wegen des trüben Lichts und mit all den Pilzge-

flechten an den Wänden ziemlich unheimlich wirken. Aber keine Sorge, soweit ich weiß, gibt es keine Geister da unten.«

Doch, dachte Alex. *Gibt es. Geister der Vergangenheit. Aus jenem Leben, an das sie sich vergeblich zu erinnern bemühte.*

»Alles in Ordnung, meine Liebe?«

Alex wandte sich um und sah eine freundlich wirkende ältere Frau hinter sich. Der Rest der Gruppe war mittlerweile im Keller verschwunden. Alex rang sich ein schwaches Lächeln ab. »Ich habe etwas Probleme mit engen Räumen. Merkt man das?«

»Allerdings. Sie sind kreidebleich.«

»Ich komme schon klar.«

Die Frau tätschelte ihren Arm. »Der Kopf ist das Entscheidende. Bleiben Sie einfach in meiner Nähe. Ich war früher Krankenschwester.«

Sie schlossen sich wieder der Gruppe an. Ihre Führerin erklärte gerade die Entstehungsgeschichte der Keller. »Damals wurden chinesische Arbeiter eingesetzt, um diese Keller in den Berg zu graben. Sie würden staunen …«

Alex versuchte, sich auf die Worte zu konzentrieren und langsam und gleichmäßig zu atmen.

»… ausnahmslos französische Eichenfässer, die zwischen fünfhundert und zweitausend Dollar pro Stück kosten.«

Die Gruppe plauderte angeregt. Ihre persönliche Florence Nightingale war mittlerweile zu ihrem Ehemann zurückgekehrt. Blindlings folgte Alex der Führerin, sorgsam bedacht, einen Fuß vor den anderen zu setzen.

Mit einem Mal begann sie zu schwitzen. Kalter Angstschweiß trat ihr auf die Stirn. Ihr Herz schlug so heftig, dass es sich anfühlte, als springe es gleich aus ihrer Kehle.

Aber wieso?

Raus. Sofort. Such den Ausgang.
»... die Feuchtigkeit reduziert die Verdunstung in den Fässern. Und jetzt bleiben Sie bitte in meiner Nähe«, fuhr die Führerin fort, »hier kann man sich nämlich leicht verlaufen.«
Dylan. Der Name ihres Bruders kam ihr unvermittelt in den Sinn. Sein Gesicht. Ein hübscher, dunkelhaariger Junge. Der vor Vergnügen gluckste und sie anstrahlte.
Und auf einmal schrie.
Hektisch sah sie sich um. Die Gruppe war um die nächste Ecke gebogen. Alex trat einen Schritt rückwärts. Dann noch einen. Und noch einen.
Nicht rückwärts, registrierte sie, sondern zur Seite. Sie wurde gegen eine Kellerwand gedrängt und befand sich mit einem Mal inmitten der hoch aufragenden Eichenfässer. Die Pilzflechten streiften über ihre Wangen und ihren Kopf. Sie stieß sie beiseite, während sie spürte, wie ein Schrei in ihrer Kehle aufstieg.
Der Geruch nach Räucherharz wurde intensiver und brannte in ihrer Nase. Sie öffnete den Mund, um nach den anderen zu rufen, doch stattdessen hallte nur wildes Hämmern in ihrem Kopf wider. Sie presste sich gegen die Mauer und registrierte, wie sie in einen langen, modrigen Tunnel gezogen wurde. Ihr Sichtfeld verkleinerte sich, bis nichts als eine kleine runde Öffnung übrig blieb.
Das Licht flackerte unruhig. Keine Lampe, dachte sie. Flammen tanzten rings um sie, knackend und mit hellen, lodernden Zungen, die nach ihr zu greifen schienen. Sie umschlossen. Das Heulen wilder Kreaturen, die sich in den Flammen wanden, von ihnen verschlungen wurden.
Eine der Kreaturen packte sie am Arm, die knochigen Finger gruben sich in ihre Haut.
»Miss? Geht es Ihnen gut, Miss?«

Ein Wachmann. Blinzelnd kehrte sie ins Hier und Jetzt zurück. Der Mann hatte ein rundes, freundliches Gesicht und sah sie mit einer Mischung aus Besorgnis und Argwohn an. Als wären ihr Hörner gewachsen.

Was in gewisser Weise der Fall war.

»Bringen Sie mich hier raus«, presste sie mühsam hervor. »Bitte.«

Er legte ihr die Hand um den Ellbogen und führte sie nach draußen. Sie trat ins schwindende Licht des Tages und sog gierig die frische Luft ein, als hätten sie nur wenige Augenblicke vom Ersticken getrennt.

Was zum Teufel passierte hier mit ihr?

»Ich muss mich setzen.«

Er führte sie zu einer Bank neben dem Eingang, wo sie sich setzte und den Kopf auf die Knie sinken ließ, während sie tief den Atem einsog und spürte, wie ihre Angst verebbte und ihre gewohnte Entschlossenheit zurückkehrte.

Sie richtete sich auf. »Wie haben Sie mich gefunden?«

»Ma'am?«

»Habe ich geschrien?«

Er musterte sie eigentümlich. »Nein, Ma'am.«

»Ich leide unter Klaustrophobie«, log sie, »und arbeite gerade daran.«

»Soll ich Sie zu Ihrem Wagen bringen? Oder Ihnen ein Glas Wasser …«

»Nein. In welcher Richtung ist der Verkostungsraum?«

Seine Miene verriet nur allzu deutlich, was er dachte – Wein war wohl so ziemlich das Letzte, was ihr in ihrem Zustand guttun würde. Aber er konnte nicht wissen, dass Wein das Letzte war, was sie im Sinn hatte. Sie wollte nur einen Blick auf das Gemälde ihrer Mutter werfen.

Kapitel achtundvierzig

Freitag, 12. März
17:10 Uhr

Alex traf zur selben Zeit im Verkostungsraum ein wie die Mitglieder ihrer Gruppe, die zielstrebig auf die Bar zusteuerten und sich auf die vorbereiteten Weinproben stürzten.

Alex sah zu dem riesigen Gemälde hinter der Bar hinauf. Eindeutig die Arbeit ihrer Mutter – sie hätte das Bild unter Hunderten erkannt. Die wilden, großzügigen Pinselstriche, die lebhaften Farben.

Es gab nur einen Unterschied zu ihren späteren Werken: diesem Gemälde wohnte Lebensfreude inne, eine unübersehbare Hoffnung. Allein der Anblick schmerzte sie.

»Sehen Sie«, sagte die freundliche Ex-Krankenschwester, die neben sie getreten war. »Sie haben es ja doch geschafft.«

Alex machte sich nicht die Mühe, sie zu korrigieren.

»Wie finden Sie es?«, fragte sie mit einer Geste auf das Gemälde.

Die Frau folgte ihrem Blick. »Es ist atemberaubend«, sagte sie. »Wer hat es wohl gemalt?«

»Patsy Sommer.«

»Gehört sie zur Familie?«

»Ja. Sie war mit Harlan Sommer verheiratet; seine zweite Frau und die Mutter des Kindes, das …«

»Alexandra? Das ist ja eine Überraschung.«

Alex wandte sich um und sah Clark Sommer lächelnd hinter ihnen stehen.

Bei seinem Anblick musste sie an das denken, was Reed erzählt hatte. Und die Worte, die Reed senior ihr entgegengeschleudert hatte. *»Ihre Mutter hat sich nicht nur die Seele mit unseren Söhnen aus dem Leib gevögelt, sondern sie hat die Seele dieser Jungen brutal zerstört.«*

Leises Unbehagen überfiel sie. »Hallo, Clark. Ich spiele ein bisschen Tourist.«
»Wie schön.« Er wandte sich an die Krankenschwester und lächelte auch sie an. »Clark Sommer. Gefällt es Ihnen bei uns?«
Die Frau bejahte in schwärmerischer Bewunderung, worauf er ihr eine Visitenkarte reichte. »Geben Sie die hier Cathy an der Bar und richten Sie ihr aus, dass Sie und Ihr Begleiter unbedingt den Stone Hill Reserve Cabernet probieren sollten. Auf Kosten des Hauses, versteht sich.«
»Das war sehr nett von dir«, sagte Alex, nachdem ihre neue Freundin davongeeilt war.
»Gute PR. Noch dazu eine kostenlose. Wir schließen in einer halben Stunde, und hinter der Bar steht noch eine offene Flasche.«
»Verstehe«, sagte sie mit sanfter Stimme, um die Schärfe ihrer Worte zu mildern, »also doch keine Nettigkeit, sondern reine Berechnung.«
»Könnten wir uns kurz unterhalten? Allein?«
»Klar.«
Clark nahm sie beim Arm und führte sie aus dem Verkostungsraum in das Museum auf der anderen Seite des Korridors. Der Raum war leer, da an diesem Tag keine Führungen mehr stattfinden würden.
»Was liegt an?«, fragte sie.
»Die Frage, die ich dir stellen muss.«
»Ich fürchte, ich verstehe nicht ganz.«
»Was hast du dieser Frau erzählt, bevor ich gekommen bin?«
Alex runzelte die Stirn und versuchte sich zu erinnern. »Ich habe das Bild meiner Mutter bewundert, und sie wollte wissen, wer es gemalt hat.«

»Also hast du es ihr gesagt.«
»Genau. Gibt es dagegen etwas einzuwenden?«
»Lass uns eines klarstellen: Deine Mutter ist nicht länger Teil der Familiengeschichte.«
»Man kann die Geschichte aber nicht neu schreiben« – sie machte eine ausschweifende Handbewegung –, »obwohl ich sehe, dass ihr genau das versucht habt. Kein einziges Foto von ihr oder Dylan.«
»Willst du uns einen Vorwurf daraus machen? Glaubst du vielleicht, wir würden uns nicht gern an sie erinnern? Oder an dich?«
Alex zählte bis zehn, ehe sie etwas erwiderte. Ihn anzufahren, aus Wut oder aus Kränkung, würde nichts bringen. »Du hast ein Recht auf deine Meinung.«
Sie machte Anstalten, sich an ihm vorbeizuschieben, doch er hielt sie auf. Sein Weinatem schlug ihr entgegen.
»Lass mich los.«
»Deine Mutter«, sagte er leise und strich ihr mit dem Finger über die Wange, »war eine schöne Frau.«
Alex riss sich los. »Ich habe gesagt, du sollst …«
»Aufregend. Voller Leben. Du bist genauso wie sie, hab ich recht?«
Sie wandte sich zum Gehen, doch er riss sie zurück und drückte sie gegen die Wand. Ihr Mund war staubtrocken, doch sie war fest entschlossen, sich ihre Angst nicht anmerken zu lassen.
»Bist du etwa nicht wie sie?«
Alex schob ihre Hände zwischen ihn und sich. »Verdammt, Clark! Tu nichts, was du später bereuen wirst. Lass mich los.«
»Erzähl du mir nichts über Reue.« Seine Lippen wurden schmal. »Denkst du, ich weiß nicht, wie sich das anfühlt? Oder wie es ist, sich zu fragen, wie … jeden Tag …«

Er schwankte leicht. »Mike Acosta hat sich umgebracht. Wusstest du das?«
»Ich weiß nicht, wer Mike Acosta ist.«
»Spanky. So haben wir ihn immer genannt. Er hat sich erhängt.«
Wie Max. Sie durchforstete ihr Gedächtnis nach einem Mike. Vergeblich.
»Er hat es nicht verwunden«, nuschelte er. »Und Terry ist auch tot. Na, wie fühlt sich das an?«
»Ich kannte keinen von beiden. Und jetzt schlage ich vor …«
»Willst du wissen, was deine Mutter war, Alexandra?« Sein Blick heftete sich auf ihren Mund, ihre Brüste. »Du willst es unbedingt wissen, deshalb werde ich es dir zeigen.«
Seine Worte drangen ihr durch Mark und Bein. Panik, unvermittelt und lähmend, schnürte ihr die Luft ab. Sie versuchte, sich aus seinem Griff zu befreien.
»Lass mich los!«, rief sie. »Sofort!«
»Lust auf eine kleine Nummer vor Publikum?«
»Nein!«, schrie sie. »Lass mich …«
»Clark!«
Er fuhr so abrupt herum, dass er das Gleichgewicht verlor. Treven stand mit wutverzerrtem Gesicht im Türrahmen.
»Dad!« Er räusperte sich. »Ich habe nicht … es ist nicht …«
»Ich gebe dir genau zehn Sekunden, deinen elenden Hintern aus diesem Raum zu schaffen, Sohn. Eine Sekunde mehr, und ich bringe dich um, das schwöre ich bei Gott!«
Er meinte es ernst, bemerkte Alex. Clark schien zum selben Schluss gelangt zu sein, denn er ließ augenblicklich von ihr ab. Ohne ein weiteres Wort – oder einen Blick – verließ er das Zimmer.
Treven trat zu ihr. »Alles in Ordnung, Alexandra?«

Sie brachte kein Wort heraus. Tränen stiegen ihr in die Augen. Sie nickte nur.
»Er hat dir nicht weh getan, oder?«
»Nein«, presste sie schließlich mit zitternder Stimme hervor. Doch die Wahrheit war, dass er ihr sehr wohl weh getan hatte. Er hatte ihr eine tiefe, tödliche Wunde zugefügt, von der sie nicht wusste, ob sie jemals wieder heilen würde.
»Komm, wir besorgen dir ein Glas Wein.«
Er wollte sie am Arm nehmen und in den Verkostungsraum führen, doch sie rührte sich nicht vom Fleck. »Ich möchte jetzt niemanden sehen.«
»Sie sind alle weg«, murmelte er. »Wir haben geschlossen.«
Er hatte nicht gelogen. Nur ein einzelner Angestellter war noch da und räumte die Bar auf. Treven bedeutete ihm zu gehen und zog zwei Stühle heran. »Setz dich.«
Sie gehorchte und blickte zu dem Gemälde ihrer Mutter hinauf. Wie konnte eine Frau, die angeblich bis ins Mark verdorben gewesen war, etwas so Schönes geschaffen haben? Etwas, das so voller Lebensfreude und Hoffnung steckte?
»Ich bin hergekommen, weil ich mir das Bild ansehen wollte«, sagte sie leise.
»Es tut mir aufrichtig leid.« Treven reichte ihr ein Glas Rotwein und nahm ihr gegenüber Platz. »Ich habe keine Ahnung, was in ihn gefahren ist. Seit …«
Er brach ab. Die unausgesprochenen Worte hingen zwischen ihnen. Sie sah ihn an. »Seit *was?*«
»Seit du hier bist.« Seine Züge wurden weich. »Probier den Wein. Das hilft. Glaub mir.«
Schweigend nippten sie an ihren Gläsern. Die fruchtigen Aromen und Gewürze füllten ihre Mundhöhle, gefolgt von den Tanninen, die ihre Zunge umschmeichelten, während sich die

Wärme des Alkohols in ihr ausbreitete. Sie spürte, wie sie eine gnädige Ruhe erfasste.

»Der Legende zufolge«, sagte er leise, »waren Ikarios und seine Tochter Erigone die ersten Menschen, die Wein tranken. Dionysos, der Gott des Weins, wies sie in die Kunst des Kelterns ein und trug ihnen auf, die Menschen mit dem Rebensaft bekannt zu machen. Aber als Ikarios die anderen Bauern den Wein probieren ließ, kippten sie ihn im Unverstand hinunter und fielen prompt in den Rausch. Beobachter, die glaubten, Ikarios habe seine Freunde vergiftet, erschlugen ihn daraufhin. Als Erigone den Leichnam ihres Vaters fand, erhängte sie sich vor Kummer über seinen Tod.«

Alex lachte schwach. »Das ist eine ziemlich brutale Geschichte, Treven, und mir ist nicht ganz klar, wieso du sie mir erzählst.«

Er deutete auf ihr Glas. »Die Geschichte des Weines ist eng mit der Geschichte der Menschheit verwoben. Und die Verbindung zwischen den beiden ist äußerst stürmisch. Der Wein hat stets jene besänftigt, deren Herz gebrochen war, hat Ekstase und Gewalt entzündet und verantwortungsbewusste Männer dazu gebracht, sich wie Idioten zu benehmen.« Er hielt inne. »Mein Sohn ist das beste Beispiel dafür.«

Dankbar nahm sie seine Entschuldigung an.

»Es ist keine Entschuldigung«, widersprach Treven. »Für so etwas ist er viel zu alt. Nein, es ist eine Erklärung. Oder vielleicht eine Bitte um Verständnis.«

Alex nickte, worauf Treven fortfuhr. »Die Geschichte ist gespickt von tragischen Ereignissen. Dasselbe gilt auch für unser Leben.«

Er blickte zum Gemälde ihrer Mutter hinauf. Sie folgte seinem Blick. Das Leben ihrer Mutter. Ihr eigenes. Das Leben jener, die ihre Mutter einst geliebt hatten.

Oder die von ihr missbraucht worden waren.
»Wer war Mike?«, fragte Alex. »Clark meinte vorhin, er hätte sich erhängt.«
»Ein guter Freund.«
»Wann ist er …«
»Er war zwanzig. Clark hat ihn gefunden.«
»O Gott.«
»Und noch ein anderer seiner Jugendfreunde ist gestorben. Terry Bianche. Der Junge hatte ständig mit Drogen- und Alkoholproblemen zu kämpfen und ist letzten Endes bei einem Motorradunfall ums Leben gekommen.«
Treven hielt sein Glas hoch und ließ nachdenklich die dunkelrote Flüssigkeit kreisen. Die Routiniertheit seiner Bewegung verriet ihr, dass er es aus Gewohnheit tat. Nach einer Weile sah er sie wieder an. »Soweit ich weiß, hat Reed dir erzählt, was deine Mutter mit unseren Söhnen gemacht hat. Ich habe auch erfahren, dass du Schwierigkeiten hast, es zu akzeptieren. Ich kann dir keinen Vorwurf machen.«
Sie wurde rot und fragte sich, was er damit meinte – dass man sie in seinen Augen nicht für die Taten ihrer Mutter zur Rechenschaft ziehen konnte oder dass er Verständnis für ihre Loyalität ihrer Mutter gegenüber hatte.
»Mike war einer der Jungs. Terry auch. Sie waren damals sechzehn und siebzehn Jahre alt.«
»Ich weiß nicht, was ich sagen soll.«
Er legte die Hände um das bauchige Weinglas. »Wir sind völlig falsch mit der Situation umgegangen. In jeder Hinsicht. Und ich übernehme meinen Teil der Verantwortung dafür.«
Er stieß einen tiefen Seufzer aus. »Wir hätten dafür sorgen müssen, dass die Jungs psychologisch betreut werden. Sie hätte dafür geradestehen müssen. Aber nachdem Dylan …«

Alex wandte den Blick ab.
Er legte seine Hand auf ihre. »Es tut mir sehr leid, Alexandra. Du hattest mit alldem nichts zu tun. Schließlich kann man sich seine Eltern nicht aussuchen.«
Ihre Eltern. Mutter und Vater. Sie suchte seine Augen. »Weißt du, wer mein Vater ist?«
»Tut mir leid.« Er ließ ihre Hand los und stand auf. »Ich wünschte, ich könnte dir helfen.«
Sie zuckte die Achseln und erhob sich ebenfalls. »Eines Tages werde ich jemanden fragen und eine andere Antwort bekommen.«
»Das hoffe ich, Alex. Wirklich.«

Kapitel neunundvierzig

Freitag, 12. März
20:45 Uhr

Alex hatte sich unter einer Decke auf dem Sofa zusammengerollt, doch ihr wollte einfach nicht warm werden. Nach dem Gespräch mit Treven Sommer war sie in ihren Wagen gestiegen und ziellos durch die Gegend gefahren, durch malerische Dörfer, vorbei an sanft geschwungenen Hügeln, auf denen sich ein Weinberg im Winterschlaf an den anderen reihte.
Aus unerfindlichen Gründen war der Verkehr abwechselnd ins Stocken geraten, dann wieder in Gang gekommen.
Kein Wunder, dass sie völlig durchgefroren war. Sie war die ganze Zeit mit heruntergekurbeltem Fenster gefahren. Die schneidende Abendkälte hatte ihr geholfen, im Hier und Jetzt zu bleiben, während sie im Geiste die Eindrücke des Tages wieder und wieder hatte Revue passieren lassen.
Schließlich kann man sich seine Eltern nicht aussuchen.

Willst du wissen, was deine Mutter war, Alexandra? Du willst es doch unbedingt wissen, also werde ich es dir zeigen.
Schaudernd zog Alex die Decke enger um sich. Aus dem Bedürfnis heraus, mit jemandem zu reden, der mit ihrer Mutter befreundet gewesen war, hatte sie Rita Welsh zuerst zu Hause, dann in der Bibliothek angerufen. Dort hatte sie lediglich erfahren, dass sie für einige Zeit zu ihrer Tochter gefahren und nicht erreichbar sei.
Wieder kamen ihr Wayne Reeds Worte in den Sinn: *Halten Sie sich von meinen Söhnen fern*. Was würde er wohl sagen, wenn er wüsste, was sie und seinen mittleren Sohn verband?
Vielleicht wusste er ja bereits Bescheid. Vielleicht war dies ein Grund, weshalb er die widerwärtige Geschichte über ihre Mutter überhaupt in Umlauf gebracht hatte. Und weshalb er ihr gegenüber so hasserfüllt gewesen war.
Reed. Er hatte nicht angerufen, und sie konnte nicht genau sagen, was sie davon hielt. Ein Teil von ihr wünschte, er hätte sich gemeldet. Jener Teil, der seine Gegenwart genoss – sowohl seinen Charakter als auch den unglaublichen Sex mit ihm. Der andere Teil war davon überzeugt, dass es das Beste war. Zu viele Altlasten. Zu viele Geheimnisse. Sein Weltbild war zu konventionell, ihres zu unkonventionell für eine gemeinsame Zukunft.
Altlasten. Geheimnisse. Sie betrachtete das gerahmte Foto auf dem Tisch neben ihr. Ihre Mutter mit Dylan auf dem Arm, in die Kamera lächelnd. Sie selbst, wie sie danebenstand und zu den beiden emporgrinste.
Sie nahm das Foto und starrte es an, während sich der Schmerz durch ihre Eingeweide schnitt. *Welche Geheimnisse hattest du? Stimmt es, was sie über dich erzählen? Ist das der Grund, weshalb du die Vergangenheit immer vor mir verheimlicht hast?*

Sie betrachtete die Umgebung auf dem Foto. Es war auf dem Weingut aufgenommen worden, im Hintergrund war der Eingang zum Weinkeller zu erkennen.
Sie starrte auf den düsteren Eingang, und die Erinnerung an ihre Vision kehrte zurück. Die Flammen, die an ihr geleckt hatten. Der intensive Räucherharzgeruch. Ihre überaus reale Reaktion darauf: Angst. Panik.
Alex ballte die Fäuste, fest entschlossen, ihren Gefühlen die Stirn zu bieten. Ihre Mutter hatte nicht gewollt, dass sie sich erinnerte. Aber woran genau? Ihr Leben hier? An den schrecklichen Verlust ihres kleinen Bruders?
Und warum? War es der Versuch gewesen, Alex vor dem Schmerz zu bewahren? Vor den qualvollen Erinnerungen? Oder aus Schuldgefühlen? Aus Angst?
Alex hielt inne. *Hatte ihre Mutter Angst gehabt? Um sich? Oder um das Kind, das ihr noch geblieben war?*
Ihr Blick fiel wieder auf den im Halbdunkel liegenden Kellereingang auf dem Foto. Etwas war in diesem Keller passiert. Mit ihr. Etwas Schreckliches – etwas Grauenhaftes, Angsteinflößendes.
Etwas, das an die Oberfläche zu dringen versuchte.
Großer Gott, dachte sie. War ihr selbst etwas Schreckliches zugestoßen? Oder hatte sie zugesehen, wie es jemand anderem widerfuhr?
Dylan.
Das Läuten des Mobiltelefons riss sie aus ihren Gedanken. Mit zitternder Stimme meldete sie sich.
Es war Reed. »Hey, ich hatte doch versprochen, dass ich mich melde.«
Sie dachte an den Morgen zurück – es fühlte sich an, als wäre seitdem eine halbe Ewigkeit vergangen – und versuchte, sich

in Erinnerung zu rufen, was er gesagt, wie sie sich voneinander verabschiedet hatten. Es gelang ihr nicht.

»Ich stehe auf deiner Veranda. Mit Pizza und Bier. Wenn du Lust auf Gesellschaft hast …«

Sie hatte. Eilig schlug sie die Decke beiseite, sprang vom Sofa und lief zur Tür. All die Gründe, weshalb sie nicht zusammen sein sollten, waren in dem Augenblick, da sie die Tür öffnete, ohne Bedeutung. Sie wollte ihn. Sie brauchte ihn. Jetzt. In dieser Sekunde.

Er trat ein und stieß die Tür mit der Hüfte zu. »Ich habe mein Lieblingsbier mitgebracht, Boont Amber Ale, und eine Pizza mit allem.«

Wortlos nahm sie ihm den Sechserpack Bier und die Pizzaschachtel aus der Hand, stellte die Sachen beiseite und drängte sich gegen ihn.

»Sag nichts«, flüsterte sie an seinem Mund, »sei einfach … da.«

Sie zog ihm das Hemd über den Kopf, kämpfte mit seinem Gürtel, der in der Eile nicht aufgehen wollte.

Er hob sie hoch und drehte sie um, so dass sie mit dem Rücken an der Tür lehnte.

»Baby«, sagte er und schob sich in sie.

Sie schrie auf, grub die Nägel in seinen Rücken, wand sich und wölbte sich ihm hungrig entgegen. Wogen der Lust spülten über sie hinweg, vermischten sich mit den Ereignissen des Tages. *Halten Sie sich von meinen Söhnen fern … willst du wissen, Alexandra … ihr Kummer über sein Verschwinden …*

Flammen, die züngelnd nach ihr griffen. Räucherharz. Das Heulen der Kreaturen.

Alex schob die Erinnerung beiseite und schlang die Beine fester um Reeds Taille. *Nein … nein … ich will …*

Sie kauert sich auf den Boden, inmitten des Unterholzes. Gestrüpp.

Versteckt sich. Die Stimme. Wütende Worte, die sie nicht ausmachen kann …

Du willst es unbedingt wissen, also werde ich es dir zeigen.

Ein Schrei drang über ihre Lippen, und sie bemerkte, dass sie weinte.

»Alex? Mein Gott? Ist alles in Ordnung?«

Sie blinzelte. Reed, schwer atmend, starrte sie an. Er hatte aufgehört, sich in ihr zu bewegen, und seine Erregung begann bereits abzuflauen.

»Habe ich dir weh getan? Liebste …«

»Nein.« Sie begann zu zittern und legte die Stirn gegen seine. »Halt mich fest. Bitte, halt mich einfach fest.«

Er trug sie ins Wohnzimmer, wo sie sich unter der Decke zusammenrollten. Lange Zeit sprachen sie nicht. Clarks Worte hallten in ihrem Kopf wider. Worte, die er heute zu ihr gesagt hatte. Aus Wut. Um ihr zu drohen.

Waren es auch Worte aus der Vergangenheit? Gütiger Gott, was passierte mit ihr? Vermischte sie Gegenwart und Vergangenheit? Oder schlitterte sie geradewegs auf den Wahnsinn zu?

»Bist du bereit, darüber zu reden?«, fragte er leise.

Was sollte sie ihm erzählen? Wenn sie ihm alles sagte, würde er sie ernst nehmen – oder würde er sie für psychisch labil halten, so wie ihre Mutter es gewesen war?

Alles, was sie getan hatte, seit sie sich begegnet waren, deutete darauf hin.

Reeds Magen knurrte laut. Gerettet, dachte sie und sah ihn an. »Die Pizza«, sagte sie. »Die habe ich völlig vergessen.«

»Ich auch.« Wie zur Bestätigung knurrte sein Magen erneut.

»Lügner.« Sie schälte sich unter der Decke hervor. »Ich mache sie noch mal warm.«

»Nicht nötig.« Er packte ihre Hand. »Bist du bereit, darüber zu reden?«

»Gibst du mir noch ein bisschen Zeit?«

Er grinste sie schläfrig an. »Es sind deine Geheimnisse. Nimm dir so viel Zeit, wie du brauchst.«

Wenige Minuten später saßen sie auf dem Fußboden, aßen die kalte Pizza und nippten an ihrem warmen Bier. Sie hatte sein Hemd übergestreift, er seine Jeans angezogen.

»Lecker«, murmelte sie und nahm sich noch ein Stück Pizza.

»Die beste.« Er machte sich ein zweites Bier auf. »Ich hatte einen interessanten Tag. Max Cragans Haus ist abgebrannt.«

»Was?«

»Jemand hat es angezündet.«

Flammen. Die nach ihr schlugen, an ihrer Haut leckten.

»Was ist los?«

Sie blinzelte. Mit einem Mal war sie froh, dass sie zusammen gewesen waren. »Nichts. Es ist nur so ... schockierend.«

Er runzelte die Stirn. »Das ist alles?«

»Ja ... wer tut so etwas? Es ist so grausam.«

»Grausam«, wiederholte er. »Eine seltsame Bezeichnung dafür.«

Alex sah ihn an. »Wegen Angie. Sie muss am Boden zerstört sein. All diese ... Erinnerungen zu verlieren.«

»Das war sie.«

Er schwieg einen Moment. »Ich habe heute mit Cragans Hausarzt geredet. Er konnte nicht vollständig ausschließen, dass Max die Kraft hatte, sich zu erhängen, hatte aber durchaus Zweifel daran.«

»Er wurde ermordet«, sagte sie leise. »Und sein Haus niedergebrannt. Mein Gott.«

»Der amtliche Leichenbeschauer hat den Todeszeitpunkt auf

irgendwann zwischen halb neun Uhr und zehn Uhr abends festgelegt. Während dieser Zeit hast du noch mit ihm telefoniert.«

»Stimmt. Er hat mich um kurz nach neun Uhr angerufen. Ich habe dir ja die eingegangenen Anrufe auf meinem Handy gezeigt.«

»Ja, das hast du.« Er sah sie ruhig an. »Wo warst du an diesem Abend, Alex?«

»Zu Hause, das habe ich dir doch erzählt.«

»Allein?«

Sie wurde rot. »Ja, allein. Den ganzen Abend.«

»Keine Anrufe außer dem von Cragan? Besuch?« Sie schüttelte den Kopf. »Keine Besorgungen?«

»Nein.« Sie runzelte die Stirn. »Ich bin ein bisschen verwirrt. Warum ist das wichtig?«

»Könnte sein, dass du die Letzte warst, mit der Max gesprochen hat.«

»Nein, das stimmt nicht. Er hat aufgelegt, um die Tür aufzumachen. Ich habe gehört, wie es geläutet hat.«

»Das sagst du.«

Sie gab einen ungläubigen Laut von sich. »Ich habe dir mein Anrufprotokoll gezeigt und dir erzählt, was vorgefallen ist. Wir hatten uns für den nächsten Morgen verabredet. Er sagte, jemand sei an der Tür und er müsse Schluss machen. Er dachte, es sei Angie.«

»Sie war es aber nicht.«

»Es könnte sonst wer gewesen sein.«

»Genau«, bestätigte er. »Das könnte es.«

Mit einem Mal wurde ihr die Bedeutung seiner Worte bewusst. Sie versteifte sich. »Weshalb sollte ich Max etwas antun? Ich habe ihn doch kaum gekannt!«

»Das behaupte ich ja nicht, Alex. Ich mache nur meine Arbeit.«
»Hast du das vor einer halben Stunde auch getan? Als du mich gevögelt hast?« Sie kam auf die Beine, zog sein Hemd aus und schleuderte es ihm entgegen. »Raus hier.«
»Alex …«
»Ich habe mich bei dir sicher gefühlt. Bis zu diesem Moment.«
»Siehst du denn nicht, dass du im Mittelpunkt von alldem stehst? Bei allem, was hier geschieht.«
»Nicht bei allem. Nur für den Fall, dass du es vergessen haben solltest – für gestern Nacht habe ich ein Alibi. Ich war mit dir im Bett. Und habe dir geholfen, deine Arbeit zu machen.«
»Alex, du könntest in …«
»Raus hier«, wiederholte sie. »Was auch immer zwischen dir und mir gelaufen sein mag, ist vorbei, Detective.«

Kapitel fünfzig

Samstag, 13. März
08:00 Uhr

Alex hatte kaum ein Auge zugetan, sondern sich die halbe Nacht im Bett gewälzt und über die Ereignisse des vergangenen Tages gegrübelt – und über alle anderen seit ihrer Ankunft in Sonoma.
Der Stachel von Reeds Kränkung saß tief. Dabei war sie drauf und dran gewesen, ihm ihr Herz auszuschütten.
Mit jeder Stunde, die sie im Dunkel dagelegen hatte, war eines immer klarer geworden – sie war auf sich gestellt.
Aber sie würde nicht weglaufen und sich verstecken, so wie ihre Mutter es getan hatte, sondern sich der Situation stellen.

Etwas Schreckliches war ihr widerfahren; etwas, das ihr Unterbewusstsein unter Verschluss zu halten versuchte. Dylan war entführt und höchstwahrscheinlich ermordet worden. Außerdem war ein Mann mit einer Tätowierung aus Weinranken und Schlangen am Knöchel getötet worden. Und nun war Max Cragan tot, sein Haus bis auf die Grundmauern abgebrannt. Weshalb sollte jemand Max töten? Sein Haus niederbrennen? Je länger Alex darüber nachdachte, desto klarer wurde die Antwort: Der Schlüssel lag in Max' Aufzeichnungen über seine Entwürfe. Und damit der Identität des Auftraggebers.

Das Geheimnis um die Weinranken und die Schlange.

Sie war ein Teil dieses Geheimnisses. Sie stand im Mittelpunkt der jüngsten Ereignisse. So wie Reed es gesagt hatte. Ihr ganzes Leben lang hatten sie ihre Träume gequält und an ihren Bruder zu erinnern versucht, den sie geliebt – und verloren – hatte.

Tim hatte es als einen Verdrängungsmechanismus bezeichnet. Ein Gedächtnisverlust aufgrund eines traumatischen, lebensbedrohlichen Ereignisses, das so grauenhaft oder beängstigend war, dass das Gehirn alles daransetzte, es in Vergessenheit geraten zu lassen.

Doch die Erinnerung war noch da. Und sie kämpfte sich in ihr Bewusstsein.

Schon zweimal war sie sehr nahe an die Oberfläche gedrungen. Beide Male im Weinkeller. Was ihr auch zugestoßen sein mochte, es musste im Weinkeller passiert sein.

Und Alex würde herausfinden, was es gewesen war. Die Besichtigungen in der Sommer Winery begannen um neun Uhr, und sie würde an der ersten teilnehmen.

Um zehn Minuten vor neun parkte sie ihren Toyota Prius auf dem Hof des Weinguts und stellte fest, dass sich bereits etliche Gruppen eingefunden hatten. Sehr gut. Auf diese Weise könnte sie sich unauffällig unters Volk mischen. Sie klappte die Sonnenblende herunter und betrachtete sich im Spiegel. Ihr Haar hatte sie zu einem Pferdeschwanz zusammengebunden und unter einer Baseballmütze versteckt, außerdem trug sie eine dunkle Sonnenbrille.

Sie wollte nicht, dass die Führerin, falls es die vom Vortag war, sie auf den ersten Blick wiedererkannte. Und Clark oder einem anderen Mitglied der Sommer-Familie wollte sie schon gar nicht in die Arme laufen. Deshalb würde sie sich auch von der Verkostung im Anschluss an die Besichtigung fernhalten.

Alex kaufte sich eine Eintrittskarte und wartete im Museum, wobei sie vorgab, die Fotos an den Wänden zu betrachten. Erleichtert stellte sie fest, dass die Tour an diesem Tag von jemand anderem geführt wurde.

»Bitte, hier entlang«, rief die Führerin. »Fangen wir ganz am Anfang an, mit den Trauben.«

Alex folgte der Gruppe, hielt sich jedoch im Hintergrund und mimte Interesse, während die Führerin den Lese- und Sortierprozess schilderte. In Wahrheit jedoch nahm sie kaum mehr als das schneller werdende Hämmern ihres Herzens wahr, den Rhythmus ihrer eigenen Atemzüge. Wieder und wieder wischte sie sich die feuchten Handflächen an den Hosenbeinen ab, fest entschlossen, sich ihrer Angst zu stellen. Und sie zu besiegen.

Du musst das tun, Alexandra. Es ist nur eine Erinnerung. Dir kann nichts passieren.

»Die höchste Geschmackskonzentration findet sich in den Schalen der Trauben«, erklärte die Führerin. »Und es gibt einen wesentlichen Unterschied in der Herstellung von Rot- und Weißwein. Bei der Rotweinherstellung werden die Scha-

len gemeinsam mit dem Traubensaft vergoren, beim Weißwein hingegen nicht.«
Sie blieben vor den riesigen stählernen Gärtanks stehen. »Hier bei Sommer stellen wir zwei ausgezeichnete Weißweine her, einen Chardonnay und einen Pinot Grigio, berühmt sind wir allerdings für unsere vollmundigen roten.«
Als Nächstes schilderte sie den Prozess des Unterstoßens und die damit verbundenen Gefahren, doch diesmal hielt Alex den Mund. Die Führerin erklärte auch, dass die Fässer von oben entleert wurden, um Verunreinigungen am Tankboden zu vermeiden, und dass der Winzer über einen Zapfhahn am unteren Teil des Tanks regelmäßig Proben entnehmen und den Gärungsprozess der Maische kontrollieren konnte. Sowie der Tank entleert worden sei, werde er einer gründlichen Reinigung unterzogen.
Sie zeigte auf vier wesentlich kleinere Tanks links von ihnen. »Die hier werden für unsere kleineren Produktionen, also für unsere besonderen Qualitätsweine, verwendet.«
Ein Ehepaar eilte hinüber, um ein Foto zu machen. Die Frau brachte sich neben einem der Tanks in Pose. »Oh, meine Güte, der hier leckt ja.«
»Im Augenblick sind die Tanks leer«, korrigierte die Führerin. »So, nun kommen wir zum spannendsten Teil ...«
»Nein, sie hat recht«, rief ihr Begleiter. »Er ist offen, und es läuft tatsächlich etwas heraus.«
Alle blieben stehen und sahen hinüber, während die Führerin zum Tank trat.
»Könnte sein, dass er gerade gesäubert wurde«, meinte sie. »Was Sie da sehen, ist wahrscheinlich ...«
Sie unterbrach sich abrupt.
Alex runzelte die Stirn. Die Luke stand einen Spaltbreit offen,

und etwas sickerte heraus. Auf dem Fußboden hatte sich bereits eine dunkle Lache gebildet.

»... Reinigungsmittel«, erklärte die Führerin, griff nach dem Türgriff und drückte ihn auf. Die Luke öffnete sich. Eine winzige Faust fiel heraus, gefolgt von einem Arm. Und die von weichem Flaum bedeckte Schädeldecke eines Babys.

Ein Kind. Ein Säugling.

Kein Reinigungsmittel. Blut.

Für den Bruchteil einer Sekunde herrschte entsetzte Stille. Dann schallten hohe Schreie durch den Raum. Die Führerin taumelte rückwärts, ihre Hand war blutverschmiert.

Augenblicke später herrschte heilloses Durcheinander. Alex stand reglos da, unfähig, den Blick von dem schauerlichen Szenario zu wenden, während die Hysterie um sie herum anschwoll.

»Jemand muss die Familie holen!«

»Polizei! Ruf um Himmels willen jemand ...«

»Nein! Wartet! Es ist ...«

Alex sank auf die Knie und hatte Mühe, Atem zu schöpfen. Es war grauenhaft. Sie schlang sich die Arme um die Taille und begann, sich rhythmisch zu wiegen. Irgendwann hörte sie, wie Treven atemlos herbeigelaufen kam.

»Großer Gott!«

Dann Rachel. »Mein Gott! Hat jemand schon die Polizei ...«

»Sind schon unterwegs. Und der Krankenwagen auch.«

Clark, registrierte Alex, dessen Blick wie gebannt auf der winzigen Faust hing. So klein und hilflos. Wie Dylan. Klein und hilflos. Unschuldig.

»Reiß dich zusammen!«, befahl Treven, doch sie konnte nicht sagen, an wen die Worte gerichtet waren – an Rachel, an Clark oder sonst irgendwen.

»Clark, du sorgst dafür, dass heute keine Besucher mehr hier reinkommen. Keine Touren mehr. Heute nicht und vielleicht auch morgen. Bring diese Leute in den Verkostungsraum. Und gib ihnen etwas, damit sie sich beruhigen.«

»Was, wenn sie gehen wollen?«

»Auf keinen Fall. Bestimmt will die Polizei mit ihnen reden. Wir müssen die Situation unter Kontrolle bringen. Ruf Danny Reed an und sag ihm, was passiert ist. Ich will den Allerbesten; jemanden, den wir kennen. Einen Freund. Rachel, sieh zu, dass mein Bruder oben bleibt, egal wie. Er darf unter keinen Umständen herunterkommen.«

»Natürlich. Er hat schon genug durchge… Mein Gott, Alex, bist du das?«

»Was hat die denn hier zu suchen?«, fragte Clark.

Statt einer Antwort erklärte Rachel ihm ohne Umschweife, was er sie mal könne, und ging neben Alex in die Hocke. »Alex? Schatz, ich bin's, Rachel«, sagte sie und legte ihr eine Hand auf die Schulter.

Unter Aufbietung ihres gesamten Willens löste Alex den Blick von der winzigen Faust und klappte den Mund auf, doch kein Laut drang hervor.

Rachel runzelte die Stirn. »Ist alles in Ordnung mit dir? Kannst du gehen?«

Alex nickte, und Rachel half ihr auf die Füße. »Komm, gehen wir in mein Büro.«

Kapitel einundfünfzig

Samstag, 13. März
10:50 Uhr

Kein Kind. Kein grausamer Mord.

Sondern ein kranker Scherz.

Reed hatte die Puppe nahezu auf den ersten Blick erkannt. Nahezu – nachdem sein Herzschlag für den Bruchteil einer Sekunde ausgesetzt hatte.

Er sah Tanner an, die neben ihm stand. »Sieht genauso aus wie die andere Puppe.«

Sie nickte und streifte Handschuhe über. »Derselbe kranke Scherzkeks, ganz klar.«

Sie stippte in die Blutlache und zerrieb die Flüssigkeit zwischen den Fingern. »Dasselbe Zeug.«

Er tat dasselbe und hielt sich den Finger unter die Nase. Ein süßlicher Geruch, kein Zweifel. Er wandte sich zu Treven, Clark und Rachel um. »Jemand hat euch einen Streich gespielt. Und zwar einen echt kranken.«

Treven runzelte die Stirn. »Ich verstehe nicht ganz.«

»Das ist eine Puppe, und bei der Flüssigkeit handelt es sich um Kunstblut.«

»Eine Ashton-Drake-Puppe«, erklärte Tanner. »Eine sündhaft teure Puppe, die vor allem deshalb wertvoll ist, weil sie so lebensecht aussieht, wenn Sie meine Wortwahl entschuldigen möchten.«

Das Trio starrte sie verblüfft an. »Aber wieso?«, fragte Rachel. »Wieso sollte jemand so etwas tun?«

»Echt hin oder her, ich habe jedenfalls einen PR-Alptraum der übelsten Sorte am Hals«, stöhnte Treven. »Dass die Sommer-Familie in einem Atemzug mit toten Babys genannt wird, ist so ziemlich das Letzte, was ich gebrauchen kann.«

Tote Babys. Zwei. Zuerst Dylan. Und jetzt dieses hier.

Reed registrierte Tanners Blick. Er wusste, dass sie dasselbe dachte.

»Konzentrieren wir uns doch auf die guten Neuigkeiten, Onkel Treven«, warf Rachel leicht gereizt ein. »Vor fünf Minuten dachten wir noch, jemand hätte ein Kind ermordet und die Leiche in einen unserer Gärtanks gelegt. Jetzt haben wir lediglich einen PR-Alptraum am Hals.«

»Allerdings. Das ist ziemlich kaltherzig von dir, Dad«, stimmte Clark zu. »Es besteht kein Grund, sich immer wie der letzte Mistkerl zu benehmen.«

Tanner räusperte sich – um ein Lachen zu überspielen, vermutete Reed, der selbst Mühe hatte, seine Verblüffung über Clarks ungewohnte Demonstration von Rückgrat zu verbergen.

Treven wurde rot. »Ich muss ein Geschäft zu führen, Sohn, und dafür sorgen, dass alles unter Kontrolle ist. Und falls du eines Tages in meine Fußstapfen treten willst, solltest du dich wappnen.«

»Genau dasselbe Szenario hatten wir schon einmal, vor ein paar Tagen«, warf Reed ein, ehe Clark etwas erwidern konnte. »Eine Puppe, die genauso aussah wie diese hier, wurde verstümmelt und im Hilldale-Weinberg aufgehängt.«

»Das ist das erste Mal, dass ich davon höre.« Treven sah Clark an, der den Kopf schüttelte. Dann fiel sein Blick auf Rachel.

»Ich wusste es«, sagte sie, »aber nur, weil ich mit Betsy Dale befreundet bin.«

Treven nickte befriedigt. »Das ist sehr gut. Sorgen wir dafür, dass auch dieser Vorfall hier hübsch unter Verschluss bleibt. Dan, du kannst uns doch bestimmt helfen, oder? Können wir die Presse raushalten?«

»Das sollte kein Problem sein«, antwortete er mit einem Blick zu Tanner.

»Von mir aus«, sagte sie an Treven gerichtet, »Sie sind das Opfer.«
Etwas an seiner Miene verriet Reed, dass Treven dieser Bezeichnung nicht allzu viel abgewinnen konnte.
»Wer hat die Puppe gefunden?«, fragte Reed.
»Ein Paar aus Illinois. Sie haben sich neben dem Tank fotografiert.«
Er sah Tanner an. »Sie werden als Erste befragt. Hier legt sich jemand mächtig ins Zeug und überlässt die Entdeckung der Puppe nicht dem Zufall.«
Tanner nickte. »Einer der Deputys nimmt bereits die Namen aller Besichtigungsteilnehmer auf.«
Verärgert sah Treven auf seine Uhr. »Wenn ihr mich jetzt entschuldigen wollt – ich habe da draußen ein Dutzend Leute, die beruhigt werden wollen. Clark, Rachel, ich könnte eure Hilfe gebrauchen.«
»Ich komme gleich«, sagte Rachel.
Wieder lag dieser gereizte Unterton in ihrer Stimme. »Ich brauche nur einen Moment.«
Reed sah zu, wie Vater und Sohn den Raum verließen, und wandte sich Rachel zu. »Treven schien nicht gerade begeistert von deinem Alleingang zu sein.«
»Treven ist ein Arschloch.«
Reed registrierte Tanners Verblüffung angesichts von Rachels Unverblümtheit. Und er konnte seine eigene Überraschung nicht leugnen. »Mir gegenüber brauchst du kein Blatt vor den Mund zu nehmen, Rachel. Sprich dich ruhig aus.«
»Tut mir leid, das war nicht sehr professionell von mir.« Sie stieß ein frustriertes Schnauben aus. »Großvater hatte andere Pläne für das Weingut, und Onkel Treven ist nur dort hingekommen, wo er heute steht, weil …« Sie unterbrach sich.

»Vielleicht sollte er nächstes Mal daran denken, bevor er so tut, als wäre er der liebe Gott höchstpersönlich.«
Sie vergrub die Hände in den Hosentaschen. »Ich wollte nur sagen, dass Alex bei mir im Büro ist. Sie ist ziemlich fertig.« Sie hielt einen Moment inne. »Sie hat an der Besichtigung teilgenommen«, fügte sie beim Anblick von Reeds verblüffter Miene hinzu. »Ich bin im Verkostungsraum, falls mich jemand braucht. Und helfe, das aufgeplusterte Gefieder ein bisschen zu glätten.«
Reed sah ihr nach, ehe er sich an Tanner wandte, die ihn mit argwöhnisch zusammengekniffenen Augen musterte. »Interessant«, murmelte sie. »Die reizende Miss Clarkson ist wieder mal im Zentrum des Geschehens.«

Auf dem Weg zum Verwaltungsgebäude versuchte Reed sich zu sammeln. Alex hatte an der ersten Besichtigung an diesem Morgen teilgenommen. Merkwürdig. Sie hatte es sicher nicht aus dem Grund getan, weshalb Menschen üblicherweise ein Weingut besichtigen – um etwas über die Weinherstellung zu erfahren und einen Eindruck von dem Gut zu bekommen. Sie hätte jederzeit Rachel oder ein anderes Familienmitglied bitten können, sie allein herumzuführen.
Nein, sie hatte sich eine Eintrittskarte für eine Gruppenbesichtigung gekauft. Und zwar für die erste an diesem Tag. Eine Besichtigungstour, die sich als alles andere als normal entpuppt hatte.
»Die reizende Miss Clarkson ist wieder mal im Zentrum des Geschehens.«
Reed wünschte, er könnte irgendetwas vorbringen, um das Argument zu entkräften, doch leider fiel ihm nichts ein. Im Gegenteil. Erst gestern Abend hatte er genau dasselbe gesagt – zu Alex.

Das Verwaltungsgebäude war nahezu verwaist. Zweifellos waren sämtliche Mitarbeiter in den Verkostungsraum beordert worden, um bei der Schadensbegrenzung zu helfen. Er ging in Rachels Büro. Die Tür war angelehnt, so dass er Alex zusammengesunken auf einem Stuhl vor Rachels Schreibtisch sehen konnte.

Er klopfte an. Sie war nicht allein. Krista, Rachels Assistentin, war bei ihr.

»Reed!«, rief Alex, sprang auf und stürzte auf ihn zu. »Gott sei Dank.«

Sie warf sich an seine Brust und schlang die Arme um ihn. »Es war so grauenhaft. Das arme Kind … zuerst Dylan und jetzt …«

»Ist schon gut, Alex.« Verlegen zog er sie an sich. »Es war nur ein kranker Scherz.«

Sie hob den Kopf. »Ich verstehe nicht.«

»Es war eine Puppe, Alex.«

»Aber ich habe doch gesehen«, ihre Stimme zitterte, »alle haben es gesehen. Sie war so …«

»Echt?« Sie nickte und schluckte heftig. »Es ist eine sehr teure Puppe, die dafür bekannt ist, dass sie so lebensecht wirkt.«

Ihre Augen füllten sich mit Tränen. »Gott sei Dank … ich war … ich konnte die ganze Zeit nur daran denken …«

Unvermittelt, als wären ihr die Ereignisse des vergangenen Abends wieder eingefallen, versteifte sie sich, löste sich aus seiner Umarmung und kreuzte die Arme vor der Brust. »Wer tut so etwas?«

Er sah Rachels Assistentin an. »Krista, könnten Sie uns für ein paar Minuten allein lassen?«

Krista nickte und verschwand.

»Setz dich, Alex«, sagte Reed mit einer Geste auf den Stuhl, ehe er fortfuhr. »Etwas Ähnliches ist schon einmal passiert. Vor nicht allzu langer Zeit.«

Sie runzelte die Stirn.

»Dieselbe Art Puppe. Verstümmelt. Nur war sie in einem Weinberg aufgehängt worden.«

»Gekreuzigt?«

Er sah sie stirnrunzelnd an.

»Woher weißt du das?«

Sie blinzelte. »Ich wusste es nicht, sondern habe nur geraten.«

»Was hattest du hier zu suchen?«

»Ich habe die Besichtigungstour mitgemacht, so wie alle anderen.«

»Aber du bist nicht wie alle anderen. Zwischen dir und der Familie besteht eine Verbindung. Du hättest jederzeit eine Privatführung bekommen, wenn du gewollt hättest.«

»Ich wollte aber niemandem zur Last fallen. Es erschien mir eben einfacher, mir eine Karte zu kaufen und die Tour mitzumachen.«

»Das klingt nicht gerade glaubhaft für mich, Alex.«

»Wieso überrascht mich das nicht?«

»Ich bitte dich. Willst du mir etwa einen Vorwurf daraus machen?« Er trat vor sie, so dass sie den Kopf in den Nacken legen musste, um ihm ins Gesicht zu sehen. »Du nimmst ausgerechnet an der Besichtigungstour teil, bei der eine verstümmelte Puppe in einem Gärtank gefunden wird, und ich soll das nicht seltsam finden dürfen?«

Ehe Alex etwas erwidern konnte, betrat Rachel den Raum. »Wie geht es dir, Alex?«

»Besser, seit ich erfahren habe, dass es nur die Tat von jemandem mit einem perversen Sinn für Humor war.«

»Wem sagst du das.« Sie sah Reed an. »Ich soll dir von deiner

Partnerin ausrichten, dass sie dich gern sprechen würde, sobald du hier fertig bist.«

Er nickte. »Das bin ich. Zumindest für den Augenblick.« Er sah wieder Alex an. »Kommst du klar?«

Rachel antwortete an ihrer Stelle. »Wird sie. Ich sorge dafür.«

Kapitel zweiundfünfzig

Samstag, 13. März
11:55 Uhr

Vor dem Verkostungsraum stieß Reed auf Tanner. »Wie geht es den Touristen?«

»Die sind angetrunken und freuen sich ihres Lebens. Oder zumindest sind sie auf dem besten Weg dorthin.« Sie sah auf ihre Uhr. »Und all das noch vor dem Mittagessen.«

»Jemand darunter, der irgendwie verdächtig wirkt?«

»Nein, keiner. Es sind allesamt Touristen aus anderen Bundesstaaten, die in Hotels und Pensionen in der Gegend abgestiegen sind. Alle sind geschockt, aber auch fasziniert von dem Ganzen. Und sie machen kein Geheimnis daraus.«

Nur menschlich, dachte Reed. Auf diese Weise konnte jeder mit einer Gruselgeschichte im Gepäck nach Hause fahren und, wie er Treven Sommer kannte, mit einem kleinen Vorrat an Weinen als Schweigegeld.

»Was ist mit der Familie und den Angestellten? Sie hatten doch am ehesten Zugang zu dem Gärtank.«

»Die Deputys nehmen gerade ihre Aussagen auf und überprüfen die Aushilfen.«

Reed nickte. »Das ist schon mal gut, aber die Kosten und die Seltenheit dieser Puppen schränken den Täterkreis in jedem Fall ein.«

»Das sehe ich genauso. Was ist mit Miss Clarkson?«
Etwas an ihrem Tonfall ärgerte ihn. »Sie war verständlicherweise ziemlich erschüttert.«
»Hat sie Ihnen erzählt, dass sie dieselbe Besichtigungstour schon mal mitgemacht hat?« Tanner hielt inne. »Gestern. Eine der Führerinnen hat sich an sie erinnert. Und jemand vom Wachpersonal hat sie im Keller gefunden. Sie hatte sich von der Gruppe entfernt und behauptet, sie leide unter Klaustrophobie. Sie hat den Mann gebeten, sie nach draußen zu bringen.«
Stirnrunzelnd dachte Reed an den Vorfall im Keller am Abend der Party auf dem Gut seiner Familie. Damals hatte sie mit keiner Silbe erwähnt, dass sie unter Klaustrophobie litt. Und weshalb sollte sie sich ein weiteres Mal absichtlich dieser Situation aussetzen?
»Das ist noch nicht alles. Offenbar gab es eine Auseinandersetzung zwischen ihr und Clark. Er war betrunken und hat sich an sie herangemacht.«
Auch das hatte sie unterschlagen. Sehr interessant. Sie hatte mit Empörung reagiert, als er sie befragt hatte, so als sei es völlig verrückt, Zweifel an ihr zu haben. Dabei müsste er verrückt sein, wenn er den Wahrheitsgehalt ihrer Aussagen nicht noch *mehr* in Zweifel zog.
Tatsache war: Alex hatte ihn an der Nase herumgeführt.
»Wie ging die Geschichte aus?«, presste er hervor.
»Treven hat die beiden gesehen und ist dazwischengegangen. Er hat sie besänftigt. Zumindest dachte er das.«
»Er dachte es? Was soll das heißen?«
»Vielleicht hat sie ja die Puppe in den Tank gelegt. Um es ihm und dem ganzen Sommer-Clan heimzuzahlen. Weil sie sie verstoßen haben.«

Er dachte daran, was sein Vater ihm über Patsy erzählt hatte. Was sie sich hatte zuschulden kommen lassen. Und wie er selbst, Treven und die anderen Väter sie mit Schimpf und Schande aus der Stadt gejagt hatten. Und nun das – gerade einmal zwei Tage später.

»Clark hat den Vorfall bestätigt«, fuhr sie fort. »Verständlicherweise war ihm sein Verhalten fürchterlich peinlich. Sie hätte etwas über die Fotos im Museum gesagt, meinte er. Darüber, dass weder sie selbst noch ihre Mutter oder Dylan auf irgendeinem von ihnen zu sehen seien. Blicken wir den Tatsachen ins Auge, Reed. Ein Lamm wird geschlachtet und im Schrank unter Alex' Waschbecken versteckt, wo sie es ›finden‹ soll. In Bart Park wird ein blutbesudelter Altar entdeckt, und Alex ist rein zufällig Expertin für alternative religiöse Praktiken. Max Cragan erhängt sich. Und wer findet die Leiche? Eine zweite verstümmelte Puppe wird entdeckt …«

»Und Alex ist da und sieht sie.«

»Genau.«

»Und die erste Puppe?«

»Sieh auf den Kalender. Puppe Nummer eins wurde am 22. Februar gefunden, drei Tage nachdem Clarkson bei dir im Büro war.«

Er rechnete nach und stellte fest, dass sie recht hatte.

»Tom Schwann wird brutal ermordet, und bizarrerweise steht der Mord an ihm in zweierlei Hinsicht mit ihr in Verbindung.«

»Erstens im Hinblick auf den Ring und das Tattoo. Wie noch?«

»Alberto Alvarez, der auf dieselbe Art getötet wurde wie Schwann …«

»Vor fünfundzwanzig Jahren. Wollen Sie damit sagen, ein fünfjähriges Kind …«

»Hätte ein Verbrechen begangen? Wohl kaum. Die Verbindung besteht darin, dass sie damals hier gelebt und in der Nacht des Verschwindens ihres kleinen Bruders im Nebenzimmer geschlafen hat. Nach allem, was wir wissen, könnte sie Max Cragans Haus angezündet haben.«

»Hat sie aber nicht.«

»Wie können Sie sich da so sicher sein?«

Er sah ihr in die Augen. »Weil sie ein Alibi für diese Nacht hat. Und für die Nacht, in der Schwann ermordet wurde.«

Tanner sah ihn lange Zeit wortlos an. Als sie fortfuhr, war ihr Tonfall kühl und beherrscht. »Ich würde vorschlagen, Sie überdenken Ihre Prioritäten. Und ich an Ihrer Stelle würde mich beeilen.«

Reed schaffte es, sich zusammenzureißen, bis die Untersuchung des Tatorts abgeschlossen war. Doch selbst während er die Angestellten des Weinguts befragte und die Überwachungsvideos und Protokolle des Sicherheitspersonals sichtete, schlummerte unbändige Wut in ihm und drohte ihn zu übermannen. Alex hatte ihn zum Narren gehalten.

Er fand Rachel in ihrem Büro. »Ist Alex gegangen?«, fragte er.

»Vor einer Stunde schon. Mindestens. Ist alles in Ordnung?«

»Ja. Ich hatte nur noch eine Frage an sie, das ist alles.«

»Sie hat versprochen, dass sie auf dem direkten Weg nach Hause fährt.«

Reed dankte ihr, setzte sich in seinen Geländewagen und fuhr los – wie üblich herrschte am Samstagnachmittag reger Verkehr in der Gegend und zwang ihn, im Schneckentempo die Straße entlangzukriechen, was seinen Zorn umso mehr schürte. Als er endlich hinter ihrem Toyota parkte, stand er kurz vorm Platzen.

Er stieg aus und legte den Weg zur Haustür im Laufschritt zurück. Als sie auf sein Klingeln nicht reagierte, hämmerte er gegen die Tür. »Alex! Ich bin's. Reed.«
Augenblicke später öffnete sie die Tür. Sie trug ein weites Sweatshirt und Jeans. Ihr Haar war zerzaust und ihre Augen gerötet vom Weinen.
»Du hast gestern schon die Besichtigungstour bei den Sommers gemacht, aber kein Wort davon gesagt. Warum nicht?«
Die Frage traf sie aus heiterem Himmel, wie er beabsichtigt hatte. Sie öffnete den Mund, wollte etwas sagen, unterließ es jedoch.
»Wieso nicht, Alex?«
Sie öffnete die Tür ein Stück weiter und trat beiseite, um ihn hereinzulassen, ehe sie die Tür hinter ihm schloss und sich zu ihm umwandte. »Ich wollte es dir gestern Abend gerade …«
»Da habe ich wohl etwas nicht mitbekommen. Ich erinnere mich nur daran, dass du mich vor die Tür gesetzt hast, weil ich es gewagt habe, Zweifel an dir zu äußern.«
Die Röte schoss ihr ins Gesicht. »Es war falsch von mir. Ich wollte dir alles erzählen …«
»Aber du hast es nicht getan. Warum nicht, Alex?«
Sie reckte das Kinn. »Weil ich wusste, wie das wirken würde! Okay? Wie *ich* wirken würde!«
»Wie denn? Schuldig?«
»Nein. Verrückt.«
Damit hatte er nicht gerechnet.
»Ich hatte wieder einen Anfall. Im Weinkeller.« Sie verkrallte die Hände ineinander. »Diesmal war es noch viel schlimmer. Ich … ich habe echte Panik bekommen. Danach kam ich mir so lächerlich vor. Und … ich war völlig fertig.«

Sie wandte sich ab und ging ins Wohnzimmer. Sie ließ sich auf die Couch sinken und schlug die Hände vors Gesicht.
»Warum, Alex?«, fragte er, unbeeindruckt von ihrem Versuch, sein Mitgefühl zu wecken. »Warum warst du gestern bei den Sommers?«
Sie schwieg einen Moment, dann hob sie den Kopf. »Nachdem du mir diese Geschichte über meine Mutter erzählt hattest … wollte ich beweisen, dass sie nicht stimmt. Ich habe deine Mutter angerufen und …«
»Meine Mutter?«
»Sie hatte mir auf der Party angeboten, dass ich eure Familienalben durchblättere. Da ich meine eigene Mutter nicht nach der Wahrheit fragen kann, muss ich mir schließlich anderweitig behelfen. Fotos lügen nicht, dachte ich. Während ich dort war, lief ich Ferris in die Arme. Er meinte, ich sollte zu den Sommers fahren, weil in deren Museum jede Menge Fotos an den Wänden hängen würden. Außerdem wollte ich mir das Gemälde meiner Mutter ansehen. Das eine, das im Verkostungsraum hinter der Bar hängt.«
Reed kannte das Gemälde, hatte aber nicht gewusst, dass es von Patsy stammte. »Wieso hast du nicht Rachel oder Treven gefragt, ob sie dich herumführen?«
Sie hob die Hände. »Mein Besuch war etwas rein Persönliches, und ich wollte mit keinem von ihnen darüber diskutieren müssen.«
»Das ist alles?«
»Ja.«
»Du hältst immer noch mit etwas hinterm Berg, Alex. Wieso?«
»Das stimmt nicht!« Sie ballte die Fäuste. »Du hast mir eine Frage gestellt, und ich habe sie ehrlich beantwortet.«

»Zwischen dir und Clark kam es zu einer Auseinandersetzung.«
»Das stimmt.«
»Aber du hast mir nichts davon erzählt, als wir uns am Abend gesehen haben.«
»Mit mir ins Bett zu gehen gibt dir nicht automatisch das Recht, über all meine Gedanken und Gefühle informiert zu sein.«
»Ist das alles, was wir deiner Meinung nach tun, Alex? Mehr nicht?«
Sie wandte den Kopf ab. »Diese Auseinandersetzung hat mich zutiefst getroffen. Er hat etwas gesagt ... über meine Mutter. Darüber, dass ich unbedingt wissen will ... Er hat mich gegen die Wand gedrückt, und als ich versucht habe, ihn wegzustoßen, hat er mich festgehalten.«
»Elender Dreckskerl.«
»Aber dann kam Treven herein und hat ihn verscheucht. Er war sehr nett zu mir.«
Das konnte Reed sich ohne weiteres vorstellen. »Noch etwas?«
Sie holte zitternd Luft. »Lass mich überlegen. Außer dass dein Vater klipp und klar gesagt hat, dass ich mich von seinen Söhnen fernhalten ...«
»Wie bitte?«
»Natürlich will er nicht, dass der sichtbare Beweis für Patsys freizügigen Lebenswandel in die Nähe seiner kostbaren Söhne kommt. Könnte ja sein, dass du Sackläuse von mir bekommst oder so etwas.« Sie hielt seinem Blick eisern stand. »Tja, lass mich mal überlegen ... wie ging mein Spitzentag weiter – am Ende stand jedenfalls mein emotionaler Zusammenbruch, während wir Sex miteinander hatten, und dann warst da noch

du, der meine Motive in Frage stellte. Ja, ich schätze, das dürfte es gewesen sein.«

Er betrachtete sie forschend und fragte sich, ob sie die Wahrheit sagte. Falls ja, war er ein Rohling und Idiot, der dastand und zuließ, dass seine Anschuldigungen wie eine dunkle Wolke zwischen ihnen hingen.

Er trat vor sie. »Wieso bist du dann heute wieder hingegangen, Alex? Nach all dem, was passiert ist. Wieso?«

Noch immer hielt sie seinem Blick stand, doch in ihren Augen glitzerten Tränen. »Weil ich die Wahrheit herausfinden wollte. Weil ich wissen muss, was passiert ist.«

Entweder sie sagte die Wahrheit, oder sie war eine unglaublich talentierte Lügnerin. Er zog sie in seine Arme und hielt sie fest, während sie bebend das Gesicht an seiner Brust barg.

Ein Teil von ihm hasste sich dafür. Dafür, dass er ihr traute. Dass er hier bei ihr war, trotz der Warnungen seiner Partnerin. Trotz seines eigenen Verdachts.

Noch nie in seinem Leben hatte er sich von einer Frau zum Narren halten lassen, und er fragte sich, ob er es in diesem Augenblick tat.

Sein Handy läutete. Er zog es aus der Tasche. »Reed.«

»Hier ist Tanner. Ich habe mich in aller Ausführlichkeit mit der Frau unterhalten, die die gestrige Führung geleitet hat.«

»Und hatte sie irgendetwas Aufschlussreiches zu sagen, wovon wir noch nichts wussten?«

»Ja. Ihr fiel ein, dass Clarkson sich nach Harlan Sommers erster Ehefrau und dem Unfall erkundigt hat, bei dem sie ums Leben gekommen ist. Und sie hat auch mit Dylans Entführung angefangen. Die Führerin fand das Ganze etwas merkwürdig. Sie hatte ein komisches Gefühl dabei, sagt sie.«

»Danke.« Sein Blick fiel auf Alex. »Sonst noch etwas?«

»Ja. Wir haben herausgefunden, dass die zweite Nummer, die Tom Schwann an diesem Abend gewählt hat, zur Red Crest Winery gehört.«

»Klingt plausibel.«

»Find ich auch. Wahrscheinlich war er die Warterei leid und hat dort jemanden angerufen, damit man ihn abholt. Die Frage ist nur, wen.«

»Ich kümmere mich darum, so schnell ich kann. Danke.« Reed beendete das Gespräch und löste sich von Alex. »Ich muss los.«

»Was ist passiert?«

»Hast du mir wirklich alles erzählt, Alex?«

»Wer war das gerade am Telefon?«

»Tanner.«

»Verstehe. Und hat sie neue Beweise, die mich belasten? Irgendetwas Verdächtiges, das ich unterschlagen habe?«

»Sie hat die Frau befragt, die gestern die Besichtigung bei den Sommers geleitet hat. Sie meinte, du hättest Fragen nach Harlans erster Frau und Dylan gestellt.«

»War das ein Verbrechen?«

Er musterte sie eindringlich. »Wieso hast du das getan, Alex?«

»Ich fasse es nicht.«

»Wieso, Alex?«

»Keine Ahnung. Ich war sauer und wollte es wissen. Unter all den Fotos im Museum ist kein einziges von mir, meiner Mutter oder Dylan.« Sie reckte trotzig das Kinn. »Aber das verstehst du sowieso nicht.«

»Das weißt du doch gar nicht.«

Sie schwieg. Er spürte, dass sie nachdachte, ihre Gedanken auf der Suche nach der Wahrheit durchforstete. Nach ihrer Wahrheit.

Aber vielleicht war er auch nur naiv. Der Detective, der zum Narren gehalten wurde. Geblendet von den Reizen einer Frau. Er wäre nicht der Erste, dem so etwas passierte.

»Du kannst das nicht verstehen«, sagte sie schließlich leise, »weil du so tief verwurzelt bist. Du weißt genau, wer du bist und woher du kommst. Aber all das fehlt mir. Ich spüre, dass ich irgendwie mit diesem Ort verbunden bin. Aber manchmal macht mir genau diese Verbundenheit Angst. Beispielsweise wenn ich in den Weinkellern bin.« Sie wandte den Blick ab, dann sah sie ihm direkt in die Augen. »Dieser Ort ist ein Teil meiner eigenen Geschichte. Ich will herausfinden, welches die fehlenden Teile dieser Geschichte sind. Und ich will hierhergehören. Habe ich den Test bestanden, Reed? Habe ich mich jetzt ausreichend entblößt?«

Wieder trat er vor sie und legte die Hände um ihr Gesicht. »Ist dir klar, wie übel es aussieht?«

Ihre Miene verriet ihm, dass sie es nicht tat. Nicht zur Gänze.

»Du warst an zwei aufeinanderfolgenden Tagen dort. Du hast diese Fragen gestellt, hast dich mit Clark …«

»Ich habe die Puppe nicht in dieses Fass gelegt, Reed. Ich bin heute wieder hingefahren, weil ich entschlossen war, die Tour noch einmal zu machen und endlich herauszufinden, was vor all den Jahren in diesen Weinkellern mit mir passiert ist. Und wo wir schon dabei sind – ich habe auch dieses Lamm nicht geschlachtet und unter mein Waschbecken gelegt, damit ich es ›finde‹. Ich habe keinen Altar aufgebaut oder Max Cragan ermordet. Ich mag verrückt sein, aber so verrückt bin ich auch wieder nicht.«

»Ich glaube nicht, dass du verrückt bist. Aber ich muss über alles Bescheid wissen. Von jetzt an wirst du aufrichtig sein, und zwar wirklich.« Er sah ihr in die Augen. »Die Wahrheit sieht so aus, Alex: Was auch immer hier passiert, du bist ein Teil davon.«

Kapitel dreiundfünfzig

Montag, 15. März
04:25 Uhr

Alex schlug die Augen auf. Sie war hellwach. Sie lag vollkommen reglos da, in ihren Venen pochte die Angst. Langsam ließ sie den Blick durch den Raum schweifen, den die tiefe Dunkelheit zu verschlingen schien. Die Stille im Haus war ohrenbetäubend.

Jemand war im Haus.

Vorsichtig schob sie sich hoch und griff nach ihrem Mobiltelefon, das auf dem Nachttisch lag. Sie schloss die Finger darum und registrierte seine beruhigende Kühle. Langsam ließ sie den Atem entweichen und lauschte.

Wieso war es so still? Wieso war nichts vom gewohnten Knarzen und Knarren des alten Hauses zu hören?

Sie hatte nicht geträumt. Irgendetwas, irgendjemand hatte sie geweckt.

Oder? Ein freudloses Lachen entschlüpfte ihren Lippen. Wieder einer ihrer Alpträume. Verdammt. Würde sie jemals wieder eine Nacht durchschlafen? Sie sah auf den Wecker auf dem Nachttisch und stöhnte. Halb fünf Uhr früh.

Margo setzte sich auf, streckte sich und blinzelte sie an. »Ja, ich weiß«, murmelte Alex. »Ich bin reif für die Klapse.«

Ihre letzte Unterhaltung mit Reed kam ihr in den Sinn.

Sie war noch immer nicht hundertprozentig ehrlich gewesen. Sie hatte ihm nichts von ihren Visionen erzählt. Von ihren Alpträumen. Sie hatte sich nicht dazu durchringen können.

Denn wenn sie es täte, würde er sie für verrückt halten. Oder für schuldig. Oder für beides.

Was auch immer hier passiert, Alex, du bist ein Teil davon.

Inwiefern? Und wieso? Sie kniff die Augen zusammen. *Denk daran, Alex. Denk daran. Es sind nur Erinnerungen. Sie können dir nichts anhaben.*

Sie atmete tief ein und aus, versuchte sich zu entspannen, loszulassen, konzentrierte sich auf das, was ihr Unterbewusstsein bereits freigegeben hatte – die vermummten Gestalten mit ihren Umhängen ... die Flammen, die nach ihr züngelten ... das schreiende Baby ohne Gesicht ...

Unvermittelt schob sich ein Bild vor ihr geistiges Auge. Die vermummten Männer, die sich um sie scharten ... Hände, die sie hinunterdrückten ... Entsetzen ... Schreie und Gelächter ... dröhnende Trommelschläge ...

Lauf ... lauf ...

Alex sprang auf. Ihr Schrei hallte im leeren Haus wider. Sie machte einen Schritt vorwärts, blieb stehen, zitternd, verängstigt. Es war nicht real gewesen. Nur eine Erinnerung. Oder eine Halluzination.

Erst jetzt bemerkte sie, wie kalt es im Raum war. Eine kalte, klamme Brise wehte um ihre nackten Füße. Sie hatte das Fenster einen Spaltbreit offen gelassen. Alex nahm ihren Morgenmantel vom Bettpfosten und zog ihn zitternd über.

Sie schloss das Schlafzimmerfenster, trotzdem kam von irgendwoher ein Luftzug. Seltsam, sie konnte sich nicht erinnern, eines der anderen Fenster offen gelassen zu haben.

Sie folgte dem Luftzug und spürte, wie sich auf ihren Beinen eine Gänsehaut bildete. Das Badezimmer. Das Fenster am hinteren Ende des Raums stand sperrangelweit offen. Der dünne Vorhang bauschte sich im Luftzug.

Ohne das Licht anzumachen, ging sie hinein, schloss eilig das Fenster und verriegelte es. Sie benutzte die Toilette, deren Brille sich unangenehm kalt auf ihrer nackten Haut anfühlte. Auf dem Weg zurück ins Bett spürte sie etwas unter ihrem Fuß. Etwas Kaltes, Weiches. Es gab nach und quoll zwischen ihren Zehen hervor.

Die Angst schnürte ihr den Atem ab. Sie dachte an das Auge des toten Lamms, das ihr blicklos entgegenstarrte.

Mit einem Schrei knipste sie das Licht an und blinzelte einen Moment lang. Dann sah sie etwas Rotes. Auf dem Boden verschmiert. An ihrem Fuß und zwischen ihren Zehen. Das Herz schlug ihr bis zum Hals, während die Bilder über sie hereinbrachen – das Lamm, die blutüberströmte Puppe im Gärtank, der Altar, dessen Oberfläche mit getrocknetem Blut beschmiert war.

Entsetzt schrie sie ein weiteres Mal auf und wich zurück. Feucht. Rot. Sie schlug sich die Hand vor den Mund, um ihren neuerlichen Schrei zu ersticken, als ihr dämmerte, was es war. Lippenstift. Der rote, den sie und Rachel ausgesucht hatten.

Wie kam er auf den Fußboden?

Ihr Schrei schlug in beschämtes Kichern um. Ein Glück, dass Margo die einzige Zeugin dieser monumentalen Blamage war. Sie bückte sich, um den Lippenstift aufzuheben, und hielt inne. Da war etwas Rotes an ihrer Hand. Ein Fleck. Mit gerunzelter Stirn betrachtete sie ihn. Ihre Schreibhand. Roter Lippenstift, auf ihrem Zeigefinger, ihrem Handballen, am Daumen.

Langsam richtete sie sich auf. Drehte sich zum Spiegel um. Auf dem in leuchtendem Rot zwei Worte standen: *Erinnere dich*.

Kapitel vierundfünfzig

Montag, 15. März
04:50 Uhr

Mit einem Aufschrei fuhr Alex herum und stürzte ins Schlafzimmer, knipste die Nachttischlampe an und schlug die Bettdecke beiseite. Da, überall auf dem Laken. Noch mehr Rot.

Entsetzt starrte sie auf die Flecken, während Übelkeit in ihr aufstieg. Was passierte hier mit ihr? Verlor sie den Verstand? Es konnte nicht anders sein, denn wer würde so etwas tun – und sich danach nicht mehr daran erinnern? Es war wie bei diesen Leuten mit multipler Persönlichkeit.

Sie sank auf den Boden und schlang die Arme um die Knie. Ihr ganzes Leben lang hatte sie sich davor gefürchtet, geisteskrank zu werden wie ihre Mutter. Und nun war es so weit.

Nein, Gott, nein. Mit diesen Worten hatte sie sich einbleuen wollen, sich an etwas zu erinnern. Hatte sie geträumt? Schlafgewandelt? Lag es daran? Vielleicht war diese Person im Haus, die sie geweckt hatte, ja sie selbst gewesen.

Sie sprang auf, schnappte ihr Handy und drückte es fest an ihre Brust, während sie in den vorderen Teil des Hauses stürzte und auf dem Weg jedes verfügbare Licht anknipste.

Alles sah aus wie gewohnt. Keine Botschaften oder offene Fenster. Nichts.

Ruf Reed an.

Nein. Er darf nichts davon erfahren. Verrückt … verdammt, er wird glauben, ich …

Ich verliere den Verstand, dachte sie. War es ihrer Mutter genauso ergangen? Hatte sie sich später erinnern können, dass sie ihre Kunstwerke zerstört hatte? Oder war es wie ein Alptraum oder ein dissoziativer Schub dahergekommen?

Hör auf, Alex. Hör auf damit. Reiß dich zusammen.

Sie schleppte sich zur Couch und ließ sich darauffallen, während sie um ihre Fassung rang. Sie konzentrierte sich auf ihre Atemzüge. Ein-aus-ein-aus.

Das Fenster, dachte sie. Es hatte offen gestanden. Vielleicht war jemand hereingeklettert und hatte *Erinnere dich* auf den Spiegel geschrieben.

Aber wieso? Und wie kam der Lippenstift an ihre Hände und auf das Laken?

Reiß dich zusammen. Denk nach. Sieh dir alles genau an, was passiert ist und …

Eine Liste, dachte sie. Schwarz auf weiß. Fakten, die sie hin- und her drehen und entwirren konnte.

Sie sprang auf und lief zu ihrer Arbeitsecke. Die Recherchen für die Dissertation lagen auf dem Schreibtisch, nahezu unberührt seit ihrem Umzug nach Sonoma. Sie kramte einen leeren Block und einen Stift heraus und kehrte zum Sofa zurück.

Vision, während ich mit Tim geschlafen habe, schrieb sie in die oberste Zeile. *Vermummte Gestalten. Schreiendes Baby.*

Ihre Panikattacke in der Red Crest Winery. Der Geruch nach Räucherharz. Das Gelächter der Feiernden. Ihr Schrei.

Das tote Lamm. Dann der Altar, den Reed ihr gezeigt hatte, ihre Begegnung mit Max Cragan. Sie notierte sein merkwürdiges Benehmen, nachdem er den Ring gesehen hatte, gefolgt von dem noch viel seltsameren Anruf.

Dann der Morgen, an dem sie ihn tot in der Garage gefunden hatte. Sein angeblicher Selbstmord. Reed, der ihr erzählt hatte, dass der Ring genau gleich aussehe wie die Tätowierung am Knöchel des ermordeten Mannes. Max' niedergebranntes Haus. Daneben schrieb sie: Alibi/Reed.

Ihre wirren Träume. Der Wald. Das Gefühl, als kauere sie irgendwo im Unterholz, während sie lauschte, aber nichts verstehen konnte.

Alex schluckte und rief sich das nächste Erlebnis in Erinnerung – ihre zweite Vision im Keller der Sommers. Sie notierte alle Details: wieder dieser Geruch nach Räucherharz, das flackernde Licht, das in Flammen umschlug und seine Finger nach ihr auszustrecken schien.
Am nächsten Tag die verstümmelte Puppe. Es war unglaublich. Beängstigend. Eine ganze Wagenladung kranker, abgedrehter Scheiße.
Wieso war sie noch hier? Wieso hatte sie nicht längst ihre Sachen gepackt und war nach Hause gefahren? Sie rief sich Reeds Worte in Erinnerung: *Was auch immer hier passiert, du bist ein Teil davon.*
Ein Teil davon. Was hatte das zu bedeuten? War sie ein Katalysator? Oder stand sie im Mittelpunkt von alldem? War sie das Opfer – oder die Übeltäterin?
Mittlerweile quälten sie hämmernde Kopfschmerzen. Sie ging in die Küche, um Kaffee zu machen. Während er durchlief, las sie ihre Liste. Sie goss sich eine Tasse ein und setzte sich an den Tisch, wo sie noch einmal jedes Detail durchging und sich den genauen Zeitpunkt, zu dem sie von den jeweiligen Ereignissen erfahren hatte, in Erinnerung rief. Und ihre Reaktion darauf.
Der Geruch nach Sandelholz. Sie hatte ihn wiedererkannt. Er hatte den ersten Vorfall im Keller heraufbeschworen. War in ihre Träume vorgedrungen. Natürlich. Alex stand auf, holte eine Schachtel Kekse aus dem Schrank und schenkte sich ein Glas Milch ein.
Sie kehrte zum Tisch zurück. Erlebnisse prägten sich durch die Sinne ins menschliche Gedächtnis ein. Studien hatten bewiesen, dass wieder heraufbeschworene Erinnerungen am engsten mit dem Geruchssinn verknüpft waren.
Den Blick noch immer auf die Liste geheftet, tunkte Alex

ihren Keks in die Milch ein, während sie ihre Visionen und Träume Revue passieren ließ und darüber nachdachte, wie sie sich zu jedem neuen Erlebnis gefügt hatten. Das gesichtslose Baby – nicht länger gesichtslos. Der Geruch – mittlerweile zugeordnet. Und, das jüngste Erlebnis, die zornige Stimme und die Worte, die sie nicht ausmachen konnte.

»Du willst es unbedingt wissen, also werde ich es dir zeigen.«

Clarks Stimme. Ein Schauder überlief sie. War Clark derjenige gewesen, der vor all den Jahren mit ihr gesprochen hatte? Oder war es ihre Auseinandersetzung mit ihm, seine unterschwellige Drohung, die die Erinnerung heraufbeschworen hatte? Sie wusste es nicht. Sie war einer Antwort keinen Schritt näher als zu Beginn.

War sie selbst für all das verantwortlich?

Sie würde das nicht allein schaffen. Sie brauchte jemanden, der sie gut kannte, aber nicht verurteilte. Jemanden, der ihr half, ihre Gefühle zu analysieren und die Wahrheit ans Licht zu bringen. Tim. Sie brauchte Tim.

Alex wählte seine Nummer. Es läutete. Einmal, zweimal. Sie betete, er möge abheben. Er tat es. Eine Woge der Erleichterung durchströmte sie. »Tim, ich bin's.«

»Hey, du.« Er gähnte. »Ich habe mich schon gefragt, ob du verschollen bist.«

Sie hatte Mühe, das Beben in ihrer Stimme zu unterdrücken. »Ich muss mit dir reden.«

Wieder gähnte er. »Wie spät ist es, um Himmels willen?«

»Noch früh. Aber es ist wichtig.«

Er musste den dringlichen Unterton in ihrer Stimme wahrgenommen haben, denn mit einem Mal klang er hellwach. »Was ist los?«

»Ich glaube …« Ein hysterischer Laut drang über ihre Lippen.

Nun klang sie endgültig so verrückt, wie sie allmählich zu werden schien. »Tim, ich glaube, ich verliere den Verstand.«
Er lachte. »Und das wird dir erst jetzt klar? Schatz, du hast schon vor langer, langer Zeit den Verstand …«
»Ich mache keine Witze, Tim.« Sie senkte die Stimme. »Du musst herkommen. Geht das?«
»Ja, klar. Ich habe noch Vorlesung bis …«
»Kannst du sie ausfallen lassen?«
Sein Schweigen sagte alles – er machte sich ernstlich Sorgen.
»Bitte«, flüsterte sie. »Du weißt, dass ich dich nicht darum bitten würde, wenn es kein Notfall wäre.«
Lange Zeit schwieg er. »Ich bin so schnell wie möglich da«, sagte er dann. »Halt durch.«

Kapitel fünfundfünfzig

Montag, 15. März
09:10 Uhr

Die folgenden zwei Stunden krochen scheinbar endlos dahin. Sie kochte eine weitere Kanne Kaffee, duschte und räumte das Haus auf. Trotzdem kam ihr jede Minute wie zehn vor. Als sie ihn endlich vorfahren hörte, stürzte sie ihm entgegen.
Er schlang die Arme um sie. »Meine Güte«, sagte er, »du zitterst ja.«
»Es gibt so vieles, was ich dir erzählen muss … es ist so viel passiert, dass ich nicht weiß, wo ich anfangen soll.«
»Beruhig dich, Schatz. Hol erst mal tief Luft. Und dann fang mit heute an.«
Alex gehorchte. »Also, was heute passiert ist, muss ich dir zeigen.«
Sie führte ihn durch das Haus und ins Badezimmer, schalte-

te das Licht an und trat beiseite. Sie versuchte, das Szenario durch seine Augen zu sehen – die roten Lippenstiftspuren auf dem Boden, die gekritzelten Worte auf dem Spiegel, die Manie, die darin mitschwang. Als wären sie in einem Zustand der Raserei hingeschmiert worden.

Er sah sie an. »Heiliger Strohsack, Alex. Was ist das?«

»Ich weiß es nicht, aber ich fürchte … ich glaube, ich könnte das getan haben.«

Lange Zeit sagte er nichts. Als er schließlich sprach, tat er es sehr behutsam und mit sorgsam kontrollierter Stimme. »Das ist eine ziemlich gewichtige Aussage, Alex. Eine, die du nicht leichtfertig machen solltest.«

Sie sah aufrichtige Besorgnis in seinem Blick. »Das tue ich nicht. Im ersten Moment dachte ich, jemand wäre eingebrochen, weil das Fenster offen stand und mich etwas aus dem Schlaf gerissen hat.«

»Oder jemand.«

»Das dachte ich im ersten Moment auch, aber dann … an meiner rechten Hand waren Farbreste. Vom Lippenstift.« Sie hielt ihm ihre Hände hin. »Ich habe geduscht. Wahrscheinlich hätte ich das nicht tun sollen, aber … auf den Laken war es auch. Ich kann es dir zeigen.«

»Ist schon gut, ich glaube dir.« Stirnrunzelnd strich er über eine verschmierte Stelle und zerrieb die Farbe zwischen den Fingern. »Du hast doch sonst nie Rot getragen.«

»Rachel und ich haben ihn gekauft. Zum Spaß.«

Er sah sie an. »Wer ist Rachel?«

»Meine Stiefschwester. Sie ist nett.« Sie rieb sich die Arme, als ihr plötzlich kalt wurde. »Ich könnte etwas Sonne vertragen. Wie ist es mit dir?«

Sie setzten sich auf die Schaukel auf der Veranda. Auf dem

Weg nach draußen nahm sie den Schreibblock und drückte ihn ihm in die Hand.
»Was ist das?«
»Ich habe eine Liste zusammengestellt. Von allem, was passiert ist. Ich hatte gehofft, sie würde mir helfen, mir einen Reim darauf zu machen.«
Er nahm ihr den Block aus der Hand und begann zu lesen, während sie ihr Gesicht der Sonne entgegenreckte. Es war ein herrlicher Morgen. Das Licht fiel auf die Veranda und wärmte sie. Auf der Eiche vor der Veranda waren zwei Finken eifrig mit dem Bau ihres Nestes beschäftigt.
Nach ein paar Minuten hörte er auf zu schaukeln und sah sie an. »Ich will, dass du von hier verschwindest, Alex.« Er hob die Hand, als ahne er ihren Widerspruch bereits. »Das hättest du schon tun sollen, als du dieses Lamm gefunden hast. Offen gestanden bin ich etwas besorgt, weil du es nicht getan hast.«
»Als ich mir das Ganze heute Morgen angesehen habe, kam mir derselbe Gedanke.«
»Und?«
»Sie werden mich nicht von hier verjagen, Tim.«
»Wer?«
»Wer auch immer das getan hat, keine Ahnung. Ich werde erst gehen, wenn ich die Wahrheit herausgefunden habe.«
Er beugte sich hinüber und nahm ihre Hände. »Und welche Wahrheit soll das sein, Alex?«
»Die Wahrheit darüber, was vor fünfundzwanzig Jahren wirklich hier passiert ist. Meinem Bruder. Mir. Wieso mich meine Mutter weggebracht und alles darangesetzt hat, die Erinnerung an meine ersten fünf Lebensjahre auszulöschen. Was sie mir bislang erzählt haben, ist jedenfalls eine Lüge.«
Tim runzelte die Stirn. »Was haben sie dir denn erzählt?«

»Dass meine Mutter die minderjährigen Söhne von ihren und Harlans Freunden verführt hätte. Es sei ein Club gewesen, und sie hätte sie vor den Augen der anderen in die Kunst der Liebe eingeführt. Und danach hätten sie alle ...«
Sie brach ab.
»Dann hätten sie was, Alex?«
Sie starrte ihn trotzig an. »Dann hätten sie alle mit ihr geschlafen, einer nach dem anderen.«
Er hob die Brauen. »Wer hat dir das erzählt?«
»Wayne Reed. Er und seine Frau waren die besten Freunde meiner Mutter und meines Stiefvaters. Sein ältester Sohn gehörte zu den betroffenen Jungs.« Sie räusperte sich. »Nach Dylans Entführung hat er seinem Vater alles gebeichtet. Wayne Reed ist daraufhin zu den anderen Vätern gegangen, und gemeinsam haben sie sie zur Rede gestellt und dann aus der Stadt gejagt.«
»Und das hat er dir aus heiterem Himmel erzählt? Einfach so?«
»Nein. Ich habe Nachforschungen wegen ihres Rings angestellt. Du weißt schon, der, den ich im Schrankkoffer gefunden habe.«
»Der mit den Weinranken und der Schlange?«
Sie nickte. Tim runzelte die Stirn. »Ich dachte, sie hätte ihn vielleicht von meinem Vater geschenkt bekommen. Aber dann stellte sich heraus, dass sie ihn selbst in Auftrag gegeben hat. Die Kandidaten ihres Clubs bekamen nach ihrer Initiation eine Tätowierung mit demselben Motiv.«
»Und einer dieser ›Kandidaten‹ wurde ermordet?«
Alex nickte. »Sie hatten Angst, ihr Geheimnis könnte ans Licht kommen. Sie haben damals nicht einmal die Mütter der Jungen eingeweiht. Oder Harlan, weil er schon so viel durch-

gemacht hatte. Außerdem wollten sie es um der Jungen willen nicht an die große Glocke hängen.«

»Klingt ja alles sehr nett«, murmelte Tim und tippte auf die Liste. »Bis auf das hier. Wieso passiert das alles?«

Eine rein rhetorische Frage. Reeds Worte kamen ihr in den Sinn. *Was auch immer hier passiert, du bist ein Teil davon.*

Tim sah sie an. »Beschreib mir die Vorfälle im Weinkeller. Wie hast du dich gefühlt, rein körperlich, meine ich.«

»Beide Male hatte ich eine heftige Panikattacke. Mein Herzschlag hat sich beschleunigt. Meine Atmung. Meine Handflächen wurden feucht. Dann kamen diese Halluzinationen, beide Male aber ganz unterschiedliche.« Sie verkrallte die Hände ineinander. »Beim ersten Mal hatte ich den Geruch von Räucherharz in der Nase und hörte Leute … ich dachte, sie feiern irgendwo eine Party. Ich habe nach ihnen gerufen, aber niemand hat geantwortet.«

Alex hielt inne und räusperte sich. »Einige der Geräusche waren ziemlich … seltsam. Irgendwie bestialisch. Ich habe die Nerven verloren und geschrien, konnte mich später aber nicht mehr daran erinnern. Der Mann, mit dem ich auf der Party war, hat mich gefunden«, fuhr sie fort. »Ich hätte schwören können, dass da Leute waren, die eine Party gefeiert haben, und wir haben nach ihnen gesucht, aber außer uns war keiner da.«

»Ich glaube nicht, dass es mit deiner Mutter zu tun hat, Alex.«

Sie schluckte. »Nicht?«

»Nein.« Er legte die Hand auf ihre. »Wer ist das Opferlamm?«

»Ich weiß nicht, was du meinst.«

»Das geschlachtete Lamm unter deinem Waschbecken war ein echtes Lamm, die verstümmelte Babypuppe die metaphorische Parallele. Wer ist das Lamm in dieser Geschichte?«

Derjenige, der ungerechtfertigterweise für die Taten eines anderen beschuldigt wird. Derjenige, der ermordet wird, um etwas Bestimmtes voranzutreiben.

»Dylan wäre die auf der Hand liegende Erklärung«, flüsterte sie. »Er ist das gesichtslose Baby aus meinen Träumen. Das Baby, das schreit.«

»Könnte sein. Wer noch?«

»Meine Mutter.«

»Vielleicht bist ja du dieses Baby.«

Sie starrte ihn mit hämmerndem Herzen an. »Nein. Das wüsste ich.« Sie hielt inne. »Wie soll das möglich sein?«, fuhr sie beim Anblick seiner Miene fort. »In meiner Vision bin ich doch dort. Ich bin diejenige, die sieht, wie er schreit.«

»Alle Details eines Traums stellen einen Aspekt der eigenen Persönlichkeit dar.«

»Aber das hier sind keine Träume, Tim. Ich bin wach.«

Er verstärkte seinen Griff um ihre Finger. »Süße, hier geht es um dich. Du bist das Opferlamm.«

Sie schüttelte den Kopf, weigerte sich, ihm zu glauben. Doch er ließ nicht locker. »Etwas ist mit dir passiert. Wahrscheinlich im Weinkeller. Und was immer es gewesen sein mag, es war etwas höchst Traumatisches.« Er musterte sie forschend. »Und entweder jemand weiß es und quält dich damit, oder dein Unterbewusstsein legt sich mächtig ins Zeug …«

»… damit ich mich erinnere«, flüsterte sie.

»Genau.«

Sie wollte es immer noch nicht glauben, doch es klang durchaus einleuchtend. Sie begann zu zittern. »Deshalb war es so einfach für mich zu vergessen.«

»Wahrscheinlich.«

»Ich bin wie sie, hab ich recht? Es ist also passiert.«

»Nein, Alex, du warst noch ein kleines Mädchen, und jemand hat dir weh getan. Du bist nicht psychisch labil.«
Sie lachte, während sich ihre Augen mit Tränen füllten. »Puh, anfühlen tut es sich jedenfalls ganz anders.«
»Es gibt immer noch so vieles, was wir nicht wissen, Alex. Wie geht die Geschichte weiter? Wie passt die Entführung deines Bruders in all das hinein? Oder hat sie überhaupt etwas damit zu tun? Was ist mit deiner Mutter? Die Dinge, die man über sie erzählt? Und was ist mit deinem Vater?«
Erstaunt sah sie ihn an. »Mein Vater? Was sollte er mit alldem zu tun haben?«
»Keine Ahnung. Aber vielleicht ist das der Dreh- und Angelpunkt.« Er senkte die Stimme. »Ich denke, es wird Zeit, dass du nach Hause kommst.«
Nach Hause, dachte sie. Weg von diesem ganzen Wahnsinn. Aber wie sollte sie dem Wahnsinn in ihrem Innern entfliehen?
»Ich kann nicht weglaufen«, sagte sie. »Und ich habe auch keine Angst.«
»Ich schon, Alex, und zwar um dich.« Er beugte sich vor. »Baby, derjenige, der für all das verantwortlich ist, meint es ernst. Jemand wurde getötet. Ein Haus wurde niedergebrannt.«
»Ich kann nicht weglaufen«, beharrte sie. »Du weißt, dass das nicht geht. Wenn ich nicht bleibe, um die Wahrheit herauszufinden, wird die Wahrheit mich irgendwann einholen.«
Seine Mundwinkel hoben sich. »Schon mal von einer Therapie gehört? Eine hübsche, sichere Couch, ein langweiliger, aber einfühlsamer Therapeut, zwei oder drei Sitzungen pro Woche …«
»Nein. Auf keinen Fall.«
»Denk doch wenigstens mal darüber nach. Bitte.«
Sie öffnete den Mund, schloss ihn jedoch wieder, als ihr die

Bilder in den Sinn kamen – die verstümmelte Puppe, das Blut des Lamms, Max Cragans sanftes Gesicht, verzerrt im Todeskampf.
Sie sollte Angst haben. Todesangst.
Wieso hatte sie keine Angst?
»Okay«, sagte sie schließlich. »Ich überlege es mir.«

Kapitel sechsundfünfzig

Montag, 15. März
19:40 Uhr

Alex und Tim saßen an einem Fenstertisch im The Girl & The Fig. Alex hatte den Großteil des Nachmittags verschlafen. Eine Weile hatte er sich neben sie gelegt und sie im Arm gehalten, um ihr das Gefühl zu geben, dass sie in Sicherheit war.
»Wie geht es dir?«, fragte er.
»Ich bin ziemlich erschöpft.«
»Ich bin froh, dass du geschlafen hast. Du hattest es nötig.«
»Danke, dass du auf mich aufgepasst hast.« Sie stockte, als sie ihre Gefühle zu übermannen drohten. »Ich bin echt verkorkst, was? Ein Fall für die Klapse.«
»Unsinn. So etwas darfst du nicht sagen. Wir kriegen das schon hin.«
»Alex?«
Sie hob den Kopf und sah Rachel vor ihrem Tisch stehen. Alex stand auf und umarmte sie. »Das ist Tim Clarkson, mein Ex-Mann. Tim, meine Stiefschwester Rachel.«
Er erhob sich ebenfalls und reichte Rachel die Hand. »Tim, der Stäbchen-Mann«, sagte sie.
Er warf Alex einen fragenden Blick zu. »Sie hat die Essstäbchen bewundert, die du mir geschenkt hast.«

»Oh.« Er lächelte. »Und Sie sind also Rachel, die Frau mit der Schwäche für richtig roten Lippenstift.«

»Das bin ich wohl. Wobei ich mich eher als die Frau mit der Schwäche für herrlichen Rotwein bezeichnen würde.«

»Wohl wahr«, murmelte er. »Immerhin gehören Sie ja zu den berühmten Sommers.«

»Möchtest du dich zu uns setzen?«, fragte Alex. »Bitte.«

»Ich würde schrecklich gern, aber ich bin verabredet.« Sie deutete auf einen gutaussehenden, grauhaarigen Mann an der Bar. »Es ist unsere erste Verabredung, und du weißt ja, wie heikel das sein kann. Hat mich gefreut, Sie kennenzulernen, Tim.« Sie wandte sich an Alex. »Ruf mich an. Ich würde gern bald wieder mit dir Mittag essen gehen.«

Sie setzten sich wieder. Obwohl Tim die Begegnung nicht weiter kommentierte, spürte Alex, dass er Rachel nicht mochte.

»Ist das so offensichtlich?«, meinte er, als sie ihn darauf ansprach.

»Für mich schon.«

Er griff über den Tisch hinweg nach ihrer Hand. »Du kennst mich eindeutig zu gut.«

»Allerdings.« Sie drückte seine Hand, ehe sie ihm ihre entzog und ihr Weinglas nahm. »Wieso mochtest du sie nicht?«

Er schürzte die Lippen. »Zu forsch.«

»Aber nein. Ich habe sie gebeten, sich zu uns zu setzen, schon vergessen? Nicht umgekehrt.«

»Und es war nicht zu übersehen, dass sie mich genauso wenig mag. Außerdem hat sie keine Sekunde gezögert, mich wissen zu lassen, wer und wie bedeutend sie ist. Das sagt eine Menge über einen Menschen aus.«

»Spielst du auf die Bemerkung über den Wein an?« Alex verdrehte die Augen. »Erstens dreht sich hier in der Gegend alles um Wein. Wenn du in der Branche bist, sagst du es den Leuten auch. Und zweitens liegt es wahrscheinlich an deinem eigenen schlechten Gewissen, wenn du sie nicht leiden kannst.«

»An meinem schlechten Gewissen?«

»Du machst dir Sorgen darüber, was ich ihr erzählt haben könnte.«

Sie zog ihn nur auf, trotzdem wurde er rot. Offenbar hatte sie ins Schwarze getroffen. »Sie ist so besitzergreifend, was dich betrifft. Das ist nicht normal.«

»Das stimmt doch nicht.«

»Doch, so als wäre es ihr Geburtsrecht. Wie bei all diesen Kindern des Weins.«

»Du bist betrunken. Ich bitte dich – *Kinder des Wei...*«

Sie unterbrach sich und schlug sich die Hand vor den Mund. »Großer Gott, jetzt weiß ich, was es heißt.«

»Wovon redest du?«

»Was du gerade gesagt hast. Kinder des Weins. Nicht Kinder, sondern Jungen. *Die Jungen des Weines*. Dafür steht JdW.«

Er griff nach der Flasche. »Ich habe immer noch keine Ahnung, wovon du sprichst.«

»Meine Mutter ... der Ring, die Gravur ...« Übelkeit stieg in ihr auf. Sie erhob sich. »Ich muss raus hier. Ich brauche frische Luft.«

»Alex, was ... warte doch ...«

Ohne auf seine Einwände zu achten, hastete sie aus dem Restaurant hinaus auf die Straße. Obwohl Montag war, herrschte reges Treiben auf dem Hauptplatz.

Blindlings schlug sie den Weg über den Platz ein. Ihre Gedanken überschlugen sich. Ihre Mutter. Es stimmte also. So unvorstellbar es scheinen mochte – es war die Wahrheit.

Es war, als verliere sie sie ein zweites Mal. Die wenigen schönen Erinnerungen, die Hoffnungen und Träume, die sie mühsam zusammengeklaubt hatte – allesamt jäh zerstört. Sie wollte sie hassen, denn Hass wäre so viel weniger schmerzhaft als das Gefühl, verraten worden zu sein.

Wie konntest du, Mom? Wie konntest du so tief sinken? So etwas Erbärmliches tun?

»Alex?«

Sie sah auf. Tränen verschleierten ihren Blick. Reed. Mit einer Frau. Seiner Partnerin.

»Geht es dir gut?«, fragte er.

»Nein, ich bin …« Sie trat auf ihn zu und klammerte sich an ihn.

Sie spürte, wie sich seine Arme um sie legten. Sie drückte das Gesicht gegen seine Brust, versuchte, das Bild ihrer Mutter zu verscheuchen, wie sie sich mit den jungen Männern vergnügte. Stattdessen konzentrierte sie sich auf das gleichmäßige Heben und Senken von Reeds Brustkorb, auf das Gefühl von Sicherheit in seinen Armen. Wie beruhigend es sich anfühlte.

Sie hörte Tim ihren Namen rufen. In diesem Moment dämmerte ihr, wie verrückt sie auf Reed, seine Partnerin und auf jeden anderen wirken musste, der sie so sah.

»Alex, was ist denn los? Belästigt dich dieser Mann?«

»Nein, es ist …« Sie legte den Kopf in den Nacken, um ihm ins Gesicht zu blicken. »Die Gravur auf dem Ring … ich habe herausgefunden, was sie bedeutet, Reed. JdW – Jungen des Weines. Die Jungs meiner Mutter. Die Geschichte ist wahr.«

Kapitel siebenundfünfzig

Montag, 15. März
20:20 Uhr

Reed sah zu, wie Alex und ihr Ex-Mann davongingen. *JdW. Jungen des Weines*. Es war möglich, so viel stand jedenfalls fest.

»Was zum Teufel treiben Sie da?«

Reed warf Tanner einen fragenden Blick zu.

»Sie sind ein echter Kerl, Reed. Der Fels in der Brandung. Und ich mag Sie. Clarkson dagegen macht den Eindruck, als sei sie ein klein bisschen von der Rolle. Das Mädchen macht mir Sorgen.«

Ihm ebenfalls. In mehrfacher Hinsicht – nicht zuletzt wegen des Gefühls, das ihn beschlich, als er sie zusammen mit ihrem Ex-Mann weggehen sah.

Darüber hinaus hatte sich ihr Ex-Mann nicht benommen, wie man es von einem Ex-Mann erwarten würde. Er hatte den Beschützer gespielt. Und so getan, als wäre sie sein Eigentum. Er hatte sich Reed und Tanner als Tim Clarkson vorgestellt, und Reed hatte auf der Stelle den Unterton in seiner Stimme, den Ausdruck in seinen Augen registriert – das typische Gehabe eines Mannes, der sich mit einem potenziellen Rivalen maß. Als fühle er sich zum Kampf herausgefordert.

Reed hatte die Symptome erkannt, weil er selbst dasselbe Verhalten an den Tag gelegt hatte. Und offenbar war es auch Tanner nicht entgangen.

Er wandte sich ihr zu. »Macht es Ihnen etwas aus, wenn ich das Essen für heute sausenlasse? Ich würde dieser Sache mit der Gravur gern auf den Grund gehen und ein paar Alteingesessene fragen.«

»Lust auf Gesellschaft?«

»Diesmal nicht.« Er wandte sich zum Gehen, blieb jedoch stehen, als sie seinen Namen rief.

»Haben Sie Ihr Handy dabei?« Er nickte, worauf sie auf ihr eigenes zeigte, das an ihrem Gürtel befestigt war. »Benutzen Sie's, mein Freund.«

Genau das tat er auch. Er rief auf dem Gut der Reeds an, um sich zu vergewissern, dass sein Vater zu Hause war. Er hatte Glück, denn auch sein Bruder Joe war dort. stellte seinen Geländewagen hinter Joes Angeber-Mercedes ab und stieg aus.

Seine Mutter, die ihn kommen gesehen hatte, begrüßte ihn an der Tür. »Was für eine nette Überraschung, Dan.«

Er küsste sie auf die Wange. »Ich freue mich auch, Mom.«

»Dein Dad und Joe sind in der Bibliothek. Reden übers Geschäft, wie immer. Hast du schon etwas gegessen?«

»Nein, ich würde aber gern zum Essen bleiben.«

Reed ging zur Bibliothek und klopfte an die halb geöffnete Tür, ehe er den Kopf hineinstreckte. »Störe ich?«

»Überhaupt nicht, Sohn.« Sein Vater winkte ihn herein. »Setz dich.«

Joes Miene ließ ahnen, dass Reed senior ihm gerade etwas Unerfreuliches erzählt hatte. Von Zeit zu Zeit verglich Reed sein eigenes Leben mit dem seiner Brüder und fragte sich, ob er etwas falsch gemacht hatte – die beiden mit ihren Luxuskarossen und exotischen Reisen, ihren tollen Häusern und Designerklamotten. Doch dann erlebte er aus nächster Nähe, welchen Preis seine Brüder für ihren luxuriösen Lebensstil bezahlten, und war dankbar für seine Entscheidung. Lieber fuhr er in einem alten, ramponierten Geländewagen durch die Gegend, als den Prellbock oder die Marionette seines Vaters zu spielen.

Sein Vater schenkte ihm ein Glas Wein ein. »Auf den hier bin ich besonders stolz«, sagte er.

»Was führt dich denn hierher?«, erkundigte sich Joe steif und schenkte sich nach.

Reed fixierte seinen Bruder. »Die Jungen des Weines.«
Joe schien zu erstarren. »Was?«
»JdW. Die Jungen des Weines.« Reed wandte sich von seinem kreidebleichen Bruder ab und blickte seinen Vater an, der tiefrot angelaufen war, dann wieder seinen Bruder. »Joe? Erkennst du den Namen wieder?«
Hilflos sah Joe zu seinem Vater hinüber. Er wirkte, als säße er in der Falle. Und schrecklich verloren.
Reed und sein älterer Bruder hatten sich nie sonderlich gut verstanden, doch Dan stellte fest, dass er so etwas wie Mitleid für ihn empfand.
»Herrgott noch mal, Dan!«, polterte sein Vater. »Dies ist nicht der richtige Ort und Zeitpunkt …«
»Was Letzteres betrifft, hast du völlig recht, Dad. Der Zeitpunkt ist längst überfällig.«
Er wandte sich wieder an seinen Bruder. »Also, Joe? Erinnerst du dich?«
»Ja«, stieß Joe erstickt hervor. »Ich kenne den Namen. Die Jungen des Weines. Das waren wir.«
»Wer?«
»Unsere Clique. Ich und Clark. Terry, Tom und Spanky. Und ein paar andere.«
»Mehr wollte ich gar nicht. Nur die Bestätigung.«
»Essen ist fertig«, rief Lyla von der Tür.
»Ich kann nicht bleiben«, erklärte Joe. »Ich habe Cindi versprochen, dass ich rechtzeitig zu Hause bin, um ihr bei den Hausaufgaben zu helfen.«
»Aber ich dachte …«
»Tut mir leid, Mom. Meine Schuld.« Er gab ihr einen Kuss auf die Wange und verschwand, ohne die beiden Männer eines weiteren Blickes zu würdigen.

Lyla sah von einem zum anderen. »Was war das denn?«
»Keine Ahnung, Schatz.« Wayne rieb sich die Hände. »Aber das heißt nur, dass mehr für mich übrig bleibt.«
Während des Abendessens war sein Vater nicht wiederzuerkennen – ganz der joviale, wohlwollende Ehemann und mitfühlende Vater. Nichts an seinem Verhalten erinnerte an seinen Ausbruch wenige Minuten zuvor.
Das reinste Chamäleon, dachte Reed. Wieso war ihm das nicht schon früher aufgefallen?
Seine Mutter riss ihn aus seinen Gedanken. »Wie kommst du bei der Suche nach Toms Mörder voran? Kürzlich habe ich Jill gesehen. Sie war am Boden zerstört, das arme Ding.«
»Die Ermittlungen laufen noch, Mom. Aber ich bin froh, dass du das Thema zur Sprache bringst.« Er legte seine Gabel beiseite. »Am Abend seines Todes hat Tom vier Telefongespräche von seinem Handy aus geführt. Alle in den letzten siebzehn Minuten vor seinem Tod. Eines davon war eure Nummer.«
Seine Mutter starrte ihn erschüttert an. »Mein Gott, wie entsetzlich.«
»Hast du zufällig den Anruf angenommen?«
»Nein«, sagte sie und schüttelte den Kopf. »Wayne, warst du es?« Sie wandte sich an ihren Mann.
Wayne schüttelte ebenfalls den Kopf. »Nein, Schatz.«
»Er hat aber mit jemandem gesprochen. Das Telefonat hat zweieinhalb Minuten gedauert.«
Sein Vater sah ihn an. »Vielleicht ist ja einer von unseren Leuten rangegangen.«
Etwas in seiner Miene ließ Reed aufmerken. Was versuchte er vor ihm zu verbergen?
»Kann sein. Weshalb hat er wohl hier angerufen, was meinst du?«

»Wahrscheinlich wollte er, dass ihn jemand nach Hause fährt.«
Genau das hatte er auch gedacht. Bis heute Abend.
Seine Mutter gab einen bestürzten Laut von sich. »Wäre ich doch nur hingegangen. Dann würde er vielleicht noch leben.«
»Ich rede mit den Angestellten. Vielleicht hat einer von ihnen mit ihm geredet«, schlug sein Vater vor.
»Und ich rufe die Cateringfirma an«, fügte seine Mutter hinzu. »Man weiß ja nie.«
Man weiß ja nie, dachte auch Reed kurze Zeit später, als er und sein Vater zu seinem Wagen gingen. Das Verhalten seines Vaters irritierte ihn – seine chamäleongleiche Art, seine Ausflüchte. Und auch Joes Unbehagen und sein überstürzter Abgang gaben ihm zu denken.
»Das gefällt mir gar nicht, Dan.«
»Was?«
Sein Dad zündete sich eine Zigarre an und blickte Reed durch eine dichte Rauchwolke an. »Dass du hier auftauchst und deinem Bruder so auf die Pelle rückst. Und dann die Art, wie du mich und deine Mutter mit deinen Fragen in die Mangel nimmst.«
»Tja, zu schade. Aber davon abgesehen hat Mom die Sprache auf den Mord an Tom gebracht.«
»Sprich nicht so respektlos mit mir!«
Reed blieb stehen und wandte sich seinem Vater zu. »Bis heute Abend war mir nicht bewusst, wie gut es dir gelingt, die Wahrheit zu verschleiern, Dad. Du hast Mom über all das im Dunkeln gelassen, habe ich recht?«
»Was zum Teufel soll das nun wieder bedeuten?«
»Manipulierst du eigentlich jeden um dich herum? Deine Frau, deine Kinder? Deine Geschäftspartner? Freunde? Wo hört das auf?«

»Du nennst mich einen Lügner, Sohn?«
»Sag du es mir, Dad. Bist du einer?«
»Verschwinde sofort von meinem Grund und Boden. Niemand nennt mich einen Lügner, und schon gar nicht eines von meinen eigenen Kindern.«
Mittlerweile standen sie vor Reeds Geländewagen. Er schloss auf und wandte sich erneut seinem Vater zu. »An dem Abend, als Dylan Sommer verschwand, habt ihr mit Patsy und Harlan zu Abend gegessen.«
Der abrupte Themenwechsel schien seinen Vater aus dem Konzept zu bringen. »Ja.«
»Wo?«
»Hier.«
»Bist du ganz sicher?«
»Ja, verdammt noch mal. Ich war mir damals sicher, und ich bin es heute.«
Weshalb hatte er dann das Gefühl, dass sein alter Herr ihn belog?
»Und Patsy? Wann hat sie diese Dinge mit den Jungs angestellt?«
»Wann?«
»Ja.«
»Ich weiß es nicht.«
»Du weißt es nicht? Hat Joe es dir etwa nicht gesagt?«
»Es erschien mir nicht so wichtig. Nach der Schule, wenn wir alle bei der Arbeit waren, vermute ich.«
»Wo haben sie sich getroffen?«
»Keine Ahnung. Wieso ist das wichtig?«
»Wie oft?«
»Oft genug, um unseren Jungen ihre Unschuld zu stehlen.«
»Ist dir jemals in den Sinn gekommen, dass Dylan von einem

der Jungs entführt worden sein könnte? Von einem, der eifersüchtig war? Oder von der Familie eines der Jungen? Oder von Harlan selbst?«

»Das ist doch lächerlich. Sie waren doch nur Jungs.«

»Du hast den Anruf von Tom entgegengenommen, stimmt's, Dad?«

»Einen Teufel habe ich getan. Ich habe dir doch gerade gesagt …«

»Und an dieser Geschichte mit den Jungen des Weines ist definitiv mehr dran, sofern sie nicht sogar eine glatte Lüge ist. Was verschweigst du mir?«

»Geh jetzt. Verschwinde von meinem Grund und Boden.« Seine Stimme bebte. »Du bist hier erst wieder erwünscht, wenn du dich entschuldigst.«

Reed öffnete die Wagentür und stieg ein, ehe er seinen Vater noch einmal ansah. »Ach übrigens, Dad, ich suche mir meine Partnerinnen selbst aus. Du wirst keine Frau mehr warnen, mir zu nahe zu kommen.«

Kapitel achtundfünfzig

Dienstag, 16. März
02:30 Uhr

Alex schlug die Augen auf und sah Tim, der neben dem Bett stand und sie anblickte. Ein eisiger Schauer jagte ihr über den Rücken.

»Tim? Was tust du da?«

»Ich sehe dich an.«

Ihr Blick fiel auf den Küchenstuhl hinter ihm. »Warst du die ganze Nacht wach?«

»Es ist noch nicht Morgen.«

Sie sah auf den Wecker und stellte fest, dass es mitten in der Nacht war. »Du musst schlafen.«
Er wandte den Blick ab, dann sah er sie wehmütig an. »Ich liebe dich immer noch, Alex.«
»Tim, das ist jetzt nicht der richtige …«
»Es geht nicht um Sex. Nicht jetzt. Früher vielleicht. Ich bin ein Idiot, ich gebe es zu.«
Er gab einen erstickten Laut von sich. »Als du mich angerufen hast, war ich so unendlich erleichtert. Ich dachte schon, ich hätte dich verloren. Und dann, heute Abend, als ich gesehen habe, wie du diesen anderen Mann umarmt hast, waren auf einmal … all die Gefühle da, die ein Mann nur haben kann. Eifersucht und Wut. Reue. Sehnsucht. Hass.«
Sie setzte sich auf und schlang die Bettdecke um sich. »Mir ist nicht wohl, wenn du so redest.«
»Ich wollte dich nicht beunruhigen, sondern nur …« Er sank auf die Knie, griff nach ihrer Hand und hob sie an seine Lippen. »Du hast mir so gefehlt.«
Sie verspürte den Drang, ihm zu widersprechen, ihn an all die Gründe zu erinnern, weshalb ihre Ehe nicht funktioniert hatte. Doch ihr Instinkt riet ihr, ihre Gedanken für sich zu behalten. Sie schluckte.
Er drehte ihre Hand um und küsste die Innenfläche. »Als ich heute Nacht hier gesessen und dich angesehen habe, ist mir etwas klargeworden. Genau das ist es, was ich tun sollte, Alex. Hier sitzen und auf dich aufpassen.«
So hatte sie ihn noch nie erlebt. Der eindringliche, beinahe verzweifelte Unterton erstaunte sie. Und beunruhigte sie. »Ich weiß nicht, was ich sagen soll.«
»Im Moment brauchst du gar nichts zu sagen. Ich verspreche dir, dass ich für dich da sein werde. Was auch passiert. Was

auch immer du brauchst. Du bist nicht verrückt, Alex. Wir finden heraus, was hier los ist. Gemeinsam.«

»Du bist völlig erschöpft«, sagte sie sanft. »Du brauchst Schlaf. Und ich auch. Lass uns morgen weiterreden, okay?«

»Natürlich, mein Schatz.« Er beugte sich vor und küsste sie auf die Stirn. »Ich lege mich auf die Couch.« Er ging zur Tür, blieb jedoch noch einmal stehen und wandte sich zu ihr um. »Ich liebe dich wirklich.«

»Ich liebe dich auch.«

Doch während sie wieder unter die Decke rutschte, sagte sie sich, dass es viele verschiedene Arten von Liebe gab. Und die Liebe, die sie für Tim empfand, war komplizierter als die meisten anderen.

Als sie am nächsten Morgen aufwachte , stieg ihr Kaffeeduft in die Nase. Und von etwas Gebackenem. Muffins? Kekse?

Zimtschnecken, stellte sie fest, als sie kurz darauf die Küche betrat. Sie hatte ein altes, verblichenes Paar Jeans und ein Sweatshirt angezogen und sich die Zähne geputzt. Tim nahm gerade das Gebäck aus dem Ofen und begann, Zuckerguss darauf zu verteilen.

»Morgen«, sagte er und lächelte.

Sie trat zur Kaffeemaschine und schenkte sich eine Tasse ein. »Wie lange bist du schon auf?«

»Lange genug, um in den Laden zu gehen, die Zeitung, Sahne und eine Packung Fertigbackteig zu kaufen. Setz dich.«

Sie setzte sich an den Küchentisch und legte die Hände um die warme Kaffeetasse.

»Bitte.«

Er stellte einen Teller vor ihr auf den Tisch und ging zurück, um seinen eigenen zu holen, ehe er sich auf den Stuhl gegenüber setzte.

Sie sah ihm eine Weile beim Essen zu und schüttelte den Kopf. »Was ist hier los, Tim?«

»Gar nichts. Wieso?« Er spießte ein großes Stück auf und schob es sich in den Mund.

»Du bist kein Morgenmensch.«

»Heute Morgen schon.« Er stand auf, schenkte sich noch einmal Kaffee ein und kehrte an den Tisch zurück. »Ich muss zurück nach San Francisco. Eine Fakultätssitzung.«

Tim fuhr zurück? Eigentlich sollte ihr die Neuigkeit nichts ausmachen, doch sie tat es. »Ja?«

»Anwesenheitspflicht.«

»Ich habe keine Ahnung, was ich machen soll.«

Er grinste. »Genau das wollte ich hören.«

Aber sie hatte es ernst gemeint. Was sollte sie nur tun? Es gab keinen Anlass, noch weitere Fragen über die Vergangenheit ihrer Mutter zu stellen – mittlerweile wusste sie mehr, als ihr lieb war.

Die Jungen des Weines.

Sie wünschte, sie könnte ebenfalls nach San Francisco zurückkehren; wünschte, sie wäre niemals hergekommen, sondern wäre zu Hause geblieben, mit nichts als dem Foto von sich, Dylan und ihrer Mutter und ihrer albernen Überzeugung, Patsy sei ebenso Opfer gewesen wie Dylan.

»Ich weiß genau, was du jetzt brauchst.« Sie hob eine Braue, worauf er lachte. »Nein, das habe ich nicht gemeint, obwohl es dir zweifellos guttun würde. Nein, ich rede von einem Wellness-Tag.«

Nun brach sie in Gelächter aus. »Ein Wellness-Tag. Ja, klar.«

»Das Kenwood Inn and Spa liegt nur ein paar Kilometer den

Highway runter. Meine erste Frau war begeistert von diesem Laden. Wir haben mal ein Wochenende zum Valentinstag dort verbracht.«

»Das kann ich mir aber nicht leisten.«

»Ich zahle.«

»Das kann ich nicht annehmen.«

»Zu schade, ist nämlich schon passiert.«

»Was willst du damit sagen?«

»Wie gesagt – schon passiert. Ich habe dich zu einem Wellness-Tag angemeldet. Und es ist alles bezahlt. Betrachte es als Geburtstagsgeschenk.«

Geburtstag … erst in diesem Moment fiel ihr ein, dass sie morgen Geburtstag hatte. In all dem Trubel hatte sie ihn völlig vergessen. »Ich fasse es nicht! Wann hast du das gemacht?«

»Gestern Abend, als du im The Girl & The Fig auf der Toilette warst.«

»Du Geheimniskrämer.«

Er stand auf, trat um den Tisch herum und legte ihr beide Hände auf die Schultern. »Dort weiß ich dich in Sicherheit. Das ist mir sehr wichtig. Heute Abend bin ich wieder hier, dann kümmern wir uns um alles andere.«

Sie sah ihn forschend an. Offen gestanden war es eine Wohltat, seine starke Schulter in ihrer Nähe zu wissen. Er kannte sie. Er wusste, wie er sie unterstützen konnte, ohne sie einzuengen. Sie vertraute ihm voll und ganz.

Und er glaubte nicht, dass sie verrückt war.

Vielleicht war dies das Wohltuendste daran. Und an diese Gewissheit würde sie sich klammern, denn nach allem, was hier passiert war, könnte sich das innerhalb eines Wimpernschlags ändern.

Kapitel neunundfünfzig

Dienstag, 16. März
15:40 Uhr

Eingehüllt in einen dicken, flauschigen Frotteebademantel, lehnte Alex sich auf ihrer Ruheliege zurück. Hinter ihr lag ein ausgiebiges Pflegeprogramm aus Wickeln, Peelings und Feuchtigkeitsbehandlungen. Im Hintergrund erfüllten sphärische New-Age-Klänge den Raum, vermischt mit dem leisen Tröpfeln von Zimmerbrunnen; sie ließ sich in einem Zustand vollkommener Entspannung treiben, und die Punkte auf der Liste all der beunruhigenden Ereignisse glitten in die hintersten Winkel ihres Bewusstseins.

Stattdessen kam ihr Tims nächtliches Liebesgeständnis in den Sinn. Sie kannte Tim. Verstand ihn. Er meinte es nicht ernst. Nicht in dieser »Für den Rest unseres Lebens«-Weise, nicht im Sinne von: »Ich will einer Frau treu sein, bis wir alt und grau sind.«

Er war ein kleiner Peter Pan, der nicht erwachsen werden wollte. Dagegen war nichts einzuwenden, aber es war nicht das, was sie brauchte. Genau wie ein Kind, das nur spielen wollte, war er auch nicht bereit zu teilen. Und er hatte sie mit Reed gesehen.

Reed. Sein Gesicht flammte vor ihrem inneren Auge auf. Sie gestattete ihren Gedanken, einen Moment lang bei ihm zu verharren, bei der Erinnerung an seine Umarmung. Und bei dem Gefühl, das die Berührung in ihr heraufbeschworen hatte.

Doch dann schob sie das Bild und die Erinnerung fort. Sie war nicht bereit, über Reed oder ihre Gefühle nachzudenken. Wie auch? Immerhin war er sich nicht sicher, ob sie nicht für all den Irrsinn um sie herum verantwortlich war.

Ebenso wie sie selbst, das musste sie zugeben.

Ihr Handy vibrierte in den Tiefen ihrer Bademanteltasche. Sie hatte es eingesteckt, obwohl es gegen die Hausordnung des

Spas verstieß. Bis auf die Angestellte, die von Zeit zu Zeit nach dem Rechten sah, war sie allein in der Lounge. Sie zog das Telefon heraus und sah auf das Display. Tim.
»Hmhm?«, nuschelte sie, unfähig, sich aus ihrer tiefen Entspannung zu lösen.
»Alex? Bist du's?«
»Du darfst mich hier nicht anrufen. Helga kann jeden Moment reinkommen, dann macht sie mich zur Schnecke.«
»Ich dachte ja auch, deine Voicemail springt an.«
»Ich habe das Telefon reingeschmuggelt.« Seine Stimme klang irgendwie merkwürdig. »Wo bist du?«
»Im Auto. Alex, es gibt da etwas, das ich dir sagen muss.«
»Schieß los.« Sie griff nach ihrem Weinglas. »Aber beeil dich, ich glaube, ich höre Helga kommen.«
»Es geht um etwas, das deine Mutter gesagt hat«, meinte er. »Über deinen Dad.«
Alex stellte ihr Glas so abrupt ab, dass etwas von der goldenen Flüssigkeit überschwappte. »Über meinen Dad? Sie hat etwas über ihn gesagt, und du hast es mir nicht erzählt?«
»Bitte sei nicht sauer …« Seine Stimme ging im Straßenlärm beinahe unter. Es klang, als fahre er mit offenem Verdeck. »Es war während einem ihrer Schübe. Sie war völlig außer sich … du weißt ja selbst, wie sie dann war und was sie in diesen Momenten von sich gegeben hat. Damals dachte ich, es sei nur wirres Zeug, das nichts mit der Realität zu tun habe.«
»Was, verdammt noch mal! Was hat sie gesagt?«
»Miss, hier im Spa sind keine Handys erlaubt.«
Alex brachte sie mit einem erhobenen Finger zum Schweigen. »Was hast du …«
»… hat ihn als einen schlechten Menschen bezeichnet. Sehr schlimm, hat sie gesagt …«

»Ma'am, es steht klar und deutlich in unserer Hausordnung, dass Handys während des Aufenthalts im Spa abgeschaltet im Spind verwahrt werden müssen.«
»… sie sei aus Sonoma weggegangen, um nicht mehr in seiner Reichweite zu sein … um dich aus der Reichweite« – seine Stimme wurde leiser, dann wieder lauter – »dieses Lügners zu bringen. Er hätte Lügen über sie verbreitet. Ich frage mich … diese Geschichte über die Jungen … wer hat dir davon erzählt?«
»Wayne Reed. Tim, fahr rechts ran und bleib stehen. Ich bekomme nur die Hälfte mit.«
»… sagte, er sei schuld, dass Dylan … alles seine Schuld …«
Die Mitarbeiterin gab ein demonstratives Schnauben von sich und zeigte auf das Handy, als wäre Alex eine Zweijährige, die mit einem verbotenen Spielzeug spielte.
Alex sah sie an. »Entschuldigen Sie, aber das Gespräch ist sehr wichtig. Außerdem störe ich hier ja niemanden außer Ihnen.«
Auf der Miene der Frau spiegelte sich zuerst Verblüffung, dann Verärgerung wider. Sie machte auf dem Absatz kehrt und verschwand. Alex vermutete, dass sie in kürzester Zeit zurückkommen würde – mit Verstärkung.
»Du musst … Ich erzähle dir heute Abend mehr.«
»Nein, warte …«
»Ich schalte jetzt mein Handy ab.«
»Nein! Tim …«
»Nur die Ruhe, Süße. Wir reden später.«
Er legte auf. Sie wählte seine Nummer, doch wie angekündigt hatte er sein Handy abgeschaltet, so dass sie auf seine Voicemail weitergeleitet wurde.
Sie hinterließ ihm eine wütende Nachricht, genau in dem Augenblick, als Helga den Raum betrat – mit der erwarteten Ver-

stärkung im Schlepptau. Die Spa-Managerin trat auf sie zu, das gepflegte Plastikgesicht zu einem professionellen Lächeln verzogen. »Ms. Clarkson, ich fürchte, ich muss Sie bitten, Ihr Handy in den Schrank zu Ihren restlichen Sachen zu legen. Es tut mir leid, wenn ich Ihnen Ungelegenheiten bereite, aber wir haben es uns zum Ziel gemacht, unseren Gästen ein Entspannungserlebnis auf höchstem Niveau zu bereiten. Ich hoffe, Sie verstehen das.«

Alex verstand, trotzdem verspürte sie den Drang, sich zur Wehr zu setzen. Am liebsten hätte sie den beiden Frauen an den Kopf geworfen, dass sie sich ihr ganzes Leben lang danach gesehnt hatte zu erfahren, wer ihr Vater war, und nun bloß wegen ihrer schwachsinnigen Hausordnung noch ein paar Stunden länger darauf warten musste.

Aber höchstwahrscheinlich würde es die beiden nicht interessieren. Außerdem stünde sie als die durchgeknallte Irre da, die sie auf keinen Fall werden wollte.

»Natürlich«, sagte sie stattdessen und stand auf. »Ich kümmere mich sofort darum.«

Ihre Gedanken überschlugen sich. Tim wusste etwas über ihren Vater. Und zwar nicht erst seit gestern.

Und er hatte es ihr nicht gesagt.

Was sollte sie davon halten? Tim wusste besser als jeder andere, wie viel es ihr bedeutete herauszufinden, wer ihr Vater war.

Alex schloss ihren Schrank auf, ohne jedoch Anstalten zu machen, ihr Telefon hineinzulegen. Stattdessen starrte sie auf ihre sorgfältig zusammengelegten Kleider. Die köstliche Entspannung, die sie gerade noch empfunden hatte, war mittlerweile nichts als eine Erinnerung.

Ihre Mutter hatte gesagt, er sei schuld an Dylans Verschwinden.

Was hatte das zu bedeuten? Es gab viele Gründe, jemandem die Schuld für etwas zu geben. Für echte Sünden – oder für solche, die man sich lediglich einbildete. Bedeutete das, dass sie ihm vorwarf, er habe ihn entführt? Wenn ja, wäre sie doch gewiss zur Polizei gegangen. Ein schlechter Mensch, hatte Tim gesagt. Sehr schlimm. Ein Lügner, vor dem Alex hatte beschützt werden müssen.

Pfeif drauf, dachte sie. Entspannung war im Moment so ziemlich das Letzte, was sie brauchte. Statt ihr Telefon in den Spind zu legen, nahm sie ihre Sachen heraus und zog sich an.

Kapitel sechzig

Dienstag, 16. März
16:30 Uhr

Tim war schneller gewesen als sie, stellte sie beim Anblick seines knallroten Chrysler Sebring fest, der mit heruntergelassenem Verdeck vor dem Haus stand. Seit sie im Kenwood Spa losgefahren war, hatte sie noch zweimal versucht, ihn anzurufen, war jedoch beide Male auf seine Voicemail umgeleitet worden. Sie hatte keine weitere Nachricht hinterlassen.

Sie stellte ihren Wagen hinter seinem ab, stieg aus und hastete zur Tür. Verblüfft blieb sie im Türrahmen stehen. Der kleine Esstisch war gedeckt – weiße Leinentischdecke, zartes Porzellan, und in einem Kübel stand eine Flasche Champagner mit zwei Gläsern daneben.

Besorge uns nur kurz etwas zu essen. Schenk dir schon mal
ein Glas Blubberwasser ein.
PS: Bitte sei nicht sauer. Habe Neuigkeiten.

Amüsiert ließ Alex den Blick über den liebevoll gedeckten Tisch schweifen. Dieser Mann war ein derartiger Schleimer.

Er wusste genau, dass sie sauer war, und war fest entschlossen, sie zu besänftigen. Und er hatte sogar dafür gesorgt, dass sie schon einmal ohne ihn damit anfing.
Sie trat zum Champagnerkübel und schenkte sich ein Glas ein. Mr. Clarkson würde eine kleine Überraschung erleben, wenn er zurückkam – so schnell würde sie ihn nicht vom Haken lassen.
Sie nahm ihr Glas mit nach draußen und setzte sich auf die Veranda. Und wartete. Aus zehn Minuten wurden zwanzig, aus zwanzig wurden dreißig. Es gab mehrere Restaurants in unmittelbarer Nähe. Zu welchem war er gegangen? Sie wählte die Nummer seines Handys, stellte jedoch fest, dass es immer noch abgeschaltet war.
Sie stieß ein frustriertes Schnauben aus. Wenn es so weiterging, wäre sie betrunken, bis er mit dem Essen zurückkam. Was zweifellos genau das Ziel war, das er erreichen wollte. Tim mochte keine Szenen. Aus diesem Grund hatte er sie angerufen, während sie im Spa gewesen war – er hatte beabsichtigt, ihr eine Nachricht auf der Voicemail zu hinterlassen und sich so einer persönlichen Auseinandersetzung zu entziehen.
Aber das konnte er jetzt vergessen. Sie würde ihn in die Mangel nehmen, bis er jedes Wort ihrer Mutter wiedergegeben hatte, sämtliche Details: wann, wo, Datum und die genauen Umstände. Und sie würde auch aus ihm herausholen, weshalb er ihr all das vorenthalten hatte, so viel stand fest.
Ihr Glas war leer, also stand sie auf und ging hinein, um sich nachzuschenken. In diesem Moment kam Margo miauend aus der Küche gelaufen. »Hallo, mein Mädchen.« Alex hob sie hoch, worauf die Katze schnurrend das Gesicht an ihre Schulter schmiegte.
»Tim hat echt Ärger am Hals, was?«, sagte sie. »Der Kerl ist ein solcher Verräter.«

Margo miaute ein weiteres Mal und sprang von ihrem Arm auf den gedeckten Tisch. »Margo, nein! Geh sofort …«
Die Worte erstarben auf ihren Lippen beim Anblick der Pfotenabdrücke auf der weißen Leinentischdecke. Alex' Blick fiel auf den Holzboden. Abdrücke führten aus der Küche zu der Stelle, an der sie stand. Sie sah an sich hinunter und bemerkte die roten Spuren auf ihrem weißen, langärmeligen T-Shirt.
Blut.
Mit wachsendem Entsetzen sah sie an sich hinunter. Ihr Verstand weigerte sich, die Wahrheit zu erkennen. Nein, es musste Wein sein. Margo hatte eine offene Flasche umgeworfen. Das hatte sie schon einmal getan, als Tim und sie noch verheiratet gewesen waren. Nicht Blut, dachte sie erneut. Wein.
Blut. Wein. Der scharfe Geruch von Sandelholz stieg ihr in die Nase. Das Glas entglitt ihren Fingern und zerbarst auf dem Fußboden. Ein Hämmern dröhnte in ihrem Kopf. Licht … flackernd … Blut.
Ein Schrei, hoch und gellend. Aus ihrem Mund. Sie lief zur Küche, zur Tür hinein. Sie rutschte aus, landete auf Händen und Knien in irgendetwas. Blut.
Sie wandte den Kopf. Tim. Auf dem Boden. Er lag auf dem Rücken. Etwas Glänzendes ragte aus seinem Hals. Essstäbchen. Die, die er ihr geschenkt hatte.
Schluchzend kroch sie auf allen vieren zu ihm, betend, dass es noch nicht zu spät war. Sie legte die Hände auf seine Brust, auf sein Herz. Nichts. Sie presste das Ohr darauf, legte die Finger um sein Handgelenk.
Nichts … Nichts … Lieber Gott …
Entsetzt wich sie zurück, hysterisch schluchzend. Sie registrierte ihre Stimme, ihr Flehen. Ihr wurde bewusst, dass sie

blutbesudelt war. Das Blut klebte überall, an ihren Händen, in ihrem Haar. An ihren Kleidern.
Nein … nein … Wimmernd versuchte sie, es abzuwischen, doch es verschmierte nur noch mehr. Es war alles ihre Schuld. Sie hatte Tim in all das hineingezogen. Wäre sie nicht gewesen …
Was sollte sie jetzt machen? Sie zog ihr Handy aus der Tasche und wählte die 911.
»Hilfe«, flüsterte sie, als der Anruf in der Notrufzentrale entgegengenommen wurde. »Bitte. Detective Reed. Tim … ist … er wurde erstochen. Ich glaube … oh mein Gott, er ist tot!«

Kapitel einundsechzig

Dienstag, 16. März
17:45 Uhr

Als Reed eintraf, saß Alex mit Margo auf dem Schoß zusammengekauert auf dem Boden. Ihre Hände, Gesicht und Kleider waren blutbeschmiert, und sie starrte blicklos ins Leere.
Ein Deputy stand ein paar Meter neben ihr. Reed nickte ihm kurz zu, dann trat er zu Alex und ging vor ihr in die Hocke. »Alex, Schatz. Ist alles in Ordnung mit dir?«
Sie musterte ihn blinzelnd, als sehe sie ihn das erste Mal. »Reed«, sagte sie. »Was tust du denn hier?«
»Du hast nach mir gefragt. Als du den Notruf alarmiert hast.«
Ihr Blick wanderte zu einem Punkt hinter seinem Rücken. Die Küche. Der Fundort des Opfers.
»Er ist tot«, sagte sie. »Tim ist tot.«
»Ja, ich weiß. Ist alles in Ordnung mit dir?«
Sie runzelte die Stirn. »Wie meinst du das?«
»Bist du verletzt?«

»Nein.«

»Soll ich dir etwas bringen?«

»Nein.«

Er hörte Tanner und Cal. »Ich muss jetzt arbeiten, aber ich bin in der Nähe. Wenn du etwas brauchst oder mit mir reden willst, sag es einfach Jim da drüben.« Er zeigte auf den Deputy, der nickte. »Jim kümmert sich um dich.«

Reed erhob sich und tauschte einen weiteren Blick mit dem Deputy, der wusste, was seine Aufgabe war – die Frau keine Sekunde lang aus den Augen zu lassen, nicht einmal, um zur Toilette zu gehen.

Cal war in die Küche gegangen, um einen Blick auf die Leiche zu werfen, während Tanner auf Reed wartete. »Ziemlich heikle Angelegenheit für Sie«, murmelte sie, als er neben sie trat.

»Ich weiß, was ich zu tun habe.« Er hörte den gereizten Unterton in seiner Stimme und bereute seine Worte augenblicklich. Schließlich war er derjenige, der aus der Reihe tanzte, nicht Tanner.

»Ach ja?« Sie hielt seinem Blick stand, während er einen Anflug von Verärgerung zu unterdrücken versuchte. Dabei konnte er noch nicht einmal sagen, auf wen er so wütend war – auf sie, weil sie seine Professionalität in Frage stellte, oder auf sich selbst, weil er sich überhaupt erst in diese Lage gebracht hatte. Er beugte sich vor. »Ja, verdammt, ich weiß es. Ich will nur einen Blick auf den Tatort werfen und sie befragen, dann bin ich weg.«

»Einverstanden.«

Sie gingen in die Küche, sorgsam darauf bedacht, nicht in die Blutlache zu treten. Die ersten am Tatort eingetroffenen Beamten hatten ihre Arbeit erledigt – sie hatten den Tatort gesichert, alles abgesperrt und die Tatverdächtige isoliert.

Cal hatte inzwischen begonnen, den Tatort zu fotografieren. Das Team des amtlichen Leichenbeschauers würde eigene Aufnahmen machen, bevor die Leiche in irgendeiner Weise bewegt werden durfte.

»Der Leichenbeschauer wurde informiert?«, fragte Reed den wachhabenden Deputy.

»Schon unterwegs.«

Reed nickte und trug sich ins Tatortprotokoll ein. »Was wissen wir bisher?«

»Der Name der Frau ist Alexandra Clarkson. Das Opfer war ihr Ex-Mann. Als wir eintrafen, war sie völlig hysterisch. Sie hätte ihn gefunden, meinte sie. Ich habe sie nach dem Blut gefragt. Sie meinte, sie sei zu ihm gelaufen, um ihm zu helfen. An mehr konnte sie sich nicht erinnern.«

»Hat sie die Leiche berührt?«, wollte Tanner wissen.

»Ja. Sie hat das Ohr auf seine Brust gelegt und seinen Puls gefühlt.«

»Hals oder Handgelenk?«

»Handgelenk.«

Reed ließ den Blick über den Tatort schweifen. Nach der Menge an Blut zu schließen, hatte der Täter die Halsschlagader getroffen. Das Blut war regelrecht aus dem Opfer herausgesprudelt. Der Tod war innerhalb weniger Minuten eingetreten.

Das Haus war alt, und der Fußboden fiel nach Nordosten leicht ab, so dass sich das Blut am tiefsten Punkt vor der Küchentür gesammelt hatte. Das erklärte die Abdrücke der Füße und der Katzenpfoten rings um die Lache. Wie es aussah, war Alex ebenso wie ihre Katze hineingetreten. Auf dem Boden neben dem Kopf des Opfers war ein perfekter Handabdruck zu erkennen.

»Er war nicht sehr groß«, bemerkte Tanner. »Der Leichenbeschauer wird uns die genauen Körpermaße durchgeben, aber ich schätze, etwa einen Meter achtundsechzig oder siebzig.«

Reed rief sich ihre Begegnung vom Vorabend ins Gedächtnis, als ihm aufgefallen war, dass Clarkson kaum größer gewesen war als Alex.

»Würde ich auch sagen. Warum?«

Sie schüttelte den Kopf. »Kein Hinweis auf einen Kampf.«

»Eine offene Flasche Rotwein auf der Arbeitsfläche.«

»Guter Tropfen«, bemerkte Cal. »Ich habe ihn mir schon angesehen. Seghesio Rock Pile Zin. Eine echte Verschwendung, ihn verkommen zu lassen, finde ich.«

Ohne auf Cal einzugehen, inspizierten Tanner und Reed die Flasche und die beiden Gläser auf der Arbeitsplatte. Ein Glas war voll, das andere leer.

Tanner beugte sich vor und betrachtete das volle Glas eingehend. »Sieht aus, als hätte er sich ein Glas eingeschenkt, aber nichts davon getrunken.«

»Er schenkt den Wein ein«, murmelte Reed. »Der Angreifer kommt von hinten, greift um ihn herum …«

»Und rammt ihm geradewegs die Stäbchen in den Hals. Muss eine ziemliche Sauerei gewesen sein.«

»Noch ein Punkt, der gegen unsere hübsche Irre nebenan spricht«, meinte Cal.

Reed ignorierte ihn. Stattdessen ging er neben der Leiche in die Hocke und betrachtete die Wunde. »Stäbchen aus rostfreiem Stahl. Ist das nicht ziemlich ungewöhnlich?«

»Eigentlich nicht«, erwiderte Tanner. »So etwas kriegt man in anständigen Haushaltswarengeschäften, unter anderem im Sur la Table.«

Er sah sie an, worauf sie die Achseln zuckte. »Ich wollte mir mal welche zulegen, aber ich glaube, ich überlege es mir noch mal.«

Sie gingen ins Wohnzimmer. Reed bemerkte, dass Alex sich nicht vom Fleck gerührt hatte. Dasselbe galt für Margo, die sich eifrig putzte.

Der Tisch in der Fensternische war für ein romantisches Essen zu zweit gedeckt. Reed spürte einen Stich, weigerte sich jedoch, ihn weiter zu analysieren.

»Vorsicht«, warnte Tanner und berührte ihn am Arm. »Glasscherben.«

Er bückte sich und betrachtete sie. Ein zerbrochenes Champagnerglas. Es war leer gewesen – oder zumindest beinahe – denn der Boden war trocken.

»Sehen Sie mal hier.«

Besorge uns nur kurz etwas zu essen. Schenk dir schon mal ein Glas Blubberwasser ein.

PS: Bitte sei nicht sauer. Habe Neuigkeiten.

Er und Tanner wechselten einen Blick. Eine Nachricht von Clarkson für Alex? Oder umgekehrt? Einer war wütend auf den anderen gewesen. Wieso?

Höchste Zeit, sich ein paar Antworten zu beschaffen. Wortlos trennten sie sich. Tanner würde den Tatort weiter auf verwertbare Spuren untersuchen, während Reed Alex befragte.

Er bat den Deputy, sich während der Befragung Notizen zu machen. Alex sollte sich entspannen und das Gefühl haben, sie unterhalte sich in aller Ruhe mit ihm, was nicht funktionieren würde, wenn er mitschrieb. Außerdem wollte er verhindern, dass die aus der Befragung gewonnenen Erkenntnisse in irgendeiner Form durch seine persönliche Beziehung zur Tatverdächtigen beeinflusst wurden.

Er setzte sich zu ihr auf den Boden und schlug, ebenso wie sie,

die Beine im Schneidersitz übereinander. »Erzähl mir, was passiert ist, Alex.« Sie sah ihn verwirrt an. »Wie kommt es, dass dein Ex-Mann plötzlich tot ist?«
»Jemand hat ihn umgebracht. Erstochen ...« Sie berührte ihre Kehle. Ihre Hand zitterte. »Hier.«
»Hast du ihn getötet, Alex?«
Die Frage schien sie aus ihrer Schockstarre zu reißen. Ihre Augen weiteten sich. »Nein!« Sie schüttelte vehement den Kopf, als wolle sie ihren Worten Gewicht verleihen. »Ich könnte ... ich habe ihn so gefunden.«
»Okay, Liebes, tief Luft holen. Du musst mir genau erzählen, was vorgefallen ist. Bis ins letzte Detail.«
Gehorsam machte sie mehrere Atemzüge, ehe sie anfing. »Er hatte heute Morgen eine Fakultätsbesprechung. An der San Francisco State.«
»War er dort Professor?«
»Ja. Er hat mir einen Wellness-Tag geschenkt ... Eigentlich hätte ich das nie angenommen, aber ... es war mein Geburtstagsgeschenk.«
»Hast du heute Geburtstag?«
Ihre Augen füllten sich mit Tränen. Reed zog ein Papiertaschentuch aus der Schachtel neben ihr. Sie nahm es und tupfte sich die Augen trocken. »Morgen.«
»Wo?«
»Im Kenwood Inn.«
»Sprich weiter«, forderte er sie sanft auf.
»Ich war dort, als er mich angerufen hat. Eigentlich hätte ich das Telefon ja nicht mitnehmen dürfen ... es verstößt gegen die Hausordnung, aber ich habe es trotzdem in die Tasche meines Bademantels gesteckt. Keine Ahnung, wieso. Instinkt, vielleicht.«

Lange Zeit schwieg sie. So lange, dass er sie bereits auffordern wollte fortzufahren. Doch sie kam ihm zuvor. »Er war ziemlich erstaunt, als ich ranging«, sagte sie. »Er meinte, er hätte mir eine Nachricht hinterlassen wollen. Er …«, sie zerknüllte das Taschentuch in der Hand. »Er wusste etwas über meinen Vater … Meine Mutter hat es ihm erzählt … damals, als wir noch zusammen waren.«

Wieder verfiel sie in Schweigen. »Was hat sie ihm über deinen Vater erzählt?«, fragte er weiter.

Alex blickte ihn voller Bestürzung an. »Ich konnte ihn kaum verstehen! Er war im Auto, und die Angestellte im Spa …«

Das Cabrio, das vor der Tür geparkt war.

»Ich konnte nicht glauben, dass er mir nicht schon früher davon erzählt hatte … obwohl es einige Zeit her sein muss. Ich hätte etwas Wichtiges von ihm erfahren können, Reed.«

Wieder kamen ihr die Tränen und liefen ihr ungehindert über die Wangen. Er ignorierte das Ziehen in seiner Brust und unterdrückte das Bedürfnis, sie in die Arme zu nehmen und zu trösten.

»Er hat versprochen, dass er mir heute Abend alles erzählt … und jetzt …« Sie zog ein weiteres Taschentuch aus der Schachtel und putzte sich die Nase. »Ich war stocksauer. Also habe ich meine Sachen gepackt und bin gegangen.«

»Aus dem Spa?«

»Genau.«

»Und du bist hierhergekommen. Warst du wütend?«

»Ich war aufgeregt«, flüsterte sie und rieb sich die Arme. »Ich meine, ich war gekränkt und wütend, dass er etwas über meinen Vater gewusst und mir vorenthalten hatte … aber ich konnte nicht untätig dort herumsitzen und warten.«

»Was passierte dann?«

»Ich kam her und sah sein Auto vor dem Haus stehen. Den gedeckten Tisch. Und den Zettel.«
»Was dachtest du, als du den gedeckten Tisch und den Champagner gesehen hast?«
Sie zuckte die Achseln. »Typisch Tim. Er mag keine komplizierten Verwicklungen. Gefühlsausbrüche sind ihm ein Greuel. Ich dachte, er versucht, mich gnädig zu stimmen.«
»Wie meinst du das?«
»Ich dachte, er versucht eben alles, damit ich nicht mehr sauer bin.«
»Also hat er diesen Zettel geschrieben.« Sie nickte und zupfte ein weiteres Taschentuch aus der Schachtel. »Er hat geschrieben, er hätte Neuigkeiten. Inwiefern?«
»Ich weiß es nicht.«
»Irgendeine Ahnung?«
»Bei Tim ist alles denkbar. Dass er sich eine Woche freigenommen hat, um mir hier zu helfen, oder dass der Dekan bei der Fakultätsbesprechung seine Verdienste gelobt hat.«
»Aber das sind beides Dinge, die ihn betreffen. Was ist mit dir?«
»Ich verstehe nicht, was du meinst.«
»Könnte er Neuigkeiten gehabt haben, die dich betreffen? Über deinen Vater?«
Sie starrte ihn an, als wäre ihr der Gedanke bislang nicht in den Sinn gekommen. Offenbar war ihr Ex ein Egoist, wie er im Buche stand.
»Mein Gott … daran habe ich gar nicht gedacht … glaubst du … er könnte …?«
»Was ist dann passiert?«
»Ich habe mir ein Glas Champagner eingeschenkt und mich auf die Veranda gesetzt, um auf ihn zu warten.«

»Wie lange hast du dort gesessen?«
»Eine halbe Stunde, vielleicht auch länger.« Sie räusperte sich. »Ich habe ausgetrunken und bin dann hereingekommen, um mir nachzuschenken. Da kam Margo angelaufen … und sprang auf meinen Arm. Und da … habe ich gesehen …«
Sie begann zu zittern. Ihre Augen weiteten sich, als sie den Augenblick noch einmal durchlebte.
»Du schaffst es«, sagte er leise. »Du schaffst es, Alex.«
Sie nickte, während sie sichtlich mit ihren Gefühlen rang. »Ich bekam Panik und rannte in die Küche. Tim lag da … ich rutschte aus und fiel hin und …« Sie hob die Hände, deren Flächen rot waren. Blankes Entsetzen spiegelte sich auf ihren Zügen wider. »Es war überall. Ich habe sie einfach nicht sauber bekommen.«
»Hast du ihn angefasst, Alex?«
»Ja, ich habe meine Hände auf seine Brust gelegt … dann das Ohr. Ich konnte seinen Herzschlag nicht hören, deshalb habe ich seinen Puls gefühlt. Aber da war nichts.«
»Und dann?«
»Habe ich die Polizei angerufen, glaube ich. Ich wusste nicht, was ich sonst machen soll.«
»Das war das Richtige, Alex. Ich habe nur noch ein paar kurze Fragen. Wie war deine Beziehung zu deinem Ex-Mann?«
»Wir waren Freunde.«
»Du warst nicht in ihn verliebt?«
»Nein.« Sie schüttelte den Kopf.
»Ihr wolltet euch also nicht versöhnen?«
»Nein.« Sie sah ihn flehend an. »Wir waren Freunde, mehr nicht. Ich hatte ihn angerufen.«
»Weswegen?«
Sie zögerte. Er fragte sich, weshalb. »Wegen all dieser Dinge,

die passiert sind. Ich war … ich war sicher, dass er mir helfen kann, alles ins rechte Licht zu rücken.«

»Das ist alles?«

»Ja.«

Er glaubte ihr nicht, drängte sie aber nicht weiter. Sie verkrallte die Hände im Schoß.

»Okay«, murmelte er. »Ich muss dich aufs Revier bringen, damit wir deine Aussage zu Protokoll nehmen können.«

»Aufs Revier?«

»In einer Situation wie dieser ist das leider unumgänglich.«

Sie nickte, als verstünde sie, doch er wusste, dass es nicht so war. Es war unübersehbar, dass sie unter Schock stand und völlig automatisch handelte.

»Kann ich mich vorher umziehen? Und mich waschen?«

»Tut mir leid, aber das geht nicht. Später.«

Für den Bruchteil einer Sekunde dachte er, sie frage ihn, weshalb. Aber dann schien sie zu begreifen. Die Erkenntnis zog wie eine Wolke über ihr Gesicht. »Brauche ich einen Anwalt?«

»Du hast das Recht auf anwaltlichen Beistand. Aber das hier ist keine Verhaftung, Alex. Allerdings giltst du nach dem derzeitigen Ermittlungsstand als Verdächtige.«

»Als Verdächtige?«

»Ja, verdächtig des Mordes an deinem Ex-Mann.«

»Oh, mein Gott.« Sie schlug sich die Hand vor den Mund. »Aber ich habe es nicht getan … ich könnte … so etwas doch nie tun.«

»Wegen unserer persönlichen Beziehung darf ich dich nicht aufs Revier bringen. Aber Deputy Jim ist so nett und übernimmt es für mich. Ja, Jim?«

»Ja, Detective.«

»Ich bin im Wagen hinter dir. Ich bin da. Die ganze Zeit. Verstehst du, was ich sage?«
»Ja. Was ist mit Margo?«
»Sie kommt schon zurecht. Ich sorge dafür, dass Tanner sie im Auge behält und ihr etwas zu fressen und Wasser gibt, bevor sie hier fertig sind. Ich denke nicht, dass du lange weg sein wirst.«
Er lächelte ihr beruhigend zu, allerdings war er nicht sicher, wie ehrlich er war. Je nachdem, was sich auf dem Revier ergab, würde möglicherweise noch heute Anklage erhoben und sie dem Haftrichter vorgeführt werden.
Er stand auf und reichte ihr die Hand. »Bist du bereit?«
»Darf ich frische Sachen mitnehmen?«
»Natürlich. Sag mir einfach, wo ich alles finde.«
Er holte ein paar Kleidungsstücke, die bequem aussahen. Schlimmstenfalls würde sie nichts davon brauchen – sollte sie in Untersuchungshaft genommen werden, würde sie einen blauen Gefängnisoverall tragen.
Er legte ihr seine Jacke über die Schultern – sowohl um sie zu wärmen als auch um sie gegen die Blicke der Schaulustigen zu schützen, die sich garantiert inzwischen vor dem Haus eingefunden hatten; Nachbarn und Passanten, Touristen, die Presse, allesamt vom rotierenden Blaulicht der Streifenwagen angezogen. Ein Foto von ihr in blutbesudelten Kleidern wäre erstklassiges Material für die Titelseite und könnte, ob sie nun schuldig war oder nicht, ihre Chancen auf einen fairen Prozess schmälern – in der Wahrnehmung der Geschworenen, zumindest aber in den Augen der Öffentlichkeit.
Als sie zur Haustür kamen, blieb er stehen und sah sie an. »Noch etwas, Alex. Von jetzt an werde ich dir nicht mehr helfen können. Wegen unserer persönlichen Beziehung muss ich

den Fall abgeben. Meine Funktion als Detective verbietet es mir, mit dir zu reden und mich mit dir zu treffen. Verstehst du das?«

Sie verstand. Er sah es an der Panik, die in ihrem Blick aufflackerte. Als hätte sie soeben erst begriffen, wie tief sie in Schwierigkeiten steckte – und dass sie vollkommen allein war.

Und genau in diesem Augenblick ging ihm auf, wie sehr er es verabscheute, dass es so war.

Kapitel zweiundsechzig

Dienstag, 16. März
21:20 Uhr

Ein halbes Dutzend Beamte hatte sich um den Videomonitor versammelt und beobachtete die Befragung. Sie hatten Alex schon eine ganze Weile in der Mangel, und allem Anschein nach stand sie kurz vor dem Zusammenbruch.

Beim Eintreffen auf dem Revier hatte der Deputy Alex in einen der Befragungsräume geführt. Reed war zu seinem Vorgesetzten gegangen, hatte die Situation dargelegt und darum gebeten, wegen Befangenheit von dem Fall abgezogen zu werden – was nicht ganz einfach war, da der neu zu betrauende Detective enorme Mühe haben würde, sich in den Fall mit all seiner Komplexität und den zahlreichen Querverbindungen einzuarbeiten. Mac war alles andere als begeistert darüber gewesen.

Reed sah den Sergeant mit gerunzelter Stirn an. »Sie bleibt bei ihrer Geschichte. Seit meiner ersten Befragung hat sich an ihrer Aussage nichts geändert.«

Die stellvertretende Staatsanwältin, die sich mittlerweile eben-

falls eingefunden hatte, nickte. »Tja, Jungs, ihr kennt die Regeln. Anklage erheben oder laufen lassen.«
»Okay«, sagte Lieutenant Torres. »Detective Saacks soll noch mal reinkommen.« Während Mac den Detective aus dem Befragungsraum holte, fuhr der Lieutenant fort. »Also, Leute, was haben wir bisher? Ich will Fakten sehen.«
Tanner fing an, während Mac und Saacks hereingeschlüpft kamen. »Wir haben ein Motiv. Sie gibt zu, dass sie wütend auf ihn war.«
»Das hat auch die Angestellte im Spa bestätigt. Sie haben mitbekommen, wie sie eine biestige Nachricht für jemanden hinterlassen hat.«
»Für den verstorbenen Mr. Clarkson.«
»Wir haben die Nachricht auch vorliegen.« Tanner schaltete den Rekorder ein. »*Verdammt noch mal, Tim! Nimm ab! Ich fasse es nicht, wie du so etwas …*«
»Das ist alles. Sie hat nicht zu Ende gesprochen«, sagte Tanner. »Vermutlich wurde sie in diesem Moment von den beiden Damen aus dem Spa unterbrochen.«
»Sie klang ziemlich aufgebracht.« Lieutenant Torres blickte die stellvertretende Staatsanwältin an. »Danach ist sie gegangen, ohne die bereits bezahlten Anwendungen in Anspruch zu nehmen.«
»Trotzdem hat sie ihm nicht gedroht«, murmelte Reed. »Und sie gibt ja selbst zu, dass sie wütend war. Daraus hat sie keinen Hehl gemacht.«
Tanner fuhr fort. »Und je nach dem genauen Todeszeitpunkt hatte sie auch die Gelegenheit, die Tat zu begehen.«
Detective Saacks meldete sich zu Wort. »Wir versuchen gerade, die in Frage kommende Zeitspanne zu ermitteln.«
»Er war noch nicht lange tot, als wir kamen«, erklärte Bob

Ware, der Mitarbeiter des amtlichen Leichenbeschauers. »Die Bildung der Totenflecken hatte zwar eingesetzt, war aber noch nicht sehr weit fortgeschritten. Von Leichenstarre keine Spur. Bei der Einlieferung ins Leichenschauhaus war seine Körpertemperatur gerade mal um drei Grad gefallen. Wenn man den Transport und die Untersuchung am Tatort einrechnet, ergibt sich kein allzu großes Zeitfenster.«

Die stellvertretende Staatsanwältin stimmte zu. »Damit hätten wir immerhin etwas in der Hand.«

Saacks fuhr fort. »Ein Nachbar hat ihre Schilderung bestätigt. Er hat sie gegen Viertel vor fünf auf der Veranda sitzen sehen. Mit einem Glas in der Hand. Sie haben nicht miteinander gesprochen, aber kurze Zeit später hat er sie schreien hören und wollte gerade die Polizei rufen, als die ersten Streifenwagen angefahren kamen.«

»Hat er zufällig mitbekommen, ob sie blutbesudelt war?«

Die Frage löste allgemeines Gelächter aus.

Cal klopfte an und streckte den Kopf herein. »Tanner, Reed, nur einen Moment, bitte.«

Sie entschuldigten sich und traten hinaus auf den Korridor.

»Was ist los?«, fragte Tanner.

»Ich dachte, das könnte vielleicht interessant sein.« Er reichte ihnen Latexhandschuhe, die sie überstreiften. »Das hier habe ich im Schlafzimmer der Verdächtigen gefunden. Es ist eine Liste von all den seltsamen Dingen, die seit ihrer Ankunft in Sonoma passiert sind.«

Er reichte Tanner einen Schreibblock. »Laut ihren Aufzeichnungen hat sie ein Alibi für eines der Vorkommnisse.« Er sah Reed an. »Tut mir leid, Mann.«

»Schon gut, Cal.«

Er und Tanner überflogen die Liste. Reeds Blick blieb an einem der Punkte hängen: *Max' Haus niedergebrannt. Alibi/Reed.* Sein Magen verkrampfte sich. Das sah nicht gut aus.

»Was ist denn das?«, fragte Tanner und tippte auf den letzten Punkt. »*Erinnere dich* mit rotem Lippenstift auf dem Badezimmerspiegel. Farbreste auf Händen und Laken.«

Eine weitere bizarre Begebenheit im Zusammenhang mit Alex. »Davon höre ich zum ersten Mal«, sagte er.

»In ihrer Aussage hat sie diesen Vorfall nie erwähnt.«

»Höchstwahrscheinlich hatte sie andere Sorgen.«

Tanner kniff die Augen zusammen. »Vorsicht, Detective, man merkt, auf welcher Seite Sie stehen.«

»Ich spiele nur den Advocatus Diaboli. Ich finde es nicht weiter ungewöhnlich, eine Liste zusammenzustellen. Sie hat ausgesagt, sie hätte ihren Ex-Mann angerufen, damit er ihr hilft, die Ereignisse ins rechte Licht zu rücken. Wenn Sie mich fragen, hat sie das zunächst auf eigene Faust versucht.«

»Gehen wir zu den anderen und zeigen ihnen, was wir haben.«

Sie kehrten ins Büro zurück.

»Die Liste ist unvollständig«, bemerkte die Staatsanwältin. »Weder der Mord an Schwann noch der an Clarkson sind erwähnt.«

Der Lieutenant stimmte ihr zu. »Für mein Empfinden bestätigt das ihre Version der Ereignisse.«

»Allerdings macht mir zu schaffen, dass sie ihr eigenes Alibi erwähnt. Das ist ziemlich merkwürdig«, warf Mac ein.

Die Staatsanwältin wandte sich zu Saacks. »Wie verlässlich ist der Nachbar, der sie auf der Veranda gesehen hat?«

»Ziemlich aufgeweckter Kerl. In den Sechzigern. Trägt eine Brille.«

»Wir haben also ein Motiv«, fuhr die Staatsanwältin fort. »Und

je nach Zeitpunkt der Tat hatte sie auch die Gelegenheit. Wie sieht es mit den Indizien aus?«
»Wir haben den Tatort untersucht«, antwortete Tanner, »und tonnenweise Blutspuren, Fingerabdrücke und andere Beweismittel gesammelt. Es wird eine Weile dauern, bis alles ausgewertet ist. Allerdings haben wir einen klar erkennbaren Tatort ohne den kleinsten Hinweis darauf, dass außer dem Opfer und der Tatverdächtigen noch jemand dort war. Weiterhin haben wir eine blutbesudelte Tatverdächtige und einen Handabdruck neben dem Kopf des Opfers, bei dem es sich laut ihrer Aussage um ihren eigenen handelt.«
»Und wir haben die Tatwaffe, ein Paar hochwertiger Essstäbchen aus rostfreiem Stahl«, fügte Saacks hinzu.
»Fingerabdrücke?«, fragte Lieutenant Torres.
»Abgewischt.«
Reed runzelte die Stirn. »Das ist ja interessant. Weshalb sollte sie die Tatwaffe sorgfältig abwischen und gleichzeitig einen riesigen Handabdruck auf dem Boden hinterlassen?«
»Das ist ein Argument«, meinte die Staatsanwältin. »Mir gefällt das mit dem Nachbarn nicht. Ohne diesen Zeugen würde ich sofort auf U-Haft plädieren, aber die Vorstellung, dass Clarkson in aller Seelenruhe auf ihrer Veranda sitzt und ein Glas Champagner trinkt, passt für mich nicht ins Bild. Und ich habe erhebliche Zweifel, dass die Geschworenen das anders sehen würden.« Sie wandte sich an Reed. »Besteht die Gefahr, dass sie abhaut? Sie kennen sie, was würden Sie sagen?«
Aller Augen richteten sich auf ihn – eine verdammt unangenehme Situation. Was auch immer er jetzt sagte, er begab sich automatisch in die Schusslinie. »Sie wird nicht abhauen.«
»Bislang hat sie keinen Anwalt bestellt, wird es aber sicher tun. Meines Erachtens ist es eine reine Frage der Zeit, was das

Ganze nur unnötig in die Länge ziehen wird. Natürlich könnten wir sie achtundvierzig Stunden hierbehalten, aber was soll das bringen, wenn keine Verdunkelungsgefahr besteht?«

Der Lieutenant sah ihn an. »Nehmen Sie sich die Frau noch mal vor, Reed. Bringen Sie die Liste ins Spiel. Ihnen vertraut sie. Mal sehen, ob Sie damit etwas aus ihr rausholen können, das uns weiterhilft.«

Er nickte und verließ das Büro, als sein Handy läutete. »Reed.«

»Dan, Gott sei Dank. Hier ist Rachel. Was um alles in der Welt ist passiert?«

»Ich kann jetzt nicht reden.«

»Ich bin bei Alex vorbeigefahren … und habe gesehen, wie sie eine Leiche rausgebr…«

»Ich kann jetzt wirklich nicht …«

»Ist es Alex?« Ein hysterischer Unterton schwang in ihrer Stimme mit. »Geht es ihr gut? Niemand will mir etwas sagen.«

»Es geht ihr gut«, sagte er und sah auf seine Uhr. Die anderen warteten auf ihn. »Sie ist hier. Wir befragen sie gerade.«

»Wer ist dann …«

»Ihr Ex-Mann.«

»Oh mein Gott! Ich komme gleich …«

»Nein! Du kannst im Moment nichts tun. Ich muss jetzt Schluss machen, Rachel.«

Er beendete das Gespräch und öffnete die Tür zum Befragungsraum, während er sich innerlich darauf vorbereitete, Alex zu sehen – und ihre Reaktion auf diese Begegnung. Tatsächlich fürchtete er, er könnte sich verraten.

Sie hatte Clarkson nicht ermordet. Auch wenn die Beweislast noch so überwältigend sein mochte, sagte sein Bauchgefühl etwas anderes. Und er vertraute auf seinen Instinkt, selbst wenn es noch so schwachsinnig sein mochte – aus genau diesem Grund war es die richtige Entscheidung gewesen, den Fall abzugeben.

»Hallo, Alex«, sagte er mit sanfter Stimme.

In Sekundenbruchteilen schlug der Ausdruck grenzenloser Erleichterung auf ihrem Gesicht in tiefe Gekränktheit um. »Wie kannst du glauben, ich hätte das getan?«, fragte sie mit brüchiger Stimme. »Wie könnt ihr alle das glauben? Wie könnt ihr einfach vergessen, dass ich niemals einem anderen Menschen so etwas antun würde, und schon gar nicht jemandem, den ich einmal geliebt …«

Sie ballte die Fäuste. »Aber davon ganz abgesehen, weißt du, dass ich mein ganzes Leben lang darauf gewartet habe herauszufinden, wer mein Vater ist. Und jetzt glaubt ihr ernstlich, ich würde ausgerechnet den Menschen umbringen, der etwas über ihn gewusst hat?«

Er setzte sich auf den Stuhl ihr gegenüber. »Nein, Alex, ich glaube nicht, dass du deinen Ex-Mann getötet hast.« Der Lieutenant und die anderen, die ihm vom angrenzenden Raum aus zusahen, würden glauben, er versuche, auf diese Weise etwas aus ihr herauszuholen. Das Problem war nur, dass er seine Worte ernst meinte. »Geht es dir gut?«, fragte er leise.

»Jetzt schon.«

Er hörte förmlich, wie die Kollegen nebenan stöhnten und wieherten, und beugte sich leicht vor. »Ich muss herausfinden, wer ihn ermordet hat. Und will sichergehen, dass er dir nichts tut. Aber dafür brauche ich deine Hilfe.«

Sie nickte und wischte sich die Tränen ab. »Wieso lassen sie dich auf einmal mit mir reden?«

Heikle Frage. Er entschied sich, ihr die halbe Wahrheit zu

sagen. »Wenn es jemanden gibt, der helfen kann, dann bin ich es, das ist ihnen klar. Und offen gestanden sieht es so aus, als hättest du Hilfe dringend nötig.«

»Ich bin so müde.«

»Ich weiß, Liebes.«

»Ich kann nicht fassen, dass Tim tot ist. Es ist wie ein schlechter Traum. Diese ganze Situation. Alles, was passiert ist, seit ich hergekommen bin.«

»Es sind ziemlich viele merkwürdige Dinge passiert, und es sieht so aus, als stündest du im Mittelpunkt von alldem.« Er legte ihren Block auf den Tisch. »Du musst mir alles hierüber erzählen.«

Ihr Blick streifte den Block. »Das ist eine Liste.«

»Das sehe ich. Und weshalb hast du sie zusammengestellt?«

Sie schluckte. »Ich habe versucht, mir einen Reim auf all das zu machen. Ich dachte, es sei gut, alles zusammenzutragen und aufzuschreiben.«

»Das verstehe ich«, sagte er. »Aber was ist hiermit – *Max' Haus niedergebrannt. Alibi/Reed?*«

»Weil wir in dieser Nacht zusammen waren. Ich wusste, dass ich es nicht gewesen sein konnte.«

Er legte den Kopf schief und sah sie fragend an. »Aber du hattest Angst, du könntest die anderen Taten begangen haben?«

»Ja«, flüsterte sie. »Wegen der Worte auf dem Spiegel.«

»Erinnere dich?«

»Ja.« Sie räusperte sich. »Am Montag bin ich mitten in der Nacht aufgewacht. Ich dachte, jemand sei im Haus, aber dann war es so … still. Ich dachte, einer meiner Alpträume hätte mich aus dem Schlaf gerissen.«

»Einer deiner Alpträume?«

»Ich habe schon immer darunter gelitten, aber in letzter Zeit

... waren sie richtig schlimm. Ich glaube, es hängt damit zusammen, dass ich hierhergekommen bin.« Sie beugte sich vor und sah ihn flehend an. »Ich glaube, mit mir ist etwas Schlimmes passiert. Ich weiß nicht, was es war – deshalb habe ich versucht, mich zu erinnern. Ich habe mich darauf konzentriert ... Auf einmal war da diese Vision. Von vermummten Männern, die mich festhalten. Ich wusste, dass ich weglaufen muss, und genau das habe ich auch getan. Ich bin ins Badezimmer gerannt. Und da habe ich es gesehen.«

»*Erinnere dich*, auf dem Badezimmerspiegel?«

Sie nickte. »Das Fenster war offen. Ich dachte, jemand sei eingestiegen, aber ...«

»Was, Alex?«

»Meine Hände. Ich hatte Lippenstiftspuren an den Händen. Das machte mir Angst. Ich habe mich gefragt, ob ich es selbst geschrieben hatte und mich ... einfach nicht daran erinnern konnte. Deshalb habe ich Tim angerufen. Ich wusste, dass er mir helfen würde, es herauszufinden.«

»Weshalb hast du nicht mich gefragt, Alex?«

»Weil ... ich wollte nicht ... du solltest nicht denken, dass ich ... verrückt bin.«

»Und was hat Tim gedacht?«

»Dass jemand versucht, mir Angst zu machen. Er wollte mir helfen ...« Sie unterbrach sich und beugte sich mit weit aufgerissenen Augen vor. »Dieser letzte Anruf von Tim – weshalb hat er das getan?«

»Ich kann dir nicht ganz folgen.«

»Er hat nicht damit gerechnet, dass ich rangehe. Er wusste, dass man im Spa nicht telefonieren darf, und war sogar erstaunt, dass ich rangegangen bin. Eigentlich hatte er vor, mir eine Nachricht zu hinterlassen.«

»Okay, und weiter?«
»Er hat angerufen, um mir etwas über meinen Dad zu erzählen. Mehr hat er nicht gesagt.« Wieder beugte sie sich vor. »Warum, Reed? Warum ausgerechnet zu diesem Zeitpunkt?«
»Sag du es mir.«
»Meine Mutter hatte ihm erzählt, mein Vater sei ein sehr schlimmer Mann gewesen. Dass sie aus Sonoma weggegangen sei, um mich vor ihm zu beschützen. Und dass sie ihn dafür verantwortlich mache, was mit Dylan passiert war.«
»Moment mal! Hat sie deinem Vater vorgeworfen, er hätte Dylan Sommer etwas angetan?«
»Das weiß ich nicht genau.« Sie fuhr sich mit der Hand durchs Haar. »Wir hatten keine Gelegenheit mehr, darüber zu reden.«
»Und was sagst du dazu, Alex?«
»Es war ihr egal, ob sie Lügen über sie erzählt haben. Oder ob sie sie verunglimpft haben, nachdem sie die Stadt verlassen hatte.«
Reed dachte an seinen Vater und die Geschichte, die er über Patsy erzählt hatte; an ihre Unterredung vom Vorabend, an Waynes merkwürdiges Verhalten und die Mühelosigkeit, mit der er in andere Rollen geschlüpft war.
»Die Jungen des Weines, Reed«, fuhr Alex fort. »Diese Geschichte über sie. Vielleicht hat er ja Tim ermordet.«
»Er? Wer?«
»Mein Vater. Vielleicht steckt er ja hinter alldem. Hinter der Sache mit Dylan.« Ihre Stimme schwoll an. »Vielleicht waren sie es. Und vielleicht haben sie auch Dylan entführt! Die echten Jungen des Weines. Wer auch immer sie sein mögen.« Flehend hob sie eine Hand. »Siehst du es denn nicht? Es ergibt doch alles einen Sinn.«
Er musterte sie mit wachsender Bestürzung. Allmählich verlor

sie den Bezug zur Realität. »Nein, Alex, es ergibt leider überhaupt keinen Sinn. Tut mir leid.«
Er blickte in die Kamera und schüttelte kaum merklich den Kopf, ehe er sich erhob. »Ich werde sehen, was ich tun kann, um dich hier rauszuholen. Halt noch ein wenig durch, ja?«
Sie ergriff seine Hand. »Ich habe recht.« Trotzig reckte sie das Kinn. »Ich weiß es.«
Er öffnete den Mund, um ihr zu widersprechen. »Wir finden es heraus«, sagte er stattdessen. »Wer auch immer das getan hat, wir kriegen ihn.«

Kapitel dreiundsechzig

Dienstag, 16. März
22:10 Uhr

Alex wurde mit der eindringlichen Warnung entlassen, keinesfalls die Stadt zu verlassen – Worte, bei denen sie um ein Haar in Gelächter ausgebrochen wäre. Wohin sollte sie schon gehen? Die einzigen beiden Menschen, die sie als Familie bezeichnet hatte, waren tot.
Tränen schossen ihr in die Augen. Ja, wohin sollte sie nun gehen? Sie war mutterseelenallein. Ganz auf sich gestellt, ohne jemanden, an den sie sich wenden konnte.
»Alex!«
Sie drehte sich um. Rachel. Sie kam durch den Warteraum des Sheriff's Department auf sie zugeeilt. Alex lief ihr entgegen. Sie hatte immer noch Rachel. Gott sei Dank.
»Ich war außer mir vor Sorge«, rief Rachel mit tränenerstickter Stimme und drückte sie an sich. »Ich habe die Streifenwagen und den Leichenwagen gesehen … mein Gott, ich hatte Angst, dir ist etwas passiert!«

»Tim«, flüsterte Alex. »Vielleicht wäre es ja besser, es hätte mich getroffen.«

»So etwas darfst du nicht sagen!« Rachel hielt sie auf Armeslänge von sich. »Sieh dich nur an. Sie haben dir nicht mal erlaubt, dich zu waschen. Ich hätte gute Lust, diesem Danny Reed ordentlich die Meinung zu sagen.«

Alex machte sich nicht die Mühe, ihr zu erklären, dass sie sich irrte. Nach dem Fotografieren hatte man ihr erlaubt, sich umzuziehen, allerdings waren ihre Kleider als Beweismittel einbehalten worden.

»Es ist allein meine Schuld, dass er tot ist. Er war hergekommen, um mir zu helfen. Ich habe ihn gebeten, weil …«

Sie unterbrach sich, und Rachel sah sie forschend an. »Weil was, Alex?«

Sie schüttelte den Kopf. »Das spielt doch sowieso keine Rolle mehr, oder? Er ist tot, und sie glauben, ich hätte es getan.«

»Nein!«

Die Leute sahen zu ihnen herüber. Sie ergriff Rachels Hand. »Bring mich hier raus. Bitte.«

Rachel führte sie zu ihrem Coupé und öffnete die Beifahrertür. »Du bleibst erst mal bei mir. Keine Widerrede.«

Als würde sie sich dagegen wehren, dachte Alex und glitt auf den Ledersitz. Schließlich gab es sonst keinen Ort, an den sie gehen könnte.

»Was ist mit Margo?«

»Wir fahren sie gleich abholen. Und alles, was du sonst noch brauchst.«

Alex erschauderte. »Ich glaube nicht, dass ich dieses Haus noch mal betreten kann. Nie wieder.«

»Ich übernehme das«, erklärte Rachel. »Ich kümmere mich um alles.«

Und genau das tat sie auch. Während Alex im Wagen wartete, ging Rachel hinein und sammelte alles ein, was sie brauchte, einschließlich der traumatisierten Margo. Innerhalb kürzester Zeit hatte Rachel Alex im Gästezimmer ihres hübschen Häuschens auf dem Gut einquartiert. Von ihrem Fenster aus konnte Alex den Eingang zu den Kellern ausmachen.

»Hübsches Haus«, bemerkte Alex, als sie die Küche betrat. Sie hatte geduscht, sich noch einmal umgezogen und fühlte sich beinahe wieder wie ein Mensch.

»Danke. Ich fühle mich sehr wohl hier.«

»Kriegst du nie … genug von alldem?«

»Von alldem?«, wiederholte Rachel und schenkte ihr ein Glas Wein ein.

»Dem Weingut. Deiner Familie. Davon, hier zu leben und zu arbeiten. Wünschst du dir nicht manchmal, einfach alles hinter dir zu lassen und abzuhauen?«

Rachel dachte einen Moment lang darüber nach, dann schüttelte sie den Kopf. »Seltsamerweise nicht, nein. Ich könnte mir offen gestanden gar nicht vorstellen, anderswo zu leben. Ich bin mit diesem Ort verbunden, mit den Rebstöcken und dem Wein. Und meine Wurzeln reichen sehr, sehr tief.«

»Dann bist du selbst so was wie ein alter Rebstock, was?«

Rachel lachte und reichte Alex ein Glas Rotwein. »Der hier ist keiner von meinen«, sagte sie, »aber ich probiere natürlich ständig die Weine der anderen. Der hier ist ein Verschnitt im Bordeaux-Stil von einem kleinen Weingut im Napa Valley namens Fleury. Der Winzer ist auch der Besitzer, und dies hier ist sein Aushängeschild. Passionne heißt er.«

Rachel nippte an ihrem Glas. »Eine gute Ausgewogenheit zwischen fruchtiger Süße und Würzigkeit. Angenehm vollmundig, langer Abgang. Den muss ich im Auge behalten.«

Alex nippte ebenfalls an ihrem Glas, sagte jedoch nichts. In ihrem Glas hätte ebenso gut Essig sein können. Sosehr sie sich auch bemühte, gelang es ihr nicht, das Bild von Tim inmitten einer Blutlache auf ihrem Küchenboden zu verscheuchen, ebenso wenig wie die Erinnerung an die bohrenden Fragen der Detectives und an die Art und Weise, wie sie sie in die Mangel genommen hatten.

»Ich dachte, du hast vielleicht Hunger«, fuhr Rachel fort, »deshalb habe ich etwas Käse und Pastete hergerichtet. Ich weiß nicht, ob es reicht, aber etwas Schweres wäre wohl auch nicht …«

»Es ist perfekt, Rachel. Danke.«

Sie trugen die Sachen ins Wohnzimmer, wo Alex sich auf dem Sofa zusammenrollte, während Rachel den Gaskamin anzündete.

»Kannst du darüber reden, was meinst du?«, fragte sie.

Alex schüttelte den Kopf.

»Tut mir leid.« Rachel legte die Hände um ihr bauchiges Glas. »Er hat dir offenbar sehr viel bedeutet. Jede geschiedene Frau, die ich kenne, würde wohl einen Freudentanz aufführen, wenn … na ja, du weißt schon.«

»Er war immer … für mich da, wenn ich ihn gebraucht habe. Vielleicht nicht unbedingt in der ersten Sekunde, aber letztlich eben doch. Und er hat … mich verstanden.«

»So eine Beziehung hatte ich noch nie. Wenn ich ehrlich sein soll, fand ich ihn ein bisschen … oberflächlich, als wir uns im The Girl & The Fig über den Weg gelaufen sind.«

Tim, der Stäbchen-Mann.

Rachels Worte kamen ihr in dem Sinn, gefolgt von Tims Erwiderung.

Rachel, die Frau mit der Schwäche für richtig roten Lippenstift.

Die Stäbchen, wie sie aus Tims Hals ragten. Der rote Lippenstift auf ihrem Badezimmerspiegel.

Unvermittelt überkam sie ein flaues Gefühl im Magen. Etwas in ihr weigerte sich, den Gedanken zu Ende zu bringen. Nein. Es hatte nichts zu bedeuten. Unmöglich. Rachel war ihre Freundin. Und der einzige Mensch, der ihr geblieben war.

»Was ist los?«, fragte Rachel.

Erst jetzt wurde Alex bewusst, dass sie Rachel angestarrt hatte. Eilig wandte sie den Blick ab. »Ich kann nicht länger über ihn reden. Ich … ich kann einfach nicht.«

»Bitte entschuldige.« Rachel sah sie bestürzt an. »Kann ich irgendetwas für dich tun?«

Wieder blickte Alex sie an; Rachels Gesicht verschwamm vor ihren Augen. Vollkommen ausgeschlossen – Rachel konnte nichts mit alldem zu tun haben.

»Du hast sowieso schon so viel getan. Wärst du heute Abend nicht da gewesen, hätte ich …« Sie hielt inne. »Woher wusstest du überhaupt, dass sie mich gehen lassen? Heute Abend, meine ich.«

Rachel blinzelte. »Woher? Ich habe mit Danny telefoniert.«

Das klang einleuchtend, oder? Alex massierte sich die Stirn. »Ich hoffe, ich wirke nicht undankbar, aber würde es dir etwas ausmachen, wenn ich jetzt zu Bett gehe? Ich bin im Moment wohl keine allzu gute Gesellschaft.«

»Kein Problem.« Rachel erhob sich. »Nimm dein Glas und deinen Teller …«

»Ich habe keinen Hunger.«

»Keine Widerrede. Und ich habe Schlaftabletten …«

»Die werde ich nicht brauchen.«

»Nur für alle Fälle. Ich hole sie dir.«

Brav trug Alex ihren Teller und ihr Glas in das Gästezimmer.

Kurz darauf erschien Rachel mit einem Fläschchen Schlaftabletten und einem kleinen Päckchen.
»Hier. Das hätte ich beinahe vergessen. Es lag vor deiner Haustür.«
Sie reichte ihr das Päckchen. Es stammte von Rita Welsh und war ihr von San Francisco hierher nachgesandt worden.
»Von wem ist es denn?«, fragte Rachel.
»Von einer Freundin meiner Mutter.«
Rachel reichte ihr das Tablettenfläschchen. »Auf dem Etikett steht, wie du sie einnehmen sollst. Nur für alle Fälle. Sie sind ganz schwach und machen nicht abhängig, wenn du also eine brauchst, nimm sie ruhig.«
Alex schluckte. »Danke, Rachel. Ich kann dir gar nicht sagen, wie viel es mir bedeutet, bei dir zu sein.«
Rachel umarmte sie und trat einen Schritt zurück. »Wenn du etwas brauchst, ich bin am anderen Ende des Korridors.«
Alex dankte ihr noch einmal, schloss die Tür und starrte einen Moment lang darauf, während sie ein Gefühl unbeschreiblicher Einsamkeit überkam.
Tim, der Stäbchen-Mann.
Rachel, die Frau mit der Schwäche für richtig roten Lippenstift.
Nein. Nicht Rachel, dachte sie, trat zum Bett und setzte sich. Bitte, lieber Gott, nicht Rachel.
Sie blickte auf das Päckchen in ihren Händen und fragte sich, was darin sein mochte. Schließlich löste sie die Lasche und klappte den Deckel auf. Im Innern lag eine Karte und ein in Seidenpapier eingeschlagener Gegenstand.
Alex klappte die Karte auf.

Liebe Alexandra,
ich hoffe, es geht Ihnen gut. Die hier habe ich gefunden, als ich meine Sachen gepackt habe, um für eine Weile nach Oregon zu fahren (meine Tochter und mein Enkelkind leben hier). Sie stammt von dem letzten Mal, dass ich auf Sie aufgepasst habe. Ich habe sie aufgehoben, weil ich dachte, Ihre Mutter käme irgendwann einmal vorbei, um sie abzuholen, aber das hat sie nie getan.
Alles Liebe,
Rita

Vorsichtig wickelte Alex den Gegenstand aus. Es war eine silberne Babybürste. Das Silber war leicht angelaufen, wenn auch nicht so sehr, wie man angesichts ihres Alters annehmen würde.
Sie betrachtete sie einen Moment lang, während sich ihre Augen mit Tränen füllten. Sie besaß so wenige Erinnerungsstücke aus ihrer Kindheit und hatte sich stets gefragt, warum das so war. Und genau diese Tatsache hatte stets ein Gefühl des Ungewolltseins in ihr ausgelöst.
Beklommen strich sie mit den Fingern über die weichen Borsten, ehe sie die Bürste umdrehte – und feststellte, dass sie eine Gravur trug. Mit dem Zipfel ihres Ärmels rieb sie darüber.
Geliebte Alexandra – Tochter des Weines – 17. März 1980
Mit einer Mischung aus Erregung und Widerwillen starrte sie auf die Worte. Ihr Schicksal, ihre Bestimmung, dachte sie. Ebenso wie Rachels und Clarks. Und Dylans. Sie war eine von ihnen – eine Tochter des Weines. Weshalb sonst hätte sie die Bürste mit dieser Gravur geschenkt bekommen?
Eine von ihnen, dachte sie wieder. Ihr Vater war Mitglied einer Winzer-Familie gewesen.
Aber war er auch ein Mörder?

Fröstelnd schlug sie die Decke zurück und kroch zwischen die Laken. Sie drückte die Bürste an ihre Brust, trotz der Bitterkeit, die sie beim Gedanken daran überkam, was Tim über ihren Vater gesagt hatte: *Er war ein sehr schlechter Mensch* … Ihre Mutter war aus Sonoma weggegangen, um Alex vor ihm zu beschützen. Sie hatte ihm die Schuld an Dylans Verschwinden gegeben.

Was hast du nur getan, Tim?, fragte sie sich, während neuerlich Tränen in ihren Augen brannten. Hast du versucht, den Helden zu spielen? Dachtest du etwa, du könntest herkommen, mit deinem Psychogefasel und deinen noblen Absichten und, ja, was? Ihn umstimmen? Ihn ändern?

Hatte er sich mit ihm getroffen? Auf dem Zettel hatte gestanden, er hätte Neuigkeiten. Und der Champagner ließ darauf schließen, dass es gute Neuigkeiten waren. Etwas, das gefeiert werden sollte.

Neuigkeiten über ihren Vater. Möglicherweise.

Hatte er mehr gewusst, als er ihr verraten hatte? Wahrscheinlich. Vielleicht hatte er sogar einen Namen gekannt. Sie kniff die Augen zu und versuchte sich jedes seiner Worte ins Gedächtnis zu rufen. Die Fragen, die er gestellt hatte, und ihre Antworten darauf.

In dem Telefonat hatte Tim auch danach gefragt, wer ihr die Geschichte über die Jungen des Weines erzählt hatte. Weshalb war das wichtig gewesen?

Die Geschichte. Über die Jungen und ihre Mutter. Natürlich: Ihre Mutter hatte ihn als Lügner bezeichnet und erwähnt, er hätte Lügen über sie verbreitet.

Wayne Reed.

Die Erkenntnis ließ sie hochfahren. Wayne Reed hatte die Geschichte seinem Sohn erzählt. Er hatte keinen Hehl aus seiner

Abneigung gegen sie gemacht, ebenso wie aus seinem Wunsch, sie würde dorthin zurückgehen, woher sie gekommen war.
Seine Warnung, sie solle sich von seinen Söhnen fernhalten, bekam mit einem Mal eine völlig neue Bedeutung. Sie schlug sich die Hand vor den Mund. Sie und Reed könnten Geschwister sein.
Aber nein. Bestimmt nicht. Sie hätten es sicherlich irgendwie gespürt, instinktiv.
Aber, o Gott, es war durchaus plausibel. Alles. Unfähig, noch länger stillzusitzen, sprang sie aus dem Bett und begann im Raum auf und ab zu gehen. War Reed ihr Bruder? Sie sah sich nicht imstande, über die Konsequenz dieser Erkenntnis nachzudenken. Nicht jetzt. Zuerst musste sie herausfinden, ob Wayne Reed tatsächlich ihr Vater war und, falls ja, ob er einen Mord begangen hatte, um das Geheimnis zu wahren.
Ihre Gedanken überschlugen sich. Wieder und wieder ging sie die Fakten durch, von denen sie sicher wusste, und jene, die sie nur ahnte. Die Minuten vergingen. Eine Stunde, zwei Stunden. Doch die Fragen blieben. Und es kamen noch weitere hinzu.
Wie sollte sie all das jemals beweisen? Und wie passte Dylans Verschwinden in das Szenario? Wenn die Geschichte von den Jungen des Weines eine Lüge war, wofür stand JdW dann? Und was hatten die Weinranken und die Schlange zu bedeuten?
Allein würde sie die Wahrheit nicht herausfinden. Aber wen konnte sie um Hilfe bitten? Reed. Nein. Tim war tot. Rachel. Sie war die Einzige, die ihr geblieben war.
Tim, der Stäbchen-Mann.
Alex zögerte, während sich ihr Magen hob. Was sollte sie glauben? Das war die entscheidende Frage.
Ihr Herz – ihr Instinkt – sagte ihr, dass Rachel auf ihrer Seite stand.

Es gab niemand anderen. *Tu es. Jetzt.*
Alex wandte sich zum Gehen, blieb jedoch noch einmal stehen. Was, wenn Rachel glaubte, sie sei verrückt, so wie Reed? Was sollte sie dann tun? An wen würde sie sich wenden?
Darüber konnte sie jetzt nicht nachdenken. Sie musste es tun.
Alex hastete über den Korridor zu Rachels Zimmer. Sie klopfte. »Rachel?«, rief sie. »Ich bin's, Alex. Ich muss mit dir reden.«
Das Licht ging an, und sie hörte Rachels schlaftrunkene Stimme. »Komm rein.«
Rachel saß im Bett und sah sie an. »Was ist los?«
»Ich brauche deine Hilfe. Ich weiß, wer Tim getötet hat.«
Rachels Augen weiteten sich. »Was? Mein Gott, wer?«
»Mein Vater. Wayne Reed.«
Lange starrte Rachel sie wortlos an. »Ist dir klar, was du da sagst?«, fragte sie schließlich.
»Ja. Leider.«
»Und du bist ganz sicher? Hast du Beweise?«
Alex schüttelte den Kopf. Genau das war der neuralgische Punkt an der Sache. »Ich glaube, dass ich recht habe. Es passt alles zusammen, aber …«
»Aber du kannst es nicht beweisen.«
»Nein.«
Rachel sah ihr in die Augen. »Und was hast du in der Hand, Alex?«

Kapitel vierundsechzig

Mittwoch, 17. März
01:40 Uhr

Sie vereinbarten, sich fünf Minuten später in der Küche zu treffen. Ohne Kaffee könne sie keinen klaren Gedanken fassen, erklärte Rachel, und Alex nutzte die Zeit, um die Babybürste aus ihrem Zimmer zu holen und sich zu sammeln.

Als sie die Küche betrat, stand Rachel vor einer hochmodernen Kaffeemaschine und bereitete Milchkaffee zu. Sie trug einen Chenillemorgenmantel und pelzgefütterte Hausschuhe, in denen sie mit den Tassen in der Hand zum Frühstückstresen schlurfte.

»Für mich ein vierfacher Kaffee, für dich reicht wohl ein einfacher«, erklärte sie. »Du siehst aus, als wärst du sowieso schon hellwach.«

Alex musste Rachel recht geben. Ihre Nervenenden vibrierten förmlich, und selbst eine winzige Menge Koffein mochte sie vollends aus der Bahn werfen.

Rachel ließ sich auf einen der Barhocker fallen. »Also, schieß los, Alex. Was hast du herausgefunden?«

Alex schilderte ihr sämtliche Vorkommnisse – von Anfang an, jedes einzelne Detail, jedes Ereignis, jeden ihrer Gedanken, jede Bemerkung, jeden Eindruck. Sie erzählte ihr von Rita Welsh und den Dingen, die sie über ihre Mutter erzählt hatte, erzählte mit belegter Stimme von den Jungen des Weines, beschrieb ihre Visionen, ihre Alpträume und ihre Panikattacken in den Weinkellern.

Rachel trank ihren Kaffee aus und bereitete sich einen zweiten zu. Die ganze Zeit über lauschte sie gespannt, ohne ein Wort zu sagen.

Als Nächstes beschrieb Alex, wie sie den Sandelholzgeruch wiedererkannt und herausgefunden hatte, dass es Lyla Reeds Lieblingsduft war. Und wie Clarks aggressives Verhalten sie bis in ihre Träume verfolgt hatte.

»Inwiefern?«, fragte Rachel und trat erneut zur Kaffeemaschine, um eine Prise Zimt über ihren Kaffee zu stäuben.

»Es war seine Stimme. Und etwas, das er zu mir gesagt hat. ›Du willst es unbedingt wissen, also werde ich es dir zeigen.‹«

Rachel erwiderte nichts. Fest entschlossen, ihrer Stiefschwester nichts vorzuenthalten, fuhr Alex fort und schilderte, wie sie und Reed ein Paar geworden waren. Schließlich erzählte sie, weshalb sie Tim angerufen hatte, und beschrieb ihre Angst davor, den Verstand zu verlieren. Sie erzählte ihr von seinem Anruf im Spa und den Dingen, die er über ihren Vater gesagt hatte, ehe sie beschrieb, wie sie nach Hause gekommen war und seine Leiche in der Küche gefunden hatte, gefolgt von ihrer Befragung auf dem Revier.

Alex holte tief Luft. »Dieses Päckchen, das du mir vorhin gegeben hast, war von Rita Welsh, der Bibliothekarin, mit der meine Mutter früher befreundet war. Sie hat mir eine silberne Babybürste geschickt. Meine Mutter hatte sie bei ihr liegen lassen, als Rita das letzte Mal auf mich aufgepasst hat. Sie hat sie zufällig wiedergefunden.«

Rachel stand reglos mit dem Rücken zu ihr vor der Kaffeemaschine. »Rachel?«, fragte Alex. »Alles in Ordnung?«

»Ja.« Rachel drehte sich um. Sie sah irgendwie seltsam aus, dachte Alex. Ihr Kaffee schwappte über, als sie die Tasse zum Tisch trug.

Alex reichte ihr die Babybürste und sah zu, wie Rachel sie aus dem Seidenpapier auswickelte, hin und her drehte und die Gravur las. Ihre Miene änderte sich kaum merklich. Schließlich sah sie Alex an. »Und weshalb ausgerechnet Wayne Reed?«

»In erster Linie, weil er die Geschichte über die Jungen des Weines in Umlauf gebracht hat. Aber auch alles andere passt zusammen. Er wollte, dass ich verschwinde. Er hat mir gedroht, mich aufgefordert, mich von seinen Söhnen fernzuhalten. Er ist das Oberhaupt einer alteingesessenen Winzerfamilie. Und dieser intensive Geruch bei meiner Panikattacke im Weinkeller ist Lyla Reeds Lieblingsduft.«

Völlig erschöpft ließ sie den Kopf auf ihre verschränkten Arme sinken, während Rachel wortlos aufstand und Orangensaft einschenkte und Toast zubereitete.

Am Horizont erschien das erste Licht des Tages. Schweigend aßen sie ihr Frühstück. Das Essen half ein wenig, neue Energie zu tanken. Alex sah Rachel an. »Reed glaubt mir nicht. Er denkt, ich bin verrückt.«

»Ich glaube das nicht«, meinte Rachel leise. »Ich weiß, dass du nicht verrückt bist.«

»Woher, Rachel? Woher weißt du das?«

»Weil ich denselben Alptraum durchlebt habe.«

Denselben Alptraum. Natürlich. Auch Rachel gehörte dazu, sie war Teil von alldem, ebenso wie sie selbst. Alex wurde beinahe schwindlig vor Erleichterung.

Sie war nicht allein. Nicht mehr. Hier ging es nicht nur um sie, sondern auch um Rachel. Wegen Dylan. Wegen dem, was mit ihm passiert war.

»Wieso ausgerechnet jetzt?«, fragte Alex. »Nach all den Jahren …«

»Weil er gefunden wurde! Der Junge, dessen Leiche im Weinberg gefunden wurde, war unser Bruder. Jemand hat unseren Bruder in eine Weinkiste gesteckt und verscharrt.«

»Ich wusste nicht, dass er identifiziert wurde. Wann …?«

»Dad hat es getan. Er ist es.«

Reed hatte ihr nichts davon gesagt.

»Dylans Mörder läuft irgendwo da draußen herum, Alex. Und ich glaube, es macht ihn nervös, dass du hier bist.«

»Wieso?«

»Weil du ihn kennst. Du hast etwas in dieser Nacht gesehen. Etwas, das dein Bewusstsein immer noch unterdrückt.«
Alex schüttelte den Kopf, doch tief in ihrem Innern wusste sie, dass Rachel recht hatte.
Rachel ergriff ihre Hände. »Etwas ist mit dir passiert. Zuerst an diesem Abend im Weinkeller in Red Crest und dann, kurz danach, in unserem Weinkeller. Etwas Beängstigendes. Etwas beängstigend Reales. Und wir wissen beide, warum.«
Alex schluckte und nickte.
»Die Polizei hat damals Blutspuren am Eingang zum Keller gefunden.«
»Dylans?«
»Es war dieselbe Blutgruppe. Damals war es noch nicht so einfach wie heute, die DNA zu bestimmen, aber, ja, man geht davon aus, dass es sein Blut war.«
Alex spürte Übelkeit in sich aufsteigen. »Glaubst du nach allem, was ich dir erzählt habe, dass mein Vater Tim getötet hat?«
»Keine Ahnung. Aber wer sonst sollte seinen Tod wollen?«
Alex schüttelte den Kopf. »Er kannte hier außer mir niemanden. Er wurde in meiner Küche ermordet, es wurde nichts gestohlen, deshalb …«
Sie stockte und sah Rachel an. »Kein Wunder, dass sie mich für die Täterin halten. Es liegt nahe.«
»Aber du hast ihn nicht ermordet. Und in seiner letzten Nachricht an dich ging es um deinen Vater.«
»Nein«, korrigierte Alex. »Seine letzte Nachricht war der Zettel auf dem Tisch, auf dem nur stand, er hätte Neuigkeiten.«
»Na schön, wenn wir also davon ausgehen, dass du mich nicht belügst, ist die Sache sonnenklar. Die Frage ist nur, ob Wayne Reed tatsächlich dein Vater sein könnte?«
Wieder verfielen sie in Schweigen. Alex dachte an Reed, an

ihre Gefühle für ihn. An die Zeit, die sie zusammen verbracht hatten. Wie er ...

»Oh, mein Gott«, stieß sie unvermittelt hervor. »Am Abend der Präsentationsparty in Red Crest hat Lyla Reed mich durch ihren Trophäenraum geführt. Wir haben uns die Fotos an den Wänden angesehen ... da hing auch eines von Wayne mit Robert Mondavi. Sie hat ihn sogar namentlich erwähnt.«

»Die Robert Mondavi Winery, wo deine Mutter gearbeitet hat, als sie deinem Vater begegnet ist.«

»Genau.« Alex schlug sich die Hände vors Gesicht. »Ich kann es nicht glauben.«

»Dir wird nichts anderes übrigbleiben«, erwiderte Rachel knapp. »Mit deinen Gefühlen wirst du dich später auseinandersetzen müssen. Vorher müssen wir herausfinden, was passiert ist. Und dann schalten wir die Polizei ein.«

Alex schloss die Augen. Das Bild der vermummten Gestalten flammte vor ihr auf. Die Männer, ihre unübersehbare Erregung ... Hände, die sie nach unten drückten. Das Feuer, dessen Flammen nach ihr schlugen. Die Schreie ...

»Wir schaffen es, Alex. Du schaffst es.«

Sie riss die Augen auf. »Aber wie?«, flüsterte sie. »Wie soll ich es schaffen, mich zu erinnern?«

»Du weißt es. Schließlich hast du es selbst schon ausprobiert.«

Rachel hatte recht. Sie wusste es. *Der Weinkeller.*

Alex' Herz hämmerte. Sie hatte Mühe, ihre Angst niederzukämpfen, die sie zu übermannen drohte. Konnte sie es tatsächlich schaffen? War sie stark genug dafür?

Genau deswegen war sie hergekommen – um ihre Vergangenheit ans Licht zu bringen, die Leere in ihrem Innern zu füllen, jene Leere, wo einst Erinnerungen gewesen waren. Ihren Vater zu finden und den Mörder ihres Bruders zu stellen.

War sie stark genug?, fragte sie sich noch einmal.
Alex erschauderte. Rachel nahm ihre Hand. »Ich werde bei dir bleiben und dir helfen.«
»Das Erlebte noch einmal durchleben«, flüsterte sie, »das ist die Lösung.«
»So ist es.«
»Wann?«
»Heute Abend. Spät. Ich bereite alles vor, während du versuchst, dich ein bisschen auszuruhen.«
Leichter gesagt als getan, dachte Alex. Schon jetzt raubte ihr die Angst den Atem, dabei hatte sie noch nicht einmal einen Fuß in den Keller gesetzt.

Kapitel fünfundsechzig

Mittwoch, 17. März
11:40 Uhr

Reed saß an seinem Schreibtisch und starrte blicklos auf seinen Computerbildschirm, unfähig, an etwas anderes zu denken als an sein letztes Gespräch mit Alex. Wieder und wieder hatte er Revue passieren lassen, was sie ihm über Clarksons letzten Anruf erzählt hatte, die Dinge über ihren Vater.
Vielleicht steckt er ja hinter alldem. Hinter der Sache mit Dylan.
Sie war hatte völlig verzweifelt gewirkt, fernab jeder Logik – auf ihn und auch auf alle anderen Ermittler. Sie alle hielten sie für eine durchgeknallte Irre, ob sie den Mord nun begangen hatte oder nicht.
Und auch er selbst würde sich gern mit dieser Erklärung zufriedengeben, doch sein Instinkt sagte ihm etwas anderes. Oder beeinflusste seine persönliche Beziehung zu ihr sein professionelles Urteilsvermögen? Was den Fall anging, spielte es keine

Rolle, da er ohnehin offiziell abgezogen worden war. Doch auf rein privater Ebene jagte ihm die Situation eine Heidenangst ein.

Er gehörte nicht zu diesen Männern. Nicht zu dieser Sorte Polizist. Er trennte sein Privatleben strikt von seinem Job, ließ nicht zu, dass Gefühle sein logisches Denken beeinflussten. Was zum Teufel ging hier vor?

Vielleicht steckt ja mein Dad hinter alldem. Hinter der Sache mit Dylan.

Ein fehlendes Puzzleteilchen. Eines, das die ermittelnden Beamten damals nicht berücksichtigt hatten. Weil niemand sie darauf aufmerksam gemacht hatte.

Patsy. Sie war die Einzige, die dafür in Frage gekommen wäre. Stattdessen war sie abgehauen. Was hatte Harlan gesagt? Patsy sei an ihren Schuldgefühlen und ihrer Verzweiflung zerbrochen.

Schuldgefühle. Sie hatte vermutet, dass Alex' Vater etwas mit Dylans Verschwinden zu tun hatte, aber nichts gesagt. Aus Angst. Durchaus möglich. Um ihre kleine Tochter? Um sich selbst?

Er griff nach dem Telefonhörer, rief die Auskunft an und ließ sich die Nummer der San Francisco State University geben. Von der Telefonzentrale aus wurde er zur Fakultät für Sozialwissenschaften verbunden, wo sich seine Ahnung bestätigte.

Tim Clarkson hatte am Vortag keine Fakultätssitzung gehabt. Wo zum Teufel war er stattdessen gewesen? Und weshalb hatte er dafür gesorgt, dass Alex an diesem Tag nicht in greifbarer Nähe war?

Ihr Vater. Sie hatte recht gehabt. In jeder Hinsicht. Deshalb hatte Tim sie im Spa angerufen, um eine Nachricht auf ihrer Voicemail zu hinterlassen. Er hatte sie vorbereiten wollen.

Reeds Gedanken wanderten zu dem Zettel, den ihr Ex ihr hinterlassen hatte. *Ich habe Neuigkeiten.* Clarksons Begegnung mit Alex' Vater war erfolgreich verlaufen. Zumindest hatte er das geglaubt.

Weshalb aber hatte er Clarkson umgebracht?

Reed beantwortete sich die Frage selbst. Um sein Geheimnis zu wahren. Natürlich. Aber welches Geheimnis? Dass er Alex' Vater war? Oder etwas anderes, Schwerwiegenderes?

»Alles klar, Reed?«

Tanner stand im Türrahmen. Er winkte sie herein. »Mir geht's gut. Und Sie kommen genau recht.«

Sie trat ein und setzte sich auf einen der Stühle vor seinem Schreibtisch. »Was liegt an?«

»Aus einer Ahnung heraus habe ich an der San Francisco State angerufen und erfahren, dass Clarkson gestern überhaupt keine Fakultätsbesprechung hatte.«

»Also hat einer der beiden gelogen.«

»Ich tippe auf ihn.«

»Das überrascht mich nicht.«

Er ging nicht auf die Bemerkung ein. »Die Frage ist nur, weshalb.«

Sie nickte. »Danke für den Hinweis. Wir werden ihm nachgehen. Die Liste seiner Telefonate dürfte uns dabei helfen.« Sie beugte sich vor. »Ich habe etwas Interessantes über diese Ashton-Drake-Puppen erfahren. Offenbar ist jede Puppe ein Einzelstück und wird mit einer Seriennummer und Adoptionspapieren verkauft.« Sie hielt inne. »Man adoptiert diese Babypuppe. Das Ganze läuft hochoffiziell ab. Die Herstellerfirma hat Adoptionspapiere, die bis in die Siebziger zurückreichen.«

»Sagen Sie bloß, wir haben einen Namen.«

»Noch nicht. Aber heute Abend werden wir einen haben.«
Sie stand auf und streckte sich. »Tut mir leid, dass man Sie von dem Fall abgezogen hat.«
»Wie macht sich Saacks?«
»Er arbeitet sich schnell ein. Im Augenblick versucht er herauszufinden, wen Schwann in Red Crest am Telefon hatte. Ich halte Sie auf dem Laufenden.«
Sein Handy läutete. Er sah aufs Display und erkannte die Nummer seines Vaters. Sie hatten seit zwei Tagen nicht mehr miteinander geredet – seit dem Abend, als er ihn des Grundstücks verwiesen hatte.
Er dankte Tanner und hob ab. »Hallo, Dad.«
»Ich muss dich sehen. Kannst du herkommen?«
»Wann?«
»Jetzt.«
»Wo bist du?«
»In meinem Büro.«
Reed runzelte die Stirn. Sein Vater klang irgendwie merkwürdig. Erschüttert. »Was ist los, Dad?«
»Das erzähle ich dir, wenn du hier bist.«

Kapitel sechsundsechzig

Mittwoch, 17. März
12:45 Uhr

Reed fuhr auf den Parkplatz von Red Crest und schlug den Weg zu den Büros ein, fand sie jedoch verwaist vor. Scheinbar waren alle in der Mittagspause. Er ging an Eves Schreibtisch vorbei zum Zimmer seines Vaters.
Die Tür war geschlossen. Er klopfte an. »Dad, ich bin's, Dan.«

Wayne rief ihn herein, worauf Reed eintrat und die Tür hinter sich schloss. Sein Vater, der am Fenster gestanden und auf die Weinberge hinausgeblickt hatte, wandte sich um. »Ich habe von dem Mordfall gehört.«

Reed schob die Hände in die Hosentaschen. »Was hast du gehört?«

»Dass sie es wahrscheinlich war.«

»Sie?«

»Patsys Mädchen.«

Er brachte es nicht einmal über sich, ihren Namen auszusprechen. Weshalb? Reed runzelte die Stirn. »Du meinst Alexandra?«

»Das weißt du doch.«

»Wieso nennst du sie dann nicht beim Namen?«

Er starrte ihn finster an. »Ich habe gehört, du hast sie laufenlassen.«

»Wir hatten nicht genug in der Hand, um Anklage zu erheben, Dad. Außerdem bin nicht ich derjenige, der solche Entscheidungen trifft, sondern in diesem Fall die Bezirksstaatsanwältin.«

»Weißt du, wo sie ist?«

»Möglicherweise. Wieso?«

»Sie war nicht untätig.« Er trat an seinen Schreibtisch und nahm einen Umschlag, den er Reed reichte. »Sieh dir das an.«

Reed nahm ihn entgegen und zog ein einzelnes Blatt Papier mit zwei kurzen Sätzen in 12 Punkt Helvetica heraus: *Ich kenne deine Geheimnisse. Du wirst dafür bezahlen, und alle anderen auch.*

Er las die Sätze ein zweites Mal und sah seinen Vater an. »Du glaubst, Alexandra hat das geschrieben? Wieso?«

»Wer sonst soll es getan haben?«

Reed musterte seinen Vater eindringlich und bemerkte, dass der seinem Blick nicht länger als ein paar Sekunden standhalten konnte und sich eine tiefe Röte auf seinen Wangen ausbreitete. »Welche Geheimnisse sind damit gemeint?«

»Woher zum Teufel soll ich das wissen? Diese Frau ist doch völlig verrückt. Genauso wie ihre Mutter.«

Reed kniff die Augen zusammen. »Du lügst, Dad. Wir wissen es beide, also spar dir dieses Theater und rück endlich mit der Wahrheit heraus.«

Für den Bruchteil einer Sekunde hatte es den Anschein, als wolle Wayne einen Streit vom Zaun brechen, doch dann klappte er den Mund zu, ließ sich auf seinen Schreibtischstuhl sinken und barg das Gesicht in den Händen.

Reed beobachtete ihn einen Moment lang. »Was für Geheimnisse, Dad?«, fragte er schließlich.

Als sein Vater noch immer nichts sagte, wagte er einen Schuss ins Blaue. »Es geht um diese Geschichte über Alex' Mutter, stimmt's? Über die Jungen des Weines. Es war eine Lüge, hab ich recht?«

Wayne nickte, sah jedoch nicht auf.

»Weshalb hast du gelogen?«

»Damit die Wahrheit über die JdW nicht ans Licht kommt. Weil ich gehofft hatte, sie würde endlich aufhören, Fragen zu stellen, nach San Francisco zurückgehen und die Vergangenheit ruhen lassen.«

»Bist du Alexandras Vater?«

Die Frage schien ihn völlig zu verblüffen. »Gott, nein! Wie kommst du denn auf so etwas?«

Reed ignorierte die Frage. »Wofür steht JdW in Wahrheit? Nicht für Jungen des Weines?«

»Nein. Für *Jünger des Weines*.« Er stieß einen tiefen Seufzer aus.

»Alles fing ganz harmlos an. Mit einer Kostümparty zur Frühlingstagundnachtgleiche. Als eine Art dionysisches Ritual. Patsy hat alles arrangiert und die Leute eingeladen, mit denen wir uns auch sonst immer getroffen haben. Sie hat sich geradezu akribisch darauf vorbereitet und sich über all die Mythen und Rituale um Dionysos kundig gemacht. Wir haben einen Altar aufgebaut, Kerzen und Räucherharz angezündet. Und Wein, jede Menge Wein. Wir waren eine wilde, ausgelassene Truppe damals. So selbstsicher. Der Wein war unsere legale Droge, und Kalifornien war der Dealer. Wir dachten, keiner könnte uns etwas anhaben. Wir hielten uns für unbesiegbar.« Er hielt einen Moment inne.

»Die Party wurde zu einer festen Institution. Einmal im Monat. Und sie wurde ausgelassener, geriet immer mehr außer Kontrolle. So als hätten wir plötzlich angefangen, das Ganze ernst zu nehmen.« Seine Stimme wurde brüchig. Er legte sich eine Hand auf die Stirn. Noch immer brachte er es nicht über sich, Reed in die Augen zu sehen. »Am Anfang war es ganz harmlos. Eine Berührung, gegen die man sich hätte wehren sollen, es aber nicht tat. Ein trunkener Kuss zwischen Freunden, der auf einmal nicht länger platonisch war, eine entblößte Brust oder ein Stück nackter Bauch … Ich kann mich nicht mehr genau erinnern, wann es passiert ist oder wann wir der Grenze nicht nur nahegekommen sind, sondern sie überschritten haben.«

Reed starrte seinen Vater an, während er die Bedeutung seiner Worte einzuordnen versuchte. »Du redest von Frauentausch und Gruppensex?«

»Versuch doch zu verstehen, Junge. Wir leben hier in einer kleinen Welt. Wir waren schön, attraktiv. Alle wollten so sein wie wir …«

Er hob den Kopf und sah Reed an. »Das Ganze fing an auszuufern. Es war wie eine Droge. Für uns alle. Hätte einer die Reißleine gezogen, hätten wir wahrscheinlich damit aufgehört, aber …«

»Keiner hat es getan.«

Er schüttelte den Kopf. »Es war heimtückisch. Der Reiz des Verbotenen. Unser Geheimnis. Der Sex. Innerhalb kürzester Zeit waren wir in einem Netz gefangen, das wir selbst geknüpft hatten.«

Reed wandte sich ab. Nun konnte er sich nicht überwinden, seinem Vater ins Gesicht zu sehen.

»Und genau damit waren wir in der Nacht beschäftigt, als Dylan verschwand. Wir waren alle im Weinkeller.«

Reed fuhr herum. »Du hast die Polizei belogen. Und das FBI.«

Wayne stand auf. »Verstehst du denn nicht? Unser aller Ruf stand auf dem Spiel. Wenn es ans Licht gekommen wäre, hätte es unseren Ruin bedeutet.«

»Kapierst du es nicht? Jeder von euch kann derjenige gewesen sein, der Dylan getötet hat.«

»Nein.« Er schüttelte den Kopf. »Wir waren doch alle im Keller.«

»Und keiner hätte unbemerkt hinausschlüpfen können? Wer hätte es schon gemerkt, Dad, zwischen den Unmengen von Wein und den Orgasmen?«

Niemand. Sein Vater wurde bleich und setzte sich wieder.

»Weißt du, wer Alberto Alvarez getötet hat?«

»Wen?«

»Den Gärtner der Sommers. Er wurde mit der Rebschere ermordet.«

»Nein! Weshalb sollte ich das …«

»Wer hat zu eurem Club gehört? Welche Paare außer Patsy und Harlan?« Als er nicht antwortete, begann Reed, die Namen an den Fingern abzuzählen. »Die Schwanns. Die Townsends. Die Bianches. Wer noch?«

»Max Cragan und seine Frau. Natürlich haben wir das Ganze nicht an die große Glocke gehängt.«

Max Cragan. Der den Ring entworfen hatte. Und inzwischen tot war.

»Joe und seine Freunde … haben sie auch dazugehört?«

»Nein! Gott, nein. Ich hätte doch nie …«

»Wieso hatte Tom Schwann dann diese Tätowierung?«

»Keine Ahnung.«

»Blödsinn!«

»Nein, ich weiß es wirklich nicht.« Wieder sprang er auf und starrte Reed aufgebracht an. »Ich …« Doch mit einem Mal sank er in sich zusammen. »Sie haben es irgendwie herausgefunden. Nicht alles, die Sache mit dem Sex zumindest nicht … aber sie … haben einen eigenen Club gegründet. Allerdings hat auch das nach Dylans Verschwinden aufgehört.«

»Ich muss weg. Gib mir den Zettel.« Sein Vater zögerte, worauf Reed zum Schreibtisch trat und die Botschaft an sich nahm. »Und was ist hiermit? Auch eine Lüge?«

»Nein. Ich schwöre.«

Ohne ein weiteres Wort machte Reed kehrt und ging zur Tür.

»Junge …« Sein Vater erhob sich. »Ich flehe dich an. Sie weiß alles. Ich glaube, sie will mich umbringen.«

Reed hielt inne, eine Hand auf dem Türknauf. »Das bezweifle ich. Aber soll ich dir etwas sagen? Im Augenblick würde ich dich am liebsten selbst umbringen.«

»Warte!« Wayne hob flehend die Hand. »Was hast du vor?«

»Das weiß ich noch nicht.«

»Bitte. Denk an deine Mutter. An deine Brüder. Ich wollte doch nie, dass so etwas passiert.«

Reed holte tief Luft und ließ sie langsam wieder entweichen, während er bis zehn zählte. »Als du diese Lügengeschichte über Patsy und eure Söhne erzählt und gemeint hast, dir würde heute noch allein beim Gedanken daran übel, da warst du ziemlich überzeugend. Du bist wahrlich ein talentierter Schauspieler.«

»Mir wird übel, wenn ich daran denke, welchen widerwärtigen Dingen ich meine Familie ausgesetzt habe. Wie ich zulassen konnte, dass so viel Böses in unser Leben kommt. Könnte ich es rückgängig machen, würde ich es sofort tun. Wir alle würden das.«

»Wir hatten unsere Differenzen, Dad. Nichtsdestotrotz habe ich dich immer respektiert. Bis heute.«

Mit einem Schluchzen ließ sich sein Vater auf seinen Stuhl zurückfallen und barg das Gesicht in den Händen.

Reed musterte ihn ungerührt. »Deine Sorge um euren guten Ruf war ja so groß. Die Sorge, dass dich die Wahrheit ruinieren könnte. Dabei hast du übersehen, dass du längst ruiniert warst und dass die Wahrheit das Einzige war, was daran noch etwas hätte ändern können.«

Reed öffnete die Tür und verließ den Raum. Am Ende des Korridors erblickte er seinen Bruder Joe, der mit gequälter Miene in der Tür zu seinem Büro stand. Einen Moment lang sahen sie einander in die Augen. Eigentlich müsste er ihn befragen, und das würde er auch tun. Aber nicht jetzt. Im Augenblick sah er sich nicht dazu imstande.

Er trat hinaus in den herrlichen Tag, sog den Atem tief in seine Lunge und versuchte, sich zu sammeln. Er reckte das Gesicht in die Sonne und blinzelte. Könnte er seiner Mutter und seinem Vater jemals wieder ins Gesicht sehen, ohne daran zu

denken, was vorgefallen war? Und was war mit ihren Freunden? Wie sollte er all das hinter sich lassen?
Er klappte sein Handy auf und tippte Alex' Nummer. Die Voicemail sprang an. Er hinterließ ihr eine Nachricht, sie möge ihn zurückrufen, dann wählte er Rachels Nummer.
»Hi, Rachel«, sagte er, als sie sich meldete. »Hier ist Dan Reed.«
»Hi, Danny. Was kann ich für dich tun?«
»Ist Alex bei dir?«
»Im Moment nicht. Ich bin im Büro.«
»Wann hast du sie das letzte Mal gesehen?«
»Heute Morgen. Sie hat bei mir übernachtet. Vorhin hat sie mich angerufen und gemeint, sie fährt nach Hause und holt ein paar Sachen. Versuch es doch mal dort.«
»Danke, das mache ich.«
»Moment, Danny. Was ist los?«
»Nichts. Ich suche sie nur.« Er beendete das Gespräch und konnte nur hoffen, dass tatsächlich nichts war.

Kapitel siebenundsechzig

Mittwoch, 17. März
16:55 Uhr

Reed fand Tanner und Saacks im Pausenraum. Er fürchtete sich vor dem, was er ihnen sagen musste. Er fühlte sich verantwortlich für das, was passiert war.
Alex war abgehauen. Im Stundentakt war er an ihrem Haus vorbeigefahren. Keine Alex. Kein Toyota. Er hatte mehrere Nachrichten auf ihrem Handy hinterlassen, doch sie hatte nicht zurückgerufen; außerdem hatte er es zweimal bei Rachel probiert und ihr das Versprechen abgenommen, dass sie ihn anrief, falls sie etwas von Alex hörte.

Tanner bemerkte ihn als Erste. Bei seinem Anblick erstarb das Lächeln auf ihrem Gesicht. »Was gibt's?«
»Ich glaube, Clarkson ist weg.«
Saacks stieß einen Fluch aus und erhob sich. »Ich dachte, Sie hätten gesagt, sie haut nicht ab.«
»Offenbar habe ich mich geirrt.«
»Sind Sie sicher?«, fragte Tanner.
Statt einer Antwort reichte er ihr die Nachricht, die sein Vater bekommen hatte. Sie las sie und gab sie an Saacks weiter. »Was hat das zu bedeuten?«
Reed erzählte ihnen alles. Als er geendet hatte, zog er einen Stuhl heran, setzte sich rittlings darauf und blickte in die entsetzten Gesichter seiner beiden Kollegen, die ihn wortlos anstarrten.
»Wow«, stieß Tanner schließlich hervor. »Eine Weinorgie. Wie abgefahren.«
Saacks räusperte sich. »Wann haben Sie denn das herausgefunden?«
»Vor ein paar Stunden. Seitdem versuche ich, Clarkson aufzustöbern.«
»Ohne Erfolg, wie es aussieht.«
»Sie ist über Nacht bei Rachel Sommer geblieben. Als ich Alex auf dem Handy nicht erreichen konnte, habe ich es bei Rachel versucht. Sie meinte, Alex wollte bei ihrem Haus vorbeifahren, ich solle es doch dort versuchen. Das habe ich getan. Mehrmals sogar. Aber keine Spur von ihr.«
Saacks sah ihn an. »Könnte sie gefährlich sein, was denken Sie?«
Reed lachte freudlos. »Das fragen Sie mich? Schließlich habe ich behauptet, dass sie nicht abhauen würde.«
Sie erhoben sich. »Dann wollen wir das Fahrzeug mal zur Fahn-

dung ausschreiben«, sagte Saacks. »Wenn sie irgendwo hier im Tal unterwegs ist, werden wir sie finden. Und, Reed, ich schlage vor, Sie sagen Ihrem alten Herrn, er soll vorsichtig sein.«

Kapitel achtundsechzig

Mittwoch, 17. März
19:00 Uhr

»Alex? Es ist Zeit. Wach auf.«

Schlaftrunken setzte Alex sich auf und blinzelte in das Licht, das vom Flur ins Zimmer drang. »Rachel? Wie spät ist …«

»Sieben Uhr. Hast du den ganzen Tag geschlafen?«

Genau das hatte sie getan. Ihre Beine fühlten sich wie Pudding an, als sie aus dem Bett aufstand. Sie trug noch immer die Jeans und das Sweatshirt, die sie für ihre nächtliche Unterredung mit Rachel übergestreift hatte.

»Ich habe eine von deinen Tabletten genommen«, sagte sie und strich sich das Haar aus dem Gesicht. »Ich dachte, ein bisschen Ruhe vor dem heutigen Abend tut mir gut.«

»Braves Mädchen. Wieso gehst du nicht unter die Dusche, während ich uns etwas zu essen mache?« Rachel wandte sich zum Gehen, blieb jedoch noch einmal stehen. »Zieh dir etwas Warmes an. Im Keller wird es ziemlich kühl sein.«

Zwanzig Minuten später betrat Alex die Küche, wo Rachel am Herd stand und Omelettes briet. Eine Schüssel Erdbeeren und ein Teller mit Croissants standen bereits auf der Arbeitsplatte. Nur von Rachels stets präsenter Flasche Wein war heute nichts zu sehen.

»Es riecht köstlich.« Alex setzte sich auf einen der Barhocker.

»Danke. Ich wollte nichts allzu Schweres machen, aber irgendetwas solltest du im Magen haben.«

»Hätte ich nicht so einen Bärenhunger, würde ich wahrscheinlich keinen Bissen runterbekommen. Ich bin viel zu aufgeregt.«
Alex nahm sich eine Erdbeere. »Hat man nach mir gefragt?«
»Mindestens hundert Mal.« Rachel sah sie an. »Tut mir leid.«
Was hatte sie erwartet? Sie legte die unberührte Erdbeere auf ihren Teller. »Und wie schlimm stehe ich da?«
»Sagen wir mal so – für eine Schlagzeile auf der Titelseite reicht es.«
Rachel gab eines der Omelettes auf einen Teller und stellte ihn auf den Tisch. »Bitte, fang ruhig schon mal an.«
Alex schüttelte ihr Unbehagen ab und begann zu essen.
»Es ist alles bereit«, erklärte Rachel und wendete ihr Omelette. »Ich muss sowieso noch ein paar Kostproben machen, deshalb wird niemand Verdacht schöpfen, der uns im Keller sieht.«
Sie betrachtete ihr Omelette und ließ es auf einen Teller gleiten. »Bist du bereit?«
Alex musste zugeben, dass sie es nicht war. »Aber ich werde es trotzdem tun. Ich werde nicht vor der Wahrheit davonlaufen so wie meine Mutter.«
Sie beendeten ihre Mahlzeit schweigend, ehe sie gemeinsam das Geschirr wegräumten und ihre Jacken überzogen. Rachel reichte ihr eine Taschenlampe, dann traten sie hinaus. Es war bewölkt, so dass weder Mond noch Sterne am Himmel zu erkennen waren. Rachel ging voran in Richtung der Weinkeller.
Alex' Herzschlag beschleunigte sich, und die Angst ließ ihren Mund staubtrocken werden. Als spüre sie ihre Furcht, ergriff Rachel ihre Hand und schloss die Finger fest darum – genauso wie vor vielen, vielen Jahren. Und wie damals, als sie fünf Jahre alt gewesen war, klammerte Alex sich an Rachels Hand.
Der Keller war durch ein Eisentor und eine Kette mit einem Vorhängeschloss gesichert. Rachel sperrte auf, und sie schlüpf-

ten hinein. Im Eingangsbereich des Weinkellers knipsten sie ihre Taschenlampen an, und Rachel richtete den Lichtstrahl auf die Gänge vor ihnen.
Wieder ergriff Alex Rachels Hand und hielt sie fest umschlossen, während ihre Furcht mit jedem Schritt wuchs. Die Wände und die Decke schienen näher zu kommen, die Dunkelheit fühlte sich tief und nahezu undurchdringlich an. Ihr Herz hämmerte in der Brust, und ihr Instinkt schrie förmlich, kehrtzumachen und wegzulaufen. Sie stockte. Sie konnte es nicht. Es ging einfach nicht.
Rachel verstärkte ihren Griff. »Bleib bei mir, Alex. Wir sind gleich da.«
»Ich weiß nicht, ob ich … Ich …« Ihre Stimme schwoll an. »Ich kann nicht …«
»Doch, du kannst«, unterbrach Rachel. »Tu es für Dylan. Für Tim.«
Und für ihre Mutter, dachte Alex und nahm ihren Mut neuerlich zusammen. Nicht mehr davonlaufen. Endlich das fehlende Puzzlestück finden.
Endlich bekäme sie Gewissheit.
Sie gingen weiter, immer tiefer in den Keller hinein. Von Zeit zu Zeit verfingen sich Pilzflechten in ihrem Haar oder streiften über ihr Gesicht, so dass sie vor Schreck aufschrie. Sie drückte Rachels Hand so fest, dass es ihr bestimmt weh tat. Sie musste sich zusammenreißen, sagte sie sich unaufhörlich, doch es gelang ihr nicht.
»Rede mit mir, Rachel, sag irgendetwas, egal was … O Gott, es passiert. Ich kann es riechen! Sandelholz!«
»Es ist okay«, sagte Rachel leise. »Es ist real. Ich habe alles so arrangiert. Wir sind gleich da.«
Alex geriet ins Straucheln. Rachel fing sie auf. Der Geruch

wurde intensiver. Sie hörte etwas, ein Summen, das sich wie rhythmische Gesänge anhörte. Sie wollte weglaufen, doch sie war wie erstarrt vor Angst.

Rachel zog sie weiter. »Komm, Alex, nur noch ein kleines Stück.«

Die Worte schienen wie aus weiter Ferne an ihre Ohren zu dringen. Alex gehorchte automatisch. In der Ferne sah sie flackerndes Licht. Mit jedem Schritt wurde es größer, heller, sein Sog stärker.

»Du bist fünf Jahre alt, Alex«, sagte Rachel leise. »Du wolltest nichts Böses tun … sondern nur sehen, was passiert …«

In diesem Augenblick dämmerte es Alex: Rachel hatte mehr mit dem Ganzen zu tun, als sie zugegeben hatte. Sie sah ihre Stiefschwester an. »Ich bin dir nachgegangen, hab ich recht? An diesem Abend bin ich dir in den Keller gefolgt.«

»Ja«, antwortete Rachel leise.

Alex presste sich die Hand auf den Mund. Noch immer konnte sie sich nicht erinnern, doch die Einzelteile fügten sich zu einem Bild. »Du fandest es nervtötend, dass ich dir überallhin nachgelaufen bin. Aber ich habe es ständig getan. Ich war völlig in dich vernarrt.«

Alex versetzte sich zurück in die Geschehnisse dieser Nacht. »Ich habe gehört, wie du dich rausgeschlichen hast, und bin dir nachgegangen.«

»Und du hast Dylan mitgenommen.«

»Ja. Weil ich wusste, dass ich ihn nicht allein lassen durfte.«

Alex malte sich aus, wie sie sich als Fünfjährige auf die Zehenspitzen stellte und Dylan aus seinem Kinderbettchen hob. Er musste schwer gewesen sein. Sie stellte sich vor, wie entschlossen sie gewesen sein musste. Und wie groß ihre Angst, sie könnte ihn fallen lassen.

»Du bist in den Keller gegangen.«
»Ja«, bestätigte Rachel.
Alex sah nach vorn, auf die flackernden Lichter, die aus einer Nische vor ihnen drangen. Kerzen. »Und ich bin dir gefolgt, obwohl ich Angst vor dem Keller hatte.«
Wieder nickte Rachel.
»Irgendwann muss ich Geräusche gehört haben. So wie die in meinen Visionen. Und ich habe die flackernden Lichter gesehen.«
Alex fuhr sich mit der Zunge über die Lippen, die ausgetrocknet waren, weil sie durch den Mund geatmet hatte. Ihr wurde bewusst, dass sie die Arme vor der Brust verschränkt hatte, als halte sie ein Baby. Sie trat einen Schritt nach vorn, Rachel neben ihr.
Sie betrat den Raum. Ihr Blick heftete sich auf eine Öffnung in der Wand. Sie trat davor. »Du hast durch eine Öffnung geschaut. Diese Öffnung.«
»Du hast meinen Namen gerufen«, erklärte Rachel. »Als ich dich gesehen habe, bin ich schrecklich wütend geworden. Weil ich Angst hatte. Ich wusste, dass ich mächtigen Ärger kriegen würde. Dann fing Dylan an zu schreien.«
Rachel streckte die Hände vor, als nehme sie ein Baby aus Alex' Armen. »Ich habe ihn genommen, um ihn zu beruhigen, damit er nicht mehr schreit. Was hast du dann getan, Alex?«
Wieder richtete Alex den Blick auf die Öffnung. »Ich wollte wissen, was du dir ansiehst.« Sie trat vor die Öffnung und sah sich selbst, wie sie geradezu magisch von dem flackernden Licht angezogen wurde, dessen Flammen wie Tentakel nach ihr griffen. Sie spähte hindurch.
Die Vergangenheit traf sie mit voller Wucht, die Erinnerung an das, was damals geschehen war. Männer in langen Umhängen

und Kapuzen über den Köpfen, Frauen, manche auch nackt … sie tanzten sinnlich im Kerzenschein. Sie berührten sich selbst. Wurden von anderen berührt. Die grunzenden, heulenden Laute aus ihren Träumen. Keine merkwürdigen Kreaturen – sondern Geräusche von wildem ungezügelten Sex.

Sex. Ihre Mutter. Alex sah sie vor sich. Nackt. Ausgebreitet auf einem Altar. Ein Mann über ihr. In ihr.

Rachel trat hinter sie. »Du hast angefangen zu schreien. Ich habe dir die Hand auf den Mund gelegt. So.«

Rachel legte ihr die Hand auf den Mund und zerrte sie von der Öffnung weg. »Geh zurück ins Bett«, zischte sie. »Und wenn du einer Menschenseele erzählst, was du gesehen hast, tue ich dir weh. Ich schwöre. Ich tue dasselbe mit dir, was diese Männer mit deiner Mami machen!«

Rachel ließ sie los, und Alex taumelte rückwärts, weg von der Öffnung. Sie sank auf den Boden und schlug sich die Hände vors Gesicht. Kerzen, Räucherharz. Ein Altar. Utensilien eines religiösen Rituals. Die Orgie. Ihr kindlicher Verstand, der das Szenario unmöglich einordnen konnte. Welche Angst sie gehabt haben musste. Es erklärte so vieles. Ihr Studium, ihre Beziehungen und ihre zeitweilige Promiskuität. Ihr ganzes Leben lang hatte sie damit zugebracht, sich die Geschehnisse zu erklären.

»Alex«, sagte Rachel behutsam und kauerte sich neben sie. »Lass es uns zu Ende bringen.«

Kapitel neunundsechzig

Mittwoch, 17. März
21:05 Uhr

Alex blickte Rachel forschend an. Sie sah die stählerne Entschlossenheit in ihren Zügen – und die Reue. »Was denkst du gerade?«, fragte sie.

»Es tut mir leid, dass ich das zu dir gesagt habe. Ich war selbst noch ein halbes Kind und hatte schreckliche Angst vor dem, was Dad mit mir anstellen würde, wenn er es herausfände. Es tut mir so unendlich leid.«

Alex ließ bebend den Atem entweichen. »Ich bin nicht sicher, ob ich noch weitermachen kann.«

»Doch, du kannst. Ich will endlich frei sein. Du nicht auch?«

Sie wollte. Und wie. Sie sehnte sich so sehr danach. Sie kniff die Augen zusammen und öffnete die Tür zu ihrer Erinnerung: ein nackter, heulender Mann, erregt … ihre Mutter auf dem Altar liegend, ineinander verschlungene Leiber … bebend vor Lust … Rachels Hand auf ihrem Mund, die Worte in ihrem Ohr …

»Geh zurück ins Bett. Und wenn du einer Menschenseele erzählst, was du gesehen hast, tue ich dir weh. Ich schwöre. Ich tue dasselbe mit dir, was diese Männer mit deiner Mami machen!«

Sie riss die Augen auf und starrte Rachel an. »Ich bin weggelaufen, hab ich recht?«

»Ja, aber du bist nicht zurück ins Bett gegangen, oder?«

»Nein.« Alex schluckte und tauchte neuerlich in die schrecklichen Erinnerungen von damals ein. »Ich wollte, aber dann habe ich mich versteckt. Hinter ein paar Fässern.«

»Wieso?«

»Ich weiß es nicht. Ich hatte Angst. Ich wollte sehen, was passiert – wollte auf dich warten.«

»Aber du hast nicht lange gewartet, stimmt's?«

»Nein. Du hattest Dylan bei dir. Du bist weggelaufen.« Alex schluckte und wischte ihre feuchten Handflächen an den Jeans ab. »Ich habe einen Moment lang gewartet, dann bin ich dir nachgegangen. Ich konnte dich aber nirgends mehr sehen. Dann habe ich Dylan weinen gehört. Und du hast geschrien. Ich bin losgelaufen. Du warst draußen vor dem Keller. Eine Gruppe Männer mit Umhängen und Kapuzen war da … sie hatten sich um dich geschart.«

Alex schlug sich die Hand vor den Mund. »Sie haben Dylan genommen und … Rachel … sie haben dich gepackt und weggezerrt, so dass ich dich nicht mehr sehen konnte.«

Alex bemerkte, dass sie weinte, und wischte die Tränen mit dem Handrücken weg. »Ich habe um die Ecke gesehen … sie hatten dich zu Boden gestoßen und hielten dich fest. Du hast dich gewehrt, aber sie waren stärker als du … sie waren in der Überzahl … dein T-Shirt … sie haben es dir über den Kopf gezerrt. Ich konnte mich nicht rühren. Konnte keinen Laut von mir geben. Aber innen drin … habe ich geschrien.«

Die Worte hatten sich verselbständigt, sprudelten über Alex' Lippen. »Er hat dich vergewaltigt, Rachel. Und die anderen haben ihn angefeuert … und haben gelacht …« O Gott, es war schrecklich, diese Dinge zu sagen, aber es musste sein. »Er war nicht der Einzige. Die anderen … nach ihm …«

»Zwei«, flüsterte Rachel.

»Ja. Danach hast du dagelegen und dich nicht mehr bewegt. Ich wusste, dass das etwas Schlimmes bedeutete. Ich wollte unsere Eltern holen, aber ich hatte solche Angst, wieder in den Keller zu gehen … ich hatte zu große Angst.« Ihre Stimme brach. »Es tut mir leid, Rachel. Es tut mir so leid.«

»Wie viele, Alex? Wie viele waren da?«

Sie dachte angestrengt nach. »Fünf, glaube ich. Einer ist weggelaufen. Einer hat nur geholfen, dich hinunterzudrücken. Sie haben ihn deswegen aufgezogen, aber …«

Sie sah Rachel an. »O Gott, der Kerl, der dich als Erster vergewaltigt hat, meinte …«

»›Du willst es unbedingt wissen‹«, flüsterte Rachel. »›Also werde ich es dir zeigen.‹« Sie packte Alex' Hände. »Du hast gesagt, in deinen Träumen sei es Clarks Stimme gewesen. War sie es?«

»Ich kann es nicht mit Gewissheit sagen, Rachel. Schließlich war ich erst kurz vorher mit ihm aneinandergeraten. Vielleicht hat mich seine Stimme ja deshalb verfolgt.«

»Was ist mit Dylan?«, fragte sie.

»Er war da. Er lag auf dem Boden, neben dem Eingang zum Keller. Er hat geweint und geweint …«

»Und dann hat er auf einmal aufgehört. Wieso, Alex?«

Sie rang darum, sich zu erinnern. »Ich weiß es nicht. Etwas … auf einmal waren alle bis auf einen verschwunden. Sie sind weggelaufen.«

Sie sind weggelaufen. Vor Angst. Sie waren nur Jungen. Teenager. Wie Clark.

Sie blickte Rachel ins Gesicht. »Ich bin auch weggelaufen, aber dann bin ich noch einmal stehen geblieben und habe mich umgedreht. Seine Kapuze war heruntergerutscht …«

Alex packte Rachels Hände und drückte sie. »Es war Clark. Der Junge, der dich als Erster vergewaltigt hat, war Clark.«

Kapitel siebzig

Mittwoch, 17. März
22:10 Uhr

Minuten vergingen. Keine von beiden rührte sich. Alex hielt Rachels Hände fest.

»Clark«, wiederholte Rachel mit bebender Stimme. »Dieser elende Dreckskerl. Ich habe mich immer gefragt, aber …«

»Es tut mir so unendlich leid, Rachel.«

»Mir nicht. Ich bin geradezu begeistert.« Rachel löste sich aus ihrem Griff und stand auf. »Ich werde mich darum kümmern. Jetzt sofort.«

Alex erhob sich ebenfalls. »Was hast du vor?«

»Ich werde ihn umbringen«, antwortete Rachel, ohne zu zögern.

Ein Lachen stieg in Alex' Kehle auf und drohte aus ihr herauszuplatzen, freudlos, unangemessen. »Du machst Witze, oder?«

»Ich habe eine Waffe, Alex. Eine, die ich mir genau dafür zugelegt habe. Und ich werde sie benutzen.«

Alex' Herz zog sich zusammen. »Tu es nicht, Rachel. Das ist es nicht wert. *Er* ist es nicht wert.«

»Findest du? Ich musste damit leben, was er mir angetan hat, mein ganzes Leben lang. Ich habe es verdrängt, in den hintersten, dunkelsten Winkel meines Gedächtnisses. Weil ich nicht wusste, wer es getan hat. Aber jetzt weiß ich es. Und er wird dafür bezahlen.«

Sie wandte sich zum Gehen. Alex folgte ihr. »Warte! Was ist mit Dylan?«

Rachel blieb stehen, wandte sich jedoch nicht um.

»Nachdem ich Clarks Gesicht gesehen hatte, bin ich weggelaufen. Zurück ins Bett«, fuhr Alex fort. »Was ist mit unserem Bruder passiert?«

»Er war verschwunden«, sagte Rachel und drehte sich um. »Als ich mich wieder bewegen konnte, bin ich aufgestanden und zu der Stelle hinübergegangen, wo er gelegen hatte, aber er war nicht mehr da. Dafür habe ich Blut gesehen.«

Die Blutspuren, die die Polizei und das FBI gefunden hatten.

»Wieso hast du keine Hilfe geholt? Wieso bist du nicht zu deinem Dad gegangen oder …«

»Um *was* zu sagen? Dass ich sie beobachtet hatte? Hätte ich ihnen erzählen sollen, was die Jungs mit mir gemacht hatten? Ich habe mich in Grund und Boden geschämt! Ich wusste nicht, was ich machen soll! Ich …«

Sie legte den Kopf in den Nacken und kämpfte mit den Tränen. »Ich dachte … ich habe gehofft, Dylan liege längst wieder in seinem Bettchen. Ich meine, wer hätte ihm etwas antun sollen? Er war so ein süßes Baby. Also habe ich mich zurück ins Haus geschleppt und mich gewaschen. Ich habe nicht mal in seinem Zimmer nachgesehen … Ich konnte es einfach nicht. Stattdessen habe ich gebetet, dass er am nächsten Morgen da sein möge. Ich habe mir ganz fest eingeredet, dass er da ist.«

Aber er war es nicht.

»Ich kann es nicht ändern, Alex. Und ich lebe seit fünfundzwanzig Jahren damit. Ohne dass ich etwas daran ändern könnte. Aber jetzt kann ich es. Ich bin nicht länger hilflos.«

Sie wandte sich zum Gehen. »Warte!«, rief Alex. »Was ist mit Gerechtigkeit für Dylan? Lass uns zur Polizei gehen. Lass uns …«

»Mit dem, was ich tun werde, sorge ich für Gerechtigkeit. Gerechtigkeit für Dylan«, erklärte Rachel, ohne sich umzudrehen.

»Wer hat ihn getötet, was glaubst du? Wen hast du dort stehen sehen?«

»Das kann ich nicht zulassen.«

»Du kannst mich nicht davon abhalten.«

Sie drehte sich um. Alex stockte der Atem. Rachel hatte eine Waffe in der Hand und zielte auf Alex.
»Was hast du vor?«
»Tut mir leid, Alex. Aber ich muss das tun.«
»Willst du mich erschießen?«
»Nur wenn ich muss.«
»Aber wir sind Stiefschwestern. Freundinnen …«
»Clark ist mein Cousin. Das hat ihn nicht abgehalten, oder?«
»Du bist ein besserer Mensch als er. Verdammt, Rachel …«
»Ich gehe jetzt. Und du wirst mir nicht folgen.«
Alex sah ihr nach. Sie meinte es ernst, daran bestand kein Zweifel. Sie musste sie aufhalten. Koste es, was es wolle.
»Was ist mit den Weinbergen?«, rief sie ihr in ihrer Verzweiflung nach. »Was ist mit dem Wein, deinem Vermächtnis?«
Rachel erwiderte nichts. Der auf und ab hüpfende Lichtkegel ihrer Taschenlampe verschwand aus Alex' Blickfeld. Sie zählte bis zehn, dann begann sie zu laufen – genauso wie vor all den Jahren.
Sie bewegte sich so schnell und leise durch die Dunkelheit, wie sie nur konnte. Ihr Herz hämmerte, doch nicht wie zuvor vor Angst, sondern vor Entschlossenheit.
Sie würde nicht zulassen, dass Rachel das tat.
Sie hörte, dass Rachel den Kellereingang erreicht hatte. Das eiserne Tor schloss sich mit einem Quietschen, gefolgt vom Klirren der Eisenkette.
Rachel schloss sie im Keller ein.
Alex knipste ihre Taschenlampe an und begann zu laufen. Zu spät. Rachel hatte das Tor bereits verriegelt und stand mit entschuldigender Miene da.
»Sie werden dich morgen früh finden«, sagte sie. »Hab keine Angst.«

»Bitte, überleg es dir noch mal, Rachel. Bitte, tu es nicht ...«
»Mein ganzes Leben lang habe ich mir genau das ausgemalt.«
»Rachel ...« Alex griff durch die Metallstäbe. »Ich will dich nicht verlieren.«
»Bevor ich gehe, muss ich dir noch etwas sagen. Diese Babybürste – ich habe auch so eine.«
»Was? Du ...«
»Wayne Reed ist nicht dein Vater.« Rachel hielt ihre Hand fest, hob sie an die Lippen und küsste sie. »Auf Wiedersehen, Alex.«

Kapitel einundsiebzig

Mittwoch, 17. März
22:30 Uhr

Sie hatten Alex' Wagen gefunden. Er stand auf dem Walmart-Parkplatz am Rohnert Park. Im Laden selbst war keine Spur von ihr, und man hatte die Durchsicht der Überwachungsbänder angeordnet.
Reed richtete den Lichtstrahl seiner Taschenlampe auf den Innenraum des Toyota. Keine Hinweise auf einen Kampf. Nichts, was in irgendeiner Weise auf ein Verbrechen schließen ließ. Keine Einkaufstüten.
Das Ganze gefiel ihm nicht. Seine ursprüngliche Vermutung, sie hätte sich aus dem Staub gemacht, schien sich nicht zu bewahrheiten. Die ganze Zeit über hatte er geschwankt zwischen dem Verdacht, sie stecke hinter all den Ereignissen, und der Sorge, diese Ereignisse könnten zur Gefahr für sie werden. Mittlerweile überwog Letzteres – er fürchtete um ihre Sicherheit.
Reed sah den Deputy an, der den Wagen gefunden hatte, darauf bedacht, gelassen zu wirken. »Ihr Bericht, bitte.«

»Routinekontrolle. Haben den zur Fahndung ausgeschriebenen Wagen erkannt, das Kennzeichen überprüft und Meldung gemacht. Anschließend dieselbe Überprüfung durchgeführt wie Sie.«

Tanner und Saacks fuhren heran, stiegen aus dem Wagen und traten zu ihm. »Sie haben Besuch«, sagte Tanner mit einer Geste in Richtung Wagen. »Ihr Bruder Joe. Er kam zu uns und wollte Sie sprechen. Wegen Clarkson und dem, was sich hier gerade abspielt, meinte er. Mit uns wollte er nicht reden.«

Reeds Herzschlag setzte aus. Er nickte und ging auf den Wagen zu, aus dem Joe ausstieg. Sein Bruder, normalerweise geschniegelt und gebügelt, sah fürchterlich aus. »Ich wollte nicht mit denen reden«, erklärte er mit einer Handbewegung auf Tanner und Saacks. »Sondern nur mit dir.«

»Da kann ich dir nicht helfen, großer Bruder. Wir sind ein Team.«

»Dann vergiss es. Ich sage kein Wort.«

»Kein Problem«, blaffte Reed ihn an. »Wenn das so ist, nehme ich dich hops und kriege dich wegen Behinderung der Ermittlungen dran. Und dann wirst du reden, nur eben in einer Zelle ohne Fenster und mit einem Schloss an der Tür. Also, probier's lieber nicht aus, Bruderherz.«

Joe wurde blass und sah zwischen den beiden Detectives und Reed hin und her. Er sah aus, als müsse er sich jeden Moment übergeben. »Es geht um diese Nacht. Die Nacht, in der Dylan verschwunden ist. Wir haben sie vergewaltigt. Wir haben ... Rachel vergewaltigt.«

Schlagartig war es so still, dass man eine Stecknadel hätte fallen hören. Ungelenk fuhr sich sein Bruder mit der Hand durch sein schütter werdendes Haar. »Ich nicht. Ich ... ich konnte das nicht. Aber die anderen.«

»Wer?«, fragte Reed.
»Clark und Tom. Und Spanky und Terry.« Er hielt inne. »Ich bin abgehauen, habe aber nichts getan, um sie daran zu hindern. Ich habe keine Hilfe geholt. Gar nichts.«
Er stand mit hängenden Schultern da. Voller Verachtung starrte Reed ihn an. »Wo?«
»Bei den Sommers. Vor dem Weinkeller.«
Reed und Tanner tauschten einen Blick. »In der Nacht, als Dylan verschwand«, sagte Reed.
»Ja. Er war auch da. Rachel hatte ihn bei sich. Und er hat die ganze Zeit geweint.«
Reed spürte Übelkeit in sich aufsteigen. »Was war mit Alex?«
»Die habe ich nicht gesehen.«
Tanners Handy läutete. Sie sah auf das Display und entschuldigte sich.
»Hast du Dad irgendwas davon erzählt?«
Joe schüttelte den Kopf. »Nein, ich habe niemandem davon erzählt. Bis heute.« Er begann zu weinen. »All die Jahre habe ich mich dafür gehasst … dafür, dass ich es zugelassen habe.« Er hob den Kopf und blickte Reed flehend an. »Aber es geht ihr doch gut. Hab ich recht, Reed? Es ist alles in Ordnung mit ihr.«
»Das war Cal«, sagte Tanner und trat wieder zu ihnen. »Er hat einen Anruf von der Firma Ashton Drake bekommen. Laut deren Unterlagen haben beide Puppen Rachel Sommer gehört.«
Zwei Dinge wurden Reed in dieser Sekunde bewusst – und sie ließen seinen Atem stocken. Mit Rachel war definitiv nicht alles in Ordnung, und, was schlimmer war, Alex war bei ihr.

Kapitel zweiundsiebzig

Mittwoch, 17. März
22:55 Uhr

»Nein! Rachel, komm zurück! Hilfe! Hilfe! So hilf mir doch jemand!« Alex umklammerte die Eisenstäbe und begann, am Tor zu rütteln. »Verdammt noch mal, Rachel!«

Ihre Stimme hallte durch die Dunkelheit und verklang in der Ferne. Trotzdem schrie sie, bis sie heiser war. Ihre Kehle fühlte sich wie Sandpapier an, und sie bekam keinen Ton mehr heraus. Schließlich nahm sie die Taschenlampe, richtete den Lichtkegel auf das Haupthaus und begann, sie abwechselnd ein- und auszuschalten.

Nach einer Weile löste sich eine Gestalt aus der Dunkelheit und kam auf sie zugeeilt.

Treven. »Gott sei Dank«, schluchzte sie vor Erleichterung.

»Alexandra, was tust du denn …«

»Sie wird Clark umbringen! Wir müssen sie aufhalten!«

»Clark umbringen?« Er fummelte am Schloss herum. »Wer?«

»Rachel. Sie hat eine Waffe.«

Endlich hatte er das Vorhängeschloss gelöst und öffnete das Tor. »Das ist doch verrückt. Weshalb sollte Rachel …«

»Er hat sie vergewaltigt. In der Nacht, als Dylan verschwunden ist.«

Er sah sie an, als wären ihr Hörner gewachsen. »Blödsinn. Ich weiß ja nicht, was ihr hier …«

»Wir müssen ihn retten! Wo ist er?«

»Ich rufe jetzt die Polizei!«

»Gut. Ja. Tu das.« Sie packte ihn am Arm. »Aber bis sie hier sind, ist es vielleicht zu spät. Weißt du, wo Clark ist?«

Er musterte sie abwägend.

Sie verstärkte ihren Griff. »Ich erinnere mich an alles, Treven. An alles, was in dieser Nacht passiert ist. Ich war hier drin. Ich habe alles unterdrückt … aber Rachel hat mir geholfen, mich wieder zu erinnern. So hat sie auch erfahren, dass Clark …«

Er schüttelte ihre Hand ab. »Ich habe mich für dich eingesetzt. Als Reed und die anderen gemeint haben, du wärst verrückt. Aber jetzt behauptest du, mein Sohn …«

»Wo ist er? Zu Hause? Irgendwo unterwegs? Rachel braucht ihn nur anzurufen und zu sagen, dass es einen Notfall gibt.«

Alex bemerkte, dass ihre Worte allmählich Wirkung zeigten. Sie senkte die Stimme. »Was hast du schon zu verlieren, wenn du mir glaubst?«

»Er ist hier«, sagte Treven. »In seinem Büro.«

Alex lief los, dicht gefolgt von Treven. In den Büros des Guts brannte Licht. Auf dem Parkplatz standen Trevens BMW und Rachels Infiniti nebeneinander.

Sie erreichten die Eingangstür, sie war unverschlossen. »Hier lang«, rief Treven. In diesem Moment hallte ein Schuss durch die Dunkelheit.

»Nein!«, schrie Alex und rannte los.

Vor dem Büro blieb sie abrupt stehen. Sie war zu spät gekommen! Clark lag zusammengesunken auf dem Boden, während sich langsam eine Blutlache um ihn herum ausbreitete.

»Clark!«, schrie Treven und stürzte zu seinem Sohn. Er bückte sich und überprüfte seinen Puls, ehe er zu Rachel aufsah, die reglos mit erschütterter Miene dastand. »Er ist tot. Du hast ihn umgebracht.«

»Ich musste es tun, Onkel Treven. Verstehst du das denn nicht?«

»Gib mir die Waffe, Rachel.« Er stand auf und näherte sich ihr vorsichtig mit ausgestreckten Händen.

»Er hat mich vergewaltigt, Onkel Treven. Und gerade eben hat er mich deswegen ausgelacht. Er hat gesagt …«

»Gib mir die Waffe.«
»Er hat gesagt, ich sei eine Idiotin. Und schwach.«
Treven nahm ihr die Waffe aus der Hand. Rachel sank gegen seine Brust und brach in Tränen aus. Er sah Alex an. »Mach die Tür zu.«
Verwirrt gehorchte sie, ehe er sie zu sich herüberwinkte. »Sieh noch mal nach Clarks Puls. Ich glaube, er hat sich gerade bewegt.«
Eilig kauerte Alex sich neben ihn und presste die Finger auf seinen Hals. Nichts. Sie sah zu Treven auf. Er hatte einen Arm um Rachels Hals gelegt und presste ihr den Lauf der Waffe an die Schläfe.
»Treven?« Alex machte Anstalten aufzustehen. »Was tu…«
»Klappe. Bleib, wo du bist.«
Sie erstarrte. Ihr Herz hämmerte, während sie verzweifelt versuchte, einen klaren Gedanken zu fassen. Sie unterdrückte den Drang, zu Rachel hinüberzusehen – aus Angst vor dem, was er tun könnte, wenn sie es wagte.
»Hast du auch nur die leiseste Ahnung, wie satt ich dich habe?« Er drückte Rachel noch ein wenig fester an sich. Alex nutzte den Augenblick, um ihre Stiefschwester anzusehen, die starr vor Angst war. »Ich hätte mich niemals mit deiner Mutter einlassen dürfen. Aber schließlich konnte ich nicht wissen, was für eine durchgeknallte Irre sie war.«
Treven war ihr Vater. Die familiäre Ähnlichkeit. Die Babybürste.
Beim Anblick ihrer Miene lächelte er. »Ein ziemlicher Schock, was? Unser Plan war perfekt. Sie sollte meinen Bruder heiraten und ihm dann das Herz brechen. Und währenddessen meine Geliebte bleiben. Die ganze Zeit über.«
»Aber warum?«, fragte Alex. »Was hast du dir davon erhofft?«

»Es sollte ihm weh tun«, sagte er schlicht, als wäre es das Naheliegendste auf der Welt.

Erschaudernd wurde Alex bewusst, wie groß sein Hass auf seinen Bruder war. Ihre Mutter hatte recht gehabt, als sie vor ihm weggelaufen war.

»Das Problem war nur«, fuhr er fort, »dass sie sich in diesen Schwachkopf verliebt und ihm einen Sohn geschenkt hat.«

»Aber am Ende stellte sich heraus, dass das noch viel besser war«, stieß Rachel mit vor Wut erstickter Stimme hervor, »denn du konntest ihn vollends zerstören, indem du seinen Sohn getötet hast.«

»Dich«, erklärte er mit einem reumütigen Schnauben, »dich werde ich tatsächlich vermissen. Du bist eine hervorragende Winzerin. Clark hingegen hat nie etwas Herausragendes zuwege gebracht.«

»Du bist bis ins Mark verdorben.«

Er lachte. »Kann sein. Aber lasst uns das Ganze hier zu Ende bringen.«

»Warte!« Rachel hatte Mühe, ihre Stimme wiederzufinden. »In der Nacht, als Dylan … wie …«

»Ich habe ihm den Schädel eingeschlagen«, erwiderte Treven mit einer Nüchternheit, die Alex das Blut in den Adern gefrieren ließ. »Es war die perfekte Lösung. Ich konnte einspringen und die Arbeit des armen, gebeutelten Harlan übernehmen. Mit einem Mal habe ich die Geschäfte geleitet, so wie es von Anfang an hätte sein sollen.«

Sein Tonfall wurde noch eine Spur eisiger. »Das Geschäft hätte mir übertragen werden sollen. Schließlich bin ich der ältere Sohn! Ich!«

Rachel begann sich zu wehren, worauf er seinen Griff verstärkte. »Genau. Wehr dich. Damit sieht es noch viel echter aus. Immerhin hast du Clark getötet. Und dann Alex. Ich habe noch versucht, dich aufzuhalten, aber …«

»Niemand wird dir glauben!«

»Du bist verrückt, Rachel. Die Vergewaltigung hat dich völlig aus der Bahn geworfen. All die Jahre hast du es geheim gehalten, unterdrückt. Bis der kleine Dylan ausgebuddelt wurde …«

In diesem Moment ertönte das schrille Kreischen des Feueralarms, unter das sich der Knall eines Schusses mischte. Alex sprang auf die Füße und spürte, wie ein brennender Schmerz sie durchbohrte.

Die Bürotür wurde aufgerissen, und Harlan kam hereingestürzt. In der Hand schwenkte er eine Weinflasche.

Eine Weinflasche?, dachte Alex, während sie der Bewusstlosigkeit entgegentrudelte. Sie legte eine Hand auf ihre Seite, spürte die Nässe an ihren Fingern. Sie waren rot. Sie fiel auf die Knie. Wie aus weiter Ferne hörte sie das Heulen von Sirenen.

»Alex! Nein!«

Rachel. Sie hielt sie in den Armen. Weinte.

Schritte dröhnten. Stimmen. Laut.

»Großer Gott! Jemand muss einen Krankenwagen rufen!«

»Schon unterwegs!«

»Halt durch, Süße.«

Reed. Sie schlug die Augen auf. Sein Gesicht schwebte über ihr. Sie versuchte ihm zu sagen, er solle sich keine Sorgen machen, doch die Worte verhedderten sich in ihrem Mund.

Er beugte sich vor. »Halt durch, Baby. Alles wird gut. Du wirst wieder gesund. Ich verspreche es dir …«

Alex lächelte und schloss die Augen, während sie eine köstliche Ruhe durchströmte. Sie glaubte ihm.

Kapitel dreiundsiebzig

Donnerstag, 18. März
11:10 Uhr

Alex schlug die Augen auf. Sie hatte Schmerzen. Ihr Mund war staubtrocken, ihre Glieder wie Blei.
»Hallo, Schätzchen. Willkommen zurück.«
Eine Frau erschien in ihrem Blickfeld. Eine Krankenschwester. Jetzt nahm sie auch ihre Umgebung wahr. Ein Krankenzimmer. Schläuche in ihrem Arm. Überwachungsmonitore. Blumen.
Sie wandte sich der Krankenschwester zu. »War ich tot?«
Die Frau lachte. »Zum Glück nicht mal annähernd. Wie wär's mit einem Schlückchen Wasser?«
»Ja, bitte …«
»Ich übernehme das.«
Alex wandte den Kopf. Rachel stand im Türrahmen – in der einen Hand eine Vase mit einem riesigen Blumenstrauß, in der anderen eine Flasche Wein.
Alex rang sich ein schwaches Lächeln ab. »Ich darf keinen Alkohol trinken, solange ich Schmerzmittel bekomme.«
»Die wirst du nicht ewig brauchen.« Sie trat in den Raum und tauschte einen Blick mit der Krankenschwester, die das Zimmer verließ. »Außerdem«, fuhr sie fort und stellte die Flasche auf den Nachttisch, »wird der hier nur noch besser, wenn man ihn eine Weile lagert.«
Alex schüttelte den Kopf. Diese Rachel! Ihre Cousine, dachte sie. Unglaublich. Und trotz allem, was vorgefallen war, einfach wunderbar.
Sie tastete nach der Fernbedienung und ließ den Kopfteil ihres Bettes hochfahren. »Treven hat mich angeschossen.«
»Stimmt.« Rachel griff nach dem Becher mit Wasser und hielt ihr den Strohhalm vor den Mund. »Es hätte schlimmer ausge-

hen können, wenn Dad nicht so schnell reagiert hätte. Ich bin so stolz auf ihn.«

Alex nahm einen kleinen Schluck, ehe sie sich völlig erschöpft in die Kissen zurücksinken ließ.

»Reed hatte ihn angerufen und gebeten, nach mir zu sehen.« Sie zog einen Stuhl heran und setzte sich. »Er hat Licht in Clarks Büro gesehen und ist reingegangen.« Mit einem Mal klang ihre Stimme belegt. »Er hat alles gehört, Alex.«

Alex streckte die Hand aus. Rachel ergriff sie. Lange Zeit saßen sie schweigend da, jede in ihre eigenen Gedanken versunken, dennoch getröstet von der Anwesenheit der anderen. Zumindest empfand Alex es so.

»Wir müssen uns unterhalten«, sagte Rachel schließlich.

»Meinst du, ich schaffe das schon?«

»Ich hoffe es.« Sie löste ihre Hand aus Alex' Griff, schien die Geste jedoch augenblicklich zu bereuen. Stattdessen faltete sie die Hände in ihrem Schoß. »Ich habe ein paar Dinge getan, auf die ich alles andere als stolz bin. Dinge, von denen ich nur hoffen kann, dass du sie mir verzeihst. Ich wollte dir damit nicht weh tun, das musst du mir glauben … ich wollte nur … aufrütteln. Diejenigen nervös machen, die mich damals vergewaltigt haben. Sie und Dylans Mörder sollten wissen, dass ihre Geheimnisse nicht für immer im Dunkeln bleiben würden.«

»Und dafür brauchtest du meine Hilfe?«

Rachel wandte den Blick ab, dann sah sie sie wieder an. »So ist es.«

»Du hast *Erinnere dich* auf meinen Spiegel geschrieben.«

»Ja.«

»Und du hast die Puppen verstümmelt.«

»Ja.«

»Das Lamm?«

»Das war ich nicht. Ich tippe auf Clark oder Treven. Sie hatten gehofft, dich damit zu vertreiben.«

»Aber das werden wir wohl niemals erfahren, oder?«

»Doch, durchaus.« Rachel grinste beim Anblick von Alex' Miene. »Clark lebt.«

»Aber das ist ... ich habe doch seinen Puls überprüft ...«

»Offenbar nicht richtig.« Sie beugte sich vor. »Die schlechte Nachricht ist, dass ich eine lausige Schützin bin. Die gute Nachricht ist, dass ich niemanden getötet habe. Unser Familienanwalt hat mir einen erstklassigen Strafverteidiger besorgt, der davon ausgeht, dass ich angesichts der Umstände nicht angeklagt werde.«

»Was ist mit Treven?«

»Sitzt in Untersuchungshaft. Ihm wird der Mord an Dylan Sommer vorgeworfen.«

»Störe ich?«

Harlan stand im Türrahmen, ebenfalls mit Blumen und Wein bewaffnet. Alex musste lachen, obwohl es ihr höllische Schmerzen bereitete.

Schließlich winkte sie ihn herein. »Natürlich nicht.«

Er trat ans Bett, legte seine Geschenke ab und umarmte seine Tochter. »Ich bin so froh, dass ich dich noch habe.«

Er wandte sich Alex zu. Sie bemerkte, dass seine Augen feucht waren. »Und dich auch, Alexandra.«

»Unser Held«, erklärte Rachel.

»Aber, Dad«, fuhr sie fort, »was hast du dir nur dabei gedacht? Das war ein 2000er Stag's Pass Reserve. Noch dazu eine Magnumflasche.«

»Ihr wart es wert. Alle beide.«

Rachel lächelte und gab ihm einen Kuss auf die Wange. »Jetzt hast du genug Unsinn geredet.«

Er beugte sich vor und küsste Alex auf die Stirn. »Danke. Endlich habe ich Gewissheit ... Der Gedanke ist zwar beinahe unerträglich, aber wenigstens ...«

Seine Stimme stockte, und Alex nahm seine Hand. »Ich weiß«, flüsterte sie. »Mir geht es genauso.«

Er drückte ihre Hand.

»Wenn es dir bessergeht, werden wir in Ruhe über alles reden. Ich hätte gern, dass du für uns arbeitest. Schließlich sind wir ein Familienbetrieb.«

Kapitel vierundsiebzig

Montag, 3. Mai
17:45 Uhr

Anständige Kerle waren ein Phänomen mit Seltenheitswert, dachte Alex und ließ sich völlig erschöpft auf Reeds Brust sinken. Und sie hatte den allerbesten gefunden. Sie drückte ihre Lippen auf seine Schulter und seinen Hals und genoss das Gefühl seines Herzschlags unter ihrer Brust, die Wärme seines Atems an ihrem Ohr. Am meisten jedoch mochte sie die Art, wie er sich ihr hingab. Mit jeder Faser seines Körpers und seines Herzens, rückhaltlos, ohne den Hauch eines Zweifels.

Sie hatten ihre Zweifel und Vorbehalte überwunden und hinter sich gelassen, alle beide.

In den vergangenen Wochen hatten ihre Wunden zu heilen begonnen. Die physischen Verletzungen waren leicht zu bewältigen gewesen, die emotionalen hingegen erwiesen sich als hartnäckiger. An einen Tag war sie himmelhochjauchzend, scheinbar auf dem Weg der Besserung, am nächsten fühlte sie sich nackt, verletzt, voller Schmerz.

Auch für Reed war es schwer gewesen. Ebenso wie für Rachel.

Für sie vielleicht noch mehr. Denn sie waren tagtäglich mit ihren Eltern – und deren Sünden – konfrontiert.
Alex hatte erwogen, Harlans Angebot auszuschlagen und das Tal zu verlassen, doch am Ende hatte sie erkannt, dass sie sich ihr ganzes Leben lang nach einer Familie gesehnt hatte, nach Wurzeln, die tief reichten. Genau das hatte sie jetzt. Und sie würde nicht davor weglaufen.
Sie war nicht wie ihre Mutter. Das wusste sie inzwischen. Und zum ersten Mal in ihrem Leben fühlte sie sich, als könne sie nichts aus der Bahn werfen.
»Was denkst du?«, fragte Reed leise und streichelte ihren Rücken.
»Ich denke an dich. Daran, wie glücklich du mich machst.«
»Das gefällt mir.« Grinsend legte er die Arme um sie und rollte sich auf die Seite, so dass sie einander ansehen konnten. »Ich habe etwas für dich, das dich sogar noch glücklicher machen wird.«
Sie hob die Brauen. »Was für ein reizvoller Gedanke. Gibst du mir zehn Minuten, um meine Kräfte zu sammeln?«
Er lachte. »Nein, das meine ich nicht. Die Bezirksstaatsanwältin hat Clark einen Deal vorgeschlagen – Strafminderung im Austausch für ein paar Informationen. Clark singt wie ein Vögelchen.«
Alex stützte sich auf den Ellbogen. »Ich fasse es nicht. Nach all den Wochen.«
»Offenbar war die Vorstellung, im Gefängnis zu verrotten, nicht gerade einladend. Da Clark zum Zeitpunkt des Mordes an Dylan noch minderjährig war und unter dem Einfluss seines Vaters stand, ist seine Schuldfähigkeit vermindert. Er geht zwar trotzdem ins Gefängnis, aber nicht für den Rest seines Lebens. Im Augenblick spuckt er eine ganze Reihe von Details aus, dar-

unter auch Einzelheiten über die Morde an Tom Schwann, Max Cragan, Alberto Alvarez und an deinem Ex-Mann.«

»Tim«, flüsterte sie mit belegter Stimme.

»Laut Clarks Aussage hat Tim Kontakt zu Treven aufgenommen und angefangen, Fragen zu stellen. Es hat sich herausgestellt, dass deine Mutter Tim mehr erzählt hatte, als du ahnen konntest. Sie hatte ihm erzählt, dein Vater hätte enorm von ihrem und Harlans Verlust profitiert.«

Tränen brannten ihr in den Augen. »Er hat versucht, mir bei der Suche nach meinem Dad zu helfen. Und diese Suche hat ihn das Leben gekostet.«

Reed fing eine Träne mit dem Zeigefinger auf. »Er hatte keine Ahnung, wozu Treven fähig ist, genauso wenig wie wir anderen. Wahrscheinlich dachte er, deine Mutter hätte mit ihrer Schilderung, wie schlecht er sei, maßlos übertrieben.«

Das klang plausibel, sowohl was Tim betraf als auch ihre Mutter. »Dass er meinen Vater ausfindig gemacht hat, war die gute Nachricht, die er mir an diesem Abend überbringen wollte.«

Sie lehnte die Stirn gegen Reed. »Ich fühle mich verantwortlich für seinen Tod.«

Er küsste sie. »Nein, Liebling. Die Schuld trägt nur einer. Treven Sommer. Und dabei solltest du es belassen.«

»Er hat Tom Schwann umgebracht. Wieso?«

»Es sah so aus, als halte Schwann dem Druck nicht länger stand. Offenbar hatte er Andeutungen gemacht, er wolle zur Polizei gehen. Aber dieses Risiko konnte Treven unmöglich eingehen. Er hat die Gelegenheit erkannt und beim Schopf gepackt. Genau auf dieselbe Art wie vor fünfundzwanzig Jahren bei Alvarez.« Reed hielt inne. »Aber das ist noch nicht alles.«

Sie legte den Kopf in den Nacken, um ihm ins Gesicht sehen zu können. »Da ist noch mehr?«

»Treven hat beschlossen, seine Aussage zu ändern und sich nun doch schuldig zu bekennen.«

Sie schnappte nach Luft. »Das heißt, es kommt zu keinem Gerichtsverfahren.«

»Genau. Stattdessen wird nur das Urteil gefällt. Ich muss zugeben, es ist eine echte Erleichterung für mich.«

Es war ihnen gelungen, die pikantesten Details des Falles aus den Medien herauszuhalten. Die Winzergemeinschaft im Tal war wie eine Familie, und ihre Mitglieder verfügten über einigen Einfluss, doch wäre das Verfahren erst einmal eröffnet gewesen, hätte kein noch so großer Einfluss die Gerüchteküche im Zaum halten können.

»So groß meine Wut und die Enttäuschung über meine Eltern und meinen Bruder auch sein mögen, hat mir doch bei der Vorstellung gegraut, wie sie durch den Schmutz gezogen werden würden.«

»Wie sieht deine Entscheidung im Hinblick auf Red Crest aus?«, fragte sie – seine Brüder hatten ihn gebeten, ins Familiengeschäft einzusteigen. »Dein Vater zieht sich in wenigen Tagen in den Ruhestand zurück.«

»Ich habe mich noch nicht entschieden.«

Sie schlang ihm die Arme um den Hals. »Auch du hast den Wein im Blut, und du weißt es. Davor kannst du nicht weglaufen.«

Er rollte sie auf den Rücken. »Du bist es, was ich im Blut habe, Alexandra. Und ich habe nicht die Absicht wegzulaufen. Nirgendwohin.«

Dank

Es gibt sie tatsächlich, die Liebe auf den ersten Blick. Daran besteht für mich kein Zweifel, weil es mich genau auf diese Weise erwischt hat – ich habe mich Hals über Kopf in die kalifornische Weinregion verliebt. Die Erkenntnis, dass ich meinen nächsten Roman dort ansiedeln müsste, kam ein paar Tage später und hatte ihren Auslöser in einer unschuldigen Bemerkung des Winzers Brian Fleury: »Während der Weinherstellung bieten sich Dutzende Möglichkeiten, jemanden um die Ecke zu bringen.« Wie man sich gewiss vorstellen kann, war ich hin und weg.

Aus diesem Grund gilt mein erster Dank an dieser Stelle Brian – dafür, dass er zuerst meine Phantasie angeregt hat, mir daraufhin seine Zeit geschenkt hat, für seine Erklärungen und die Tour nebst ausführlichen Erläuterungen über die Gefahren der Weinherstellung sowie – last, but not least – für den exzellenten Wein aus seinem Hause.

Weiterhin bin ich dem Sheriff's Department von Sonoma County zu tiefstem Dank verpflichtet, so tief, dass ich nicht einmal weiß, wo ich anfangen soll.

Also beginne ich ganz oben: Sheriff Bill Cogbill – danke, dass Sie mir Einblick in Ihre Arbeit gegeben und den Kontakt zu Ihren Officers gestattet haben. Ich weiß diese Geste sehr zu schätzen und hoffe, dieser Roman macht Ihrem Department alle Ehre.

Captain Dave Edmonds – was soll ich sagen, außer dass Sie einfach wunderbar sind? Danke für all die Zeit, die Sie mir geschenkt haben; für Ihre Bereitschaft, mir die vielen Fragen zu beantworten und Ihren Deputy eine Rundfahrt mit mir

machen zu lassen, damit er mir bei der Suche nach Orten hilft, die »geeignet sind, um Leichen zu deponieren«. (Danke auch an Sie, Deputy Mike Manson. Tolle Fahrt!)
Detective Sergeant Mitch Mana – danke, dass Sie mich auf die Idee mit der Red-Rooster-Winzerschere gebracht haben, die perfekte Mordwaffe in einem Weinanbaugebiet. Das Buch hat ohne jeden Zweifel davon profitiert. Vielen Dank auch für die Führung durch das Leichenschauhaus und die Autopsieräume und die Beantwortungen meiner zahlreichen Fachfragen.
Lisa Albertson, Immobilienmaklerin – Sie sind einfach die Größte. Danke für Ihre Zeit, Ihre Sachkenntnis, Ihren Blickwinkel und dass Sie die Tour bei Seghesio auf die Beine gestellt haben. Und für all den Spaß. (Im Buch finden Sie übrigens unser Abendessen bei The Girl & The Fig wieder.)
Ted Seghesio – meinen allerherzlichsten Dank für den Rundgang und Ihren hervorragenden Wein. Mein Lieblingstropfen hat einen Platz in diesem Buch gefunden!
Ich danke allen bei der Larson Family Winery, allen voran der Winzerin Carolyn Craig – danke, dass Sie meinen Vocation-Vacation-Recherchetag zu einem so wunderbaren Erlebnis gemacht haben. Es war absolut einzigartig. Ich werde nie vergessen, wie es sich angefühlt hat, in die Weinfässer und Gärtanks zu klettern. Wie viele Autoren können so etwas von sich behaupten?
Vicki und John Faivre – danke, dass ihr mich mit euren Freunden der Salvestrin Winery zusammengebracht habt. Die Geschichten der alteingesessenen Winzer waren faszinierend und hilfreich zugleich. Und hatten wir nicht auch jede Menge Spaß – nebst einer Menge ausgezeichnetem Wein?
Schließlich danke ich meiner Assistentin Evelyn Marshall, die sich bei diesem Buch als echter Goldschatz erwiesen hat; un-

serem Fahrer durch das Weinanbaugebiet, Dennis Wulbrecht; meinem Agenten Evan Marshall; meiner Lektorin Jennifer Weis und dem wunderbaren Team bei St. Martin's Press; meinem Mann und meinen Kindern und letztendlich Gott – dafür, dass er all das möglich gemacht hat.